WHISPER I LOVE YOU

MILA OLSEN

Copyright © 2019 by

Mila Olsen
c/o Autoren.Services
Herr Reiner Dieterich
Zerrespfad 9
53332 Bornheim

* * *

Webseite:
www.milaolsen.com

* * *

Lektorat/Korrektorat: Anne Paulsen
Abschlusskorrektorat: B. Ahrens
Umschlaggestaltung: © designomicon Anke Koopmann,
unter Verwendung von Motiven von © Shutterstock.com
Satz: Uta Maier

* * *

ISBN: 978-3-96443-381-7
Bestellung und Vertrieb: Nova MD GmbH, Vachendorf

* * *

Alle Rechte vorbehalten.
Handlungen und Personen im Roman sind frei erfunden. Ähnlichkeiten mit lebenden oder verstorbenen Personen sind rein zufällig.

PROLOG

Es ist das letzte Mal, dass ich zur Eisenbahnbrücke gehe. Es ist Abschied und Neubeginn. Und irgendwie kommt es mir plötzlich so vor, als hätten all die bedeutenden Momente meines Lebens in schwindelerregenden Höhen stattgefunden. Ich erinnere mich noch so gut an den Tag, an dem ich dich hier oben getroffen habe.

Fast spüre ich wieder den warmen Frühlingswind auf meiner Haut, obwohl es heute so kalt ist.

Ich komme von der Ostseite, wie damals. Und wie damals lasse ich meinen Rucksack am Rand der Brücke zurück und stiefele einsam in der Mitte der Gleise weiter. Das morsche Holz ist mit frisch gefallenem Schnee bestäubt, der aussieht wie Puderzucker. Ich höre das Knirschen meiner Schritte, atme die feuchtkalte Luft in mich hinein. Unter mir tost der Willow Creek, und in seinem Rauschen finde ich einen Teil meiner Wut.

Ja, ich bin wütend auf dich. Unendlich wütend. Aber nicht nur. Ein Teil von mir ist auch voller Liebe. Voller Dankbarkeit. Ich ziehe mir das Band mit dem schwarzen Kranich vom Handgelenk und atme tief ein.

Don't cry a river for me, Baby – würdest du jetzt zu mir sagen und ich würde lächeln. Weil es – wie vieles, was du gesagt hast – mehrere Bedeutungen haben kann. Mein Herz ist so schwer. Doch es ist auch leicht. *Gegensätze, Baby, yeah.*

Am Zeigefinger lasse ich den Origamivogel über dem Abgrund baumeln. Origami, das wird wohl nie meins sein; aber du hast gesagt, man solle immer etwas symbolisch fliegen lassen, jedes Mal, wenn man nicht springt. Deshalb habe ich mir extra rabenschwarzes Papier in Mrs. Wilsons Bastelladen gekauft und den Kranich gefaltet. Okay, er ist jämmerlich, aber du siehst es ja nicht.

Wärst du damals nicht gekommen, wäre ich gesprungen.

Ich bin mir ganz sicher. Du hast mich also tatsächlich gerettet, auch wenn du sagst, es sei umgekehrt gewesen.

Für einen Moment blicke ich in den Abgrund. Der Fluss klingt jetzt sanfter. Fast so, als flüsterte er mit jedem Aufsprudeln seiner Schaumkronen unablässig deinen Namen.

Ri-ver. Ri-ver. Ri-ver.

Das Band rutscht sacht von meinem Finger, dann trudelt der Kranich endlos-endlos-endlos hinab, und da er in dieser gewaltigen Naturkulisse so winzig ist, sehe ich nicht, wie er von den dunkelblauen Fluten verschluckt wird.

Er ist einfach fort.

So wie du.

Das war's. Und natürlich weine ich jetzt doch, auch wenn ich dir versprochen hatte, es nicht zu tun. Ganz zart taste ich nach dem weißen Schwan an meinem anderen Handgelenk, spüre das Papier wie ein Streicheln.

Ich vermisse dich, Riv.

Und es wird niemals einen Tag geben, an dem ich nicht an dich denke. An dich und diesen magischen Sommer voller Liebe, schöner Wörter und dunkler Geheimnisse, aber trotzdem gehe ich jetzt.

Ich muss es tun.

Auf mich wartet eine ganze Welt.

KAPITEL EINS

WIE GEBANNT STARRE ICH AUS DEM ERSTEN STOCK HINAB AUF UNSEREN frisch gemähten Rasen und die weiß blühende Rosenhecke. Manchmal will ich springen. Es ist Montag, meine Zimmertür ist abgeschlossen und ich sitze wie jeden Morgen auf dem Fenstersims, die Finger an den Rahmen gekrallt. Etwas lockt mich, drängt mich, loszulassen und mich selbst dabei zu beobachten, wie ich falle. Ich empfinde nichts, das erschreckt mich jedes Mal. Weder habe ich Herzklopfen noch beschleunigt sich mein Puls, womöglich, weil der Abstand zum Boden nicht hoch genug ist.

Ich würde nicht sterben. Wahrscheinlich nicht. Viel eher würde ich mir das Rückgrat brechen und wäre anschließend nicht nur stumm, sondern auch querschnittsgelähmt.

Meine Mum sagte einmal, alles nähme ein gutes Ende für den, der warten kann. Eigentlich waren das nicht ihre Worte, sondern die von Leo Tolstoi. Keine Ahnung, ob der Schriftsteller je auf etwas warten musste, ich weiß nur, dass er mit neun Vollwaise wurde. Als Mum unsere Familie verlassen hat, blieb mir wenigstens noch Dad.

Was für ein Glück!, denke ich sarkastisch.

»Kansas?« Die Stimme meines Bruders schallt ungeduldig aus dem Erdgeschoss nach oben, sicher ist er schon in der Küche. Sicher sind alle schon in der Küche. Dad, Arizona und James. Und bestimmt war Arizona die Erste, denn für meine schillernde Schwester können sich die Uhrzeiger des Lebens nicht schnell genug drehen; sie ist wie ein Tornado, der über alles hinwegfegt, gleich welches Chaos sie dabei hinterlässt.

»Beeil dich! Ich fahre in zehn Minuten, mit oder ohne dich!«, ruft James genervt.

Innerlich seufze ich auf. Ich hasse es, den Bus zu nehmen, weil ich mir darin vorkomme wie ein Alien, das zufälligerweise auf der Erde gelandet ist, mal abgesehen davon, dass ich den Sieben-Uhr-Dreißiger verpasst habe. Es hat auch alles keinen Sinn. Ich muss in die Schule. Ich kann Dad unmöglich schon wieder Bauchschmerzen vorspielen, das hat er mir die letzten drei Male in der vorherigen Woche schon nicht abgekauft. Die Anzahl meiner Fehlstunden übersteigt mittlerweile das zulässige Maß. Dabei bekomme ich wirklich Bauchschmerzen, wenn ich nur an die Kensington denke.

Mutlos rutsche ich vom Fensterbrett. Am liebsten würde ich mich in meinem Zimmer verschanzen. Es ist der einzige Ort, an dem ich mich sicher fühle.

Ich schaue mich um und mein Blick schweift über die rosafarbene Blümchentapete hin zu den Vorhängen mit den blassgelben Sonnen und von dort weiter zu dem alten Eckregal mit meinen Kinderbüchern. Daneben stapeln sich fast bis zur Zimmerdecke die neueren Bücher in mehreren Säulen. Fantasygeschichten und Märchenadaptionen.

Wenn es nach mir ginge, könnte ich für immer in meinem Zimmer bleiben. Die Zeit scheint hier drin stehen geblieben, hier in meinen vier Wänden kann ich immer noch das Mädchen sein, das an Wunder glaubt, das wartet, bis seine Mum zurückkommt. *Bis alles gut wird.*

Ich habe sogar noch die eingerahmte Geburtstagskarte von ihr an meiner Wand hängen. Die erste und letzte.

Alles Gute, Kansas. Kauf dir etwas Schönes. Ich denke viel an dich.

Arizona hat nur das Geld genommen und die Karte mit spitzen Fingern in den Müll gepfeffert, als wäre sie verseucht, während James eine Art Puzzle aus seiner letzten Karte gebastelt hat. Ich glaube, er hat vorher noch einen Totenkopf darauf gemalt.

»Kansas, Himmel, Sack, Zement! Komm endlich! Ich weiß genau, dass du mich hörst! Noch neun Minuten!« Jetzt klingt James sauer. Oder in seiner Sprache ausgedrückt: angepisst.

Mist! Ich trage immer noch mein Schlafshirt, ein ausrangiertes blaues Langarmshirt von meinem Bruder, das mir bis zu den Knien reicht. Manchmal denke ich, es ist meine letzte Verbindung zu ihm. Etwas, das ich auf der Haut fühlen kann wie eine Umarmung.

Für einen Moment betrachte ich das Mädchen, das mir aus dem Spiegel entgegenblickt. Es ist mir so fremd. Fremder als Arizona. Fremder als mein Bruder Jamesville, fremder als Dad.

Es könnte jemand anderes sein, eine Person, die mir nur zufällig begegnet ist und an die ich mich jetzt flüchtig erinnere – und vielleicht wäre das gut.

Das Mädchen im Spiegel sieht aus wie ein blasses Vorher-Foto in einer Zeitschrift – wenigstens ist nichts in dem ovalen Gesicht zu groß oder zu klein. Ein Allerweltsgesicht, dazu hellbraune glatte Haare, die weit über die Schultern fallen, und grüne Augen, die zu weit auseinanderstehen und immer ein wenig verschüchtert dreinblicken. *Feenaugen* hat Dad früher oft gesagt, aber das war, bevor Mum gegangen ist. In letzter Zeit sehe ich so aus, als wäre ich irgendwie nicht richtig da, fast durchscheinend. So wie Marty McFly, als er sich in *Zurück in die Zukunft* auf dem Foto nach und nach aufgelöst hat. Manchmal wundere ich mich, dass Zwillinge so unterschiedlich sein können wie Arizona und ich.

Arizona wäre mit ihren babyblauen Kulleraugen und den blonden Locken immer das Nachher-Foto. Außerdem sorgt sie mit einem Kilo Make-up, Netzstrümpfen und High Heels ständig dafür, ja nicht übersehen zu werden.

Ich ziehe eine Grimasse, wende mich von meinem Spiegelbild ab und streife mir das Shirt von James über den Kopf. Ich glaube, er weiß nicht mal, dass es in meinen Kleiderschrank gewandert ist, aber er weiß so vieles nicht mehr. Schnell schlupfe ich in eine helle Jeans, ein dunkelblaues Langarmshirt und meine Flip-Flops. Wenigstens entsprechen meine Schuhe den vorausgesagten dreißig Grad in Minnesota.

»Kansas!«, brüllt James. »Wenn du jetzt nicht runterkommst, kannst du nicht mehr frühstücken! Du weißt, dass ich pünktlich fahren muss, weil ich sonst bei Wilcox & Sons rausfliege.«

Und ich weiß auch, wem er es zu verdanken hat, dass er dort schuften muss!

Ich ziehe die Ärmel bis weit über die Handflächen und selbst dabei schmerzen die blauen Flecke an meinen Armen und Schultern. Ich kann sowieso kaum noch etwas essen.

Mein Handy piepst. Ich angele es von meinem Nachttisch und werfe dabei einen Blick auf das einzige Foto von Mum, das in diesem Haus existiert. Sie lächelt mir zu.

Unten brüllt James schon wieder meinen Namen. Schnell schaue ich die Nachricht an. Sie ist von Mr. Spock, meinem einzigen Freund.

Sternzeit: 7:30, wir befinden uns auf der Erde; Mr. Spock an Arielle: Was hast du am Wochenende gemacht? Gehst du heute in die Schule? Lass dich bloß nicht assimilieren!

Hätte ich nicht so furchtbare Angst vor dem Tag, würde ich jetzt lächeln. Ich texte zurück:

Arielle an Mr. Spock, Sternzeit: Viel zu früh und schon wieder Montag! Das Übliche. Hausaufgaben, Haushalt, den hier sonst keiner macht, lesen.

Mr. Spock: Oh, du bist nicht nur die stumme Meerjungfrau, sondern auch Aschenputtel? Lebe lange und in Frieden! Viel Glück heute!

Vaj vIneH SoH je, tippe ich. Das ist Klingonisch und bedeutet: Das wünsche ich dir auch.

Ich habe Mr. Spock in einem Online-Forum kennengelernt. Wir sind Leidensgenossen, doch ich weiß nicht viel mehr über ihn, als dass er eine Leidenschaft für Star Trek hat, aber welcher Junge ist kein Star-Trek-Fan? James hatte früher sogar mal ein Sammelalbum, weshalb ich jetzt einige Grundkenntnisse besitze. Angeblich ist Mr. Spock ein Außenseiter, heißt Milford Holloway und wohnt in Portland, aber das kann natürlich gelogen sein. Er könnte auf meine Schule gehen – allerdings schließe ich das aus. Niemand auf der Kensington würde mir etwas Nettes schreiben, weil sie alle Angst vor Chester haben.

Mein Handy piepst wieder. Bevor ich mir die Message anschaue, verstaue ich schnell Mums Bild in meiner Schultasche, damit es keiner entdeckt, denn das wäre der Super-GAU.

Mr. Spock: *Nur noch zwei Wochen!*

Mehr muss er nicht schreiben, ich weiß, was er meint. *Nur noch zwei Wochen*, wiederhole ich im Stillen, *dann sind neun Wochen Ferien*. Neun Wochen, in denen ich mich zuhause verkriechen kann und nicht hinaus in die Welt gehen muss.

* * *

Als ich in die Küche komme, sitzen Dad und James schon am Esstisch, während Arizona mit riesigen Mickey-Mouse-Kopfhörern an der marmornen Arbeitsplatte steht und schwungvoll eine Gurke kleinschneidet. Sie bemerkt mich nicht, denn die Kopfhörer sind an ihr Handy gestöpselt, trotzdem dröhnt der Bass der Demons'n'Saints durch die Dämpfung. Sie wippt mit dem Fuß im Takt zur Musik und singt hin und wieder eine anklagende Zeile von *All Your Fault* mit. Sie sieht wunderschön dabei aus und ich nutze den Augenblick und betrachte sie, wie sie die Gurkenstücke mit einer theatralischen Geste in den Mixer fallen lässt. Faust über den Shaker – zack – Finger explosionsartig öffnen. Selbst bei der Zubereitung eines simplen Smoothies wirkt sie, als wäre sie eine Schauspielerin und folgte einer geheimen Regieanweisung.

Ich beneide sie so sehr, wie ich sie liebe und vermisse. Ich beneide sie, weil sie bei der Hitze in einem knalligen Tanktop und kurzen Hosen herumlaufen kann – wobei sie ihre Shorts später im Auto gegen eine gewagte Hotpants und Netzstrümpfe austauschen wird, etwas, das Dad niemals erlauben würde. Und ich beneide sie, weil sie einfach macht, was ihr gefällt, ein bisschen wie Pippi Langstrumpf. Alle wollen mit ihr befreundet sein – auch wenn sie weder eine Musterschülerin ist noch die Cheerleader trainiert. Sie hat dieses Fixstern-Gen, das alle um sie kreisen lässt, keine Party, kein Event beginnt richtig, bevor sie da ist.

Wie mit einem Greifarm nimmt sie jetzt die nächste Ladung Gurkenstücke, dabei entdeckt sie mich und kehrt mir demonstrativ den Rücken zu.

Mein sowieso schon verkrampfter Magen wird noch härter. Ich vermisse sie so sehr. Denn seit Chester mich geküsst hat, straft sie mich mit Schweigen. Im Grunde ist das der totale Hohn, da das Schweigen etwas ist, das man nur mit Kansas Montgomery in Verbindung bringt. Und der Kuss von Chester – sagen wir mal, ich habe nicht darum gebeten.

Still setze ich mich auf meinen Platz neben Dad.

Er blickt nicht mal von seiner Zeitung auf und ich weiß wieder einmal nicht, ob er mich schlicht und einfach übersieht oder übersehen will.

Am liebsten würde ich ihn anschreien: *Sieh mich! Frag, was mit mir los ist!* Aber ich kann nicht. Uns trennt eine Mauer, so wenig zu durchbrechen wie die Stahltresore von Fort Knox.

So unauffällig, als müsste ich mich zu meinem Schweigen auch noch unsichtbar machen, schütte ich mir eine Ladung Nussmüsli in die Schüssel, obwohl ich keinen Appetit habe.

Während ich möglichst geräuschlos kaue, erwische ich meinen Bruder dabei, wie er mich über den Rand seiner *Psychology Today* beobachtet. Als sich unsere Blicke begegnen, schaut er schnell weg.

Der Nächste, der erleichtert ist, wenn ich mich oben in meinem Zimmer verbarrikadiere, nur weil er nicht weiß, wie er mit mir umgehen soll. Außerdem tut James gerade so, als würde ich ihn absichtlich anschweigen. Alles, was er sagt und tut, scheint irgendwie ein Protest gegen meine Person zu sein.

Okay, er ist sauer auf mich, weil meine sauteure Privatschule Dads Einkommen verschlingt. Deswegen muss er jetzt bei den Lackaffen von Wilcox & Sons in der Autowerkstatt arbeiten und sein Psychologiestudium muss warten.

Vielleicht ist das der Grund, weshalb er mich entweder anfährt oder komplett ignoriert, keine Ahnung. Früher wusste ich immer, was in ihm vor sich geht.

Das ist das Schlimme am Schweigen, am Nicht-sprechen-Können. Alles entgleitet einem. Nicht nur man selbst oder die Worte, sondern auch die Menschen.

Ich schaue von ihm zu Arizona, die immer noch Musik über Kopfhörer hört und mich geflissentlich übersieht, und dann zu Dad. Der merkt es und ich senke schnell den Blick, fühle die Last auf meinen Schultern noch schwerer werden.

Wir sollten eine Familie sein. Hier sitze ich neben ihnen und sie wissen nichts von all dem, was mir passiert. Sie alle denken, mein Schweigen wäre Trotz oder Ablehnung.

Instinktiv balle ich die Faust und presse meine Nägel in die Handfläche, was die Wunden dort brennen lässt, aber der Schmerz ist beinahe erleichternd.

Es ist nicht so, dass ich schon immer geschwiegen habe. Als Kind war ich einfach nur krankhaft schüchtern. Das Sprechen übernahm in unserem Zwillingsgespann immer Arizona, was für Zwillinge nicht unüblich ist. Sie war mein Sprachrohr zur Welt und ich schaffte es lange Zeit, damit durchzukommen.

Als Mum später von heute auf morgen verschwand, hörte ich komplett auf, mit Lehrern und Mitschülern zu sprechen. Zuerst fiel es gar nicht auf, weil Arizona in der Schule sowieso öfter für mich gesprochen hatte. Erst in der Middle School erfuhr Dad davon.

Der Direktor und er schickten mich zu der Schulpsychologin, die für dieses Phänomen sogar eine Diagnose parat hatte: selektiver Mutismus, eine Phobie vor dem Sprechen. Selektiv, da sie nur in bestimmten Situationen auftritt. Leider brachten die Therapien keinen Erfolg. Ich malte, bastelte, sprach aber weiterhin nur zuhause, wobei ich mit Dad noch nie viel geredet habe. Mein Dad ist ein ernster, einschüchternder Mann, groß, mit schwarzen wilden Locken und schwarzen durchdringenden Augen. Disziplin geht ihm über alles. Als Kind konnte ich in seiner Gegenwart nur flüstern, das hat ihn oft wahnsinnig gemacht.

Jemand, der mit dem Sprechen kein Problem hat, versteht nicht, was es für mich bedeutet. Reden ist für mich viel mehr, als nur den Mund aufzumachen und etwas zu sagen. Es ist, wie wenn ich einen Teil von mir aufgeben würde, so als wäre das Schweigen ein Teil meines Charakters geworden. Und je länger das vollkommene Schweigen andauert, desto weiter entferne ich mich von der Grenze zwischen den beiden Ländern. Dem Land des Schweigens und dem Land der Sprache. Das Land des Schweigens ist wie Treibsand. Man rutscht hinein und wenn einen niemand rechtzeitig herauszieht, verschwindet man darin.

Ich spüre den dumpfen Druck in der Brust und dränge das Gefühl des Abgelehntwerdens zurück. Als ich wieder zu Dad schaue, runzelt er die Stirn und blickt von seiner Zeitung auf. Erst denke ich, er will etwas zu mir sagen, und mein Herz macht einen winzigen Hüpfer, doch er wendet sich an Arizona.

War ja klar!

»Ich habe hier was, das dich interessieren könnte«, ruft er, um den Mixer-Krach und die Musik aus ihren Kopfhörern zu übertönen.

»Was?«, schreit Arizona so laut zurück, dass ich zusammenzucke. Sie zieht den Kopfhörer runter, sodass er jetzt wie ein Nackenkissen um ihr Genick liegt, und schaltet den Smoothie-Maker aus. Danach trinkt sie den giftgrünen Inhalt direkt aus dem Mixer und angelt sich einen belegten Bagel von der Küchenarbeitsplatte.

»Danke, den hatte ich mir für die Pause bei den Scheiß-Wilcox geschmiert«, bemerkt James trocken.

»Jamesville«, fährt Dad ihn an. »Lass das! Du bist zwanzig, keine vierzehn.«

Arizona wirft James ein Kusshändchen zu und beißt herzhaft hinein.

Dad tippt auf die Zeitung. »Das Konzert in Minneapolis, zu dem du am Wochenende wolltest ... von diesen Sinners'n'Saints ...«

»Sie heißen Demons'n'Saints, Dad! Du sagst es absichtlich falsch, um mich zu ärgern. Du weißt ganz genau, wie sie heißen ... Was ist damit?« Arizona vergisst, in den Bagel zu beißen, und ihre blauen Augen durchbohren Dad fast.

»Das Konzert wurde abgesagt.«

»*Was?*«

Dad blättert neben mir in der Zeitung und tut immer noch so, als wäre ich nicht da. Okay, ich sehe aus wie Mum und es gab Missverständnisse zwischen uns, aber das gibt ihm nicht das Recht, so zu tun, als gäbe es mich nicht. Das Elendsgefühl kriecht noch tiefer in mich hinein. Ich könnte unsichtbar sein und meine Familie würde genauso weiterleben. Meine Existenz ist völlig egal.

»Demons'n'Saints sagt wegen privater Unpässlichkeiten geplante Sommer-Tournee ab«, liest Dad jetzt vor und deutet auf die Überschrift, darunter ist ein Foto des beliebten Leadsängers abgedruckt. Er trägt von Kopf bis Fuß schwarz – wie James. Die dunklen Haare stehen zerzaust von seinem Kopf ab, die Augen leuchten wie hellblaues Eis in dem schwarz-weiß geschminkten Gesicht. Er sieht unheimlich aus, wirklich wie ein Dämon – nicht wie ein Heiliger. Ich begreife nicht, dass die ganze Nation ihn liebt, auch wenn die Musik okay ist, wenn man auf Punkrock steht. Okay, aber nicht gut.

»Das ist die Strafe für meinen verfick...«

»James!«

»Für meinen Bagel, ist ja schon gut!« James steht auf und nimmt sich ein abgepacktes Sandwich aus dem Kühlschrank. »Meinetwegen brauchen sie gar nicht mehr aufzutreten. Der Sänger jault wie eine Katze, der man auf den Schwanz tritt. Und erst diese bescheuerte Maskierung. Psychoanalytisch betrachtet sind Menschen, die ihr wahres Gesicht verbergen, zutiefst ...«

»Hör auf, immer alles zu analysieren. Analysiere doch die Frühstücksflocken«, fährt Arizona dazwischen und sieht aus, als würde sie

James den Bagel am liebsten mitten ins Gesicht klatschen. »Asher Blackwell jault überhaupt nicht. Außerdem hat er eindeutig die tollsten eisblauen Augen der Welt. So wie Ian Somerhalder.«

»Zutiefst verunsichert oder verletzt«, beendet James ungerührt seinen Satz. Mir fällt zum ersten Mal auf, dass er nicht flucht, wenn er über Psychologie redet.

Dad reicht Arizona die Zeitung und lächelt sie liebevoll an. »Tut mir leid für dich, Sweetheart.«

Wieder balle ich unter dem Tisch die Faust und meine Fingernägel graben sich schmerzhaft in die Haut, doch ich kann die Geste nicht unterdrücken. Ich hasse es, wenn Dad das tut. Extra so lieb und aufmerksam zu Arizona zu sein, um mir wehzutun. Vielleicht denkt er, er könnte mich mit Liebesentzug wieder zum Reden zwingen, aber er macht es nur noch schlimmer. Wieder spüre ich den Druck in meiner Kehle, all die ungesagten Worte. *Du bist mein Dad! Du solltest mich lieben und beschützen. Du solltest für mich da sein!*

James geht mit langen Schritten zur Tür. »In zwei Minuten am Auto, Kansas«, sagt er knapp. »Ich hoffe, du schaffst das! Ari – du bist fertig?«

»Fast!« Sie stopft sich eilig den Rest des Bagels in den Mund und wischt sich mit dem Handrücken über die Mundwinkel.

Ich nicke nur verhalten, doch James ist bereits weg. Ich wünschte, ich könnte ihm sagen, wie sehr er mir fehlt. Er war nicht immer so wie jetzt. Früher war er mein Ruhepol, wenn Arizona mir zu aufgedreht war. Oft saß ich stundenlang bei ihm in der Garage, vor allem, wenn er mal wieder an seinem Fahrrad herumgebastelt oder das von einem seiner Freunde repariert hat. Reparieren, das war immer sein Ding. Jeder aus unserem Viertel kam zu ihm. Der betagte Mr. Tabor mit seinem alten Radiowecker, die Witwe Mrs. Wright mit der Bitte um Hilfe bei der Reparatur ihres Gartenzauns. Der vierjährige Tobias mit der gelben Ente, die eine Spieluhr im Bauch hatte. Irgendwie fasziniert es James, kaputte Dinge wieder zusammenzuflicken, wahrscheinlich will er deswegen auch Psychologie studieren.

Ich war damals einfach nur glücklich, dass er mich bei allem zusehen ließ, auch wenn ich kaum etwas sagte. Insgeheim war er wohl froh, dass ihm wenigstens eine seiner beiden Schwestern zuhörte, und irgendwie hatten wir beide dasselbe Verständnis vom Leben, auch wenn wir es zu dieser Zeit nicht hätten formulieren können. Als Mum gegangen ist, hat uns die Leere, die sie hinterlassen hat, zusammengeschweißt, viel mehr als ihn und Arizona. Was mich anging, waren die beiden immer Rivalen: Wer durfte für mich im Restaurant bestellen, wer kaufte mein Eis.

Ich starre auf die Tür, durch die James verschwunden ist. Wir haben beide die Welt buchstäblich nicht mehr verstanden. Sie war uns fremd geworden.

Unbewusst schüttle ich den Kopf, während Arizona ihr Handy einsteckt und mit den Kopfhörern um den Hals und der Zeitung in der Hand Richtung Garderobe läuft. Sie ist bereits wieder in den Artikel vertieft. »Bis heute Abend!«, sagt sie abwesend zu Dad, der ihr ein »Pass auf dich auf!« hinterherruft.

Nervös starre ich auf die Haselnüsse, die in meiner noch fast vollen Müslischale schwimmen. Die Küche wirkt leer ohne James und Arizona, fast seelenlos. Ganz flach atme ich ein und aus und wünsche mir, Dad würde mal irgendetwas Nettes sagen. Etwas, das mir hilft, diesen Tag zu überstehen, doch die Luft ist aufgeladen vor Spannung. Es ist, als wäre das Schweigen zwischen Dad und mir ein Schrei, so laut, dass er bis ins Mark dringt.

Ich kann nicht mehr weiteressen.

»Ich habe dich für die Sommerschule angemeldet.«

Es dauert ein paar Sekunden, bis ich begreife, dass seine Worte tatsächlich mir gelten und was sie bedeuten. Der Adrenalinstoß, der durch meine Adern jagt, lässt mich trotz der Hitze zu Eis erstarren.

Chester und ein paar Hills müssen auch zur Sommerschule, das hat Dirextochter Abigail neulich überall ausposaunt.

»Dein Direktor hat mich angerufen. Er sagt, deine Lehrer meinen, du kämst mit dem Unterrichtsstoff nicht hinterher. Außerdem hast du viel zu viele Fehlstunden.«

Oh Gott, nein! Mit zitternden Fingern greife ich nach meinem Handy, meinem Kommunikator zur Außenwelt. *Bitte nicht!*, tippe ich fahrig und schiebe es ihm hin.

Er sieht nicht einmal darauf. »Im Herbst beginnt dein Seniorjahr. Ich möchte nicht, dass du einen schlechten Abschluss machst, es wird sowieso schwierig genug sein, einen Collegeplatz für dich zu finden, wenn es überhaupt klappt.«

Ich fehle ab heute nicht mehr, tippe ich schnell dazu, *ich versprech's dir! Ich lerne die ganzen Ferien über!* Ich halte ihm das Handy vors Gesicht, doch Dad steht ungerührt auf, ohne meine Worte abzulesen.

Das ist schlimmer als ein Schlag ins Gesicht. *Geh nicht weg! Schau dir an, was ich sagen will! Ignorier mich nicht!*, schreie ich in Gedanken.

Dad ist bereits an der Tür. »Du bist angemeldet und du wirst hingehen, das ist mein letztes Wort. Die Schule hat mich bisher ein Vermögen gekostet, ich will es nicht unnötig investiert haben!«

Dad! Ich springe auf, wieder mit dem Handy in der Hand und fühle mich erbärmlich. *Lies, was ich geschrieben habe! Bitte, lies es! Ich kann nicht in die Sommerschule, ich sterbe, wenn du das tust!*

Dad scheint meine Panik nicht zu bemerken. Er drückt meine Hand mit dem Handy nach unten.

»Rede, wenn du etwas zu sagen hast. Du kannst sprechen. Das wissen wir alle. Und jetzt pack deine Sachen, sonst fahren die anderen ohne dich.«

Seine Worte erscheinen mir grausam. *Die Kensington ist die Hölle*, will ich rufen, aber die Distanz zwischen mir und der Welt ist zu groß. Ich bin in meinem Schweigen gefangen. Ich habe schon zu lange nicht gesprochen und das Wiederauftauchen von der einen Welt in die andere ist einfach zu schwer. Ich kann das Innen und das Außen nicht zusammenbringen, mein Körper sperrt sich dagegen, meine Seele erst recht.

Meine Augen brennen. *Dad, bitte, ich tue das nicht absichtlich!*, tippe ich, doch auch das liest er nicht.

»Ich weiß überhaupt nicht mehr, was ich mit dir machen soll«, sagt er jetzt in diesem hoffnungslosen, resignierten Tonfall, der mir jedes Mal den Boden unter den Füßen wegzieht. Ich bin ihm eine Last, er hält mich für eine Versagerin. Im schlimmsten Fall sogar für eine Lügnerin.

Ganz fest presse ich wieder meine Nägel in die Handfläche, spüre den scharfen Schmerz in den nie verheilenden Wunden.

Mit einem Kopfschütteln wirft er einen letzten Blick auf mich, dann lässt er mich einfach stehen.

Mein Kopf ist wie leergefegt. Ich muss in die Sommerschule, zusammen mit Chester und den Hills.

Mein Magen rebelliert und ich schaffe es gerade noch auf die Gästetoilette, um mich zu übergeben.

* * *

Ich komme fünf Minuten zu spät zum Auto und James meckert rum, knallt mir irgendwas wie »absichtlich trödeln« an den Kopf und fährt los, kaum habe ich die Tür geschlossen. In meinem Mund brennt der

Geschmack von Magensäure und ich trinke einen Schluck Wasser, um ihn zu neutralisieren.

Am liebsten würde ich heute schwänzen, aber dann wird Direx Thompson vermutlich bei Dad anrufen. Weil ich so oft fehle, muss ich jedes Mal ein ärztliches Attest vorlegen. Nein, das geht nicht. Dad wäre stocksauer und am Ende bekäme ich womöglich irgendeinen Sozialdienst von der Schulleitung aufgebrummt und müsste noch mehr Zeit in der Kensington verbringen.

Aber ich schaff das heute nicht. Ich fühle mich immer noch wie betäubt. Das Wort Sommerschule schwebt wie ein Damoklesschwert über meinem Kopf. Nur wie durch Watte bekomme ich mit, dass Arizona auf dem Beifahrersitz schon wieder wegen der abgesagten Tournee vor sich hin schimpft.

»Zwanzig Konzerte, James! Wie kann man nur zwanzig Konzerte einfach so absagen? Und kein Wort darüber im Netz. Wie haben die es geschafft, das geheim zu halten?«

»Hält diese dämliche Band nicht alles geheim? Sogar ihre Identität?«

Arizona atmet tiefer ein als gewöhnlich, vermutlich ärgert sie sich über das *dämlich*. »Nicht alles. Asher Blackwell wird in einer Klinik bei Minneapolis behandelt ... Da kann man sich ja denken, worum es geht.«

»Und worum geht es?« Jetzt klingt James wieder wie ein Therapeut, der *Was macht das mit dir?* fragt. Natürlich, er redet ja auch mit Arizona!

Diese schnaubt. »Alkohol und Drogen natürlich, was denn sonst, Jamesville! Das ist doch immer so bei den Rockstars, oder? Ich glaub's einfach nicht. *Demons'n'Saints sagt wegen privater Unpässlichkeiten Tournee ab* ... Oh Mann!« Sie tippt sich an die Stirn. »Was ist das überhaupt für ein bescheuertes Wort. Unpässlichkeiten. Sag das fünfzehn Mal hintereinander und du bist dir sicher, es existiert gar nicht!« Sie sieht flüchtig über ihre Schulter und für einen Moment hofft ein verrückter Teil von mir, dass sie mich anlächelt, aber offenbar war das Umdrehen nur ein alter Reflex. Sie weiß, dass ich schöne und seltsame Wörter liebe. Noch vor einem Jahr hat sie mir hin und wieder welche in mein kleines Notizbuch geschrieben: *Kansas' Strange & Beautiful Words. A Collection.* Immer abends, wenn sie nach dem Essen in mein Zimmer kam, um mir von ihren neusten Love-Interests zu erzählen. Meist saß sie im Schneidersitz mit ihren geringelten Overknee-Strümpfen auf meinem Bett, die Haare noch nass in einen überdimensionalen Turban gewickelt, den Bleistift zwischen den Zähnen, als müsste sie scharf nachdenken. Dabei bin ich mir sicher, dass sie sich die Wörter vorher überlegt hat.

- *Kaventsmann (Was bitte ist ein Kavent?)*
- *Anfurten (vor allem die Grauen. Um Himmels willen, Frodo, wohin soll man von dort aus kommen?)*
- *Langmut (Langer Mut? Gibt es auch einen kurzen?)*
- *Notdurft (bäh – ekelhaft!)*

Das sind die letzten in meinem Buch, die von ihr den Seltsam-Stempel aufgedrückt bekommen haben, aber das ist schon über ein Jahr her. Seither haben weder sie noch ich weitere Wörter oder Sprüche gesammelt. Ich nehme an, wenn sie noch mit mir reden würde, hätte sie heute *Unpässlichkeit* dazugeschrieben.

Wieder spüre ich diesen Stich des Vermissens in meiner Brust, doch Arizona hat sich schon wieder James zugewendet, als bedeutete ihr flüchtiges Über-die-Schulter-Sehen gar nichts.

Beklommen sehe ich aus dem Fenster und wünschte, ich wäre Arizona und ein Asher Blackwell mit Unpässlichkeiten wäre mein einziges Problem. Ganz bewusst lese ich die Schilder am Straßenrand, um mich von dem bevorstehenden Schulalltag abzulenken: *Flint Oil Industrie* – das ist die Ölraffinerie, zu der James, Ari und ich oft heimlich geradelt sind. Bis tief in die Nacht haben wir dort mit einer Wagenladung Häagen Dazs Cookies & Creme die Pipelines, Tanklager und Schornsteine bestaunt. Im wilden grünen Flackern der Lichter glänzten die stählernen Destillationstürme wie ein magisches Portal in eine andere Welt. Von der Raffinerie sind wir im Anschluss oft zum Old Sheriff gelaufen, der stillgelegten Eisenbahnbrücke, auf der wir als Kinder manchmal gespielt haben. Verbotenerweise selbstverständlich.

Ich blinzele.

Dan Applebee's Burger & Grill, der In-Treff der Hills. *Rose Garden Clinic,* der Krankenhauskonzern, in dem mein Dad als Kardiologe arbeitet und Chesters Vater Chefarzt und ärztlicher Direktor ist.

Ich atme tief durch. Ich schaffe das heute nicht. Aber wenn ich nicht gehe, wird alles nur schlimmer. Sozialdienst bedeutet, bis abends in der Kensington bleiben zu müssen. Dad wird das mit der Sommerschule nicht rückgängig machen. Wenn er eine Entscheidung getroffen hat, ist sie unumstößlich. So wie die Entscheidung, Mums Namen nicht mehr auszusprechen und alle Bilder von ihr zu vernichten. Wenigstens konnte ich dieses eine Foto auf meinem Nachttisch vor dem Feuer im Vorgarten retten.

Ich schlucke und höre auf, die Nägel wie eine Gestörte in meine brennende Handfläche zu graben. Vorsichtig öffne ich die Faust und betrachte meine linke Hand. Sie ist vernarbt und schwielig. Eine Wunde eitert, die andere nässt.

»Ach du meine Güte!«, entfährt es Arizona in diesem Moment und erst denke ich, es bezieht sich auf den Zustand meiner Hand und schiebe sie schnell unter meinen Oberschenkel, doch Arizona redet schon weiter: »Ben Adams ist gestern in einer Nacht- und Nebelaktion aus der Haftanstalt bei Minneapolis ausgebrochen. Die ist hier ganz in der Nähe.«

»Wer zur Hölle ist denn jetzt wieder Ben Adams?«

Arizona seufzt und tippt auf die Zeitung auf ihrem Schoß. »Ein junger hübscher Kerl mit Hipster-Bart, vermutlich bewaffnet. Hat sich einen Tunnel aus seiner Zelle gegraben und sich danach irgendwo abgeseilt. Gesucht wegen Geiselnahme und Erpressung.«

Hinter uns heult ein Motor auf und ein schwarzer Porsche schießt an uns vorbei. Chesters Porsche, das erkenne ich an dem s-förmigen Kratzer am Heck.

Lass mich an der Ecke Cottage Ave und Lincoln Road raus, tippe ich in mein Handy und halte es James bei der nächsten roten Ampel unter die Nase.

»Wieso?« Er betrachtet mich argwöhnisch im Rückspiegel und sieht mit den schwarzen wilden Locken fast aus wie Dad.

Bin dort verabredet, wir laufen den Rest!, tippe ich.

Er seufzt, als durchschaute er die Lüge sofort. »Ich fahre dich zu deiner Schule und sonst nirgendwo hin. Wenn ich dich bei der Lincoln rauslasse, kommst du zu spät.«

Ich bin verabredet!!!, schreibe ich mit drei Ausrufezeichen und einem Gefühl von Panik in der Brust. Ich kann nicht in die Schule. Meine Schutzschilde funktionieren heute nicht.

Die Ampel schaltet auf Grün und er schüttelt nur den Kopf.

Er fragt nicht einmal, mit wem ich verabredet bin, so wenig glaubt er die Lüge. Klar, ich habe schließlich keine Freunde, wer sollte sich schon mit Kansas Montgomery treffen!

Fieberhaft überlege ich, was ich tun soll, während James stoisch über die Hauptverkehrsstraße braust. Ich hasse es, dass sie mich immer wegdrücken wie ein unerwünschtes Telefonat, vielleicht fuchtele ich deshalb mit meinem Handy vor James' Gesicht herum.

Plötzlich schreien beide auf.

»Scheiße!« – »Pass auf!«

Bremsen quietschen. Ein harter Ruck katapultiert mich nach vorn, mein Kopf prallt gegen die Kopfstütze des Beifahrersitzes.

»Verfluchte Scheiße, Kansas! Bist du verrückt?«, fährt James mich erbost an.

Erschrocken richte ich mich auf und reibe mir über die Stirn. Der Wagen steht.

James sieht grimmig von mir auf die Straße, die Hände fest um das Lenkrad geklammert.

»Sie kann nichts dafür, er ist dir direkt vors Auto gerannt. Todessehnsucht oder so«, verteidigt mich Arizona ausnahmsweise und ich höre den Schreck in ihrer Stimme. »Zum Glück hast du ihn nicht erwischt.«

»Sie hat mich mit ihrem Scheißhandy total abgelenkt!«

Rasch rutsche ich ein Stück in die Mitte, lehne mich vor und werfe einen Blick auf den jungen Mann, der offenbar der Grund für das scharfe Bremsen war.

Er steht rechts neben der Kühlerhaube und schaut durch die Frontscheibe ins Innere. Finster zusammengekniffene Augen taxieren uns einen nach dem anderen und auch wenn seine blonden Haare tief ins Gesicht fallen, erkennt man deutlich, dass uns der Typ am liebsten bei lebendigem Leib rösten würde. Für einen Moment habe ich ein Déjà-vu, als hätte ich ihn schon mal irgendwo gesehen, aber wenn, wäre es keine gute Erinnerung.

»Kennst du den?« Arizonas Stimme klingt eine Spur zu schrill.

»Nein.« James steigt aus. »Bist du okay?«, fragt er an den Blonden gewandt.

Der Typ mit dem finsteren Blick erwidert nichts, sondern starrt immer noch durchdringend ins Innere des Wagens, als hätte er völlig vergessen, wo er ist.

»Meine Güte, eine Mischung aus Rebell- und Surfer-Charme«, flüstert Arizona ehrfürchtig vor sich hin. »Ganz sicher ein Hill.«

Hills, so nennt sie die superreichen Kensington-Typen, die im hügeligen Westen von Cottage Grove wohnen. Typen wie Chester, Hunter und Zachery. Scheißkerle, auf die sie steht. Doch Mr. Gloomy-Eye trägt Jeans und T-Shirt, keine karierte Stoffhose mit Burberry-Polo, in denen die Hills immer aussehen, als gingen sie nach der Schule direkt auf den Golfplatz.

Als ich mich urplötzlich Auge in Auge mit ihm wiederfinde, rutsche ich instinktiv ein Stück zurück. Mein Herz schlägt plötzlich schneller.

»Hey, alles klar bei dir?«, fragt James jetzt lauter. »Brauchst du Hilfe?«

Der Blonde weicht zur Seite, ohne James Beachtung zu schenken. Langsam geht er in die Hocke. Erst da entdecke ich das heillose Durcheinander, das sich über den Bordstein und den Straßenrand verteilt. Irgendwelcher Mechanikkram, eine Rundschlinge und metallene Ösen. Nichts, was man in der Schule benötigt, und für einen Schüler scheint er sowieso zu alt zu sein.

Noch ehe ich weiter darüber nachdenken kann, hupen mehrere Autos hinter uns los. Ich sehe durch die Heckscheibe. Wir stehen mitten auf der Straße und verursachen einen Stau.

»Dann eben nicht!«, ruft James und zuckt mit den Schultern. Er steigt wieder ein und schlägt die Tür zu. »Übrigens, Arizona, Sigmund Freud nannte es Todestrieb, nicht Todessehnsucht.«

Mr. Gloomy-Eye kniet immer noch gefährlich nahe am Wagen, um den Inhalt seines Rucksacks aufzusammeln. Er scheint sich nicht darum zu scheren, ob er überfahren wird.

»Egal was für ein Trieb ... Hast du diesen Blick gesehen? Als wollte er uns erdolchen ... das war so sexy ... Oh Mann, eine glatte Zehn!«

James beachtet sie nicht weiter und wirft mir einen bitterbösen Blick zu. »Steck sofort dein Handy ein. Ich fahre dich jetzt zur Kensington, keine Widerrede! Und ich rufe bei Dad an, dass du schon wieder schwänzen wolltest. Vielleicht kommt er ja persönlich vorbei, um dich zu kontrollieren.« Seine Augen funkeln. »Schau mich nicht so an, als wäre ich das Ungeheuer! Du hast dir das alles selbst zuzuschreiben. Es ist kein Wunder, dass du keine Freunde hast, wenn du deine Mitschüler bestiehlst! Sei wenigstens so mutig und steh es durch.« Kopfschüttelnd gibt er Gas, dann sagt er nur noch: »Ich frage mich manchmal, wohin meine kleine Schwester verschwunden ist. Was ist bloß aus dir geworden? Verstehst du sie noch, Ari?«

Arizona antwortet nicht. Sie sagt einfach gar nichts zu meiner Verteidigung.

Meine Hände zittern und ich beiße mir ganz fest auf die Unterlippe. Ich stehe es einfach durch. Vielleicht hatte Mum ja doch recht. Vielleicht muss ich einfach nur lange genug warten, vielleicht wird dann alles gut.

KAPITEL ZWEI

Während ich mich zwischen Schulzaun und einem dichten Kirschlorbeer verstecke, schreibe ich Mr. Spock eine Nachricht: *Ich muss in die Sommerschule.* Der Satz reicht, um die Katastrophe deutlich zu machen.

Das Problem beim Zuspätkommen ist das exakte Timing. Ich muss warten, bis die Gänge leer sind, es aber trotzdem noch vor dem Lehrer ins Klassenzimmer schaffen. Wir haben heute Philosophie bei der überpünktlichen Mrs. Elliott, also gehe ich direkt nach dem zweiten Klingeln durch das schmiedeeiserne Tor. *Kensington High – Privatschule* steht in goldenen Lettern darauf. Dahinter beginnt der Hof mit dem altenglischen Pflaster, den Platanen und Oleanderbüschen, mein alltäglicher Gang nach Golgatha.

Die Tasche an den Bauch gepresst sehe ich mich vorsichtig um, ob sich irgendwelche Grüppchen hinter den üppigen Oleandern verstecken, aber ich entdecke niemanden.

Ich wollte nie auf diese Schule. Leider ist die Kensington die einzige High School im Umkreis, die das psychologische Gutachten und die medizinischen Attests anerkennt. Oder vielmehr erklärt sich die Lehrerschaft bereit, auf eine mündliche Note zu verzichten, und akzeptiert anstelle von Referaten auch Hausarbeiten.

Nach außen hin wirkt die Schule so friedlich, dass ich schreien könnte. Das Schulgebäude ist ein modernisiertes Backsteingebäude, das eher an eine viktorianische Abtei erinnert als an eine High School.

Ich habe Dad bekniet, mich von dieser Schule zu nehmen und es mit Homeschooling zu versuchen, aber er hat sich geweigert. Ich würde mich sonst noch mehr abschotten.

Nach einem kurzen Zögern hole ich tief Luft, dann husche ich durch die Tür und haste durch die imposante Backsteinhalle mit der hohen Decke. Allein der Geruch dreht mir den Magen um. Es riecht alt und ehrwürdig, nach Weihrauch, wie in einer Kirche.

Mit einem Blick um die Ecke checke ich den Gang. *Mist!* Ausgerechnet die Gruppe um Brent steht noch vor den Spinden. Zehntklässler. *Übel!* Jünger als ich, jedoch größer, und sie himmeln Chester und Hunter an. Ständig müssen sie ihnen beweisen, wie cool sie sind, damit sie auf alle In-Partys der High Society eingeladen werden.

Für einen Moment will ich mich wieder in die Halle zurückziehen, doch einer von ihnen hat mich bereits entdeckt, daher laufe ich weiter. Vielleicht lassen sie mich heute in Ruhe, sie sind ja ebenfalls zu spät.

Ich senke den Kopf und versuche unauffällig an ihnen vorbeizukommen, weiß aber schon jetzt, dass es zwecklos ist. Es gibt mindestens einen dämlichen Spruch.

Schau sie nicht an! Tu so, als wären sie nicht da!

Plötzlich ist es still, die Gespräche sind verstummt. Ich bin genau auf ihrer Höhe, laufe vorbei und wappne mich innerlich gegen den Angriff, den ich nie rechtzeitig kommen sehe.

»Hey, Montgomery!« Ohne Vorwarnung bekomme ich einen Stoß in den Rücken und pralle mit voller Wucht an die Backsteinwand gegenüber den Schließfächern. Ein scharfer Schmerz fährt mir in die Schulter, dort, wo mein blauer Fleck ist, aber kein Laut dringt aus meinem Mund.

Schnell gehe ich weiter, ohne einem von ihnen ins Gesicht zu schauen, doch ich habe Pech. Sie laufen mir nach wie Tiere auf Beutezug. »Montgomery«, sagt jemand halblaut. »Montgomery«, echot ein ganzer Chor. Ich spüre ihre Sensationslust in der weihrauchgeschwängerten Luft knistern.

»Hey, Montgomery, sag doch mal was!« Wieder trifft mich ein Stoß, diesmal so hart, dass ich taumele und mit dem Kopf seitlich gegen die Wand knalle. Hyänengelächter schwirrt um mich herum.

Ich klammere mich an meine Tasche und setze einen Fuß vor den anderen. Meine Schläfe pocht. Ich will hier weg und am besten Millionen Lichtjahre entfernt sein.

»Hör auf, uns zu ignorieren! Bleib stehen!« Brent packt mich am Arm und schubst mich grob in Richtung der Spinde. »Du bist heute schon wieder zu spät!« Er baut sich demonstrativ vor mir auf, was bedeutet, ein Vorbeigehen an ihm würde nur weitere Attacken nach sich ziehen. »Hat Chester dir nicht gesagt, dass du vor dem Läuten hier sein musst?« Die Meute umzingelt mich in einem Halbkreis, ich stehe mit dem Rücken zu den Schließfächern, ein Griff bohrt sich hart in mein Schulterblatt.

»Antworte ihm gefälligst!«, fährt mich ein Schwarzhaariger an, den ich noch nie in dieser Gruppe gesehen habe.

Meine Kehle fühlt sich an, als hätte eine Wespe hineingestochen.

»Zachery sagt, sie würde nicht mal schreien, wenn du ihr den Arm brichst«, spottet jemand.

»Sie schreit wahrscheinlich nicht mal, wenn sie gefickt wird«, ruft ein anderer aus der Menge. Ihr brüllendes Lachen schüttet sich über mir aus.

»Wer will schon Kansas Montgomery ficken?«

Ich starre auf ihre Füße, die alle in weißen Nobelturnschuhen stecken, und stelle mir vor, nicht mehr Ich zu sein.

»Sag doch was, Montgomery! Schrei doch mal!«, rufen sie durcheinander.

Keine Sekunde später werde ich erneut nach vorne gezogen, gestoßen, festgehalten und wieder weggeboxt wie ein Punchingball. Alles verschwimmt vor meinen Augen. Schließfächer, aufgeheizte Körper und unzählige Hände, aber ich wehre mich nicht. Nicht mehr. Meine Hilflosigkeit ist zu armselig. Stattdessen klinke ich meinen Geist aus, höre das metallische Scheppern und die kauderwelschartigen Rufe wie aus der Ferne, spüre den Schmerz bloß mit einem Teil meines Bewusstseins. Der andere Teil wartet, bis alles gut wird, und denkt an die schönen Worte von Rumi aus *Kansas' Strange & Beautiful Words. A Collection.*

Doch bin ich frei wie der Wind. Worte, die ich irgendwo einmal gelesen habe. *Werde zum Himmel!* Worte, von damals bei den Davenports: *Weil ich nicht schlafen kann, musiziere ich in der Nacht.*

Ich halte an diesen Worten fest, die so traurig und wunderbar sind, und wie immer hören die Hills nach einiger Zeit auf, aus einem Grund, den ich nie wirklich begreife.

Vielleicht wird es ihnen einfach zu langweilig.

Still stehe ich da, den Blick zum Boden. Mein Herz hämmert so laut, dass es den hohen Flur auszufüllen scheint, aber ich zeige keine Gefühlsregung, obwohl mir alles wehtut.

»Übrigens, damit du es weißt«, höre ich Brent jetzt sagen, »Chester

hat irgendein Ding am Laufen. Er wollte noch nicht viel verraten, aber er hat uns eine Menge Spaß versprochen.« Irgendjemand prustet los. Im nächsten Moment boxt Brent mir brutal auf den Oberarm. »Das ist für dein dämliches Schweigen.«
Ich rege mich nicht, aber seine Worte echoen in meinem Kopf. Als er nochmals zuschlägt, zucke ich zusammen.
Der Schwarzhaarige lacht.
Ein weißes Rauschen erfüllt meinen Kopf. Ich kralle die Finger in meine Tasche und versuche krampfhaft, alles auszublenden, da ertönt ein Pfeifen. *Das Signal.*
»Zu dumm!« Brent schubst mich gegen den Schwarzhaarigen, der mich mit einem »Verpiss dich, Freak!« in den leeren Gang stößt.

Ich stolpere und lande unter dem Gelächter der anderen auf dem Boden. Weil ich mich nicht traue aufzustehen, bleibe ich reglos und mit pochendem Herzen liegen. In mir ist überhaupt kein Gefühl, nicht einmal Wut. In diesem Moment spüre ich bloß das dumpfe Pulsieren in meinen Oberarmen, das Pochen in der Schulter und eine grenzenlose Erschöpfung. Im Grunde bin ich einfach nur froh, dass die erste Attacke vorbei ist.

Als alles still ist, rappele ich mich auf, gleichzeitig vibriert mein Handy, das ich vorhin auf stumm geschaltet habe. Wie im Nebel hole ich es heraus.

Mr. Spock schreibt: *Das ist richtige Scheiße, Kans. Das tut mir leid. Wie geht es dir jetzt?*

Ich brauche ein paar Sekunden, bis ich darauf komme, dass er die Sommerschule meint. *Gut,* tippe ich mit zitternden Fingern. Ich habe gerade keine Kraft für die Wahrheit.

* * *

Wie durch ein Vakuum laufe ich die Stufen zu Mrs. Elliotts Klassenraum nach oben und finde die Tür offen vor. Mrs. Elliott ist noch nicht da, aber auch darüber empfinde ich keine Erleichterung.

Mit klopfendem Herzen setze ich mich an meinen Platz ganz nach vorne, der Stuhl neben mir ist frei. Geräuschlos packe ich meinen Block und einen Kugelschreiber aus, als die übermotivierte Mrs. Elliott ins Klassenzimmer gestürmt kommt. Der burgunderrote Schal flattert wie ein Banner hinter ihr her und passt farblich wie immer exakt zu ihren Schuhen.

Ich höre sie die Klasse begrüßen, doch dann schalte ich ab. Es liegt nicht an Mrs. Elliott, sie ist immer freundlich und ihr Kurs ist für mich der sicherste Ort der Schule. Hier gibt es keine *Wir-schauen-mal-ob-sie-wirklich-nicht-schreit-Späße*, keine *Chester-hat-gesagt-Anschläge*; hier sitzen nur die Intellektuellen aus dem Debattierklub, denen ich komplett egal oder einfach nur peinlich bin. Evan Larson ist der Einzige, der mir hier gefährlich werden könnte, doch ohne Chester und seine Horde tut er mir nichts. In der Middle School war ich mal heimlich in ihn verliebt, aber da war er auch noch kein Mitläufer.

Mit zitternden Fingern kritzele ich geometrische Figuren auf meinen Block. Langsam tauche ich wieder aus dem Nebel des Angriffs auf. *Jede Menge Spaß.* Ich kann mich nicht auf den Stoff konzentrieren. Chester bekommt immer, was er will. Nur von mir nicht. Vielleicht reizt ihn das. Ich kann echt nicht verstehen, wie sich Arizona ernsthaft in ihn verlieben konnte – wenn sie überhaupt wirklich in ihn verliebt war. Sie schwärmt ja sowieso jeden Monat für einen anderen Typen.

»Es wäre schön, wenn du deine Aufmerksamkeit wieder der Metaphysik zuwenden könntest, Kansas!«

Bei meinem Namen schrecke ich auf. Irgendjemand kichert.

Mrs. Elliott lächelt mich beruhigend an und erinnert mich mit ihren blonden Locken mal wieder an eine ältere Ausgabe meiner Schwester. Ich schaue schnell auf meine Kritzeleien und sie fährt fort:

»Wir haben in diesem Schuljahr gelernt, dass das Aufbrechen der Sinnfrage ein Phänomen der Moderne ist. Wir haben weiterhin die vier Schritte des Aufbrechens durchgenommen. In der christlich-abendländischen Kultur bezog sich alles auf einen Schöpfer. Die Frage nach dem Sinn konnte nur auf Gott zurückgeführt werden, der Mensch lebte nach seiner genauen Regieanweisung. Mit dem Zerbrechen dieses Weltbildes kamen wir zu Kant, der die Sinnfrage mit sinnvollem Handeln beantwortete, aber ebenfalls nicht um eine höhere Macht herumkam. Widersprochen hat ihm Nietzsche mit der Aussage: *Gott ist tot!* Der Mensch muss sich seinen Sinn selbst erschaffen … Kommen wir jetzt zu eurer Aufgabe für die Sommerferien.«

Ein Aufstöhnen geht durch die Klasse, besonders laut murrt Evan. »Es heißt Ferien, Mrs. Elliott. Sagt Ihnen das Wort etwas?«

Mrs. Elliott lacht, ein junges selbstbewusstes Lachen, um das ich sie beneide. »Ihr werdet mir eines Tages dafür dankbar sein. Wer wiederholt noch einmal, was ein Aphorismus ist?«

Elijah, der Schul-Nerd, meldet sich mit laut schnipsenden Fingern und springt fast vom Stuhl auf. »Ein Aphorismus ist ein Sinnspruch, der eine Einsicht oder Grundwahrheit beinhaltet«, schießt es aus ihm heraus, nachdem Mrs. Elliott ihn aufgerufen hat.

»Besser hätte es Wikipedia nicht formulieren können«, brummt Evan aus der letzten Reihe.

»Das ist ein Zitat aus dem aktuellen Wörterbuch«, gibt Elijah verschnupft zurück. Die anderen lachen.

Ich wische meine verschwitzten Finger an meiner Jeans ab und bin froh, nicht mehr im Mittelpunkt der Aufmerksamkeit zu stehen, als Mrs. Elliott in die Hände klatscht.

»Unanfechtbar wie immer. Theodor Fontane sagte: Ein guter Aphorismus ist die Weisheit eines ganzen Buches in einem einzigen Satz.« Sie legt eine Folie auf. »Evan, Handy weg und vorlesen bitte.« Ihr charmanter Tonfall steht im krassen Widerspruch zu der knappen Anweisung. Ich glaube, sie bringt einfach nichts aus der Ruhe.

Evan seufzt übertrieben genervt. »Wenn es sein muss. Also:

1. Ziel des Lebens ist Selbstentwicklung. Das eigene Wesen völlig zur Entfaltung zu bringen, das ist unsere Bestimmung! *Oscar Wilde*

2. Der Sinn des Lebens liegt nicht darin, dass wir ihn einmal finden, sondern darin, dass wir ihn immer wieder suchen. *Ernst Ferstl*

3. Punkrock ist musikalische Freiheit. Es ist Sagen, Tun und Spielen, was du willst. Laut Wörterbuch bedeutet NIRVANA Freiheit von Schmerz, Leid und der äußeren Welt, und das ist meiner Definition von Punkrock ziemlich ähnlich. *Kurt Cobain, Nirvana*

4. Ich glaube, der Sinn unseres Lebens ist, glücklich zu sein. *Albert Hofmann (Entdecker des LSD, nicht wörtlich, nur sinngemäß).*«

Bei den letzten Worten lacht die Klasse, Evan ebenfalls.

Mrs. Elliotts rot nachgezogene Lippen zeigen nicht mal die Andeutung eines Lächelns. »Ich möchte, dass ihr über die Ferien euren eigenen Aphorismus über den Sinn des Lebens verfasst und eine fünf- bis zehnminütige mündliche Präsentation vorbereitet.« Sie sieht mich an und mir wird ganz heiß. Ich hoffe, die Befreiung meiner mündlichen Leistungen wird auch im Seniorjahr verlängert, sonst starte ich im Herbst mit einem F ins neue Jahr.

Andererseits ist dieses Problem ein Universum weit von meinem jetzigen entfernt. Mein Leben macht sowieso keinen Sinn, ich habe nichts zu sagen, weder mündlich noch schriftlich. Ich habe nur ein Ziel: Mich vor der Welt zu verstecken und dem Kampf zu entgehen, den ich nie begonnen habe und bei dem ich immer der Verlierer bin. Und mir ist auch nur ein Satz von der Folie im Kopf geblieben: *Laut Wörterbuch bedeutet NIRVANA Freiheit von Schmerz, Leid und der äußeren Welt.*

Kurt Cobain hat sich erschossen.

* * *

Zwischen Philosophie und Englisch fallen mir aus dem Spind angebissene Brote und halbleere Joghurtbecher entgegen. Cola schwappt aus einer offenen Dose über meine Flip-Flops, während ein paar Siebtklässlerinnen um mich herum unverhohlen kichern. Eine Gruppe Älterer macht einen Bogen um mich, als hätte ich die Pest, und Tom aus dem Lacrosse-Team kickt mein Englischbuch in die Colapfütze.

Ich bin es so leid. All das, aber vor allem das Lachen. Auf Händen und Knien sammele ich den stinkenden Müll ein, flüchte auf die Toilette und wasche dort meine Hände, Schuhe und die Füße unter dem Hahn. Natürlich komme ich zu spät in Englisch, wo ich noch einen Anschiss von Mr. Walker kassiere, der mich herablassend immer nur *The-Silent-Girl* nennt. Ich quäle ein entschuldigendes Lächeln auf mein Gesicht, doch da ist sein Interesse an mir schon abgeflacht und er scherzt mit Sarah, der Anführerin der Cheerleader.

Kaum sitze ich auf meinem Platz, branden Stimmen hinter mir auf. *Montgomery, du hässliche Diebin, du mieses Stück Dreck. Stinkige Bitch.* Alles Hills in Golferklamotten, Freunde von Chester. Einer von ihnen ist Hunter, Chesters bester Kumpel. Die Mädchen fahren voll auf sein Modelgesicht ab, er spielt im Lacrosse-Team und er denkt, er könnte sich alles erlauben. Nein, falsch, er kann sich alles erlauben. Ihn hasse ich neben Chester am meisten.

Ich versuche mich auf den Unterricht zu konzentrieren, aber ich habe jetzt schon Angst vor der Mittagspause, Angst vor Biologie und Kunst.

Meine Oberarme tun weh. Konzentriert atme ich ein und aus. Die Luft im Klassenzimmer ist stickig und schwül, die Zeit einzementiert. Von hinten fliegen Papierkügelchen gegen meinen Kopf, ein paar schimmelige Cocktailtomaten sind auch dabei, eine landet auf meinem verklebten Englischbuch. Manchmal frage ich mich, wie krank man sein muss, dass man Tomaten extra vergammeln lässt, nur um andere damit zu bewerfen. Als ich die matschige Tomate von meinem Englischbuch löse, beschuldigt mich Mr. Walker, für die Sauerei im Klassenzimmer verantwortlich zu sein, und verdonnert mich dazu, nach der Stunde aufzuräumen. Unterdrücktes Gekicher folgt seinen Worten.

Ich presse die Nägel in meine Handfläche und atme tief durch.

Eine Weile bleibt es still und ich denke, es ist vorbei. Jetzt muss ich nur noch Biologie, die Mittagspause und Kunst überstehen.

Doch dann flüstert Hunter direkt hinter mir: »Wir kriegen dich, Montgomery. Alle.«

Meine Hände zittern so sehr, dass ich sie unter meine Oberschenkel schiebe, damit es keinem auffällt. Am liebsten würde ich aufspringen und aus dem Raum flüchten, doch ich bin wie erstarrt.

Als Mr. Walker mich an die Tafel ruft, kann ich nicht aufstehen. Ich sitze nur da und höre seine Worte, als kämen sie aus einem Brunnenschacht. *Ewige Sonderbehandlung, Silent-Girl, Faulenzerin, die ihr Leben nicht auf die Reihe kriegt.* Ich kann nicht atmen. Ich kann keinen klaren Gedanken fassen. Ich kriege nicht mal mit, dass es klingelt, nur, dass ich wegen Leistungsverweigerung einen Eintrag bekomme. Als ich die Tomaten und Papierkügelchen einsammle, fühle ich mich immer noch wie benebelt und den Rest des Tages wandele ich umher wie ein Geist, auch wenn es keine nennenswerten Vorfälle bis zu der Mittagspause gibt.

Es ist fast auffällig ruhig. Zu ruhig.

Nach der Bio-Stunde drücke ich mich so lange im Gang vor dem Lehrerzimmer herum, bis alle in der Cafeteria sind und Mrs. Elliott mich rausschickt, um Pause zu machen – auf dem Hof oder in der Kantine. Doch in die Kantine kann ich nicht. Ich esse nicht in der Öffentlichkeit, außerdem nehmen mir die Hills sowieso nur das Tablett weg oder setzen sich zu mir, um mich mit Ketchup vollzuspritzen oder mein Gesicht in Kartoffelbrei zu tunken.

In der Mittagspause bleiben mir nur zwei Möglichkeiten:

Entweder ich verstecke mich im Keller bei den alten Bühnenkulissen im Schrank oder ich sitze meine Zeit auf der kaum benutzten Toilette bei der Turnhalle ab. Da Chester gerade Kunst hatte, traue ich mich nicht in die Kellerräume, also verziehe ich mich auf die Mädchentoilette und setze mich im Vorraum auf den Boden, direkt neben die Tür. Auch hier sind die Decken hoch, Backsteinwände mauern den Geruch nach Weihrauch ein, aber wenigstens bin ich sicher.

Müde lehne ich den Kopf an die kalte Mauer und ziehe die Beine an meinen Körper. Ich fühle mich ausgebrannt und leer. Vielleicht bin ich ernsthaft krank. Ich schlafe kaum noch und meine Noten werden immer schlechter. Im Unterricht kann ich mich nicht konzentrieren und ich esse zu wenig. Oft bin ich nach der Schule so kaputt, dass ich es nicht einmal schaffe, meine Hausaufgaben zu machen. Nachts, wenn ich nicht schlafen kann, erledige ich oft die Wäsche oder putze das Haus, weil es sonst keiner macht und es jeder von mir erwartet – ich trage ja sonst nichts zur Familie bei und habe schließlich Zeit; immerhin gehe ich weder auf Partys noch shoppen noch habe ich Freundinnen, die sich mit mir treffen wollen.

Wir kriegen dich. Alle.

Ich versuche, nicht an diese Drohung zu denken, aber sie geht mir nicht mehr aus dem Kopf.

Ich hätte heute Morgen springen sollen.

Mit zittrigen Händen wische ich mir über das Gesicht.

NIRVANA bedeutet Freiheit von Schmerz, Leid und der äußeren Welt.

Erschöpft schließe ich die Augen. Ich will mich nur ein bisschen ausruhen. Ein bisschen der Panik entkommen und der Einsamkeit. Womöglich ist diese völlige Einsamkeit auch das Schlimmste. Als Jenny noch hier auf die Schule gegangen ist, war es nicht ganz so übel. Wir waren zwei Außenseiter, die sich zusammengetan haben, und sie haben uns meist in Ruhe gelassen. Aber das war auch vor dem Vorfall. *Der Vorfall.* Seitdem redet Arizona nicht mehr mit mir. Seither habe ich die Kontrolle über mein Leben verloren.

Auf einmal fliegt die Tür so ruckartig auf, dass sie mit einem lauten Krachen gegen die Mauer stößt.

»Montgomery! Sieh einer an! Hier versteckst du dich also. Abigail hatte recht.« Allein Chesters Stimme jagt ein Gefühl von Abscheu und Panik durch meine Adern.

Aus einer instinktiven Angst heraus stehe ich auf und weiche in die Mitte des Raums zurück, was er mit einem spöttischen Grinsen quittiert. Wenn er nur wüsste, wie sehr mich sein schmieriges Dressman-Gesicht und das blau-weiß-gestreifte Golferpolo anwidern, dieses snobistische Gehabe und seine nach oben geföhnten rotblonden Haare. Wenn es nach mir ginge, könnte er in dem Koiteich seines Vaters ertrinken.

Lässig schlendert er auf mich zu, flankiert von seinen getreuen Gefolgsmännern Hunter und Zachery, Evan hält sich im Hintergrund.

»Warum so still? Hat es dir bei meinem Anblick die Sprache verschlagen?«, fragt er mit einem anzüglichen Augenzwinkern und die anderen lachen.

Ich komme mir vor, als hätte er mir einen Fausthieb in den Magen verpasst. Schritt für Schritt gehe ich rückwärts, bis ich eine Wand im Rücken spüre.

Dicht vor mir bleibt er stehen. »Ich habe heute etwas ganz Besonderes mit dir vor. Wenn du nicht willst, sag es mir besser gleich. *Jetzt!*«

Irgendetwas ist anders. Mein Körper ist von meiner Stille betoniert, ich kann nicht einmal den Kopf schütteln.

Dafür hebt Chester mit einem seltsamen Lächeln die Schultern. »Habt ihr Protest gehört, Jungs?«

»Nicht ein Wort.« Der dunkelhaarige Hunter taxiert mich verschlagen aus seinen Schakalaugen und seine geflüsterten Worte aus dem Englischkurs kriechen mir kalt und unheimlich über die Haut.

»Ich auch nicht.« Chester sieht Evan an. »Warte vor der Tür und lass niemanden rein, klar?«

Aus der Angst, die wie Wasser in mich hineinsickert, wird eine explosive Flut, die alle Gedanken ertränkt. Ich will an Chester vorbeirennen, aber er steht viel zu dicht vor mir. Und er ist groß.

»Zach!« Er nickt dem affektierten Blassen mit dem Mittelscheitel zu, der daraufhin meine Tasche aufhebt, öffnet und ins Waschbecken wirft.

»Und jetzt, Montgomery? Was machen wir jetzt mit dir? Hier so ganz allein?« Das Glimmen in Chesters wasserhellen Augen ist noch intensiver geworden. Und bedeutungsvoller.

Abwehrend strecke ich die Arme nach vorn, doch er packt meine Handgelenke, drückt sie nach unten und umschließt sie mit einer Hand. Für ein paar Sekunden kämpfe ich gegen seinen Griff an, aber es ist völlig zwecklos. Wie immer. Ich komme nicht gegen ihn an. Ich komme nie gegen irgendwen an.

Mit einem eigenartigen Blick mustert er mich, dann nickt er zu

Zachery, dessen Finger auf dem Wasserhahn liegen. Kaum merklich dreht er am Hahn und ein paar Tropfen nieseln in meine Tasche.

»Sag ihm, er soll es lassen!«

»Oh ja, sag's ihm«, pflichtet Hunter bei, aber es klingt mehr wie ein dreckiges *Zeig's ihm!* Er lehnt lässig an der Wand, riesengroß und furchteinflößend.

Panisch sehe ich von einem zum anderen. Hunters Augen glänzen unnatürlich, beinahe fiebrig. Es geht nicht um meine Tasche. Nein, es geht nie um die nebensächlichen Dinge, es geht ihnen immer nur um Macht. Um Unterwerfung. Und natürlich bleibe ich stumm.

Ich hasse mich dafür.

Chester seufzt theatralisch, als täte ihm das alles furchtbar leid. »Nicht meine Schuld, Montgomery ... Dreh auf, Zach!«

Wieder reiße ich an meinen Handgelenken, aber Chesters Griff ist zu fest, er bricht mir fast die Knochen. Hilflos sehe ich mit an, wie Zachery den Wasserhahn aufdreht und sich meine Stofftasche binnen Sekunden mit Wasser vollsaugt. Meine Hefte, meine Bücher, mein Notizbuch mit den schönen Wörtern. Mein Foto von Mum.

»Du hättest nur *Stopp* sagen müssen. Oder *Lass es!*« Im nächsten Moment packt Chester meinen Kiefer und presst mich hart gegen die Fliesen. »Du hättest nur *irgendetwas* sagen müssen, Silent-Girl!« Jetzt klingt er zornig. Doch nur wir beide wissen, warum er wirklich so wütend ist. Ganz tief beugt er sich zu mir hinab und sein feuchter Atem streift mein Gesicht. »Weißt du, was Hunter sagt?«

Ich sehe an ihm vorbei auf die Backsteinmauer.

Weil ich nicht schlafen kann, musiziere ich in der Nacht. Das stand damals an der Wand, als ich mich im Palast seiner Eltern vor ihm versteckt habe. In dem gigantischen mehrflügeligen Trakt seines Bruders. Eine Zeile aus Rumis Liebesgedichten.

»Schau mich gefälligst an, Montgomery!«

Ich tue, was er sagt, weil er die Finger immer härter in meine Wangen gräbt.

»Er sagt, du musst einfach nur mal richtig gefickt werden, dann würdest du auch schreien.« All meine Gedanken laufen ins Leere. »Und? Stimmt das? Bist du heiß drauf, gefickt zu werden? Schreist du dann endlich?« Er riecht nach etwas Saurem, wie unverdünnter Essig. Wie damals. Ekel krampft meinen Magen zusammen. Sein Gesicht ist ganz nahe vor meinem. »Vielleicht habe ich ja mit ihm gewettet.« Im nächsten Augenblick presst er seine Lippen auf meinen Mund und

stößt die Zunge in mich hinein. Sekundenlang bin ich vor Schock wie gelähmt. Ich kann nichts tun. Noch nicht mal etwas fühlen.
»Was für eine Slut! Sie wehrt sich gar nicht. Es gefällt ihr, Ches!«, höre ich Hunter spotten, doch da gibt mich die Schockstarre frei.
Mit aller Kraft reiße ich an meinen Händen, versuche, den Kopf zu drehen, aber es ist völlig zwecklos. Panik wirbelt durch meine Adern. Wie blind trete ich um mich, treffe etwas und werde ruckartig losgelassen.
»Schlampe!« Chester packt mich an den Haaren und reißt so fest daran, als wollte er mich skalpieren. »Halt sie fest, Hunter!«
Manchmal geschehen die Dinge so schnell und unerwartet, dass man nichts tun kann. Hunter schnappt meine Hände, dreht mir die Arme auf den Rücken und zieht sie nach oben. Roter Schmerz flackert vor meinen Augen, doch selbst jetzt kommt kein Laut aus meinem Mund.
»Du willst es doch, Montgomery, gib's schon zu!« Chester packt mich ein zweites Mal um den Kiefer, während Hunter mich in seinem Klammergriff fixiert.
Dieses Mal gebe ich auf, diesen Moment gibt es immer. Ab da warte ich nur noch, bis sie mit mir fertig sind und alles vorbei ist. Mein Geist taucht nach innen. *Each Night the Moon ...* Trotz meiner Übung im Ausblenden gelingt es mir diesmal nicht. *The Lover who counts ...* Meine Angst, was sie noch alles machen könnten, ist zu groß. Die Wörter trudeln wild durch meinen Kopf. Ich spüre etwas Widerliches, Schleimiges in meinem Mund, kratzige Bartstoppeln auf der Haut und etwas Saures, das mich erstickt. Finger unter meinem Shirt. Ich bin benommen von meiner Hilflosigkeit. Alles flackert, wird für ein, zwei Augenblicke schwarz.
»Das ist deine Schuld, Montgomery. Du hättest *nein* sagen können. Du kannst sprechen. Also kannst du auch *nein* sagen, oder nicht?« Chester atmet mir stoßweise in den Mund, während sich seine Hand unter meinen BH schiebt, den weißen mit den kindischen rosafarbenen Herzen. Sein Gesicht schwebt vor meinem, so nahe, so dicht, dass ich vor lauter Angst nicht atmen kann. Mit feuchten heißen Fingern quetscht er meine Brust zusammen. »Und jetzt, Montgomery, was jetzt? Willst du mich nicht aufhalten?« Seine Augen brennen und ich möchte sterben. An etwas anderes denke ich nicht mehr. Wie aus einem anderen Land höre ich ein anzügliches Schmatzen und Geflüster, Dinge, die Chester mit mir machen soll. Alles ist verschwommen.

Ich weiß nicht mal mehr, ob Chester mir noch mal seine Zunge in den Hals gestoßen hat, als von draußen Stimmen aufbranden.

Kurz darauf klopft es. »Fertig werden, Jungs!«, sagt Evan vor der Tür.

Ich weiß nicht, was dort vor sich geht, aber es rettet mich. Hunter lässt mich los, Chester weicht zurück und wischt sich demonstrativ mit dem Handrücken über den Mund. »Schau nicht wie ein Lämmchen! Wir alle wissen, dass du es brauchst. Und abgesehen davon solltest du uns dankbar sein, dass wir dir etwas beibringen. Du küsst nämlich wie ein toter Fisch, Montgomery!«

»Schätze, sie braucht noch ein paar Lehrstunden!« Hunter lacht.

Ich will sie anspucken, doch vor Panik ist mein Mund so trocken wie die Wüste. Scham und Angst brennen in meiner Brust. Für Sekunden stehen sie alle da und starren mich an. Was, wenn Evan denjenigen, der hier rein will, vertreiben kann? Wenn es Neuntklässler sind, die sich abwimmeln lassen?

Ich presse die Nägel in meine Handfläche, da klopft es nochmals. »Abigail lenkt Mrs. Elliott ab. Beeilt euch!«

Chester und Hunter tauschen einen Blick. »Zach!« Chester nickt seinem Handlanger zu, der sofort versteht, was er zu tun hat. Mit einem Ruck reißt er meine Tasche aus dem überlaufenden Waschbecken und leert den Inhalt aus. Vollgesogene Hefte, mein Notizbuch und die Bücher platschen auf den Boden.

Instinktiv stürze ich mich auf das Foto von Mum, da packt Chester mich im Genick, schleift mich zum Waschtisch und hält meinen Kopf über das vollgelaufene Becken.

»Du hast es ja so gewollt«, sagt er so leise, dass nur ich es hören kann.

Feuchte Luft steigt mir in die Nase. Das Herz hämmert in meiner Brust. *Bitte nicht!*

Im nächsten Moment taucht er mich unter Wasser.

Ich schlage um mich, versuche freizukommen, doch es ist vergebens. Meine Stirn stößt an das Porzellanbecken, der Waschbeckenrand drückt gegen meinen Hals. Wasser dringt in meine Nase. Für Sekunden weiß ich nicht, ob ich atme, würge oder schreie. Ich schlucke Wasser, trete panisch nach hinten, aber erwische nichts. Luftblasen sprudeln um mich herum.

Es ist nicht das erste Mal, dass er das tut, nur war es noch nie ein Waschbecken in einer Toilette, sondern immer ein Eimer in einer Abstellkammer. Ich würde die vielen Male gerne vergessen oder aus meiner Erinnerung löschen, aber das Gefühl der Panik, die Angst, nicht atmen zu können, ist in meinem Gedächtnis eingebrannt. Und von all den Dingen, die mir in der Schule passieren, war das immer das Schlimmste – bis heute.

Als Chester mich um den Nacken gepackt nach oben reißt, ist es totenstill. Keiner lacht mehr.

»Niemand erfährt irgendetwas, verstanden, Krötenhand? Niemand. Niemals.«

Wasser rinnt aus meinen Haaren, alles an mir zittert.

Ich nicke, weil ich Angst habe, dass er mich sonst noch einmal untertaucht, in der Sekunde klopft es erneut.

Hunter und Zach gehen sofort Richtung Ausgang, aber Chester hält mich weiter fest, beugt sich dicht zu mir herunter, während ich nahezu lautlos nach Atem ringe. »Glaub bloß nicht, es könnte nicht schlimmer werden«, flüstert er gepresst. »Ich kann sie auf dich loslassen oder dich vor ihnen beschützen. Für ein bisschen Koks, Pillen und heiße Partys machen die Kids heutzutage alles. Du hast die Wahl.«

* * *

Abigail hat es offenbar erfolgreich geschafft, Mrs. Elliott abzulenken, denn sie ist doch nicht hier aufgetaucht.

Ich weiß nicht, wie oft ich mir mittlerweile den Mund ausgewaschen habe, sogar mit Seife, aber der ekelhafte saure Geschmack von Chester lässt sich einfach nicht wegspülen.

Jetzt sitze ich wie betäubt auf dem nasskalten Boden zwischen meinen durchgeweichten Schulsachen und bekomme meinen zitternden Körper nicht unter Kontrolle. Das alles ist ein grauenvoller Albtraum, aus dem ich nicht aufwache. Ich will mich auflösen, einfach aufhören zu sein.

Ich weiß, ich müsste mir Hilfe holen, ich müsste es Arizona, James oder Dad erzählen, aber ich kann nicht. Sie würden sagen, es wäre meine Schuld. Vielleicht würden sie mir ja auch sagen, ich hätte nur *nein* sagen müssen. Immerhin kann ich ja rein physisch gesehen sprechen. Womöglich, und das wäre noch schlimmer, würden sie mir gar nicht erst glauben und behaupten, ich würde wieder Lügengeschichten erfinden oder wollte mich nur wichtigmachen. Dafür hat Chester ja gesorgt: Dass mir keiner glaubt, egal was ich von mir gebe.

Ich nehme das völlig aufgeweichte Foto von Mum und streiche es glatt. Die Ränder sind wellig und aufgequollen. *Mum.* Mum hätte ich es ganz sicher erzählt, wenn sie noch da wäre. Zumindest glaube ich das. Etwas ist seltsam an der Sache mit Mum: Obwohl ich weiß, dass sie uns verlassen hat, ist sie in meiner Fantasie immer diejenige, die mich versteht, mich tröstet und umarmt.

Mutlos schüttele ich den Kopf. Das Schlimme ist, dass mir niemals irgendjemand irgendetwas glauben wird. Chesters Großvater ist ein bekannter Politiker aus Minneapolis. Chesters Vater ist ein renommierter Arzt. In dem Mikrokosmos unserer Stadt dreht sich alles um ein paar wichtige Familien, die Beziehungen zur Justiz und zu den Senatoren haben. Sie würden Zeugen dafür finden, dass ich lüge, sie würden mich total fertigmachen.

Es wäre auch eine Katastrophe für das Ansehen der Schule. Direktor Thompson ist mit den Vätern von Chester und Hunter befreundet. Sie golfen zusammen und sind Mitglieder im Rotary Club – sie veranstalten Charity-Events. Niemals würde Direx Thompson etwas gegen Chester oder Hunter unternehmen. Außerdem sind Chesters und Hunters Eltern die Hauptsponsoren der Kensington – im Grunde gehört ihnen die Schule und alle Lehrer tanzen nach ihrer Pfeife. Und Chesters Vater ist nicht nur der Chefarzt von Rose Garden, er ist als ärztlicher Direktor auch für Wohl und Wehe meines Dads verantwortlich. Dad ist nur ein kleiner Kardiologe im *Team Heart*, schon allein deswegen könnte ich Dad nie erzählen, was an dieser Schule wirklich passiert! Und selbst wenn: Er würde mir ja doch nicht glauben. Er stand ja auch damals auf Arizonas Seite.

Wie auf Autopilot sammele ich meine Schulsachen und mein Notizbuch mit den schönen Wörtern ein, stopfe alles in meine triefende Tasche und stehe mit zitternden Knien auf.

Wir kriegen dich. Alle. Mir ist eiskalt. Meine Haare durchnässen mein Shirt, meine Jeans sind vom Boden feucht.

Zornig funkele ich mein Spiegelbild über dem Waschbecken an. Ich hasse mich. Für alles, was ich bin, aber vor allem dafür, dass ich zu unfähig bin, mich zu wehren.

Ich kann nie wieder in die Kensington gehen. Nicht nach dem, was heute passiert ist, eher würde ich sterben.

Meine Augen fangen an zu brennen, aber sie bleiben trocken. Ich werde nicht weinen. Ich verdiene es nicht, zu weinen. Ich bin erbärmlich, nein schlimmer, ich bin peinlich. Mein Leben ist peinlich.

NIRVANA bedeutet Freiheit von Schmerz, Leid und der äußeren Welt.

Doch bin ich frei wie der Wind.
Wie aus großer Entfernung bekomme ich mit, dass ich durch die hohe Backsteinhalle laufe. Die anderen sind weg. Stille hängt in der Luft. Stille, die mich zermalmt und plötzlich undurchdringbar scheint. Als läge zwischen mir und der Welt ein unsichtbarer Schott, den ich niemals durchbrechen kann.

Mit der nassen Tasche verlasse ich das Schulgebäude über den altenglischen Hof mit den üppigen Platanen und Oleandern. Wie blind gehe ich durch die Straßen von Cottage Grove, vorbei an der Ecke Cottage Ave – Lincoln Road, vorbei an den Schildern *Rose Garden Clinic* und *Dan Applebee's Burger & Grill*.

Bei *Flint Oil Industrie* biege ich ab und folge den Schildern immer weiter. Irgendwann tauchen die Tanklager vor mir auf, die hohen Destillationstürme und die Pipelines. Im Tageslicht haben sie nichts Geheimnisvolles, nichts Magisches. Ohne nachzudenken, laufe ich an der Ölraffinerie vorbei zu dem alten Steinbruch und der nicht mehr befahrenen Zuglinie nach Inver Grove Heights.

Vor meinem inneren Auge sehe ich James, Arizona und mich als Kinder. Wir rennen dem Gleis hinterher, als wäre es selbst in Bewegung. Es ist Mai und der viele Schnee in Minnesota endlich geschmolzen. Ari und ich verstecken uns vor James hinter den Himbeersträuchern, naschen dabei unreife Früchte und bekommen rosafarbene Finger. Wir lachen. Wir wissen noch nichts von dem nächsten Morgen, der alles verändern wird. Später setzen wir uns auf das nicht mehr befahrene Gleis.

»Ich möchte Malerin werden – wie Mum«, sagt Arizona irgendwann, als sie ihre zartrosafarbenen Finger betrachtet.

»Ich auch«, behaupte ich, weil Arizonas Ideen immer die besten sind.

»Ich werde Dompteur«, verkündet James dann großspurig, steht auf und grinst von oben auf uns herab. Lässig schwingt er eine unsichtbare Peitsche.

»Oh ja, wir spielen Zirkus!« Arizona kreischt vor Vergnügen, springt auf und stürmt davon, ich hinterher. Beide brüllen wir wie wilde Löwen, aber natürlich ist Ari wie immer noch wilder und noch schwerer zu bändigen als ich.

Später, als die Sonne untergeht und den Willow Creek in kupferrotes Licht taucht, sitzen Ari und ich wieder auf dem Gleis der alten Eisenbahnbrücke, während James irgendwelche abgesplitterten Holzteile zusammenpuzzelt.

»Du willst doch nicht wirklich Malerin werden, oder?«, fragt sie mich leise, sodass James es nicht hören kann.

Ich schüttele den Kopf.

»Warum sagst du es dann?«

»Weiß nicht.«

»Kans! Jeder muss was für sich allein wollen, oder? Sonst stehst du immer in meinem Schatten, so wie Grandma sagt.«

Ich denke einen Moment nach und das Wort *Schattenzauber* flattert durch meinen Kopf. Ein Wort aus einem von Grandmas selbst geschriebenen Gedichten. »Ich will Bücher schreiben, wie Granny«, flüstere ich und plötzlich brennt eine seltsame Aufregung in meinem Herzen. So, wie wenn man sich etwas ganz dringend zu Weihnachten wünscht, aber noch nicht weiß, ob man es geschenkt bekommt.

Ari seufzt tief und erleichtert. »Puh! Zum Glück, Kans.« Ganz fest schlingt sie die Arme um mich, presst ihre Stirn an meine Wange und ich fürchte, sie wird gleich sagen: *Du kannst nämlich gar nicht malen.* Aber sie sagt: »Weißt du, du musst einfach schreiben. Ich liiieeebeliiieeebe deine Geschichten. Niemand kann das besser als du. Und ich kann später immer damit angeben, dass meine Schwester eine große Autorin ist.«

Ein warmes Gefühl flutet in mein Herz und füllt mich mit Glück und Stolz.

»Du bist zwar still, aber du hast diesen Schatz in deinem Inneren ... oder so. Viele können ihn nur nicht sehen. Aber ich ... ich sehe ihn, Little A.«

Das A steht für Alligator, ihr ganz persönlicher Kosename für mich.

Schon seit einem Jahr habe ich ihn nicht mehr gehört.

Ich schlucke, als ich mich plötzlich wieder in der Realität befinde. So kann sie auch sein, meine Schwester, meine süße liebe Ari. Zumindest war sie einmal so.

Mir wird bewusst, dass ich mich am Old Sheriff zum letzten Mal glücklich und vollständig gefühlt habe.

Es wäre ein guter Ort, denke ich jetzt. Hoch genug.

KAPITEL DREI

Ich habe vergessen, wie hoch der Old Sheriff wirklich ist. Mit über hundert Metern Länge spannt sich die Brücke über den Willow Creek.

Mit gesenktem Kopf lasse ich meine Tasche am Waldrand zurück und laufe auf den morschen Holzbrettern zwischen den Gleisen bis zur Brückenmitte. Geländer gibt es schon lange nicht mehr, die verrosteten Stahlstreben, die die gesamte Konstruktion tragen, ragen seitlich über die Brückenränder wie Eisenfinger. Vorsichtig gehe ich bis zum Rand der Holzbohlen und starre hinab.

Unter mir tost der verwunschene Fluss, der Willow Creek. Smaragdgrün, wild und geheimnisvoll, das sehen meine Augen, aber in mir ist es kühl, als fehlte mir jede Resonanz.

Ich kann das nicht tun! Oder doch?

Die Welt sieht klein aus von hier oben. Ich komme mir weit entfernt von ihr vor, doch am allermeisten von mir selbst. Es ist, wie James sagt. Ich habe keine Ahnung, wohin ich verschwunden bin, so als hätte ich mich jeden Tag mehr verloren. Bin ich nur noch das Mädchen, das in jeder Stunde Drohungen zugeflüstert bekommt und von denen, die nicht mitmachen, ignoriert wird? Das Mädchen, mit dem man macht, was man will?

Die Wahrheit ist, ich habe keine Kraft mehr, nach einer anderen Kansas zu suchen.

Für Sekunden stehe ich da und kann nicht aufhören, nach unten zu sehen. Es muss windig sein, denn ein feines Zittern geht durch die

Kronen der Laubbäume. Wie hoch ich wohl bin? Dreißig Meter? Vierzig? Ich kann Höhen nur schlecht abschätzen, aber das hier reicht, um zu sterben.

Werde ich vorher ohnmächtig oder spüre ich den Aufprall noch? Wie fühlt sich das an? Sollte ich nicht vorher einen Abschiedsbrief schreiben? *Ich habe nie gelogen. Ich habe mich nie an Chester rangeschmissen und ich habe auch nichts geklaut oder heimlich in der Jungenumkleide gespannt. Vielleicht glaubt ihr mir jetzt!* Für einen Sekundenbruchteil flackert Wut in mir auf, aber selbst den Zorn fühle ich nur wie aus großer Distanz. Ich wünschte, ich könnte Dads Gesicht sehen, wenn er von meinem Sprung erfährt, auch wenn ich weiß, wie kindisch das ist.

Zögernd mache ich noch einen Schritt nach vorn und mein Herz klopft schneller. Schwerelosigkeit sirrt in der Luft wie Musik, der Drang, mich fallen zu lassen, pulsiert in meinen Adern, der Sog der Tiefe, die mir eine seltsame Freiheit verspricht. Unvermittelt erfasst mich Sehnsucht.

Abgesehen von den Attacken in der Schule hat mich seit einem Jahr keiner mehr wirklich berührt. Ich sehne mich so sehr nach einer Hand, die mich festhält. Nach Ari, die mich umarmt, nach James, der mich liebevoll auf den Arm knufft. Nach einem Dad, der mir zeigt, dass er mich liebt, der mich gegen den Rest der Welt verteidigt. Aber wer schweigt, bekommt das nicht mehr. Ich habe es selbst erfahren. Erst verschwinden die Worte, dann die Nähe, danach die Berührungen. Einfach alles. Einfach so. Man lebt wie in einer Blase, getrennt von all den anderen.

Wäre Dad wirklich froh, mich los zu sein? Wie wäre es für James? Würde er es analysieren, um es zu verstehen? Würde ich ihm fehlen?

Und Ari? Wie wäre es für dich, Little C? Wir waren doch immer eine Einheit, egal ob du laut warst und ich leise.

Jede Nacht kam die eine ins Bett der anderen, jede Nacht versprachen wir uns flüsternd, aufeinander aufzupassen und uns zu beschützen und für immer zusammenzubleiben, selbst wenn wir mal heiraten sollten und Kinder hätten. Als du wegen der Blinddarmentzündung ins Krankenhaus musstest, konnte ich nicht mehr aufhören zu weinen, weil ich dachte, du stirbst. James und Dad mussten mich gewaltsam von dir wegzerren und du hast trotz Schmerzen und OP-Haube tapfer gegrinst und gewinkt. »See You Later, Alligator.«

Ich habe zurückgewinkt, aber ein Lächeln schaffte ich nicht. »After While, Crocodile.«

Mein Herz zieht sich zusammen. Du warst alles für mich.

In meinen Geist malt sich das Bild meines zerschmetterten Körpers am Flussufer. Bevor ich weiter nachdenken kann, breite ich die Arme aus, so wie früher, wenn Arizona und ich hier im Wald so getan haben, als wären wir Elfen und könnten fliegen. Ich spüre den Wind, der von unten hinaufströmt und die feuchte Luft des Flusses mitbringt.

»Hey, du!«

Beim Klang der dunklen Stimme zucke ich so sehr zusammen, dass ich fast das Gleichgewicht verliere. Ich kann mich gerade noch mit meinen ausgestreckten Armen ausbalancieren.

Spinnst du?, will ich wen auch immer anschreien, aber natürlich kommt kein einziger Ton über meine Lippen – mal abgesehen davon, dass ich auch früher selten laut geworden bin.

Wollte ich eben tatsächlich springen?

Mit zitternden Knien mache ich einen Schritt zurück und schaue vorsichtig zur Seite. *Oh nein!*

Keine vier Meter von mir entfernt sitzt Mr. Gloomy-Eye an der Kante zum Nichts, seine Beine baumeln lässig über dem Abgrund.

Automatisch spult sich in mir das gesamte Abwehrprogramm ab. Meine Hände schwitzen und mir wird so übel, dass ich mich fast in den Willow Creek übergebe. Die Psychologin nannte es soziale Phobie, zu der auch mein Nicht-Sprechen gehört.

»Ich würde es an deiner Stelle nicht tun ... Also – nicht hier«, sagt er jetzt fachmännisch, während er konzentriert nach unten blickt, als müsste er die Tiefe bemessen. »Das ist eine unglückliche Stelle und außerdem willst du sicher nichts Verbotenes tun, oder?«

In mir ist ein Brei aus Gedanken, der sich nicht sofort in die richtige Reihenfolge zwängen lässt. *Kirche. Sünde. Selbstmörder. Komm mir bloß nicht mit Gott ... und was heißt schon ›nicht hier‹? Der Burj Khalifa ist zu weit entfernt ...*

Der Typ am Abgrund scheint meine Sprachlosigkeit nicht zu bemerken oder er übergeht sie. Immerhin schaut er mittlerweile in meine Richtung. »Wusstest du, dass es in Minnesota illegal ist, eine Taube zu erschrecken ... und das könnte definitiv passieren, wenn du dich hier herunterstürzt.« Er deutet auf ein Taubenpärchen, das ein paar Meter weiter ein paar gebrutzelte Insekten oder sonst was aufpickt.

Ich muss ihn anstarren, als wären ihm zwei Hörner aus der Stirn gewachsen. *Eine Taube erschrecken? Geht's noch?* Ich glaube, der Typ hat echt einen noch größeren Knall als ich. Wie ist er überhaupt hierhergekommen, ohne dass ich ihn bemerkt habe? Was macht er hier? Ist er aus der Psychiatrie von Rose Garden geflohen – allerdings wirkt er nicht so, als hielte er sich für Jesus oder Satan.

Womöglich hat mich auch jemand bei der Raffinerie gesehen, ist mir gefolgt und hat es gemeldet. Aber er ist zu jung, um Psychologe zu sein, sicher nicht älter als zweiundzwanzig. Und so lange bin ich noch gar nicht hier, oder doch? Außerdem tragen Psychologen keine Bikerboots, Jeans und T-Shirt, ich kenne zumindest keine.

Zittrig atme ich durch. Wenn ich sprechen könnte und normal wäre, würde ich ihm sagen, dass er verschwinden soll. So verharre ich nur wie festgenagelt am Brückenrand, blicke erneut nach unten auf den wilden Fluss und die bebenden Baumkronen und kann mich kaum rühren.

»Willst du einen Schluck?« Er hält mir einen Pappbecher hin und ich merke mit einem Mal, wie durstig ich bin. Aber ich weiß ja nicht einmal, was er mir da anbietet, und außerdem kann ich nicht trinken, wenn er mir zusieht.

Geh einfach weg! Bitte! Vor Anspannung kann ich überhaupt nicht reagieren, dafür schüttelt er jetzt mit einem unzufriedenen Stirnrunzeln den Kopf. »Ich bin ein totaler Idiot. Du kennst ja nicht mal meinen Namen. River McFarley. Und du bist ...?«

Mir wird schlagartig so schwindelig, dass ich mich lieber auf das morsche Holz setze, bevor ich aus Versehen von der Brücke falle. Im Hilfe-Forum *Stumm-aber-nicht-Dumm* sagen sie immer, es ist leichter, die ersten Worte vor einem Fremden auszusprechen. Menschen, die man nicht kennt und nie wiedersieht. Aber in mir ist ein Vakuum, als wäre mein Körper plötzlich von meinem Geist abgeschnitten.

»Ich will dich weder vergiften noch abfüllen noch dir Drogen verabreichen.«

Ich schaue flüchtig zu ihm rüber – und schnell wieder weg, als ich merke, wie eingehend er mich mustert. *Wenn du wüsstest. Du könntest über mich herfallen und ich bekäme keinen einzigen Ton heraus.*

Er lächelt nur. Seine mittelblonden Haare sind zu lang und fallen tief in sein Gesicht, sodass ich seine Augen kaum sehe. Als würde er etwas verbergen.

Ich glaube trotzdem, er sieht gut aus, das habe ich heute Morgen schon gedacht, was aber angesichts der Situation irrelevant war – und ist. *Geh endlich!*

»Deinen Namen kannst du mir aber verraten, oder?«

Geh! Ich grabe die Fingernägel in meine Handfläche, spüre den scharfen Schmerz, der mich von dem quälenden Gefühl des Nicht-Sprechen-Könnens ablenkt.

»Hast du vor, dich mit mir zu prügeln?«, fragt er und deutet auf meine Faust. »Ich wette, du hast eine harte Linke.« Der Typ imitiert einen Fausthieb und zwinkert mir zu.

Wieso ist er so nett zu mir? Das verwirrt mich noch mehr. Menschen sind nie nett zu mir, außer vielleicht Mrs. Elliott oder der alte Mr. Tabor aus unserer Straße. Und wenn sie nett sind, führen sie meistens etwas im Schilde. Ich sehe weg und starre auf die langen Metallstreben, die waagrecht aus der Brücke herausragen.

»Okay, du willst mir nichts über dich verraten. Macht auch nichts. Wenn du nicht reden möchtest, übernehme ich das.«

Eigentlich will ich nur, dass er abhaut, und das sofort. Komisch – er hat noch nichts über meine nassen Klamotten gesagt. Meine Jeans fühlt sich an, als hätte ich mir in die Hosen gepinkelt. Unbeholfen schiebe ich mich näher an die Kante, setze mich in den Schneidersitz und bin froh, dass ich nicht mehr stehe. So unmittelbar an der Nahtstelle zum Tod ist der Sog, der mich hinunterzieht, noch stärker. Wie ein Zwang, dem ich nicht lange standhalten kann, wenn er erst einmal von mir Besitz ergriffen hat.

»Was ich vorhin sagen wollte«, fängt River wieder an, als würden wir uns schon ewig kennen, »ich würde nicht hier springen. Das macht keine Laune.« Er trinkt einen Schluck aus dem Becher und hält ihn mir nochmals hin.

Ich schüttele abwehrend den Kopf. Wieso bemüht er sich um mich? Es gibt dafür keinen logischen Grund, außer, er plant etwas Übles. Und ob es so etwas wie *keine Laune machen* beim Todessprung geben kann, zweifele ich an. Vor allem: Was weiß er schon davon?

Er beugt sich ein Stück nach vorn, als prüfte er abermals die Tiefe. »Ich springe am Ende des Sommers von einer Highline im Yosemite ... also ziemlich wahrscheinlich.«

Für ein paar Sekunden scheinen seine Worte über dem Abgrund zu schweben, dann stürzen sie Silbe für Silbe hinab, ohne dass ich die Bedeutung wirklich erfassen kann. Ich starre ihn von der Seite an.

Er blufft, ganz bestimmt. Doch als er zu mir sieht, zuckt er nur mit den Schultern. »Der Yosemite hat coole Felsformationen. Am Lost Arrow Spire geht es knapp tausend Meter in die Tiefe. *Das* wäre ein Sprung! Ewiger freier Fall. Als könntest du f-l-i-e-g-e-n.« Das letzte Wort buchstabiert er, wieso auch immer.

Vielleicht ist er doch ein Patient, der aus der Geschlossenen geflohen ist. Warum sonst hat jemand wie er Todessehnsucht? Er sieht gut aus, eine glatte Zehn, wie Arizona gesagt hat: Er ist locker, er wirkt wie jemand, dem die Mädchen in Scharen hinterherlaufen.

Er sieht mich wieder an und pustet sich dabei eine Strähne aus der Stirn. »Wir haben alle unsere Gründe, Mädchen-ohne-Namen.« Entweder hat er meinen Gesichtsausdruck richtig gedeutet oder er will sich einfach erklären.

»Die Golden Gate Bridge hält im Übrigen den Rekord. Zweitausendeinhundert Springer seit 1937. Alle zehn Tage einer. Manche binden sich wasserfeste Abschiedsbriefe ans Bein. Liebeskummer, Arbeitslosigkeit, Einsamkeit, unheilbare Krankheit, Trauer oder Depression. Das sind die Hauptgründe. Einer erwähnte mal Zahnschmerzen.« Er lacht kurz auf und mustert mich für einen Moment, als wollte er herausfinden, warum ich springen will.

Demütigung und Qualen hast du nicht aufgeführt, McFarley, und von mir erfährst du das sicher nicht.

Er hebt die Augenbrauen, als hätte ich etwas gesagt. »Ein Sprung von der Golden Gate dauert vier Sekunden. Schätze, hier wären es etwas weniger. Vier Sekunden sind etwa siebenundsechzig Meter freier Fall. Bei einem Sprung von der Golden Gate zerschmetterst du auf der Wasseroberfläche wie auf Beton und die Krabben und Haie fressen deine Überreste ... wenn du nicht geborgen wirst.«

Ich muss schlucken.

»Soll ich weitermachen?«

Ich will das nicht hören, aber ich nicke trotzdem. Vielleicht, weil er noch nichts über mein Schweigen oder die nassen Klamotten gesagt hat. Vielleicht, weil er auch irgendwie verrückt ist. Das muss er ja sein, wenn er springen will. Also ziemlich wahrscheinlich – so wie er es formuliert hat. Außerdem lenkt es mich von mir selbst ab, wenn er redet – und nicht zuletzt: Er beschäftigt sich mit mir.

»Bisher haben nur sechsundzwanzig Menschen den Sprung überlebt. Einer davon hatte während des Falls eine schlaue Erkenntnis. Er sagte, ihm wurde in diesen vier Sekunden bewusst, dass alles in seinem Leben, was er für nicht reparierbar gehalten hatte, ganz und gar reparierbar war. Mit Ausnahme dieses Sprungs.« Seine Augen sind hinter den blonden Strähnen so gut wie verborgen, dennoch brennt sich die Intensität seines Blicks in mich hinein, als sähe er durch meine Augen in die Mädchentoilette der Kensington High. Als sähe er all die vielen Erniedrigungen der Vergangenheit. »Vielleicht solltest du noch mal den Sommer lang darüber nachdenken, Mädchen-ohne-Namen. Vielleicht gibt es ja etwas, das du reparieren kannst.« Er klingt so ehrlich, zu zuversichtlich. Aber mich kann ich leider nicht reparieren. Das haben schon drei Psychologen versucht und sind gescheitert.

Ich sehe weg, weil ich seinem Blick nicht standhalten kann. Ich glaube, es ist Monate oder Jahre her, dass mich überhaupt jemand so lange angeschaut und beachtet hat. Für einen Augenblick höre ich auf, meine Fingernägel wie eine Gestörte in meine Handfläche zu bohren, und bin froh, dass er da ist.

Moment, du bist froh, dass er da ist? Hast du deinen Verstand schon von der Brücke springen lassen?

Wäre ich vorhin wirklich gesprungen, wenn er nicht *Hey, du!* gerufen hätte?

Er sieht mich ernst an. »Du denkst, ich bin verrückt, stimmt's? Aber bevor du jetzt von dieser halb zerfallenen Brücke springst und eine Taube zu Tode erschreckst, kannst du auch mit mir mitkommen. Wir verbringen einen tollen Sommer miteinander und im September springen wir zusammen vom Lost Arrow Spire. *Gemeinsam stirbt es sich leichter.*« Er leert den Pappbecher in einem Zug und wirft ihn in die Tiefe. »Bye bye, Mr. Daniel's.« Ich sehe ihm nach, wie er im Wind davontrudelt, und begreife nicht, was hier passiert. Was ich hier tue und wieso mein Körper einen Teil seiner üblichen Starre verloren hat. »Der letzte Satz ist nicht von mir, sondern von Leo Tolstoi, Tagebücher, 1901.« River reibt sich über die Nase, als wäre er verlegen, dass ihm so etwas Gutes nicht selbst eingefallen ist.

Schon wieder Tolstoi. Mein Gesicht verzieht sich.

River grinst. »Oh, ein Lächeln, Miss Namenlos. Dann steht unser Deal?«

Ich schüttele den Kopf. Ich kann nicht mit ihm mitgehen. Vor ein paar Minuten wollte ich noch, dass er verschwindet. Allerdings war er da noch ein Fremder. Es war, bevor er mir eröffnet hat, dass er ebenfalls springen will. Also ziemlich wahrscheinlich springen will. Ich meine, so etwas verbindet zwei Menschen irgendwie. So wie mich und Mr. Spock unsere Sprachlosigkeit verbindet. Es macht aus zwei Fremden so etwas wie Gleichgesinnte. Trotzdem kann ich nicht einfach weglaufen.

Aber wieso eigentlich nicht?

Weil Dad einen Anfall bekommen würde!

Ach, und wenn du hier hinuntergestürzt wärst, hätte er keinen Anfall bekommen oder was? Und außerdem kann Dad dir völlig egal sein, er ignoriert dich ja sowieso.

Es gäbe auch eine dritte Möglichkeit. Zurückgehen und mein erbärmliches Leben weiterleben und mich noch weiter von allem abschotten.

Eine Weile schaue ich in das Sprudeln des Willow Creeks. Der Drang zu springen hat nachgelassen und etwas anderem Platz gemacht. Der vagen Fantasie, tatsächlich wegzugehen. Von Cottage Grove, der Kensington. Es ist nicht das erste Mal, dass ich daran denke, aber wie weit würde ein Mädchen ohne Worte schon kommen? Sie würden mich ja doch wieder aufgreifen.

Aber mit River wäre ich ja nicht allein. Etwas in mir prickelt, wie wenn man die Hand über ein Glas Sprudel hält.

Ich bin kein Mensch, der verrückte Dinge tut, außer dass ich meine Welt in drei Sicherheitszonen einteile und jeden Morgen auf mein Fensterbrett klettere und überlege, hinunterzuspringen.

River neben mir schweigt, dafür raucht er jetzt. Perfekte Kringel schweben an mir vorbei und lösen sich nach und nach auf. Verpuffen im Nichts.

Wie kann er so nebenbei erzählen, dass er am Ende des Sommers springen will, als wären das seine ganz persönlichen Urlaubspläne?

Und, was machst du so in den Ferien?

Ich? Nichts Besonderes, ich springe dieses Jahr mal von einem Felsen im Yosemite. Öfter mal was Neues – so what!

Von einer Highline, was auch immer das sein mag. Hat er keine Familie, an der er hängt? Oder Freunde? Und wieso erst in drei Monaten und nicht jetzt? Vielleicht ist das ja nur ein Trick. Möglicherweise will er mich bloß vom Rand weglocken und wenn er es geschafft hat, bringt er mich zu meinem Dad!

Wieder werfe ich ihm einen verstohlenen Blick zu. Er hat sich hingelegt, den Kopf auf dem kupfernen Gleis wie auf einem Kissen. Seine Augen sind geschlossen, die Arme rechts und links ausgestreckt wie Flügel. Sie sind schlank, aber muskulös, als würde er tatsächlich damit davonfliegen wollen. F-L-I-E-G-E-N. Sein Haar rahmt sein Gesicht. Er ist schön, aber auf eine seltsam zerbrochene Weise, so wie diese alte verwunschene Brücke; als wäre er bereits gesprungen und hätte dabei einen Teil von sich unwiderruflich verloren.

Ein gefallener Engel. Daran erinnert er mich. Nur die qualmende Zigarette zwischen den Fingern stört das Bild. Aus den Augenwinkeln bemerke ich eine der beiden Tauben, die sich seiner Hand nähert, doch als er den Arm hebt, um die Kippe blind wegzuschnippen, fliegt sie gurrend ein paar Meter weiter und beäugt ihn misstrauisch.

Jetzt, wo er die Augen geschlossen hat, werde ich ein bisschen mutiger. Ich hole mein Handy aus der Gesäßtasche und denke an das Forum. Er kennt mich nicht, er hat mit meinem Leben und der Kensington nichts zu tun. Vielleicht sehe ich ihn nie wieder.

Du bist verhaftet. Du hast eben selbst eine Taube erschreckt. Und überhaupt: Es ist so gut wie unmöglich, eine Taube nicht zu erschrecken. Was soll das für ein Gesetz sein?

Dann lasse ich mein Handy wie beim Eisstockschießen über das Holz neben dem Gleis in seine Richtung schlittern, traue mich aber nicht, ihn darauf aufmerksam zu machen; mit der Hand auf die Bretter zu klopfen oder sonst etwas zu tun.

Trotzdem öffnet er die Augen und setzt sich sofort auf, als habe er nur auf eine Reaktion von mir gewartet.

Mein Mund wird ganz trocken.

Bevor ich zu meinem Handy nicken kann, hat er es sich schon geschnappt.

Ich presse meine Nägel in die Handfläche. Ich kommuniziere mit einem Fremden! Ich fasse es nicht.

Als er den Text gelesen hat, lacht er spöttisch, ein breites Lachen mit beneidenswert weißen Zähnen. »Du hast keine Ahnung von Amerikas kuriosen Gesetzen. In Arkansas, Little Rock, wird Flirten in der Öffentlichkeit mit dreißig Tagen Gefängnis bestraft. Und in Alabama dürfen Männer ihre Ehefrauen nur mit einem Stock prügeln, wenn er vom Durchmesser nicht dicker als ein Daumen ist.« Er tippt sich an die Stirn und lässt das Handy zu mir zurückschlittern. »Das ist doch krank. Also das Schlagen überhaupt.«

Ich weiß nicht, was ich tun soll. Ungeschickt nehme ich das Handy und halte es so fest, als wollte ich es zerquetschen. Eine Weile ist es still. Eine Hummel summt vorbei und ich entdecke eine Fliege, die in einem Spinnennetz zwischen den Holzbrettern zappelt. Ohne nachzudenken, zerstöre ich das Netz, aber leider fällt die Fliege in einen schmalen Ritz, wo ich sie nicht mehr herausbekomme.

»Du hättest ihr sowieso nicht helfen können. Die Fäden kleben wie der beste Kitt. Einmal gefangen, für immer verloren.«

Hat er mich beobachtet?

Kennst du noch mehr komische Gesetze?, tippe ich zittrig, nur um irgendetwas zu tun, und stoße das Handy erneut in Rivers Richtung.

Er liest die Worte ab und schaut auf. »Bizarres Wissen, schräge Dinge – eine Obsession von mir.«

Ich bin schräg, denke ich.

Er schießt mir das Handy zurück. »Übrigens: Wenn du mir jetzt nicht verrätst, wie du heißt, nenne ich dich ab sofort John Schnee.«

Ich frage mich, wie er es geschafft hat, mich zum Kommunizieren zu bringen. Ich rede oder vielmehr schreibe nie mit Fremden, okay, ich begegne auch keinen Fremden, ich bin ja nur in der Schule oder in meinem Zimmer.

Kansas, tippe ich von mir selbst überrascht und erschrocken.

Handyübergabe.

Er schaut mich an. »Kansas?«

Bizarr, ich weiß. *Ist so ein Familiending,* tippe ich, nachdem ich das Handy wiederhabe. *Meine Mum hat unsere Namen nach dem Prinzip: Augen zu und Finger auf die Karte der United States ausgesucht.*

Ich schieße das Handy die vier Meter zu River zurück.

Das mit der Karte war Mums Idee. Sie war so jung und hatte den Kopf voller Unsinn. Ich frage mich, wie sie je zu so einem ernsten Mann wie Dad gepasst hat.

Wieso erzähle ich ihm das überhaupt?

River liest den Text ab, steht auf und balanciert unmittelbar am Rand der Brücke auf mich zu. »Glück gehabt.« Er grinst. »Überleg mal, sie wäre auf Kentucky gelandet ... oder auf Washington oder Illinois. Ganz zu schweigen von Connecticut.«

Wenn er jetzt stolpert, kann er das mit dem Yosemite vergessen. Er muss komplett durchgeknallt sein. Allerdings wirkt er kein bisschen unsicher, eher wie ein Akrobat. Und er kommt näher!

»Jetzt schau mich nicht so erschrocken an, Kentucky. Das hier ist nicht mal riskant, jedenfalls nicht für mich. Und abgesehen davon: Nur wer dem Tod nahe ist, fühlt sich wirklich lebendig.«

Ich begreife gar nichts mehr, nicht einmal, was mich mehr erschreckt: dass er sich in Lebensgefahr begibt oder auf mich zukommt. Das ist zu viel, er ist zu viel. Das heute war alles zu viel. *River all over me.* Wie in Zeitlupe öffne ich die linke Faust und spreize die Finger, um sie zu lockern, weil sie fast taub sind.

Er ist bei mir angekommen und überreicht mir das Handy. Er ist zu nahe. Viel zu nahe bei mir. Ich werde stocksteif und halte die Luft an. Ich rieche sein Aftershave oder vielleicht auch nur ihn. Eine wilde, herbe Mischung aus Leder, Wald und Kräutern. Alkohol und Männlichkeit.

Ich will, dass er zurückgeht, aber er denkt nicht dran.

Wieso heißt du River?, tippe ich aus purer Verzweiflung, damit er nicht merkt, wie konfus ich bin. *So hießen früher die Blumenkinder, aber heute heißt kein Mensch mehr so. Keiner unter vierzig jedenfalls.*

Er beugt sich zu mir hinunter, liest und richtet sich wieder auf. Ich bin kurz davor, von der Brücke zu springen. Ganz vorsichtig atme ich ein.

»Mein Bruder heißt jedenfalls nicht *Leaf* oder *Rainbow*.« Er sieht mich durchdringend an, die Sonne im Rücken, das Gesicht im Schatten. Er ist groß, hat breite Schultern. Wirklich, ein gefallener Engel. Ich spüre, wie ein Zittern durch meinen Körper läuft, aber es ist nicht nur Angst, sondern auch Aufregung. Er ist nett zu mir. Er hat mich gerettet. Er fragt nicht nach meinen Worten. Immer noch kann ich seine Augenfarbe nicht erkennen, sie scheinen dunkel, aber ich traue mich nicht, ihn länger anzuschauen, daher sehe ich weg. »Wir verschwinden jetzt von der Brücke, Kentucky, egal, was du hier noch geplant hattest.« Er streckt mir seine Hand entgegen, doch ich verharre immer noch an der Kante. »Solltest du nicht eigentlich in der Schule sein?«

Mein Blick verdüstert sich.

»Verstehe.«

Das bezweifele ich. Für ihn war Schule sicher nicht der grausamste Ort der Welt.

River weicht ein Stück zurück, lässt aber seine Hand ausgestreckt. Jetzt könnte ich springen. Ich müsste nur bis ganz nach vorne rutschen und mich fallen lassen.

Wäre er schneller und könnte mich festhalten?

Abermals schaue ich hinunter. *Alles, was nicht reparierbar schien ... plötzlich reparierbar ...*

In mir steigt etwas empor, ein Gefühl, für das ich keine Worte habe. Eine Mischung aus Trauer und Glück.

»Kansas – come on.« Rivers Stimme klingt warm, als er das sagt, warm, vertraut und rauchig, ein bisschen wie Whisky und so, als hätte er diesen Namen schon unzählige Male ausgesprochen. Als würde er mich kennen, als wäre er mein Freund. Jemand, der mich ernst nimmt und nie über mich lacht. In diesem Augenblick wird mir klar, wie sehr ich mich nach so einem Menschen sehne.

Ich schaue über die Schulter und sehe River direkt hinter mir stehen. Zum ersten Mal erkenne ich die Farbe seiner Augen, weil der Wind seine Haare aus dem Gesicht wirbelt. Leuchtendes, tiefes Flussblau, sehr dunkel, mit einem geheimnisvollen Glitzern, aber auch mit Zorn. Sein Mund ist harmonisch geschwungen und ein bisschen zu selbstbewusst. Wäre er nicht so nett, würde ich sagen, er ist arrogant.

»Hey, Kentucky, lass mich nicht hängen.« Jetzt klingt er urplötzlich verloren, tatsächlich wie ein Engel, der aus dem Paradies verbannt wurde. Und irgendwie so, als wollte er wirklich, dass ich mit ihm komme. Als hätte er das nicht nur gesagt, um mich vom Springen abzuhalten, sondern um nicht mehr allein zu sein.

Aber: Ich kann nicht mit ihm mitgehen. Genauso wenig kann ich mich aber vor seinen Augen hier herunterstürzen. Der Tod ist etwas, das man nicht teilen kann, auch wenn River oder Tolstoi das Gegenteil behaupten. Und abgesehen davon weiß ich nicht mal, ob ich heute überhaupt noch springen will. Dafür müsste ich noch eine Weile auf der Brücke bleiben und darüber nachdenken.

Außerdem ist er mir zu nahe.

Ich könnte so tun, als ginge ich mit, mich danach von ihm trennen und wieder herkommen. Oder nach Hause gehen und mich krankmelden. Mich doch vom Fensterbrett stürzen und hoffen, dass ich mir nur das Bein breche. Aber selbst dann muss ich bald wieder in die Schule und mit Krücken kann man sich schlecht im Kellerschrank verstecken.

River sieht mich immer noch an. Er lässt mich nicht hier oben allein, das übermitteln seine Augen überdeutlich, die hochgezogenen Augenbrauen ebenfalls.

Also stehe ich auf und wische meine staubigen Hände an der feuchten Hose ab.

KAPITEL VIER

Kaum habe ich mir die staubigen Finger an der Jeans abgewischt, nimmt er ungefragt meine Hand. Die rechte, ohne die Verletzung, und er hält sie so fest, als würde er mir nicht trauen. Ich verkrampfe mich sofort. Nicht nur wegen der Berührung.

Was, wenn er mich direkt zu meinem Dad bringt? Wenn er gar nicht River McFarley heißt und doch nicht zu den Guten gehört? Wenn er ein zweiter Chester ist?

Mit pochendem Herzen schaue ich zu ihm rüber, während er mich parallel zum alten Gleis Richtung Wald führt. Er sieht mich nicht an, sondern geradeaus auf einen unbekannten Fixpunkt. Komisch, dass ich ihn vorhin nicht bemerkt habe. Aber ich war durcheinander, außerdem ist er vielleicht von der anderen Seite gekommen.

Vielleicht hat er sich auch absichtlich an dich herangeschlichen! Er hat eine Obsession für Bizarres, schon vergessen?

Oder er ist vom Himmel gefallen!

Am Waldrand sehe ich meine Tasche wie ein durchnässtes Tier auf der Erde liegen. Hatte er nicht heute Morgen einen Rucksack dabei? Mit einem unguten Gefühl denke ich an die Ösen und Rundschlingen, die ihm herausgefallen sind. Wieso schleppt er so was mit sich rum? Wozu? *Er ist dir direkt vor das Auto gelaufen*, höre ich wieder Arizona sagen.

»Du musst etwas hierlassen«, reißt River mich plötzlich aus den Gedanken. Er ist stehengeblieben, hält mich aber weiterhin fest.

Ich blinzele verständnislos.

»Du bist nicht gesprungen. Also musst du symbolisch etwas von der Brücke werfen. Hast du etwas dabei, das du gerne loswerden würdest? Vielleicht in deiner Tasche ... das ist doch deine, oder?« Kein Wort darüber, in welchem Zustand sie ist.

Ich nicke. Aus irgendeinem Grund stelle ich das, was er sagt, nicht infrage. Es scheint glasklar.

Er gibt meine Hand frei, damit ich meine Sachen durchforsten kann, bleibt jedoch dicht neben mir stehen. Ich gehe in die Hocke, sehe im Gras seine schwarzen Boots; er verlagert sein Gewicht vor und zurück. Wieder hüllt mich sein Geruch ein, dieses Aroma nach Wildkräutern, Leder und etwas Süßherbem, Rauchigem, vielleicht Jack Daniel's, aber es stößt mich nicht ab.

Ich könnte ihn herausfordern und schauen, wie ernst es ihm ist. Für Sekunden spiele ich mit dem Gedanken, während ich das nasse Chaos an Heften, Spitzer-Krümeln und Stiften durchsehe. Alles ist unbrauchbar, auch mein geliebtes Notizbuch *Kansas' Strange & Beautiful Words. A Collection* ist für den Müll. Zart streiche ich über die aufgequollenen Seiten und blättere durch Wörter und Sprüche in allen möglichen Sprachen.

Each Night the Moon kisses the Lover who counts the Stars – There are no beautiful Surfaces without a terrible Depth – Mumpitz.

Ari schreibt mir sowieso nichts mehr hinein!

Am liebsten würde ich den ganzen Kram nehmen und ihn in den Willow Creek pfeffern. Bis auf das durchweichte Foto von Mum.

Schnell stecke ich es in meine Hosentasche, während River mich mit Argusaugen beobachtet. Ein Gedankenblitz flammt in mir auf. Ich muss mit ihm mitgehen oder springen. Es gibt keine Alternative.

Und da tue ich es plötzlich. Pfeilschnell springe ich auf, renne zurück auf die alte Holzbrücke, ein Schritt, zwei Schritte. Drei. Beim vierten höre ich, dass River mir nachrennt. Ich habe nicht mal die Stelle erreicht, wo die Brücke frei über dem Abgrund schwebt, als River mich am Arm packt. Ich trete nach ihm, aber er weicht geschickt aus. Also versuche ich, mich loszureißen, schlage nach ihm, doch er ist schneller. Und er ist stärker. Innerhalb weniger Sekunden liege ich bäuchlings auf den Schienen, einen Arm auf dem Rücken, River kniet halb auf mir.

»Im Ernst, Kentucky, hältst du mich für so dämlich? Soll ich mich jetzt in meiner Intelligenz beleidigt fühlen oder was?« Er ist nicht einmal außer Atem, während ich kaum hörbar nach Luft ringe, was total anstrengend ist. »Was soll das Theater?«

Ich weiß es selbst nicht. Für einen Augenblick schweigen wir beide.

»Wir gehen wieder zurück und du suchst etwas aus, das wir hinunterwerfen«, sagt River schließlich gelassen.

Er lässt mich los, bleibt aber wachsam, und ich setze mich mit klopfendem Herzen auf. Was wollte ich mit der hirnrissigen Aktion bezwecken? Wollte ich wissen, wie ernst es ihm ist, mich zu beschützen? Oder wollte ich weglaufen? Ich weiß gar nichts mehr.

Verwirrt über mich selbst stehe ich auf und er greift erneut meine Hand. Ziemlich fest. Neben ihm schleiche ich zu meiner Tasche, doch aus einem unerfindlichen Grund fühle ich mich besser. Wie eine Katze, die verbotenerweise Milch genascht hat. Er hat mir nicht wehgetan. Nicht einmal, als er mich umgelegt hat. Gewalttätig ist er also nicht, das ist gut. Nur verdammt aufmerksam.

Als wir wieder in der Kühle des Waldes stehen, greife ich den Henkel meiner Tasche und hebe sie wie eine Trophäe in die Höhe.

Er hebt eine Augenbraue. »Du willst alles auf einmal loswerden? Muss ja ein ganz schöner Ballast sein.«

Wenn du wüsstest, McFarley.

»Tut mir leid, aber ich traue dir nicht«, sagt er, als er mich diesmal am Oberarm fasst, während wir Richtung Brücke gehen. Er läuft nur so weit, bis sich der Abgrund unter uns aufspannt. »Okay, jetzt bist du dran.«

Ein paar Mal lasse ich die Tasche hin- und herpendeln, bis sie genug Schwung hat, dann schleudere ich sie kraftvoll über den Rand in die Tiefe, trotzdem bleibt sie fast an einer der seitlich herausragenden Stahlstreben hängen.

»Weitwurf ist nicht so deine Stärke, was?« River zieht mich einen Meter nach vorn, damit ich sehen kann, wie sie hinabstürzt, doch dabei wird sein Griff fester. Unglücklicherweise erwischt er einen blauen Fleck, einen, den ich Chester verdanke.

»Tut mir leid.«

Ich bin nur ein bisschen zusammengezuckt, aber er hat es gemerkt.

Ich reagiere nicht auf seine Worte und beobachte mit einer seltsamen Faszination, wie meine dunkelgrüne Tasche ein Loch in das Gewässer des Willow Creeks reißt. Wie eine Pistolenkugel in menschliches Gewebe. Wasserfontänen spritzen nach oben, danach bilden sich Schaumkronen auf den Fluten. Meine Sachen sind weg, verschluckt, verschwunden.

Mein Herz klopft schneller. Meine Brust fühlt sich mit einem Mal nicht mehr ganz so verkrampft an.

Soll ich mit River weglaufen? Was hätte ich zu verlieren? Aber ich habe ja schon Angst, unser Haus zu verlassen. Wie soll das nur unterwegs werden? Ich esse ja nicht mal vor Fremden!

Doch was ist die Alternative?

Für einen Moment schließe ich die Augen und mir wird schwindelig. *Wir kriegen dich. Alle.* Ich spüre Chesters Gesicht nahe vor meinem, seinen ekelhaften Geruch, als hätte er tausend Gurken von McDonald's auf einmal gegessen, seine feuchten, gierigen Hände auf meiner nackten Haut. Ich spüre das stinkende Wasser, in das er mich taucht, und die Panik zu ersticken. Meine Hände zittern. Ich müsste es Dad sagen. Doch Dad würde mir nicht glauben und das wäre von allen Möglichkeiten, die es gibt, die schrecklichste.

Aber ich kann nicht mehr in die Kensington gehen. Ich habe zu große Angst vor dem, was Chester und Hunter mit mir machen, wenn ich es niemandem erzähle, und auch davor, was sie mit mir anstellen, wenn ich es jemandem erzähle.

Als wir talabwärts laufen, geht River kein Risiko mehr ein und läuft dicht hinter mir. Verdorrte Herbstblätter vom letzten Jahr rascheln unter seinen Sohlen, während ich mit den Flip-Flops fast lautlos unterwegs bin.

»Wir haben jetzt drei Möglichkeiten«, höre ich ihn auf halber Strecke sagen. »Entweder ich bringe dich zu deiner Familie und sage deiner Mum oder deinem Dad, was passiert ist. Oder ich bringe dich in eine Klinik und erzähle den Ärzten, was du vorhattest – falls du nicht zu deiner Familie willst – kann ja sein.« Vielleicht denkt River ja, ich würde zuhause misshandelt. »Möglichkeit Nummer drei kennst du, such's dir aus, Kentucky. Nur eines schlag dir aus dem Kopf: Ich lasse dich nirgendwo mehr allein hingehen.«

Dad wird sowieso erfahren, was passiert ist, egal wohin River mich bringt. Wenn ich Pech habe, boxt Dad mich mittels seines Einflusses aus der Psychiatrie und ich bin schneller wieder in der Schule, als ich *Kensington* denken kann.

Ich mustere River von der Seite. Was, wenn er etwas Furchtbares im Schilde führt? Etwas, das ich mir nicht einmal ausmalen kann? Ich meine, er könnte mir auch die ganze Zeit gefolgt sein. Aber: Wenn er mir etwas antun wollte, hätte er es schon längst getan. Niemand ist hier. Er hätte alle Zeit der Welt gehabt.

»Mein Auto steht unten auf dem Parkplatz. Hast du dich schon entschieden?«

Ich hole mein Handy aus der Hosentasche. *Wohin würden wir gehen?*, tippe ich.

Er holt mich ein, liest und nimmt mir das Handy aus der Hand: *Ins Land der Träume*, schreibt er zurück.

Das klingt mir zu geheimnisvoll, vor allem, da er es ebenfalls schreibt und nicht ausspricht, aber wer weiß, was er damit meint. Ich sehe ihn fragend an.

Wir können überall hingehen. Wohin auch immer du willst.

Ich hole tief Luft. *Ich komme mit dir.* Aber im Grunde will ich das gar nicht. Ich will nicht mit einem Fremden mitgehen. Ich kenne ihn nicht. Es scheint einfacher, zu springen. Keine Kompromisse mehr. Und es ist ja auch gar nicht gesagt, dass ich mit River nicht doch von der Polizei aufgegriffen werde, denn ich bin ja erst siebzehn. Wer weiß, ob Dad mich nicht als vermisst meldet. Andererseits käme ich so wenigstens um die Sommerschule herum.

River liest meinen Satz ab und lächelt verhalten. »Wir werden sehen, Tucks, wir werden sehen.«

Eine seltsame Wärme breitet sich beim Atmen in meinen Lungen aus, womöglich, weil er Spitznamen für mich erfindet, was man nur tut, wenn man jemanden mag oder ihn hasst. Und ich glaube nicht, dass er mich hasst.

Während wir die letzten Meter durch den Wald laufen, summt er gutgelaunt *Jump* von *Van Halen* vor sich hin.

Auf dem verlassenen Parkplatz am aufgegebenen Steinbruch steht nur ein einziges Auto, daher nehme ich an, es ist seins. Ein schwarzer Porsche Carrera 911, ein Cabrio, wie es auch Chester fährt. Es ist sogar dasselbe Modell mit derselben Metallic-Lackierung und den auffälligen mattschwarzen Felgen. Instinktiv zieht sich mein Magen zusammen, doch bevor ich irgendwie reagieren kann, hält River mir schon die Beifahrertür des schwarzen Sportwagens auf.

Nur widerwillig lasse ich mich auf den Sitz sinken. Es riecht nach neuem Auto und Kippen.

River hantiert eine Weile am Kofferraum herum und ich frage mich, ob er etwas umsortiert oder versteckt. Doch als er einsteigt, legt er mir einen dunkelblauen Schlafsack auf den Schoß. »Es ist zwar heiß, aber du bist nass, du frierst sonst auf der Fahrt.«

Eine Woge der Dankbarkeit steigt in mir auf. Ich weiß nicht, wann sich das letzte Mal jemand Gedanken darum gemacht hat, ob ich friere oder nicht.

Als er den Motor aufheulen lässt und losfährt, werfe ich ihm einen Seitenblick zu. Sein Haar weht im Fahrtwind zurück und gibt sein glasklares Profil preis. Sein linker Ellbogen liegt entspannt über der Tür mit dem heruntergelassenen Fenster. Ich entdecke eine schnurgerade Narbe an seiner Augenbraue und einen Leberfleck an seinem Haaransatz. Er nimmt den Highway Richtung Cottage Grove, okay, von dort kommt man schließlich überall hin.

Ich muss verrückt sein. Wie soll ich je essen und trinken, wenn er dabei ist? Was, wenn es mal nirgendwo eine Toilette gibt?

An einer roten Ampel halte ich ihm mein Handy unter die Nase.

Können wir an einer Tankstelle halten? Ich habe ein Mädchenproblem.

Oh Gott, das hört sich schrecklich an. Zum Glück kann ich es schreiben und muss es nicht aussprechen.

River liest den Text ab und lacht hart auf. »Na klar, ein Mädchenproblem.« Dann wird sein Blick finster, beinahe wie heute Morgen, als er James vors Auto gelaufen ist. »Du glaubst nicht im Ernst, dass ich dich allein irgendwo hingehen lasse, oder? Am Ende läufst du mir wieder weg oder ertränkst dich im Klo.«

Eine Polizeistreife fährt an uns vorbei, hat aber ihr Blaulicht nicht angestellt.

Ich schüttele den Kopf und presse die Lippen aufeinander.

Er seufzt. »Okay. Wir halten. Aber nur, damit du Bescheid weißt: Ich glaube dir nicht – und ich handle danach.«

Wir kommen auf den Sunset Drive und River blinkt bei der *Gulf*-Tankstelle. Hier haben James, Ari und ich früher immer das Eis geholt, mit dem wir weiter zu der Ölraffinerie geradelt sind.

River steigt tatsächlich mit mir aus. Vor mir betritt er den in die Jahre gekommenen Laden der Tankstelle und ich lasse automatisch die Haare in mein Gesicht fallen und hefte meinen Blick auf meine schmalen Füße in den dunkelgrünen Flip-Flops. Hoffentlich spricht mich keiner an. *Bitte, lass alle einfach nur mit River reden!*

»Das kommt davon, wenn man seine Tasche in den Willow Creek wirft. Hol dein Zeug, ich zahle.«

Ich stehe da wie erstarrt. Ich kann doch keine Tampons und Binden kaufen, wenn er dabei ist. Womöglich stellt er sich bildhaft vor, wie ich den Tampon benutze. *Oh Gott!*

Offenbar bemerkt er, wie verlegen ich bin, denn er greift wie selbstverständlich eine Packung Tampons. Mini!

Meine Wangen glühen, als hätte ich meinen Kopf in eine Bratröhre gesteckt.

»Sind die okay?«, fragt er so gelassen, als ginge es hier nur um eine Zigarettenmarke.

Ich glaube, ich habe genickt, denn River greift ungerührt noch nach einer Packung Binden und schlendert summend zur Zahltheke. Er wirkt zufrieden, keine Ahnung, wieso.

Drei Meter vor der Kasse bleibe ich stehen und überlege, ob ich weglaufen soll, während er bezahlt, doch er schaut sich immer wieder nach mir um. Er verlangt noch Zigaretten und gibt dem jungen Mann mit dem Overall einen Hundert-Dollar-Schein aus einem Bündel. Einem dicken Bündel. *Wow!* Woher hat er das viele Geld? Er sieht nicht aus wie einer der Hills und er wohnt auch sicher nicht hier in Cottage Grove. Denn dann wäre er Arizona viel früher aufgefallen. Cottage Grove ist zwar kein Kaff, aber es ist auch keine Großstadt. Attraktive Typen wie er bleiben nicht so lange unentdeckt. Vor allem nicht, wenn sie Kohle haben.

Abermals dreht River sich zu mir um und ich sehe unbehaglich weg, dabei bleibt mein Blick am Zeitungsständer hängen. Eher nachlässig überfliege ich die Schlagzeilen:

Demons'n'Saints sagt Sommertournee ab. Asher Blackwell – wie krank ist er wirklich?

Ben Adams dramatischer Ausbruch aus der Haftanstalt! Justizbeamter schwebt in Lebensgefahr.

Meredith Fox – das Porträt einer ungewöhnlichen Künstlerin, alles über ihre Vernissage in Las Vegas auf Seite 7.

Kronzeuge Taylor Harden immer noch verschwunden. Lesen Sie mehr über das ehemalige Mitglied der Desperados.

Mein Herz pocht schneller. Ich brauche diese Zeitung.
Mein Handy summt.

Mr. Spock, ganz sicher. Ich hatte ihn fast vergessen – wir schreiben uns immer in der Mittagspause und ich habe sofort ein schlechtes Gewissen.

Mit hochroten Wangen nehme ich die Tampons von River entgegen und überlege fieberhaft, wie ich an diese Zeitung kommen soll, da ich sie nicht selbst kaufen will.

Vor den Damentoiletten bleibt River unvermittelt stehen. Verständnislos schaue ich ihn an.

»Geh schon!« Ach so, ja! Mir fällt meine geheuchelte Geschichte wieder ein. »Aber mach bloß keinen Mist da drin! Hast du eine Klinge?«

Eine was? Das denke ich nur, aber offenbar errät er es, denn er fügt hinzu:

»Eine Rasierklinge natürlich – oder trägst du ein Schwert versteckt am Körper? So was sollte ich wissen, wenn ich dich mitnehme, oder?«

Was glaubt er? Dass ich dreimal am Tag versuche, mich umzubringen? Doch er kennt mich ja nicht. Er weiß überhaupt nichts von mir, genauso wenig wie ich von ihm. Ich schüttele den Kopf.

»Ich will dich nicht durchsuchen. Der Inhaber könnte das falsch verstehen.« Er lehnt sich mit der Schulter an die Wand, verschränkt die Arme und mustert mich streng – jetzt sieht er aus wie ein grimmiger Schutzengel. »Wenn du in fünf Minuten nicht zurück bist, komme ich rein. Länger wird diese Mädchensache nicht dauern, nehme ich an.«

Ähm, nein. Schnell verschwinde ich im Vorraum, stopfe die Tampons in meine Hosentasche und ziehe das Handy aus der anderen, um Mr. Spock zu antworten. Ich entsperre den Bildschirm und entdecke ein Video, das mir geschickt wurde.

Im Vorschaubild sehe ich Chesters Gesicht, ein leichtes Lächeln liegt auf seinen Lippen.

Am liebsten würde ich es sofort löschen, aber ein krankhafter Impuls zwingt mich, auf Abspielen zu drücken. Er hält sein Handy waagrecht und schaut direkt in die Kamera. »*Hey, Kansas*«, sagt er und klingt so harmlos, dass ich auf etwas einschlagen könnte. »*Ich habe dich im Kunstunterricht vermisst. Schwänzt du schon wieder? Du weißt, dass uns das nicht gefällt, oder? Mir gefällt es nicht.*« Das Lächeln verblasst. »*Ich habe übrigens eine geheime Gruppe gegründet. A-Silent-Girl-in-Trouble. Guter Name, oder? Das klingt auf jeden Fall nicht so billig, was meinst du?*« Er beißt sich auf die Unterlippe und wirkt so unschuldig wie ein Lamm – bis auf das Glimmen in seinen wasserhellen Augen. Er kann es nicht verbergen, nicht, wenn es um mich geht. Er ist der Wolf.

Gott, wie ich ihn verabscheue.

»Die Gruppe hat schon über fünfzehn Mitglieder, alle aus der Schule, Tendenz steigend.«

Das Atmen ist plötzlich so schwer. Das Bild verschwimmt vor meinen Augen und ich höre nur noch seine Stimme, die jetzt dunkler wird.

»Du kommst morgen nach der Schule einfach zu mir, Kansas. Vielleicht kann ich dir helfen. Ich bin ganz sicher, dass ich eine Möglichkeit finde, die Jungs umzustimmen.«

Der Bildschirm wird schwarz und irgendetwas passiert mit der Aufnahme. Als ich sie erneut anklicke, funktioniert das Video nicht mehr und unvermittelt ist es verschwunden, als hätte es sich selbst zerstört. Wie eine Irre drücke ich auf dem Display herum, aber es ist weg.

Kurz darauf summt mein Handy erneut. Eine Sprachmemo von Chester.

»Du kannst es nicht wiederherstellen, Kans.«

Kans, Kansas, so nennt er mich nur, wenn es keine Zuhörer gibt. Und er sagt es jedes Mal mit diesem verschwörerischen Unterton, der vertraulich klingt, mir aber wie eine Drohung erscheint.

Entgeistert sehe ich zu, wie sich auch diese Nachricht einfach in Luft auflöst. Ich weiß nicht, wie lange ich an dem Waschtisch stehe.

Was soll ich jetzt machen? River wartet immer noch da draußen und ich habe keine Ahnung, wie es weitergehen soll. Ich weiß ja nicht einmal, wo er hinwill! *Ins Land der Träume!*

Zittrig stecke ich mein Handy in die Hosentasche. Als ich aufblicke, sehe ich River im Spiegel und zucke zusammen. Er steht genau hinter mir. Die blonden Haare fallen in sein ovales Gesicht, seine Miene ist unergründlich.

»Es hat zu lange gedauert.« Er klingt so finster, dass mir ein Schauer über den Rücken läuft. Für einen Moment denke ich daran, wie böse er heute Morgen ausgesehen hat.

Schnell weiche ich seinem Blick im Spiegel aus. Ich bin näher dran zu weinen als je zuvor. Ich bin *A-Silent-Girl-in-Trouble*. Ich schlucke, bevor ich ihn wieder anschaue.

»Du siehst furchtbar aus, Kentucky. Hattest du wieder vor, eine Dummheit zu begehen?«

Mit zusammengepressten Lippen schüttele ich den Kopf.

»Hey!« Von hinten legt er mir eine Hand auf die Schulter und ich balle instinktiv die Faust. Ein scharfer Schmerz zieht von meiner Handfläche in den Unterarm. Meine Haut brennt an der wunden Stelle noch viel stärker als sonst.

»Schon gut.« Er verschränkt die Arme, als wollte er mir signalisieren, dass er mich nicht mehr anfasst. »Gibt es jemanden, dem du *Auf Wiedersehen* sagen willst, bevor wir fahren?«

Wieder antworte ich mit Kopfschütteln und er deutet Richtung Tür. »Wenn wir jetzt losfahren, erreichen wir heute noch South Dakota und die Black Hills. Übrigens auch ein guter Ort für den finalen Sprung. Schon mal da gewesen?«

Mit trockenem Mund schüttele ich ein drittes Mal den Kopf. Ich bin so müde, so erschöpft. Ich fühle mich wie ausgehöhlt.

Aufmunternd lächelt er mich an. »Wir können unter freiem Himmel oder im Zelt schlafen. Oder in einem Motel, ganz wie du willst.«

Wie ich will? Ich will überhaupt nicht neben einem Fremden schlafen. Wer weiß, was River von mir erwartet, wenn ich mit ihm mitgehe. Ich fühle mich völlig überfordert, aber es gibt kein Zurück.

Kannst du mir eine Zeitung kaufen?, tippe ich mit fahrigen Fingern und versuche, seinen Geruch nach Wald, Kräutern und Leder zu ignorieren. Mir wird richtig schlecht, wenn ich daran denke, dass ich die ganze Zeit mit ihm zusammen sein werde. Nicht speziell seinetwegen, aber ich war noch nie mit einem Typen irgendwo, abgesehen von denen, die mich tyrannisieren.

River mustert mich seltsam. »Eine Zeitung?«, fragt er missmutig.

Bitte! Ich geb dir auch Geld.

»Brauchst du nicht.« Er seufzt und deutet auf mich. »Du wartest!«

Oh, deswegen sah er eben so verstimmt aus. Er dachte, es wäre wieder ein Trick.

Er kauft die *Minnesota Today* und drückt sie mir in die Hand. Ich sehe noch nicht hinein, das hebe ich mir für später auf, außerdem will ich nicht, dass River mitbekommt, was ich mir anschauen möchte.

Zusammen gehen wir zu dem Porsche zurück und als ich den Wagen jetzt von hinten betrachte, trifft mich fast der Schlag.

Er hat einen blitzförmigen Kratzer auf der rechten Heckseite! Der Porsche sieht nicht zufälligerweise aus wie der von Chester. Es *ist* Chesters. Ich bin mir ganz sicher. Erst letzte Woche ist David Cassidy alias Snoop aus der Neunten mit seinem Fahrrad dagegen geschrammt. Chester hat ihm angeblich eine verpasst und Snoop von seinen Kumpanen nackt ausziehen lassen. Dann musste er ohne Klamotten dreimal um das Lacrosse-Feld rennen. Was von der Story stimmt, weiß ich nicht, ich habe es nur gehört, weil Chester und Hunter mich in meinen Spind eingeschlossen hatten und Dirextochter Abigail vorbeikam und es brühwarm ihren Freundinnen erzählt hat. Es war das erste Mal, dass ich darüber nachgedacht habe, dass Mr. Spock vielleicht Snoop ist. Andererseits passt der Rest nicht zu dem, was ich von Mr. Spock weiß, denn angeblich redet er ja auch nicht.

So, McFarley, du hast das Auto also geklaut, denke ich nur und umklammere die Zeitung fester. Mit einem unguten Gefühl betrachte ich den Kratzer.

Soll ich ihn damit konfrontieren? Aber was, wenn er dann wütend wird und mich hier stehen lässt? Jetzt, wo ich das Video gesehen habe, will ich wirklich mit ihm wegfahren. Besser er als fünfzehn andere Jungs. Besser er als Chester Davenport.

Besser, ich lasse mir nichts anmerken.

Wie selbstverständlich hält River mir die Beifahrertür auf und ich steige mit einem flattrigen Gefühl im Bauch ein. Hatte er es deshalb heute Morgen so eilig und ist James vors Auto gerannt? Wollte er ein Auto stehlen?

»Und jetzt?« Entschlossen lässt er sich neben mich auf den Sitz fallen und schlägt die Tür zu.

Ich nicke und das flattrige Gefühl wird zu einem gigantischen Adler mit zwei Metern Spannweite.

River mustert mich aus seinen flussblauen Augen. Sie bilden einen scharfen Kontrast zu seiner Bräune, dem blonden Haar und dem weißen T-Shirt. »Bist du dir sicher? Denn ich fahre nicht mehr hierher zurück, falls du es dir anders überlegst.«

Klar, würde ich auch nicht, wenn ich so einen auffälligen Wagen geklaut hätte – der noch dazu dem Sohn des geschätzten Chefarztes gehört, was er aber ganz sicher nicht weiß. *Ja,* tippe ich. *Achtzig Prozent sicher.*

Er lässt den Motor aufheulen und fixiert mich weiter. »Das reicht.« Die langen dichten Wimpern werfen einen Schattenkranz unter seine Augen und ich muss wegsehen, weil ich viel zu nervös werde, wenn er mich so eindringlich ansieht. So, als wüsste er, wer ich bin, oder als wäre ich Teil eines größeren Plans.

Zu meiner Überraschung fährt River denselben Weg zurück und hält ein paar Meilen hinter der Ölraffinerie am Straßenrand an. Bis auf das Rauschen des Flusses ist kein Laut zu hören.

»Dort oben waren wir vorhin.« Er deutet zu den Bergen und erst jetzt entdecke ich den Old Sheriff.

Hat er mich von hier unten entdeckt und beschlossen, mich zu retten?

Was wolltest du denn dort?, frage ich ihn im Stillen, aber ich tippe es nicht. Stand ich wirklich noch vor Kurzem dort oben?

»Habe ich dir schon erzählt, welchen Brief man im Jahr 1963 auf dem Schreibtisch eines Golden-Gate-Springers gefunden hat?«

Ich sehe ihn erwartungsvoll an – er lässt den Motor aufheulen.

»Er schrieb: Ich werde jetzt zur Brücke gehen. Wenn mich auf dem Weg eine einzige Person anlächelt, werde ich nicht springen ... Er verschwand für immer.«

Mit diesen Worten fährt River los und das Gefühl der weiten Schwingen in meinem Bauch breitet sich aus, als würde ich gleich samt des Porsches abheben.

Ich denke nicht daran, dass ich keinerlei Klamotten oder eine Zahnbürste dabeihabe. In meinem Geldbeutel sind mein Pass und eine Handvoll Dollars, mehr nicht. Aber das spielt auch keine Rolle.

Vielleicht ist es Schicksal, dass River mich heute gefunden hat. Vielleicht ist das hier meine allerletzte Ausfahrt vor dem großen Schild: ENDE. Vielleicht ist es meine allerletzte Chance auf ein normales Leben. Die Chance auf all meine ungesagten Worte. Womöglich bin ich aber auch einfach nur verzweifelt und das hier ist nichts anderes als ein Akt der Feigheit, so wie James Mums Weglaufen immer genannt hat, als er schon älter war.

Eine weitere Flucht vor dem Leben.

KAPITEL FÜNF

AM SPÄTNACHMITTAG SCHICKE ICH VON UNTERWEGS EINE WHATSAPP AN James. Ich behaupte, ich würde bei Samantha übernachten, obwohl es niemanden namens Samantha auf meiner Schule gibt. Dad wird vielleicht nicht einmal merken, dass ich weg bin, so selten schaut er nach mir.

Ich schließe die Augen und spüre die Sonnenstrahlen auf meinen Wangen, doch ich bin zu verkrampft, um die Wärme zu genießen. Noch erwartet River keinen Smalltalk, aber irgendwann wird er kapieren, dass ich nie spreche, also wirklich nie, und vielleicht lässt er mich dann stehen.

Als wir durch einen kleinen Ort namens Pierre fahren, kramt er an einer roten Ampel ein Bier und eine Fanta aus dem Handschuhfach, dazu noch zwei Sandwiches. Er legt mir die Fanta und ein Sandwich auf den Schoß und ich krampfe die Hände um die Zeitung, die ich immer noch in der Hand halte. Seit dem Einsteigen habe ich mich kaum einen Millimeter bewegt – ich habe nur geatmet, mehr nicht. Nervös lecke ich mir über die Lippen. Mein Mund ist so trocken wie die Sahara, aber ich kann vor River weder essen noch trinken, das klappt nur noch vor meiner Familie.

Okay, zweimal haben mich Brent, Todd und Noah festgehalten und mir schwarz-rote Käfer in den Mund gesteckt. Sie haben mich im Genick gepackt und mit roher Gewalt gezwungen, sie runterzuschlucken. Nur ein paar Neuntklässler standen auf dem Hof um uns herum und haben gelacht oder sich voller Abscheu von mir abgewendet.

Ich versuche, die Bilder wegzuschieben, und rede mir ein, dass das für immer vorbei ist, auch wenn es nicht stimmt. Ich bin nicht so naiv zu glauben, dass ich auf Dauer davonlaufen kann. Aber ich kann wenigstens für morgen entkommen, für übermorgen oder vielleicht auch für drei oder vier Wochen.

Ich schaue kurz zu River rüber und er lächelt, als er es merkt, also blicke ich schnell auf meine Hände. Am besten warte ich mit dem Essen und Trinken, bis River schläft.

Aus den Augenwinkeln sehe ich ihn an seinem Bier nippen.

»Keine Sorge, Kentucky, das ist nur zum Runterkommen.«

Ich überlege, ob er high gewesen ist, weil er runterkommen muss, aber selbst wenn, ist es mir egal. Es ist mir einfach egal, weil er der erste Mensch ist, der mich gut behandelt.

In der Dämmerung wird es kühler und ich ziehe den Schlafsack bis zu meiner Brust und schlüpfe aus den Flip-Flops. Immer noch halte ich die Zeitung umklammert, aber ich will das Bild noch nicht anschauen.

Um mich von meinem Durst abzulenken, betrachte ich die weite Ebene der Great Plains. Maisfelder und Wiesen ziehen im Zwielicht vorbei, Viehherden mit Tausenden von Rindern. Wie tiefblaue Aquarellfarbe verdichtet sich die Dämmerung zur Nacht, es wirkt, als würde sich das Land damit vollsaugen. Es ist so endlos. Mein Zimmer hat schützende Wände, aber hier gibt es nichts. Keine Grenzen.

Unvermittelt hält River mit einem scharfen Bremsen auf dem Schotter am Straßenrand an. Das Halbdunkel schwebt über uns und mit einem Mal pocht mein Herz in der Brust. Was, wenn er doch gefährlich ist, wenn er mich nur weglocken wollte und jetzt irgendwo einsperrt und gefangen hält?

Er mustert mich und selbst in dem Dämmerlicht funkelt das Blau seiner Augen tief und endlos. Noch nie habe ich jemanden mit so blauen Augen gesehen, mal abgesehen von Ian Somerhalder oder dem Leadsänger der Demons'n'Saints, doch Rivers sind dunkler.

»Kansas.«

Mein Schweigen hängt in der Luft. Meine Finger zittern, vielleicht auch, weil mir trotz des Schlafsacks auf einmal so kalt ist.

Und es ist still. Kein Auto fährt vorbei.

»Das ist ein schöner Name. Du kannst so viel daraus machen:

Idaho. Maine ... Sweet Home Alabama.« Er lächelt.»Arkansas und Kentucky. Bei mir kannst du sein, wer du willst.«

Ich habe keine Ahnung, wo das hinführen soll, aber ich wage es nicht, zurückzulächeln.

»Bevor wir nach South Dakota kommen, muss ich dir etwas sagen.«

Ich schlucke. Er ist ein Psychopath auf der Suche nach stummen Mädchen.

Sein Blick verharrt auf meinem Gesicht, nicht ein Muskel regt sich.

»In South Dakota ist es verboten, sich in einer Käserei hinzulegen oder einzuschlafen.« Für einen Augenblick sieht er so ernst aus, dass ich Angst bekomme, er wäre tatsächlich verrückt, doch dann bricht ein Lachen aus ihm heraus.

Am liebsten würde ich ihn spaßeshalber schlagen, aber ich traue mich nicht. Ich stoße nur kaum hörbar Luft aus.

Als er meine Reaktion beobachtet, grinst er breit und sieht dabei auch noch unverschämt gut aus.»Wenn sich in South Dakota mehr als fünf Indianer auf deinem Grundstück befinden, darfst du sie erschießen – ein eher fragwürdiges Gesetz, finde ich.«

Ich schenke ihm ein stummes, halb erschrockenes Lachen, aber halte mir schnell die Hand vor den Mund, als müsste ich notfalls einen Laut zurückhalten.

Sein Grinsen verblasst und er schaut abrupt über das Lenkrad nach vorne in die Ebene und wirkt schlagartig verloren. So verloren, wie ich mich auf dem Old Sheriff gefühlt habe. Oder so wie damals, als ich auf dem Küchentisch auf Mum gewartet habe.

»Wenn dich heute jemand fragt, was du gemacht hast, kannst du sagen: Ich habe überlebt. Ja ...« Er nickt, aber mehr, als müsste er sich das bekräftigen.»Du bist am Leben.« Seine Stimme ist durchdrungen von einer Trauer, die ich nicht benennen kann. Am liebsten würde ich die Hand auf seine Schulter legen, um ihn zu trösten, aber ich habe Angst, dass er mich abweist, mich anschreit oder auslacht.

* * *

Wir fahren bis tief in die Nacht und gegen eins hält River auf einem Parkplatz und schließt das Verdeck des Sportwagens, wirft allerdings vorher noch den Schlafsack über seine Schulter. Es ist stockfinster, ich kann überhaupt nichts erkennen, ich entdecke nur ein paar schwarze hohe Bäume. River hantiert am Kofferraum herum, holt eine Sporttasche heraus und noch dazu etwas, das aussieht wie ein Hula-Hoop-Reifen mit Stoffüberzug, während ich wie versteinert mit der Fanta, dem Sandwich und der Zeitung in den Händen in der Dunkelheit stehe. Bestimmt wirke ich furchtbar ungeschickt und verklemmt. Außerdem weiß ich schon jetzt, dass ich heute Nacht kein Auge zumachen werde.

»Ich glaube, wir haben alles«, sagt River, als wäre ich ein ganz normales Mädchen, und wirft die Kofferraumklappe zu. Er stellt die Sporttasche ab, legt den Schlafsack darauf und geht ein paar Schritte, bevor er den Stoffüberzug von dem kreisrunden Hula-Hoop-Gebilde zieht. Danach wirft er etwas in die Luft und ich begreife erst, dass es ein Wurfzelt ist, als es steht.

»Ich liebe diese Dinger.« Er spannt weder Seile noch benutzt er Heringe, sondern beschwert das Zelt lediglich mit ein paar Steinen, die er am Boden aufsammelt und im Inneren in den vier Ecken verteilt. Jetzt, wo sich meine Augen an die Dunkelheit gewöhnt haben, erkenne ich mehr Details der Umgebung. Der Boden ist eine Mischung aus sandiger Erde und Gras, ringsum gibt es Wald, doch die Luft ist feucht. Vielleicht sind wir an einem Fluss, allerdings höre ich kein sanftes Murmeln oder ein Rauschen.

Mein Magen knurrt, was mir total peinlich ist, also presse ich mir die Hand, in der ich die Zeitung halte, auf den Bauch. Hoffentlich schläft River bald ein, damit ich essen und trinken kann.

Angespannt beobachte ich, wie er den geöffneten Schlafsack als Unterlage auf dem Zeltboden ausbreitet, dann kommt er auf mich zu und deutet auf das Sandwich und die Fanta.

»Du willst nichts trinken? Oder essen?«

Ich starre sehnsüchtig auf die Dose und schüttele den Kopf. *Nicht, wenn du zusiehst*, denke ich.

»Ich packe das Zeug besser ins Auto, nicht, dass wir damit noch irgendwelche wilden Tiere anlocken! Oder Ameisen.«

Mist! Mit brennender Kehle schaue ich zu, wie er die Sachen im Kofferraum verstaut und dafür mit einer Decke zurückkommt.

Später liege ich brettsteif mit offenen Augen im Zelt und sehe in die Dunkelheit. Es kommt mir vor, als klebte ein Dunst aus Testosteron und Aftershave in der Luft. Beides macht mich schwindelig. Ich spüre River unter der Decke neben mir liegen, jeden Zentimeter seines Körpers, auch wenn er mich gar nicht berührt. Ich bin mir sicher, er schläft noch nicht. Vorhin hat er ewig auf seinem Handy getippt und ein paar Mal »Fuck!« und »Verdammt!« gemurmelt. Ab und zu gab es ein dezentes Bing für eine Nachricht.

Ich frage mich, wem er schreibt. Vielleicht einem Mädchen. Er hat gesagt, Liebeskummer würde oft in den Abschiedsbriefen als Grund für den Sprung angegeben.

Ich denke an Mr. Spock. Ich habe ihn komplett vergessen, morgen früh muss ich ihm sofort eine Nachricht schicken oder schon nachher, wenn River schläft. Dann kann ich auch in seiner Sporttasche nach dem Autoschlüssel suchen und endlich etwas trinken. Vielleicht schaue ich mir auch noch das Bild aus der Zeitung an, wenn es überhaupt ein Bild gibt.

Ich lausche in die Nacht. River atmet gleichmäßig neben mir und ich passe mich seinem Atemrhythmus an, damit er denkt, ich würde schlafen, sollte er noch wach sein.

Ich kann immer noch nicht fassen, dass ich hier liege. Irgendwann brennt mein Durst so stark, dass ich mir schwöre, morgen zurückzugehen. Notfalls zu Fuß. Ich erkläre Dad, was in der Schule los ist, am besten schreibe ich ihm einen Brief. Wenn er weiß, was passiert, meldet er mich ganz bestimmt von der Kensington ab. Er muss ja gar keinen Grund angeben, so kann er auch seinen Job behalten.

Ja, ich schreibe einen Brief, denn den kann er nicht einfach wegdrücken wie meinen ausgestreckten Arm mit dem Handy.

Leise atme ich durch die Nase ein und aus. Als ich glaube, dass River schläft, setzt er sich plötzlich auf. Er sieht mich an, ich fühle es, wieso kann ich nicht sagen. Wieder grabe ich meine Nägel ganz fest in die Handfläche und spüre den scharfen Schmerz in den Wunden. Was, wenn er jetzt doch etwas als Gegenleistung von mir erwartet? Wenn er über mich herfällt ... Mein Herz hämmert so schnell, dass ich fürchte, gleich ohnmächtig zu werden.

Für einen Moment ist Wärme über meinem Gesicht und ich könnte schwören, dass er die Hand nach mir ausstreckt, sie über meiner Wange schweben lässt, doch dann ist der Augenblick vorbei und die Stelle wieder kühl.

»Du ...«, murmelt er in die Stille. Ein paar Grillen zirpen. »Du weißt gar nicht, was du angestellt hast ... oh Gott ... *Du* bist meine letzte Chance.«

Atme. Einfach. Weiter.

Er seufzt tief und der Laut sinkt tonnenschwer auf mich herab. »Du glaubst, ich habe dich gerettet, aber das stimmt nicht. Ich habe heute vor allem mich selbst gerettet. Ich bin ein verfluchter Scheiß-Egoist. Das sagen alle, na ja, das sagt vor allem Xoxo.« Er holt Luft, als wollte er noch etwas anfügen, doch er klettert aus dem Zelt und ich höre ihn am Wagen hantieren. Er summt eine Melodie vor sich hin und sie klingt heimatlos und einsam, ein bisschen wie ein Song, der von Tod und Abschied handelt. Sie erinnert mich an die Zeit, als Mum verschwand.

Ich war damals sieben. Und es war der Moment, in dem ich zum ersten Mal fiel. Es fühlte sich an, als hätte sich der Boden unter mir aufgetan. Sie hatte uns nicht geweckt und am Frühstückstisch saß nur Dad und sah um zwanzig Jahre älter aus, wie ein Greis. Dad ist als Vollwaise in einem Kinderheim groß geworden und war schon immer ein ernster Mann, doch an diesem Tag hat er das Lachen verlernt.

»Eure Mum hat uns verlassen«, sagte er mit Grabesstimme und geröteten Augen, die zugeschwollen waren.

»Ist sie tot?«, wollte Arizona sofort mit riesigen Augen wissen.

»Nein, sie hat ihre Sachen gepackt und ist gegangen. Sie will ihr Leben ohne uns weiterleben.« Auf dem Tisch lag ein Brief, mehr hat sie Dad nicht hinterlassen.

James bohrte in seiner unnachahmlichen Art nach. Arizona beklagte sich darüber, dass Mum uns dann keinen Geburtstagskuchen mehr backen würde und Dad ja gar nicht wüsste, was sie sich zum Geburtstag alles gewünscht hatte.

Ich dagegen brauchte ewig, bis ich den Mut fand, meinem Dad überhaupt eine Frage zu stellen. »Wann kommt sie wieder?«, piepste ich leise, schließlich ging keine Mum einfach fort, das taten nur ab und zu ein paar Väter.

Bei meiner Frage wich alle Farbe aus seinem Gesicht und das brachte seine Augen zum Glühen. »Nie mehr!«, brüllte er mich an. »Nie, nie wieder. Verstehst du das nicht, du dummes Kind?«

Seine Worte waren Donnerschläge in meinem Herzen und ich hatte das Gefühl, es geriet aus dem Takt.

Doch obwohl Dad so brüllte, glaubte ich ihm nicht. Mum würde wiederkommen. Damals dachte ich, ich hätte die Bedeutung von Tolstois Spruch über das Warten verstanden und es wäre so eine Art magische Vereinbarung zwischen Mum und mir. Ein Geheimcode.

Jede Nacht schlich ich mich in die Küche, denn vom Fenster aus kann man die Einfahrt überblicken und ich wollte die Erste sein, die ihr Auto hört, das Zuschlagen der Tür, das Stöckeln ihrer Pumps auf dem Kies. Jede Nacht öffnete ich das Fenster, setzte mich auf den alten Holztisch und wartete. Ich wollte geduldig sein, dann würden die Dinge gut.

Ich wartete den Frühling über und durch viele heiße Sommernächte hindurch – bis in den Herbst, als der Wind bereits kühl war und nach welken Blättern und Abschied roch. Ich wartete immer noch, als der erste Schnee durch das Fenster wehte. Oft schlief ich auf dem Küchentisch ein und wachte am nächsten Morgen steifgefroren auf. Wenn ich mich wieder einmal mit enttäuschter Hoffnung ins Bett legte, war es meist schon sechs Uhr morgens.

Ich weiß noch, dass ich in dieser Zeit oft erkältet gewesen bin und Dad Unmengen von Hustensaft gekauft hat, aber er fragte sich nie, warum ich ständig krank war.

Seltsam. So, wie ich seitdem das Gefühl habe, zu fallen, habe ich auch das Gefühl, ich hätte nie aufgehört zu warten, auch wenn ich nicht mehr auf dem Küchentisch schlafe. Mum war neben Ari die Einzige, mit der ich wirklich unbefangen reden konnte. Und auf einmal war sie weg, ohne Abschied, ohne ein Wort. Etwas daran ließ mich für die Außenwelt verstummen. Ich wusste nicht, wie ich in einer Welt ohne meine Mum leben sollte, als wäre die Welt über Nacht eine andere geworden. Mum war immer meine Brücke gewesen. Meine Brücke zum Leben da draußen, das mir damals wie heute Angst macht. Lange Zeit lebte ich in zwei Welten, in der Draußenwelt ohne Worte, und zuhause, der Drinnenwelt, mit Worten für Arizona, James und manchmal für Dad.

Vielleicht wäre alles so geblieben. Vielleicht hätte es funktioniert. Womöglich kann ein Mädchen in zwei Welten leben, wenn auch unter extremen Bedingungen. Doch nach dem Vorfall ist meine Drinnenwelt noch kleiner geworden, sie existiert nur noch in meinem Kopf. Alles andere, auch mein Zuhause, wurde zum Draußen. Ich habe mich selbst eingesperrt und den Schlüssel so gut versteckt, dass ich ihn nicht mehr wiederfinde.

Vielleicht könnte ich ihn suchen. Für einen Moment lausche ich der Melodie, die wie ein dunkler Strom durch die Nacht fließt. Ich spüre sie wie ein bittersüßes Vibrieren, ein Zittern in meinen Gliedern, als würde mein Körper darauf antworten. Als würde er endlich einmal wieder mit etwas aus der Draußenwelt in Verbindung treten.

Nach einer Weile verstummt River und ich rieche Zigarettenrauch und höre eine Getränkedose, die geöffnet wird. Seinen Schritten nach zu urteilen, geht er vor dem Zelt auf und ab und murmelt etwas vor sich hin, was ich nicht verstehe. Zählt er die Bundesstaaten auf? Was sagt er?

Ich glaube, ich drehe durch, weil zu viel Neues auf mich einstürmt. Außerdem brennt meine Kehle so sehr, als hätte ich Tonnen von Schmirgelpapier geschluckt. Morgen muss ich einen Brief an Dad schreiben, das hier kann ich keine zweite Nacht durchhalten.

Es dauert gefühlte Stunden, bis River wieder ins Zelt kommt. Leise setzt er sich neben mich und in der Dunkelheit spüre ich ein zweites Mal seinen Blick. Er ruht auf mir, sanft und still, und knistert trotzdem wie Feuer auf meiner Haut.

»Ich muss dich retten, Little Lost Girl. Es tut mir leid, aber ich muss es tun.«

Seine Worte dehnen sich in der Stille aus und ich sehe ihn vor mir, wie er mit dem Kopf auf dem Gleis des Old Sheriffs liegt, ein gefallener Engel mit Armen wie Flügel.

Es tut mir leid, aber ich muss es tun. Das hört sich sonderbar an. Nicht so, als wäre es etwas Gutes, eher so, als würde es wehtun, und doch klang seine Stimme so weich. Es wäre ein Satz für mein Schöne-Worte-Buch, aber das treibt irgendwo im Willow Creek.

Irgendwann schläft er ein, zumindest hören sich seine Atemzüge danach an, und ich kann auch nicht länger warten. Fast lautlos schäle ich mich aus der Decke und öffne den Reißverschluss der Sporttasche, die am Fußende neben dem Zeltausgang steht. Mit einer Hand durchforste ich den Inhalt, auf der Suche nach dem Schlüsselbund, den River vorhin in die Tasche gesteckt hat. So hat es sich wenigstens angehört, nachdem er ins Zelt zurückgekommen ist. Ich taste über Klamotten und finde am Unterboden kleine knisternde Päckchen und frage mich, ob das irgendwelche Drogen sind, von denen er runterkommen will. Es schockiert mich nicht wirklich, denn an der Kensington nehmen viele der reichen Kids Koks, Ecstasy oder sonst welchen Kram. Manchmal glaube ich, die Hills sind von Daddys Geld so sehr gelangweilt, dass ihnen das Leben keinen Kick mehr bieten kann, außer high zu sein oder andere zu quälen. Und wer weiß: Vielleicht lag das Zeug ja auch in Chesters Porsche.

Leise taste ich weiter. Ich kann kaum noch schlucken, so trocken ist meine Kehle.

Wo ist der verdammte Schlüssel?

Ich streife an den Seiten entlang und ertaste einen Schlüsselbund. Ich werfe River nochmals einen Blick zu, doch er bewegt sich nicht, also ziehe ich den Bund heraus. Vorsichtig steige ich aus dem Zelt.

Morgennebel hängt wie ein Tuch über der Wiese und die Luft fühlt sich so feucht an, als könnte man beim Atmen seinen Durst stillen. Fast spüre ich schon, wie die Fanta meine Kehle hinunterrinnt. Barfuß haste ich Richtung Porsche.

»Wo willst du hin?«

Ich erstarre mitten in der Bewegung.

»Willst du den Porsche gegen den nächsten Baum fahren und es auf diese Art beenden? Ich dachte, wir hätten einen Deal.«

Langsam drehe ich mich um. River steht mit verschränkten Armen vor dem Zelt, aber ich erkenne seinen Gesichtsausdruck nicht, dafür ist es zu nebelig, und auch zu dunkel.

Verdammt – wieso schläft er nicht?

»Hattest du das von Anfang an geplant oder ist dir das eben erst eingefallen?« Er klingt gefasst, aber darunter schwelt Zorn. Schritt für Schritt kommt er auf mich zu. »Streit bloß nicht ab, dass du das vorhattest!«

Mit klopfendem Herzen schüttele ich den Kopf, doch seine angespannte Körperhaltung sagt, dass er es mir nicht abkauft. Sein Gesichtsausdruck erst recht. Jetzt, da das trübe Morgenlicht auf seine Jochbögen fällt, erkenne ich seine rabenschwarze Miene. Er sieht sogar noch finsterer aus als gestern Morgen. Fast, als hätte ich Hochverrat begangen.

Zittrig ziehe ich mein Handy heraus. *Ich wollte was trinken. Und ich habe Hunger.* Ich halte es ihm mit langem Arm hin und er kommt so weit heran, dass er es ablesen kann.

»Hunger?«, fragt er ungläubig.

Mein Herz rast.

»Hey, Tucks ... du zitterst ja.« Der rabenschwarze Ausdruck verschwindet und hinterlässt eine so große Verwirrung, dass ich fast gelächelt hätte, wenn meine Angst nicht so groß wäre. Die Angst, dass er mich auslacht, stehenlässt oder sonst etwas tut.

»Wieso sagst oder schreibst du mir das nicht? Ich hätte dir was geholt.« Er streckt die Hand aus und ich gebe ihm mit gesenktem Kopf den Schlüssel zurück. Sofort geht er zum Kofferraum und holt das Sandwich und die Fanta heraus.

Ich wollte dich nicht wecken, schreibe ich, um mich zu erklären.

»Ich schlafe wenig.« Etwas zu energisch drückt er mir die Fanta und das Sandwich in die Hände, als wäre er immer noch nicht wirklich überzeugt. »Phasenweise sogar überhaupt nicht.«

Das muss ein schlechter Scherz sein.

Krampfhaft umklammere ich die Dose.

»Ich dachte, du bist durstig. Ich habe mich schon gewundert, dass du den ganzen Tag nichts angerührt hast.«

Ich tue einfach so, als würde ich einen Schluck trinken, damit er nichts von meiner Unfähigkeit mitbekommt. Langsam ziehe ich die Lasche der Dose auf und setze die Lippen an, doch ich kann nicht einen Schluck nehmen, meine Kehle verkrampft sich komplett. Vorsichtig sehe ich auf.

River zieht die Augenbrauen hoch.

Bitte denke nicht, dass ich dich anlüge, flehe ich im Stillen. Ich will nicht, dass er mir misstraut.

»Ich denke, du bist so durstig.«

Mir bleibt nichts anderes übrig, als ihm die Wahrheit zu schreiben. *Ich kann nicht,* tippe ich und meine Hand zittert, als ich ihm das Handy hinhalte.

Er sieht noch verwirrter aus als vorhin. »Was kannst du nicht?«

Mein Gesicht brennt vor Scham. *Essen und trinken, wenn mir jemand dabei zusieht.* Ich zeige ihm, was ich getippt habe, und meine Wangen werden noch heißer. *Freak,* flüstert es in meinem Kopf.

River mustert mich eindringlich und ich schaue weg und wieder zu ihm.

Schließlich zuckt er nur mit den Schultern, als wäre das die normalste Sache der Welt und sein Gesicht wird weicher. »Okay. Geh wieder rein. Ich wollte sowieso noch eine rauchen.«

Ich starre ihn an.

»Nun geh schon! Ich rauche nicht ewig!« Er wendet sich ab, aber ich bemerke das Lächeln auf seinem Gesicht.

Mein Herz klopft immer noch, als ich dankbar ins Zelt krieche und dort die Fanta hinunterstürze. Danach esse ich in Windeseile das Sandwich, auch wenn es mit Thunfisch belegt ist und ich den normalerweise nicht mag. Irgendetwas in meinem Bauch wird ganz warm. River findet mich nicht total merkwürdig oder er findet mich zwar merkwürdig, aber mag mich trotzdem.

Irgendwann kommt er zurück ins Zelt und legt sich neben mich. »Schlaf gut, Tucks. Übrigens war das nicht der Autoschlüssel, den du mir vorhin entwendet hast, sondern ein Hausschlüssel.«

Ich speichere die Info mit dem Haus auf meiner eben erstellten Liste *Was ich über River weiß* ab.

Es ist nicht mal DEIN Auto, schreibe ich und halte ihm mit einem winzigen Triumph den Text unter die Nase. Keine Ahnung, warum ich mich das traue. Vielleicht, weil er gesagt hat, dass er mich retten will, als er dachte, ich würde schlafen.

Er dreht den Kopf zu mir und seine flussblauen Augen funkeln unergründlich in der Dunkelheit. Sie scheinen fast schwarz. Ich muss wegschauen, weil sein Blick so intensiv ist.

»Ich hab es mir geborgt, Kentucky, nicht gestohlen«, sagt er ruhig.

»Und woher willst du das schon wissen? Glaubst du, ich könnte es mir nicht leisten?«

Lange Zeit schlafe ich nicht ein, zu viele Fragen kreisen in meinem Kopf. Irgendwann ist River nochmals an seinem Handy und tippt. Manchmal höre ich wieder ein leises Bing für eine Nachricht. Also schreibt er tatsächlich mit jemandem.

Nach einer Weile wirken die Geräusche einschläfernd und ich höre sie nur noch aus der Ferne. Ich bin so müde, mein Kopf ist voll von weiten Ebenen, Fahrtwind und Rivers Augen.

Ich schlafe nie, höre ich ihn noch in meinen Gedanken flüstern. Und: *Ich hab's mir geborgt, nicht gestohlen.*

Chester würde ihn sicher umbringen, aber seltsamerweise denke ich nicht an ihn oder die Hills. Ich denke auch nicht mehr an den Brief, den ich Dad schreiben wollte. Ich will nicht mehr nach Hause.

KAPITEL SECHS

Das Metall des Eimers drückt gegen meinen Hals. Es geht so schnell. *Ich höre das Gurgeln, fühle, wie das Wasser über meinem Kopf zusammenschlägt und vor Panik weiß ich nicht mehr, ob ich ein- oder ausatme oder die Luft anhalte. Ich schlage um mich, würge, versuche nach oben zu kommen, aber eine Hand hält mich unerbittlich unten. Ich kann nicht atmen. Mein Kopf explodiert und das Wasser steigt meine Nase hoch. Ich will schreien, aber ich schlucke nur Wasser. Immer wieder Wasser. Luftblasen platzen überall und dazwischen blitzen rote Kreise wie Leuchtsignale. Funken. Funken und Wasser.*

Mit stummem Entsetzen fahre ich hoch und stoße mit dem Kopf an etwas Weiches. Mein rasendes Herz bringt mich fast um. *Beruhig dich! Du ertrinkst nicht! Sie hören irgendwann auf!*

Verwirrt sehe ich nach rechts und links und weiß im ersten Moment nicht, wo ich bin, doch dann erkenne ich die flatternde Zeltplane. *Nur ein Traum. Oh mein Gott, nur ein Traum!*

Krampfhaft sauge ich Luft ein und blinzele ein paar Mal. Rivers Schlafplatz ist zerwühlt, er selbst ist nicht da.

Zittrig lege ich die Hände über mein Gesicht und warte, bis das Beben in meinen Gliedern nachlässt. *Du hast geträumt. Alles ist okay. Du musst nicht in die Schule.*

Keine Ahnung, wie lange ich so dasitze, doch als ich die Hände sinken lasse, entdecke ich neben einer Lederjacke, die offenbar River gehört, einen Plastikbecher mit Eiskaffee und eine abgepackte Vanillewaffel, an der ein Zettel haftet: *Für dich.*

Das alles kommt mir nicht real vor. Für einen Augenblick habe ich Angst, dass River nicht echt ist und nur meiner Fantasie entspringt. Gibt es Krankheiten, bei denen man sich andere Menschen derart realistisch einbildet? Aber dann säße ich jetzt nicht in diesem Zelt. Oder doch?

Da ich nach diesem Albtraum keinen Appetit habe, krame ich erst mal mein Handy aus der Hosentasche. Der Akku blinkt gelb, nur noch dreißig Prozent. *Mist!* Ich muss mir von meinen letzten Dollars heute unbedingt ein Ladekabel kaufen. Außerdem ist es schon neun Uhr – hoffentlich hat die Schule noch nicht bei Dad angerufen.

Schnell checke ich die neuen Nachrichten.

James, gestern: *Es gibt keine Samantha auf eurer Schule, verflucht. Arizona und mir kam es merkwürdig vor, weil du ja nie eine Freundin erwähnst, also haben wir nachgeforscht. Sag mir sofort, wo du bist, oder ich erzähle es Dad! Bist du bei irgendeinem Kerl? Nur weil du keine Freundinnen hast, brauchst du nicht mit allen Typen ins Bett zu steigen. Sie nutzen dich nur aus. Glaub mir, ich weiß das!*

Selbst wenn ich Worte hätte, wäre ich jetzt sprachlos. Arizona und James haben also nachgeforscht? Danke auch. Ich dachte, ich bin Arizona gleichgültiger als ein umgefallenes Rad in Peking?

Wie kommst du auf die Idee, ich würde mit jedem ins Bett gehen?, schreibe ich wütend zurück. *Wer erzählt so etwas? Seit wann interessiert dich überhaupt, was ich tue oder lasse?*

Ich klicke auf die nächste Message von Mr. Spock: *Kansas? Hey, alles okay bei dir? Melde dich! Mister X hat mir gestern den Arm gebrochen. Elle und Speiche glatt durch. Mum habe ich erzählt, ich wäre vom Fahrrad gefallen, das Fahrrad haben sie auch demoliert.*

Mr. Spock schreibt Mister X, weil er sich nicht mal im Chat traut, seinen Peiniger namentlich zu nennen – sie könnten ja mal sein Handy checken. Ich habe sofort ein schlechtes Gewissen, weil ich mich nicht bei ihm gemeldet habe.

Du kannst so nicht weitermachen, schreibe ich zurück. *Musstest du heute in die Schule? Und deine Mum hat so lange Doppelschichten für das Fahrrad eingelegt. Ich hoffe, eine Versicherung zahlt das.* Ich überlege einen Moment, dann tippe ich: *Du musst sie anzeigen. Ich meine das ernst. Bitte! Bei mir ist alles okay.*

Laut Mr. Spock liegt seine Schule in einem sozialen Brennpunkt, vieles dreht sich dort um Geld. Wenn Spock nicht liefert, wird er verprügelt. Einmal geriet Spocks Mutter in Verdacht, ihn zu misshandeln. Und auch da hat er nur immer wieder gesagt, er wäre ungeschickt und würde sich ständig wehtun. Ich weiß, dass seine Mum schwerkrank ist, ein Tumor in der Lunge, aber sie wurde operiert. Vielleicht hat sie noch eine Chance. Natürlich will er sie nicht belasten, aber seine Mum würde ihm wenigstens glauben, wenn er ihr die Wahrheit sagt. Seine Mum liebt ihn.

Für einen Moment schlinge ich die Arme um mich, doch dabei spüre ich die vielen blauen Flecken, also lasse ich wieder los. Ich würde zu gerne wissen, ob Arizona James gegen mich aufhetzt! Vielleicht hat sie ihm ja diesen Mist erzählt. Mein Blick fällt auf die Zeitung, die neben dem Schlafsack liegt.

Ich überfliege nochmals die Schlagzeilen und betrachte das Foto von Asher Blackwell mit seinen dunklen Klamotten und dem gruselig geschminkten Gesicht. Es ist ein Schnappschuss von einem Konzert, er kniet direkt am Rand der Bühne, einen Arm Richtung Publikum gestreckt, das ihm frenetisch zujubelt. Die Finger des Sängers sind einladend geöffnet, so als wollte er nach der ganzen Welt greifen. Ein Fixstern wie Arizona. Das genaue Gegenteil von mir und Mr. Spock.

Von Ben Adams gibt es kein Bild auf der Titelseite und auch nicht von Meredith Fox und dem Kronzeugen Taylor Harden. Nun, ich nehme an, es gibt überhaupt keine Fotos mehr von Taylor, denn das würde ihn vermutlich in Gefahr bringen. Vielleicht haben sie ihm ja auch schon einen neuen Look verpasst.

Ich weiß, dass es um das Drogen-Syndikat eines Motorradklubs geht. Seine Aussage könnte zur Festnahme des legendären Drogenbosses Al Ripani führen. Doch offenbar hat ihm jemand kurz vor seiner Aussage einen Brief mit einer zehn Zentimeter langen Kalaschnikow-Patrone als Warnung geschickt. Ich glaube, da wäre jeder abgehauen.

* * *

Als ich aus dem Zelt krieche, schlägt mir eine schwüle Hitze entgegen und hundert Mücken schwirren über dem Boden. River entdecke ich nicht, nur den schwarzen Porsche mit dem Kratzer, der auf einem Wanderparkplatz steht.

Neugierig sehe ich mich um. Überall sind hohe Nadelbäume, der süße Geruch von Pinien erfüllt die Luft.

Ich laufe über die braune Erde Richtung Highway, um herauszufinden, wo wir sind, da kommt River plötzlich aus dem Dickicht, barfuß, die Jeans hochgekrempelt. Er trägt dieselben Sachen wie gestern, seine kinnlangen Haare sind verwuschelt und stehen vom Kopf ab wie bei dem Demons'n'Saints-Sänger.

»Heute Abend gehen wir in ein Motel, da können wir uns wenigstens duschen.« Er wuschelt sich durch den blonden Schopf und sieht dabei filmreif sexy aus. Viel zu attraktiv. Viel zu wild. Viel zu männlich.

Ich nicke mit einem beklommenen Gefühl im Bauch und kann meinen Blick nicht von seinen tiefblauen Augen lösen.

»Schon was gefrühstückt?«

Ich habe zwei Bissen von der Waffel gegessen, aber den ganzen Eiskaffee getrunken. Als ich erneut nicke, winkt er mich zu sich. »Ich will dir was zeigen. Komm mit!« Und wie selbstverständlich tue ich, was er sagt, so wie ich gestern meine Tasche vom Old Sheriff geworfen habe, keine Ahnung, warum.

Wieso gibt er sich überhaupt mit mir ab? Mit mir, der stummen langweiligen Kansas Montgomery? Dem Kensington-Freak?

Mir bleibt keine Zeit, darüber nachzudenken, denn River schlängelt sich querfeldein durchs Unterholz. Ich habe Mühe hinterherzukommen, weil die Steinchen und herabgefallenen Äste in meine nackten Sohlen piksen. River scheint das nichts auszumachen. Hin und wieder streift er absichtlich über Baumrinden und lässt Pinienzweige zärtlich durch seine Finger gleiten.

Irgendwann springt er über ein paar Wurzeln und landet geschickt auf einem Seil, das ich in dem Augenblick erst entdecke. Deswegen ist er barfuß und hat seine Jeans halb über die Waden gekrempelt!

»Das hier ist eine Slackline, eine Beginnerline.« Leichtfüßig läuft er ein paar Meter, ohne ins Wanken zu kommen. Er hat schöne Füße für einen Mann, auch wenn sie von der Erde schmutzig sind. Größe 45 vielleicht, die Zehen fallen in einem harmonischen Winkel nach außen hin ab; ich glaube, das nennt man eine ägyptische Fußform. Bei mir ist der zweite Zeh minimal länger als der erste – griechisch.

»Ich möchte, dass du es versuchst.« Die Line ist ungefähr zehn Meter lang, gespannt zwischen zwei Pinien, und aus irgendeinem elastischen Material, das vielleicht fünf Zentimeter breit ist.

Ich deute ungläubig auf mich, da dreht er sich um, grinst herausfordernd und zündet sich auf der Line stehend eine Zigarette an.

Ich schüttele abwehrend den Kopf. *Das ist nichts für mich,* schreibe ich und halte ihm das Handy unter die Nase.

Anschließend gehe ich ein paar Meter an der Slackline entlang und in meinem Kopf kreist nur eine einzige Frage: *Wer bist du, River McFarley? Rettest Mädchen und wirkst selbst wie ein gefallener Engel. Rauchst und läufst Lines?*

Ich weiß gar nichts über dich!, schreibe ich jetzt und halte ihm mein Handy hin.

Er seufzt. »Okay, nochmal!« Auf der Line deutet er eine spöttische Verbeugung an. »Gestatten, River McFarley. Menschenfreund und Menschenfeind, ein richtiger Misanthrop sogar. Narr und Erleuchteter. Todessehnsüchtig und lebensliebend, verzweifelt und hoffnungsvoll.«

Ich tippe. *Du bist ein Paradoxon?*

»Ich fürchte ja.«

Kannst du auch mal ernst sein? Wer bist du?

»Finde es raus! Wir haben ungefähr drei Monate.«

Macht es Sinn, jemanden kennenzulernen, wenn man nach drei Monaten von einem Felsen im Yosemite springen will?

»Nein!« Er grinst schief, etwas, das mir schon vertraut an ihm ist. »Aber was macht schon Sinn?«

Bist du ein Axtmörder?

»Würdest du dich besser fühlen, wenn ich *nein* sage?«

Ja.

»Okay, dann nein, ich bin kein Axtmörder.«

Hättest du ja gesagt, wenn du einer wärst?

»Natürlich nicht.«

Bist du von irgendwo entflohen? Aus der Psychiatrie zum Beispiel? Immerhin war er ja auch auf der Brücke.

»Himmel, Kentucky. Das sind ganz schön persönliche Fragen. Wieso fragst du nicht nach meinem Alter oder woher ich komme?« Er hält die Zigarette zwischen Daumen und Zeigefinger, wippt auf der Slack auf und ab und sieht mich durch den Rauch hindurch an. Okay, an Selbstwertgefühl scheint es ihm nicht zu mangeln.

Wie alt bist du und woher kommst du? Kerle wie er schüchtern mich normalerweise total ein, aber bei ihm ist es anders, weil er selbst nicht ganz normal ist und weil er sich um mich kümmert.

»Einundzwanzig, fast zweiundzwanzig, und geboren bin ich in San Francisco.« Er schnipst die Kippe weg.

Westküste, ich wusste es doch! Du hast diesen Akzent. Den kenne ich von vielen Hills aus Cottage Grove. Viele reiche Familien dort stammen aus Kalifornien – was kein Wunder ist, schließlich gibt es in Minnesota nur Kühe, viel Schnee im Winter und

Tornados. Und diese Dinge taugen nichts, um sich ein Imperium aufzubauen.

Rivers Blick verdüstert sich kurz. »Du hast auch einen Akzent, Kentucky«, sagt er finster.

Ich rede nicht, ich kann keinen Akzent haben.

»Würdest du sprechen, hättest du einen. Wahrscheinlich einen ganz fiesen nasalen Texas-Slang. Deshalb redest du womöglich nicht.« Er lacht, doch im nächsten Augenblick wird er wieder ernst. »Kommst du jetzt hoch?«

Er hat nicht gefragt, wieso ich nichts sage, er hat es einfach so hingenommen. Doch eine Frage habe ich noch, vielleicht habe ich zu viele Schlagzeilen gelesen:

Moment. Stopp. Bist du vielleicht auf der Flucht vor der Polizei oder so?

Rivers Blick saugt sich an den Worten fest. »Vielleicht bin ich ja Rumpelstilzchen. Sind wir nicht alle vor etwas auf der Flucht?« Er springt kraftvoll ab und bleibt mit finster zusammengezogenen Brauen vor mir stehen. Nur die Line auf Kniehöhe trennt uns. »Was glaubst du denn? Dass ich gleich zu Jack Nicholson mutiere und eine Axt hervorhole? *REDRUM?* Ernsthaft?«

Ich wende mich ab, doch dann begreife ich, wie blödsinnig ich mich verhalte. Als ich mich wieder zu ihm umdrehe, hat er die Arme vor der Brust verschränkt. Seine Lippen sind zusammengepresst. Ich zwinge mich, nicht wegzusehen, was schwierig ist, weil seine Augen im Morgenlicht so unendlich tief und dunkelblau schimmern und ich das nicht gewohnt bin. Also das Anschauen.

Irgendwann inmitten des Duells schüttelt er den Kopf. »Okay, ich verrate dir was über mich, nachdem du auf der Line warst.« Versöhnlich zieht er einen Mundwinkel hoch.

Ich hebe die Schultern. *Weiß nicht,* soll es heißen.

Er löst die verschränkten Arme. »Slacken ist Freiheit, Tucks«, sagt er jetzt leise und spricht das Tucks so weich wie einen Kosenamen für eine Geliebte.

Mir wird total heiß. Wieder sehen wir uns an, aber es ist kein Duell mehr. *Ich habe meinen Verstand in der Welt der Liebenden verloren.* Wieso ich ausgerechnet jetzt an die Worte von Rumi denken muss, ist mir schleierhaft.

River räuspert sich. »Das hier, diese Line, ist nur der Anfang. Auf einer Highline, in tausend Metern über dem Boden, verliert alles seine Bedeutung. Es ist mehr, als du dir je vorstellen kannst. Herzklopfen. Wind und Furcht. Schweißnasse Hände. Ein Adrenalinkick, absolute Konzentration. Wenn du einmal dort oben warst ... du kommst dir vor, als hättest du bis dahin nur geschlafen und wärst in diesem Augenblick aufgewacht.« Etwas wie Sehnsucht durchfärbt seine Worte und ich kann beinahe die Böen auf der Haut spüren und die grenzenlose Tiefe sehen. Er kommt noch einen Meter auf mich zu und steht jetzt direkt an der Slackline. »Vor einiger Zeit hat mir das Slacken Halt gegeben. Es bringt einen zur Mitte zurück, wenn man sich verliert.«

Wieder sehen wir uns an. Ich will schlucken, kann aber nicht. Er ist mir so nahe. Ich kann ihn nur anstarren.

Plötzlich springt er nochmals auf die Line. Wippt im Stehen auf und ab und ich kann zusehen, wie seine Züge einen fast andächtigen Ausdruck annehmen. »Beginnerlines dürfen nicht durchhängen und sind etwas breiter als normale Lines«, sagt er und geht ein paar Meter, ohne mich aus den Augen zu lassen. »Und natürlich sind sie nicht so hoch.« Mein Herz flattert, während ich ihn betrachte. Da ist etwas an ihm. Es sind nicht nur seine ebenmäßigen Gesichtszüge, sein selbstbewusster Mund und die tiefblauen Augen. Da ist eine Schönheit, die ebenso zerbrechlich wie erschreckend und stark ist. Als fehlte nur ein letzter Hauch, um ihn entweder zu zerstören oder ihn komplett durchdrehen zu lassen. So als balancierte er permanent auf einem Drahtseil.

Er sagt noch etwas darüber, dass man sich bei hohen Lines angurten sollte, und ich würde am liebsten anmerken, dass das kontraproduktiv ist, wenn er doch springen will.

Er räuspert sich. »Das Wichtigste am Anfang ist: Schau nicht auf deine Füße und such dir einen Fixpunkt. Am besten am Ende der Slackline.« Er springt ab und kommt zurück.

Ich bin hypnotisiert. Wie schafft er es, dass ich nichts von dem, was er sagt, je infrage stelle? Ohne ein einziges Zögern setze ich einen Fuß auf die Line. Sie ist ganz kühl.

»Standbein auf der Line anwinkeln ... jetzt stoß dich ab.«

Ich mache, was er sagt, dann stehe ich mit beiden Füßen auf dem elastischen Band. Es zittert – oder sind das meine Beine?

»Gut. Denk an das, was ich dir über den Fixpunkt gesagt habe, am Ende der Slack. Aufrechte Haltung ... Hüfte gestreckt ... kein Hohlkreuz machen. Und ja, geh etwas in die Knie ...«

Ich schreie stumm auf und springe ab, bevor ich runterfalle.

River grinst. »Du hast auf deine Füße geschaut.« Er zieht einen

Flachmann aus der Tasche und trinkt einen Schluck. »Whisky«, sagt er nur.

Zum Runterkommen, denke ich.

Er lässt ihn wieder verschwinden.

Ich krempele meine Jeans hoch und setze nochmals einen Fuß auf die Slackline. Abstoßen, aufsteigen. Wieder bin ich mit beiden Füßen über dem Boden. Doch auch wenn diese Höhe noch kein Problem ist, fühle ich mich unsicher. So, als müsste mein Gleichgewichtssinn erst neue Informationen sammeln. Es ist ganz anders, als auf einem Schwebebalken zu balancieren, etwas, das wir in der Middle School oft im Sportunterricht gemacht haben. Vorsichtig strecke ich die Arme zur Seite, während ich auf den Pinienstamm am anderen Ende schaue.

»Gut«, sagt River so leise, als wollte er mich nicht aus der Konzentration reißen. »Halt die Arme locker, du musst sie nicht ganz durchstrecken. Bleib einfach eine Weile stehen und warte, bis du sicherer bist.«

Ich atme tief durch, spüre das raue, kühle Band unter meinen Sohlen und die leichte Schwingung, die durch meinen Körper pulst. Es fühlt sich seltsam an. Ich fühle mich leichter, obwohl das Stehen viel anstrengender ist.

Konzentriert taste ich mich mit dem vorderen Fuß weiter, setze ihn ab und verlagere mein Gewicht. Meine Waden zittern immer noch.

»Warte, bis du deine Balance wiedergefunden hast, erst danach machst du den nächsten Schritt. Darum geht es. Um Balance, um Mitte. Du musst ganz bei dir sein.«

Ich versuche, bei mir zu bleiben und mich auf das Band zu konzentrieren, aber ich spüre trotzdem, wie dicht River bei mir steht. Als wollte er mich auffangen, wenn ich falle.

»Es ist nicht wichtig, wie viele Schritte du schaffst, sondern wie lange du oben bleibst. Je mehr Zeit du auf dem Band verbringst, desto schneller lernt dein Gleichgewichtssinn dazu.«

Ich hole tief Luft, löse den hinteren Fuß und setze ihn nach vorne. Das Band erzittert, meine Beine verwandeln sich in Gummi.

Noch bevor ich selbst reagieren kann, fasst River meine Hand und hält mich fest. Aus purem Reflex kralle ich meine Finger in seine.

Er lacht leise. »Verstanden. Du hältst nichts vom Stehenbleiben – okay! Dann lauf!« Mit der freien Hand streicht er sich die Haare aus dem Gesicht und ich erhasche einen Blick auf die linienförmige Narbe. »Lauf!«

Ich klammere mich an ihm fest und laufe einmal zur Pinie und wieder zurück. Meine Finger schwitzen. Ich schwitze und ich trage immer noch mein Zeug von gestern, aber zum Glück bin ich so auf meine Aufgabe konzentriert, dass ich völlig vergesse, wegen River und der Berührung nervös zu sein.

»Nochmal!«

Ich laufe.

»Nochmal!«

Irgendwann zähle ich nicht mehr mit, wie oft ich über die Line balanciere. River singt leise *Do You Love Me* von The Contours aus *Dirty Dancing* vor sich hin und ich fühle mich wie Baby, als sie mit Johnny über diesen Baumstamm balanciert. Immer mehr lockert River den Griff, bis sich nur noch unsere Finger berühren. Ganz zart, es ist mehr die Idee einer Berührung. Sie macht mir viel weniger aus, als ich erwartet habe. Das alles hier. Es kommt mir natürlich vor.

Instinktiv schaue ich auf seine schlanken Finger. Das Band unter mir schwankt hin und her, ich kippe zur Seite.

Sofort packt River mich am Arm und hält mich oben. Sein Griff schickt ein Pochen durch meine Blutergüsse, aber ich lasse mir nichts anmerken. »Falscher Fixpunkt, schätze ich.« Er klingt so lässig. Er lacht kurz auf. Aus seinen unergründlich blauen Augen blickt er mich an und das Lachen weicht aus seinem Gesicht, jetzt ist er ganz ernst.

Mir wird flau. Er schaut nicht weg und ich spüre nur noch seinen Arm, der mich hält, und seinen wissenden Blick.

Auf eine seltsame Art fühlt es sich gefährlich an. Es löst etwas Funkelndes in mir aus, etwas, das mir Angst macht und gleichzeitig wunderbar ist. Ganz fest grabe ich die Nägel in meine Handfläche und lenke mich von dem beängstigenden Gefühl ab.

»Lauf weiter«, sagt er leise und immer noch ernst.

Also laufe ich.

* * *

Später sitze ich völlig geschafft an der Pinie und beobachte River beim Slacken. Jetzt weiß ich, warum er so selbstsicher am Abgrund des Old Sheriffs balanciert ist. Deswegen hat er so wenig Angst vor der Höhe.

Ich habe keine Ahnung, wie spät es ist, sicher schon Nachmittag, mein Handy hat jedenfalls nur noch zwanzig Prozent Akku.

River tippt auf der Slack etwas in sein Handy, eine Zigarette im Mundwinkel, die Augen zusammengekniffen. Mein Handy gibt ein leises Bing von sich. Mr. Spock hat gerade geschrieben.

Ich kann sie nicht anzeigen. Mister X hat viel Einfluss. Jeder Schüler fürchtet seine Gang, selbst seine Gang fürchtet die Gang. Jeder würde sagen, ich würde mich selbst verletzen. Jeder lügt für ihn.

Dann ist deine Situation ähnlich wie meine, schreibe ich. So viel habe ich ihm noch nie verraten und es liegt nur daran, dass ich jetzt nicht mehr in die Kensington gehen muss.

Rivers Handy gibt ein leises Bing von sich. Offenbar chattet er ebenfalls mit jemandem.

Mr. Spock: *Kans? Wieso? Was passiert denn bei dir? Das hast du noch nie erwähnt. Ich dachte, sie ignorieren dich nur.*

Ich will nicht darüber reden.

Mr. Spock: *Solltest du aber. Hey, mir kannst du alles sagen – oder schreiben.*

Ich kann es ihm nicht erzählen, ich kann es niemandem sagen. Nur Loser werden zu Opfern.

Zeitgleich stecken River und ich unsere Handys in die Hosentasche und für den Bruchteil einer Sekunde kommt mir der irrsinnige Gedanke, er könnte Mr. Spock sein, was natürlich Bullshit ist.

»Zeit, diesen Ort zu verlassen«, sagt er jetzt und geht zu der hinteren Pinie.

Du wolltest mir etwas über dich verraten, schreibe ich und halte ihm das Handy unter die Nase.

Er lächelt, sagt aber nichts weiter dazu. Dafür hantiert er mit einer Ratsche an der Slackline herum. Nach ein paar Handgriffen lockert sich das Band und ein Ende flattert zu Boden.

»Das hier ist der Baumschutz, ein TreeBuddy«, erklärt er mir und klopft auf die Auflagefläche aus Filz, die einmal um den Stamm der Pinie gewickelt ist.

Er lässt mich absichtlich zappeln!

Seelenruhig löst er den Schutz, geht zu der anderen Seite und packt am Ende Ratsche, Schlingen, das elastische Band und die Baumschützer in einen Rucksack, der neben der Pinie steht.

Wenigstens weiß ich jetzt, wofür das Zeug in seinem Rucksack war. *Du schuldest mir eine Antwort!* Ich setze einen ärgerlichen Smiley dahinter. Seit wann tue ich so etwas?

River lächelt erneut und zieht seine Schuhe an. Schwarze Flip-Flops. »Ja, stimmt. Ich erinnere mich!« Er schultert den Rucksack und geht los. Halb belustigt und halb verärgert laufe ich hinterher. Er nimmt einen anderen Weg. »Ich möchte, dass du dir etwas überlegst, Kansas.«

Mist, mein Akku ist bald leer.

»Ich will, dass du dir deine Big Five überlegst.«

Meine Big Five? Ich muss ihn verwirrt anschauen. Ich denke an Nashörner, Löwen und Elefanten. Das hat doch etwas mit Afrika zu tun, oder nicht?

»Du weißt, was eine Bucket List ist, oder?«

Ich nicke. Wir steigen über ein paar umgestürzte Bäume, dann ragen plötzlich haushohe Felsen vor uns auf. River nimmt den Pfad durch eine Spalte und augenblicklich wird es klamm und kühl.

Ich überlege, was er mit den Big Five meint, da öffnet sich vor mir ein atemberaubendes Panorama. Ein tiefblauer See, eingefasst von lindgrünen Bäumen, dahinter ragen die gleichen Felsen in die Höhe, durch die wir eben gegangen sind. Uraltes Gestein, zerfurcht und rotgrau wie die Gesichter alter Indianerhäuptlinge.

»Der Sylvan Lake, Custer State Nationalpark, aber das tut nichts zur Sache.« River ist stehengeblieben und zieht sich sein T-Shirt über den Kopf. »Ich gehe schwimmen. Kommst du mit?«

Ich schaue auf die glitzernde Oberfläche des Sees, auf der sich die Wolken spiegeln, und verneine mit einer Geste. Selbst wenn die blauen Flecken nicht wären, würde ich mich nicht bis auf die Unterwäsche vor River ausziehen, und als ich ihn mit nacktem Oberkörper sehe, drehe ich mich weg. Er muss viel Sport treiben; er ist schlank, durchtrainiert und nahezu perfekt. Wie ein Model. Und ich bin armselig, blass und untrainiert. *Und du küsst wie ein toter Fisch!*

Nach ein paar Sekunden höre ich ihn ins Wasser eintauchen. Ich schaue wieder zu ihm rüber und als er auftaucht, sehe ich auf seiner sonnengebräunten Schulter einen Schriftzug aufblitzen, aber ich erkenne auf die Entfernung nicht, was dort steht. Es sieht aus wie eine Kalligrafie. Wer immer es ihm tätowiert hat, muss sich große Mühe gegeben haben.

»Schade, dass du nicht reinkommst. Das Wasser ist richtig erfrischend.«

Ich zucke nur mit den Schultern, River schwimmt mit weit ausholenden Zügen neben mir her. »Kannst du meine Klamotten mitnehmen?«

Er hat mir immer noch nicht das gesagt, was er mir verraten wollte, aber ich laufe natürlich zurück, sammele seine Jeans, sein weißes T-Shirt und die Flip-Flops ein.

Nachdenklich umrunde ich den See, während er neben mir her schwimmt. Auf der gegenüberliegenden Seite ist ein schmaler Strand vor den Felsen, an dem sich ein paar Besucher tummeln, doch sie sind weit weg.

Ich wünschte, ich wäre so ungezwungen wie River. Ich wünschte, ich könnte einfach das tun, was ich will. Der Wind weht Stimmen und Gelächter der frühen Badegäste zu uns rüber und ich spüre wieder diese Mauer, die mich von allem abschirmt, den tiefen Graben des Schweigens.

Was meint River mit den Big Five? Wenn es so etwas wie eine Bucket List ist, dann meint er sicher die fünf Dinge, die ich im Leben getan haben will, bevor ich sterbe.

Gemeinsam stirbt es sich leichter. Tolstoi, Mum und River McFarley. Er meint das vielleicht todernst. Vielleicht will er wirklich mit mir von einer Highline springen – jetzt weiß ich wenigstens, was es ist. Eine Slackline in tausend Meter Höhe.

»Hey!« Wie aus dem Boden gewachsen steht River neben mir. Ich muss total weggetreten gewesen sein, aber das kann ich ja gut – mich ausklinken. Ich kann ihn immer noch nicht anschauen, nicht, wenn er fast nackt und nass neben mir steht. Er riecht nach Seewasser, einem Hauch Schweiß, vermischt mit den Spuren seines Aftershaves. Er strahlt eine Männlichkeit aus, die meine Knie weich werden lässt und mich gleichzeitig betäubt.

Ohne hinzuschauen, reiche ich ihm seine Klamotten und

bekomme aus den Augenwinkeln mit, wie er sich mit dem T-Shirt abtrocknet.

»Und ... hast du über deine Big Five nachgedacht?«

Es schmeichelt mir, dass er mir das Zusammenreimen seiner kryptischen Äußerungen zutraut. Wenigstens hält er mich nicht für blöd. Trotzdem schüttele ich den Kopf und will einfach weiterlaufen. Ich nehme an, dieser Pfad führt irgendwann zum Parkplatz zurück, zumindest stimmt die Richtung.

»Warte!« Er fasst mich am Handgelenk. Sein Griff ist nachdrücklich, aber eher fürsorglich als hart. »Was ist denn los? Kannst du mich plötzlich nicht mehr anschauen?«

Und weil ich meistens tue, was die Leute von mir erwarten, zwinge ich mich, ihn anzusehen. Sein Gesicht glänzt immer noch feucht, Wassertröpfchen hängen in seinen dichten Augenbrauen und Wimpern. Er schweigt, lockert den Griff und ich sehe nur noch seine Augen. Er ist der Einzige, der mich in letzter Zeit auf eine sanfte Weise berührt hat, und auf einmal wünsche ich mir so viel mehr. Unvermittelt kann ich kaum mehr atmen. Wie geistesgestört grabe ich die Nägel in meine Handfläche und der Schmerz strömt in meinen Verstand, trennt mich von dem Gefühl, mich zu verlieren. Bestimmt lacht er mich gleich aus.

Ruckartig reiße ich an meinem Arm und River lässt los. Ich jage den Weg entlang, stolpere über Steine und dichte Gräser.

»Kansas! Warte!«

Aber ich kann nicht. Ich will nur noch weg von ihm und seinen Augen und dem Gefühl, ich wäre ihm wichtig.

Nach einiger Zeit komme ich tatsächlich wieder an unserem Zelt an. Ich klettere ins Innere und würde mich am liebsten unter der Decke vergraben, aber das ist kindisch, also schlinge ich die Arme um meine angezogenen Beine und verharre stocksteif an meinem Platz. River öffnet wenige Sekunden später die Plane und schaut mich betroffen an.

»Was immer ich falsch gemacht habe, es tut mir leid. Ich wollte dich weder erschrecken noch überfordern. Ich bin nur ich. Leider.«

Leider? Ich schlucke. Dieser Mensch, der sich River nennt, ist zu gut, um wahr zu sein. Menschen wie ihn gibt es nur in Filmen. Ich träume und gleich werde ich aufwachen und James wird von unten rufen, ich solle mich beeilen.

River deutet auf meine Finger. »Du hast dich verletzt. Du blutest.«

Schnell verstecke ich die verunstaltete Hand hinter meinem

Rücken, bevor er die hässlichen Narben sieht. *Krötenhand,* zischt Chester in meinem Kopf. Ich will ja gar nicht weglaufen. Und ich will ihn ja auch ansehen. Ich habe einfach nur viel zu große Angst vor allem.

River schaut mich einen Moment prüfend an, dann zieht er sich zurück und ich höre, wie er sich eine Zigarette anzündet und etwas trinkt. Vermutlich zum Runterkommen. Wieso will er eigentlich auf eine Highline, wenn er ständig was zum Runterkommen braucht?

Irgendwann höre ich ihn draußen sagen: »Ich schulde dir noch eine Info über mich.«

Gespannt halte ich den Atem an. Ich höre seine Schritte vor dem Zelt und plötzlich zeichnet sich sein Schatten auf dem dünnen Stoff ab – er kniet vor dem Eingang, ohne die Plane zu öffnen.

»Ich habe mal etwas Schlimmes getan«, sagt er leise, »und manchmal hasse ich mich wirklich. Es sieht vielleicht nicht so aus, aber alles hat zwei Seiten.«

KAPITEL SIEBEN

Wir fahren an diesem Nachmittag noch in die Badlands zurück, jene schroffe Landschaft, in der Kevin Costner *Der mit dem Wolf tanzt* gedreht und mich damit zum Weinen gebracht hat.

River hält fernab des Touristeninformationszentrums an und läuft einfach los. Und ich laufe ihm wie immer hinterher, auch wenn ich weder das Ziel noch den Grund unserer Wanderung kenne. Vor uns liegen zerklüftete Felsen, horizontal geschichtet wie die Lagen einer monumentalen Torte. Senfgelb, mokkabraun, rostrot, curryorange. Sie ragen einfach aus dem Boden und ringsum gibt es nichts. Nur Hitze, Sand und dürre Gräser.

Obwohl es bereits Spätnachmittag ist, brennt die Sonne unerbittlich auf meinen Scheitel. Irgendwann zieht River zum zweiten Mal heute sein T-Shirt aus und wirft es mir lachend über den Kopf.

»Jetzt siehst du aus wie ein Beduine«, sagt er nur. Ich blinzele durch den Stoff und bin froh, ihn dadurch nicht mehr im vollen Ausmaß seiner Perfektion zu sehen. *Danke,* denke ich, bin aber zu k. o., um mein Handy herauszuholen und es zu schreiben, also lächele ich ihm verhalten zwischen den Ärmeln seines Shirts zu. Mir tut noch jeder Muskel vom Slacken weh und schon jetzt weiß ich, dass ich morgen einen fürchterlichen Muskelkater bekommen werde. Dass River jetzt mit langen Schritten vor mir hereilt, macht es auch nicht gerade besser. Außerdem scheint er nervös zu sein, denn er macht irgendetwas mit seiner rechten Hand. Es sieht aus, als formte er irgendwelche geheimen Zeichen, eine Art Morsecode, ab und zu entdecke ich ein Stück Papier.

Nachdem wir ewig am Rand der kunterbunten Felsen bergauf gestiegen sind, bleibe ich leise keuchend stehen, während mir der Schweiß über den Rücken läuft. Ich bin solche Mammut-Touren nicht gewohnt. Für einen Augenblick denke ich an den Sportunterricht der Schule, die einzigen Stunden, in denen ich wirklich aktiv war, wobei ich mehr den schweren Medizinbällen und Hockeyschlägern ausgewichen bin, die wie zufällig immer nur mich trafen. Ich glaube, Chester hat Amber und Lilian dafür bezahlt, so wie er sie auch fürs Lügen bezahlt hat. *Wieso sind deine Haare schon wieder nass, Kansas? Sie duscht in der Mittagspause, nur Gott allein weiß, wieso. Vielleicht haben sie bei ihnen zuhause das Wasser abgestellt.*

In diesem Moment weiß ich nicht, wie ich das alles so lange ertragen habe. Es erscheint so nah und gleichzeitig unglaublich weit weg. Ich sehe die alten Bilder nur durch einen Filter, als wären meine Emotionen nicht zusammen mit ihnen abgespeichert worden.

»Hey, Texas – kommst du?«

Flüchtig schaue ich auf und sehe River ein paar Meter weiter stehen. Offenbar hat er die Ausdauer eines Zehnkämpfers, denn er wirkt kein bisschen erschöpft. Ich nicke nur matt, laufe wieder los und habe immer noch keine Ahnung, was wir hier überhaupt machen.

Als ich irgendwann denke, gleich umzufallen, bleibt er zum Glück stehen. »Besser als der Old Sheriff, oder?«, höre ich ihn von weiter oben sagen.

Etwas an seinen Worten irritiert mich, aber ich weiß nicht, was. Ich drapiere das T-Shirt auf meinem Kopf so, dass ich mehr sehen kann. Wir stehen auf dem höchsten Punkt der Umgebung. In unserem Rücken liegt der Highway, vor uns öffnet sich ein Tal so breit wie das Nildelta. Grasteppiche, auf denen Büffel weiden, und immer wieder steile Gebirgskämme, schattige Schluchten und Felsen, die geisterhaft aus dem Boden wachsen, eigenartig geformt wie aus einer anderen Welt. Ein lavendelblauer Schleier schwebt über den Bergkuppen, fast wirkt es, als würde der Himmel herabsinken, um mit dem Land zu verschmelzen.

»Bizarr, oder? Schön und bizarr.«

Oh ja, das liebt er ja. Bizarres!

Er geht ein paar Meter weiter und lässt das rot-gelbe Warnschild hinter sich, bis er die Bruchkante erreicht. Unerschütterlich und starr steht er dort, nur seine Haare flattern im Wind. Fast wirkt er selbst wie einer der erdfarbenen Felsen, so braun ist sein Rücken. Aus dieser Entfernung kann ich auch endlich das Tattoo auf seinem Schulterblatt lesen.

Still alive for you, June.

Worte in tiefem Dunkelblau, kein Schwarz. Die Buchstaben erinnern mich an eine Kalligrafie. Verspielt und trotzdem akkurat.

Etwas an dem Schriftzug versetzt mir einen seltsamen Stich. Vielleicht nur die Tatsache, dass es ein Mädchen gibt, das ihm offenbar sehr viel bedeutet. Für das er lebt.

Wieso macht mir das etwas aus? Ich habe keinen Anspruch auf ihn, nur weil er gesagt hat, er müsste mich retten. Vielleicht galt das nicht einmal mir, sondern einem Foto, das er betrachtet hat. Vielleicht habe ich mir ja nur eingebildet, er würde mich anschauen, aber irgendwie glaube ich das nicht.

Vorsichtig, um nicht irgendwelche Klapperschlangen aufzuschrecken, gehe ich bis zu dem Warnschild. Erst jetzt sehe ich, wie bröckelig die Felskante ist, so als wäre sie von Hitze und Wind mürbe geworden, als könnte sie jede Sekunde brechen. Von meinem Standpunkt aus kann ich nicht sehen, wie tief es dort hinuntergeht. Es könnte ein anderer Felsen versetzt darunter liegen oder auch gar nichts – der freie Fall.

Mein Herz pocht plötzlich schneller. Langsam gehe ich weiter, bleibe jedoch einen Meter vor der Kante stehen. Schnell ziehende Schönwetter-Wolken werfen überdimensionale Schatten auf das weite Land. Der nächste Schritt von River würde ins Nichts führen, Hunderte von Metern hinab. Mein Magen sackt in die Knie. Er muss wirklich verrückt sein!

Komm! Sofort! Zurück! Ich möchte ihn anschreien und zurückzerren! Jede Sekunde kann dieser Fels einfach brechen und ihn mitreißen.

»Come on, Delaware!«, sagt er jetzt, ohne sich umzudrehen, und so leise, als könnten selbst Worte die Bruchkante zerbröckeln lassen.

Ich starre auf das *Still alive for you, June*, da dreht er sich um.

»Hey.« Seine Augen schimmern im Licht des lavendelblauen Himmels und all meine Gedanken verwischen. Sein Blick ist eine Frage, vielleicht ist das alles hier auch eine Frage. Und womöglich ist es dieses raue, sehnsuchtsvolle *Hey*, was mich den letzten Schritt auf die Kante machen lässt. Wie ferngesteuert ziehe ich mir das T-Shirt vom Kopf und lege es wie einen Schal um meinen Hals.

Ich bin genauso verrückt wie er!
Vielleicht ist es das, was uns verbindet, vielleicht ist es aber auch Sehnsucht. Eine Sehnsucht nach etwas, das wir beide nicht haben können. Bei mir sind es die Worte und bei River ... ich weiß es nicht.
Mit klopfendem Herzen schaue ich neben ihm hinab. Meine Beine werden heiß, was sicher an dem unwillkürlichen Fluchtreflex liegt. Was, wenn der Felsen bricht und wir in den Abgrund stürzen? Bei dem Gedanken wird mir schwindelig. Der Boden scheint in die Ferne zu rücken. Gestern wollte ich noch springen. Gestern dachte ich noch, es wäre der einzige Ausweg. Doch dann kam River. River, dem ich überall hin blind folgen würde, weil er mich am Old Sheriff gerettet hat.
»Was glaubst du, wohin wir gehen, wenn wir sterben?«
Die Frage sollte mich hier oben nicht überraschen und tut es doch. Zittrig hole ich mein Handy heraus. *Keine Ahnung. Vielleicht an einen besseren Ort.* In meinem Fall wäre das *Besser*: Geborgenheit. Sicherheit. Ein warmes Meer voller wunderbarer magischer Worte. Ich muss an die Worte des persischen Dichters Rumi denken: *Weil ich nicht schlafen kann, musiziere ich in der Nacht.* Ich finde, das klingt zärtlich, aber ich weiß nicht, wieso.
Ich tippe: *Vielleicht ist der Ort für jeden anders. Vielleicht ist da auch Musik, Poesie und ganz viel Glitzer.*
»Glitzer?« River lacht rau auf. »Vielleicht ist da auch gar nichts, Tucks. Vielleicht ist da alles. Und vielleicht ist alles auch nichts und die Gegensätze lösen sich auf. Vielleicht wird aus Tod Leben.« Er sieht mich lange an, bevor er die Hand hebt und mir durch die Haare wuschelt. Eine Geste voller Sanftheit. »Glitzer! Tucks, du spinnst!« Er sagt es so liebevoll.
Wenn dieser dämliche Felsen wirklich nachgeben sollte, dann bitte sofort! Mein Scheitel brennt unter seiner Berührung und all meine Nackenhaare stellen sich senkrecht. Für ein paar Atemzüge möchte ich ihn umarmen und springen zugleich. Es ist, als strömte alles aus der Draußenwelt in mich hinein und das macht mich noch schwindeliger und benommen.
»Musst du wieder etwas runterwerfen?«
Ich schüttele den Kopf, aber er greift bereits nach meinem Arm und für Bruchteile von Sekunden kommt es mir vor, als würde er sich daran klammern wie an einen Ast über einer Schlucht.
F-L-I-E-G-E-N. Du hast mich gerettet. Seine Worte.
Und du?, tippe ich. *Musst du was runterwerfen?*

Er lässt mich los und liest die Worte ab, dann blickt er nach unten und für einen schrecklichen Moment denke ich, er würde sich einfach gerade nach vorne fallen lassen, doch er streckt mir nur seine rechte Hand entgegen. Darin liegt geborgen in dem Nest seiner Finger ein schwarz-weißer Origami-Kranich.

Wie gebannt starre ich auf das winzige Kunstwerk. Das hat er gefaltet, während wir nach oben gestiegen sind! Einhändig. Mit seinem kleinen Kopf starrt der Kranich zurück, zumindest kommt es mir so vor. Bisher dachte ich, Origami wäre etwas für gelangweilte Hausfrauen, doch das hier ist Kunst.

»Für dich! Zum Fliegenlassen.« River lächelt, aber seine Augen bleiben unbeteiligt. Ich denke an seine Worte, die mich schon den ganzen Tag über beschäftigen: *Ich habe etwas Schlimmes getan. Manchmal hasse ich mich wirklich.* Ich kann mir nicht vorstellen, dass jemand wie er etwas Schreckliches tun könnte. Niemals. Nicht River. Und wieso hasst er sich? Wegen dem, was er gemacht hat?

Danke!, tippe ich. Zaghaft nehme ich den Origami-Vogel und betrachte die akkuraten Falze in dem Papier. Perfekte Arbeit. Auf dem rechten Flügel sind Augenbrauen, auf dem linken irgendwelche Buchstaben.

Mit einer Hand halte ich den Vogel in den Wind. *Flieg!*, denke ich, aber am liebsten würde ich ihn festhalten, weil River ihn für mich gefaltet hat. Nur widerwillig lasse ich los und der Kranich trudelt davon, mit blutigen Flügeln, weil ich offenbar wieder meine Hand malträtiert habe, ohne es zu merken. Auch River hat es gesehen, denn er wirft mir einen seltsamen Blick zu, dann schauen wir beide dem Kranich hinterher.

Erst strömt er in einer Böe himmelwärts, immer weiter hinauf, und bevor er nach unten segelt, verliere ich ihn aus den Augen.

Schweigend stehen River und ich auf der Klippe. Für einen Moment hatte ich die Gefahr völlig vergessen. Ich fühle mich schwer und leicht. Wie diese rauen Felsen und der veilchenblaue Himmel. Widersprüchlich. Aufgeladen, wie nach einem Stromschlag durch einen Defibrillator. Etwas in meinem Bauch schwingt wie eine Stimmgabel und das Summen strahlt in die Welt und zurück. Wenn ich jetzt sterben würde, wäre das vielleicht okay.

Ich atme tief durch und es kommt mir auf einmal so vor, als hätte ich das seit Monaten vergessen. Vergessen, Luft zu holen.

* * *

Wir fahren noch ein Stück und landen in einem Motel in der Nähe von Rapid City. Da wir im Touristengebiet sind, ist das Motel kein simpler grauer Kasten, sondern ein hübsches einstöckiges Blockbohlengebäude aus dunklem Holz.

»Es gibt nur noch ein freies Zimmer«, erklärt das schwarzhaarige Mädchen an der Rezeption und tippt mit ihren kirschrot lackierten Nägeln klackernd auf den Moteltresen.

Ich versuche, nicht auf ihre Brüste zu starren, die wie Hefeteig aus ihrer Ledercorsage quellen, aber es ist so gut wie unmöglich. So unmöglich, wie dem Geruch von frischen Pancakes zu widerstehen, und ganz offenbar steht River ebenso auf Pancakes.

»Dann nehmen wir das letzte Zimmer.« Er scheint mit ihren Brüsten zu sprechen, aber was habe ich erwartet: Er ist nur ein Mann, egal wie perfekt er auch ist. Wie nebenbei zückt er seinen Geldbeutel, ohne den Blick auch nur einmal von ihrem üppigen Dekolleté zu lösen.

»Ein Doppelzimmer? Ist sie nicht ein bisschen zu jung für dich?« Die Schwarzhaarige nickt zu mir und bläst ihren Kaugummi zu einer Blase auf.

»Meine Schwester. Sie ist achtzehn, sieht jünger aus, als sie ist«, lügt River so stoisch wie Arizona, wenn sie Dad eine Party verheimlicht.

Peng! Der Kaugummi platzt der Rezeptionistin ins Gesicht und sie saugt ihn ein und kaut fröhlich weiter. »Ich bin übrigens Mariah. In einer Stunde habe ich Feierabend. Gegenüber gibt es eine kuschelige kleine Bar.« Sie mustert mich wie einen mutierten Staphylococcus. »Ab einundzwanzig.« Sie reckt sich und das Leder ihrer Corsage knarzt, als würde es unter der Last ihrer Brüste bersten.

Rivers Augen werden groß. »Hört sich gut an.« Er grinst, als hätte ihm jemand den Schlüssel für das Schlaraffenland überlassen. Im Moment wirkt er überhaupt nicht wie jemand, der sich hasst oder springen will.

Ich spüre einen fiesen Stich in der Brust, andererseits sollte ich mich freuen, wenn er sein Testosteron woanders ablädt. In der letzten Nacht hing es so explosiv im Zelt, dass ich gefürchtet habe, es könnte irgendetwas in Brand stecken. Mit einem komischen Gefühl im Bauch drehe ich mich von ihnen weg, bevor Mariah mich anspricht und ich mich mit meinem Schweigen blamiere. Doch komischerweise ist es mit River an meiner Seite viel leichter, unter Menschen zu sein. So wie es früher in der Middle School mit Arizona war. Der Gedanke an meine Schwester überschattet für einen Augenblick alles, was heute passiert ist, daher dränge ich ihn zurück. Ich will an überhaupt nichts aus Cottage Grove denken.

Nach einem kurzen Geplänkel über Jack Daniel's und andere Whisky-Sorten bezahlt River bei der jungen Frau im Voraus und ich folge ihm mit gemischten Gefühlen Richtung Doppelzimmer.

Nachdem River die Tür aufgeschlossen hat, sehe ich zuerst das durchgelegene Doppelbett. Es steht an der Wand und nimmt fast den kompletten Raum ein, als wollte es uns damit eine Botschaft zukommen lassen. Rechts und links gibt es je einen dunklen Beistelltisch mit einer winzigen Lampe, ansonsten noch einen Tisch und zwei Stühle. An der Decke baumelt eine nackte Glühbirne.

»Touristenabzocke«, sagt River missmutig und schlägt gegen die Glühlampe, sodass sie hin und her pendelt. Er hat seine Sporttasche mitgenommen, ich dagegen besitze nicht mehr als die Zeitung. Ordentlich lege ich sie auf einen der Nachttische und setze mich auf die Bettkante.

»Und?« River wirft sich rücklings aufs Bett und streckt alle viere von sich.

Ich hatte mein Handy den restlichen Tag über ausgestellt, jetzt schalte ich es ein. Noch dreizehn Prozent.

Ich brauche ein Ladekabel!, schreibe ich River und lasse sein »Und« unbeantwortet. Er muss mich nicht um Erlaubnis fragen, wenn er sich mit dieser Mariah treffen will.

Er liest meine Worte. »Ich würde ja sagen, nimm meins, aber das passt nicht an dein Handy. Vielleicht können wir morgen eins für dich kaufen ... Und: Hast du dir deine Big Five überlegt?«

Ich betrachte intensiv meine Fingernägel, unter denen eine schwarze Kruste aus Dreck pappt. Nicht gut für meine Wunden. Okay, er meinte nicht Mariah.

River steht wieder auf und kramt in seiner Tasche, anschließend legt er einen Block und einen Bleistift auf das Bett, auf dem ich sitze. »Solange dein Handy so wenig Akku hat, kannst du den benutzen. Willst du zuerst duschen oder soll ich?«

Ich deute auf ihn. Ich muss erst die Nachrichten von Dad anschauen, die ich bekommen habe.

»Okay. Überleg du dir solange deine Big Five.« Mahnend hebt er den Finger, wie ein Lehrer, der seinen Schüler zur Ordnung ruft.

Hast du auch eine Liste mit deinen Big Five?, schreibe ich auf den Block.

»Schöne Handschrift, Tucks.« Er zwinkert mir zu. »Klar habe ich eine Liste.«
Und was steht da drauf?
»Verrate ich nicht. Noch nicht.«
Hast du Familie?
»Leider. Du?«
Meinen Dad. Und Arizona und Jamesville.
»Das Finger-auf-Landkarten-Prinzip ist gnadenlos, was?« Er lacht.
Wir nennen ihn James.
»Ich hätte ihn nur Ville genannt.«
Wieso hasst du dich?, das würde ich ihn gerne fragen, aber er hat auch noch nicht nach meinem Schweigen gefragt, daher empfinde ich das als zu persönlich. Auch nach June frage ich besser noch nicht. *Wie lange faltest du schon Origami?*, schreibe ich stattdessen.
»Lange.«
So lange, wie du Lines läufst?
Länger, als ich mir Lines durch die Nase gezogen habe.
Das Letzte hat er auf den Block geschrieben. Danach schnappt er sich sein Duschzeug aus der Tasche und verschwindet im Bad.

※ ※ ※

Was sind deine Big Five, Spock?, frage ich Mr. Spock per Handy, als River schließlich unter der Dusche steht, und erkläre ihm kurz, worum es sich dabei handelt. Natürlich frage ich auch, wie es seinem Arm geht, auch wenn er bestimmt ungern darüber spricht. Mr. Spock antwortet nicht, vielleicht spielt er gerade wieder ein Ego-Shooter-Spiel oder schaut Star Trek. Als Nächstes klicke ich auf die Nachricht von Dad, der mir tatsächlich eine Sprachmemo geschickt hat.

»*Kansas Montgomery, ich weiß überhaupt nicht mehr, was ich sagen soll.*« Das weiß er nie, aber dafür bebt seine Stimme vor Zorn. »*Vorhin hat Mr. Thompson angerufen und mich gefragt, ob du schon wieder krank bist. Ich habe ausnahmsweise für dich gelogen. Wo, zum Donnerwetter, steckst du? Ich dachte, du hast bei dieser Samantha übernachtet?*«

Es gibt noch eine zweite Nachricht, die er erst am späten Nachmittag abgeschickt hat: »*Ich hatte Clark gebeten, Chester nach der Adresse von diesem Mädchen zu fragen.*« Er hat Chesters Vater um Hilfe gebeten? »*Ich nehme an, du kennst die Antwort, die Chester mir gegeben hat. Es gibt kein Mädchen namens Samantha auf eurer Schule. Aber Chester macht sich große Sorgen um dich. Er sagt, du wärst in letzter Zeit seltsam gewe-*

sen. Und du hättest dich ... du hättest dich mit mehreren Jungs eingelassen.« Mir bleibt fast die Luft weg! »*Kansas, das ist* ...« Dad schnaubt und kann für Sekunden nicht weiterreden. Er atmet ein paar Mal tief durch, dann sagt er: »*Er wollte, dass ich ihn auf dem Laufenden halte. Er macht sich Vorwürfe. Ist es wegen ihm? Hatten du und Arizona nicht genug Kummer seinetwegen?*« Mein Dad macht wieder eine kurze Pause, als wartete er auf meine Antwort. »*Melde dich. Noch heute.*«

Ich presse die Nägel ganz fest in meine Hand. Der Schmerz ist allumfassend, wie glühendes Eisen auf meiner Haut.

Wie kann er nur diese Lügen glauben? Mir wird ganz elend, als ich erkenne, was das alles bedeutet.

Chester hat vorgesorgt. Klar, dass mir anschließend niemand mehr glauben würde!

Mit zitternden Fingern umklammere ich mein Handy, das urplötzlich piepst. Ich starre auf den Screen, der eine Pushnachricht zeigt.

War heiß mit dir heute Nacht. Wiederholen wir das später? H.

Fassungslos starre ich mein Handy an. Es macht bing-bing-bing und drei weitere Nachrichten erscheinen.

Geile Show. Bitte mehr davon. B.

Du bist echt krass drauf. Hätte ich nie gedacht, dass du das auch willst. E.

Wenn du was sagst, mache ich dich fertig. Kein Wort. Zu niemandem.

Die letzte Nachricht zerstört sich von selbst und ich verfluche den Tag, als wir in der Schule zu Chatgruppen verdonnert wurden, sodass jetzt jeder meine Nummer hat. Ich habe versucht, Chester zu blockieren, aber er schreibt mir immer wieder von fremden Accounts.

War heiß mit dir ... H. Hunter?

Übelkeit steigt meine Kehle hoch, so wie ein ätzendes Gebräu in einem Reagenzglas.

Selbst jetzt, wo ich weg bin, hört der Terror nicht auf. Wieso lassen sie mich nicht in Ruhe? Klar, sie wissen nicht, ob ich nicht morgen bereits wieder da bin. Womöglich denkt Chester, ich würde mich irgendwo verstecken, oder vielleicht glaubt er, ich hätte bei der Seelsorge Zuflucht gesucht und würde ihn anzeigen.

Ich schalte das Handy einfach wieder aus und stehe immer noch völlig neben mir, als ich mich später unter der Dusche abbrause. Vielleicht verbreiten sie schon falsche Sex-Tapes von mir, Videos, wo man den Kopf nicht sieht, keine Ahnung. Dad wird vor Scham tot umfallen, auch ohne Sex-Tapes. Jeder wird denken, ich bin die größte Schlampe der Schule. Für einen Augenblick presse ich mir die Hände auf die Augen und atme tief durch.

Eigentlich kann Dad mir egal sein. Arizona und James sowieso. Sollen sie doch denken, ich wäre bei irgendwelchen Typen, dann rufen sie auch nicht die Polizei. Das wäre Dad viel zu peinlich. Ich schreibe einfach jeden Tag von einem anderen Kerl.

Im Grunde ist es *die* Möglichkeit, wenn ich nicht gesucht werden will. Trotzdem bekomme ich bei dem Gedanken daran wieder ein saures Gefühl in der Kehle. Ich will nicht, dass sie so etwas von mir denken.

Mit steifen Gliedern steige ich aus der Dusche und wickele mich in ein billiges gelbes Motelhandtuch. Für einen Moment stehe ich in dem dunstigen Bad. Mein Kopf ist leer, dafür spüre ich das intensive Brennen meiner Handfläche umso stärker. Fast teilnahmslos betrachte ich sie. Sie sieht aus, als hätte ein Raubtier seine Klaue hineingeschlagen. Meine Lebenslinie ist eine Mischung aus Narbengewebe und offenem Fleisch.

»Kansas?«, höre ich River von draußen rufen. »Klopf einfach gegen die Tür, wenn du mich verstehst.«

Unbegreiflich, dass er mich nach ein paar Stunden besser kapiert als meine Familie! Mit der rechten Hand klopfe ich zaghaft gegen das Holz.

»Ich muss kurz weg. Versprichst du mir, keinen Scheiß zu machen? Falls ja, klopf noch mal.«

Sicher will er zu dieser Mariah. Ich klopfe noch mal, obwohl ich mir wünsche, er würde hierbleiben.

»Daran erkenne ich aber keine Lüge!«, stellt River tadelnd von draußen fest.

Jetzt muss ich lächeln. *War deine Idee*, denke ich.

»Schreib deine Big Five auf – und sei dabei ehrlich.«

Ich klopfe noch mal. *Ja,* heißt das, und auch wenn es unausgesprochen ist, versteht er es.

»Bis gleich!«

Ich denke an den winzigen Kranich in dem Nest seiner Hand. *Für dich.* Etwas in mir wird schwer. Ich darf mir gar nicht vorstellen, was passiert, wenn ich zurückmüsste. Ich glaube, dann würde ich noch einmal zum Old Sheriff gehen. Es gibt nur diese Flucht mit River oder den Sprung und sonst nichts.

* * *

River hat mir etwas zu essen und zu trinken dagelassen, außerdem hat er mir frische Klamotten aufs Bett gelegt. Die Jeans ist mir natürlich zu groß, aber daneben liegen ein armeegrünes Langarmshirt und ein schwarzes T-Shirt. Ein Demons'n'Saints-Fan-T-Shirt, wie Arizona es besitzt, nur in einer Männer-L-Version. Vorne drauf sind die vier bis zur Unkenntlichkeit geschminkten Musiker. Bassist, Gitarrist, Schlagzeuger und Sänger, einer unheimlicher als der andere, KISS ist nichts dagegen. River steht also auch auf Punkrock.

Punkrock bedeutet Freiheit, fällt mir das Zitat aus Philosophie wieder ein.

Ich atme tief durch und schlüpfe in das armeegrüne Langarmshirt. Es fällt mir bis auf die Mitte der Oberschenkel und zum ersten Mal bin ich froh, nicht so groß wie Arizona zu sein. Neugierig schnuppere ich an dem Stoff. Es riecht überwältigend. Nach einer Mischung aus River und frischen Lindenblüten.

Ich ziehe den Saum des linken Ärmels bis über meine Handfläche, gehe zurück ins Bad und entwirre mir mit dem herumliegenden Kamm die Haare. Anschließend esse ich trotz des Knotens in meinem Magen ein Sandwich, trinke die Cola und setze mich mit Block und Stift an den Tisch.

Big Five, schreibe ich verschnörkelt als Überschrift, danach starre ich minutenlang auf das leere Blatt. *Sei dabei ehrlich!* Mir fällt nichts ein, weil ich keine Ahnung habe, was man auf eine To-do-beforedeath-Liste schreibt. Nach ein paar Minuten google ich *Bucket List* und finde Dinge wie:

Vor Hawaii surfen, monatelang durch ein fremdes Land wandern, zu meinem Chemielehrer *Fuck you* sagen, Donald Trump erschießen, das Mobiliar eines Hotelzimmers wie ein Star kurz und klein

schlagen und alle Länder und Hauptstädte der Erde auswendig kennen.
Aber all das hat nichts mit mir zu tun. Und überhaupt: Die Leute gehen immer davon aus, dass ihnen unendlich viel Lebenszeit zur Verfügung steht. Vielleicht ist es komplett bescheuert, solche Listen zu schreiben, womöglich wäre es besser, wenn diese Listen so lauten würden:
Hätte ich nur noch eine Woche – was wollte ich tun? Oder: *Was würde ich machen, hätte ich nur noch einen Tag?*
Ich greife den Bleistift fester und schließe für einen Moment die Augen. Okay, Kans. Du hast einen Sommer. Was willst du machen? Also: Was willst du wirklich, wirklich tun?

1. Einmal ein Fixstern sein.

Der Wunsch schießt mir direkt aus dem Herzen auf das Papier. Es ist ein oberflächlicher Wunsch, aber ich will es wissen. Nur ein einziges Mal will ich wissen, wie es ist, wenn man von allen angehimmelt und geliebt wird.
Nachdenklich kaue ich auf dem Bleistiftende herum und überlege, was wohl auf Rivers Liste steht. Vielleicht: Einmal im Leben viel Geld haben. Mich nicht mehr hassen. Oder: Von einer Highline springen.
Ohne groß nachzudenken, schreibe ich:

2. Jemandem sagen, dass ich ihn liebe.

Und dann:

3. Jemanden umarmen.

Aber das ist nicht ganz ehrlich. Im Grunde müsste dort stehen: Einen Jungen küssen, den ich mag. Am besten im Mondlicht. Doch ich will nicht, dass River das liest.

Ich überlege weiter. Ich möchte Dad am liebsten sagen, dass er mich mal kann, aber das ist kein guter Punkt einer Big-Five-Liste.

4. Mum fragen, wieso sie gegangen ist.

Ich blicke zu der Zeitung, die immer noch ordentlich zusammengefaltet auf dem Nachttisch liegt.

5. Laut lachen und weinen.

Ruckartig stehe ich auf und höre nochmal die Nachricht von Dad ab. Aus einem plötzlichen Impuls tippe ich unversehens drauf los:

Ich komme vor Ende des Sommers nicht mehr nach Hause. Ich bin im Moment bei einem Typen namens Max. Du kennst ihn nicht. Chester kennt ihn nicht. Bemüh dich nicht, ihn zu finden! Ich bin es so leid, dass ihr mich wie eine Aussätzige behandelt. Ich habe nie gelogen, Dad. Ich habe mich nie an Chester rangeschmissen. Du bist blind. Ihr seid blind. So was von blind. Und übrigens: Wundere dich nicht, mein Akku ist bald leer und ich habe kein Ladekabel dabei.

Senden!

Mein Herz klopft wie verrückt. Noch nie habe ich so mit Dad gesprochen – okay, geschrieben. In der nächsten Stunde tigere ich in dem Motelzimmer auf und ab und warte auf seine Antwort, doch auf einmal geht mein Handy aus, weil der Akku leer ist. Irgendwie erleichtert mich diese Schonfrist, aber sie macht mich auch nervös, denn so weiß ich nicht, ob Chester neue Intrigen spinnt.

Erschöpft lasse ich mich irgendwann aufs Bett fallen. Meine Beine schmerzen von der Wanderung und dem Slacken. Ich bin todmüde und hellwach. Zu aufgekratzt, um zu schlafen. Mit offenen Augen schaue ich an die Decke. *Laut lachen. Weinen.* Als ich vor einem Jahr

aufgehört habe, mit meiner Familie zu reden, habe ich trotzdem manchmal noch mit mir selbst gesprochen. Ganz leise im abgeschlossenen Badezimmer vor dem Spiegel, wenn das Haus leer war. Einfach, um herauszufinden, ob ich es noch kann und um meine Stimme zu hören.
Wann habe ich damit aufgehört? Könnte ich es überhaupt noch? *Du kannst sprechen, das weiß ich! Also kannst du auch nein sagen, oder nicht?*
Das Gar-nicht-mehr-Sprechen fing mit Arizonas Schweigen mir gegenüber an. Verlassen kann man Menschen auf viele Arten, das habe ich damals gelernt. Noch heute höre ich die Worte, die sie voller Zorn und Abscheu hervorgestoßen hat.
»Sie hat das absichtlich getan, Dad! *Weil sie eifersüchtig auf mich ist, das war sie schon immer! Nur deswegen hat sie ihn angemacht. Um mir wehzutun!*«
»*Jetzt beruhige dich doch, Kind.*«
»*Und jetzt behauptet sie auch noch, Chester hätte sie dazu gezwungen. Ha! Sie ist nur zu feige, es zuzugeben!*«
Und zu mir hat sie nur gesagt: »*Das verzeih ich dir nie, Kansas. Hörst du? Niemals! Solange ich lebe!*«
Ich weiß nicht, was sie an diesem Abend wirklich gesehen hat, aber der Spiegel ihrer Eifersucht muss es verzerrt haben.
Nachdem sie nicht mehr mit mir gesprochen hat, hat sich mein Schweigen verselbstständigt, so wie das Hungern bei Magersüchtigen. Irgendwann war die Kluft zwischen Sprechen und Schweigen unüberwindbar. Zu beängstigend. Und ab einem gewissen Zeitpunkt war ich dann froh über die Distanz, denn sonst hätte meine Familie vielleicht an meinem Verhalten gemerkt, dass in der Schule etwas nicht stimmt. Vielleicht habe ich mich deswegen so gegen James abgeschottet.
Abrupt stehe ich auf, laufe ins Bad und stelle mich vor den Spiegel. Ich habe Sommersprossen durch den Sonnentag bekommen. Sie lassen mein Gesicht anders aussehen. Zarter. Fremd.
Sag etwas! Irgendetwas.
Aus einem Impuls heraus lege ich mir beide Hände an den Hals, als müsste ich die Worte notfalls herauspressen, aber das Mädchen im Spiegel schweigt. Meine Sprache ist von mir abgeschnitten, amputiert wie ein Bein.
Für dich. Zum Fliegenlassen.
Meine Kehle wird eng. Ich lasse die Hände sinken. Wieso muss ich

gerade jetzt an Rivers Worte denken? Wieso machen sie mich plötzlich so traurig, wo sie vorhin das Atmen leichter gemacht haben? Ich blinzle mit trockenen Augen und schlinge die Arme um mich, spüre die blauen Flecken an meinem Oberkörper. *Alles ist okay, Kans. Alles okay.*

Aber natürlich ist es das nicht. All die Tage des Schweigens drücken von innen gegen mich, als wollten sie mich auseinanderreißen. Eine Flut aus Angst und Verzweiflung, Einsamkeit und Scham. Es ist, als würde jeder Schlag in der Kensington in meinem Inneren hämmern. Jede Bemerkung innerlich Wunden reißen und bluten. Das Wasser des Eimers mich ersticken.

Ich atme tief durch. Erst hier in Sicherheit bekomme ich wirklich eine Ahnung davon, wie sehr ich in der Kensington gelitten habe. Als hätte ich im letzten Jahr tatsächlich auf taub geschaltet, so gut ich nur konnte, als hätte ich meine Gefühle auf Sparflamme gedreht, denn anders wäre ich zerbrochen. Doch jetzt fühle ich es: Das Ungeheuer, das meine Geschichte ist. Still und sprachlos. Es macht mir Angst. Angst, ich könnte ihm nie entkommen, wenn ich es nicht aus mir herauslasse.

* * *

Mit klopfendem Herzen schrecke ich hoch. Ich muss eingeschlafen sein, denn draußen ist es bereits stockdunkel. Mein Rücken ist schweißnass. Ich habe wieder von Wasser und Panik geträumt. Vom Ertrinken. Zitternd reibe ich mir über die Augen und stehe auf. River ist immer noch nicht da, oder vielleicht war er da und ist wieder gegangen. Die Luft ist heiß und drückend, deshalb öffne ich das Fenster und atme die kühle Nachtluft ein.

Blinzelnd sehe ich nach draußen und entdecke River, der mit seinem Handy am Ohr auf dem Parkplatz auf und ab läuft. Also ist er nicht mehr bei Mariah. Irgendwie beruhigt mich das, allerdings sieht er ziemlich aufgebracht aus. Seine Haare sind wirr und er hat eine Zigarette in der Hand. Er hört offenbar jemandem zu, doch plötzlich bleibt er ruckartig stehen.

»Nicht in diesem Leben!« Seine Stimme ist hart wie eine Brechstange. Unbewusst halte ich den Atem an. »Du glaubst nicht, dass …« Er umrundet den Porsche, den er vorhin noch vor dem Motelzimmer geparkt hat. »Sie machen einen Zombie aus mir«, brüllt er urplötzlich los und jetzt klingt er richtig verzweifelt. Er krümmt den Rücken, stützt sich auf dem Dach des Cabrios ab und legt sein Gesicht auf das Verdeck. Fast sieht es so aus, als würde er weinen.

Ich sollte vom Fenster weggehen, aber ich rühre mich nicht und atme nur langsam wieder aus. »Ich kann das nicht. Ich schaff das nicht. Es ist die Hölle dort, Xoxo.«

Ich kenne nur XOXO – *Hugs and Kisses*. Er hat diesen Namen schon einmal genannt, gestern Nacht im Zelt. Vielleicht ein Freund oder seine Freundin?

»Ich kann nicht. Lasst mich in Ruhe, okay? Nur diesen Sommer ... du weißt, ich habe nicht mehr ... nein, es geht mir gut. Fantastisch. Nein ... nein ... es gibt kein Mädchen ... ja versprochen – kein Mädchen.« Pause. »Ja, ich weiß, wie das endet ...« Er flucht und drückt offenbar das Gespräch weg, denn er steckt das Handy in die Jeanstasche.

Ich bin wie gelähmt. Er klang nicht wie der River, den ich in den letzten Stunden erlebt habe. Er hat so vieles gesagt, das ich nicht verstehe, und es hörte sich an, als würde er mir viel mehr verheimlichen, als ich mir vorstellen kann. Vor allem: Was meinte er mit: *Ja, ich weiß, wie das endet.* Was endet wie? Und bin ich etwa das Mädchen, das er angeblich nicht hat? Oder ist es diese Mariah?

Vorsichtig trete ich vom Fenster in die Dunkelheit des Zimmers, doch es ist zu spät.

»Ich weiß, dass du da stehst, du musst dich nicht verstecken.« Rivers Stimme klingt rau. Ich spähe über den Parkplatz zu dem Porsche. River hat sich aufgerichtet, sein Blick schweift über das Verdeck in die Finsternis, hin zu irgendeinem Punkt seiner Vergangenheit, die ich nicht kenne, auf jeden Fall wirkt es so. »Das sind deine Vibes. Schwingen wie eine verdammte Gitarrensaite.«

Tut mir leid, würde ich sagen, wenn ich es könnte. Ich schreibe es schnell in Großbuchstaben auf den Block und halte den Zettel aus dem Fenster.

Er schaut zu mir. Riesige schwarz-blaue Augen in der Nacht, sie glänzen wie Öl auf Wasser, als wäre er auf Drogen. »Ist schon okay, Tucks. Nicht deine Baustelle.« Ich sehe ihn schlucken. Dann geht er zum Kofferraum und holt etwas heraus. Etwas Grünes und noch ein anderes Ding. Es ist neonfarben und leuchtet in der Dunkelheit wie ein Warnschild.

Für einen Augenblick bekomme ich Angst, auch wenn ich nicht weiß, wieso.

Mit langen Schritten kommt er näher und deutet auf die Tür.
»Machst du mir auf?«
Ich nicke. Natürlich. Ich vertraue ihm. Aus irgendeinem Grund überwiegen die wenigen Dinge, die ich über ihn weiß, die vielen, die ich nicht kenne.

Ich schließe das Fenster und öffne stattdessen die Tür. River kommt rein und legt die Sachen, die er aus dem Kofferraum geholt hat, auf den Tisch. Ich erkenne das Grüne an dem kleinen weißen Kreuz – es ist ein Verbandskasten in Miniaturausgabe. Eine Weile hantiert er am Tisch herum. Ich schaue auf seinen Rücken, die breiten Schultern. Von dem Tattoo sehe ich nur die Oberlängen der gedruckten Lettern. *Still alive for you, June.* Wieso ist er noch für diese June am Leben?

»Deine linke Hand«, sagt er irgendwann knapp und dreht sich zu mir.

Ich ziehe sie automatisch zurück und verstecke sie hinter dem Rücken. Auf gar keinen Fall darf er die hässlichen Wunden sehen.

»Sei nicht albern! Du verletzt dich da, wenn du ständig die Faust ballst und deine Nägel hineinbohrst.«

Oh nein! Er hat es gesehen! Ich presse die Lippen zusammen.

»Verflucht, du bist echt ein Sturkopf«, schimpft er und hält mir ein Pflaster und eine durchtränkte Kompresse hin. »Desinfiziere es und kleb dir das Pflaster selbst drauf.«

Am liebsten würde ich ihn fragen, ob er mit Mariah geschlafen hat und wer das eben am Telefon war. Vielleicht ist er zwischendurch auch wieder in unserem Zimmer gewesen und nur zum Telefonieren rausgegangen. Womöglich hat er meine vernarbte Hand schon gesehen, als ich geschlafen habe.

Ich drehe mich von ihm weg, tupfe die mit Desinfektionsmitteln durchtränkte Kompresse über die Wunden und schreie innerlich auf, weil es sich anfühlt, als würden Feuerfunken über meine Haut kriechen. Mit zusammengepressten Kiefern löse ich die Papierstreifen von der Klebefläche des Pflasters und streiche es fest. Aus Erfahrung weiß ich, dass es nicht sonderlich lange halten wird.

Als ich fertig bin, wende ich mich erneut zu River um. Er hält ein neongelbes Band hoch. »Das ist für dich.«

Ich schaue irritiert auf den Stoff.

»Das ist ein Handana. Schon mal gesehen?«

Ich verneine still.

»Meinst du, du kannst mir jetzt deine Hand geben?«

Und da die hässlichen Wunden verdeckt sind und er noch kein einziges Mal nach meinem Schweigen gefragt hat, reiche ich ihm meine Hand, auch wenn ich das Gefühl habe, mich damit mehr zu entblößen, als wenn ich mich ausziehen würde.

Für einen Augenblick sieht River mich an und nickt wortlos. Behutsam wickelt er das neongelbe Band um meine Finger und ich weiß nicht, was ich dabei fühle. Irritation. Schreck. Verwirrung. Das tiefe gefährliche Funkeln, das wie ein dunkler Schauer über meine Haut krabbelt, heiß und kalt. Noch nie hat mich irgendein Junge auf diese Art angefasst. Ohne böse Hintergedanken, ohne mich zu benutzen, einfach nur, weil er etwas Nettes für mich tun wollte. Unwillkürlich balle ich die Faust.

River schnalzt mit der Zunge. »Nicht jetzt, Tucks«, murmelt er konzentriert und ich zwinge mich, locker zu lassen. *Alles okay. Er tut dir was Gutes.*

Ein paar Mal öffnet und schließt River den Klettverschluss, bis er offenbar der Ansicht ist, das Handana richtig eingestellt zu haben.

»Okay, jetzt kannst du mal einen auf Mike Tyson machen.«

Ich betrachte das neongelbe Wickelband. Ich sehe wirklich aus wie ein Boxer, dem nur eine Hand getapt wurde, das Handana liegt um meine Handfläche und um mein Handgelenk, der Daumen ist frei.

Zaghaft krümme ich die Finger.

»Fester.«

Ich grabe die Nägel in den Stoff und es ist ... *so weich*. Es muss gepolstert sein. Da ist nur ein leichter Druck, ein winziger Stich, mehr nicht. Das kann nicht sein. Für ein paar Atemzüge schließe ich die Augen und spüre der neuen Sanftheit nach. Ich kann nicht glauben, was für einen Unterschied es macht.

»Gutes Gefühl«, höre ich River fragen. Nein, er fragt gar nicht, er stellt es fest.

Etwas Warmes brandet gegen die Barriere in meiner Kehle, die mich von der Welt trennt. Sie wird heiß und eng und für einen Moment glaube ich, dass ich jetzt anfange zu weinen, aber ich spüre nur das trockene Brennen in meinen Augen und die Weichheit auf meinen Wunden. Ich komme nicht aus meiner Innenwelt heraus. Es ist unmöglich, aus meinem Schweigen aufzutauchen, meine Angst ist zu groß. Sprechen würde alles verändern. Eine neue Kansas aus mir machen. Eigentlich ist es genau das, was ich mir wünsche, und trotzdem schaffe ich es nicht.

Doch dann, in einer Sekunde voller Verwirrung, schließe ich die Arme um Rivers Taille und ich presse mein Gesicht an seine Brust.

*Danke. Danke. Dank*e.

Das Wort ist ein Repeat in meinem Kopf. Zaghaft streicht er mir über den Rücken und schließt die Arme um mich. »Alles okay, ich bin da.« Er riecht so gut. Nach Kräutern, Wald und Leder. Er versteht mich. Von allen Menschen dieser Welt ist er der Einzige, der weiß, was er sagen und tun muss. Der Einzige, dem ich vertraue, und das nach eineinhalb Tagen. *Ich rette dich.* Etwas explodiert tief in mir drin. Ein lauter Schrei, ein stilles Flüstern. Es tut so gut, von ihm auf diese Weise berührt zu werden.

Danke.

Das Wort steigt höher als alle anderen Worte es je getan haben, es prickelt in meiner Kehle, dehnt sich aus, als platzte es gleich über meine Lippen.

Es würde alles verändern.

Ohne Vorwarnung verkrampft sich mein Körper. Plötzlich habe ich das Gefühl, zu ersticken.

Ruckartig lasse ich ihn los und gehe drei Schritte zurück.

Meine Lippen zittern und meine Schultern beben, ich weine tränenlos und still.

River steht in der Ecke vor dem Tisch. »Schon gut«, sagt er leise. »Hier bist du sicher.«

Ich setze mich auf den Boden und bedecke mein Gesicht mit den Händen, schüttele den Kopf. Das kleine *Danke* sinkt hinab, nicht schnell, aber unaufhaltbar.

KAPITEL ACHT

ALS ICH AM NÄCHSTEN MORGEN AUFWACHE, IST RIVER NICHT DA. Dafür finde ich auf dem Nachttisch einen Schokoriegel, einen Starbucks-Cappuccino aus dem Kühlregal und einen Zettel.

Fixsterne kreisen nicht. Sie stehen am Himmel und leuchten, Tucks.

Tucks. Allein das Wort jagt ein süßes Kribbeln durch meine Adern. Er hat eine schöne Handschrift, so als würde er öfter mit der Hand als am Computer schreiben, das ist mir gestern bereits aufgefallen.
Er muss meine Big Five gefunden haben.
Ob er wieder telefoniert? Ich laufe zum Fenster und sehe nach draußen, doch da ist er nicht. Auch der Porsche ist nicht da und für eine Schrecksekunde fürchte ich, er ist einfach verschwunden, wie Mum, aber dann entdecke ich seine Sporttasche.
Nachdenklich blicke ich über den Parkplatz und bleibe an einem VW-Bus mit einem bunten Peace-Zeichen hängen. Aus irgendeinem Grund wollen mehrere Leute, dass er zurückkommt. Zurückgeht an einen Ort, den er die Hölle nennt – wenn ich es richtig verstanden habe. *Hast du Familie? Leider.* Ob sein Elternhaus seine Hölle ist? Aber er wirkt gar nicht so, als würde er noch dort leben.
Und was meint er mit: *Sie machen einen Zombie aus mir?* Drogen?

Mit einem unguten Gefühl im Bauch schaue ich zu seiner Sporttasche. Jetzt könnte ich ungestört nachsehen.

Unwillkürlich öffne und schließe ich die Finger, spüre die Weichheit des Handanas an meiner linken Hand und ein winziges Lächeln breitet sich auf meinem Gesicht aus.

Nein, ganz sicher werde ich nicht in seinen Sachen herumschnüffeln wie ein Privatdetektiv. Er fragt ja auch nicht nach meinem Schweigen. Er nimmt es einfach so hin und egal, was mit ihm los ist, ich werde es ebenso akzeptieren. Vielleicht ist das einfach ein Teil des Deals.

Ich habe gerade die Hälfte des Cappuccinos getrunken und den Schokoriegel verputzt, als ich einen Motor aufheulen höre, gefolgt von quietschenden Reifen auf Schotter. Ich springe auf und sehe gerade noch, wie River im letzten Augenblick vor dem Motel zum Stehen kommt, die Musik im Porsche voll aufgedreht mit einem hämmernden Beat.

Ein paar Sekunden später schließt er auf, die Tür fliegt gegen die Wand und er betritt mit zwei riesigen Einkaufstüten das Zimmer.

»Und? Bereit zu leuchten?«, fragt er jetzt mit einem schiefen Grinsen und wirft die Einkaufstüten aufs Bett. Es sieht tatsächlich so unberührt aus, als hätte er erneut die Nacht durchgemacht. Vielleicht nimmt er ja Speed. Er scheint auch wieder viel bessere Laune zu haben.

Ich lächele ihn unsicher an, während er verschiedene Dinge auspackt und mich dabei immer wieder mustert. Meine Augen werden groß. Er hat ein Ladekabel für mein Handy mitgebracht. Und Klamotten – eindeutig für mich. Ich entdecke eine Jeans und eine dunkle Bluse mit Fledermausärmeln. *Gott sei Dank – sie ist langärmelig!*

River wirft mir das Ladekabel zu und ich stöpsele sofort mein Handy an, auch wenn ich gar nicht wissen will, was mein Dad geschrieben hat. Aber ich muss auf jeden Fall Mr. Spock schreiben, ich muss unbedingt wissen, wie es ihm geht.

Ich frage mich gerade, wieso River einen Stuhl in das winzige Bad trägt, als es an der Tür klopft.

»Mach schon mal Mariah auf!«, ruft River mir aus dem Bad zu.

Ich komme mir vor, als hätte mich eine Batterie mit zu viel Strom versorgt. Ich brauche meine vier Wände, meine Schutzzone, in der auch River sein darf, aber sonst keiner. Trotzdem öffne ich die Tür und keinen Wimpernschlag später schiebt Mariah mich zur Seite, als wäre ich ein Garderobenständer, der ihr im Weg steht. Auch heute trägt sie die knappe Ledercorsage, dazu eine Hotpants und Cowboystiefel.

»River?« Ihre Stimme klingt wie die einer verruchten Bardame, eindeutig älter, als sie ist. Unwillkürlich frage ich mich, ob sie in der Kensington zu den Tätern, Mitläufern oder den Gleichgültigen gehört hätte.

»Bin im Bad!«

»Muss das wirklich sein?« Wieder wirft sie mir diesen abschätzigen Blick aus ihren mit Kajal umrandeten Augen zu und für einen Moment bekomme ich einen schalen Geschmack im Mund. So haben mich die Mädchen aus dem Kunstkurs angeschaut. Kategorie Mitläufer, die sich aufhetzen lassen. Sie hätten vielleicht nur getuschelt, aber Chester hat sie zu Taten angestachelt. Mal kippte Marybeths Wasserglas auf meine Arbeit, mal ist jemand mit dem Linolschneider abgerutscht oder hat mir in dem engen Raum ein Bein gestellt.

Vielleicht sind die Mitläufer sogar die schlimmsten. Vielleicht sind sie aber auch einfach nur feige.

Krampfhaft fixiere ich eine unebene Stelle auf dem Boden, da höre ich River aus dem Bad sagen:

»Deal ist Deal.« Er klingt entschlossen.

Mariah seufzt übertrieben und streckt ihr Kreuz durch, sodass ihre Corsage knarzt. »Also gut. Dann setz dich mal ins Bad, du kleine Vogelscheuche!« Sie fuchtelt mit der Hand in der Luft herum, als wäre ich ein Hund, den man wegjagen müsste.

»Hey – nenn sie nicht so!«

»Sie sieht aber aus wie eine, sorry.«

»Nur, weil sie sich nicht so aufbrezelt?«

»Fehlt gerade noch der Schlapphut oder das Stroh im Haar.«

Hallo – nur weil ich nicht spreche, heißt das nicht, ich wäre auch taub oder hätte keine Gefühle! Das würde ich gerne sagen, doch selbst wenn ich könnte, würde ich mich nicht trauen.

Aus dem Augenwinkel sehe ich River in der Tür vom Bad stehen.

»Das ist mein Shirt, das sie trägt, also pass auf, was du sagst.«

»An ihr sieht's komisch aus.«

»An mir sieht's noch komischer aus. Jetzt komm schon, Tucks.«

Mit hochgezogenen Schultern schleiche ich ins Bad und setze mich unauffällig auf den Stuhl. Ich kann nicht mal mehr Rivers Lächeln erwidern. So oft wurde ich in der Schule wegen meines Aussehens verspottet. Krötenhand. Kansas-Kotz-Kuh. Froschgesicht.

Dabei weiß ich eigentlich, dass ich nicht wirklich hässlich bin. Schön bin ich allerdings auch nicht, ich bin einfach nichts.

Vor Nervosität schiebe ich die Hände unter die Oberschenkel und sehe auf Rivers Füße, auf seine ägyptisch abfallenden Zehen. Er steht genau vor mir und ich spüre, dass er mich mustert.

»Schau mich mal an«, sagt er leise.

Und wie immer ist es dieser fürsorgliche, sanfte Tonfall, der mich tun lässt, was er will. Ich hebe den Kopf und als sich unser Blick trifft, läuft ein Zittern durch meine Adern. Das blonde Haar fällt tief in sein Gesicht und er wirft es zurück, wie um mich besser anschauen zu können.

Ein sonderbarer Glanz steigt in seine Augen. Er wird stärker, je länger er mich ansieht, und ich zwinkere ein paar Mal, um seiner Betrachtung nicht mehr ganz so intensiv ausgesetzt zu sein. Unversehens fasst er unter mein Kinn und dreht meinen Kopf nach rechts und links. Automatisch halte ich den Atem an. Die Stelle, an der er mich berührt, glüht wie Lava.

»Perfekt«, sagt er leise, als wäre er ein Bildhauer und ich der Stein, den es zu formen gilt, sein Meisterwerk. »Ja, das könnte funktionieren.«

Was könnte funktionieren?

»Blond, Mariah. Blonde Locken«, murmelt River vor sich hin, als wäre er alleine und in etwas gefangen, vielleicht in einer Idee oder einer Inspiration.

Im Grunde habe ich nichts dagegen. Mir gefallen blonde Haare. Arizona ist auch blondgelockt und sie ist ein Fixstern.

Mariah legt mir fachkundig ein Handtuch über die Schultern. »Schwarz würde besser aussehen. Unterstreicht ihren blassen Teint mehr.«

Meinen Vogelscheuchen-Teint, klar.

»Blond.«

»Schwarz.«

»Blond!« River klingt herausfordernd, als würde er seinen Einfall notfalls bis aufs Blut verteidigen.

»Schwarz!« Mariah verschränkt die Arme.

»Kentucky?«

Ich deute auf River, natürlich tue ich das. Er lacht, ein tiefer wundervoller Laut, der mir einen Schauer über den Rücken jagt. »Das wusste ich.«

Mariah murmelt ein »blond und blöd« vor sich hin und mischt

verschiedene Dinge aus einer Schachtel zu einer blauen Paste zusammen. Als sie fertig ist, bepinselt sich River grinsend eine Haarsträhne damit, anschließend stellt er sich hinter mich und scheitelt mein Haar. Ich halte ganz still, aber es ist, als würde jede Muskelfaser meines Körpers sirren. Ich spüre seine Hände, wie sie zart durch mein langes Haar gleiten, danach trägt er die Paste auf, hält Strähnen fest und streicht sie ein, hoch und runter. Er summt, ein Lied von den Demons'n'Saints. *All These Glittering Pieces*. Ein rockiges Liebeslied, das ewig auf Platz eins der Charts war, und irgendwann zündet sich Mariah wie selbstverständlich eine von seinen Zigaretten an und summt mit. Normalerweise summen Menschen in meiner Nähe nur, um mir Angst einzuflößen. Mr. Walker, mein Englischlehrer, hat es manchmal getan, um mich an der Tafel nervös zu machen. Chester hat es getan, als ich ihn auf Anordnung meines Dads in seinen Flügel begleitet habe – *damit du jemanden kennenlernst und Anschluss findest, jetzt, da Jenny weggezogen ist.*

Doch dieses Summen ist anders, es unterscheidet sich auch von Rivers schwermütiger Melodie von vorletzter Nacht; es liegt etwas Ausgelassenes, Leichtes darin, und auch wenn ich Mariah in die Mitläuferkategorie gesteckt habe, entspanne ich mich ein bisschen. Immerhin ist River offenbar ihr Alphatier, daher wird sie mich in Ruhe lassen. Nach einer Weile steigt sogar wieder dieses dunkle Funkeln in mir auf, das sich gefährlich anfühlt, weil etwas Wunderbares darin verborgen liegt, so verborgen wie der Kranich in Rivers Fingern. Es löst etwas in mir aus. Dieses Gefühl, das ich schon in den Badlands hatte. Dass die Welt Antworten für mich hat, auch wenn ich keine Frage gestellt habe.

* * *

Vehement schüttele ich den Kopf. Das kann nicht ich sein! Dieses märchenhafte Geschöpf in dem großen Wandspiegel hat nichts mit Kansas Montgomery zu tun. Das ist ein anderes Mädchen, das sich aus Versehen hierher verirrt hat. Suchend schaue ich mich um, aber außer River und mir ist keiner im Raum. Mariah ist gegangen, nachdem sie mich fast eine halbe Stunde lang geschminkt hat. Mit den Fingerspitzen taste ich über meine Wangenknochen und schaue in Augen, die nicht meine sind.

Dieser smaragdgrüne Blick. Er ist erwartungsvoll, fasziniert und voller Neugier auf das Wesen, das ich äußerlich bin. Ungläubig mache ich einen Schritt zurück. Meine Haare, die zuvor bis zu den Ellenbogen gefallen sind, kringeln sich in wippenden Spiralen bis auf Herzhöhe. Mariah hat den neuen Lockenstab benutzt, den River gekauft hat, außerdem die Wimperntusche, das Make-up, Lipgloss und Kram, den ich noch nie zuvor gesehen habe. Und meine Haare sind wirklich blond, richtig, richtig hellblond. Mein Gesicht wirkt dadurch zerbrechlich wie Porzellan, die Wimpern rahmen dunkel, lang und geheimnisvoll die leuchtenden Augen.

Im Spiegel sehe ich River hinter mir schlucken und eine Schar dunkelblauer Eiskristalle rieselt über meine Haut. Ich trage die schwarze Fledermausbluse, die meine Haare und die Haut noch heller erscheinen lässt, dazu eine lange helle Jeans und Sandalen mit Keilabsätzen, mit denen ich sicher fast einen Meter siebzig groß bin.

»Du siehst aus wie eine Fee«, sagt River.

Feenaugen. Mein Magen zieht sich zusammen, weil ich an meinen Dad denken muss.

»Wie Tinkerbell.«

Und du bist Peter Pan? Der Junge, der nicht erwachsen werden will? Wo ist dein Neverland?

Ich schreibe nichts, ich kann nicht. Immer noch bin ich gebannt von mir selbst, auch wenn das total verrückt ist. Wenn Arizona oder James mich jetzt sehen könnten – oder Dad. Er würde mir meine Geschichte mit Max oder irgendwelchen anderen Typen sofort abkaufen.

Im Spiegel sehe ich, wie River näherkommt, und presse die Nägel in meine Handfläche. Nichts, kein Schmerz. River trägt eine schwarze Jeans und ein schwarzes Shirt, was ihn wie einen düsteren Magier aussehen lässt. Ein Magier der Verwandlung. Oder einen Engel, der in Ungnade gefallen ist. Schön und gefährlich. Im Herzen unschuldig.

Ich habe etwas Schlimmes getan.

Behutsam legt er von hinten die Hände auf meine Schultern und beobachtet mich dabei im Spiegel. Er sieht mich an, als wäre ich jemand anderes. Der Zorn, das Rebellische in seinen Augen, schweigt, und mit Schweigen kenne ich mich aus. Er wirkt gar nicht mehr so, als müsste er von irgendetwas runterkommen. Aber warum?

Ich bleibe kerzengerade stehen, aber innerlich flattern hundert Ängste in mir auf, hundert Wünsche und hundert Sehnsüchte.

»Wenn wir das am Ende des Sommers wirklich durchziehen, können wir sein, wer wir wollen. Du kannst sein, wer du willst.« Sein Atem streift meine Haare und hinterlässt eine Gänsehaut auf meinem

Scheitel, doch das Feenmädchen mit den blonden Locken regt sich nicht, es ist wie immer wie festgefroren. »Du und ich, wir sind frei«, sagt er andächtig und sieht mir im Spiegel in die Augen. Ich spüre den Druck seiner warmen Hände auf meinen Schultern. Die Berührung hypnotisiert mich, zieht mich zum Boden und lässt mich fliegen. *Ich bin frei,* wiederhole ich den Gedanken im Kopf, als wäre es die Wahrheit. Vielleicht kann ich das ja wirklich sein, mit ihm. Im Spiegel schaue ich River an, dessen weißblond gefärbte Haarsträhne im Kontrast zu den schwarzen Klamotten schimmert. Er sieht so perfekt aus in diesem einfallenden Morgenlicht. So lässig und so unberechenbar, so rätselhaft.

Ich wünsche mir auf einmal nichts sehnlicher, als dass er mich küsst. Dass er die Hände in meine Locken gräbt, meinen Kopf festhält und die bösen Erinnerungen wegküsst, den ersten Kuss, den Chester mir gestohlen hat, und alles andere auch. Ich will vergessen. Ich will neu anfangen. Ich will frei sein, wenigstens für einen Sommer und am liebsten mit ihm.

Im Spiegel sieht er mich an und seine Augen glänzen, als würden Wunderkerzen dahinter funkeln. Arizona sagt, wenn ein Junge dich länger als drei Sekunden mit diesem Blick ansieht, will er dich küssen. Ist es dieser Blick?

Einundzwanzig.
Zweiundzwanzig.
Dreiundzwanzig.

Ich winde mich unter seinen Händen weg und fliehe in die Ecke zu meinem Handy.

River dreht sich zu mir herum. »Du brauchst dich nicht mehr zu fürchten. Nichts und niemand sollte dir mehr Angst machen. Wir sind jetzt Sterbensgefährten, Tucks.«

Sterbensgefährten.

Bevor das Wort in mir nachhallen kann, zaubert er aus seiner Hand einen weißen Origami-Schwan hervor. Ganz langsam kommt er auf mich zu und legt ihn in die Schale meiner Hände, die ich ihm zögernd entgegenstrecke. Ich erkenne auf den kleinen Flügeln meine Handschrift. Die Worte *Fixstern sein.*

Eine Gänsehaut jagt wie ein Glitzern über meine Haut. Ich sehe von dem Schwan zu ihm und für einen Moment bekomme ich Angst. Weil er so schön ist, weil er so geheimnisvoll ist, weil er mich bannt, immer wieder. Weil er zu gut ist, um wahr zu sein.

Er erfüllt meine fünf großen Träume. Meinte er das mit: Ich muss dich retten? Und was passiert, wenn wir sie erfüllt haben? Wenn das überhaupt möglich ist, denn dafür müsste ich sprechen! Aber was wäre, wenn?

Springen wir dann?

* * *

Während River das Gepäck im Porsche verstaut, packe ich die Essensvorräte in die kleine Kühltasche, die er vorhin aus dem Kofferraum geholt hat. Danach inspiziere ich die neuen Nachrichten auf meinem Handy.

Mein Dad hat wieder eine Sprachmemo geschickt. Seine Stimme bebt noch stärker als bei der letzten und ich sehe förmlich, wie er die schmalen Nasenflügel aufbläht. So wie Christian Bale, wenn er als Batman ein Unrecht sühnt. Manchmal kann ich ihn mir gar nicht als Kardiologe vorstellen, denn es ist seltsam, anderer Leute Herzen zu untersuchen, wenn man mit dem eigenen so ein Riesenproblem hat.

»*Ich werde deine Nachricht in die Kategorie Du-weißt-nicht-was-du-tust einsortieren, Kansas*«, schnaubt er grimmig und dunkel. »*Ich möchte nicht mit dir über Dinge diskutieren, die in der Vergangenheit Thema waren. Es ist erledigt. Chester geht davon aus, dass du seinen Porsche gestohlen hast ... hast du das getan? Aus verletzter Eitelkeit? Er sagt, du wärst immer noch in ihn verliebt. Er hat mir erzählt, du würdest ihm immer noch Briefe schreiben. Das alles ist ihm sehr unangenehm, jedenfalls hat er den Porsche noch nicht als gestohlen gemeldet – aus Rücksicht auf dich und mich.*« Er seufzt. »*Kansas: Ein Junge wie Chester Davenport, dem die ganze Welt offensteht, wird sich niemals für dich interessieren. Je eher du das lernst, desto eher wirst du wieder gesund. Und was diese anderen Jungs oder diesen Max angeht: Ich weiß nicht, ob du das nur tust, um Chester damit eifersüchtig zu machen ... es sieht dir gar nicht ähnlich ... ich schäme mich für dich.*« Am liebsten würde ich mein Handy an die Wand schleudern. Mit vor Wut pochendem Herzen klicke ich die nächste Nachricht an, denn offenbar hat der Sprachregler meinen Dad aus der Leitung geworfen. »*Du kommst nach Hause. Sofort! In der Schule habe ich dich vorerst krankgemeldet. Und: Mach ein Foto von dir, damit ich weiß, dass es dir gut geht.*«

Auch James hat mir geschrieben: *Arizona hat es von Chester. Er sagt, du hättest in der Schule einen zweifelhaften Ruf. Du würdest dich nachts oft wegschleichen, ohne dass wir es merken. Kansas, ich denke, du gehst mit diesen Typen ins Bett, um überhaupt Beachtung zu bekommen. Tu das nicht. Und wo immer du bist: Komm zurück!*

Für einen Moment dreht sich alles im Kreis. Chester behauptet, ich würde ihm Briefe schreiben? Und mein Dad schämt sich für mich? Okay, das ist nichts Neues. Er hat sich auch geschämt, als Mr. Perez mich in der Jungenumkleide erwischt hat, angeblich weil ich spannen wollte – dabei wurde ich dorthin gelockt. Amber hatte meine Schultasche in der Umkleide versteckt und ich stand unversehens einer Handvoll nackter Lacrossespieler gegenüber, die gerade aus der Dusche kamen.

Wie benommen stehe ich da und habe keine Ahnung, was ich meinem Dad antworten soll. Ich scrolle nach unten und finde noch eine Nachricht von Mr. Spock, aber die will ich mir anschauen, wenn ich nicht mehr so sauer bin.

Als River wieder hereinkommt, winke ich ihn zu mir.

»Was ist los? Du siehst aus, als hättest du eine heiße Kartoffel am Stück verschluckt?«

Mach ein Foto mit mir, bitte ich ihn schriftlich und deute auf mein Handy. *Für meinen Dad, damit er weiß, dass es mir gut geht.* Und damit er sieht, dass ich mit dem coolsten Typen ever abhänge. Dass Kansas Montgomery nämlich wirklich mit irgendwelchen Typen zusammen ist!

River lächelt, legt lässig einen Arm um mich und trotz meiner Verwirrung presse ich mich enger an ihn und atme seinen herben Geruch nach Wald, Kräutern und Leder ein. Eine Woge Testosteron, die ihn umgibt wie ein Mantel. Etwas in mir flattert auf wie ein Vogel, der aufgeregt mit den Flügeln gegen die Käfigstangen schlägt. Ich vergesse beinahe, das Foto zu schießen.

»Kans?«

Mein Gesicht wird ganz heiß, doch ich tippe mit fahrigen Fingern auf den Auslöser.

Dann stehen wir da und River nimmt langsam den Arm von meiner Schulter.

»Bearbeite es. Niemand muss mein ganzes Gesicht sehen«, sagt er nur beim Hinausgehen. Ein dunkler Funken knistert in meiner Brust. Wieso will er nicht, dass jemand sein Gesicht sieht? In diesem Fall ist es ja nur mein Dad – oder hat er Angst, ich würde das Foto irgendwo posten?

Ich schneide sein Gesicht inmitten der Augenpartie ab, achte aber darauf, dass zu erkennen ist, wie attraktiv er aussieht. Mit dem guten

Gefühl, meinem Dad dieses eine Mal überlegen zu sein, drücke ich auf *senden*.
   Zum Schluss lese ich noch die Nachricht von Mr. Spock:

Sternzeit 7:50. Captain auf der Brücke. Wo stecken Sie, Uhura? Meine Big Five fürs Leben wären simpel: lieben, arbeiten, lachen, schlafen und The Big Fuck – vögeln also. Wenn lieben und vögeln eins sind, was ich hoffe, setze ich noch ›Feiern mit Freunden‹ auf meine Liste. Aber dafür bräuchte ich erst mal welche. Meinem Arm geht es besser. Danke der Nachfrage.

Neue Nachricht: *Kansas? Geht's dir gut?*

Neue Nachricht: *Wo steckst du? Hast du Ärger?*

Ich bin da, schreibe ich schnell. Schon wieder hat er heute Morgen keine Message von mir bekommen. Bin ich wie Jenny, die mich vergessen hat, sobald sie selbst plötzlich neue Freunde und Size Zero hatte? Ich fühle mich total mies, vielleicht sollte ich ihm einfach die Wahrheit sagen.
   Ich schreibe: *Ich gehe nie wieder in die Scheiß-Kensington-Hölle.*
   Das ist wenigstens ein Bruchteil der Wahrheit. Mr. Spock ist offline, aber ich nehme an, er wird heute Mittag oder gegen Abend schreiben. Vielleicht sollte ich River bitten, nach Portland zu fahren, damit ich einen Milford Holloway treffen kann. Andererseits weiß ich ja nicht einmal, ob er wirklich so heißt. *QaStaHvIS yIn 'ej chep,* tippe ich noch schnell. Lebe lange und in Frieden.

* * *

Wir haben gerade den Mount Rushmore hinter uns gelassen und fahren durch die Black Hills, als mir auffällt, dass River sich ständig umsieht.
   »Dieser Drecks-Camaro klebt schon seit einer Stunde an uns dran«, flucht er irgendwann und nimmt die nächste Kurve so scharf, dass ich gegen die Tür fliege. Meine Schulter pocht.
   »Sorry, Tucks.«

Er gibt Gas und der Porsche fliegt wie aus einem Bogen geschossen über die schmale Asphaltstraße. Tatsächlich ist es die schmalste Straße, die ich je gesehen habe. Es passen kaum zwei Autos aneinander vorbei, ohne dass eins am Straßenrand anhalten muss. Rechts und links sind nur Bäume, sonst nichts.

Nervös reibe ich mir über den blauen Fleck, drehe mich um und entdecke einen dunklen Sportwagen hinter uns. Er hat böse Augen, wie ein uralter feuerspeiender Drache, und er ist schnell. So schnell wie wir.

Für den Bruchteil einer Sekunde habe ich Angst, es könnte Chester sein, der an dem Porsche einen Peilsender eingebaut hat, doch dann verwerfe ich den Gedanken. Hätte er einen Peilsender eingebaut, wäre er schon viel früher aufgetaucht.

Ich werfe River einen Blick zu, aber er sieht so konzentriert wie ein Formel-1-Fahrer auf die Straße. Ich kann ihm unmöglich eine Textmessage unter die Nase halten. Deswegen hätte James ihn ja vorgestern fast überfahren.

Vielleicht flieht er ja vor den Leuten, mit denen er telefoniert hat. *Es ist die Hölle dort, Xoxo.*

»Tucks!«

Was?

River tritt das Gaspedal durch und der Motor heult auf. Bäume und tiefhängende Äste schießen mit Highspeed an uns vorbei.

»Halt dich fest!«

Oh mein Gott! Ich schaue auf die Tachonadel. Er fährt über hundertvierzig Sachen. Ängstlich klammere ich mich mit der rechten Hand an den Türgriff, nicke, aber er sieht es nicht. Der Fahrtwind greift nach meinen Locken, peitscht sie quer über mein Gesicht.

Urplötzlich schießt mir ein Gedanke durch den Kopf: Was, wenn er einfach Vollgas gibt und uns an den nächsten Baum fährt? Aus einem Impuls heraus? Wenn er in der nächsten Sekunde entscheidet, dass er nicht bis zum Ende des Sommers warten kann?

Das Wort *Sterbensgefährten* spukt durch meinen Geist.

Nach einer mörderischen Kurve tritt River auf der nächsten Geraden weiter aufs Gas und der Porsche saust wie ein Spielzeugauto auf einer Carrerabahn vorwärts. Er schaltet hoch statt runter und die nächste Kurve taucht vor uns auf. Schärfer und schneller, als sie auf die Entfernung noch aussah. River flucht. Die Räder schlingern und es riecht nach einer Mischung aus Abgas und Öl.

Ich öffne den Mund zu einem stummen Schrei. Der Motor röhrt

und im selben Augenblick bricht das Heck aus und meine Augen verlieren den Fixpunkt. Irgendwie bekomme ich mit, dass River die Handbremse zieht und gegen den Schwung anlenkt, doch alles passiert gleichzeitig. Der Gurt presst mir die Luft aus den Lungen, während ich mich noch fester an den Haltegriff klammere.

Wie ein Kreisel drehen wir uns um die eigene Achse und bleiben in Fahrtrichtung stehen. *Oh-Gott-oh-Gott-oh-Gott!*

Mein Herz hämmert in den Ohren, ich kann kaum noch klar denken.

Für einen Moment sieht River über das Lenkrad, als könnte er selbst nicht glauben, was eben passiert ist, doch dann gibt er sofort wieder Gas.

Nein! Bremsen!, schreit mein Verstand, aber selbst wenn River mich hören könnte, würde er nicht anhalten. Ganz sicher nicht. Schnell sehe ich zurück. Der schwarze Wagen ist immer noch hinter uns. River hat ihn offenbar auch entdeckt, denn er lässt den Motor aufheulen und der Porsche fliegt die nächste Gerade entlang, eine weitere Kurve, nicht einsehbar, und River fährt erneut zu schnell. Wie aus dem Nichts wächst die Rückseite eines Campers vor uns auf, groß und weiß wie eine Wand.

»Verdammt!« River reißt das Steuer nach links, schießt in letzter Sekunde seitlich an dem Campingbus vorbei, da öffnet sich ein Tunnel vor uns, keine zwei Meter breit. Ein roter Käfer kommt uns entgegen.

Halt an! Bitte halt an!

Eine winzige Stimme in mir erinnert mich daran, dass er wahrscheinlich Drogen nimmt und seine Reaktionen nicht einschätzen kann.

Wieder geht alles zu schnell. Die dunkle Hupe des Campers dröhnt wie ein Bass in meinen Ohren. Der Käfer nimmt mein ganzes Sichtfeld ein und aus einem Reflex heraus kneife ich die Augen zusammen, kralle mich fest und höre ein schrilles Quietschen von Bremsen.

Es gibt keinen Aufschlag. *Oh Gott!* Als ich die Augen wieder öffne, sehe ich den Käfer seitlich am Straßenrand stehen und eine Millisekunde später donnert River in die Unterführung. Der Motor hallt von allen Seiten wider und der Geruch von Gummireifen füllt die Luft.

Er hat überhaupt nicht gebremst!

Er hat verdammt noch mal nicht gebremst! Er ist lebensmüde!

Jetzt schlägt er auf das Lenkrad und schreit: »Fuck the bloody Bastard!«

Mein Herz pocht hart in meiner Brust. Der Tunnel ist kurz, höchstens zwanzig Meter lang, mit einer niedrigen Decke. Alles gleitet wie in einem Stummfilm an mir vorüber, wie narkotisiert sehe ich ein paar Autos am anderen Ende des Tunnels warten.

River brettert vorbei, sieht in den Rückspiegel und gibt wieder Gas.

Ich sitze immer noch wie betäubt da, die Hände bebend, während mir das Wort *Sterbensgefährten* nicht mehr aus dem Kopf geht.

Nach einer Weile zündet er sich eine Zigarette an und wirft mir einen prüfenden Blick aus schmalen Augen zu. In dem Moment kommt er mir vor wie ein Todesengel. Ganz in Schwarz, aber von betörender Schönheit. Jemand, dem man freiwillig überall hin folgt, selbst über die letzte Grenze. »Das war knapp!«

Ich zittere immer noch. Ich weiß nicht, was er meint. Die Sache mit der Kurve und dem Tunnel oder den Camaro, den er abhängen wollte. Ich nicke nur paralysiert.

Wer verfolgt uns, wenn es nicht Chester ist? Warum verfolgt uns überhaupt jemand? Ich klammere mich immer noch an den Haltegriff der Tür. Die Fledermausbluse klebt schweißnass an meinem Rücken. Das hätte eben auch schiefgehen können. Verdammt schief! Der Zusammenprall mit dem Käfer hätte uns gefaltet wie eine Ziehharmonika. Und wahrscheinlich nicht nur uns.

Keine Angst, Tucks. Wir sind Sterbensgefährten, höre ich River in meinem Kopf flüstern. Was immer das auch heißt. Aber hier mit ihm, auf dieser Reise in die Freiheit, will ich überhaupt nicht mehr sterben.

* * *

Als er später barfuß auf einer Line im Spearfish Canyon slackt, habe ich immer noch weiche Knie. Zittrig beobachte ich ihn, wie er leichtfüßig von einem Ende zum anderen läuft, und habe dabei das Gefühl, etwas Verbotenes zu tun: Er sieht aus, als hätte das Laufen für ihn etwas Heiliges.

Auch der Ort hat etwas Heiliges. Rings um uns erheben sich blasse Kalksteinfelsen, auf denen dunkle Tannenwälder thronen, dazwischen liegen verwunschene Bäche und Hunderte von sprühenden Wasserfällen. Offenbar hat River keine Angst, hier entdeckt zu werden, auch wenn er den Porsche versteckt auf einem Waldweg geparkt hat.

»Komm hoch und nimm den Gurt aus dem Rucksack mit!«, ruft er mir jetzt zu. »Dann lernst du auch gleich, wie du ihn anlegen musst!« Ich schaue zu ihm hoch. Ich will ganz andere Dinge von ihm wissen. Nämlich, wieso er verfolgt wird. Ich habe ihn vorhin danach gefragt, aber er hat mir auf meine Nachricht nicht geantwortet.

»Hey, komm schon!«

Zu hoch, versuche ich ihm mit Gesten zu vermitteln, als ich auf die Line deute, die sicher drei Meter über dem Boden gespannt ist.

Er grinst. »Das glaube ich jetzt nicht. Vor zwei Tagen wolltest du dich vom Old Sheriff stürzen und das hier ist dir zu hoch?«

Er hat recht. Das ist lächerlich. Andererseits ist mein Körper immer noch vollgepumpt mit Adrenalin. Es kommt mir vor, als hätte ich eine Überdosis davon im Blut.

Zögernd hole ich den Sicherheitsgurt aus seinem Rucksack.

»Die längste Highline war übrigens einen Kilometer lang«, sagt River von oben. »Und die höchste zwischen zwei Heißluftballons im Himmel. Aber diese Rekorde ändern sich ständig, so what.« Er redet schneller als sonst und erzählt mir alles über den Aufbau einer Highline, erwähnt Ankerpunkte, Fixpunkte und eine zweite Sicherungsline, während ich den Gurt begutachte, der an einen Gurt aus dem Klettersport erinnert. Hastig schlüpfe ich in die Beinschlaufen und schließe ihn um die Taille. Zum Glück habe ich hier keine blauen Flecken.

»Du brauchst noch ein zweites Handana.« River klettert über ein paar ausladende Äste zu mir herunter. Ich suche im Rucksack nach einem zweiten Handschutz und lege ihn an, während River sich vor mich kniet und meinen Gurt an ein paar Stellen fester zurrt. Ich spüre seine Finger, die meine Oberschenkel streifen, und halte den Atem an, weil mich seine Nähe und sein Geruch noch konfuser machen. Rauch. Leder. Wald. Kräuter. Ein wenig Jack Daniel's. Ein Hauch Todesengel, ein Hauch Schutzengel. Wie kann er alles auf einmal sein? Alles an ihm verwirrt mich und ich muss an den Spruch in meinem Schöne-Worte-Buch denken. *There are no beautiful Surfaces without a terrible Depth. Es gibt keine schönen Oberflächen ohne eine schreckliche Tiefe.* Das ist von Nietzsche, der auch sagte: Gott ist tot.

Warum will River mich retten? Irgendeinen Grund muss er doch haben. Wenn ich eines über das Leben weiß, dann dass niemand etwas ohne einen Anlass tut, es sei denn, seine Impulskontrolle versagt; das habe ich von James. Also hat auch River einen Grund und den hatte er schon, als er mich noch gar nicht kannte, als ich für ihn noch ein fremdes Mädchen war.

»Hey, Träumerin!« River deutet erst einen spielerischen Boxhieb auf meinen Oberarm an und führt ihn anschließend so zart aus, dass er mir fast wie ein Streicheln erscheint. »Wo bist du mit deinen Gedanken?«

Ich bin komplett durcheinander. Ich kann ihn kaum anschauen, ohne rot zu werden, weil ich mir ständig vorstelle, er würde mich küssen.

»Die Sicherungsleine, die am Gurt befestigt wird, heißt Leash«, höre ich ihn wie aus weiter Entfernung sagen. »Man muss sie immer mit einem doppelten Achterknoten am Gurt befestigen und sie hängt an einem Ring, der schon beim Aufbau in die Line gefädelt wird.« Er klettert ein paar Findlinge hinauf und zeigt auf einen dicken silbernen Stahlring, an dem ein Seil festgemacht ist. Das ist mir vorher gar nicht aufgefallen. »Die Leash hält dich, wenn du fällst, aber auch das Fallen musst du üben, sonst kannst du dich verletzen.« Er steht wieder auf der Line, die diesmal über einem Wasserlauf schwebt. Von oben sieht er herab und Myriaden von dunkelfunkelnden Schmetterlingen flattern durch meine Sinne, als würde ich bereits jetzt ungesichert auf einer Highline stehen und in die Tiefe blicken.

Nervös klettere ich River hinterher und bleibe auf einem breiten Ast neben der Line stehen.

»Stopp!« River kommt zu mir und bindet einen Knoten in die Leash, den er »Achter« nennt. Einen Achterknoten. Der Knoten sitzt nicht am Ende des Seils – das Ende fädelt er durch meinen Gurt und setzt anschließend damit einen zweiten Knoten parallel zu dem ersten.

»Weißt du, wie du einen doppelten Achterknoten machst?«

Ich schüttele den Kopf, woraufhin er alles wieder aufzieht und jeden Schritt so oft wiederholt, bis ich ihn nachmachen kann.

»Jetzt kannst du dich allein sichern«, sagt er mit einem zufriedenen Kopfnicken, aber ich habe zittrige Knie, weil die Line von hier oben viel höher zu sein scheint.

River erläutert mir noch tausend Dinge über das Fallen. Catchen – so nennt man das Fangen der Slackline beim Abrutschen. Er sagt außerdem, dass ich den ersten Schwung nach dem Sturz nutzen müsste, um mich wieder auf die Line zu ziehen, weil ich sonst wie ein Jo-Jo auf und ab wippen würde. »Du siehst jedenfalls nicht so aus, als hättest du die Kraft, dich allein hochzuziehen.« Er mustert mich grinsend.

Na vielen Dank!

»Okay, lauf einmal rüber und schau, wie sich die Höhe für dich anfühlt. Wenn du fällst, bremst dich die Leash und das Wasser. Es kann nichts passieren.«

Ich setze beide Füße auf die Line und sofort zittern meine Beine. Für einen Moment, in dem ich mich noch an dem Ast über mir festhalte, schaue ich hinab. Die glitzernde Wasserfläche unter mir liegt da wie ein spiegelndes Auge, Wolken fliegen unter meinen Füßen vorbei. Mein Herz klopft. Das ist verrückt. Ich habe jeden Tag auf meinem Fensterbrett gesessen und überlegt runterzuspringen und da war ich nicht angegurtet. Ich habe in den Willow Creek gestarrt und überlegt, mich in die Tiefe zu werfen. Doch jetzt habe ich Angst.

»Das ist nicht mal eine Highline, Tucks«, sagt River, der immer noch neben mir steht. »Aber es ist in der Höhe anders als auf einer Line am Boden. Das ist rein psychologisch betrachtet ein Riesenunterschied, auch wenn es vom Ablauf her identisch ist. Such dir einen Fixpunkt.«

Ich sehe auf den Baumschutz auf der anderen Seite und laufe los.

»Ja, gut. Nur nicht nach unten sehen.« Er springt in ein paar Sätzen hinab und ich glaube, er zieht sich seine Jeans aus und steigt ins Wasser. Himmel, wie soll ich jetzt vernünftig slacken, wenn er halbnackt da unten steht!

Ich laufe weiter und balanciere mich aus – wie ein Flugzeug, das durch eine Turbulenz fliegt. Ich spüre das Seil unter den Füßen, die feuchte Luft um mich herum. Meine blonden Locken wippen. Ich schaffe das. Immer einen Fuß vor den anderen. Es gibt nur noch mich und das Band und zum ersten Mal verstehe ich, was River meint, wenn er sagt, Slacken sei Freiheit. Es ist Freiheit, weil alles andere verblasst. Ich denke an nichts mehr, nicht einmal mehr an die Kensington, Rivers Verfolger oder meine Stummheit.

»Du hast schon die Hälfte!«, ruft er von unten und ich schaue unwillkürlich zu ihm hinab. Hüfthoch steht er im Wasser, direkt unter mir, nur in seinem schwarzen T-Shirt und Shorts. Augenblicklich verliere ich die Kontrolle. Meine Welt kippt so schnell zur Seite, dass ich mich nicht halten kann. Ich vergesse alles, was mir River über das Fallen gesagt hat, und spüre nur noch den harten Ruck, als die Leash mich hält. Ein heftiger Schmerz schießt mir in den Rücken, dann baumle ich mit den Beinen im Wasser wie ein nasser Sack.

Erst sieht River erschrocken aus, aber als ich eine alberne Geste mache, lacht er los. Sein Lachen klingt nicht wie eines der schönen Lieder, die er immer summt, sondern eher wie ein Blasebalg, aus dem die letzte Luft gepresst wird, vermischt mit lauten *Ahs* und *Has*. Ich verliebe mich sofort. In dieses Lachen. In diesen Augenblick, in dem alles so perfekt ist. In dem ich mich frei fühle. Und obwohl ich immer noch hilflos an der Line hänge, kitzelt etwas in meiner Brust, etwas, das ich schon sehr lange nicht mehr gefühlt habe. Etwas, von dem ich nicht mehr wusste, wie es sich wirklich anfühlt. Freude.

Und weil es so schön ist, möchte ich gleichzeitig auch weinen.

* * *

River hat mir wieder hinaufgeholfen, im Nachhinein weiß ich, wieso er sich ins Wasser gestellt hat. »Tucks, keiner läuft so eine Line am zweiten Tag und fällt nicht!«

Mistkerl!

Ich bleibe drei Stunden auf der Line. Ich übe das Catchen der Line beim Fallen, zweimal greife ich daneben und stürze, beim dritten Mal kann ich mich an der Line festhalten und mich selbst hochziehen, aber danach brennt meine linke Hand trotz des Handanas wie Feuer. Später übe ich das normale Fallen und am Ende bin ich klitschnass und jeder Knochen fühlt sich an, als würde er beim nächsten Sturz brechen. Ein bisschen so wie nach einem echt üblen Schultag in der Kensington.

Als wir durch das Tal, umgeben von Bächen und Wasserfällen, zurücklaufen, nimmt River ungefragt meine Hand. Aufmerksam sieht er mich an und ich tue so, als wäre das normal, selbst für mich, aber ich zittere unter der Berührung. Sie kribbelt meinen Unterarm hinauf und entlädt sich als eine Folge von zarten Impulsen in meinem Herzen. Sie ist so schön, dass ich sie kaum aushalte.

»Du zitterst.« Er greift meine Hand fester, als könnte er mich so beruhigen, und es funktioniert sogar. Nebeneinander springen wir über Steine, waten durchs Bachbett und balancieren zusammen über moosige Baumstämme, die im Bach liegen.

Sterbensgefährten, das wäre wohl ein Wort, das ich heute in mein Notizheft geschrieben hätte. Ich habe so viele Fragen, immer noch, aber irgendwie haben sie ein wenig an Dringlichkeit verloren. Eben, beim Slacken, war River am Ende so normal und ausgelassen; ich kann mir nicht vorstellen, dass etwas mit ihm nicht stimmt. Da war er weder gefallener Engel noch Todesengel oder Peter Pan. Er war einfach nur River.

Meine Kleidung trocknet und als wir Hand in Hand am Porsche ankommen, habe ich das Gefühl, zwischen mir und meinem alten Leben in Cottage Grove liegt eine Schlucht, die keine Line der Welt verbinden kann.

KAPITEL NEUN

WIR SIND NOCH ETLICHE MEILEN GEFAHREN UND HABEN IRGENDWO IN der Prärie das Zelt aufgebaut, in der Nähe liegt ein Campingplatz, dessen sanitäre Einrichtungen wir mitbenutzen. Zum ersten Mal nach einer langen Zeit kümmere ich mich intensiv um mein Äußeres. Mit dem Lockenstab, der eher ein Glätteisen ist, frische ich die Locken auf, bekomme es aber nicht so elegant hin wie Mariah. Es sind keine gleichmäßigen Spiralen, sondern große und kleine Wellen, mal rechts und mal links herum gedreht.

River sagt nichts dazu, aber ich erwische ihn dabei, wie er mich immer mal wieder anblickt, wenn er denkt, ich merke es nicht.

Ich fühle mich immer noch wie in einer anderen Welt, einer Parallelwelt mit anderen Regeln. Ich schalte das Handy nicht an, weil es den Traum zerstören wird, in dem ich mich bewege wie eine Schlafwandlerin. Vielleicht ist es auch deshalb wie ein Traum, da ich so wenig über River weiß. In dieser Nacht, der dritten mit River, schlafe ich gut und traumlos. Einmal werde ich wach, und als ich River nicht neben mir liegen sehe, öffne ich die taufeuchten Zeltplanen und spähe vorsichtig in die Nacht. Wie eine Schleppe wirft der Mond sein Licht über Felsen und Präriegras. River sitzt an eine Felswand gelehnt auf seiner Lederjacke, einen gigantischen Kopfhörer auf seinen Ohren. Dumpfe Musik schallt zu mir herüber – er muss sie voll aufgedreht haben – und er blickt gedankenverloren zum Himmel. Er scheint weit weg. Abermillionen Sterne flimmern über uns, ein Meer aus Lichtern, aber am beeindruckendsten ist der Vollmond. Er wirkt riesig in der leeren Landschaft, so wie man es manchmal auf Bildern von Afrikas Savanne sieht, als würde er gleich auf die Erde sinken.

Ich war bisher nur Industrieromantikerin, zusammen mit James, und manchmal mit Arizona, aber diese weite Landschaft, irgendwo in Wyoming, lässt mich vergessene Dinge fühlen und weckt Träume, die ich schon vor langer Zeit in mich eingeschlossen habe. Ich spüre eine Sehnsucht in mir, die ich so nicht kenne. Sie schien bisher immer zu groß für mich, zu gefährlich, zu vergebens.

Ich ziehe mich wieder ins Zelt zurück und falte den kleinen Papierschwan, der meine Big Five auf seinem Körper trägt, auseinander. Ich krame in dem Beutel, den River mir für meine Sachen besorgt hat, herum und ziehe den Bleistift heraus.

Ohne zu überlegen, streiche ich Punkt 3: *Jemanden umarmen* durch und schreibe in schönen Lettern daneben:
Einen Jungen im Mondlicht küssen.

Behutsam streiche ich über die Falzlinien des Papiers, die wie Adern erscheinen. Wie das Blut meiner Träume. Der Gedanke lässt mich lächeln. Ich denke an River und falte das Papier wieder zu einem Schwan.

Draußen höre ich Geräusche, dann summt River eine Melodie vor sich hin.
Weil ich nicht schlafen kann, musiziere ich in der Nacht.

* * *

Mehrere Tage vergehen. River und ich slacken, ziehen von einem Ort zum anderen wie Vagabunden. *Mond-und-Sterne-Vagabunden,* sagt River einmal und ich setze es im Geist auf meine Liste der schönen Worte.

Manchmal sitzen wir nachts zusammen und schreiben auf dem Notizblock, anstatt zu reden.

Ich schreibe ihm von James und Arizona, und welches Verhältnis wir früher hatten. Dass wir uns zu dritt in den Finger gepikst und mit Blut geschworen haben, uns nie im Stich zu lassen. Dass Arizona und ich stundenlang wie siamesische Zwillinge unter einem gigantischen alten Poncho von Dad saßen, um im Garten die Sterne zu beobachten. River fragt nie nach, wieso es jetzt nicht mehr so ist, und gerade deswegen erzähle ich ihm täglich ein wenig mehr. Ich erwähne auch Mr. Spock, meinen einzigen Freund, nur die Kensington lasse ich weg.

Unsere Unterhaltungen auf Papier fühlen sich komischerweise nie seltsam an, sondern natürlich. Aber mir fällt auf, wie wenig er von sich selbst preisgibt. Er sagt, welche Musik er gerne hört – Good Charlotte und blink-182 –, welche Serien er gerne schaut – *Haus des Geldes* und *Riverdale* –, und dass er mal länger in New Orleans gewohnt und dort Freunde hat. Außerdem will er unbedingt noch mal zu den Craters of the Moon nach Idaho. Aus irgendeinem Grund ist ihm das total wichtig.

Mir fällt auch auf, wie wenig er schläft, mitunter habe ich den Eindruck, er schläft überhaupt nicht, doch das ist unmöglich. Manchmal isst er Unmengen und dann lässt er wieder viele Mahlzeiten einfach ausfallen. Manchmal hat er Stunden, in denen er völlig in sich abtaucht, aber das ist okay, denn mir geht es ebenso.

Ich lerne in dieser Zeit, auf einer Slack aufzustehen und wie man sich einmal auf dem Band ohne Hilfe dreht. Alles Dinge, die man beherrschen muss, bevor man sich auf eine Highline wagt. Unausgesprochen bleibt, wieso ich es unbedingt auf eine Highline schaffen muss. Unausgesprochen bleibt, wieso er neulich, als er telefoniert hat, so verzweifelt klang.

Ich habe auch die rasante Flucht und den Beinahe-Crash nicht mehr erwähnt, weil es seit diesem Tag keinen weiteren Vorfall gab. Trotzdem hören die Fragen nie auf.

Es ist schwierig, wenn man Dinge nur denken kann, weil Gedanken ungeordneter sind als das gesprochene Wort. Gedanken sind mehr wie Träume. Noch nicht real. Sie hängen irgendwo zwischen der Drinnenwelt und der Draußenwelt und womöglich ist das auch der Grund, wieso mein Leben an mir vorbeizieht. Eine Reihe unsortierter Bilder, doch im Moment ist der Traumzustand zu gut, um wahr zu sein.

Einmal kauft River bei blauem Himmel und Sonnenschein zwei Regenschirme und wir spazieren damit durch eine kleine Stadt am Rand des Highways. Es ist irrsinnig, wie die Leute uns anstarren, aber zusammen mit River macht es mir nichts aus. Ich kann das Starren ertragen, ohne zu verkrampfen.

Mein Handy ignoriere ich die meiste Zeit, nur komme ich nicht drum herum, Dad zu schreiben. Und natürlich Mr. Spock.

Er fragt ständig nach, was mir in der Schule passiert ist, und ich bin nahe dran, ihm alles zu erzählen, einfach, weil ich jetzt so weit weg bin. Er ist nur eine virtuelle Person, vielleicht die einzige, der ich es sagen könnte.

Dad war nach dem Foto, das ich ihm geschickt habe, total aufgebracht: »*Ich frage mich, ob du mich zum Narren halten willst, Kansas! Du solltest ein Bild von dir schicken und nicht von irgendeinem Mädchen mit ihrem Freund. Komm zur Besinnung! Das ganze Klinikpersonal spricht über dich. Wie kannst du nur so naiv sein und dich mit diesen Jungs einlassen. Mal abgesehen davon verpasst du den ganzen Unterrichtsstoff. Wenn du nicht bald nach Hause kommst, melde ich dich bei der Polizei als vermisst.*«

Ich habe geantwortet: *Das Mädchen bin ich. Nicht mehr und nicht weniger und es geht mir gut. Ich kann wieder atmen. Bitte ruf keine Polizei und lass mich mein Leben in Ordnung bringen.*

»*Dich mit diesen Jungs einlassen, nennst du dein Leben in Ordnung bringen?*«

Ich bin nur bei einem Typen, wenn du es genau wissen willst.

»*Chester sagt was anderes. Jeder sagt was anderes. Um Himmels willen, Kansas!*«

Vielleicht suche ich Mum und ziehe zu ihr.

Daraufhin ist er so sehr explodiert, dass ich seine Worte nicht mehr verstanden habe. Einen Tag später kam dann: »*Komm einfach nach Hause, Kans. Chester fragt mich ständig, ob ich wüsste, wo du bist. Er hat Angst um dich. Lass uns reden!*«

Ja klar, reden. Und spätestens jetzt weiß ich, dass der Porsche keinen Peilsender hat. Denn wenn Chester wüsste, wo ich bin, wäre er schon da.

Seit dieser letzten Nachricht von ihm schicke ich nur noch jeden zweiten Tag eine Message mit demselben Text: *Es geht mir gut.* Seine Sprachmemos höre ich nur ab, um herauszufinden, ob er nochmals die Polizei erwähnt, was er aber bisher nicht getan hat. Natürlich nicht. Sonst würden ja noch mehr Leute erfahren, was ich für eine Bitch bin.

Mr. Spock deute ich an, dass ich mit einem Typen unterwegs bin, aber mehr sage ich nicht.

Daraufhin schreibt er: *Du bist abgehauen? Shit! Heute hat Mr. X mein ganzes Taschengeld kassiert. Ich wollte Mum davon den neusten Liebesroman von C. L. Miller kaufen. Sie liebt diesen Schund. Jetzt kann ich ihr nichts mit ins Krankenhaus bringen. Mich kotzt das alles so an. Gott, ich würde so gerne mit dir kommen. Bist du allein mit diesem Typen – wer ist er überhaupt? Wo bist du?*

Das schreibe ich ihm natürlich nicht.

Bis auf diese Nachrichten lasse ich das Handy mittlerweile aus oder im Flugmodus, denn ich habe zu große Angst, dass sie mich darüber orten. River zeigt mir, wo ich das GPS ausschalten kann, aber eine Ortung funktioniert auch mit Sendemasten. Die Frage ist nur, würden sie mir hinterherfahren? Also schreibe ich meinem Dad nur noch jeden zweiten Morgen, bevor wir losfahren, und gehe dann offline. So könnte mir zwar einer von ihnen theoretisch folgen, wüsste aber nie, wo ich abends bin. Es gäbe nur eine sehr dünne Spur an Hinweisen.

* * *

An diesem Nachmittag fahren wir nördlich am Yellowstone National Park vorbei, irgendwann hält River an einem gigantischen Supermarkt. Es ist dämmrig, der Wind ist stärker geworden und weht ein paar leere Plastikverpackungen über den Parkplatz.

»Lass uns ein bisschen Spaß haben«, sagt er nur kryptisch und öffnet mir die Beifahrertür wie ein Chauffeur.

Was machen wir?, tippe ich.

»Lass dich überraschen.«

Riv, sag's mir!

»Seit wann nennst du mich Riv?« Belustigt zieht er eine Augenbraue hoch.

Du nennst mich ja auch Tucks.

»Würdest du lieber anders heißen? Mary-Maryland?«

Ich muss lächeln, das tue ich sehr oft seit einigen Tagen. *Tucks ist okay. Trotzdem will ich wissen, was wir machen. Wir haben doch gestern schon eingekauft.* Ich denke an die vielen Sandwichpackungen, Müsliriegel, Trockenfleischtüten und Konservendosen.

Zum Glück haben wir die Geldfrage geklärt. River hat gesagt, im Porsche hätte er ein Bündel Dollarscheine gefunden, was ich mir durchaus vorstellen kann, wenn ich überlege, wem diese Nobelkarosse gehört. Vielleicht hat Chester sogar mit irgendwelchen Drogen gedealt.

River grinst listig. »Wir werden ein bisschen Spaß haben! Du siehst aus, als könntest du das gebrauchen.«

War das Ausweichmanöver neulich im Auto auch Spaß?, traue ich mich zum ersten Mal zu fragen.

Für einen Sekundenbruchteil schiebt sich ein Schatten wie eine Gewitterwolke vor seine Augen und färbt sie sturmblau. »Das war notwendig. Sie dürfen mich nicht erwischen.«

Das verwirrt mich. *Die Leute in dem schwarzen Camaro?*

Er nickt und sieht mich ernst an.
Sie machen einen Zombie aus mir!, denke ich, aber tippe:
Wer sind die?

»Hey!« River wischt meine Bedenken mit einem Lächeln weg, das reif für den Oscar als bester Schauspieler wäre. Doch er ist nicht so superlässig, wie er tut. Das weiß ich spätestens nach dem Telefonat, das ich mit angehört habe. »Ich sag's dir noch, aber nicht heute. Einverstanden?«

Und wenn ich nicht einverstanden bin?

Er greift über die Tür in das Handschuhfach des Cabrios, holt zwei verspiegelte Sonnenbrillen heraus und setzt sich eine auf die Nase, die andere reicht er mir. »Setz die auf.«

Wieso?

»Besser so, glaub mir!«

Natürlich tue ich, was er sagt, wie immer. Warum will er sein Gesicht nicht zeigen? Weswegen sollte ich sein Gesicht halb abschneiden, bevor ich Dad das Foto geschickt habe? Will er nicht erkannt werden? Nachdenklich mustere ich ihn und ziehe die Stirn kraus, während er die Haare tief in sein Gesicht fallen lässt.

»Wer zuerst am Eingang ist«, ruft er dann plötzlich und läuft los. Ich renne hinterher, ohne zu überlegen, ob ich dabei irgendwie dämlich wirken könnte. Nach ein paar Metern lässt er mich aufschließen und vorbeiziehen. »Du kriegst einen Vorsprung!«, schreit er mir nach. »Aber ich hole dich ein, so oder so!«

Ich renne schneller, plötzlich erpicht darauf, zu gewinnen. Ich höre ihn näherkommen. Schnell. Wäre ich ein normales Mädchen, würde ich vor Freude kreischen oder quieken oder was die Mädchen eben sonst so machen, und vielleicht würde er mich fangen. Fast lautlos ringe ich nach Atem, da überholt er mich mit einem Grinsen. Ich beiße die Zähne zusammen und laufe weiter. Ich bin dicht hinter ihm, vielleicht macht er jetzt auch extra langsam.

»Hey, Tucks.« Er drosselt die Geschwindigkeit, aber er ist kein bisschen außer Atem. Mein Herz pocht wie eine Trommel. Mit der flatterigen Bluse wische ich mir über die Stirn und setze ebenfalls das Tempo herab. Auf einer Skala von eins bis zehn bin ich sportlich betrachtet eine Minus-Fünf. Wettlaufen hat mir in der Kensington nie geholfen, eher verstecken.

Als ich auf Rivers Höhe bin, nimmt er wieder meine Hand, als wäre das mittlerweile selbstverständlich.

»Schlechte Nachrichten«, sagt er ernst.

Sofort drehe ich mich nach dem schwarzen Camaro um, aber ich entdecke ihn nicht.
»Du bist schon wieder darauf reingefallen!« River grinst. »In Wyoming ist es verboten, donnerstags zu duschen.«
Mist!, schreibe ich einhändig. *Ich bin total verschwitzt! Können wir nicht schnell nach South Dakota zurück?*
»Wir haben eine Mission zu erfüllen! Ein Zurück gibt es nicht, nur ein Vorwärts.« Jetzt sieht er mich nicht mehr an, sondern zieht mich durch die breite Glastür des Supermarktes.

Ich weiß trotzdem, was er meint: meine Big Five, den Sprung, das Ende, doch den Gedanken verdränge ich lieber.

Kaum sind wir im Supermarkt, führt River mich zur Obstabteilung und ehe ich mich's versehe, jongliert er mit vier Orangen, wobei Jonglieren wohl zu jenen Fähigkeiten gehört, die er noch nicht perfektioniert hat. Eigentlich seltsam für jemanden, der sonst so perfekt Origami faltet, wie es nur Shiva mit ihren acht Armen könnte. Zwei Orangen landen bei den Äpfeln. Locker legt er eine der Apfelsinen zurück und beginnt die letzte zu schälen, während er mir zunickt.

Ich folge ihm durch die vielen hohen Regale und komme mir total fehl am Platz vor. Alles ist überdimensional groß, die Regale sind so breit wie die in den Lagerhallen von Möbelhäusern, sie ragen auch fast bis unter die Decke, vollbeladen mit Waren – vielleicht ist das hier Verkaufshalle und Lager zugleich.

Ich habe das Gefühl, alle starren mich an. Da ist ein Typ in Hippieklamotten und mit gebatiktem Stirnband und hüftlangen Dreadlocks. Er mustert mich aus tiefliegenden Augen, als sähe er durch meine äußere Hülle, die blonden Locken und die Schminke, auf den Grund meiner Seele, dabei sieht er selbst aus wie kostümiert. Eine Gruppe Halbstarker lässt ein Pfeifkonzert ertönen und das liegt sicher nicht an der Orange, die River akribisch schält.

»Du siehst atemberaubend aus«, kommentiert River gelassen, als wüsste er nicht, was es mir bedeutet und als wäre es schon immer so gewesen. »Hier!« Er reicht mir einen Orangenschnitz und gedankenverloren nehme ich ihn. Ich will hier raus. Irgendjemand wird mich ansprechen und dann stehe ich da wie eine Idiotin – und das vor River.

»Lass uns Verstecken spielen«, schlägt River vor.
Nein, ich will mich nicht von dir trennen, schreibe ich mit fliegenden Fingern zurück.
»Okay, dann eine Mutprobe!« River schlendert in den Mittelgang,

der breiter ist als die schmale Straße durch die Black Hills, auf der er überholt hat. Plötzlich werden seine Augen groß. »Das wollte ich schon immer mal tun!«

Ich folge seinem Blick. Oh nein! Mir wird ganz schlecht. *Bitte nicht,* schreibe ich, weiß aber schon jetzt, dass es keinen Sinn hat.

River lacht in sich hinein, nimmt meine Hand und zieht mich zu der riesengroßen Pyramide aus Wassermelonen. Sie müssen einen Gabelstapler für den Aufbau benutzt haben, keine Ahnung, warum und wie das Ding hält. Die Spitze ragt bestimmt dreimannhoch in Richtung Decke und mit dreimannhoch sind keine Napoleons gemeint.

Tu das nicht!

»Keine Angst mehr, Tucks. Nie wieder. Weißt du noch?«

Was, wenn wir verhaftet werden? Und ich an die Kensington zurückmuss? Sofort wird mir übel.

River schaut sich um und fährt sich durch die blonden Haare, was die weißblonde Strähne etwas von seinem Kopf abstehen lässt. Es unterstreicht seinen Surfercharme, die Sonnenbrille sowieso. »Wir lassen uns einfach nicht erwischen«, sagt er mit gesenkter Stimme. »Ich wollte schon immer mal tun, was man in den Blockbustern sieht.« Mit diesen Worten pirscht er sich an die Pyramide aus Wassermelonen heran. Ihre Grundfläche beträgt sicher vier mal vier Meter. Verstohlen winkt River mich mit einer Hand zu sich. »Komm«, ruft er gedämpft. Aber ich presse mich nur mit dem Rücken an die Vorderfront eines langen Regals mit Tierfutter. *Ich kann das nicht,* vermittele ich ihm mit einem Blick.

In diesem Moment tauchen plötzlich zwei Herren in seriösen schwarzen Anzügen hinter River auf. Die beiden wirken wie Filialleiter oder Anwälte. Sie beachten River nicht, auch wenn er ungeniert seine Orange verspeist, sondern sind in ein Gespräch vertieft. Einer hat ein Klemmbrett dabei und scheint etwas abzuhaken.

River schlendert mit den Händen in den Taschen zu mir zurück. »Dann eben später«, sagt er bedauernd.

Wir streifen durch die Gänge und landen bei den Tiefkühlwaren. »Cookies & Cream?« Fragend hält er mir einen Behälter mit Häagen Dazs unter die Nase. Für einen Augenblick muss ich wegen des Eises an James denken, doch ich winke mit dem Orangenschnitz ab, essen werde ich ihn sowieso nicht. Zumindest nicht in Gegenwart eines anderen. Ich nehme das Eis trotzdem.

»Wir essen hier zu Abend«, beschließt River wie nebenbei, dabei fällt mir auf, dass ich ihn schon lange nicht mehr habe essen sehen. Und schlafen tut er ja auch kaum, oder gar nicht. Wie kann er überhaupt noch geradeaus laufen? Er muss doch umkippen vor Erschöpfung! »Setz dich notfalls in eine Umkleidekabine bei den Klamotten. Das ist dann dein privater Dining Room!« Er lacht, nicht ein Blasebalg-Lachen, sondern sein kurzes melodisches Lachen, das rauchig und warm klingt und mich immer an Whisky erinnert.

Ich zupfe an meinen Locken, die wie Sprungfedern auf- und abhüpfen. *Du kannst jemand anderes sein. Niemand kennt dich hier. Wenn wir wirklich am Ende des Sommers von einer Highline springen, zählt das alles hier nicht. Dann zählt überhaupt nichts mehr*, flüstert eine Stimme in mir, auch wenn ich gar nicht mehr springen möchte. Denn eins ist mir klar: Zurück nach Hause gehe ich nicht mehr. Und alleine komme ich nicht weit. Ich brauche River. Wenn er springt, springe ich mit, denn ich habe keine andere Möglichkeit. Aber noch ist nicht einmal August und so verdränge ich den Gedanken daran und rede mir ein, River würde es sich sowieso anders überlegen oder hätte es nur so gesagt. Und wenn das so ist, kann ich bei ihm bleiben, solange er mich lässt.

Wir laufen weiter, kreuzen mehrmals den breiten Mittelgang, in dem River immer wieder sehnsüchtige Blicke auf die Melonenpyramide wirft. Währenddessen öffnet er eine Pralinenschachtel, eine Dose mit eingelegtem Thunfisch und isst immer nur homöopathische Dosen, den Rest bietet er mir an, doch wenn ich ablehne, lässt er die Sachen irgendwo stehen.

Irgendwann gelangen wir in den Korridor mit den Gewürzen. Ich kann gar nicht so schnell schauen, da hat River schon die Verpackungen etlicher Produkte aufgerissen und malt aus Salz, Oregano und Pfeffer einen zwinkernden Smiley auf den Boden. Ich kann es nicht fassen. Wie alt ist er? Schlagartig erinnert er mich wieder an Peter Pan, den Jungen, der nicht erwachsen werden wollte.

»Komm, mach mit!«

Ich knie mich neben ihn und schaue mich um. Zum Glück ist der Gang leer. Zaghaft tauche ich einen Finger in den weichen Salzkreis.

»Hey, mach dein eigenes Bild!« River überreicht mir ein Päckchen mit Salz. Da ich seine Vorschläge immer blind ausführe, schütte ich natürlich einen Kreis aus Salz auf den Boden, auch wenn ich ein ganz ungutes Gefühl habe. Ich überlege kurz, dann streue ich einen Strich als Nase über den Kreis und darüber zwei Punkte als Augen.

River schaut mit hochgezogenen Brauen auf mein Bild und stellt pragmatisch fest: »Das ist ein Wow-Smiley.«

»Das ist eine riesengroße Frechheit. Wir werden euch unverzüglich dem Manager melden!«, dröhnt plötzlich eine Stimme über unseren Köpfen.

Mein Körper fühlt sich an, als würde er bei lebendigem Leib versteinern. River richtet sich auf. »Das ist Kunst, Mann. Erkennen Sie das nicht? Komm, Tucks, lass uns verschwinden!« Er zieht mich auf die Beine, die sich so steif anfühlen wie Stelzen.

»Mal schön hiergeblieben, Freundchen. Ihr werdet das erst wieder saubermachen und die Ware an der Kasse bezahlen«, grollt die dunkle Stimme hinter uns. Als ich wie betäubt über die Schulter blicke, entdecke ich die beiden Männer in den schwarzen Anzügen. Sie tragen Funkgeräte.

Mir wird schwindelig. Jetzt ist alles aus. Alles. Doch River fängt an zu rennen und reißt mich mit sich. »Lauf!«

Kaum sind wir um die Ecke des Doppelregals gebogen, schaut er sich um und bugsiert mich in den nächsten Gang, der parallel zu dem mit den Salzgesichtern verläuft. Eine ältere Frau mit Rollator kommt uns entgegen, beachtet uns aber nicht. Rivers Blick fliegt entlang der gigantischen Etagen mit Waren. »Hier!« Er hechtet ein Stück weiter, klettert in eine Lücke zwischen einer Kolonie aus Putzeimern und Paketen mit Bodenwischern, ohne mich loszulassen. Zusammen kauern wir schließlich auf dem Linoleum, knapp über unseren Köpfen ist der Boden des nächsten Regalstockwerks.

»Lektion eins des unbemerkten Verschwindens: Bleibe in der Nähe, da suchen sie dich nicht«, raunt River mir zu und schiebt vorsichtig ein Paket mit einem Reinigungsgerät vor uns.

Mein Herz klopft so heftig, dass ich Angst habe, es würde stehen bleiben. Wenn sie uns jetzt erwischen, werden wir vor den Manager geführt und der ruft die Polizei. Ich werde mich ausweisen müssen und sie werden erfahren, dass ich noch minderjährig bin.

Sie werden Dad anrufen! Er wird mich abholen und morgen muss ich wieder in die Schule, wo Chester mit seinen Freunden nur auf mich wartet. Krampfartig zieht sich mein Magen zusammen.

Schritte nähern sich. Ein Mann flucht. Durch eine winzige Lücke zwischen den Paketen sehe ich eine schwarze Stoffhose am Eingang des Korridors. Aus meiner Angst wird Panik. Ich will nie wieder nach Hause, ich will für immer mit River zusammen sein! Nie habe ich mich lebendiger und realer gefühlt als in den letzten Tagen.

»Hier sind sie nicht, Boss«, ruft eine schroffe Männerstimme durch den Gang. Sie gehört eher zu einem Auftragskiller der Mafia als zu einem Geschäftsmann.

»Natürlich sind sie nicht hier! Sie sind ja nicht dumm!«

»Natürlich nicht«, bestätigt River im Flüsterton und schiebt seine Sonnenbrille hoch über die Stirn. Er ist verrückt! Er scheint überhaupt keine Angst zu haben.

Ich mache mich noch kleiner. Die Situation erinnert mich so sehr an die Schule, dass ich kaum atmen kann.

»Hey.« River deutet mit Zeige- und Mittelfinger auf seine Augen und sieht mich hypnotisierend an. *Schau nur mich an,* deute ich aus diesem Blick. Wir sitzen uns in der Hocke gegenüber.

Ich balle die Faust, doch das Einzige, was passiert, ist, dass ich den Orangenschnitz auspresse und der Saft das Handana durchtränkt.

»Ich gebe dem Sicherheitsdienst Bescheid, du suchst weiter. Richtung Ausgang.« Schritte entfernen sich. Schritte wie die von Golfsneakern. Gequält hole ich Luft, ganz leise. Bestimmt beflaggen sie den Eingang mit Wachmännern oder lassen das Sicherheitspersonal wie Bluthunde auf uns los.

River grinst nur. Durch das blausilberne Spiegelglas meiner Sonnenbrille leuchten seine Augen wie Saphire. Sein sonnengebräuntes Gesicht ist dunkel, das Weiße im Auge strahlend hell. Immer noch ist meine Brust so zugeschnürt, als würde ich ein Korsett tragen.

Plötzlich piepst auch noch mein Handy. *Verdammt!*

Ich halte den Atem an. Zuerst tut sich nichts, doch auf einmal kommen die Schritte wieder in unsere Richtung.

Bitte, lass die Zeit mit River noch nicht vorbei sein!, flehe ich im Stillen. Die Hose des Anzugträgers blitzt erneut zwischen zwei Paketen auf.

Ich spüre, wie mir ein Schweißtropfen über die Stirn rinnt. Mit bebenden Fingern hole ich mein Handy aus der Gesäßtasche und schalte es auf stumm. Der Mann steht genau vor unserem Versteck und fragt sich wahrscheinlich, von woher das Piepsen kam. River sieht mich immer noch so hypnotisierend an und umschließt meine Finger samt Handy, wie er den Kranich gehalten hat, in einem Nest. Seine Hände sind warm und stark, doch ich höre nicht auf zu zittern.

Ich weiß nicht, wie viel Zeit vergeht. Dann piepst es wieder, doch dieses Mal ist es nicht mein Telefon.

»Mach endlich das elende Ding aus!«, raunzt eine unfreundliche Männerstimme aus einem anderen Korridor.

Halleluja! Am liebsten würde ich vor Erleichterung singen. Ganz vorsichtig hole ich Luft, weil ich immer noch das Gefühl habe, gleich zu ersticken. Der Mann knurrt irgendetwas vor sich hin, bevor sich seine Schritte erneut entfernen.

»Lektion zwei: Schalte immer dein Handy auf stumm, wenn du unsichtbar sein willst«, flüstert River. »Lektion drei: Gehe an den Ort des Geschehens zurück und stoße auf deinen Erfolg an.« Er schiebt das Paket zur Seite und späht in den Gang. Offenbar ist die Luft rein, denn er klettert hinaus und bedeutet mir, hinterherzukommen.

Ungeschickt krieche ich zwischen Eimern und Putzzeug aus dem Versteck und kaum stehe ich, nimmt River meine Hand. Es fühlt sich komisch an, weil wir Salz an den Fingern haben. Bei mir ist es mittlerweile eine mit Schweiß vermischte Pampe.

Am Ende des Flurs sieht River um die Ecke und zieht mich weiter. Zwei junge Frauen in Sommerkleidern kommen uns entgegen. Die Blonde mustert mich abschätzig, die Brünette starrt River an, als wäre er ein Filmstar, doch er beachtet sie gar nicht. Wäre ich nicht so aufgeregt, würde ich mich darüber freuen. So lasse ich mich weiterziehen und River biegt abermals in einen der querverlaufenden Gänge ab. Mit zwei Fingern streift er über die Armada bunter Spirituosen und ab und zu tickt er sie mit den Nägeln an. Tick-tick-tick. Wie der Sekundenzeiger unserer ablaufenden Zeit.

Irgendwann bleibt er urplötzlich stehen und greift nach kurzem Überlegen zu einer dunkelgrünen Flasche mit edlem Etikett.

»Jetzt zurück«, sagt er drängend und wir nehmen denselben Weg aus dem Spirituosengang hin zu unseren Salzgesichtern.

»Champagner?« River lässt mich kurz los, entkorkt die Flasche so leichthändig, wie er Origami faltet, und nimmt einen großen Schluck, bevor er sie an mich weiterreicht. Ich habe keine Ahnung, wo ich das Eis habe stehenlassen, jetzt halte ich jedenfalls den tropfenden Orangenschnitz und Champagner in der Hand.

»Viel Zeit haben wir nicht. Bestimmt taucht gleich der Manager hier auf, um sich die Sauerei anzuschauen.« Zum Glück ist der Markt so gigantisch groß, denke ich nur.

River streut Pfeffer auf seinen Salz-Smiley, sodass es aussieht, als würde er die Zunge rausstrecken. Ich muss unwillkürlich kichern. Natürlich lautlos.

Plötzlich überkommt mich ein wunderbares Kribbeln, es ist eine Mischung aus Angst, Aufregung und Spaß. Wie das Beben nach meinem Sturz, doch diesmal ist keine Trauer dabei. Es ist wie ein Rausch aus Adrenalin und Glück.

Du kannst jemand anderes sein. Und aus einem Grund, den ich mir selbst nicht erklären kann, habe ich schlagartig keine Angst mehr, erwischt zu werden. River weiß, was er tut! Und er weiß auch, was er riskieren kann! Aus einem Impuls heraus setze ich den Flaschenhals an die Lippen und trinke einen Schluck aus der Flasche. Der Champagner prickelt wie Brause auf der Zunge, er fühlt sich an wie das Kribbeln in meinem Bauch. Es ist so herrlich, dass ich gleich mehrere Schlucke hinunterstürze.

»Tucks, das fasse ich nicht!« River steht vor mir und starrt mich an, die Hände in die Hüften gestützt. »Du trinkst allen Ernstes in der Öffentlichkeit? Hast du ein Glück, dass das in Wyoming erlaubt ist, verdammt! Wobei dir schon klar ist, dass das Alkohol ist ... und du bist keine einundzwanzig.«

Fassungslos sehe ich von ihm zu der Flasche in meiner Hand und wieder zurück. Oh Gott, er hat recht! Nicht mit meinem Alter oder dem Alkohol, sondern: Ich habe getrunken! In mir ist ein Lachen, das unbedingt hinauswill, jetzt und sofort. Ich spüre seine Wellen in mir pulsen, aber die Furcht, es herauszulassen, ist wie eine Wand, etwas sperrt sich. Alles würde sich dadurch verändern, es gäbe kein Zurück mehr. Ich wäre nicht mehr von der Welt getrennt und sie würde mich plattwalzen und vernichten.

Ich trinke noch mehr, als wollte ich das laute Lachen einfach runterspülen.

River beobachtet mich, doch plötzlich gleitet sein Blick über meine Schulter hinweg.

»Holy Shit!«, flucht er ungehalten und setzt seine Sonnenbrille wieder auf. Ich drehe mich um und entdecke zwei Sicherheitsbeamte und die Anzugträger am anderen Ende des Flurs.

»Da sind sie!«, ruft einer überrascht und in der nächsten Sekunde stürmen sie auf uns zu.

River greift meinen Arm und wir rennen in die entgegengesetzte Richtung. Vielleicht haben wir fünfzig Meter Vorsprung, aber sie sind zu viert. Mein neugewonnener Spaß verwandelt sich wieder in eine Mischung aus Hochspannung und Panik.

»Aufteilen. Ihr da lang, wir hier lang.«

Wir haben das Ende des Supermarktes erreicht und bleiben stehen. Hier ist eine Wursttheke, so lang wie zwei Trucks, in der Mitte der Theke thront ein Schweinskopf mit dem obligatorischen Apfel im

Maul. Dahinter beginnen die Kühlschränke mit den Milchgallonen, davor türmt sich die Pyramide aus Wassermelonen.

»Bleibt stehen!«, grollt einer der Männer hinter uns. River reißt mir die Champagnerflasche aus der Hand und gibt mir einen Schubs. »Lauf zur anderen Seite!«

Doch die Männer sind überall. Es sind offenbar mehr als vier. Als ich auf der Höhe der Melonen bin, bemerke ich zwei Angestellte im Mittelgang. Sie stürmen frontal auf mich zu. Zwei andere tauchen auf der anderen Seite des Marktes auf.

»Das Spiel ist aus!«, ruft ein Mann vom Sicherheitspersonal, ein bulliger Klotz mit Schlagstock am Waffengurt. Sein rothaariger Kollege kommt auf mich zu. Er erinnert mich an Chester.

Für einen Moment bin ich wie erstarrt. Das vertraute Gefühl der Hilflosigkeit katapultiert mich direkt in meine High School. Der Augenblick, in dem ich aufgebe und nur noch warte, bis es vorbei ist. Ich kann nichts mehr tun. Sie haben uns eingekreist, wir sitzen in der Falle. Hektisch schaue ich von einer Seite zur anderen.

»Den Jungen zuerst!«, schreit jemand hinter River. »Ganz ruhig, mein Freund, dann passiert dir auch nichts.« Einer streckt den Arm aus, um ihn zu packen.

Mir wird heiß und kalt. Diese Männer werden meinen Dad anrufen. Ich werde River vielleicht nie wiedersehen! Womöglich springt er am Ende des Sommers tatsächlich vom Lost Arrow Spire und ich werde ihn nicht aufhalten können. Plötzlich ist der Gedanke unerträglich. Für den Bruchteil einer Sekunde sehe ich ihn in die Tiefe stürzen, vorbei an scharfen Felsen, die Arme ausgestreckt wie Flügel, das blonde Haar windzerzaust und auf dem Gesicht ein Lächeln.

Mit bebenden Händen fasse ich nach einer der unteren Wassermelonen.

»Mach keinen Unsinn, Mädchen!«, ruft der Wachmann mit dem Schlagstock am Gurt.

Mein Herz klopft zum Zerspringen, aber ich sehe keine andere Möglichkeit. »Lass ...« Mit einem harten Ruck ziehe ich die Melone aus dem perfekt gebauten Kunstwerk und reiße instinktiv die Arme über den Kopf. Geschosse wie schwere Medizinbälle donnern auf mich herab und ich werde von den Gewichten herumgeschubst wie gegen die Schulspinde.

Leute schreien auf, während der Turm aus Wassermelonen lawinenartig durch den Supermarkt rollt. Einige platzen durch den

Aufprall, es gibt knackende, schmatzende Geräusche wie das Zerbrechen von gigantischen Saurier-Eiern.

Als keine Wassermelonen mehr auf mich einhageln, will ich nach River sehen, verliere aber das Gleichgewicht und stürze in ein Chaos aus Fruchtfleisch und kullerndem Obst. Entschlossen fasst mich jemand am Arm und zieht mich auf die Beine.
River!
»Schnell!« Suchend sehe ich mich nach den brüllenden Männern um, die irgendwo in dem Melonenchaos stecken. Einer von ihnen kämpft sich seinen Weg durch ein paar Schaulustige, ein anderer liegt am Boden. Im Mittelgang hat sich ebenfalls eine Menschentraube gebildet. Genau dorthin zieht River mich jetzt. »Lektion Nummer vier: Misch dich unters Volk«, keucht er mir atemlos ins Ohr. Er hebt die Hand und teilt die Menge wie Moses das Meer. Es ist unglaublich, wie jeder immer genau das macht, was er will. Er muss auch auf andere eine gewisse Faszination ausüben, und das liegt nicht nur an seinem Aussehen. Die Meute verschluckt uns in ihrer Mitte, wir sind wie Jona im Walfischbauch.

Mit sanfter Gewalt schiebt River mich vor sich her. »Haben Sie das gesehen?«, ruft er den Leuten zu. »Diese gerissenen Kids heutzutage!« Ein älterer Mann mit Sandalen und Tennissocken schüttelt nur den Kopf, keine Ahnung, ob er weiß, dass wir für den Tumult verantwortlich sind. Der Typ mit den Dreadlocks, der mich schon zu Beginn angestarrt hat, ragt aus der Menge heraus und für eine Sekunde trifft sich unser Blick. Ich weiß nicht, wieso, vielleicht weil ich mich überdreht, panisch und übermütig fühle, aber ich lächele ihn an. Er zwinkert irritiert, doch dann grinst er zurück.

Ich weiß nicht, wann ich das das letzte Mal getan habe, wenn man River nicht mitzählt. Wahrscheinlich war ich da fünf Jahre alt!

Ohne dass ich es gemerkt habe, hat River mich in die Klamottenabteilung gezogen. »Das war große Klasse, Tucks.«

Ich spüre, wie ich erröte, und denke erst, er meint das Lächeln. Mein Herz klopft immer noch bis zum Hals, außerdem fühle ich mich benebelt, was aber auch von dem Champagner kommen kann.

River setzt mir einen Hut auf und schnappt sich selbst eine Kappe. »Setz die Sonnenbrille ab!«, sagt er und legt seine schnell in die Umkleide neben uns. Ich mache dasselbe. Irgendwo im hinteren Teil höre ich die Männer rufen. Wahrscheinlich sind sie wieder ausgeschwärmt. Mitarbeiter stieben in alle Richtungen und aus den Lautsprechern dröhnen ununterbrochen Durchsagen.

»Nicht rennen, verhalte dich unauffällig«, ermahnt River mich gedämpft, als ich mich hektisch umsehe. »Wir sind Kunden, wir kaufen diesen Hut und die Kappe, nichts weiter.« Betont langsam schlendert er mit mir an der Hand zur Kasse.

Dort legt er die Waren aufs Band und pfeift *Yellow Submarine* von den Beatles vor sich hin.

Mein Blick fällt auf die aktuellen Tageszeitungen und für einen winzigen Augenblick fürchte ich, mein eigenes Fahndungsfoto in der Boulevardpresse zu sehen. Doch das ist nicht der Fall. Offenbar steckt die Presse im Sommerloch, denn es dreht sich immer noch alles um dieselben Themen.

Ben Adams immer noch flüchtig. Mit fast magischen Tricks entkam er den Justizbeamten.

Kronzeuge Taylor Harden: Deshalb wollte er nicht ins Zeugenschutzprogramm.

Künstlerin Meredith Fox spricht mit Samuel von den Demons'n'Saints. Wer ersetzt die Erfolgsband in Las Vegas?

Nervös schaue ich mich nach den Wachmännern um, entdecke sie aber nicht. Schnell greife ich die oberste Zeitung und lege sie aufs Band. Die resolut aussehende Kassiererin scannt die Preise ein und deutet anschließend auf Rivers Wange: »Sie haben da was im Gesicht, Sir«, sagt sie mit einem Stirnrunzeln.

Wassermelonensprenkel.

Ich will in ein Loch im Boden springen, doch River wischt sie gelassen weg und sagt: »Sie hat mir heute einen Heiratsantrag gemacht und ich habe *Ja* gesagt.« Er setzt mir den dunklen Hut auf, als wäre er der Ring, den er mir bald an den Finger steckt.

Die Frau mustert mich durchdringend und ich ziehe den Hut tief in mein Gesicht. »Na dann: Herzlichen Glückwunsch, Schätzchen«, brummt sie ruppig. »Und sag deinem Freund, er soll sich nächstes Mal besser das Gesicht waschen, bevor er das Haus verlässt.«

Ich nicke verkrampft und bete, dass sie mich nichts fragt.

River setzt sich die Kappe auf und zieht sie ebenfalls tief in die Stirn. Jetzt sieht er aus wie ein Rebell – oder wie ein Krimineller. »In Wyoming darf man donnerstags nicht duschen.« Zum ersten Mal erscheint so etwas wie Belustigung in ihrem Gesicht. »So ein Blödsinn! Das gilt nur für Cheyenne!« River lächelt sein One-Million-Dollar-Smile. »Ich bin ein verfluchter Glückspilz, nicht wahr?« Entschlossen fasst er meine Hand und wir laufen zusammen zum Ausgang, als wir jemanden rufen hören. »Da vorne!«

Ich drehe den Kopf. Fünf Männer kommen im Eilschritt hinter uns her, zwei davon in Uniform.

River und ich rennen gleichzeitig los, aber die Keilabsätze meiner Sandalen sind auf dem maroden Asphalt schlagartig wie Klötze an den Füßen.

»Ich hole das Auto.« River lässt meine Finger los und sprintet mit langen Sätzen zum Porsche. Hastig werfe ich einen Blick über die Schulter.

Die Männer haben mich fast eingeholt. Der junge Rothaarige, der mich an Chester erinnert, führt die Gruppe an, ein bösartiges Grinsen klebt wie Sirup in seinem Gesicht. Reflexartig bleibe ich stehen.

»Na, hat dich dein Rosenkavalier im Stich gelassen?«, fragt er mit beißendem Spott. Die anderen hinter ihm lachen. Er ist keine zehn Meter mehr entfernt. »So sind sie alle. Erst machen sie dir schöne Augen und wenn sie dich gefickt haben, sind sie weg, Süße.« Nachdrücklich legt er die Hand auf den Schlagstock, als wollte er ihn benutzen. »Sei uns dankbar, dass wir dich erwischt haben, wer weiß, wozu er dich noch angestiftet hätte.«

Chesters Gesicht taucht vor mir auf. *Es liegt nur an dir, Kansas. Es wäre nur ein bisschen Spaß, vielleicht gefällt es dir ja auch.*

In blinder Panik renne ich weiter, ungeschickt und viel zu langsam.

»Komm schon, Kleine. Bleib stehen«, höre ich eine andere Männerstimme rufen, die milder klingt. »Wir tun dir nichts.«

River lässt den Motor des Porsches aufheulen.

»Jetzt fährt er davon, ich hab's ja gesagt.« Der Rothaarige lacht. Ein anderer fällt lauthals mit ein.

Mein Herz setzt einen Schlag aus. Was, wenn River mich wirklich allein lässt?

Doch kaum habe ich das gedacht, schlittert der Porsche mit quietschenden Reifen herum. Abermals heult der Motor auf, bevor der

Wagen mit vollem Speed auf uns zurast. Einer der Männer schreit etwas, ich springe zur Seite und ein paar Sekunden später hält River mit einem scharfen Bremsen direkt neben mir.

Ohne die Tür zu öffnen, klettere ich in den Porsche und River gibt Gas. Mit zitternden Fingern klammere ich mich an den Türgriff.

Als wir auf den Highway abbiegen, wirft River die Kappe fort und mustert mich von der Seite. Ernst, aber so eindringlich, dass mir das funkelnde heiß-kalte Gefühl über die Haut streicht wie ein Tuch aus dunkelblauer Seide. Für Sekunden bin ich wie gebannt. Mein Mund wird ganz trocken, aber ich kann auch nicht wegsehen. Es ist, als hielte er mich fest. Dieser Blick. Er ist so vieles. Nicht nur ernst. In ihm liegt auch Verwirrung – und ein bisschen Zorn.

Ich muss schlucken. Doch wieso sollte er wütend auf mich sein? Oder bilde ich mir das nur ein?

KAPITEL ZEHN

ALS DER MOND ÜBERGROSS AM SCHWARZEN HIMMEL STEHT, KOMMEN WIR in die Gegend von Heise in Idaho. Eine Weile fahren wir am Snake River entlang, wo einige Angler noch dabei sind, ihre Ausrüstung einzupacken.

Seitdem er mich vorhin so komisch gemustert hat, wirkt River nachdenklich, jedenfalls ist er stiller als sonst – und gereizt wegen jeder Kleinigkeit: den anderen Autofahrern, der Musik im Radio, den Mücken, der »Scheiß-Dunkelheit«. Er sagt, er will noch ein paar Lines laufen, daher biegt er in einen Waldweg für Forstarbeiter ein.

Wir haben Glück und finden am Waldrand eine von üppigen Nadelhölzern gerahmte Lichtung, auf der vereinzelt ein paar Laubbäume stehen.

Zusammen bauen wir das Zelt auf, danach macht River sich an die Arbeit, nicht ohne mir vorher noch ein paar Sandwiches ins Zelt zu reichen. »Ich wette, du könntest jetzt auch vor mir essen«, sagt er nur augenzwinkernd und für einen winzigen Moment wieder heiter, dann verschwindet er in der mondklaren Nacht und ich höre, wie er am Kofferraum hantiert und sich entfernt.

Er hat mich nicht gefragt, ob ich mitlaufen will, ich nehme an, er braucht seine Ruhe. Hoffentlich gehe ich ihm nicht auf die Nerven, aber vielleicht ist er auch einfach nur total übermüdet! Möglicherweise leidet er ja unter Schlaflosigkeit; von Dad weiß ich, dass das eine richtige Krankheit sein kann, denn Dad hat auch über Jahre kaum ein Auge zugemacht.

Während ich esse, höre ich mir noch einmal im Flugmodus eine von seinen Sprachmemos an:
»Komm einfach nach Hause, Kans. Chester fragt mich ständig, ob ich wüsste, wo du bist. Er hat Angst um dich. Lass uns reden!«
Wieso kann er nicht einmal Chester außen vor lassen? Warum kann er nicht einfach sagen: Ich habe Angst um dich? Ist das so schwer?

Für einen Moment schließe ich die Augen, und die Nacht, in der er in den Keller kam, spult sich wie ein Film vor mir ab. Ich spüre sogar die Kälte an Unterarmen und Fingern, ein Gefühl, als würde ich lange schneegefüllte Handschuhe tragen.

Mechanisch hänge ich Buntwäsche auf die Leine vor der Waschmaschine. Ich kann sowieso nicht schlafen, nicht heute Nacht. Es ist Oktober, draußen liegt bereits Schnee und der Keller ist getränkt von Zugluft und Kälte, aber noch viel kälter ist es tief in mir drin. Arizona weigert sich, mit mir zu reden. Mit steifen Fingern presse ich ihre feuchte rote Bluse an meine Brust und für einen Augenblick stehe ich so da, rieche den Lavendelduft des Weichspülers, während die Tropfen aus dem Wäschestück auf meine nackten Füße rinnen. Da, wo mein Herz sein sollte, ist nur noch ein schwarzes brennendes Loch, es brennt so heiß, dass es sich kalt anfühlt. Ich glaube, ich war noch nie in meinem Leben so einsam. An diesem Morgen haben mich Chester, Hunter und Zachery zum ersten Mal in einen Abstellraum gezerrt. Ich kann sogar noch hören, wie das Wasser in den Putzeimer läuft, wie sie lachen und Witze reißen. Sie zwingen mich auf die Knie und drücken meinen Kopf so lange in den Wassereimer, bis ich nur noch rote Funken und schwarze Kreise sehe. Bis mein Körper ein einziges Zittern ist.

Mit klammen Fingern hänge ich die Bluse auf und versuche, die Panik vor dem nächsten Tag wegzuschieben, aber alles ist auf einmal verschwommen. Mein Nacken brennt immer noch unter dem Druck ihrer Hände. Ich bin so damit beschäftigt, nicht durchzudrehen, dass ich nicht höre, wie Dad die knarrenden Stufen herunterkommt.

Plötzlich steht er vor mir, schlaftrunken und in seinem dunkelblauen Pyjama. »Du bist zurück ... oh mein Gott, du bist zurück ... Ich habe nie aufgehört zu warten, weißt du das, Mery?« Für einen winzigen Augenblick wirken seine dunklen einsamen Augen wie Sonnen. Sonnen, die mich wärmen. Er zieht mich in eine Umarmung, und obwohl ich weiß, dass er mich nur mit Mum verwechselt, klammere ich mich an ihn, mit eiskalten Händen und brennendem Herzen,

weil es sonst niemanden mehr gibt, der mich festhält. Ich klammere mich so fest an ihn, dass ich ihm fast die Rippen breche, und in mir ist nur noch ein einziger Gedanke.
Lass mich nicht los! Bitte, bitte, lass mich nicht los!
Bis er mich küssen will.
Erst da befreie ich mich hastig. »Dad ...«, würge ich hervor und das Wort lastet wie Blei auf meiner Zunge. Es dauert ewig, bis er es begreift. Er starrt mich nur an. »Ich bin's nur ...« Meine Wangen glühen vor Scham.
Es waren die letzten Worte, die ich in unserem Haus zu jemandem außer mir selbst gesprochen habe. Dad starrte mich noch sekundenlang entgeistert an und schüttelte den Kopf, während das Licht in seinen Augen erlosch. Danach ging er ohne ein Wort nach oben.
Manchmal glaube ich, er bestraft mich schon immer – bewusst oder unbewusst – dafür, dass ich aussehe wie Mum.
Ich blinzele, wie um die Erinnerung zu vertreiben. Als ich klein war, habe ich versucht, mit ihm über Mum zu sprechen, aber nur selten habe ich mich getraut, konkrete Fragen zu stellen.
Hat Mum angerufen?
Natürlich nicht.
Hat sie geschrieben?
Lass mich in Ruhe.
Aber wann kommt sie wieder? Dad!
Als ich ihm an einem Abend zu viele Fragen hintereinander gestellt habe, hat er all ihre Bilder im Garten verbrannt, bis auf das eine, das ich mittlerweile in dem Beutel von River verstaut habe.
Es heißt immer, Eltern würden ihre Kinder über alles lieben, aber ich denke, Dad hat Mum immer mehr geliebt als uns. Und Mum hat uns nicht genug geliebt, sonst wäre sie nicht gegangen – oder hätte uns mitgenommen. Sie hat ja nicht einfach ihr Gedächtnis verloren und uns vergessen. Dad hat sie auch nicht halb totgeprügelt.
Sie war einfach fort. Ich war nie so wütend auf sie wie James, Arizona und Dad. Nein, im Grunde gebe ich mir die Schuld. Ich war ein zu schwieriges Kind, das hat sie nicht ausgehalten. Vielleicht habe ich sie auch zu sehr in Beschlag genommen und genervt, ich weiß es nicht. Wahrscheinlich ist Dad auch deshalb so abweisend zu mir. *Wenn dieses Kind doch nur nicht so krankhaft schüchtern wäre ... Jess ... Mery wäre noch hier. Ganz sicher!*
Aus einem plötzlichen Impuls heraus krame ich die beiden Zeitungen aus dem Beutel und schlage die ältere auf. Mit angehal-

tenem Atem blättere ich sie durch. Etwas irritiert mich beim Blättern, aber ich beachte es nicht. Ich hoffe so sehr, dass ein Bild drin ist. Ich habe Glück. Ich drehe das schwache Licht meiner Handytaschenlampe heller.

Meredith Fox – das Porträt einer ungewöhnlichen Künstlerin

In der Mitte ist ein Foto. Nur von ihrem Gesicht und es ist, als schaute ich in einen Spiegel, der den Betrachter um etwa zwanzig Jahre altern lässt. Mum trägt mittlerweile den Namen ihres dritten Ehemanns, da sie auch William Sparks wieder verlassen hat. Das war Ehemann Nummer zwei, der Mann, wegen dem sie Dad sitzengelassen hat. Bestimmt wollte sie uns nicht mitnehmen, weil ich zu schwierig war. Zu schwierig, um einen neuen Liebhaber damit zu belasten. Als sie den millionenschweren Frank Fox geheiratet hat, irgendwo auf den Bahamas auf einer Insel mit pinkfarbenem Sand, waren die Bilder der pompösen Feier in allen Medien.

Ich blättere die Zeitung aus dem Supermarkt durch und bleibe bei einem Artikel über Ben Adams hängen, von dem ich ein paar Teaser lese, vor allem auch, um mich von der Erinnerung abzulenken.

Am Morgen war seine Zelle leer.

Die unglaubliche Flucht von Ben Adams, dem Mann mit den tausend Gesichtern.

Wie Robin Hood: Der Mann, der nur Gutes im Sinn hatte, aber den falschen Weg wählte.

Neugierig geworden überfliege ich den Bericht und erfahre, dass Ben Adams in Italien die sechzehnjährige Tochter eines Modezaren entführt und deren Familie erpresst hat. In den USA, seiner Heimat, sei er schließlich geschnappt worden. In dem Bericht steht, er habe die Straftat nur begangen, um Geld für eine lebenswichtige Operation aufzutreiben, ein Familienmitglied sei unheilbar krank, doch es wird nicht erwähnt, welches. Er hat einen Tunnel aus seiner Zelle in eine leerstehende Nachbarzelle gegraben und sich aus einem Fenster mit marodem Gitter abgeseilt.

Für einen Moment denke ich an Rivers Slackline, aber dann schiebe ich diesen abstrusen Gedanken beiseite.

Auf der gegenüberliegenden Seite ist der Artikel über meine Mum, im Gespräch mit Samuel von den Demons'n'Saints. Offenbar sollte die Band auf ihrer Vernissage *Die Macht der Masken* spielen, und sofort frage ich mich, ob Arizona das wusste. Ich überfliege ein paar Zwischenüberschriften und bleibe bei einer hängen:

Samuel über Asher: »*Er schlief ein Jahr auf dem Grab seiner Freundin.*«

Unwillkürlich empfinde ich Mitleid und denke an mich selbst, als ich ein knappes Jahr auf dem Küchentisch geschlafen habe. Ich frage mich, ob die Verkleidung der Demons'n'Saints vielleicht ein Teil seiner Trauer ist, aber das kann nicht sein, denn immerhin besteht die Band aus mehreren Musikern und wer weiß, wie lange das zurückliegt.

Ich überfliege den Artikel ebenfalls. Laut dem Verfasser, der offenbar ein Gegner der Band ist, verhält sich der Leadsänger rücksichtslos und arrogant; der Erfolg der Band mit dem Aschenputtelsyndrom resultiere nur aus der Geheimniskrämerei um ihre Persönlichkeit, ein Phänomen, das gerade in der Zeit von Social Media für Aufsehen sorge. Mehr noch als hundert tägliche Posts mit freiem Oberkörper und Sixpack würde sich gerade der totale Rückzug von allen anderen Stars und Sternchen abheben.

Eigentlich ist es klar, dass Mum gerade die Demons'n'Saints engagiert hat. Die Macht der Masken!

Der vollkommene Entzug jeglicher Informationen macht den Reiz aus. Aber wissen wir tatsächlich so wenig? Schon Oscar Wilde sagte: ›*Eine Maske erzählt uns mehr als ein Gesicht.*‹

. . .

Nachdenklich zupfe ich an meinen blonden Locken und frage mich, welche Maske ich mir aufgesetzt habe. Die des Schweigens?

Ich schreibe meinem Dad das obligatorische *Es geht mir gut*, danach schaltet sich mein Handy aus, weil der Akku leer ist. Ich lege mich wieder hin und starre an die Decke. So viele Dinge füllen meinen Kopf. Ohne Worte habe ich das Gefühl, auseinanderzubersten. Aber ich kann diese Maske nicht einfach so herunterreißen. Ich habe keine Ahnung, wer ich dahinter bin.

* * *

Durch ein lautes Geräusch schrecke ich auf. Ich schaue neben mich, doch der Platz ist leer. River ist nicht hier. Eilig öffne ich im Halbdunkel den Reißverschluss, da hält mich eine scharfe Stimme zurück.

»Komm nicht raus!«

Sie kommt aus keiner der Himmelsrichtungen, sondern irgendwie von oben.

Von einer Slack!

Ich lausche, doch außer dem Zirpen der Grillen höre ich nichts. Da ich nicht »Wieso nicht?« fragen kann, warte ich eine Weile, um River wofür auch immer Zeit zu geben, bevor ich durch die klammen Zeltplanen nach draußen spähe.

Das Erste, was ich sehe, sind die schwarzen Vögel, die im mondbeschienenen Gras liegen. Finstere Origamikraniche, die aussehen, als wären sie vom Himmel gefallen. Vorsichtig klettere ich aus dem Zelt und schaue mich um. Sie sind überall. Überall auf der Wiese, die von dem Wald eingefasst wird wie ein schwarzer Rahmen. Vielleicht fünfzig Stück, vielleicht hundert.

Etwas an diesem Anblick lässt mein Herz schneller schlagen.

»Du solltest nicht rauskommen!«

Ich blicke hinauf und entdecke River zwischen zwei Bäumen auf einer Slackline sitzen. Er mustert mich, aber sein Gesicht liegt im Schatten der Nacht, hinter ihm strahlt der Mond wie ein silberglänzender Rohdiamant. Ich hole tief Luft. Die Line ist hoch. Viel höher als die, die er bisher für mich gespannt hat, sicher sechs Meter über der Erde, oder mehr. Und River ist nicht gesichert.

Natürlich nicht.

Er könnte sich das Genick brechen!

Panisch laufe ich zur Line und trete aus Versehen auf einen Kranich. Ohne zu überlegen, hebe ich ihn auf. Er ist nicht aus

Zeitungspapier wie der Erste, sondern aus einem feinen Material, tröstend und zart, aber immer noch unheimlich, was aber nicht an dem kleinen Papiervogel liegt, eher an der Summe aller Vögel.

Vorsichtig stecke ich ihn in die Hemdtasche des armeegrünen Shirts, das irgendwie zu meinem Nachthemd geworden ist.

Eine Gänsehaut überzieht meine nackten Beine und erst jetzt registriere ich die kalte Nachtluft. Fröstelnd schlinge ich die Arme um mich und gehe weiter. Er muss echt verrückt sein. Wieso braucht er ständig irgendeinen Kick?

»Geh zurück ins Zelt, Tucks. Du kannst mir nicht helfen, das kann niemand.« Er klingt verloren, so wie das allererste Mal auf dem Gleis.

Ich schüttele den Kopf. Diesmal tue ich nicht, was er sagt, sondern laufe unterhalb der Line entlang, hin zu dem Baum, von dem aus er sie gespannt hat. Eine uralte Buche mit vielen kräftigen Ästen, von denen ich jetzt einen der unteren greife, um mich hinaufzuziehen.

»Geh. Zurück!«

Sein finsterer Tonfall lässt mich innehalten und zwischen den Stämmen schaue ich hinauf. Seine Miene wirkt so düster wie an dem Tag, als er James fast vors Auto gelaufen ist. In einer Hand hält er eine Flasche, die verdächtig nach Jack Daniel's aussieht, in der anderen die Zigarette.

»Du hast im Schlaf geschrien, Tucks«, sagt er dann urplötzlich und wieder schwingt eine seltsame Traurigkeit in seinen Worten mit. Ohne den Blick von mir zu nehmen, zieht er an der Kippe. »Und geredet.«

KAPITEL ELF

Ich muss mich an dem Ast festklammern, weil meine Knie weich werden. Das ist nicht wahr! Ich spreche nie im Schlaf! Das hätten mir Arizona und James erzählt. Oder haben sie es nicht gehört?
River sieht durch die lichten Äste auf mich herab. »Du kannst es also. Diese Frage hätte ich geklärt.«
Er sagt es, als wäre ich sein Projekt. Aber: Wenn ich im Schlaf sprechen kann, weiß mein Körper noch, wie es funktioniert. Vielleicht ist der Graben nicht so unüberwindbar, wie ich dachte. Vielleicht bin ich sogar durch meinen eigenen Schrei aufgewacht? Und – vielleicht mache ich das ja auch erst, seit ich River getroffen habe!
Er richtet sich auf und steht vollkommen reglos auf der Slack. »Ich habe in den letzten Nächten einiges über Mutismus gelesen.«
Ich bin immer noch völlig perplex. Das sind zu viele Infos in zu kurzer Zeit, doch er redet schon weiter, noch ehe ich etwas begriffen habe: »Du bist stumm, aber du kannst sprechen. Da ist nur eine Schranke in dir, die du überwinden musst. Das ist wie mit einer Spinnenphobie. Menschen, die das haben, fürchten sich nicht vor der Spinne. Es ist eine übertragene Angst. Du fürchtest dich nicht wirklich vor dem Sprechen.«
Das stimmt und es stimmt nicht.
»Geh zurück ins Zelt oder komm zu mir, wenn du dich traust. Eine Leash hätte ich hier.«
Ich schaue nach oben. Das ist viel zu hoch. *Komm runter*, will ich rufen. Zum ersten Mal kommt mir in den Sinn, dass er es ernster

meinen könnte als ich auf dem Old Sheriff. Dass er viel dringender Hilfe braucht. Nur deswegen laufe ich zu dem Rucksack, der zwischen der Kranich-Schar auf der Wiese liegt, und angele mir einen Klettergurt.

Wieder sehe ich zu ihm. Jetzt lächelt er. »Du willst also wirklich für unseren großen Auftritt am Ende des Sommers proben? Nur du und ich und unsere Verabredung mit dem Himmel?«

Ich nicke, weiß aber nicht, ob er es sieht. Schnell schlüpfe ich in den Gurt und gehe zu dem Baum zurück. Auf Zehenspitzen greife ich nach einem dickeren Ast.

Als Kinder sind wir früher öfter auf Bäume von Grannys Grundstück geklettert. James, Ari und ich. Aber ich habe mich nie so weit nach oben getraut wie meine Geschwister. Immer bin ich in Mums Nähe geblieben.

»Weißt du, du hast so tief geschlafen. Und ich habe viel über dich erfahren. Schlimme Dinge, Baby.«

Das rauchige *Baby* jagt einen heißkalten Schauer aus Angst und Freude über meine Haut, ganz gleich, was er gesagt hat. Noch nie hat mich jemand so genannt und noch nie hat es sich aus irgendeinem Mund so sexy und zugleich so zärtlich angehört.

Ich ziehe mich in einer Art Klimmzug nach oben und kreuze die Beine über dem Ast. Jetzt hänge ich wie ein Äffchen im Baum. Meine Hände schwitzen, das Handana rutscht und die Wunden darunter brennen, weil sie durch das Sicherheitstraining im Canyon strapaziert wurden. Mit aller Kraft winde ich mich in einer schraubenartigen Bewegung herum, sodass ich wie eine Schiffbrüchige auf dem Ast liege.

»Du arbeitest dich nach oben, Tucks. Wie alt warst du, als deine Mum gegangen ist?«

Mein Atem stockt. Woher weiß er das?

»Punkt vier deiner Liste: Mum fragen, wieso.«

Mit wackeligen Beinen stehe ich auf und gehe vorsichtig auf dem Ast vorwärts, um River sehen zu können. Er ist breit genug und ich halte mich an einem anderen fest wie an einem Geländer.

»Dass du sie fragen kannst, bedeutet, sie lebt. Du wolltest unbedingt diese Zeitung und beim Blättern habe ich Meredith Fox entdeckt.«

Er hat sich die Zeitung angeschaut? Das habe ich gar nicht mitbekommen. Aber er schläft ja auch so gut wie nie.

»Wenn sie keine Doppelgängerin von dir ist, muss sie deine Mum sein.«

Ich bin nicht mehr so weit unter ihm. Seine hellblonde Strähne leuchtet in der Dunkelheit, seine Augen sind zwei glimmende Funken, schwärzer und doch heller als die Nacht.

Und immer noch wirkt er düster, als läge eine Glocke aus Schwärze über ihm. Wie schon in den Badlands habe ich urplötzlich Angst, er würde sich einfach fallen lassen. Jetzt gleich. Er könnte sterben. Er würde ganz sicher sterben!

Mein Puls zuckt an der Kehle. Ganz vorsichtig, als könnte eine schnelle Bewegung von mir seinen Sprung auslösen, ziehe ich den schwarzen Kranich aus der Hemdtasche und halte ihn River auf der flachen Hand entgegen.

Für dich. Zum Fliegenlassen.

Er schüttelt den Kopf, als hätte er mich verstanden. »Komm hoch und wirf ihn von der Slack. Ich habe heute schon für zwei Leben Origami gefaltet und f-l-i-e-g-e-n gelassen.«

Da ist es wieder, das Buchstabieren. Immer nur dieses eine Wort, als könnte er es nicht aussprechen.

Ich stecke den Kranich wieder ein und klettere bis zu dem Tree-Buddy, um den die Line gespannt ist. Wind fährt durch die Zweige und lässt die Blätter rauschen. Meine Hände zittern.

»Und jetzt komm!«, ruft River mir zu und wirkt auf einmal viel weniger schwermütig.

Ungeschickt gehe ich auf dem Ast in die Hocke. Er hat das lose Ende der Leash an die Slack gebunden und ich löse den Knoten und binde den ersten Achter. Danach fädele ich die Leash durch meinen Gurt und setze den zweiten Knoten parallel zum ersten, wie River es mir gezeigt hat.

Doch trotz der Sicherungsleine zittern meine Knie, als ich den Fuß auf die Line setze. Es ist so hoch. Irre hoch. Viel zu hoch.

Mit wackeligen Beinen stelle ich den zweiten Fuß auf die Slack und halte mich an einem Ast über meinem Kopf fest.

Oh Gott, ich schaff das nicht. Aber ich will zu River, er wirkt so verändert und ich muss ihm zeigen, dass ich auch ohne Worte für ihn da sein kann.

»Gut ... und jetzt ... lass dich los.«

Ich lasse los, stehe freihändig auf der Line, kann aber notfalls sofort den Ast packen.

»Hey, Tucks.« River steht mit ausgebreiteten Armen da, in der einen Hand hält er immer noch die Flasche, als wäre er mit ihr verwachsen, in der anderen die Kippe.»Es ist schwieriger, wenn zwei Leute eine Line benutzen. Sei vorsichtig.«

Zögernd setze ich einen Schritt nach vorn. Die Line ist straffer als alle anderen, die ich gelaufen bin, sie fühlt sich anders an. Vielleicht liegt das aber auch an der Höhe, denn selbst wenn sie sechs Meter über dem Boden schwebt, schaue ich von etwa sieben Meter dreiundsechzig nach unten. Das ist doppelt so hoch wie der Blick aus meinem Zimmer.

Angespannt sehe ich zu River, der jeden meiner Schritte überwacht.

»Wenn ich etwas esse, dann am liebsten Bratreis mit Huhn und Tiefkühlerbsen. Das ich wichtig, Kentucky. Die Erbsen. Merk es dir. Sie sollten unbedingt aus der Tiefkühltruhe sein.«

Wie bitte? Ich kichere lautlos.

Er nickt mir zu. *Komm!* »Ich habe meine Eltern seit fast fünf Jahren nicht mehr gesehen. Mein Bruder hasst mich, ich hasse meinen Bruder.« Ich sehe ihn schlucken. Von einer Sekunde auf die andere wirkt er wieder verwandelt. »Es ist nicht so, dass ich das bedauere, Tucks. Ich hatte nie eine echte Familie. Keine Ahnung, was es überhaupt war.« Er ist auf mich zugelaufen und hat die Kippe nach unten geschnipst. Jetzt wirft er die Flasche hinterher und streckt mir die Arme entgegen.»Atme. Keine Angst, nur Respekt. Nur laufen, nicht denken.«

Meine Knie zittern und ich spüre den Wind unter meinen Armen und um mich herum. Ich setze den rechten Fuß vor den linken. Die Line senkt sich ein Stück hinab. Ich habe das Gefühl, sie biegt sich bis zum Boden.

River bleibt locker.»Das ist gut. Noch ein paar Schritte.«

Ich bleibe stehen, schüttele den Kopf. Noch kann ich zurück. Plötzlich habe ich eine Heidenangst. Was, wenn der Gurt reißt?

Ich kann nicht.

»Ich erzähl dir was, Tucks. Komm ...«

Ich atme die klare Luft in die Lungen. River braucht mich, das spüre ich, also mache ich den nächsten Schritt.

»Ich mache von vielem zu viel und von einigem zu wenig. Ich rauche, ich trinke, ich schlafe nicht. Ich esse nur unregelmäßig ... ich liebe Gegensätze. Traumwirklichkeit. Schwarzlicht. Schaurig-schön. Eingefleischte Vegetarier. Das ist wahre Poesie ... das einzig Geheimnisvolle ... Gegensätze, Baby, yeah!« Er streckt mir die Hand entgegen und ich mache einen weiteren Schritt in seine Richtung, doch er geht rückwärts, sodass ich ihn nicht erreiche.

»Ich bin der Typ, vor dem dich dein Dad warnen sollte. Der Bad Ass der Nation. Ich habe in über dreißig verschiedenen Staaten gelebt, in über dreißig Häusern gewohnt, viele davon waren Abrissbuden. Komm!«

Ich bin wie hypnotisiert von ihm, setze einen Fuß vor den anderen. Endlich erzählt er etwas von sich.

»Mein Leben ist durchdrungen von dem Butterfly-Effekt, ein kleiner Fehler, der den Sturm in der Wüste auslöste, Baby ...«

Baby. Ein wildes Flattern fegt durch mein Herz, wirbelt Gefühle durcheinander wie Herbstblätter. Mein Mund kribbelt von all den Dingen, die ich ihn fragen will.

Wer bist du? Was ist dir passiert? Du nennst den Ort, von dem du kommst, die Hölle, wieso? Warum musst du mich retten?

Ohne es gemerkt zu haben, stehe ich auf einmal ganz dicht vor ihm, mitten auf der Line.

»Du bist blass wie ein Gespenst. Das hier macht dir Angst.«

Ich nicke so langsam, als könnte mich die Bewegung aus dem Gleichgewicht bringen.

»Das ist normal. Diese Höhe ist anders, selbst mit Gurt. Höhenschwindel ist ein natürliches Phänomen. Man hat den Eindruck, der Körper macht nicht mehr das, was man will. Das kann zu Panik führen, aber Höhenschwindel ist trainierbar.«

Machen wir das deswegen? Damit ich später mit ihm auf die Highline kann?

Er mustert mich nachdenklich und sein Blick bleibt irgendwo auf Hüfthöhe an mir hängen.

Ich habe auf einmal noch viel stärkeres Herzklopfen. Bei jedem Atemzug spüre ich das Wanken der Slack. Alles an mir zittert, gleich falle ich runter und ... oh Gott, vielleicht fällt River dann auch.

»Hey«, sagt er leise. »Ich bin hier. Das, was ich dir jetzt sage, ist wichtig. Ich möchte, dass du ruhig bleibst und keine hektischen Bewegungen machst. Versprochen?«

Ich nicke, mein Gesicht ist wie eingefroren.

»Du hast die Leash falsch eingebunden. Das ist kein doppelter Achter.«

Meine Knie geben beinahe nach.

»Aber du bist nicht in Gefahr, wenn du mit mir hier oben bist. Niemals. Ich kann uns beide halten, dich und mich, und ich kann uns beide auffangen, wenn wir fallen«, flüstert er und ich spüre seinen warmen Atem in der kühlen Nachtluft, so nah ist er mir. Ich habe nur leider keine Ahnung, ob das, was er mir sagt, die Wahrheit ist. Womöglich will er mich nur beruhigen.

Durch einen blöden Impuls schaue ich zum Boden. Er verschwimmt in der Dunkelheit, sieht endlos weit entfernt aus.

»Sieh mich an«, sagt River leise und umfasst den Knoten. »Nur mich. Und wenn möglich: Beweg dich nicht.«

Oh mein Gott!

Ich tue, was er sagt. Mein Blick gleitet über seinen Mund mit dem neckenden, selbstbewussten Schwung, über die gerade Nase hin zu seinen glitzernden Augen.

Und plötzlich sehe ich nur noch sie. Sie sind so klar, dass es wehtut, hineinzusehen, und für ein paar Atemzüge kommt es mir vor, als sähe ich darin die unendliche Tiefe des Himmels, hundert fliegende Kraniche bei Nacht.

»Gut«, murmelt er. »Das ist gut.« Er ist so nah, dass ich nicht atmen kann, er ist so nah, dass ich gleich springe. Er sieht mich an, aber seine Hände machen etwas mit dem Seil, okay, er kann ja auch blind Origami falten.

»Atme in den Bauch.« River unterbricht den Blickkontakt nicht.

Ich höre nicht auf zu zittern. Vielleicht liegt es ja auch an der kalten Luft oder an River – und nicht an der Tatsache, dass ich für ein paar Sekunden absolut ungesichert hier oben stehe.

Immer noch sieht er mir fest in die Augen. »Wir machen jetzt etwas, damit du die Höhe vergisst. Aber du musst ganz still stehen bleiben.« Er beugt sich dicht zu mir herab. Mondlicht taucht ihn in unwirkliches Licht.

Oh mein Gott! Er hat diesen Blick. *Einundzwanzig, zweiundzwanzig, dreiundzwanzig.*

»Nur wegen der Höhe, okay, damit du keine Angst mehr hast.« Er ist so nah, dass ich das Vibrieren seiner Stimme fühle.

Ich verkrampfe mich, mein ganzer Körper bebt, die Line summt unter meinen Füßen wie ein Gleis unter den Rädern eines Zugs.

»Keine Angst, Tucks«, flüstert er sanft. »Nicht davor. Niemals davor. Verstanden?«

Ich nicke. Und dann küsst er mich. Ich spüre seine Lippen auf meinen, die ich angespannt zusammenpresse. Ich kann nicht atmen. Er riecht nach Tabak, Jack Daniel's und River McFarley. Rauchig, warm und herb. Tröstend. Beschützend.

Lass einfach los!
Ganz vorsichtig öffne ich den Mund. Aber ich bin stocksteif. Ich spüre seine Zunge, die in mich drängt. Weich und sanft. Sie stößt gegen meine, die unbenutzt wie ein Fremdkörper herumliegt. *Du küsst wie ein toter Fisch!* Ich sterbe. Ich sterbe vor Scham.

River weicht zurück und zieht meinen Kopf hoch, sodass ich ihn ansehen muss. Am liebsten würde ich mich von der Line stürzen. Ich will den Kopf wegdrehen, aber er hält mich fest.

»Ich habe dich gesichert. Trotzdem dürfen wir uns hier oben nicht ruckartig bewegen. Willst du es noch mal versuchen oder ist das mit der Höhe schon okay?«

Am liebsten würde ich weinen, weil er meine Unfähigkeit wie immer übergeht. Weil er mich niemals beleidigt oder beschimpft, weil er so unglaublich, unfassbar verständnisvoll ist.

Mit dem Zeigefinger streicht er von meiner Schläfe bis zum Kinn und ich erinnere mich an keine Berührung, die je schöner war als diese.

»Ich glaube, du hast immer noch Angst. Wie soll das denn erst auf der Highline mit dir werden?« Er lacht leise, dunkel und wunderbar rauchig und zwinkert mir zu. Offenbar ist es ihm völlig egal, ob ich küssen kann oder nicht, so wie es ihm egal ist, ob ich spreche. *Er hat eine Obsession für Bizarres.*

Ohne den Blick von mir zu nehmen, beugt er sich erneut zu mir herab. Meine Beine sind so zittrig, dass ich mich frage, wie ich es schaffe, gerade stehen zu bleiben. Seine Lippen schweben über meinen, ohne sie zu berühren, und wieder habe ich das Gefühl zu sterben. Vor Angst. Wegen der Sanftheit der Berührung. Der gefährlichen Sehnsucht.

Er legt die Arme um mich, was die Line ganz zart vibrieren lässt. Geduldig hält er inne, wartet, bis sie sich wieder beruhigt hat.

»Du kannst nichts falsch machen. Es geht wie von selbst, wenn du es zulässt«, murmelt er über mir und dann küsst er mich richtig. Er küsst mich im Mondlicht.

Und mein Körper, alles an mir, reagiert diesmal wie von alleine, während mein Kopf mir noch sagt, was ich nicht richtig machen könnte, und ich Chester aus meinen Gedanken schiebe. Ich küsse River, ich schmecke ihn, seinen warmen, rauen Geschmack nach Whisky und Kräutern, und in die Stille meiner Welt malt sich eine tiefe Melodie. Küssen ist wie Reden, nur ohne dass ich Worte brauche. Wie Lachen und Weinen in einem Raum inmitten meiner Seele.

Heißkalte Schauer rieseln über meinen Rücken, in den Bauch und überall hin. Nie hat sich irgendetwas in meinem Leben so angefühlt, niemals. Hierfür brauche ich keine Worte. Nicht ein einziges.

River weicht viel zu schnell zurück. »Und, wird es besser?«, flüstert er rau. Ich fühle seinen Atem auf meinem Gesicht und nicke. Er ist mir so nah. Sehnsucht klopft in meinem Herzen. Ich will noch einmal von ihm geküsst werden. Genau hier oben, wo ich keine Angst haben muss, dass mehr passieren kann.

Und als hätte er das gespürt, küsst er mich wieder und ich sinke und schwebe zur selben Zeit. Seine Arme schlingen sich fester um mich und der Kuss wird tiefer, füllt sich mit Gefühlen, die ich nicht einordnen kann. Vielleicht liegt darin alles, was River ist. Sturm und Ruhe. Tiefe. Höhe. Freier Fall. Gefahr. Behutsamkeit. Glück und Schwermut. Fünfzig Bundesstaaten. *Baby* und sein rauchiges *Hey*.

Mondlichtküsse.

Ich will nie wieder damit aufhören. Ich will die Hände heben, meine Finger in seine Haare graben, aber ich habe Angst, mich zu rühren, dafür hält River mich noch fester. Als könnte ich fallen oder verschwinden.

Und plötzlich ist da noch etwas anderes in unserem Kuss. Etwas, das da nicht hingehört, etwas, das mich verkrampfen lässt, aber ich weiß nicht, was es ist. Es ist stark, zu intensiv.

Die Slack fängt an zu schwanken. River weicht zurück und balanciert sich mit den Armen aus, doch das bringt die Slackline noch mehr zum Pendeln. Unkontrolliert reiße ich die Arme nach oben.

»Kopfüber, Kansas!«, schreit River und durch das Training weiß ich, was er meint. Stürzt man kopfüber von der Line, verheddert man sich nicht in der Leash. Aber ich kann nicht freiwillig mit dem Kopf voran herunterspringen, instinktiv mache ich Ausgleichsbewegungen, während ich schon merke, dass ich mich nicht oben halten kann.

Schnell lässt River sich sinken, sodass er rittlings auf der Slack sitzt.

»Catchen, halt die Line fest!«, brüllt er, aber da werde ich bereits durch die Nacht katapultiert und tausend Schreckensgedanken schießen durch meinen Kopf:

Was, wenn der Knoten nachgibt? Was, wenn der Gurt reißt ... weiter komme ich nicht, als würden meine Gedanken durch den harten Ruck am Seil abgetrennt. Hilflos baumele ich eine Körperlänge unter der Slackline und wippe dabei auf und ab. Für einen Augenblick hänge ich völlig umnebelt in dem Sicherheitsgurt.

Die Knoten haben gehalten. Alles ist gut. Trotzdem pocht mein Herz bis in die Kehlgrube. All die Magie ist mit dem Sprung nach unten gestürzt.

Doch am Ende war es nicht nur Magie. Da war ein Gefühl, das mir Angst gemacht hat, etwas, das nicht gepasst hat.

War es Zorn? Verzweiflung?

Mit zitternden Fingern greife ich nach der Leash.

River mustert mich aus zusammengekniffenen Augen und zündet sich eine Zigarette an. »Wenn ich unfair wäre, würde ich dich hier heute Nacht hängen lassen«, sagt er und inhaliert den Rauch tief in die Lungen. »Damit du darüber nachdenkst, wie du das nächste Mal fällst.«

Die Line ist immer noch in Bewegung und ich schaukele in der Nacht. Immer noch habe ich ein bisschen Angst, dass der Knoten aufgeht, außerdem tut mein Ellbogen weh.

River sitzt mittlerweile auf dem Band wie auf einer Schaukel und sieht in die Ferne. Er wirkt völlig abwesend.

Unsicher wickele ich ein Bein um die Sicherungsleine, so wie River es mir gezeigt hat, dann ziehe ich mich nach oben und stemme mich mit dem anderen Bein in die Leash. Doch ich habe zu wenig Kraft und sinke nach unten. Allein komme ich nicht hoch.

River schaut immer noch über den dunklen Wald, als wäre er Millionen Meilen weit entfernt. Ergeben lasse ich mich hängen und ruhe mich für einen Moment aus. Stille umgibt uns. Selbst die Grillen zirpen nicht mehr. Womöglich bereut er den Kuss, während ich seine Lippen noch auf meinen schmecke und mir wünsche, er hätte es die ganze Nacht getan. Nicht wie beim zweiten Mal, sondern wie beim ersten. Sanft. Zart. Fragend.

Als ich das nächste Mal versuche, mich an der Sicherungsleine hochzuziehen, greift er meinen Arm und hilft mir hinauf.

Zusammen sitzen wir auf der Slackline und sehen in die Nacht. Die Stimmung ist seltsam.

»Hey!« River nimmt meine Hand, die ich schon wieder zusammenpresse. »Eine Faust verschwindet, wenn du sie aufmachst. Das solltest du öfter. Loslassen. Fallen ... Ich weiß nicht, warum du schweigst, Kansas, aber es scheint dir einfacher vorzukommen, dich aus dem Leben herauszuhalten, als ihm deine Stimme zu geben.«

Ich schaue ihn an und er blickt ernst und sorgenvoll zurück. Der Mond leuchtet. Liegt hinter meinem Schweigen mittlerweile viel mehr als Schüchternheit und Sprechangst?

»Vielleicht schweigst du ja auch, weil du dem Leben nichts mehr zu sagen hast.«

Ich fasse in die Tasche des Hemdes, wie durch ein Wunder ist der Kranich bei meinem Sturz nicht herausgefallen. Ich halte ihn River hin.

»Ich werfe regelmäßig Jacky und Zigarettenstummel hinunter«, sagt er grinsend.

Ich schaue Richtung Boden. Ich möchte nicht mehr springen, es gibt keinen Grund mehr, den Kranich fallen zu lassen, aber ich tue es dennoch und die Nacht verschluckt ihn ohne einen Laut.

* * *

Etwas später baut River die Slack ab, was durch die vielen Knoten und das lange Band unheimlich kompliziert aussieht. Ich muss die ganze Zeit an seine Worte über mein Schweigen denken. Verweigere ich mich dem Leben und den Menschen, weil nichts davon verlässlich ist? Weil ich lieber allein bleibe und mich so niemand verlassen kann?

Mein Blick tastet sich zu River, der den Rucksack im Kofferraum des Porsches verstaut. Unwillkürlich berühre ich meine Lippen.

Tiefkühlerbsen, denke ich mit einem Lächeln. Bratreis mit Huhn und Tiefkühlerbsen.

Gerade als River den Kofferraum zuschlägt, blitzen Autoscheinwerfer in der Ferne auf. Ein Wagen ist vom Highway in den Waldweg eingebogen und nähert sich rasch. Möglicherweise sind es Ranger, die uns ermahnen wollen, denn natürlich ist es verboten, in der Wildnis zu zelten.

Ich greife nach Rivers Handy, das er mir zur Verfügung gestellt hat, solange mein Akku leer ist, doch da sehe ich seine geweiteten Augen.

»Sie haben mich gefunden«, flüstert er und sein Gesicht verliert in Sekundenschnelle an Farbe. »Wir müssen sofort weg. Ins Auto, schnell!«

Wer hat dich gefunden?, fange ich an zu tippen, aber River schreit ein: »Nicht jetzt! Komm!« Er springt fast in den Porsche, den er am Rand des Forstwegs geparkt hat, und startet den Motor.

Ich renne zum Zelt und krieche ins Innere, um mein Handy zu holen.

»Verflucht, Kans!«, brüllt River. Dann schreit er: »Nimm den Schlafsack mit!«

Das klingt, als müssten wir woanders übernachten. Wo ist die Tasche? Ich finde sie auf die Schnelle nicht. In Windeseile stopfe ich alles, was offen herumliegt, in meinen Beutel: T-Shirts, zwei Pullis, die beiden Zeitungen, am Schluss noch unsere Handys. Den Schlafsack und das, was nicht mehr hineinpasst, klemme ich mir unter den Arm, bevor ich die Flip-Flops anziehe und durch die Zeltplane schlupfe. Zum Glück habe ich mir vorhin noch eine Jeans übergestreift!

Nervös blicke ich Richtung Highway. Die Scheinwerfer des fremden Wagens zerteilen die Dunkelheit wie zwei Klingen. Für einen schrecklichen Moment fürchte ich, dass es Anhänger von Al Ripani sind, die gleich mit ihren Kalaschnikows auf den Kronzeugen Taylor Harden schießen, doch das ist Quatsch! Wäre River Taylor Harden, wäre er nicht mit nur seiner Sonnenbrille als Tarnung in den Supermarkt spaziert. Immerhin gibt es dort bestimmt Überwachungskameras.

Mit dem ganzen Zeug in den Händen klettere ich über die Tür ins Auto, bleibe mit einem Fuß hängen, aber River gibt schon Gas. Ich knie auf dem Sitz, ziehe mühsam mein Bein in den Nobelwagen und schnalle mich an.

Mit röhrendem Motor schießt der Porsche über den holprigen Forstweg. Ängstlich drehe ich mich um. Die Scheinwerfer kommen rasant näher und die Situation erinnert mich an die mit dem Camaro.

Nicht so schnell!, flehe ich innerlich, aber River scheint voll aufs Gaspedal zu treten und schaltet nicht einmal das Licht an. Durch den unebenen Weg werde ich so durchgeschüttelt, als hielte ich einen Presslufthammer in den Händen. Instinktiv kralle ich mich an dem Haltegriff fest und verstaue mit der anderen Hand den Beutel und den übrigen Kram im Fußraum. Immer tiefer brettert River in den Wald. Tiefhängende Äste sausen über unsere Köpfe hinweg, einer streift mein Haar, als wollte er mich skalpieren.

River! Ich schreie still, aber er ist wie besessen. Hoffentlich fährt er keinen Bären über den Haufen. Denn die Vorstellung, von einem Grizzly gestoppt zu werden, finde ich überhaupt nicht komisch, auch wenn sie bizarr ist.

Wieder drehe ich mich um. Das Licht des anderen Wagens taucht hinter einer Kurve auf.

Sie verfolgen uns immer noch. Vielleicht sind es doch Ranger, die nur sicherstellen wollen, dass wir keine Wilderer sind. Aber was, wenn nicht?

Wer sucht River so dringend, dass er ihm bis nach Idaho folgt? Und vor allem: Wie haben sie ihn gefunden? Haben diejenigen sein Handy geortet? Oder folgen sie sogar mir? Ist es Chester? Mein Dad? Flüchtig schaue ich wieder zu River. Er knurrt etwas vor sich hin, doch seine Worte werden von dem Röhren des Motors verschluckt. Das geht nicht gut. Diesmal nicht. Es ist dunkel, der Weg ist eine Schlagloch-Partie und der Porsche kein Jeep.

Irgendwann biegt River um eine enge Kurve, viel zu rasant für die schlechte Sicht. Eine Tanne wächst vor uns empor. River flucht, kann nicht rechtzeitig bremsen und weicht aus. Krachend durchbricht der Wagen die Büsche. Zweige peitschen über die Frontscheibe, kratzen über mein Gesicht. Ich werde durchgerüttelt, der Porsche schießt vorwärts. Noch ehe ich begreife, was geschieht, sausen wir auf einen Abgrund zu.

»Verdammte Scheiße!«, höre ich River brüllen, dann läuft alles wahnsinnig schnell und trotzdem wie in Zeitlupe ab. Der Porsche rauscht eine Böschung hinunter und kippt am Ende in einem spitzen Winkel. Mir entweicht ein lautes »H!«, mehr nicht, während River erneut einen wilden Fluch durch die Nacht schleudert. Ein Druck hämmert in meinen Schläfen. Irgendwo in meinem Hinterkopf bekomme ich mit, dass wir Glück im Unglück haben. Die Böschung ist nicht ganz so steil, wie sie aussah, und auch nicht so hoch. Der Porsche segelt einen panikerfüllten Atemzug durch die Luft, mein Magen fährt Achterbahn, bevor wir mit einem lauten Platsch auf eine Wasseroberfläche aufschlagen.

Für einen Moment komme ich mir vor, als säße ich in einem Schlauchboot. Der Aufprall war nicht so katastrophal wie befürchtet, nicht einmal die Airbags haben sich geöffnet. Der Wagen schwimmt.

Während ich noch völlig schockiert dasitze, springt River schon über die geschlossene Tür.

»Boah – das ist arschkalt.« Mit keinem Wort erwähnt er den Unfall. Unfassbar! Er watet durch das Wasser, das ihm bis zu den Oberschenkeln reicht. »Komm schon, wir müssen sofort hier weg! Sie sind dicht hinter uns!« In den Schrecksekunden des Fallens habe ich die Verfolger komplett vergessen.

Auf einmal hält er inne. »Bist du verletzt?«

Ich schüttele konfus den Kopf. Nein, mir geht's gut. Ich begreife nur nicht, was mit mir und meinem Leben geschieht. Wer River ist und wieso wir weglaufen müssen – ansonsten geht es mir gut, alles bestens! Ich klettere über die Autotür, die wegen des Wasserdrucks sowieso nicht aufgehen würde, während River sich bereits am Kofferraum zu schaffen macht.

Als ich fast bis zur Hüfte im Wasser stehe, schlagen meine Zähne aufeinander, so kalt ist der See. Ich hasse es, wenn ich unkontrolliert Geräusche von mir gebe, aber River bemerkt es offenbar gar nicht, außerdem habe ich schon vor ihm getrunken.

Gerade schultert er den Rucksack. »Wirf den Schlafsack rüber. Los, beeil dich!«

Ich angele halb über der Tür liegend das ganze Zeug aus dem Fußraum und werfe ihm den Schlafsack zu.

»Zum Glück haben wir die Slackausrüstung und ein paar Klamotten. Und sogar was zu essen!« Er grinst, dann wendet er sich ab und läuft ans Ufer, den Rücken geduckt, als müsste er durch eine niedrige Tür gehen.

Ich verstaue noch zwei Langarmshirts von River in dem Beutel, und auch meine Fledermausbluse, bevor ich hinter ihm zum Ufer wate. Kurz davor drehe ich mich nochmals zum Wagen um, der langsam vor sich hinschaukelt wie eine Ente in der Badewanne. Der s-förmige Kratzer ist schon halb unter Wasser, bestimmt ist der Wagen binnen weniger Minuten vollgelaufen.

Ich denke an Chester und gestatte mir ein triumphierendes Lächeln, dann renne ich River hinterher, wobei meine Flip-Flops schmatzende Geräusche auf dem schmalen Kieselstreifen machen.

Eilig angele ich sein Handy aus dem Beutel. *Wer verfolgt dich?*, tippe ich, während ich zu ihm aufschließe.

»Nicht jetzt!«, zischt er kaum hörbar, als er die Worte überfliegt.

Immer nicht jetzt!

»Sht!«

Ich bin leise. Ich bin nie laut.

»Glaubst du, was?«

?

»Dein Schweigen ist mal laut und mal leise«, sagt er gedämpft.

Schweigen ist der lauteste Schrei, hat James mal gesagt. Ganz am Anfang, als ich zuhause nicht mehr gesprochen habe.

Ein Motorengeräusch dringt durch das Dickicht der Bäume bis hinunter zu dem funkelnden See. Erst jetzt entdecke ich die Schönheit des Orts, das Spiegelbild des Mondes, das auf dem Wasser schwimmt wie zerlaufenes Silber. Ein paar Wellen kräuseln die Oberfläche, was bestimmt noch von unserem Aufprall kommt. Auf der anderen Seite des Sees ragen hohe Nadelbäume empor wie der Schutzwall einer Armee.

River bleibt stehen und horcht. »Sie kommen auch nicht weiter, der Forstweg endet hier«, flüstert er.

Türen werden zugeschlagen und dann ertönen Stimmen, die durcheinanderreden.

»Scheiße, Xoxo! Ging das nicht schneller? Jetzt haben wir sie verloren.«

»Ich bin gerast wie geistesgestört!«

»Sie müssen hier irgendwo sein! Wo sollen sie sonst sein, hier ist Feierabend.«

»Und das Auto?«

»Seid leise, verdammt!«

Stille.

»Verflucht, ich bringe den Kerl um, wenn ich ihn erwische!«

»Sht! Hey ... hier ... schaut mal ...«

»River?«

»Riv!«

Mehrmals tönt sein Name durch den Wald, kommt näher, als schwärmten schnatternde Gänse den Hügel hinunter auf die Böschung zu.

Dann heißt er tatsächlich River, geht mir nur durch den Kopf. Und es sind die Leute, mit denen River telefoniert hat, zumindest dieser Xoxo.

Hugs and Kisses.

Alle Stimmen sind männlich; und sie klingen besorgt. Vielleicht Freunde von ihm? Aber wieso läuft er vor ihnen davon? Ich will stehen bleiben und noch viel mehr herausfinden, doch River zieht mich am Oberarm weiter. »Ich muss dir ja nicht sagen, dass du leise sein sollst«, sagt er und es liegt Sorge, aber auch ein Necken darin. Mit seinen tiefblauen Augen, die in dem Licht schattenschwarz wirken, mustert er mich, während wir am Ufer entlanglaufen, beide mit nassen triefenden Jeans. Neben uns ist die mannshohe Bruchkante, über die wir vorhin mit dem Porsche geschlittert sind.

»Oh Shit!«, ertönt es in diesem Moment hinter uns.

»Ist jemand drin?«

Ich nehme an, sie haben den Porsche entdeckt.

»Keine Spur. Er ist weg. Das Mädchen auch. Natürlich hat er ein Mädchen. Ich habe sie gesehen.«

River legt einen Finger auf die Lippen. »Beweg dich lautlos. Kannst du schwimmen?«

Ich nicke. Ich kann schwimmen und im Leise-Sein und Verstecken würde ich die Goldmedaille gewinnen.

»Okay, gib mir deine Schuhe!« River bleibt stehen. Ich begreife nicht sofort, erst als er seine Boots auszieht und nahezu geräuschlos in den Rucksack stopft. Schließlich verstaut er auch meine Flip-Flops darin. »Zum Glück hast du kein Faible für Overknee-Stiefel«, scherzt er gedämpft. »Wir versuchen, sie am Ufer abzuhängen, aber wenn das nicht geht, schwimmen wir rüber.« Er zieht mich weiter.

»Riv, alles klar, Mann? Komm raus! Wir hatten eine Abmachung. Ein paar Tage zum Runterkommen, aber kein Mädchen.« Die Stimme wird immer zorniger. »Du bist krank.«

River läuft ungerührt weiter, watet durchs Wasser und kürzt so die Schlangenlinien des Ufers ab. Ich hechte hinterher und habe das Gefühl, die Kälte umrankt meine Beine wie eine Schlingpflanze – aber nicht nur die Kälte.

Du bist krank?!!

Er sieht mich nur an, die selbstsicheren Lippen zusammengepresst, und mir wird klar, dass er es nicht kommentieren wird. In meinem Mund bildet sich ein schaler Geschmack. *Unheilbare Krankheiten.* Das gehörte bei den Abschiedsbriefen von den Springern der Golden Gate mit dazu. Aber er wirkt gesund. Er raucht, er trinkt. Er macht, was er will.

Weil nichts mehr zählt, denke ich. Vielleicht stirbt er bald und will sich vorzeitig das Leben nehmen.

Ich bleibe ruckartig stehen und meine Augen füllen sich ungewollt mit Tränen. Tränen, die so nass und so real sind wie die Furcht in meiner Brust.

Wieder ertönen vereinzelte Rufe, sie kommen aus unterschiedlichen Richtungen, doch es ist mir egal. Weil River es immer schafft, allen davonzulaufen. Weil ich gerade eine ganz schreckliche Vorahnung habe.

Stirbst du?, tippe ich mit zittrigen Händen und halte ihm sein Handy vor das Gesicht.

Jetzt lächelt er. »Nicht vor Ende des Sommers. Außerdem sterben wir doch alle einmal.«

KAPITEL ZWÖLF

Ich balle die Faust, aber diesmal halte ich sie hoch wie eine Drohung. *Bist du unheilbar krank, Riv? Sag's mir! Du hast gesagt, es würde auf einigen Abschiedsbriefen stehen!* Ich weiß nicht, woher die plötzliche Wut in meinem Inneren kommt. Ich habe nichts von ihm zu erwarten, er hat mir nie etwas versprochen. Vielleicht bin ich auch nur wütend, weil er diese ernste Frage einfach ignoriert. Weil ich mich in ihn verliebt habe und will, dass er ewig lebt.

Jetzt mustert er mich mit einem verlorenen Gesichtsausdruck und wirkt zum ersten Mal, seit ich ihn kenne, erschöpft. Tief atmet er durch. »Nein, bin ich nicht.«

Wahrheit oder Lüge?

»Wahrheit.« Mondlicht fällt auf seine Wangen und er sieht schlagartig zerbrechlich aus, wie eine schöne Skulptur, die man mit einem Hammer ganz leicht kaputtschlagen kann.

Schwöre es! Komisch, ich war nie jemand, der auf Schwüre gepocht hat, das war früher eher das Ding von James und Arizona.

River küsst Daumen, Zeige- und Ringfinger und hebt sie in die Luft.

Fingerschwur, beharre ich, so wie Arizona es auch stets verlangt hat, wenn es um etwas Wichtiges ging. Zum Beispiel das eine Mal, als sie zu der Party von Noah wollte, was Dad verboten hatte.

Ein zärtliches Lächeln huscht über Rivers Gesicht und er reicht mir den kleinen Finger und hakt ihn um meinen. »Fingerschwur.«

Mein Herz wird leichter. Ich bin mir sicher, dass er mich nicht anlügt.

»Komm jetzt!« Diesmal nimmt er mich an der Hand, zieht mich weiter durchs Wasser zur anderen Seite, während hinter uns Schritte auf dem Kies knirschen.

»Wir wissen, dass ihr hier seid!«

»Mädchen, wer immer du bist und was dein Problem ist: Er kann es nicht für dich lösen! Am Ende verliebst du dich in ihn und er ist weg! Er hinterlässt überall nur Scherben.«

All These Glittering Pieces.

Ich stocke.

River sieht mich an. »Hör nicht auf sie, Tucks. Sie denken, ich wüsste nicht, was ich tue, aber ich weiß es.«

Ich bleibe stehen, River ebenfalls. Zum allerersten Mal kommen mir Zweifel. Sie haben gesagt, er sei krank. Womöglich hört er irgendwelche Stimmen, die ihm etwas zuflüstern.

»Ich. Weiß. Was. Ich. Tue.« Jedes Wort ein abgehackter leiser Laut in der Nacht. Er steht nur eine Handbreit vor mir, wieder spüre ich seinen Atem auf meinem Gesicht. Warm und rauchig.

Du weißt, was du tust? Auch wenn du einen Porsche über die Klippe fährst, ungesichert auf einer sechs Meter hohen Slack balancierst oder einen Fast-Crash mit einem Camper hinlegst?, denke ich. Weißt du wirklich, was du tust?

Aber ... er hat mich gerettet. Vor meinem Sprung, vor der Kensington und meinem einsamen Leben. Er sagt und tut die richtigen Dinge zur richtigen Zeit. Er hört keine Stimmen, sicher nicht. So krank kann er nicht sein. Ich muss an den Kuss auf der Line denken und spüre diesen Schauer aus Glück, Furcht und Abenteuer.

Aber ich denke auch daran, dass er von einer Highline springen will. Er braucht Hilfe, genau deswegen kann ich ihn nicht allein lassen.

Ich laufe los, schneller als zuvor. Plötzlich möchte ich nur noch weg von diesen Menschen, die so schlimme Dinge über ihn sagen. Vielleicht irren sie sich. Vielleicht hat er sich geändert und irgendwie ist es mir auch egal.

Die Rufe werden lauter.

Jetzt ziehe ich River hinter mir her. Irgendwann mündet der See in einen kleinen Fluss, der so ruhig daliegt, als gäbe es hier keine Strömung. Ich sehe mich um. Dunkelheit hängt im Wald, ein schwarzes Tuch aus Seide und Samt. Das Mondlicht fällt nur bis auf die Wipfel der Bäume, die ihre ausladenden Äste wie dunkle Arme über das Wasser strecken.

Ohne auf Rivers Zustimmung zu warten, wate ich in das Gewässer. *Wir schwimmen hier rüber,* halte ich ihm unter die Nase. Er nickt, verstaut sein Handy und meinen Beutel in seinem Rucksack und hält ihn mit beiden Händen über den Kopf.

»Hoffen wir, dass es nicht zu tief ist.«

Vorsichtig taste ich mich mit den Füßen über den glitschigen Grund und stehe nach wenigen Metern bis zu den Rippenbögen im Wasser. Die Kälte schrumpft meine Lungen zu winzigen Kieseln, macht das Atmen schwer und lässt alles an mir zittern. Am liebsten würde ich sofort kehrtmachen, aber dann laufen wir Rivers Verfolgern direkt in die Arme. Als ich den nächsten Schritt setze, finde ich keinen Halt. Ich schwimme los und das eisige Wasser verwandelt sich in eine Klaue, die mich mitsamt den nassen Klamotten nach unten zieht.

Blitzschnell fasst River meinen Arm, mit dem anderen hält er den Rucksack auf seinem Kopf fest.

Als ich klitschnass und bebend aus dem Wasser steige, sehne ich mich zum ersten Mal, seit ich von zuhause weg bin, nach meinem Bett und der warmen Decke.

Wir laufen querfeldein, nehmen einen Flussarm nach dem anderen, kämpfen uns durch Schlingpflanzen und Schilf; einmal wird der Rucksack bis zur Hälfte nass. Ich hoffe nur, dass unsere Handys nichts abbekommen haben.

»Ich glaube, das vorhin war kein See, sondern nur die breiteste Stelle des Snake Rivers«, sagt River irgendwann, als wir völlig außer Atem aus einem weiteren Flussarm klettern. Nebelfetzen hängen in dem nachtblauen Labyrinth aus Wasser und Wald. Ich nicke nur erschöpft und zitternd. Als er eine Flasche aus seinem Rucksack kramt, trinke ich, ohne weiter darüber nachzudenken.

Gerade, als er die Flasche wegpackt, kommen die Rufe aus einer ganz unvermuteten Richtung. Direkt von vorn und sie sind nah. Vielleicht zweihundert Meter entfernt.

»Shit«, entfährt es River leise. Wir sehen uns an. Dann laufen wir gleichzeitig zu dem hohen Schilfgras am Ufer und schrecken einen Schwan auf, der mit lautem Getöse aufflattert. Ich habe nicht gewusst, wie viel Krach so etwas machen kann.

»Leg dich nie mit so einem an«, flüstert River mir zu und drückt mir den Rucksack in die Hand, bevor er uns mit beiden Händen einen

Weg durch das Schilf bahnt. Ich wate hinter ihm her und biege die Rohre wieder gerade, damit die anderen nicht die Schneise entdecken. Da neben uns ein Baum ins Wasser ragt, hänge ich den Rucksack an einen Ast, sodass er über dem Wasser baumelt, aber noch vom Schilf verdeckt wird.

Geduckt kauern wir uns ins kalte Wasser. Lauschen. Die Stimmen sind mal nah und mal fern, scheinen aus jeder Richtung zu kommen. Einerseits will ich so gern mehr erfahren, andererseits fürchte ich mich davor. Es müssen gute Freunde sein, wenn sie ihn nicht im Stich lassen, denke ich noch, obwohl die Kälte mich fast benommen macht.

Ich verliere das Zeitgefühl. Meine Zähne schlagen aufeinander, irgendwann presse ich meine Hände gegen den Unterkiefer, um den Kältereflex zu stoppen. In dem Augenblick kommt jemand durch das Dickicht gelaufen. »Riv? Bist du da?«

River schaut mich so hypnotisierend an wie im Supermarkt.

Sag was, denke ich. *Erzähl mir was über River.* Und im nächsten Moment: *Lauf weiter. Sag nichts!*

»Du weißt doch, was damals passiert ist! Mach nicht denselben Fehler noch mal.«

Die Schritte entfernen sich wieder. »River?«

Mein Herz klopft so hart wie ein Schmiedeamboss in meiner Brust. Unterhalb meiner Hüften fühlt sich alles taub an. Welchen Fehler soll River nicht wiederholen? Den mit dem Mädchen? Was hat er getan?

Etwas Schlimmes.

Niemals. Nicht er.

Keine Ahnung, wie lange wir in dem Eiswasser verharren, aber als River das Zeichen gibt, dass wir wieder an Land können, will ich weinen vor Erleichterung. Ich fühle mich, als hätte mich jemand bei vollem Bewusstsein tiefgefroren. Alles an mir ist gefühllos und am Ufer geben meine Beine nach. River setzt sich neben mich und betrachtet mich besorgt. »Ruh dich erst mal aus, Tucks«, sagt er leise und streicht mir die nassen Haare zurück. Ich zittere wie Espenlaub, doch ich rappele mich auf und schüttele den Kopf. Ich will nichts mehr von den anderen hören, ich muss einfach hier weg.

* * *

Ich weiß nicht, wie lange wir in den nassen Klamotten umherirren oder wie spät es ist. Irgendwann stolpere ich über meine steifgefrorenen Füße, falle und stehe nicht wieder auf. Von oben sieht River auf mich herab. Er hat tiefe Ringe unter den Augen, das sehe ich im Mondlicht, das in einzelnen Lichtbahnen durch das Kronendach der Bäume fällt. Wortlos setzt er sich neben mich und fischt ein paar Klamotten aus dem durchnässten Rucksack. Behutsam drückt er sie mir in die Hand und ich zerre mir die nassen Sachen vom Leib, froh, sie endlich loszuwerden und mich ausruhen zu können. Zum Glück sind die Jeans und der Pulli, die er mir hingelegt hat, weitestgehend trocken geblieben.

Ich entscheide mich, den nassen BH erst auszuziehen, wenn ich den Pulli anhabe, und will hineinschlüpfen, als ich Rivers Blick sehe. Er hat sich bereits umgezogen und starrt mich aus geweiteten Augen an. Schock und Entsetzen spiegeln sich auf seinem Gesicht.

Und erst da wird mir klar, dass ich in einem Streifen des Mondlichts sitze, das genau auf meinen Oberkörper und die unzähligen blauen Flecken fällt. Nur sind sie jetzt nicht mehr blau, sondern gelbgrün.

Sofort kreuze ich die Arme vor der Brust, was natürlich nichts bringt, es ist sowieso zu spät. Er hat alles gesehen. Und natürlich weiß er, dass die Blutergüsse älter sein müssen und nicht vom Slacklinen stammen können – so übel bin ich ja auch nie gefallen.

Für einen Moment wird mir schwindelig, gleichzeitig bin ich wie erstarrt. Ich vergesse sogar, den Pullover überzustreifen, und halte ihn nur ungeschickt in der rechten Hand.

Jetzt weiß er es, weiß, dass ich schwach bin, das ewige Opfer. Das vertraute Gefühl der Scham steigt in mir auf und ich schaue weg, irgendwo in die Dunkelheit.

»Tucks«, sagt er leise und seine Stimme ist wie ein Streicheln. Ich kann ihn nicht ansehen. Ganz fest krampfe ich die Hände in den Pulli und versuche, an schöne Wörter zu denken, aber mir fällt keines ein.

»Tucks, sieh mich an, bitte.«

Schnell vergrabe ich das Gesicht hinter seinem Pullover. Meine Augen brennen so sehr. Am liebsten wäre ich unsichtbar. Keine Ahnung, wie lange ich so dasitze, aber plötzlich spüre ich eine Berührung am Oberarm, genau an der Stelle, wo das schlimmste Hämatom gerade verblasst, das, was fast schwarz gewesen ist.

Vor Überraschung lasse ich die Hände mit dem Pulli sinken und sehe River schlucken.

Behutsam streicht er über meinen Arm. Berührt jede der Verletzungen einzeln – und es sind viele, so viele, das wird mir erst jetzt klar, als er sie nacheinander mit den Fingern streift, als wollte er den Schmerz und alles, was damit zusammenhängt, mit der Sanftheit wiedergutmachen. Zuerst verkrampfe ich mich noch mehr, kralle die Finger in das nasse Handana und in den Pulli, doch dann denke ich an seine Worte:

Eine Faust verschwindet, wenn man sie aufmacht. Ich muss nicht kämpfen, nicht gegen ihn. Ganz bewusst öffne ich die linke Hand und atme tief durch.

»Niemand darf dir so etwas antun«, sagt er und ich spüre trotz der Zartheit, mit der er mich berührt, Zorn. Zorn auf denjenigen, der dafür verantwortlich ist.

»Familie?«, flüstert er.

Ich schüttele den Kopf. Meine Augen brennen immer stärker.

»Dein Freund?«

Wieder verneine ich.

»Schule? Lehrer?«

Ich nicke, schüttele den Kopf.

»Mitschüler?«

Tränen schießen in meine Augen. Zum zweiten Mal heute und zum zweiten Mal nach einer unendlich langen Zeit. Ich versuche, sie wegzublinzeln, aber es funktioniert nicht. Meine Schutzschilde sind runtergefahren und die Tränen rollen meine Wangen hinunter, ohne dass ich etwas dagegen tun kann. Ich will nicht weinen, aber trotzdem schluchze ich still und zitternd.

Mitschüler.

Das eine Wort von River, das so winzig und gleichzeitig so grausam ist.

Und plötzlich ist der Schmerz darüber, was sie getan haben, so gewaltig, dass er mich frontal gegen eine Wand schleudert. So wie es die Hills mit mir immer wieder getan haben. Er ist nicht gefiltert durch mein Schweigen und die Distanz, nicht verzerrt durch den Glauben, ich wäre selbst schuld an allem, weil mit mir etwas nicht stimmt oder ich einfach zu schwach und zu erbärmlich bin.

Vorsichtig rutscht River zu mir, zieht mich an seine Brust und schließt die Arme um mich. Diesmal schweigt er und das ist das Beste, was er tun kann. Er hält mich einfach nur fest und ich weine und weine, presse mein Gesicht in seinen Pulli, der meine Tränen aufsaugt wie ein Schwamm. An meinem Ohr höre ich sein Herz klopfen und es beruhigt mich, sagt mir, dass alles gut werden kann, wenn ich es nur will.

In dem Moment glaube ich auf einmal ganz fest daran, dass ich den Weg von der einen Welt in die andere finden kann, wenn River nur bei mir ist. Wenn er bei mir ist, ist alles gut. Dann ruht sich meine Seele aus, als hätte sie die ganze Zeit geschrien und dürfte nun schweigen.

KAPITEL DREIZEHN

Als in der Morgendämmerung geisterhafte Nebelschwaden über den Gewässern um uns herum aufsteigen, schlafen wir ein, ich in den Armen von River, den Kopf auf seiner Brust, den Schlafsack aufgezogen und über uns ausgebreitet. Rivers Geruch rieche ich nicht mehr, so viel habe ich geweint, dafür spüre ich immer noch seinen Herzschlag.

Noch vor knapp zwei Wochen hätte ich mir nicht vorstellen können, jemandem so nahe zu sein, ohne dabei Angst zu haben.

Wir schlafen bis zum Nachmittag, dann essen wir etwas von den Vorräten, eine Tüte Trockenfleisch – und erst als ich bereits kaue, merke ich, dass ich vor River essen kann. Und da fällt mir auch auf, dass er zum ersten Mal, seit wir unterwegs sind, wirklich geschlafen hat, denn heute war ich vor ihm wach.

Der Rest des Tages gleitet an mir vorbei, als würde ich auf einem Floß liegen, dösen und die Stunden wie Schilf und Gräser an mir vorbeistreifen lassen. Ich berühre sie mit den Fingerspitzen, aber ich bin nicht tatsächlich hier. Ich glaube, selbst wenn ich Worte hätte, würden River und ich schweigen. Keine Ahnung, was der Tag gestern mit uns gemacht hat. Da war der Kuss, die Flucht – und durch das Weinen fühle ich mich so leicht, als wäre eine Tonne Gewicht von meinen Schultern genommen.

Wir gehen nicht zu unserem Zeltplatz zurück, da River befürchtet, seine Freunde könnten dort auf ihn warten und ihn abpassen. Er nennt sie wirklich seine Freunde. Während des Tages horcht er immer wieder, ob er verdächtige Geräusche hört, doch alles ist still. Wir hören nur das Zwitschern der Vögel und das leise Knacken der Äste.

Da mein Handy keinen Akku mehr hat, kann ich weder Dad noch Mr. Spock schreiben. Rivers Handy kann ich nicht benutzen, weil er es wegen der Nässe erst einmal für zwei Tage auslassen will. Eigentlich, sagte er vorhin, müsste er es in eine Tüte Reis packen, aber Reis sei gerade so rar wie Tiefkühlerbsen.

Gegen Spätnachmittag spannt River eine Line über einem ruhigen Flussarm. Es ist richtig heiß und River und ich ziehen so viel Klamotten wie möglich aus, weil wir sowieso ständig ins Wasser fallen. Das heißt, ich falle und River springt absichtlich hinein. Wir spritzen uns gegenseitig Wasser ins Gesicht und schwimmen um die Wette, wobei ich immer verliere.

Ich fühle mich gelöst und beginne zu begreifen, dass Dinge leichter werden können, wenn man sie hinauslässt oder teilt.

Wir slacken bis tief in die Nacht und River zeigt mir, wie man auf einer Line im Stehen auf und ab wippt. Auch heute scheint der Mond über Idaho, rund und voll wie ein Käselaib. Wieder und wieder fallen und springen wir ins Wasser, ich höre Rivers eigenwilliges wunderbares Lachen und wünsche mir, er würde mich noch einmal küssen, noch einmal so halten wie auf der Highline, doch das tut er nicht. Im Gegenteil. Trotz der Nähe zwischen uns und der Vertrautheit hält er sich zurück und ich weiß nicht, wieso. Ich ertappe ihn oft dabei, wie er mich ansieht, mit glänzenden Augen, in denen eine Sehnsucht liegt, die mir alt erscheint. Oder vergangen. Eine Erinnerung. Da er kein Shirt trägt, sehe ich schon die ganze Zeit über den Schriftzug auf seiner Schulter.

Still alive for you, June.

Ob die alte Sehnsucht dem Mädchen gilt, deren Namen er auf der Schulter trägt, tiefblau in die Haut geschrieben und sichtbar, solange er lebt. Ebenso vermute ich, dass auch der zweite Kuss auf der Highline nicht mir gehört hat, sondern dieser June.

Die Vorstellung bohrt sich wie ein Dorn in mein Herz.

Vielleicht ist sie seine Freundin gewesen und hat ihn verlassen – womöglich lag doch Zorn in dem Kuss und womöglich trauert er ihr nach. Vielleicht ist sie aber auch seine Schwester und ich fantasiere mir ein Hirngespinst zusammen.

River baut die Slack nicht ab, da er auch morgen noch hierbleiben will. Wenn es nach mir ginge, müsste ich nicht so schnell zurück. Ich könnte ewig inmitten dieser Flusslandschaft bleiben, dem Tag nachhängen, slacken, Beef Jerky essen und River lachen hören. Okay, die sanitären Anlagen sind ziemlich ... naturbelassen, aber es gibt genug hohe Sträucher.

Auch in der nächsten Nacht schlafen wir Arm in Arm ein, schützen uns mit dem Schlafsack und den restlichen Klamotten vor der Kälte und rücken noch dichter zusammen.

Am nächsten Tag essen wir wieder Trockenfleisch und trinken Wasser. Ich glaube, River hat gar nichts anderes dabei.

»Wenn es so weitergeht, haben wir bald Blutgruppe Beef Jerky«, scherzt er und lässt mich von seinem Stück abbeißen, weil ich meins schon verputzt habe. Natürlich slacken wir wieder und mittlerweile fällt mir das Gehen und Wenden auf einer Slackline leicht, nur das Aufstehen aus dem Sitzen bereitet mir noch Probleme.

Später, als wir nass und nur in T-Shirt und Unterhose am grasbewachsenen Ufer des blaugrünen Flusses sitzen, sieht River mich seltsam an. Sein Blick ist eindringlich und intensiv, das Blau mit einem Glitzern durchsetzt, das ich nicht deuten kann, daher sehe ich schnell auf meine angezogenen Knie.

Ganz zart pustet er mir gegen die Wange und ich muss lächeln. »Hey«, sagt er mit dieser Stimme, die neckt und zärtlich ist und die ich so liebe. »Kannst du das auch?«

Er hält mir seinen Arm hin und ich sehe ihn fragend an, dann puste ich leicht gegen seinen Unterarm und beobachte, wie sich die feinen blonden Härchen aufstellen. »Das kitzelt!« Er lacht sein Riverlachen, ich lächele, blase die Backen auf und puste noch einmal. Der sanfte Ton, der dabei entsteht, vibriert in meiner Kehle. Sie fühlt sich eng und verrostet an, aber auch so, als würde das Pusten sie durchputzen. Ich puste und puste und kann nicht mehr aufhören, irgendwann schnappt River meine Handgelenke, hält sie mit einer Hand fest und kitzelt mich unter den Rippenbögen. Ich lache stumm, schnappe nach Luft und will ihm sagen, dass er aufhören soll, aber das geht natürlich nicht. Er kitzelt mich am Bauch, wir kullern herum, sein Körper an meinem, und ich bekomme kaum noch Luft. Schließlich kann ich eine Hand aus seinem Griff befreien, greife neben mir in die Erde und lasse sie über River regnen.

Er ist so überrascht, dass er meine andere Hand freigibt. »Na warte«, sagt er mit gespielt drohendem Unterton und ich springe wahrscheinlich schneller auf, als er es erwartet hat, und hechte ins Wasser.

»Ich kriege dich, verlass dich drauf!« River schmeißt sich mit einem lauten Platschen hinterher und ich fliehe still lachend. Doch natürlich holt er mich ein, packt mich von hinten und presst meine Arme an den Körper.

»Jetzt lasse ich dich nie wieder los«, flüstert er rau und ein Prickeln schauert über meine Haut, silbern, so wie das Abendlicht, das in schmalen Bahnen ins Wasser taucht.

Ich zittere.

»Hey, Baby. Alles ist okay. Keine Angst.« Er lockert den Griff und hält mich einfach nur fest. An meinem Rücken spüre ich seine Wärme, die einen krassen Gegensatz zu dem eisigen Wasser bildet, das mir bis zum Bauchnabel reicht.

Ich wage es kaum, mich zu rühren, auch nicht, als er mich mit einem undeutbaren Laut zu sich herumdreht.

»Tucks«, flüstert er und streicht eine Strähne aus meinem Gesicht. »Wenn du dich sehen könntest. In diesem Licht ... alles an dir leuchtet.«

Ich muss schlucken. Ich glaube nicht, dass das nur an diesem silbernen Licht liegt, sondern an ihm. Er ist die Antwort auf alles. Er ist alles, woran ich glaube.

Für Sekunden hält er meinen Blick. Ich kann nicht atmen. Mit den Fingerknöcheln fährt er über meine Wange, dann rahmt er mein Gesicht mit den Händen. Dieses Mal muss ich nicht überlegen, was ich tun soll. Ganz vorsichtig lege ich die Finger auf seine Oberarme, um ihm zu zeigen, dass ich es auch will. Seine Haut ist noch erhitzt vom Tag, meine Hände dagegen kühl. Immer noch sieht er mich an, mit Augen, die in dem silberweiß schimmernden Licht glänzen wie aus einer anderen Welt. Kühl und warm. Hell und dunkel. Ein sehnsuchtsvolles Prickeln durchzieht meine Adern und als er mich dann küsst, hört alles auf zu existieren. Es gibt kein Draußen mehr und kein Drinnen. Meine Welten verschmelzen zu einer einzigen Wirklichkeit, die keine Worte braucht.

Alles, was folgt, ist verschwommen. Meine Finger, die über seine Oberarme gleiten. Das Schwindelgefühl in meinem Kopf. Seine Hände um meine Taille, halb im Wasser. Der innige Wunsch, ihn zu berühren. Ich bin wie berauscht. Ich fühle seine heiße glatte Haut, die feinen Wassertröpfchen unter meinen Fingerkuppen, die über seine Schultern zu seinem Nacken und zurück zu den Schulterblättern wandern, wo sein Tattoo ist.

Plötzlich erstarrt er, als hätte er wieder seine Freunde rufen hören.

Seine Lippen geben meine frei, sein Atem bricht sich hart auf meinem Gesicht.

»Hör auf!«, sagt er und weicht so abrupt zurück, dass meine Hände von seinen Schultern rutschen.

Ich fühle mich, als hätte er mich gepackt und meinen Kopf unter das eisige Wasser gedrückt. Für Sekunden kann ich nicht reagieren und starre nur wie gelähmt auf die dunkle Wasseroberfläche.

Ich höre ihn tief Luft holen, bevor er sich umdreht und ans Ufer watet.

Er lässt mich einfach stehen, so wie mein Dad damals im Waschkeller.

Wasser brandet gegen meinen Bauch und ich zittere noch stärker als zuvor.

Still alive for you, June, flüstert eine Stimme in meinem Kopf.

Ist er ausgetickt, weil ich diese Worte berührt habe?

Mit einem dumpfen Gefühl im Bauch denke ich an die Warnungen seiner Freunde. Womöglich ist diese June auch eins der Mädchen, die er nicht hätte haben sollen.

Nur warum nicht?

Und wieso tut er so, als hätte ich mich vor seinen Augen in eine Art Jabba the Hutt verwandelt?

Ich habe nichts getan.

Vorsichtig schaue ich zum Ufer, aber er ist fort, von der Nacht verschluckt. Vielleicht lässt er mich jetzt allein zurück, weil er mich doch nicht ertragen kann. Weil es Dinge gibt, die ich nicht verstehe.

Tränen steigen in meine Augen. Wie betäubt laufe ich zum Ufer und lasse mich ins Gras fallen. River ist weg und ich sehe ihn auch nirgends. Erschöpft ziehe ich die Beine an den Körper, schlinge die Arme darum und lege den Kopf auf die Knie.

Und dann weine ich, weil meine Tränen seit gestern in meiner Kehle stecken. So viele Tränen, die ich nie geweint habe. Und ich denke jetzt nicht nur an River, der mich zurückgestoßen hat, sondern auch an Dad, der das tagtäglich tut. An Arizona, zu der ich jeden Kontakt verloren habe, sodass es unmöglich scheint, sie je wieder zu erreichen; und ich denke an James, der mir so nahestand, der mein Seelenverwandter war und der mich jetzt permanent anschreit.

»Hey!« Erschrocken fahre ich herum. River steht an einen Baum gelehnt in der Dunkelheit, die Hände tief in den Taschen vergraben. »Es tut mir leid.« Er wirkt schuldbewusst. »Du bist nicht das

Problem, okay? Du kannst nichts dafür, dass ich dich so gernhabe. Mehr als ich mir vorgenommen hatte.«

Wieso ist das ein Problem? Wieso kommt er nicht her und küsst mich einfach, wenn er mich gernhat?

Er geht zum Ufer und setzt sich neben mich. »Verlieb dich nicht in mich, Tucks, das wäre keine gute Idee. Meine Freunde haben recht. Ich hinterlasse immer nur Scherben.«

KAPITEL VIERZEHN

Ich muss geschlafen haben, denn ich liege auf dem Boden und River hat mich mit den Wechselklamotten und dem Schlafsack zugedeckt. Er sitzt am Fluss, die Füße im Wasser. Als er merkt, dass ich wach bin, lächelt er mir flüchtig zu, wendet sich aber sofort wieder ab.

Er scheint gedankenverloren und weit weg, es wirkt, als verschanzte er sich hinter Mauern, die so unüberwindbar sind wie mein Schweigen.

Ich werfe ihm einen Blick zu, doch er weicht mir aus. Später wirft er mir einen Blick zu und ich weiche aus. Der ganze Tag ist verrückt. Wir slacken schweigend, wir essen schweigend, wir sehen uns kaum an und doch begegnet sich unser Blick viele verstohlene Male. Die Atmosphäre lädt sich auf wie vor einem Gewitter. Die Luft knistert wie zerdrücktes Seidenpapier, die Slackline summt, wie wenn jemand mit dem Finger über ein Glas streicht, und die Bäume rascheln, als flüsterten sie sich Geheimnisse über uns zu. Und immer wieder diese Blicke, das Ausweichen und meine stillen Fragen: *Wer bist du? Wieso willst du dich nicht in mich verlieben? Warum bist du vor deinen Freunden auf der Flucht?*

Irgendwann, nachdem River die Slackline abgebaut und die Materialien verstaut hat, kommt er auf mich zu und küsst mich einfach. Doch es ist ein verzweifelter Kuss, ein Kuss, der wie ein innerer Schrei ist. Ganz hart presst er mich an sich, fast so, als müsste er mich mit Gewalt festhalten. Meine Lungen und meine Brust brennen beim

Atmen, weil ich nichts mehr an ihm begreife; nur, dass er ganz bestimmt Hilfe braucht.

»Wir können nicht mehr hierbleiben«, sagt er so außer Atem, als hätte die Intensität des Kusses ihn erschöpft. »Ich vermute, die anderen warten am Zelt, aber sie werden spätestens morgen weitersuchen, vor allem, wenn sie kapieren, dass wir nicht zurückkommen.« Er schultert den Rucksack und trotz des wenigen Lichts fallen mir seine schwarzen Augenringe auf. Unter seiner Bräune ist er aschfahl, selbst die dunkelblauen Augen, die sonst so klar sind, wirken wie trübe Tümpel. »Wir suchen uns erst mal ein Motel, okay?«

Ich nicke nur. Hoffentlich funktioniert sein Handy bald wieder. Ich muss ihn so vieles fragen, doch der Block und der Stift liegen im Zelt und dorthin können wir nicht zurück.

Den restlichen Tag irren wir an blaugrünen Flussläufen entlang, waten durch niedrige Gewässer und sumpfige Tümpel. Ein dichtes Kronendach hängt über allem und lässt nur spärlich Lichtstrahlen in das Geflecht aus Bäumen, Sträuchern und Wasseradern fallen.

River wirkt immer noch völlig ausgelaugt, er kann sich kaum auf den Beinen halten und irgendwann nehme ich ihm den Rucksack ab. Die Luft ist feucht und kann durch das dichte Laubwerk nicht entweichen. Ich schwitze entsetzlich und die Träger des schweren Rucksacks scheuern trotz des T-Shirts auf meinen Schultern.

Wenigstens muss ich vor River keine Langarmshirts mehr tragen.

Gegen Abend spricht River laut aus, was ich die ganze Zeit über gedacht habe: »Wir haben uns verlaufen, Tucks. Jetzt musst du es wohl noch länger mit mir aushalten.« Er versucht sich an einem Grinsen, aber es entgleitet ihm. Seine Augen sind lichtlos.

Ich würde ihm gerne sagen, dass ich nie vorhatte, mich von ihm zu trennen, aber so schüttele ich nur den Kopf und hoffe, mein missbilligender Blick sagt ihm, was ich denke.

Unter den hängenden Ästen einer Trauerweide bauen wir uns aus den Wechselklamotten und dem Schlafsack einen Schlafplatz und als es dunkel wird, schlafen wir aneinander gekuschelt ein. Was immer am Tag zwischen uns steht, in der Nacht löst es sich auf, als geisterte es an einem anderen Ort herum. Womöglich ist River auch zu erschöpft, um sich dagegen zu wehren.

Am nächsten Morgen wache ich wieder vor River auf. Selbst im Schlaf sieht er nicht entspannt aus.

Vielleicht fehlen ihm ja seine ganzen Mittel zum Runterkommen? Der Alkohol zum Beispiel. Zigaretten hatte er zum Glück noch im

Rucksack. Ich durchforste das Gepäck nach etwas zu trinken und stelle fest, dass die Wasserflaschen leer sind, also laufe ich zum Fluss und fülle sie auf, auch wenn ich nicht weiß, welche Bakterienstämme sich hier angesiedelt haben.

Als River aufwacht, wirkt er desorientiert und sein Blick ist düsterer als eine Sonnenfinsternis. Ich begreife die Veränderung nicht, die in ihm vor sich geht, und er will offensichtlich auch nicht darüber reden.

Wir irren einen weiteren Tag durch die Wildnis, bevor sich gegen Abend hinter einer Grassteppe mit ein paar Birken unverhofft Lichter auftun. Erleichterung durchströmt mich, denn wenn ich ehrlich bin, macht mir Rivers Zustand immer mehr Angst. Sein Schweigen verwirrt mich, da er sonst ununterbrochen geredet hat. *Du bist krank.* Ich bin mir ganz sicher, dass etwas Gravierendes mit ihm nicht stimmt.

* * *

In einer Kleinstadt namens Woods Crossing, zu der die Lichter gehören, finden wir am Ortsrand ein schäbiges Motel, was mich sofort an den Gruselschocker *Psycho* erinnert. Flache Holzhütten reihen sich nahtlos aneinander, teilen sich Wände wie Doppelhaushälften, nur wirken diese hier so dünn wie Sperrholzplatten. Die Holzverkleidung müsste geschliffen und geölt werden, ein paar Ziegel sind vom Dach gefallen und ihre Bruchstücke hat niemand aufgesammelt. Es ist ein trostloser, einsamer Ort, ein gutes Stück von den ersten Häusern entfernt, und er passt genau zu Rivers Verfassung.

Als er bei dem Mann hinter dem Empfangstresen die Formulare ausfüllt, halte ich mich im Hintergrund und betrachte mit vorgeheucheltem Interesse die vergilbten Trockenblumen-Bilder, die aussehen wie aus den Fünfzigern. Ich weiß nicht, ob mein Dad schon die Polizei informiert hat, aber falls er es getan hat, sollte der Mann hinter dem Tresen mich nicht unbedingt von vorne sehen. Allerdings wirkt er nicht so, als interessierte er sich für etwas anderes als Rivers Bargeld, das er auf die Theke gelegt hat, um das Anmeldeformular auszufüllen. Verstohlen spähe ich zu den beiden rüber.

Die Nase des Mannes ist rot geädert und trieft. Die Ärmel seines Holzfällerhemds sind hochgerollt und geben zwei haarige Unterarme frei. »Hier gibt's nur Vorkasse«, brummt er undeutlich.

»Kein Problem.« River nimmt das Geldbündel und blättert ein

paar Dollarscheine in die Hand des Motelbesitzers. »Wir bleiben vier Nächte – mindestens. Und haben Sie einen Block und einen Stift?«

Der Mann zählt das Geld nochmal nach, dann schlappt er in ein Hinterzimmer und kommt mit einem Bartschlüssel zurück. »Block und Stift kosten extra. Fünfzehn Dollar.«

River bezahlt, ohne etwas über den Preis zu sagen, und der Mann mit der roten Nase gibt ihm einen winzigen Bleistift und einen benutzten Block. »Macht mir bloß keinen Ärger«, sagt er und wischt sich mit dem Unterarm über die Nase, aber er wirkt, als wäre ihm sowieso alles gleichgültig.

River nickt schwerfällig und als wir das Zimmer betreten, lässt er sich auf das knarzende Doppelbett fallen und schläft sofort ein.

Unbehaglich schaue ich mich um. Das Zimmer ist größer als das in dem Motel in den Badlands, doch es ist dreckig und total runtergekommen. Auf dem kleinen Tisch liegt eine dicke Staubschicht, der ockerfarbene Teppich auf dem gefliesten Boden ist verschlissen und hat unzählige Flecken, außerdem ist ein Riss in der Fensterscheibe. Das Glas ist zwar nicht gesprungen, aber es sieht nicht so aus, als würde es den nächsten Tornado überstehen.

Ich setze mich auf die andere Betthälfte und weiß nicht, was ich machen soll. Müde streiche ich mir die verschwitzten Haare aus dem Gesicht. Womöglich muss River einfach den vielen Schlaf nachholen, der ihm fehlt.

Eine Weile sitze ich da und starre in die Luft, bevor ich das Handana abstreife und meine Hand betrachte. Die Wunden sehen durch die Übungen an der Slack immer noch übel aus, aber nicht mehr ganz so schlimm wie in der Kensington. Unwillkürlich schüttele ich den Kopf. Meine alte Schule scheint Lichtjahre weit entfernt.

Nachdenklich schäle ich mich aus den Klamotten und steige in die Dusche – wobei ich den verschimmelten Duschvorhang offen lasse, einfach weil mir Norman Bates und das Messer im Kopf herumspuken. Ich rieche furchtbar, nach Schweiß und Wildnis.

Langsam drehe ich den verrosteten Hahn auf und warte, bis das eisige, kupferfarbene Wasser klar ist und die richtige Temperatur hat, dann stelle ich mich genau unter den dünnen Strahl. Die Wärme prickelt auf meiner Kopfhaut.

Mit beiden Händen quetsche ich das letzte bisschen Duschgel aus dem Spender und schäume mich von Kopf bis Fuß ein. Früher habe ich duschen gehasst, aber heute ist es herrlich. Erst denke ich, es läge daran, dass ich mich länger nicht mit Seife waschen konnte, doch es ist etwas anderes: Die blauen Flecke schmerzen weniger.

In ein kratziges Handtuch gehüllt suche ich in dem Rucksack nach Klamotten und finde einen riesigen schwarzen Pullover von River und eine viel zu große Jeans. Ich schlüpfe hinein und binde sie mit einem Halstuch zusammen, damit sie nicht bei jedem Schritt rutscht, anschließend krempele ich die Säume ein paarmal um.

Völlig erledigt von dem Herumirren im Wald lege ich mich aufs Bett und starre nach oben. Mondlicht fällt durch das kaputte Fenster und malt einen Kreis auf die Zimmerdecke. Hat Dad die Polizei eingeschaltet, weil ich mich nicht wie üblich nach zwei Tagen gemeldet habe? Aber was würde die Polizei schon machen, wenn klar ist, dass ich weggelaufen bin? Noch dazu bin ich siebzehn und keine acht. Ich habe keine Ahnung, wie sie in so einem Fall vorgehen, doch sicher anders, als wenn ein Kind von heute auf morgen verschwindet. Und hier in Woods Crossing suchen sie mich bestimmt nicht. Das hier ist ein Kuhkaff, und der Motelbesitzer wirkte nicht wie jemand, der sich um die Belange seiner Gäste schert, solange er in Ruhe trinken kann. Nein, hier bin ich sicher.

* * *

Sonnenlicht weckt mich. Müde blinzele ich und sehe sofort, dass River immer noch schläft.

Das ist jetzt aber echt seltsam. Er hat doch behauptet, er würde nie oder nur selten schlafen. Ich richte mich auf und lecke mir über die trockenen Lippen. Ein übler Geschmack pappt in meinem Mund, ich muss dringend die Zähne putzen. Vielleicht hat River ja irgendwo im Rucksack eine Zahnbürste.

Ich krame ungeschickt darin herum, doch ich finde nichts. Nur ein knisterndes Päckchen von der Art, wie er sie auch in der Tasche aufbewahrt hat. Soll ich nachsehen, was es ist?

»Keine Angst, das ist nicht der Kopf von Donald Trump, den ich heimlich pulverisiert und in Tütchen verpackt habe«, brummt River und dreht sich wieder auf die andere Seite.

Dann war er ja doch wach!

Ich überlege einen Moment. Wenn es Drogen sind, sollte ich das wissen, um River besser einschätzen zu können. Tief atme ich ein und hole das knisternde Ding heraus.

»Volltreffer«, murmelt River dumpf.

Ich will lachen, aber ich kann nicht. Entgeistert starre ich auf das quadratische Päckchen. Es ist ein Kondom.
»Ich habe gerne Sex. Ich will nur vorbereitet sein.«
Oh ja, ich bin mir sicher, dass ihm die Frauen und Mädchen scharenweise zu Füßen liegen, trotzdem sticht es in meiner Herzgegend. Ich will nicht, dass er mit anderen Mädchen ins Bett geht. Befangen stopfe ich das Kondom zurück, dabei fällt mir wieder ein, was meine Familie von mir denkt. *Du gehst mit diesen Typen ins Bett, um Beachtung zu kriegen.* So ähnlich hat es James formuliert.
Ich angele mein Handy aus dem Rucksack. Selbst, wenn ich es aufladen könnte, würde es vielleicht nicht funktionieren, denn es war in dem durchnässten Rucksack. Aber womöglich hat Rivers Handy das kurze Bad überstanden. Die zwei Tage, die man mit dem Anschalten warten soll, sind um, also hänge ich es an sein Ladekabel, weil bestimmt auch der Akku leer ist.
Während ich darauf warte, dass es anfängt zu blinken, schreibe ich eine Liste von Dingen, die wir benötigen.

- *Aufladekabel für mein Handy*
- *Etwas zu essen, Obst & Sandwiches*
- *Getränke (notfalls geht auch Leitungswasser)*
- *Waschmittel*
- *Jack Daniel's für River und Zigaretten?*
- *Zahnbürste*

Mir wird klar, dass ich diese Dinge allein besorgen muss, wenn River weiterhin schläft.
Die Sonne klettert höher und heizt das Zimmer auf. Irgendwann öffne ich das von dem Riss durchzogene Fenster und bete, dass es nicht in tausend Scherben zerspringt, dann setze ich mich zu River ans Bett und zupfe an seinem Ärmel.
Er reagiert nicht. Er schläft wieder so tief, als läge er in einer Art Koma.
Vielleicht hat er gelogen und er ist doch unheilbar krank! Angst schnürt meine Brust zusammen. Ich schüttele ihn ein wenig, doch am liebsten würde ich ihn anschreien: *Hast du mich angelogen, River McFarley – stirbst du? Stirbst du jetzt?*

Ich steigere mich so in diese Furcht hinein, dass mir ganz schwindelig wird. Ich habe keine Ahnung, was ich tun soll, also schüttele ich ihn noch fester, aber er rührt sich nicht. Er liegt einfach nur da wie Dornröschen in seinem hundertjährigen Schlaf.

Angespannt bleibe ich neben ihm sitzen. Vielleicht sollte ich einen Arzt holen. Vielleicht hat er Fieber. Behutsam berühre ich seine schweißfeuchte Stirn, doch sie ist kühl – dafür öffnet er endlich die Augen.

Für einen Moment ist er wie erstarrt, dann lässt er den Blick durch das Zimmer schweifen. Er wirkt sterbenskrank, als kostete ihn dieses Umschauen seine letzte Kraft. Erst nach einer Weile entdeckt er mich.

»Tucks«, sagt er mit dunkler Stimme. »Geh eine Runde slacken. Übe noch ein bisschen für September, okay?«

Ich könnte ihn noch einmal schütteln! Ich will nicht für September üben. Ich will überhaupt nicht auf eine Highline. Ich will, dass du aufhörst zu schlafen wie ein Toter!

Er macht die Augen wieder zu. Okay, Fieber hat er nicht. Aber was hat er dann? Langsam habe ich das Gefühl durchzudrehen. Das Handy ist immer noch off, ich drücke ein paar Mal darauf herum, aber es tut sich nichts. Fantastisch!

Wie ein Tiger im Käfig laufe ich auf und ab. Irgendwann putze ich vor lauter Nervosität und Frust das Zimmer. Da ich keinen Putzlappen habe, benutze ich einen frischen Socken von River und ersetze das Putzmittel durch Motelseife. Anschließend tupfe ich alles notdürftig mit Klopapier trocken. Nachdem ich auch die Dusche und das Waschbecken auf Hochglanz poliert habe, setze ich mich zu River ans Bett. Er hat sich ausgezogen und trägt nur noch eine Boxershorts. Seine Augen sind offen.

Bleibst du jetzt wach? Ich dachte, du schläfst nie!, schreibe ich auf ein Papier, weil das Handy immer noch tot ist.

»Höre ich da einen Vorwurf in deiner Stimme, Connecticut?«, fragt River düster, aber mit einem gequälten Lächeln. Er macht keine Anstalten aufzustehen.

Ich knuffe ihn leicht in die Seite. *Ja,* nicke ich.

»Weißt du, bei mir ist das anders als bei gewöhnlichen Menschen. Wenn ich wach bin, dann meistens für viele Tage, wenn ich schlafe, schlafe ich lange.«

Du willst mir weismachen, du hast als einziger Mensch im Universum einen komplett anderen Schlafrhythmus?

Er nickt schwach. »Versprich mir was.«

Okay! Ich schreibe extra klein, um Platz zu sparen, da der Block nur noch ein paar Seiten hat. Ein Radiergummi wäre nicht schlecht.

»Mach keinen Unsinn. Spring nicht ohne mich. Kannst du mir das versprechen?«

Kannst du mir das versprechen? Ich muss schlucken. *Ich würde niemals ohne dich springen.*

Er lächelt und schließt die Augen, als wäre er nur wegen dieser Antwort wachgeblieben.

Ich bleibe eine Zeitlang sitzen und betrachte ihn. Seine geschlossenen Lider, seinen außergewöhnlichen Mund, das blonde Haar. Der Ansatz schimmert dunkler, als wäre es gefärbt, aber vielleicht liegt es nur daran, dass es verschwitzt ist. Die hellblonde Strähne hat einen winzigen Grünstich. Ganz zart streiche ich sie ihm aus dem Gesicht und klemme sie hinter sein Ohr.

»Tucks«, sagt er nur dumpf und rollt sich auf die Seite. Blind tastet er nach meiner Hand und ich reiche sie ihm. Er umfasst sie reflexhaft und nuschelt etwas, das ich nicht verstehe. Ich drücke seine Finger.

»Wir müssen deine Mum finden«, murmelt er. »Punkt 4 deiner Liste: Mum fragen, wieso ... wir müssen nach Vegas.«

* * *

Zwei Tage vergehen. River schläft. Er isst und trinkt kaum etwas. Wenn er wach ist, wirkt er, als lasteten alle Probleme der Welt auf seinen Schultern. Meine Furcht wächst sich zu einem dumpfen Gefühl von Panik aus.

An diesem Morgen esse ich das letzte Beef Jerky. Mir werden einige Dinge klar. Zum einen haben die Sommerferien längst begonnen, zum anderen muss ich heute in den nächsten Supermarkt.

Als River auch am Nachmittag nicht aufsteht, habe ich die Hoffnung aufgegeben, dass er zusammen mit mir einkaufen gehen könnte. Also muss ich es selbst erledigen. Zur Sicherheit stecke ich den Block und den Stift ein, um mich im Notfall schriftlich verständigen zu können. Zum Glück ist meine Jeans, die ich mit dem Rest des Duschgels notdürftig gewaschen habe, bereits getrocknet, sodass ich nicht mit Rivers viel zu weiter Hose einkaufen gehen muss.

»Hey«, murmelt Riv, als ich mir gerade die Fledermausbluse über den Kopf streife. »So schick. Wo willst du hin?«

Einkaufen, schreibe ich auf den Block.

Er zieht die Augenbrauen zusammen. »Mach keinen Mist. Versprich es!«

Ich schwöre.

»Fingerschwur?«

Ich lächele, gehe zu ihm und wir haken die kleinen Finger ineinander.

Als ich auf die schmale Veranda ins Freie trete, entdecke ich einen jungen Mann, der zehn Meter weiter gerade ein Zimmer aufsperrt. Innerlich wird alles in mir bretthart, so wie früher, wenn ich im Unterricht aufgerufen wurde. Ich schließe die Augen und zähle bis zehn. Als ich sie wieder öffne, steht er immer noch da und starrt mich an.

Da erkenne ich ihn. Es ist der Hippie-Typ aus dem Supermarkt. Offenbar erkennt er mich auch, denn er grinst und hebt die Hand.

»Hi!«, ruft er eine Spur zu laut.

Ich winke befangen zurück und gehe mit gesenktem Kopf über den knirschenden Schotter. Nichts wie weg, bevor er unangenehme Fragen stellt. Komisch, es steht gar kein Auto auf dem Parkplatz. Womöglich ist er per Anhalter unterwegs.

Eilig haste ich am Fahrbahnrand entlang und nach wenigen Metern beginnen die Häuser. Doch auch hier wirkt alles so ausgestorben wie im Motel. Hoffentlich ist es keine Geisterstadt! Und hoffentlich gibt es in dieser Einöde überhaupt irgendein Geschäft. Ich laufe eine Weile und niemand begegnet mir, nur einmal fährt ein mit Heuballen beladener Traktor vorbei. Kurz danach erkenne ich von Weitem ein Schild: *Berry's Supermarket.*

Gott sei Dank!

Ich bin schon komplett nassgeschwitzt, was aber nicht an der Hitze oder dem warmen Sweater liegt. Noch nie habe ich allein irgendwo eingekauft.

Du hast den Zettel und den Block, du schaffst das!

Ich habe mal gelesen, dass es einen ermutigt, in der Du-Form mit sich selbst zu sprechen, weil man so eine größere Distanz zu sich hat. Und ich habe nicht nur Angst, in einer ungewohnten Situation vor Fremden zu stehen, ich habe auch Angst, erkannt zu werden. Jetzt könnte ich mich ohrfeigen, dass ich Dad das Bild von meinem neuen Look geschickt habe.

Mit angehaltenem Atem drücke ich die Tür auf und zucke bei dem schrillen Bimmeln zusammen. Der Laden ist winzig und besteht nur aus drei Gängen, einer Obsttheke und der Kasse. Ich schaue mich um und entdecke den Zeitungsständer, aber mein Gesicht ziert keines der Titelblätter, zumindest nicht auf den ersten Blick. Ich atme auf und sehe eine beleibte Frau mit Lockenwicklern und grüner Schürze, die gerade frisches Obst in die Verkaufskisten der Theke packt.

»Tach!«, raunzt sie mir zu und inspiziert mich, als wäre ich eine faule Traube, die aus der Lese aussortiert werden müsste.

Ich nicke, versuche ein Lächeln, dabei pocht mein Herz bis in die Ohren. *Bitte lass sie mich nichts fragen!*

KAPITEL FÜNFZEHN

Die Verkäuferin wischt die Hände an ihrer Schürze ab und kommt näher. Ich schätze sie auf fünfzig, außerdem gehört sie in die Täter-Kategorie, da bin ich ganz sicher. »In welchen Stall gehörst du denn? Hab dich noch nie hier gesehen.« Sie spricht einen breiten Slang und offenbart eine Zahnlücke.

Ich schlucke und ein Summen erfüllt meinen Kopf. *Keine Panik. Hol den Block heraus. Schreib ihr.*

Mit zittrigen Händen krame ich in meinen Hosentaschen herum. Ich fühle mich wie eine Fünfjährige, die allein im Outback ausgesetzt wurde.

Ich kann nicht sprechen, schreibe ich krakelig auf den Block, als wäre ich nicht nur stumm, sondern auch Analphabetin.

»Du kannst nicht sprechen?«, wiederholt sie das, was ich geschrieben habe, und unterzieht mich erneut einer Musterung, bei der ich offenbar nicht gut abschneide, denn sie verzieht ihr Gesicht zu einem fetten Grinsen. »So hübsch, aber stumm wie ein Fisch«, sagt sie missfällig.

Es war sicher nicht als Kompliment gedacht und ich spüre, wie ich erröte.

Ganz fest beiße ich mir auf die Lippen und nehme mir einen Einkaufskorb aus dem Stapel an der Tür. Ein neues Ladekabel bekomme ich in diesem Geschäft sicher nicht, dafür lege ich Äpfel, Pflaumen und Bananen in meinen Korb. Die Frau kommt mir hinterher, als hätte sie Angst, ich würde stehlen. Am Ständer mit den

Sonnenbrillen packe ich zwei verspiegelte Pilotenbrillen für River und mich ein, da die alten noch in der Umkleide des Supermarktes liegen.

»Oh, Miss Wortlos-Schön ist nicht allein unterwegs. War zu erwarten, Schätzchen.«

Ich hasse Menschen wie sie. Am liebsten würde ich diesen Laden fluchtartig verlassen, aber ich zwinge mich, weiterzugehen.

Als es an der Tür bimmelt, bin ich richtig erleichtert. Hoffentlich ist es eine ältere Dame, mit der sie über den neusten Klatsch tratschen kann.

Ich greife zwei Zahnbürsten und sehe flüchtig über die Schulter. Mein Wunsch wird mir nicht erfüllt. Es sind zwei Typen, sicher Ende zwanzig, einer schwarzhaarig und einer blond. Und mit ihnen schwingt der scharfe Geruch von billigem Fusel herein wie eine Nebelwolke.

Schnell wende ich mich ab und laufe weiter, denn die zwei sehen nach Ärger aus. Keine Ahnung, warum ich das denke. Vielleicht weil der langhaarige Blonde aussieht, als hätten weder er noch seine Haare seit Monaten eine Dusche gesehen, vielleicht auch, weil der Schwarzhaarige das Kreuz eines Zuchtbullen hat und ich mir dadurch noch winziger vorkomme.

Für Sekunden ist es in dem kleinen Geschäft mucksmäuschenstill. Ein Kribbeln brennt in meinem Nacken, hervorgerufen durch Blicke, die mich von oben bis unten mustern.

»Ups, was haben wir denn da? Schau mal, John«, höre ich prompt einen der beiden sagen. Ich scheine eine willkommene Abwechslung in Woods Crossing zu sein.

Gespielt akribisch betrachte ich das Sortiment an Knabberzeug. So fängt es immer an. Mit harmlosen Worten.

Doch zum Glück kommt mir jetzt Berry – denn ich vermute, sie ist die Inhaberin des Ladens – zu Hilfe. »Sie ist stumm, Jack, spar's dir!« Folie raschelt, anscheinend packt sie weiter Obst aus.

Jack und John. Ich präge mir die Namen ein, als könnte mich das schützen.

»Sie kann nicht sprechen?«, wiederholt eine andere, näselnde Stimme ungläubig. Offenbar dieser John. Aus Verlegenheit packe ich Tacos und Käsedip in meinen Korb, die ich eigentlich gar nicht kaufen wollte. Meine Hände sind eiskalt. Wieso lassen sie mich nicht einfach in Ruhe einkaufen?

»Warum kann sie nicht sprechen? Ist sie auch taub?« Ich höre, dass einer in meine Richtung schlendert, und schiebe mich eilig um ein Eckregal und schnappe mir zwei kleine Wasserflaschen. Ich will hier nur noch raus, so schnell wie möglich.

»Das hat sie mir nicht aufgeschrieben und es geht euch auch nichts an, Jack«, sagt Berry resolut. »Holt euren Schnaps und lasst das Mädchen in Ruhe.« Allem Anschein nach gehören diese beiden nicht zu ihren Lieblingskunden.

»Wenn sie dir aufschreiben kann, dass sie stumm ist, kann sie uns ja auch aufschreiben, wie sie heißt!«, beharrt dieser näselnde John. »Woher kommst du überhaupt? Hab dich noch nie hier gesehen. Wärst mir aufgefallen, Engelchen.« Er steht hinter mir und zupft an meinen Haaren.

Ganz fest presse ich meine Finger in das Handana und will Richtung Kasse flüchten, aber der Schwarzhaarige verstellt mir den Weg.

»Augenblick mal, Süße, nicht so schnell. Schreib uns deinen Namen auf. Wir wollen dich ja nicht die ganze Zeit Engelchen nennen müssen, nicht wahr? Wäre ziemlich unhöflich von uns.«

Es ist auch unhöflich, Fremde zu belästigen. Ich atme tief durch. Meine Hände werden noch kälter. *Keine Panik kriegen, ruhig atmen. Bis vier ein, Luft anhalten, bis vier aus.* Psycho-Trick von meiner alten Psychologin. Aber er nutzt mir nichts, denn sie haben mich zwischen sich eingekeilt. Der scharfe Alkoholgeruch nebelt mich ein, zusammen mit einer Dunstglocke aus altem Schweiß.

Mach, was sie wollen! Sie lassen dich vorher sowieso nicht in Ruhe!

Ohne sie anzuschauen, hole ich Block und Stift aus meiner Hosentasche und schreibe mit zittrigen Fingern:

Ich heiße Mariah und ich komme aus Sioux Falls.

Der hinter mir, John, glaube ich, beugt sich tief über meine Schulter und pfeift durch die Zähne. »Wohoo, Mariah also. Heißer Name für einen heißen Feger.« Ich halte den Atem an, weil er nach verwestem Fleisch und Schnaps stinkt.

»Und was macht so eine wie du hier in diesem Nest, wo es sonst nur Frauen wie Mannweiber gibt?«, fragt mich der schwarzhaarige Jack und glotzt ungeniert auf meine Brüste. Seine Nase scheint zu lang für sein Gesicht. Sie reicht fast bis zur Oberlippe, die sich jetzt verschwörerisch verzieht, als er wieder zu seinem Kumpel schaut und in Richtung meiner Brüste nickt.

Instinktiv kralle ich die Finger um den Henkel des Einkaufskorbs. Am liebsten würde ich ihm meine Faust mitten auf die Nase rammen.

Ich mache einen Schritt zur Seite, aber dieser Jack mit dem Zuchtbullenkreuz macht es mir nach. Ich komme nicht vorbei.

»Lasst das Mädchen in Ruhe und kümmert euch um euren eigenen Kram!«, mischt sich nun Berry wieder ein. Schnaufend kommt sie auf uns zu und das bewirkt, dass die beiden den Abstand zu mir vergrößern. Trotzdem bekomme ich mit, dass sie sich über meinen Kopf hinweg ansehen, als tauschten sie Morsezeichen mit den Augen.

»Na los, hol dein Zeug«, fordert Berry mich auf.

Ich bin viel zu paralysiert, um ihr dankbar zuzunicken, daher flüchte ich in den nächsten Gang. Vielleicht ist sie doch keine Täterin.

Suchend schaue ich mich um. Ich brauche noch Sandwiches. Die beiden Typen mustern mich unverhohlen über die Regale hinweg, auch wenn Berry sie wie ein Schießhund bewacht.

Einer fängt an zu summen. Schnell laufe ich zum Kühlregal und greife ein paar Thunfisch-Toasts, Tiefkühlerbsen und im Regal daneben eine Tube Handwaschmittel und eine Zeitung vom Ständer. Mit steifen Beinen gehe ich zur Kasse. Den Jack Daniel's für River streiche ich. Das war sowieso eine Schnapsidee, da ich nicht mal ansatzweise wie einundzwanzig aussehe.

»Hast du alles?« Berry watschelt durch den Gang, während die Kerle immer noch in meine Richtung schauen. Hastig betrachte ich meine Einkäufe und nestele an dem Saum meiner Fledermausbluse herum.

»Und – wie geht's deinem Vater, Jack? Was macht sein Rheuma?«, fragt Berry, als sie die Lebensmittel per Hand in die alte Ladenkasse tippt. Es wirkt, als wollte sie die beiden bewusst von mir ablenken.

Jack gibt einen merkwürdigen Laut von sich. »Rumbrüllen kann er wieder. Nur die Pferdezucht läuft mau – hätte bei Kartoffeln bleiben sollen.« Er zieht geräuschvoll die Nase hoch. Als ich vorsichtig in seine Richtung spähe, treffen sich unsere Blicke und er grinst. Er hat mich die ganze Zeit beobachtet!

Zittrig verstaue ich die Lebensmittel in zwei Tüten und zwänge mich mit ihnen durch die Tür ins Freie.

»Ciao, Bella«, ruft mir John mit seiner näselnden Stimme hinterher. »Wir sehen uns.« Der andere lacht und sie sagen etwas, das ich nicht mehr verstehe.

Kaum habe ich den Laden verlassen, renne ich mit den beiden Tüten in der Hand los. Nichts wie weg hier. Ich kann nur hoffen, dass sich Berry beim Abkassieren viel Zeit lässt.

Als ich mich nach hundert Metern zu dem Geschäft umdrehe, sehe ich die zwei zu meinem Entsetzen bereits herauskommen. Sie haben je vier Flaschen in der Hand, offenbar haben sie wirklich nur Schnaps gekauft, außerdem haben sie mich gerade entdeckt.

Verdammter Mist!

Es gibt hier keine Abzweigungen, nur die breite Hauptstraße, die dann in den Highway übergeht. Ich kann nirgendwohin flüchten. Und die Häuser rechts und links wirken verlassen; vermutlich würde mir aus Misstrauen vor Fremden sowieso keiner aufmachen und was sollte ich zu meiner Erklärung schon sagen? Oder schreiben?

Ich laufe weiter und muss mich dazu zwingen, nicht ständig über die Schulter zu schauen. Völlig außer Atem lasse ich die letzten Häuser von Woods Crossing hinter mir und bin fast auf der Höhe des Motels, als ich hinter mir einen Motor aufheulen höre. Blut sackt in meine Beine. Ich wage es nicht, zurückzusehen, und hechte stattdessen kopflos über den Highway. *Gleich hast du es geschafft!*

Mit den schweren Tüten stolpere ich über den Schotterparkplatz und von dort auf den Holzsteg vor unserem Motelzimmer. Das heranfahrende Auto wird langsamer. *Nicht umdrehen!*

Mit zitternden Fingern sperre ich die Tür auf, schlüpfe ins Zimmer und lasse die Tüten auf den Boden plumpsen.

Mein Herz klopft bis in meine Kehle, mir ist übel vor Aufregung. Angestrengt spähe ich durch den winzigen Türspalt. Ein schwarzer Wagen biegt vom Highway ab und hält auf dem Parkplatz. In der ersten Schrecksekunde denke ich, es wäre der Camaro, aber es ist ein alter verbeulter Ford. Mein Mund wird trocken. Der stämmige Schwarzhaarige sitzt am Steuer, der schmierige Blonde schaut kurz zu dem Empfangshäuschen, das am Ende der Zimmer liegt. Die beiden scheinen zu diskutieren, der Schwarzhaarige deutet auf die Zimmer, der andere schüttelt den Kopf. Nach wenigen Minuten steigen sie mit ein paar Flaschen Schnaps aus.

Oh mein Gott!

Ich kann die Tür nicht schließen, ich muss wissen, was sie hier machen. Unglücklicherweise gibt es auf dieser Seite des Motelzimmers kein Fenster, die liegen Richtung Wald und Hinterhof.

Der Schwarzhaarige sieht sich um, als suchte er mich immer noch, doch die beiden verschwinden geradewegs durch die Tür des Empfangshäuschens.

Nach einer Weile kommen sie ohne die Flaschen zurück.

Plötzlich dämmert es mir. Sie versorgen den Motelbesitzer mit

Alkohol. Vielleicht sind sie mir gar nicht hinterhergefahren, sondern hätten sowieso hier angehalten. Es ist ein kleiner Ort, jeder kennt jeden.

Trotzdem hören meine Knie nicht auf zu zittern.

* * *

Als ich mich wieder beruhigt habe, setze ich mich neben River aufs Bett und blättere die Zeitung durch. Zum Glück gibt es keinen Artikel über mich. Aktuell wird über den Börsencrash berichtet.

Irgendwann richtet sich River auf und scheint völlig neben sich zu stehen. »Welchen Tag haben wir? Wie lange schlafe ich schon?« Seine Haare sind zerzaust, aber das macht ihn nur noch hübscher.

Ich zeige ihm die Zeitung und tippe aufs Datum.

River reibt sich die Augen und stöhnt auf. »Zwei Tage. Es kam mir vor wie eine Stunde.« Müde wuschelt er sich durch die Haare, dann schleppt er sich wortlos ins Bad und ich höre die Dusche rauschen. Die Tür hat er einfach offengelassen.

Als er zurückkommt, lässt er sich wieder so erschöpft ins Bett fallen, als wäre er einen Marathon gelaufen.

Für einen Moment überlege ich, ihm das mit den Typen aufzuschreiben, aber als ich ihn genauer ansehe, entscheide ich mich dagegen. Das kann warten. Außerdem müsste ich dafür einen halben Roman schreiben. Das ist noch so etwas, wenn man schweigt. Geschriebene Wörter. Sie brauchen so viel mehr Zeit. Fast spüre ich wieder Dads Ungeduld, wenn er mit dem Fuß wippend neben mir stand, bis ich ihm etwas auf meine Art erzählt hatte, was er mir dann sowieso nicht geglaubt hat.

Ich habe die Kette von Millicent nicht gestohlen. Jemand muss sie in meine Sachen geschmuggelt haben! Ich bin nicht mal in ihrem Kurs, Dad!!!

Danach habe ich ihm ausführlich geschildert, wo ich war und warum ich es nicht gewesen sein konnte. Alles, was er daraufhin sagte, war nur: »*Chester hat etwas anderes ausgesagt. Er und Hunter haben dich gesehen, Kansas. Ich glaube, eine Amber war auch dabei.*«

Amber lügt, weil sie von Chester Pillen bekommt.

»*Wir können froh sein, dass du nicht suspendiert wirst.*«

Und so wurden aus langen schriftlichen Erklärungen einzelne Sätze und aus Gefühlen nur Wörter ohne Verbindung.

Mit River war es von Anfang an anders. Als hätten wir einen inneren Draht zueinander, der auch ohne Worte funktioniert.

Später, als es Abend wird, isst er noch die halb aufgetauten Tiefkühlerbsen, danach legt er sich sofort wieder hin.

* * *

Ein weiterer Tag bricht an. River schläft. In meinem Kopf rezitiere ich Gedichte von Rumi, während ich auf und ab laufe.

Wenn ich bei dir bin, bleiben wir die ganze Nacht auf,
wenn ich nicht bei dir bin, kann ich nicht schlafen.
Gelobt sei Gott für diese beiden Arten der Schlaflosigkeit
und den Unterschied zwischen ihnen.

Ausnahmsweise würde ich gerne mit James schreiben, um ihm Rivers Zustand zu schildern, aber Rivers Handy funktioniert immer noch nicht. Außerdem muss ich unbedingt Dad Bescheid geben, dass es mir gut geht. Telefonieren kann ich nicht, sonst könnte ich ja das Telefon an der Empfangstheke benutzen. Den Motelbesitzer, von dem ich mittlerweile weiß, dass er Buddy Miller heißt, kann ich nicht bitten, für mich anzurufen, weil er sonst die Wahrheit erfährt und vielleicht die Polizei holt. Nein, ich kann nichts tun, außer warten. Oder ich frage morgen River, ob er bei meinem Dad anrufen kann. Trotz all der Missverständnisse zwischen uns will ich nicht, dass er sich Sorgen macht.

An diesem Tag befolge ich Rivers Vorschlag, mir eine Slack zu spannen, und finde am Waldrand hinter dem Motel zwei lichte Tannen, die sich dafür eignen. Allerdings bleibe ich nur zehn Minuten, weil ich wegen River so unruhig bin.

Als ich zurückkomme, sitzt der Hippie-Typ im Schneidersitz auf der Veranda vor dem Motel und legt sich die Karten.

»Hi«, sagt er, als ich gerade das Zimmer aufschließe.

Ich nicke ihm zu und eigentlich will ich im Zimmer verschwinden, doch er hält mich zurück. »Ein kleiner Exkurs in dein Leben gefällig, junge Dame?«

Ich zögere.

»Wäre auch gratis.«

Vielleicht bietet er es an, weil ich ihm zugelächelt habe, wenn er sich überhaupt daran erinnert. Ich werfe einen Blick in unser Zimmer. River liegt unverändert still im Bett. Ich könnte ja die Tür auflassen.

Ich spreche nicht, schreibe ich über mich selbst erstaunt auf meinen Block und zeige ihm das Geschriebene. Noch vor drei Wochen wäre das undenkbar gewesen.

Er zuckt nur mit den Schultern. »Der eine spricht nicht, der andere redet viel, ohne wirklich etwas zu sagen. Ich lasse die Karten sprechen.« Er grinst und schiebt sich eine seiner langen Dreadlocks aus dem Gesicht. Ich mustere ihn. Seine bunte Batikflatterhose wirkt harmlos, ebenso die geflickte Weste und das blaue T-Shirt. Vielleicht will er nur nett sein.

Scheu setze ich mich zu ihm auf den hölzernen Steg und ziehe die Beine an. Der Typ sammelt die Karten wieder ein und mischt sie so schnell, dass mir schwindelig wird.

»Wir machen ein einfaches Orakel. Vergangenheit, Gegenwart und Zukunft«, sagt er, aber es klingt wie ein Vorschlag, daher nicke ich. Ich glaube sowieso nicht an diesen Hokuspokus. »Ich bin übrigens Tom.«

Tom passt überhaupt nicht zu ihm, Tom klingt irgendwie so lebensnah, während dieser Typ aussieht, als würde er in einer Dunstwolke aus Marihuana durchs Leben schweben.

Mariah, schreibe ich.

»Mariah?« Er scheint ebenso überrascht über meinen Namen wie ich über seinen. »Du wirkst gar nicht wie eine Mariah.«

Wie wirke ich denn?, schreibe ich.

»Keine Ahnung. Wie eine *Rosemarie* vielleicht.« Er lächelt und breitet die Karten wie einen Fächer auf dem Holzsteg aus. »So: Jetzt ziehst du drei. Und benutz die linke Hand, das ist die, die mit deinem inneren Selbst verbunden ist.«

Ich bestehe nur aus einem inneren Selbst, von daher ist es eigentlich egal. Ich tue ihm aber den Gefallen und ziehe drei Karten mit der linken Hand.

»Dann wollen wir uns mal dein Leben genauer anschauen.« Er rückt sein Hippiestirnband zurecht. »Die Karten zeigen dir das, was du in den letzten Wochen erlebt hast, derzeitig erlebst und was die Zukunft bringt.« Er dreht die erste Karte um.

»Der Mond«, sagt er geheimnisvoll und ich denke nur an Punkt drei meiner Liste: *Einen Jungen im Mondlicht küssen.*

»Der Mond steht im Tarot für das Unbewusste. Er macht es realer und bringt tief verborgene Empfindungen hervor. Er steht auch für alle Ängste, denen man sich stellen sollte.«

Ich habe Nähe zugelassen, denke ich. Ich habe River geküsst.

»Der Mond ist auch ein Symbol für den Übergang von der Wachphase zur Schlafphase.«

Wieder denke ich an River, der sich offenbar in einer Mondphase befindet, und auch daran, dass mir momentan alles so traumartig erscheint.

Tom dreht die nächste Karte um. Sie zeigt einen finsteren Sensenmann. »Der Tod.« Er lacht. »Mach nicht so ein erschrockenes Gesicht. Der Tod steht im Tarot für eine Trennung. Du musst dich von etwas Leblosem trennen, um Platz für Neues zu schaffen. Betrachte es als Wandlung.«

Ich nicke. Das passt sogar, das muss Zufall sein.

Tom dreht die nächste Karte um und ein wunderbares Lächeln breitet sich auf seinem hageren Gesicht aus. »Die Sonne.«

Ein Fixstern.

»Normalerweise eine erfreuliche Karte. Die Sonne symbolisiert einen positiven Lebensumstand, der ein neues Bewusstsein hervorbringt. Meine Güte, deine drei Karten passen perfekt zusammen.«

Ich schaue ihn an.

»Alte Ängste müssen überwunden werden und daraus erwächst neuer Lebenswillen. Die Sonne steht für Frohsinn und dem Ja zum Leben.«

Wollte ich deshalb unbedingt ein Fixstern sein?

Danke dir, ich muss jetzt wieder nach meinem Freund sehen, schreibe ich, damit er nicht auf dumme Gedanken kommt.

»Alles klar, Mariah.«

Wieso spricht er den Namen so aus, als glaubte er mir nicht?

Nachdenklich gehe ich zu River zurück und als er immer noch im Bett liegt, spüre ich einen Anflug von Frust und Enttäuschung.

Ich rüttle ihn an der Schulter, woraufhin er wie unter größter Anstrengung ein Auge öffnet. »Hm«, nuschelt er undeutlich. »Was ist los, Tucks?«

Brauchst du einen Arzt?, halte ich ihm vors Gesicht.

Seine Augen weiten sich und er greift meine Hand und quetscht die Finger so fest zusammen, dass es weh tut. »Tut mir leid.« Er lockert den Griff, ein Flehen liegt in seinem schlafverhangenen Blick. »Keinen Arzt. Niemanden. Nur du und ich. Gib mir noch einen Tag, dann bin ich wieder fit«, sagt er mit rauer Stimme.

Nur du und ich. Prüfend mustere ich ihn. Ich habe wirklich keine Ahnung, was ich tun soll, aber sein Zustand macht mir zu große Angst, um ihn länger hinzunehmen.

Er hebt die Hand und streicht mir durchs Haar. »Morgen brechen wir auf und fahren Richtung Vegas. Ich versprech's dir.« Für einen Moment schließe ich die Augen und genieße die Berührung. Das fehlt mir so sehr, dass sich mein Herz richtig wund anfühlt: seine Küsse, seine Berührungen, River, wie er vorher war.

* * *

Wieder vergeht ein Tag. Ich habe den Vormittag über noch bei River am Bett gesessen, als würde ich Totenwache halten, mich aber gegen zwölf zur Slack aufgemacht. Sein Handy funktioniert immer noch nicht.

Während ich die niedrige Böschung über den Pfad hinaufsteige, nehme ich mir vor, nicht allzu enttäuscht zu sein, wenn er heute trotz seines Versprechens nicht aufsteht. Viel eher sollte ich mir dann überlegen, was ich wirklich unternehmen kann, um ihm zu helfen.

Bedachtsam setze ich wenig später einen Fuß vor den anderen, die Augen konzentriert auf den Stamm der Tanne gerichtet. Alles ist still, zu still, selbst die Vögel zwitschern heute nicht. Vielleicht ist ihnen ja auch zu heiß, immerhin sind es fünfunddreißig Grad im Schatten, das habe ich vorhin zufällig im Radio gehört, als ich mir am Empfangshäuschen einen Schokoriegel aus dem Automaten geholt habe.

Am Ende der Slackline vollführe ich eine Drehung, wische mir mit dem Unterarm den Schweiß von der Stirn und schaue gedankenverloren auf das schäbige Motel, das unterhalb des Waldrandes liegt.

Ich hinterlasse immer nur Scherben.

Bestimmt ist er auf Drogen. Das würde sein gesamtes Verhalten erklären. Erst Amphetamine, diese Studentendroge, mit der man ewig wachbleiben kann, und jetzt, nach Tagen der Abstinenz am Fluss, holt er den ganzen Schlaf nach. So muss es sein, es kann keine andere Erklärung geben.

Erschöpft lege ich mein Gesicht in die Hände, da knackt es hinter mir im Unterholz, als wäre jemand – oder etwas – auf einen trockenen Ast getreten.

Ruckartig drehe ich mich um und spähe angestrengt in den dichten Wald. Die dunklen Tannen ragen weit in den königsblauen Himmel und sehen aus wie ein Standbild. Kein Luftzug bringt die

Zweige zum Zittern, da ist nichts. Kein Grizzly, kein Elch. Nur diese Stille.

Eine Gänsehaut kriecht über meine nackten Unterarme. Etwas daran erinnert mich an meine Schule, diese Ruhe vor dem Sturm.

Unwillkürlich ziehe ich das weiße Hemd von River nach unten, aber der Saum reicht mir nur knapp über den Po. Eigentlich habe ich sowieso genug für heute.

Ich schnappe mir die kleine Wasserflasche und will gerade zurückgehen, als ich knirschende Schritte von unterhalb höre. Jemand geht um das Motel herum. Ein langer Schatten taucht am Ende der letzten Holzhütte auf. Erst denke ich, es ist River, der endlich aufgestanden ist und zu mir auf die Slack kommt, doch als der Schatten um die Ecke biegt, stockt mir der Atem.

Es ist John. *Der blonde Berry's-Supermarket-John!*

Als er mich entdeckt, breitet sich ein sonderbares Grinsen auf seinem Gesicht aus. »Sieh mal einer an! Wen haben wir denn da? Das blonde Engelchen aus dem Supermarkt.« Mit langen Schritten läuft er über den geschotterten Hinterhof auf die Böschung zu, auf deren Höhe ich meine Line gespannt habe. »Na, ganz allein hier?«

Im ersten Augenblick weiß ich nicht, wie ich reagieren soll. Automatisch schaue ich zu unserem Motelfenster, aber natürlich steht River nicht dort – er liegt im Bett!

Ich atme tief durch.

»Keine Angst, ich will nur mit dir quatschen. Wobei, das wird vielleicht schwierig.« John lacht, dabei fällt mir wie nebenbei auf, dass er immer noch aussieht, als hätte er vor Wochen die letzte Dusche von innen gesehen. Sein Holzfällerhemd und die Jeans stehen vor Dreck, sein fetttriefender Pferdeschwanz sieht aus, als könnte man ihn auswringen.

Am Pfad, der die Böschung hinaufführt, bleibt er kurz stehen. »Weißt du, mein Alter hat uns gesagt, wo wir dich finden können. Ihm gehört der Kasten hier.«

Uns? Mein inneres Warnsystem schaltet auf Alarm und ich drehe mich automatisch um.

Die Trinkflasche rutscht mir aus den Fingern. Der Schwarzhaarige steht zwischen den Tannen hinter der Slack, aber er muss nur einen großen Schritt machen, um sie zu überwinden.

»Ciao, Bella.« Er zwinkert mir zu. Ein dunkles Glimmen flackert in seinen tiefliegenden Augen.

Sekundenlang kann ich mich nicht rühren. Kann nicht atmen, nichts.

»Ja, der alte Buddy hatte schon 'ne Menge intus. Hat uns sogar von deinem Begleiter erzählt, den man nie zu Gesicht bekommt. Vielleicht ist er ja auch schon durchgebrannt.«

»Vielleicht ist er vom Kippenholen nicht wiedergekommen!« John lacht über seinen eigenen Witz. Dann wird er plötzlich ernst. »Hey, Jack, ich glaube, sie ist wirklich stumm. Sie kann nicht mal *Piep* sagen. Heißt das dann eigentlich stockstumm wie bei stocktaub?«

Es ist wie in meiner Schule. Erst harmlose Worte, bevor sie sich eine Schwachstelle herauspicken. Danach wollen sie etwas von dir. Geld in Mr. Spocks Fall, bei mir waren es oft nur meine Schulsachen, die anschließend kaputtgemacht wurden. Die nächste Stufe ist der körperliche Angriff. Fluchtwege abschneiden, einkeilen. Schubsen. Schlagen. Oder mehr.

Ich bin wie benommen vor Schreck. John nimmt den Pfad nach oben. »Du kannst echt nicht sprechen? Nicht mal schreien?«

Ich schlucke, schaue von einem zum anderen, meine Beine sind wie gelähmt. Der Schwarzhaarige steigt über die Slack, fasst mich ins Auge wie ein Scharfschütze das Fadenkreuz. »Um gefickt zu werden, muss sie nicht sprechen können, oder? Hat auch Vorteile.«

»Also ich mag es ja, wenn die Weiber meinen Namen schreien.« John ist gleich bei mir.

In dem Moment weicht die Empfindungslosigkeit aus mir und mein Körper reagiert auf meine feuernden Synapsen. Querfeldein presche ich durch die Sträucher hinab Richtung Motel. Richtung River. Richtung Sicherheit.

»Verdammt, bleib stehen!«, schreit John hinter mir. »Das war doch nur ein Witz, Engelchen!« Dornen kratzen über meine Arme, scharf wie Stacheldraht. Der Abhang ist steil und überwuchert mit Gestrüpp. Meine langen Haare bleiben an einem dürren Zweig hängen und ich reiße mir ein Büschel davon aus, als ich weiterhetze. Reflexhaft schießen mir Tränen in die Augen. Schritte folgen mir, Äste brechen unter der Last schwerer Sohlen. Ich bin nicht schnell genug.

Aus dem Augenwinkel sehe ich John den Pfad hinabbrennen.

River!, schreie ich stumm. *Ich bin hier!*

Ich will einen Haken schlagen, aber dabei verliere ich den Halt auf der weichen Erde. Taumelnd werfe ich mich nach vorn und lande mit voller Wucht auf dem Schotter, aber ich spüre keinen Schmerz.

»Wer wird denn gleich davonlaufen«, höre ich John spotten. »Wir wollen dir doch nichts tun.«

Noch ehe ich selbst auf die Beine komme, zieht Jack mich nach oben und dreht meinen Arm auf den Rücken. Tausend glühende Nadelspitzen stechen in meinem Schultergelenk.

»Du schreist tatsächlich nicht, Engelchen. Brav«, raunt mir John ins Ohr, der mittlerweile bei uns angekommen ist. Ich japse nach Luft und Jack lockert den Griff.

Da begreife ich es. Das war ein Test. Jetzt wissen sie, wie hilflos ich wirklich bin.

»Ich sage dir, was nun passiert«, sagt John leise und ich drehe den Kopf weg, weil er immer noch nach verdorbenem Fleisch und Schnaps stinkt. Mit flirrendem Blick starre ich auf den Boden, höre seine Worte wie durch Wasser. »Ich habe hier einen Schlüssel für ein Zimmer. Mein Alter war so besoffen, dass er das gar nicht mitbekommen hat und selbst wenn, Engelchen, wäre es ihm egal, immerhin ist sein Bruder der Polizeichef dieser Gemeinde. Mein Alter steht quasi über dem Gesetz. Wir nehmen jetzt also dich und diesen Schlüssel, suchen uns ein lauschiges Zimmer und haben jede Menge Spaß, verstanden?«

Johns Worte branden durch meinen Kopf, aber in meiner Angst ergeben sie ein sinnloses Chaos an unzusammenhängenden Wörtern.

Sie laufen los und Jack schiebt mich vor sich her. Aber sie gehen in die falsche Richtung! Sie laufen über den Hinterhof und nicht außen herum zu der Vorderseite, wo mich vielleicht noch jemand sehen könnte!

»Mach schon!« Der Schwarzhaarige stößt mich vorwärts. Da ist unser Fenster und dahinter ist River! Mit aller Kraft stemme ich mich gegen den Griff, aber es nutzt nichts. Und dieses Mal drückt Jack meinen Ellbogen so weit nach oben, dass der Schmerz meinen Arm hinaufjagt und vor meinen Augen flimmert wie ein Heer roter Sterne.

Sie führen mich zu einem Zimmer, das man von vorne nicht sieht, es liegt genau hinter dem Rezeptionshäuschen, vielleicht gehört es ja zu Buddy Millers Privatreich.

Der Blonde schließt auf. »Ist zwar keine Honeymoon-Suite, aber es wird dir trotzdem gefallen.« Mit einer Hand öffnet er die Tür und der Schwarzhaarige stößt mich hinein.

Ich höre nur noch, wie die Tür mit einem Quietschen ins Schloss fällt.

KAPITEL SECHZEHN

Schritt für Schritt weiche ich zurück. Mein Herz rast. Ich will schreien, brüllen, aber die Schotten zu meinen Worten sind geschlossen, dichter als je zuvor.

Der Schwarzhaarige kommt auf mich zu, ein gefährliches Glühen in den Augen, während sich der Blonde in einer einzigen Bewegung das Holzfällerhemd über den Kopf streift.

Schweiß- und Alkoholgeruch tränken die Luft. Die Worte *Nein* und *Hilfe* drehen sich in meinen Gedanken. Ich höre, dass sie reden, aber ich verstehe nichts. Ihr Lachen kommt wie aus tausend Metern Entfernung.

Als ich mit dem Rücken gegen die Wand stoße, fällt mein Blick auf das Fenster gegenüber. Ich überlege, einen Satz zu machen und mit den Fäusten gegen das Glas zu trommeln, doch der Schwarzhaarige ist zu nahe.

Mach etwas! Irgendetwas!

In meinen Ohren ist ein Rauschen wie zwischen zwei Sendern, eher nebenbei bekomme ich mit, dass John die Gardine zuzieht. Danach geht alles viel zu schnell. Mit dem letzten Mut der Verzweiflung renne ich Richtung Tür, aber ich stolpere dem Schwarzhaarigen direkt in die Arme. Ich trete, schlage um mich und kriege seine Haare zu fassen. Er keucht. Wie eine Irre kralle ich die Finger hinein, reiße daran und lasse nicht los, wie ein Hund, der sich in etwas verbissen hat.

Ich weiß nicht, wie oder in welcher Reihenfolge es passiert, doch ich höre ihn fluchen und etwas kracht mit voller Wucht in mein Gesicht.

Sterne explodieren zusammen mit Schmerz und für Sekunden sehe ich nur noch bunte Muster auf dunklem Grund.

Er überwältigt mich, aber ich registriere es erst, als ich auf dem Bett liege und Blut schmecke. Der Schwarzhaarige sitzt auf mir und presst meine Hände neben den Kopf.

»Sieh mal einer an, das Engelchen kann die Krallen ausfahren.«

Immer noch ist mein Blickfeld nicht klar. Mir ist speiübel. Instinktiv will ich die Arme heben und nach ihm schlagen, doch ich bekomme sie nicht mal einen Zentimeter nach oben.

»Halt still, Kleine, dann müssen wir dir nicht unnötig wehtun«, höre ich John wie durch einen langen Tunnel sagen, aber er ist nicht weit weg.

Mein Kiefer pocht wie die Hölle, ich schlucke Blut und die gelbroten Sterne blinken immer noch vor meinen Augen. Sie sind wie Lichter, die an- und ausgehen.

Ich blinzele mehrmals, versuche mich neu zu orientieren, aber ich kann nicht klar denken. Die Realität splittert und fällt kaleidoskopartig ineinander. Irgendjemand quetscht meine Brüste zusammen, so fest, dass meine Kehle von dem lautlosen Schrei anschwillt. Wieder will ich die Hände anheben, aber das Gewicht, das sie nach unten drückt, ist eisenhart.

Ich glaube, es ist John. Er hält mich fest. Ich kann nichts tun.

Unwillkürlich steigen alte Bilder in mir auf. Chester, der mich zu Boden wirft. Wie ich kopflos durch die Davenport-Villa renne.

Ich starre an die schäbige Moteldecke. Ich will nichts sehen. Nichts sehen, nichts spüren. Abtauchen. In mein Schweigen und die Stille, in das Warten, bis es vorbei ist, denn das ist es irgendwann immer. Alles wird gut für den, der warten kann.

Ich spüre, wie ich falle. In das andere Land, in dem alles weniger wehtut. In dem Ereignisse in Sequenzen zerstückelt werden.

Mein Hemd, Rivers Hemd, wird mit einem Ruck aufgerissen, der Stoff kracht, Knöpfe platzen ab.

Ich spüre die Schwere eines Körpers. Den Schweiß. Den feuchten Atem an meiner Wange.

Schrei! Ich begreife nicht, was geschieht. Ich trete, und sie packen meine Haare wie einen Skalp.

Wörter. Denk an schöne Wörter. Aber ich finde sie nicht. Ich finde sie nicht.

Plötzlich poltert etwas gegen die Tür. Mehrmals hintereinander. Hart. »Macht diese scheiß Tür auf oder ich trete sie ein! Das ist ein verdammtes Versprechen! Habt ihr gehört?«

Vor Erleichterung schießen mir Tränen in die Augen.

River! River, River, River.

Wohl aus Reflex hält mir der Schwarzhaarige den Mund zu, aber da fliegt bereits die Tür aus den Angeln und kracht auf den Boden wie in einem Blockbuster.

Ich kann nicht beschreiben, was ich fühle. Irgendwie alles und irgendwie auch nichts, als schwebte ich in einem Vakuum.

Sekundenlang ist es totenstill. Gespenstisch still.

Dann springt der Schwarzhaarige mit einem Satz vom Bett, John ist wie erstarrt.

»Weg von ihr! Sofort!« Rivers Stimme senkt sich zu einem todbringenden Flüstern, das mir durch Mark und Bein geht. Er steht in der Tür, die Fäuste geballt, das Gesicht rot vor Zorn. John gibt meine Arme frei und klettert vom Bett.

Mit einem Mal sind alle Gefühle gleichzeitig da. Erleichterung und Beschämung. Mit brennenden Wangen raffe ich das kaputte Hemd vor der Brust zusammen und rutsche zur Bettkante.

»Geh!«, sagt River sehr ruhig zu mir, als ich mit wackeligen Beinen aufstehe. »Geh rüber, ich regle das.«

Er hat nicht mal eine Waffe und ist allein! Ist er verrückt geworden?

»Sie geht nirgendwo hin, bevor ich sie nicht gefickt habe«, sagt Jack jetzt drohend und geht Schritt für Schritt auf River zu. Er ist größer und breiter, doch River bleibt stehen und verschränkt die Arme.

»Ich sollte die Polizei rufen«, knurrt er angriffslustig zurück. »Dann wandern du und Mr. Schmierhaar sofort in den Bau. Ihr lasst jetzt das Mädchen gehen und verschwindet hier, und zwar pronto.«

Jack bleckt die Zähne und John tritt neben ihn. »Sie wollte es doch. Sie hat nicht *nein* gesagt«, spottet er und wirft mir ein schlüpfriges Grinsen zu. »Nicht wahr, Engelchen? Du warst ganz scharf drauf.«

Rivers Faust kracht so schnell in Johns Gesicht, dass ich nur noch mitbekomme, wie der Blonde mit einem lauten Rums gegen den Schrank knallt, Rivers nächster Haken landet in Johns Magen.

Mit schmerzverzerrten Lippen sackt dieser auf die Knie.

»Raus hier!«, fährt River mich an, in dem Augenblick macht der Schwarzhaarige einen Satz, packt River an der Kehle und hämmert seinen Kopf gegen die Wand.

Mir bleibt beinahe das Herz stehen. River ist geschwächt und in irgendeiner Phase, die ich nicht begreife. Die Tür steht zwar offen, aber wer sollte uns schon zu Hilfe kommen? Buddy Miller sicher nicht.

»Du verschwindest oder ich mache Viehfutter aus dir, du verzogenes Weichei!« Der Schwarzhaarige holt aus und schlägt zweimal hintereinander zu. Es geht so schnell, dass ich kaum mitbekomme, was wie passiert. River keucht auf, stößt ihn zurück, doch im nächsten Moment erwischt ihn ein erneuter Schlag des Schwarzhaarigen. River stürzt, Blut sprudelt aus seiner Nase.

Der Schwarzhaarige hebt die Faust und ein Ausdruck von Hass lodert in seinen Augen. »Du denkst, wir wären Abschaum, Kartoffelbauern aus Idaho ... hältst dich für was Besseres, was? Aber hier bei uns läuft das ein bisschen anders, Arschloch ... Letzte Chance: Hau ab oder ich zertrümmere dir jeden Knochen einzeln.«

Nein! Wie eine Irre springe ich auf, packe Jacks Arm, doch er lacht nur. »Was willst du denn, Fliegengewicht?«

Etwas fegt mich zur Seite, vermutlich sein Unterarm, und ich stolpere rückwärts. Etwas scheppert zu Boden. Eine Chinavase.

»Sofort aufhören!«

Jemand steht in der Tür, zumindest da, wo sie mal gewesen ist. Ich brauche eine Sekunde, bis ich Tom erkenne. Noch eine weitere, bis ich die silberne Pistole in seiner Hand aufblitzen sehe. »Ihr zwei!« Er deutet mit der Mündung der Waffe erst auf John, anschließend auf Jack, »ihr zwei solltet jetzt schneller verschwinden, als ich *Flachwichser* flüstern kann.«

Der Schwarzhaarige ist mitten in der Bewegung versteinert, keuchend sieht er Tom an, ohne die Hand zu senken, die direkt auf Rivers Kiefer zielt.

»Bist. Du. Taub?« Tom hängen die Dreadlocks ins hagere Gesicht, aber jetzt sieht er nicht mehr so aus wie jemand, der in seiner Freizeit Tarotkarten legt.

Ganz leise ziehe ich Luft ein, blicke von Tom zu Jack, dann zu River. Mein Herz stolpert vor Schreck. River sieht so finster aus, wie ich ihn noch niemals zuvor gesehen habe. Seine blonden Haare fallen strähnig in sein Gesicht und in seinen blauen Augen tobt ein Sturm, während er die Handkante gegen die Nase presst, um die Blutung zu stoppen.

»Du bluffst doch.« Jacks Stimme schwankt.

Tom richtet die Waffe auf Jacks Kopf, die Miene erschreckend reglos.

Ich kann nicht mehr aufhören zu zittern.

»Sie ist nicht mal geladen, jede Wette.« Immer noch hat Jack die Faust geballt und ich kann das Testosteron, das er ausdünstet, förmlich riechen. Ihm wird die Beute vor der Nase weggeschnappt und das macht ihn wahnsinnig. Jetzt nickt er tatsächlich in meine Richtung. »Vielleicht willst du mitmachen? Dann kannst du ihr ja mal zeigen, was 'ne echte Waffe ist!«

Toms Arm schwenkt so schnell herum wie der Geschützturm eines Panzers. Der Warnschuss kracht draußen in irgendeine Holzlatte, trotzdem glaube ich einen Moment lang, dass mein Trommelfell platzt.

Jack ist der Unterkiefer runtergeklappt. John hält sich die Ohren zu.

»Verfluchte Scheiße«, sagt River fast andächtig. »Du solltest ihnen die Eier wegschießen!«

Toms Gesicht ist immer noch reglos wie ein Fels. Sein Arm schwenkt wieder automatisiert herum und die Mündung der Pistole zielt auf Jacks Stirn.

John nimmt die Hände von den Ohren und hebt sie in die Luft. »Reg dich ab, Alter. Das war doch alles nur Spaß.«

River sieht aus, als wollte er ihn töten. »Sei froh, dass das nicht meine Waffe ist!« Zu mir sagt er: »Geh endlich!«

Tom nickt. »Hör auf deinen Freund. Du solltest das nicht sehen.«

Oh mein Gott, will er die beiden etwa erschießen?

Der Tarottyp erlaubt sich ein winziges Lächeln. »Schau nicht so erschrocken. Nicht, was du denkst!«

Ich sehe zu River, dessen Augen immer noch Feuerblitze spucken. »Ich komme nach.«

Das Hemd vor der Brust zusammengerafft verlasse ich das Zimmer, werfe aber nochmal einen Blick zurück. Jack ist immer noch fuchsteufelswild, John hat aufgegeben.

Tom hat eine Waffe, es kann nichts mehr passieren, beruhige ich mich, doch mein Herz will nicht aufhören zu rasen.

Mit zitternden Knien umrunde ich das Motel bis zu unserem Zimmer und werfe die Tür hinter mir zu.

Es kann nichts mehr passieren. Es ist vorbei.

Immer wieder wiederhole ich diese Sätze, aber ich bin wie benommen. Erst jetzt, wo ich in Sicherheit bin, zermalmt mich der Schock wie ein Mühlstein.

Völlig neben mir kippe ich das Fenster; es ganz zu öffnen, traue ich mich nicht. Angespannt lausche ich und starre auf den geschotterten Hinterhof. Ich sehe nichts, kein Laut dringt zu mir durch. Was immer geschieht, geschieht leise.

Ich warte und verliere jedes Zeitgefühl. Sicher sind es nur Minuten, aber sie verzerren sich zu Stunden. Immer wieder blitzt das Geschehen vor mir auf. Der schwere Körper auf mir, der alte Schweiß, das Lachen. Meine Hilflosigkeit. *A-Silent-Girl-in-Trouble.* Mir wird noch schlechter. Hätte Chester tatsächlich zugelassen, dass seine Freunde *das* mit mir machen?

Ich presse mir die Hände auf den Mund und merke erst jetzt, dass mir einzelne Tränen über das Gesicht laufen.

Da mir plötzlich eiskalt ist, schlupfe ich in eine Jeans und einen Pulli, auch wenn alles in mir nach einer Dusche schreit.

Und gerade, als ich meine Haare aus dem Kragen befreie, sehe ich Jack und John über den Hinterhof rennen. Nackt. Kurz nach ihnen tauchen River und Tom auf.

Vorsichtig öffne ich die Vordertür, schaue durch den winzigen Spalt und sehe, wie John und Jack nackt in ihr Auto steigen und davonfahren.

Ich fühle nichts, weder Triumph noch Erleichterung. Vielleicht bin ich einfach noch zu vollgepumpt mit Adrenalin.

Zitternd halte ich mich an der Klinke fest, da steht River schlagartig vor der Tür. Er reißt sie so heftig auf, dass ich zurücktaumele.

Peng! Die Tür scheppert ins Schloss. Grimmig sieht er mich an. Seine Oberlippe ist geschwollen, sein Jochbein schillert blutunterlaufen. »Im Ernst, Tucks?«, fragt er fast tonlos. »Nicht mal da?«

Ich weiß sofort, was er meint. Er meint meine Unfähigkeit, zu schreien.

Meine Hände zittern immer noch. Alles zittert. River wischt sich über das Gesicht. »Nicht mal da?«, schreit er mich dann so plötzlich und unerwartet an, dass ich zusammenzucke.

Neue Tränen schießen mir in die Augen und ich schüttele mehrmals den Kopf.

Nicht mal da!

Ich nehme ein Blatt und den Stift. *Wieso bist du …*

Weiter komme ich nicht, denn River reißt mir beides aus der Hand, zerfetzt das Blatt in Einzelteile und bricht den Stift durch, als wäre er eine ungekochte Makkaroni. »Nicht mal da!«, brüllt er mich an. Im nächsten Moment wirft er den Tisch und die Holzstühle um. Die gleiche rote Chinavase wie in dem anderen Zimmer zerschellt am Boden, die Scherben splittern blutrot in alle Richtungen.

Rückwärts weiche ich in eine Ecke, sinke auf die Fliesen und presse die Fäuste auf meinen Mund. Das ist zu viel.

Hör auf!

Mit vor Wut blinden Augen packt River einen Stuhl und hämmert ihn so heftig gegen die Wand, bis das Holz splittert. Ein Bein bricht ab und fliegt aufs Bett. Danach fegt er die Lampe vom Nachttisch.

Tränen rollen über meine Wangen, mein Kiefer pulsiert und ich lege eine Hand auf die schmerzende Stelle.

»Das ist nicht dein Ernst, oder?«, brüllt er und wirft mir einen bitterbösen Blick zu.

Ich kann kaum mehr atmen.

Erzürnt hebt er den Block auf, reißt die letzten Seiten heraus und zerfetzt sie. Papierschnipsel fliegen durch die Luft wie Konfetti.

In diesem Augenblick erinnert er mich an meinen Dad. Es ist dieselbe Wut, derselbe Trotz, dieselbe Resignation.

»Du kannst dich glücklich schätzen, dass ich aus dem Fenster geschaut habe, als ich ins Bad wollte!«, schnaubt er jetzt und reibt die Hände aneinander, um ein paar Papierschnipsel zu lösen. »Wieso lässt du dich einfach so wegschleppen? Wieso schreist du nicht?«

Er hätte mir ebenso gut in den Magen boxen können.

Mit dem Zeigefinger deutet er auf mich. »Auf der ganzen Welt gibt es Typen wie diese. Wie willst du irgendwo sicher sein?« Er läuft im Zimmer auf und ab, dann stützt er sich mit beiden Händen an der Wand ab und lässt das Kinn auf die Brust sinken. »War das auch in deiner Schule so?«, fragt er schließlich, ohne mich anzusehen. »Haben sie das mit dir gemacht?« Immer noch strahlt er Zorn wie Hitze aus.

Furchtvoll sehe ich auf die weißen Papierschnipsel am Boden. Sie verschwimmen vor meinen Augen.

Haben sie das mit dir gemacht?

Wieder fange ich an zu weinen. Ich weine und weine und bekomme kaum noch Luft. Ich höre noch mehr Geräusche der Zerstörung, doch ich sehe nicht mehr hin. Ich umschlinge mich mit den Armen, schaukele vor und zurück, aber ich kann nichts gegen das

Zittern tun. Nichts gegen die Angst tun. Meine Hände werden taub, prickeln wie unter eiskaltem Wasser. *Atme. Alles ist gut. Atme.*

Plötzlich ist es still.

Ich blinzele, sehe, wie River das blutige T-Shirt zu dem Chaos auf den Boden wirft und sich ein frisches, schwarzes über den Kopf streift. Durch irgendetwas wittert er meinen Blick, denn er sieht mich unvermittelt an und hält in der Bewegung inne. In seinem rechten Nasenloch steckt ein zusammengerollter Tempostreifen, seine Haare sind zerzaust.

Wenn ein Blick still sein kann, dann ist es jetzt seiner. Aber diese Stille klingt auf einmal sanft.

»Hey!« Mit einem Mal ist River bei mir und zieht mich im Sitzen in seine Arme. »Es tut mir leid. Beruhig dich! Ich bin hier, Baby.«

Ich halte mich an ihm fest, aber ich kann diese Furcht nicht stoppen. Die Furcht vor dem, was heute passiert ist, die Furcht vor zuhause, der Schule und die Furcht vor Rivers Raserei. Er reibt mir wärmend über die Arme, immer wieder. »Es tut mir leid, ich wollte das nicht. Bleib hier, Tucks. Okay. Alles ist gut, ich bin da.« Meine Zähne schlagen aufeinander. Ich bin so froh, dass er wieder wach ist, so froh, dass er wieder ruhig ist, und trotzdem höre ich nicht auf zu beben. Ich würde so gerne wissen, was mit ihm los ist.

River nimmt mein Gesicht in die Hände. »Schau mich an.« Ich versuche es, aber mein Blick verirrt sich in Bildern von Chester und Jack, die miteinander verschmelzen, Bilder von River, wie er alles zertrümmert. »Schau. Mich. An.« Jetzt flüstert er es. »Ich. Bin. Hier. Ich bin nicht mehr wütend, ich hatte einfach nur furchtbare Angst.« Das Leise in seiner Stimme – das Sanfte – ist es, was mich ein Stück zurückbringt. »Sag mir, wie ich dir helfen kann. Zeig es mir. Mit den Händen, irgendwie ...«

Aber meine Finger zittern so sehr. Ich versuche, Buchstaben zu formen, doch ich kriege sie nicht unter Kontrolle. Für einen Moment hält River sie fest und reibt sie mit seinen Händen warm.

»Versuche es nochmal.«

Ich mache etwas, keine Ahnung, ob er es deuten kann. Immer noch ist mein Verstand durcheinander, ich komme mir vor wie auf einem Geisterschiff, verlassen im Meer.

»Okay, das ist ein S, ein C, ein H. O. Nein? Okay, ein Ö ... mach das noch mal, nicht so schnell, Tucks, ich bin kein Intercity. Ein E ...« River murmelt die Buchstaben nacheinander. »*Schöne Wörter*. Ist es das, was du mir sagen willst. Du brauchst schöne Wörter?«

Als er mich wieder in seine Arme zieht, nicke ich erschöpft. Die Bilder flackern weiter, aber jetzt im Hintergrund wie auf einer Kinoleinwand.

»Okay. Du bekommst schöne Wörter ...« Er scheint sich überhaupt nicht darüber zu wundern, als wäre es normal.

Das liebe ich so an ihm – dass er mein eigenartiges Verhalten als selbstverständlich betrachtet. Zusammen schaukelt er uns ein bisschen vor und zurück, überlegt vermutlich. »Nachtengelsgesang«, sagt er dann plötzlich, »gefällt dir das?«

Ich nicke, auch wenn ich immer noch zittere und mir eiskalt ist.

»Okay ... wie wäre es mit: Mondvogelhell. Nachtwindgewebt. Monddämmerungsblau.«

Monddämmerungsblau. Das schönste Wort, das ich je gehört habe. Tatsächlich werden alle Bilder blasser. Ich grabe meine Nase in sein T-Shirt und spüre seine Wärme. Alles ist gut, er ist da. Niemand wird mir wehtun und er hat sich abgeregt.

»Hey, ich habe noch mehr. Gib mir nur ein wenig Zeit ... Mondschattengeflüster. Nachtfunkelmusik. Silbersternendunkel, Mondmilchschimmer.«

Ich wiederhole alle Wörter im Geist, spüre, wie mich der Zauber der Wörter mit Ruhe füllt.

River zieht mich fester an seine Brust und ich spüre seine Herzschläge an meiner Ohrmuschel, seine tiefen Atemzüge. Ganz vorsichtig taste ich mit der Hand unter sein Shirt, spüre seine warme, glatte Haut und lege die Finger auf sein Herz. Er zuckt zusammen, vermutlich, weil meine Hand so eisig ist und seine Haut so warm. Da-dam. Da-dam. Ruhig und gleichmäßig pocht sein Herz unter meiner Hand, beruhigt mich auf eine Art, die ich nie für möglich gehalten habe.

»Jemand sagte mir einmal, manche Wörter seien wie Musik«, sagt er jetzt leise. »Und irgendwie stimmt das. Wörter haben ihren eigenen Klang, ihre eigene Schwingung. Du kannst sie flüstern und ihre Silben sprühen Funken und kitzeln in deinem Bauch. Du musst es nur zulassen.« Mit einer Hand streicht er mir sanft über die Haare, zwirbelt eine Strähne um seinen Finger. »Sternfeuerbrandung, Traumzaubernebel, sternenwärts.« Ich drücke meine Finger ein wenig fester auf seine Brust und er versteht.

»Sternenwärts gefällt dir besonders.«

Ich wünschte, ich könnte ihn fragen, wer ihm das mit den Wörtern gesagt hat – dass sie wie Musik sein können. Vielleicht ja diese June.

In den nächsten Stunden flüstert River mir noch viele schöne Wörter zu und irgendwann verschwimmen sie tatsächlich zu einer ganz eigenen Musik und es kommt mir vor, als würde er singen. Ich vergesse alles um mich herum. Nur noch er zählt. Er und diese Wörter. Sie sind wie eine schützende Hülle, die uns einspinnt. Sie sind unser Nachtzauberkokon.

KAPITEL SIEBZEHN

Ich schlafe unruhig. Ich träume von Chester, der über mich herfällt und sich in Jack verwandelt, und als ich aufwache, bin ich schweißnass und voller panikgefärbter, scharlachroter Bilder. Ich brauche viele Sekunden, um zu begreifen, dass ich nicht in der Davenport-Villa bin.

»Alles ist gut, Tucks. Das war nur ein Traum.« River sitzt auf der Bettkante und streicht mir die nassen Haare zurück. Er trägt immer noch das schwarze Shirt und mustert mich ernst, als wollte er in mich hineinsehen. Vielleicht hat er Angst, sein gestriges Verhalten könnte mich so erschreckt haben, dass sein Versuch, mich zu retten, daran scheitert. »Wir müssen los«, sagt er nach einem Moment. »Ich habe keine Ahnung, wann Buddy Miller hier auftaucht und unangenehme Fragen stellt. Tom ist vorhin schon abgehauen. Vielleicht hatte er Angst, er könnte Ärger wegen der Knarre bekommen.«

Verwirrt schaue ich zu der Uhr über der Tür, die bei Rivers Ausraster zum Glück heil geblieben ist. Sie zeigt acht Uhr abends. Draußen ist es bereits dunkel.

Ich muss mich konzentrieren, um ihm folgen zu können. Tom ist weg? Ich habe mich nicht einmal bei ihm bedankt.

»Dieser Miller wird sicher bald aus seinem Delirium aufwachen und dann ist hier vermutlich der Teufel los.«

Wie lang ist es her, dass ich geduscht habe? Eine Stunde? Ich wollte mich danach doch nur kurz ausruhen – und bin offensichtlich eingeschlafen.

River steht auf. »Ich will dich nicht beunruhigen, aber ich befürchte, dass die Scheißkerle zurückkommen. Wenn Miller wirklich der Alte von John ist ... und sein Bruder der Polizeichef ... John könnte so etwas wie einen Freifahrtschein für diese Gemeinde haben, und das gilt auch für seinen Kumpel – keine Ahnung, wie sie das hier regeln. Und: Wenn sie rausbekommen, dass Tom weg ist – ich habe keine Knarre bei mir.«

Ich verstehe, was er mir sagen will, und schäle mich aus der Decke. Ich trage meine Jeans und einen schwarzen Rollkragenpullover von River, jetzt schlupfe ich im Sitzen noch hastig in meine Flip-Flops.

»Die Slack habe ich vorhin schon abgebaut, alles ist gepackt!«

Blinzelnd schaue ich mich um. Der Rucksack steht prall gefüllt auf dem Boden, außerdem hat er die Scherben aufgesammelt und den Tisch und den Nachttisch wieder aufgestellt. Verwundert reibe ich mir über die Stirn. Unfassbar, dass er noch vor wenigen Stunden nicht aufstehen wollte und permanent geschlafen hat. Überhaupt wirkt er schlagartig wieder so, als hätte er doppelt so viel Energie wie jeder Normalsterbliche.

»Was ist?«

Ich spüre seinen Blick auf mir und zwinge ein Lächeln auf meine Lippen, auch wenn mir nicht danach ist. Sein Ausraster hat Spuren hinterlassen. Der Stuhl liegt zertrümmert in der Ecke. An einer Stelle klafft ein gigantisches Loch in der Holzverkleidung. Jede Wette, dass man mit ein bisschen Kraft den Arm ins Nachbarzimmer strecken kann!

Mein Lächeln verblasst. Alles an seinem Verhalten verwirrt mich und ich komme nicht gegen das mulmige Gefühl in meinem Bauch an. Vorhin hat er mich mit seinen wunderschönen Worten beruhigt, aber da war ich auch völlig durcheinander. Er hat gesagt, er hätte furchtbare Angst gehabt und wäre wütend gewesen – aber deswegen verwüstet man keine Motelzimmer. Außerdem hat er den Block zerrissen und den Stift zerbrochen.

Ich hinterlasse immer nur Scherben.

Ob ihn seine Freunde immer noch suchen?

»Kansas?«

Mein eigener Name klingt fremd, so sehr habe ich mich an *Tucks* gewöhnt.

River räuspert sich. »Ich schätze, ich schulde dir eine Erklärung für all das.« Er deutet mit einer vagen Handbewegung in den Raum.

Ich entdecke eine Scherbe auf dem Boden, die er beim Aufräumen wohl übersehen hat, hebe sie auf und lege sie auf den Tisch. Im Grunde schuldet er mir gar nichts. Trotzdem will ich alles wissen. Ich sehe ihn an und für Sekunden schwebt wieder diese sanfte Stille zwischen uns.

»Ich wollte dir keine Angst machen, ganz bestimmt nicht.«

Mit einer Hand fährt River sich durch die Haare und wirkt zum ersten Mal verunsichert. Und dieser Blick weckt hundert Sehnsüchte in mir, trotz des Gefühlschaos in meinem Inneren.

Ich nicke ihm zu. *Das ist okay,* versuche ich ihm zu signalisieren, dann forme ich es mit den Fingern. O. K.

Er schüttelt ungeduldig den Kopf. »Nichts, was dir Angst macht, darf jemals okay sein, verstanden?«

O. K.

Jetzt lacht er, was sein Gesicht zum Leuchten bringt. »Im Ernst. Wir werden reden. Auf deine Weise und auf meine, aber jetzt müssen wir erst mal verschwinden.« Er sieht zur Tür. »Ich war vorhin in der alten Scheune hinter dem Empfangshäuschen und habe Millers Rad geklaut.«

Zum Glück müssen wir nicht laufen.

»Ich wollte nur, dass du das weißt.«

Er hat auch Chesters Porsche geklaut. Er trinkt auch beim Autofahren und nimmt höchstwahrscheinlich Drogen. Seit Neustem verwüstet er auch Motelzimmer. Aber, und das wird mir immer klarer: Bei allem, was er tut – er würde mir niemals wehtun. Er passt auf mich auf, er schützt mich. Er hat sich meinetwegen mit Typen angelegt, die ihm allein an Körpergröße und Masse überlegen waren. Wieso stelle ich mich so an, nur weil er ein paar Möbel demoliert hat? Hat Arizona nicht auch mal ihr Mathebuch nach mir geworfen?

Gleichgültig zucke ich mit den Schultern. O. K.

* * *

Wir fahren so weit, dass ich keine Angst mehr habe, dass die beiden Typen uns irgendwo abpassen könnten, außerdem benutzen wir die Feldwege parallel des Highways. Unter einem Himmel voller funkelnder Sterne bauen wir auf einer Streuobstwiese neben einem Acker unser Nachtlager auf. River hat ein Laken mitgehen lassen und breitet es als Unterlage aus, während ich den Schlafsack aus dem Rucksack krame und unser Bett mit Klamotten auspolstere.

Später liegen wir nebeneinander, schauen zusammen zum Firmament und River zeigt mir die einzelnen Sterne, die den Schwan bilden. »Der Schwan ist eines der hellsten Sternbilder am Sommerhimmel.« Er deutet auf einen Sternennebel im Süden. »Und dort ist der Kranich, aber da kann man nur das Y sehen ... siehst du?«

Mein Kiefer pocht und ich bin unendlich müde. Ich nicke trotzdem, während sich mein Blick in dem nächtlichen Himmel verirrt. All meine Muskeln schmerzen und ich kann nicht sagen, ob das vom Sitzen auf dem Gepäckträger oder dem Angriff kommt.

»Morgen machen wir einen Stopp bei den Craters of the Moon. Die liegen auf dem Weg nach Las Vegas und die Vernissage deiner Mum ist ja erst in ungefähr zwei Wochen. Wusstest du, dass die Astronauten dort im Rahmen des Apolloprogramms ihre Ausbildung absolviert haben?«

Er erwartet keine Antwort, denn er sieht weiter zum Himmel.

»Früher wollte ich immer Astronaut werden. Weit weg von der Erde. Schwerelos sein und in etwas treiben, das endlos und ewig ist.«

Ich bin vollkommen überrascht. Ich kann mir River als sehr vieles vorstellen. Als Filmstar, als Rennfahrer oder sogar als Bombenentschärfer, jedoch nicht als Raumfahrer mit Anzug und Helm.

»Aber dann habe ich erfahren, dass auch Sterne sterben können. Sie sind wie wir, Tucks. Sie werden geboren, sie brennen aus, sie sterben.« Ich spüre, dass er mich ansieht, und drehe den Kopf in seine Richtung. Er liegt auf dem Rücken, das Gesicht mir zugewandt, dann blickt er wieder ins Firmament. »Ein Stern sollte ewig sein, findest du nicht?«

Ich nicke erneut, doch das sieht er nicht. Wind spielt mit seinen Haaren, die geisterhaft hell in der dunklen Nacht leuchten. »Vielleicht ist der Himmel nur ein Friedhof. Womöglich sind all die Lichter, die wir sehen, längst erloschen.«

Das All ist ein Friedhof für Sterne, denke ich nur. Das hätte es bei Arizona sicher auf die Strange-Seite meines *Kansas' Strange & Beautiful Words. A Collection* geschafft.

»Sternenschimmernacht«, sagt River auf einmal und dreht mir wieder das Gesicht zu. Sein Jochbein schillert in einer undefinierbaren Farbe, weil dort ein Hämatom ist, die Schwellung an seiner Lippe ist zurückgegangen.

Sternfall, forme ich mit den Händen.

»Sternenwiege.«

Sternensehnsucht.

Er grinst verschmitzt. »Sternhagelvoll.«

Ich kichere still.

Er schaut wieder hinauf und ich mache dasselbe, sehe in das milchweiße Flimmern tausender Lichter, die vielleicht Gräber sind. »Sternennachtsewig.«

Wir schweigen und das Wort dehnt sich so weit, dass es scheinbar den Sternenbogen über uns erreicht.

»So eine Nacht wäre perfekt«, sagt River rau.

Wofür?, denke ich und ein Schauer steigt in mir auf. *Um mich wieder zu küssen?*

»Du lässt mich am Ende des Sommers doch nicht hängen, oder?«

Seine Worte scheinen vom Himmel zu fallen.

Sternennachtsewig.

Vorsichtig sehe ich zu ihm rüber und wieder sieht er mich an, auf dem Rücken liegend, die Haare wie ein wilder Fächer um seinen Kopf, das Sternenlicht als Glitzern in dem tiefen Nachtblau seiner Augen.

Ich weiß natürlich, was er meint: Den eigentlichen Grund, warum wir zusammen unterwegs sind. Ein dunkles Gefühl breitet sich in mir aus. Es ist, wie wenn man etwas Unangenehmes sehr lange verdrängt hat. Wir sind nicht einfach nur River und Tucks, die gemeinsam durchbrennen, denn wir sind Sterbensgefährten. Unsere Reise hat ein Ziel und das ist nicht nur Las Vegas oder das Erfüllen meiner Liste. Zumindest ziemlich wahrscheinlich.

Langsam schüttele ich den Kopf und greife unter dem Schlafsack seine Finger.

Natürlich nicht, soll es heißen. In diesem Augenblick denke ich das wirklich. Egal, was ihm fehlt, egal, wie er drauf ist. Ich folge ihm, wohin auch immer er geht, denn ohne ihn will ich nie wieder sein. Nicht einen Tag. Er ist mein Schild, das mich vor der Welt beschützt; nein, er ist mehr. Er ist meine Welt und wenn er meine Welt ist, brauche ich keinen Schild. Ich habe es am Fluss schon einmal gedacht. Er ist einfach alles. Die Antwort auf jede Frage.

Als er jetzt meine Hand drückt, wird das Funkeln in seinen Augen noch tiefer und ich denke, dass nichts, was so perfekt ist, je sterben dürfte.

»Vielleicht ist da Glitzer, Baby«, sagt er leise. »Vielleicht ist da Musik und Poesie.« Er lächelt.

Vielleicht ist da auch gar nichts. Oder alles.

In dem Moment sieht er wieder aus wie ein wunderschöner

Todesengel, der bereits hinter die Schatten geblickt hat. Verführerisch und dunkel. Würde ich noch mit ihm fliegen, wenn er es wirklich wollte?

* * *

Am nächsten Tag waschen wir uns notdürftig auf den Toiletten eines verlotterten Burgerladens. Mein Gesicht sieht schlimm aus. Der Kiefer ist zwar nicht geschwollen, aber er schimmert in ähnlichen Farben wie Rivers Jochbein, außerdem sieht ein Teil meiner Oberlippe aus wie nach einem missglückten Botoxversuch. Vielleicht küsst mich River ja deswegen nicht.

Nach der Katzenwäsche frühstücken wir jeder drei Cheeseburger und eine Pommes, kippen einen Liter Cola hinunter und gönnen uns am Ende noch eine Apfeltasche.

Später hält River in Arco an einem Baumarkt und bedeutet mir, an der Kasse zu warten. Als er nach dem Bezahlen auf mich zugeht, hat er ein Ladekabel und ein schwarzes Ding in der Hand, das ein bisschen wie der elektronische Autoschlüssel meines Bruders aussieht.

»So«, sagt er entschlossen und bleibt dicht vor mir stehen, so wie damals, als er meine Leash auf- und wieder zugeknotet hat. Ich rieche seinen Geruch nach herben klaren Kräutern, Leder und Wald und alles in mir sehnt sich nach seiner Nähe und unseren Zärtlichkeiten am Fluss. In dem Moment will ich nur noch, dass er mich küsst und niemals wieder damit aufhört.

River schüttelt den Kopf, als hätte er meine Gedanken gelesen. »Da du dich nicht selbst schützen kannst, muss das jemand anderes für dich übernehmen. Vor allem wenn ich ...« Er verstummt und sieht mich seltsam an. *Wenn ich schlafe,* beende ich seinen Satz im Geist.

Ich spüre, dass er etwas an meine Jeans klickt.

Automatisch lehne ich mich ein Stück zurück, schaue hinab und entdecke das schwarze Ding, das mit einem Karabiner befestigt an meiner Gürtelschlaufe baumelt.

Ratlos hebe ich die Arme.

»Das ist ein akustischer Signalgeber. Wenn du nicht schreien kannst ... du musst nur den Stab hier herausziehen und das Ding veranstaltet einen Höllenlärm. Die Batterie ist schon entsichert.«

Ich muss schlucken und meine Augen werden feucht. Weil er an so etwas denkt. Weil er mir das Gefühl gibt, wertvoll zu sein, schützenswert. Anders als mein Dad! Dad hätte mir das kaufen müssen!

Verstohlen wische ich mir über die Augen. River lächelt, aber dahinter versteckt sich diese Verlorenheit, die sich mir immer wieder entzieht.

Dann, wie um uns beide abzulenken, zieht er urplötzlich das Stäbchen aus dem Anhänger heraus und ein ohrenbetäubendes Schrillen erfüllt mein Trommelfell mit Schmerz und Panik. *Zu laut!* Schnell halte ich mir die Ohren zu. River lacht und alle drehen sich zu uns um. Hastig steckt er den Entsicherungsstift wieder in das Gehäuse zurück und der Krach verstummt.

»Sorry, ein Versehen«, ruft er in Richtung Information, an der ein stämmiger Wachmann zu uns rüberschaut. Der Mann nickt mir zu. Ich lächele verkrampft.

»Hey!« River fasst mich an den Schultern und hält mich eine Armlänge auf Abstand vor sich hin. Wir sehen uns an und dieses *Hey* vibriert durch all meine Sinne. Es weht wie ein sanftes Pusten über meine Haut und fliegt wie mit Löwenzahnschirmchen durch meinen Geist. *Hey!*

»Ich habe dir noch etwas mitgebracht.« Er lässt die Hände zart von meinen Schultern gleiten und zieht etwas aus seiner Hosentasche. Es ist ein kleines wunderschönes silberglänzendes Notizbuch mit Stiftschlaufe und einem goldenen Kugelschreiber. Mit einem feierlichen Lächeln drückt er es mir in die Hand. »Für all das, was du nicht sagen kannst. Für all das, was du mich fragen willst. Für all deine schönen Wörter.«

Seine Worte brechen etwas in mir auf und die Tränen, die ich eben noch zurückdrängen konnte, rollen ungehindert über meine Wangen. Manchmal begreife ich nichts. Er redet vom Tod, sternennachtsewig, kein anderes Versprechen wollte er gestern Nacht. Ich soll ihn nicht hängen lassen!

Aber wieso hat er dann gesagt, er müsste mich retten? Und warum noch dieser Signalgeber? Wenn sowieso bald alles vorbei ist, warum das alles hier? Wieso ist er so fürsorglich? Warum will er unbedingt meine Big Five erfüllen, wenn er so bedingungslos sterben will? Das könnte er doch sofort erledigen? Warum schenkt er mir das Buch, wenn all die Wörter, die wir dort hineinschreiben, schon bald Vergangenheit sind, vergessen irgendwo in einer Schlucht zwischen Tannen, Erde und Himmel, am Fuß des Lost Arrow Spire?

»Hey, Tucks. Alles okay.« River wischt die Tränen mit seinen Fingern weg und rahmt mein Gesicht mit den Händen.

Nein, nichts ist okay und doch ist alles okay, wenn du nur bei mir bleibst!

Ich schlucke und schaue ihn an. Das Blond seiner Haare kontrastiert so krass mit dem Schwarz des Shirts. Alles an ihm ist so verwirrend, so geheimnisvoll. So schwer und so leicht. Seine selbstbewusst geschwungenen Lippen, seine unergründlichen Augen, seine Verletzlichkeit, die ich nur erahne, die aber durch jede Geste schimmert.

Warum will er sterben?

Das muss ich ihn fragen. So bald wie möglich.

Ich lege die Hand auf seine Brust, während ich mit der anderen das Buch umklammere, und er zieht mich in seine Arme, als wären Küsse die Antwort. Seine Lippen sind rau und heiß, seine Zunge unendlich kühl, doch der Kuss ist wie der letzte am blaugrünen Fluss. Nachtdunkel und traumblau. Zum Verlieren. Mein Herz brennt. Er macht mich so traurig, wie er mich glücklich macht, und ich habe keine Ahnung, was er in diesem Kuss sucht, was er darin vermisst.

Als er irgendwann zurückweicht, bricht sich sein kühler Atem auf meiner Stirn. Mir wird bewusst, dass uns ein paar ältere Damen beobachten. »Haben wir ein Glück«, flüstert River zu mir herab.

Verwirrt sehe ich ihn an.

»Haben wir ein Glück, dass wir nicht in Iowa sind.«

Er zwirbelt mein Haar. »Küsse, die länger als fünf Minuten dauern, sind dort verboten.«

Er hat es schon wieder getan. Das, was ihn bewegt, mit einem lässigen Spruch weggewischt. Mit irgendetwas Bizarrem, das vielleicht von ihm ablenken soll. Aber es ist da, ich sehe es immer deutlicher, mit jeder Stunde, und es weckt eine schreckliche Angst in mir.

Die Angst, dass er mir eines Tages entgleitet, die Angst, ihn an etwas zu verlieren, das er mir nicht sagen kann. Die Angst, dass ich ihn trotz meines Versprechens im Stich lasse.

Warum willst du springen?, schreibe ich in das Buch und halte es ihm hin.

Ich hab's versprochen, schreibt er zurück. *Vor langer Zeit.*

KAPITEL ACHTZEHN

Es ist unglaublich, wie viele neue Fragen ein Satz aufwerfen kann. Wem hat er dieses Versprechen gegeben? Dieser June? Ist sie seine Freundin oder seine Schwester? Welche Mädchen soll er aus welchen Gründen nicht haben? Hat das etwas mit seinem Versprechen zu tun?

Ich wollte ihn noch so viel mehr fragen, doch er hat nur »Nicht jetzt, Tucks« gesagt und dabei so gewinnend gelächelt, dass ich ihm nicht mal böse sein konnte.

Jetzt stehe ich hier mit einer Augenbinde, weil die Craters of the Moon eine Überraschung für mich sein sollen, und fühle mich hilflos und verwundbar. Blöderweise muss ich an Ben Adams, den entflohenen Häftling, denken. Eine stumme Geisel, die nicht weiß, dass sie eine ist, ist eigentlich perfekt – wofür auch immer. Und vielleicht ist der Ort, den er die Hölle genannt hat, auch das Gefängnis und diese Freunde sind seine Komplizen – oder sogar Familie. Möglicherweise ist River sein Deckname.

Im Grunde gibt es nichts, was ich noch nicht über River gedacht habe. Als ich neulich beim Einkaufen im Radio gehört habe, dass Asher Blackwell nicht mehr in der Klinik ist, habe ich sogar für einen Moment geglaubt, River wäre der berühmte Demons'n'Saints-Sänger und die Mädchen, die er nicht haben soll, seine Groupies. Vielleicht hat er ja eine ansteckende Geschlechtskrankheit. Doch auch dieser Gedanke hat etwas absolut Abstruses an sich. Weder Ben Adams noch Asher Blackwell würden gern in der Öffentlichkeit auffallen wollen. Taylor Harden von den Desperados erst recht nicht.

»Wir sind gleich da.« River führt mich über eine unebene Fläche, wobei etwas unter meinen Flip-Flops knirscht wie verglühte Grillkohle. Ansonsten höre ich nichts, es ist still wie in einer Kirche.

Als River stehen bleibt, stehe ich für ein paar Atemzüge vollkommen orientierungslos da. Ich spüre die Hitze auf meinem Scheitel, die Hitze um mich herum. Sie brennt wie die Sonne in der Sahara.

»Okay. Ich nehme dir jetzt die Augenbinde ab.« Sanft löst er die Knoten und ich ziehe mir ungeduldig das Tuch über den Kopf.

Mehrmals blinzele ich gegen das gleißende Sonnenlicht an und dann sehe ich die finstere Lavawüste.

Um uns liegen unendliche Felder aus basaltschwarzen Steinen, und in den Feldern wachsen zackenförmige Gebilde empor. Die erkaltete Lava ist zu allen möglichen erstarrten Formationen aufgeworfen: rollende Hügel, befremdliche Türme wie aus einem bizarren Science-Fiction-Film. Ich denke an Mr. Spock und *Das unentdeckte Land,* einen Star-Trek-Film, und fühle mich schrecklich, weil ich ihm schon so lange nicht schreiben konnte. Er würde diesen Ort sicher lieben. So wie River.

Für einen Moment komme ich mir weit entfernt von der Welt vor, wie damals auf dem Old Sheriff, doch diesmal bin ich nicht allein. Es ist, als wären River und ich zusammen auf einem anderen Planeten gelandet.

»Die Hitze hier kommt von der Lava. Die dunklen Steine speichern und reflektieren die Sonnenstrahlen stärker als jede andere Umgebung«, erklärt River wie einstudiert.

In Minnesota gibt es im Sommer Kuhweiden und Farmen und im Winter nichts als Schnee. Auf dem Weg hierher bestand die Landschaft aus Grassteppen und Wäldern. An einem Ort wie diesem war ich noch nie.

»Dort hinten sind die Pioneer Mountains«, sagt River und ich folge seinem ausgestreckten Arm mit dem Blick. Das Gebirge mit den schneebedeckten Kuppen hebt sich überdeutlich von dieser schwarzbraunen Ödnis ab. »Du denkst, diese Landschaft hier ist tot, aber wenn du genau hinschaust, findest du Leben auf jedem Quadratmeter.« Er klingt feierlich und da begreife ich, dass ihn irgendetwas Tiefes mit diesem Ort verbinden muss. Vielleicht eine Erinnerung. Vage verweist er mit seinem Blick auf die Landschaft vor uns und ich entdecke zwischen der Lava winzige Wildblumen mit zartvioletten

Blüten, in der Ferne schmiegen sich knorrige Bäume an das dunkle Land, fast zärtlich, als wollten sie diesen sonderbaren Landstrich mit ihren Ästen zudecken.

»Und jetzt: Dreh dich um!«

Ich tue, was er sagt, und mir stockt der Atem. Nicht wegen der unberührten Schönheit der Natur, sondern wegen des Kontrastes. Vor mir wächst ein Berg aus dem Nichts empor, ein Titan, und er ist kahl und pechschwarz. Und dieses tiefe Schwarz lässt den Himmel um ihn herum surreal blau leuchten.

»Das ist der Inferno Cone, ein Schlackekegel.«

Ich zwinkere ein paar Mal, weil das Bild vor mir so befremdlich ist. Und irgendwie gibt es nur eins, was ich noch tun möchte – doch River kommt mir zuvor.

»Wer zuerst oben ist!«, ruft er und rennt los. Und jetzt, da er auf diesen schwarzen Koloss zuläuft, bleibe ich stehen, als gehörte ich selbst zu diesen erstarrten Lavaformationen. Ich schaue ihm nach, wie er rennt und rennt. Sein dunkles Shirt verschmilzt mit der Umgebung und sein Haar leuchtet wie helles Feuer. Es leuchtet tausend Mal heller als der Himmel und plötzlich erscheint er mir ebenso imaginär wie die Landschaft. Zu schön, zu fremd, zu perfekt. Für den winzigen Bruchteil einer Sekunde zweifle ich an meinem Verstand. Vielleicht bin ich geisteskrank und es gibt keinen River. Womöglich bilde ich ihn mir ein!

Doch dann dreht er sich nach halber Strecke um und hebt beide Arme. Er ruft etwas, aber ich kann es nicht hören, weil er zu weit entfernt ist. Vielleicht ruft er auch nicht und ich bilde es mir nur ein.

Möglicherweise ruft er auch: *Komm und spring mit mir! Gemeinsam stirbt es sich leichter!*

Als er sich wieder umdreht und weiterläuft, klopft mein Herz urplötzlich schneller. Schlagartig tragen mich meine Füße von allein. Ich höre das Knirschen meiner Schritte, meinen Atem und die Stille. Ich fühle den Himmel über mir, er ist wie ein Tuch, das mir Flügel verleiht.

River, warte!, will ich rufen und spüre die Worte, die an meine innere Barriere stoßen, ebenfalls klarer. Klarer und schärfer, als könnten sie die Blockade durchbrechen. *Warte! Warte!*

Keine Ahnung, wieso ich auf einmal Angst habe. Vielleicht liegt ein Abgrund am Ende des Hügels, ein Abgrund, den ich von hier aus nicht sehen kann, den er aber kennt. Womöglich wollte er deshalb hierher. Vielleicht will er auch nach dem Vorfall im Motel nicht länger warten oder etwas bricht spontan aus ihm heraus – so wie sein Zorn gestern. Eine Kurzschlusshandlung, die ich nicht vorhersehen kann!

Warte! Bitte!

Ich bekomme kaum noch Luft. River ist viel weiter weg, als es von unten aussieht. Er ist noch zu sehen, aber er erscheint winzig.

Gerade eben hat er die Kuppe erreicht.

Ich zwinge mich, schneller zu laufen, da erkenne ich, dass er mir entgegensieht und stehen geblieben ist.

Eine Welle der Erleichterung flutet durch meine Adern. Er wartet auf mich, er wird nicht alleine springen! Trotzdem bleibt ein Teil der Furcht wie ein Schatten in meinen Gedanken.

Als ich die Kuppe erklimme, schlendert er voraus, die Hände tief in den Hosentaschen vergraben. Wind pustet mir entgegen wie ein Riese mit aufgeblasenen Backen. Er lässt Rivers Haare wehen und ich will hineingreifen und ihm sagen, wie viel Angst ich eben um ihn hatte, doch ich glaube, er würde es nicht verstehen.

»Ich war schon einmal hier«, sagt er, als ich seine Hörweite erreiche. »Ist aber eine ganze Weile her.«

So lange wie dein Versprechen, denke ich automatisch.

Sein Blick streicht in die Ebene unter uns, in der das sonderbare Land in der Hitze flimmert. »Ich war damals siebzehn, so wie du jetzt.« Er läuft weiter, ich gehe neben ihm her. »Du hattest Angst vor mir ... neulich Abend, als ich so ausgeflippt bin. Ehrlich gesagt weiß ich gar nicht, wo ich anfangen soll ...«

Ich ziehe das silberne Buch mit dem goldenen Stift aus der Hosentasche. *Am besten am Anfang.*

River wuschelt mir zärtlich durch die Haare, die im Wind fliegen. »Was du nicht sagst, Tucks.«

Ich lächele nur, spüre die Berührung noch, als er die Hand längst weggezogen hat.

»Mit dem Buch siehst du übrigens aus wie eine Geschichtsschreiberin.« Er lacht, bevor er tief Luft holt. »Der Anfang also.« Für einen Moment mustert er mich. »Der Anfang mit uns oder der Anfang mit mir?«

Den, den du lieber erzählen willst.

Kurz presst er die Lippen aufeinander. »Ich bin auf der Flucht. Ich laufe nicht nur vor meinen Freunden davon, sondern auch vor meinen Eltern. Vor allem vor meinem Vater.«

Was ist mit ihm?, schreibe ich. River sagte ja mal, seine Eltern würden ihn hassen, doch ich hätte nie geglaubt, dass sein Problem familiär bedingt ist.

»Er will mich für unzurechnungsfähig erklären lassen ... ja, ich glaube, das ist sein Plan.« Wieder sieht er auf das Land, das um den Hügel brandet wie ein finsteres Meer, und wirkt gefangen in der Vergangenheit.

Seine Worte machen mich fassungslos. Ich kann mir keinen einzigen Grund dafür vorstellen. Okay, er trinkt vielleicht zu viel und er schläft mal zu lang und manchmal gar nicht, aber er weiß immer, was er tut. Fast immer.

Wieso?

Ich brauche ihm diese Frage gar nicht zu zeigen, denn er redet sowieso weiter.

»Das mit meinem Vater ist kompliziert.« Er wendet sich von dem Ausblick ab und geht am Rand der Kuppe entlang, doch der Hang fällt sanft hinab, ich muss keine Angst haben, dass er springt. »Tucks, ich weiß nicht viel über deine Familie, aber ich komme aus einer Familie, der Macht alles bedeutet. Mein Vater ist Arzt und meine Mutter hat in ihrem Leben nichts anderes getan, als Dinnerpartys und Charitys zu organisieren. Nichts gegen Wohltätigkeitsveranstaltungen, um Himmels willen.« Er lacht kurz auf, doch es klingt freudlos. »Sie macht das nicht wirklich wegen der Bedürftigen, sondern um gut dazustehen. Sie ist wie diese überzeichneten Frauen in irgendwelchen Seifenopern. Morgens Bloody Marys, abends Martinis, dazwischen Superpower-Cocktails mit null Kalorien und Sport bis zum Umfallen. Sie ist eine Karikatur.« Er schüttelt den Kopf. »Meine Eltern sind kalt. Perfektion ist alles, was sie kennen, Tucks. Ich erinnere mich an keine Situation, in der sie mich umarmt hätten.«

Er versucht, gleichgültig zu erscheinen, aber seine Anspannung erzählt etwas anderes.

»Irgendwie gehörte ich nie in ihre Welt, vielleicht war ich schon immer anders.« Jetzt sieht er mich an. »Ich glaube, du weißt, was ich meine.«

Ich nicke mit einem eigenartigen Gefühl in der Magengegend. Oh ja.

»Ich erinnere mich, dass ich früher oft durch unser Haus geirrt bin und nicht wusste, wohin mit mir. Manchmal kam es mir vor wie ein Labyrinth, in dem ich einen Schatz finden müsste. Irgendetwas habe ich immer gesucht. Meine Eltern waren oft unterwegs mit ihren berühmten Freunden, mit Richtern, Anwälten, Politikern. Und selbst wenn sie da waren, waren sie emotional meilenweit weg. Mein Bruder und ich hatten Hunderte von Nannys, aber keine blieb länger als einen Monat. Materiell hatten wir alles, Tucks.« Er schluckt und mein Herz flattert vor Mitleid, weil er so verlassen und allein wirkt. »Ich hatte drei Spielzimmer, einen Kinoraum, ein Schlafzimmer, das größer war als anderer Leute Grundstücke. Wir hatten Süßwasser- und Salzwasserpools, Fitnessräume und Tennisplätze, doch ich war immer allein.«

Und dein Bruder?, frage ich mit einem Kloß im Hals.

River lacht hart auf. »Meine Eltern wollten nicht, dass mein Verhalten auf das meines Bruders abfärbt, daher durfte ich nicht oft mit ihm spielen ... Tucks ...« Seine Stimme fällt und wird dunkler. »Ich war oft zornig. So wütend, wie du mich gestern erlebt hast – aber wegen Kleinigkeiten. Meinen kontrollierten perfekten Eltern machte das Angst.«

Für einen Augenblick schweigt er, dann kickt er einen Lavastein den Hügel hinunter. Zorn spiegelt sich auf seinem Gesicht. »Manchmal wünschte ich mir, sie hätten mich geschlagen. Wirklich. Das wäre wenigstens eine echte Emotion gewesen. Stattdessen straften sie mich mit Schweigen und Kälte.« Wir tauschen einen Blick und mir wird elend ums Herz. Weil ich auch schweige und weil ich nicht kalt erscheinen will. River scheint meinen Gedanken zu lesen, denn er schüttelt nur den Kopf, als sollte ich mir darüber keine Sorgen machen. »Mein Vater und meine Mutter haben oft wochenlang nicht mit mir geredet, wenn ich etwas falsch gemacht habe. Als ich zwölf war, bekam ich Wutanfälle, die aus dem Nichts kamen. Ich schlug Dinge kaputt, einmal habe ich einen Picasso von der Wand gerissen und ihn auf das ätzende, versilberte Geweih im Schlafzimmer meiner Eltern gespießt.« Er lacht, aber es klingt traurig.

Ich stelle mir den kleinen River vor, wie er einsam und heimatlos in einer riesigen Villa herumirrt, auf der Suche nach Nähe und einer Umarmung. Wie er verloren vor einem Berg Spielsachen steht und nicht weiß, was er mit ihnen anstellen soll. Wie er in seinem Durcheinander an Gefühlen zornig wird.

Ich denke, du warst einfach verzweifelt und allein.

Er nickt, aber es scheint ihn viel zu kosten, das zuzugeben. »Ich rutschte in die falschen Kreise ab, nahm Kokain, trank zu viel und feierte zu lang. Ich bestahl meine Eltern und gab tabulose Partys, wenn sie aus dem Haus waren.« Er schüttelt wie über sich selbst den Kopf. »Die Drogen halfen mir, das Gleichgewicht zu halten. Ging es mir schlecht, dämpften sie das Gefühl der Leere. Ging es mir so, dass ich nicht wusste, wohin mit mir vor lauter Energie, brachten sie mich runter.«

Ich sehe ihn vor mir auf der Line stehen, den Jack Daniel's in der Hand. *Zum Runterkommen,* flüstert er in meiner Erinnerung.

Wieder sieht er mich an, doch diesmal liegt etwas anderes in seinem Blick. »Eine Zeitlang fand ich Trost in der Musik. Mein Freund besaß eine Gitarre und es stellte sich heraus, dass ich ... gut war.«

Deine Vibes – schwingen wie eine verdammte Gitarrensaite, hat er mal zu mir gesagt. *Sicher warst du mehr als gut,* schreibe ich.

Sein Lächeln ist fast scheu und dafür liebe ich ihn nur noch mehr. »Na ja ... ich war ganz okay.«

Ich muss kichern und er knufft mich auf den Oberarm. Dabei fällt mir auf, dass das schlimmste Hämatom aus der Kensington nicht mehr wehtut.

River fährt sich durch die Haare. »Im Ernst. Die Musik gab mir etwas, das ich zuhause nie gefunden habe. Eine Heimat. Kennst du das?«

Schöne Worte, schreibe ich und er nickt, als wäre das sonnenklar.

»Als meine Noten immer schlechter wurden, verboten mir meine Eltern, Musik zu machen. Sie ließen mich zuhause überwachen.«

Ich schüttele fassungslos den Kopf.

»Sie nahmen mir das Einzige, das mir etwas bedeutete. Sie sagten, wenn ich weiter Musik machen würde, dürfte ich meinen Bruder gar nicht mehr sehen.«

Das ist grausam.

»Hey, das ist lange her.« Wieder hat er meinen Blick richtig gedeutet.

Egal ob es lange her ist, das ist furchtbar. Das ist Erpressung!

River betrachtet seine Hände. »Sie sagten, Musik sei ein brotloser Job, etwas für Verlierer. Sie wollten, dass ich Arzt oder Anwalt werde. Ich weiß nicht, wie es damals passiert ist, wahrscheinlich hatte ich zu viel getrunken, gekokst und fühlte mich von allen verlassen ... jedenfalls ...« Er redet nicht weiter.

Und erst jetzt, wo er darauf starrt, fallen mir die feinen weißen Linien an seinen Armen auf. Sie ziehen sich von den Handgelenken nach oben und verschwinden unter seinem Shirt.

Ich fühle mich wie unter einer Narkose, die ich im wachen Zustand erlebe. Das sind Schnitte, eindeutig. Wieso habe ich sie vorher nicht gesehen? War ich zu sehr damit beschäftigt, mich von ihm retten zu lassen? Wie konnte ich nur so blind für ihn und seine Probleme sein?

»Siehst du, Tucks. Dein Schweigen – jetzt ist es ein Flüstern«, sagt er leise und streicht mir mit den Fingerknöcheln über die Wange. Reflexhaft halte ich seine Hand fest und presse sie auf mein Gesicht, aber im Grunde dränge ich durch diese Geste nur unbemerkt meine Tränen zurück.

»Ich wollte mich nicht umbringen, nicht damals.« Seine Finger sind so kühl, meine Wange so heiß. Ich will ihm so gerne das geben, was er braucht. Ich weiß, wie es sich anfühlt, von jemandem verlassen zu werden, allein zu sein und keinen Ausweg zu haben. Wie betäubt lasse ich seine Hand los und fahre mit zwei Fingern die Narben nach, hinauf zu dem Ärmel seines Shirts, unter dem sie verschwinden.

»Das sind nicht alle«, beantwortet er die Frage, die nur meine Finger gestellt haben.

Für einen Moment lasse ich ihn los, weil ich etwas schreiben will. *Wie hast du das gemacht? Womit?*

Hat er mich deswegen vor der Toilette nach einer Klinge gefragt?

River zieht einen Mundwinkel zu einem spöttischen Lächeln nach oben. »Mit der sündhaft teuren Amphorenvase, die ich an die Wand geschleudert hatte. Verdammt scharfe Scherben. Hat meiner Mutter gehört. Schätzwert sechstausend Dollar, ein ziemlich teurer Spaß.«

Wie kann er darüber Witze machen? Er hat sich selbst verletzt. Absichtlich. Ich meine, ich habe mir auch Wunden an der Hand zugefügt, aber das geschah nie aus Willkür, sondern war einfach eine Stressreaktion. Gott, wie kann man sich freiwillig so wehtun?

»Der Schmerz hat mir geholfen, ebenso wie der Alkohol. Immer wenn das Chaos oder die Leere in mir zu groß wurden, hielt er mich im Hier und Jetzt. Er nahm meinem Geist die Verrücktheit, das Rastlose, genauso, wie er die Leere gefüllt hat.«

Er brachte dich runter, sage ich nur mit den Lippen und River schließt für einen Moment die Augen, weil er versteht, dass ich verstehe.

»Meine Eltern steckten mich danach ins St. Benedict. Ein Internat für jugendliche Problemfälle ... Meine Mutter ist fast ausgerastet, als sie mich in meinem Blut gefunden hat. Ich habe sie sogar angelächelt. Natürlich dachte sie, ich wollte sie damit provozieren, dabei fand ich es nur so verrückt ... endlich zeigte sie mal eine echte Reaktion ... ich war damals vierzehn.«

Wie schlimm muss es für ihn gewesen sein, in einem so sterilen Zuhause aufzuwachsen. Ich meine, okay, Mum ist einfach gegangen, und Dad und ich hatten nie eine Basis – trotzdem waren da noch Arizona und James. Zumindest bis vor einem Jahr. Und Dad hätte mich vermutlich auch niemals weggeschickt.
Vielleicht wollten deine Eltern dich vor dir selbst schützen.
»Sie wollten vor allem ihren guten Ruf schützen. Sie hatten mich ja zuvor schon immer weggesperrt, wenn sie irgendwelche Partys gegeben haben. Angeblich hatte ich eine schwer in den Griff zu bekommende Migräne. Als ich aufs Internat wechselte, erzählten sie ihren Freunden, ich sei auf einer Hochbegabten-Schule in Europa. In der Schweiz, glaube ich.« River schnaubt. Zum ersten Mal verstehe ich, woher der Zorn in ihm rührt, was das Rebellische in ihm bedeutet. Er ist wie der verlorene Sohn. Ein Lost Boy.
Du hast gesagt, du hast deine Eltern jahrelang nicht mehr gesehen. Was ist passiert?
»Sehr vieles.« Er lächelt, aber in seinen Augen spiegelt sich etwas, das dunkler und schwerer wiegt als alles andere zuvor. »Viel Schönes und dann viel Schreckliches ... der Butterfly-Effekt.«
Der Butterfly-Effekt – ein Schmetterling schlägt mit den Flügeln und löst auf der anderen Seite der Welt einen Tornado aus.
»Ich habe alles gewonnen und innerhalb eines Wimpernschlags wieder verloren.« Erneut sieht er in die Ferne und als er mich danach anschaut, sitzt ein schwarzer Kranich auf seiner Hand, die er mir entgegenstreckt. »Ich lernte ein Mädchen kennen.«
Von einer Sekunde auf die andere wird mir eiskalt. Still alive for you.
June. Ich deute in Richtung seiner Schulter.
»Cleveres Mädchen.« Er nickt. »Ich lernte sie im St. Benedict kennen. Sie war alles, Tucks. Sie war meine Antwort auf das Leben.«
Und du bist meine, denke ich. Sollte ich dem Leben am Old Sheriff eine Frage gestellt haben, dann die, was es mir zu bieten hat, außer dem alltäglichen Schmerz.
Was ist mit June und dir geschehen?, frage ich, auch wenn ich die Antwort fürchte. Denn eines ist klar: Was immer passiert ist, er hat diese June über alles auf der Welt geliebt. Vielleicht zu sehr geliebt; und ich darf eigentlich gar nicht eifersüchtig sein, wenn ihn das so mitnimmt.
River betrachtet intensiv den Origami-Vogel auf seiner Hand. »Sie

hat mich verlassen. Ich kann nicht darüber reden, ohne springen zu wollen. Verstehst du?«

Ja und Nein. Wie auch, wenn er mir nichts verrät.

Er zupft an dem papiernen Flügel. »Die Kurzform für das, was danach kam: Ich wurde vom Internat geworfen und lebte auf der Straße. Mit siebzehneinhalb verschlug es mich nach New Orleans und ich traf Xoxo, Sam und Jasper. Wir machten Musik. Nein, wir betäubten uns mit Musik, spielten uns in der Nacht die Seele aus dem Leib bis zur Dämmerung. Das war dann meine Antwort auf alles, was passiert ist.«

Ich drehe mein Buch verkehrt herum und schreibe auf die letzte erste Seite: *Weil ich nicht schlafen kann, musiziere ich in der Nacht.*

River liest den Satz laut vor und zieht die Augenbrauen hoch.

»Keiner kennt heutzutage noch Rumi, Tucks. Dabei sind seine Gedichte die schönste Art der Poesie.« Er lacht leise. »Ich habe diesen Spruch als Abschiedsgruß für meine Eltern auf die Wand meines Flügels geschrieben. Extra groß. *Das* war wirklich Provokation ... die Farbe war blutrot und extrem wasserfest.«

KAPITEL NEUNZEHN

Etwas in mir wird noch stiller, noch sprachloser, wenn das überhaupt möglich ist. Es dauert Sekunden, bis seine Worte in mir einen Sinn ergeben, doch es geschieht in Sequenzen, ein Dominostein wirft den nächsten um.
Der blutrote Schriftzug flimmert in meiner Erinnerung und ich spüre die Enge des alten Sekretärs, unter dem ich mich versteckt hatte, höre Chester zischen: »*Wenn du nicht rauskommst, wirst du es bereuen! Sag hinterher nicht, ich hätte dich nicht gewarnt!*«
Ich habe die Zusammenhänge so wenig erkannt wie Rivers Narben.
Der nächste Stein fällt. Ich sehe River am Rand der Badlands stehen und in die Tiefe schauen: »*Besser als der Old Sheriff, oder?*« Jetzt weiß ich, warum ich anfangs manchmal so ein seltsames Gefühl hatte und es nie greifen konnte. River hat mehrmals vom Old Sheriff gesprochen, ohne dass ich den Namen je erwähnt habe, zumindest glaube ich das. Aber diesen Namen kennt nur ein Insider, jemand, der in Cottage Grove wohnt oder gewohnt hat. Ich war zu sehr mit mir selbst beschäftigt. So vieles erklärt sich nun. Deshalb kam er mir auch auf den ersten Blick so bekannt vor, damals auf der Straße. Ich habe Bilder von ihm in der Davenport-Villa gesehen, in seinem Flügel, nur hatte er da eine andere Frisur, seine Haare waren dunkler und länger. Sein Vater ist Arzt.
Unwillkürlich bin ich aufgesprungen. Meine Hände zittern so sehr, dass ich sie nicht unter Kontrolle bekomme.

»Was ist denn, Kentucky?«, höre ich River wie aus weiter Entfernung fragen.

Ich schlucke trocken. Ich kann ihm das nicht sagen, aber genauso wenig kann ich ihn jetzt anschauen. In mir tobt das absolute Chaos. River ist Chesters Bruder! *Das Auto habe ich mir geborgt, nicht gestohlen.* Ja klar! Daher gab es keine Anzeige wegen des Wagens! Nicht aus Rücksicht auf mich! Doch dann heißt er auch nicht McFarley, sondern Davenport. Und ganz sicher ist River auch nicht sein richtiger Vorname, auch wenn seine Freunde ihn so genannt haben. Niemals würde ein Davenport seinem Sohn so einen Hippie-Namen verpassen.

Er hat gelogen!

»Hey!« Das klingt ungeduldig, aber es ist mir egal.

Alles um mich herum dreht sich, trotzdem fange ich an zu rennen. Über die Kuppe und den Ascheberg hinunter. Die schwarze Mondlandschaft liegt vor mir wie ein Nichts, aber es tut gut, weil mein Kopf so voll ist. Ich verliere meine Flip-Flops und lasse sie liegen, während ich barfuß weiterrenne.

Hinter mir höre ich River rufen. Das *Tucks* ist ein Schrei, der mit dem Wind explodiert und irgendwo über mir verpufft.

Ich halte nicht an. Ich fühle nichts. Ich will nichts fühlen. Ich will einfach nur abtauchen, doch nach ein paar Metern höre ich Schritte hinter mir, ein Keuchen, und noch ehe ich reagieren kann, packt mich River am Arm. Der Zug kommt zu plötzlich und ich stolpere, falle und ziehe River mit.

Zusammen rollen wir den kiesartigen Schlackehang hinunter, doch die Asche bremst unseren Sturz und wir bleiben nach wenigen Metern liegen.

River richtet sich als Erster zum Sitzen auf. »Kannst du mir mal verraten, was los ist?« Grimmig sieht er mich an. Schwarzer Dreck klebt in den kaum sichtbaren Querfalten seiner Stirn, auf der Nase und dem Kinn. Ganz bestimmt sehe ich nicht besser aus, aber das spielt keine Rolle.

Tausend Gedanken toben in meinem Kopf und ich kann sie nicht stoppen. River ist der Bruder des Typen, der mich seit mehr als zwölf Monaten terrorisiert und quält. Der Grund, weswegen ich am Old Sheriff stand.

Ich setze mich auf und presse die Fäuste gegen meine Schläfen. Das kann ich ihm nicht sagen. Niemals!

River legt mir das silberne Buch, das er offenbar eingesammelt hat, auf den Schoß. »Schreib es auf!« Er klingt nicht so, als würde er vorhaben, nachsichtig zu sein.

Ich schüttele den Kopf und lasse die Fäuste sinken. Ich kann nicht. Ich kann nicht. Ich kann nicht. Das ist alles zu viel! Tränen quellen aus meinen Augen.

»Kansas!« River fasst mich an den Oberarmen und schüttelt mich leicht, als müsste er mich zur Besinnung bringen. »Ich kann dir nicht helfen, wenn du mir nichts erzählst! Es wird nicht besser, wenn du alles in dir einschließt wie in einen Safe. Du fühlst dich dann vielleicht sicher, aber das ist ein Trugschluss.«

Immer noch atemlos von meiner Flucht und meiner Verwirrung ringe ich nach Luft. Womöglich muss er es ja doch erfahren. Er kann ja nichts dafür, dass sein Bruder ein fieser Arsch ist. Aber vielleicht wird er mich verachten, wenn ich es ihm erzähle. Vielleicht stößt er mich von sich! Vorhin klang es so, als hinge er an seinem Bruder. Seine Eltern haben ihn als Druckmittel benutzt. Andererseits hat er auf der Line mal behauptet, ihn zu hassen.

»Tucks! Flieh nicht schon wieder in deine Gedanken! Raus damit! Meinetwegen aufs Papier, aber ich will es wissen! Ich lasse dich nicht eher hier weg – und wenn wir hier sitzen, bis wir ebenfalls erstarrt sind.« Er lockert den Griff, aber er lässt mich nicht los. Ich spüre die Hitze seiner Finger – eine Berührung zwischen Fordern und Festhalten.

Zittrig nehme ich das Notizbuch und ziehe den Stift aus der Schlaufe. Ich schreibe: *Du weißt, wieso ich springen wollte?*

River lacht verwirrt und rau. »Woher soll ich das wissen, Baby?« Das *Baby* flattert in meinem Bauch wie ein Schmetterlingssturm – trotz allem. »Dein Schweigen macht grundsätzlich aus allem ein Ratespiel. Ich weiß, dass du von deinen Mitschülern schikaniert wurdest, nein, viel mehr als das. Sie haben dich gequält, geschlagen und ...«, seine Stimme fällt um eine Oktave, »angefasst?« Er forscht in meinem Blick nach der Wahrheit; er ist mutig, denke ich, denn die wenigsten würden sich trauen, es so konkret anzusprechen. Dennoch sehe ich schnell auf die Buchstaben vor mir.

»Das Letzte weiß ich nicht mit Sicherheit.«

Dein Bruder heißt Chester Davenport? Ich muss erst hundert Prozent sicher sein.

Rivers Blick spiegelt zuerst Verblüffung, dann Erschütterung. »Du kennst ihn.« Es ist keine Frage. Er scheint zu überlegen, was das alles mit meiner Reaktion zu tun haben könnte, vor allem, was sie ausgelöst hat. »Ich habe den Porsche vom Parkplatz seiner dämlichen Privatschule gestohlen – mit dem Ersatzschlüssel ... Du bist auf seiner Schule?« Er kann nicht verbergen, dass ihn das überrascht, vielleicht weil ich nicht so aussehe, als käme ich aus einem superreichen Elternhaus.

Ja.

»Du bist auf derselben Privatschule wie mein Bruder ... auf der Kensington High«, wiederholt er dumpf und schüttelt den Kopf. Möglicherweise ahnt er etwas, doch ich glaube, er kann sich das Ausmaß nicht vorstellen. Ich zögere, dann denke ich an seine Worte – dass ein Safe nicht sicher ist. Und das stimmt ja auch irgendwie. Die ganzen Monate hat mich dieser Safe, dieses Nicht-darüber-Sprechen, nicht vor weiteren Attacken geschützt, jeder konnte meine Seele nur noch weiter aufbrechen und noch mehr Dreck darin einschließen. Nie habe ich etwas herausgelassen und damit nicht mich, sondern nur die Täter geschützt.

Chester ist der Grund, wieso ich zum Old Sheriff gegangen bin.

Ganz fest bohre ich die Nägel in meine Handfläche, aber ich spüre keinen Schmerz, obwohl ich nicht das Handana trage. Mit klopfendem Herzen beobachte ich River, wie er die Worte abliest.

Ich kann zusehen, wie er unter der Sonnenbräune erbleicht und seine Augen anfangen zu glühen. »Ches hat das getan?«

Er weiß, was meine Mitschüler mit mir angestellt haben, er hat es selbst vorhin aufgezählt. Gequält. Geprügelt.

»Hat Ches dich angefasst?« Sein Tonfall klingt seltsam fremd und lässt mich frösteln.

Ich kann weder nicken noch den Kopf schütteln.

Unwillkürlich stehe ich auf und River springt auf die Füße. Erst jetzt sehe ich seine zu Fäusten geballten Hände. Seine Finger sind so angespannt, dass seine Knöchel weiß leuchten.

»Hat er dich angefasst?«, wiederholt er gefährlich leise. Er ist so unglaublich zornig und ich bin froh, dass es hier nichts gibt, das er kaputtschlagen kann. Ich hätte es ihm nie sagen sollen.

Für einige Atemzüge blicke ich auf den Boden, während mir neue Tränen in die Augen schießen. Ich kann das alles ja selbst kaum fassen. River ist Chesters Bruder, das will einfach nicht in meinen Kopf. Und River klingt so böse, als könnte ich etwas dafür. Er steht vor mir, jeden Muskel derart angespannt, dass ich es auf der Haut spüre. Die Luft zwischen uns knistert wie vor einem Gewitter. Ich halte das nicht aus. Ich halte diese Wahrheit zwischen uns einfach nicht aus. Ich drehe mich um und will weglaufen, doch River erwischt mich am Oberarm.

»Lauf nicht weg!«, sagt er hart. »Lauf nicht schon wieder davon, verdammt! Nicht vor der Realität, nicht vor deinen Gefühlen. Nicht vor mir. Sag mir, was er getan hat.« Es kommt mir vor, als forderte jede Faser seines zitternden Körpers die Wahrheit. »Sag es!«

Natürlich will er es wissen. Chester ist sein Bruder und ich bin ihm nicht gleichgültig. Ich schlucke und schüttele verzweifelt den Kopf. Wie könnte ich das je aussprechen? *Hey, dein Bruder hat mich körperlich und seelisch gequält, mir einen Diebstahl angehängt, mich immer wieder fast ertränkt, in den Spind eingeschlossen und von anderen verprügeln lassen, weil er wollte, dass ich mit ihm schlafe, wann immer er will?*

Immer mehr Tränen laufen ungehindert über meine Wangen, tropfen auf den Boden, als wollte ich das tote Land zum Leben erwecken.

»Nicht, Tucks.« River lässt mich los und öffnet meine zusammengeballten Finger, nicht so behutsam wie sonst, aber beherrscht. Er tut mir nicht weh, das tut er nie. Und er kann auch nichts dafür – er hat selbst unter seiner Familie gelitten. Das wird mir erst in diesem Augenblick klar.

Reglos blicke ich hinauf zum Himmel. Mittlerweile ist er tiefblau, doch über den schneebedeckten Gletschern fließen Schleier in Pink, Pfirsich und Pflaume um die tiefstehende Sonne. Jetzt würde ich gerne über die Gebirgskämme davonfliegen.

F-L-I-E-G-E-N.

»Es tut mir leid«, sagt River leise neben mir. »Ich wollte dich nicht so anschreien.« Er klingt ehrlich, aber er wirkt immer noch wütend und durcheinander. Ohne ein weiteres Wort marschiert er den Hügel hinab, den Hügel, auf dem er mir so fremd erscheint, als wäre er nur zufälligerweise auf der Erde gelandet.

Trotzdem wirkt er realer als noch vor einer Stunde, denke ich, während ich meine Flip-Flops einsammele. Zuvor war er eine einsame Gestalt auf einem leeren Gemälde. Er hätte alles sein können. Ben Adams, Taylor Harden, Asher Blackwell. Jetzt hat er seine Vergangenheit in den Hintergrund gemalt, doch ich wünschte, er hätte es nicht getan. Ich wünschte, ich hätte nie etwas gesagt und alles wäre wie vorher, denn ein Traum lebt von der Fantasie.

* * *

Es ist komisch, wie das Wissen um eine Sache plötzlich alles verändert. Wir fahren weiter, aber ich traue mich nicht mehr, mich an River festzuhalten, stattdessen packe ich das Drahtgeflecht des Gepäckträgers an beiden Seiten, als könnte ich etwas dafür, dass er Chesters Bruder ist.

Er dagegen tritt wie ein Irrer in die Pedale, als wollte er der Realität entkommen. Kein Blick mehr über die Schulter, ob bei mir alles okay ist, nichts. Und je länger wir fahren, desto mehr wächst meine Furcht, dass er mich einfach irgendwo stehen lässt. Vielleicht ist das zu viel für ihn. Womöglich will er dem Ganzen jetzt aus dem Weg gehen, nun, da es ihn persönlich betrifft. Ein Teil meiner Geschichte ist auch seine. Möglicherweise hat er Angst, dadurch eher von seiner Familie gefunden zu werden.

Verkrampft und reglos sitze ich auf dem Gepäckträger, spüre das Pochen in meinem Kiefer und meine steifen Muskeln. Meine Augen tränen vom Fahrtwind und mein Kopf hämmert so sehr, dass meine Augäpfel stechen.

Als wir während einer kurzen Trinkpause einen älteren Mann mit Jagdgewehr und Jeep treffen, und er sich bereiterklärt, uns zum nächsten Motel zu fahren, bin ich so erleichtert, dass ich beinahe wieder anfange zu weinen.

River schweigt während der gesamten Fahrt durch das große Becken der USA. Ihn so still zu erleben ist seltsam, das kenne ich nur aus den Tagen, als er permanent geschlafen hat.

Immer noch will das Ganze nicht in meinen Kopf. *Hat Ches dich angefasst?* Ches – das klingt befremdlich. Zu harmlos für jemanden wie Chester Davenport. Und das aus Rivers Mund.

Wie im Nebel sehe ich Sand- und Steinwüsten vorbeiziehen, mal geht es durch weite Täler, danach durch ausgetrocknete Flusslandschaften und flache Landstriche mit nichts außer Sagebrush-Sträuchern. Hoffentlich lässt er mich nicht am nächsten Motel stehen! *Bitte, bitte, lass ihn mich noch weiter mitnehmen!*

Vielleicht sagt River nichts, weil er doch irgendwie böse auf mich ist: Weil ich mir alles habe gefallen lassen. Weil ich immer noch nicht spreche. Keine Ahnung.

An einem Motel in Jackpot lässt Carl Smith uns aussteigen und River bucht wie selbstverständlich ein Doppelzimmer. Ich weine schon wieder und drehe mich halb zur Seite, damit mich die Rezeptionistin nicht sieht.

»Hey.« Rivers Blick ruht auf mir, nachdem er den Stift zur Seite

gelegt hat. Und dieses Hey heißt: *Was ist denn jetzt schon wieder los?* Oder: *Willst du mir etwas sagen?*
Ich dachte, du lässt mich hier stehen, schreibe ich zittrig.
Fast missbilligend schüttelt er daraufhin den Kopf. »Wieso sollte *ich dich* stehen lassen? Umgekehrt wäre es logischer.«

* * *

Im Zimmer hänge ich sofort mein Handy an das neue Ladekabel und eine ganz andere Art von Furcht greift nach mir. Ich habe keine Ahnung, wie lange Dad nichts mehr von mir gehört hat. Es waren aber mehr als sieben Tage. Ich weiß gar nicht, ob ich seine Mitteilungen überhaupt lesen möchte. Oder die von James. Meine eigene Familie erscheint unerreichbar weit weg. Ich versuche sie mir vorzustellen: Arizona, wie sie Gurke mit einer theatralischen Geste in den Mixer fallen lässt, James, wie er die *Psychology Today* liest, Dad, wie er steif und ernst in der Küche sitzt, aber sie sind wie Fremde und das Gefühl wird stärker, je länger ich mit River unterwegs bin. Was weiß ich schon noch über Arizona? Was weiß ich über Dad und James? Arizona ist schön und beliebt, James analysiert und repariert alles, Dad lacht nie und trauert Mum nach. Das war's. Ich will nicht zu ihnen zurück. River ist jetzt meine Familie.

* * *

In dieser Nacht liege ich lange wach und höre durch das weit geöffnete Fenster einen Kojoten in der Wüstensteppe heulen.
So vieles trudelt durch meinen Geist. Traumverlorene Wörter, die Wahrheit über River, seine blutroten Worte an der Wand, Chester, Jack und John. Die Vorstellung, niemals wieder zu sprechen und auf ewig ein Opfer zu bleiben.
River liegt neben mir auf dem Doppelbett, aber er berührt mich nicht. Ich höre seinen Atem, denke an seine einsame Kindheit und der Vergleich mit Peter Pan fällt mir wieder ein. Er ist viel mehr Peter Pan als ein gefallener Engel. Und vielleicht bin ich sein verlorenes Mädchen und wir reisen zusammen nach Neverland.
Ich weiß es nicht. Ich weiß überhaupt nichts mehr, nur dass ich Angst habe und die Sorglosigkeit der ersten Tage wie weggewischt ist. Etwas schwebt über uns und damit meine ich nicht nur Rivers Familie, sondern auch etwas Dunkles, das aus seinem Inneren empor-

steigt. Ob sein Vater dieses Dunkle meint, wenn er sagt, River wäre unzurechnungsfähig? Aber es ist so wenig greifbar. Es ist nur eine Ahnung, wie eine schwarze Aura, die ihn umgibt, während er immer heller strahlt.

Wieder heult draußen der Kojote.

Durch das Fenster blicke ich in den Sternenhimmel. Der Schwan spannt weit seine Flügel auf, um ihn herum eine Handvoll diamantklarer Sterne und das weiße Band der Milchstraße. Sternenmilchweiß. Sternenfriedhof.

Über der Decke greift River nach meiner Hand und hält sie fest. Er sagt kein Wort, nichts.

Es ist unvorstellbar, doch trotz der Wahrheit zwischen uns zieht uns dennoch etwas zueinander, vielleicht sogar noch stärker als zuvor. Vielleicht, gerade weil wir beide unter seiner Familie gelitten haben, vielleicht mussten wir uns einfach finden.

* * *

Nach einem stillen Frühstück im Schnellimbiss des Motels schalte ich zurück im Zimmer mein Handy ein. Ich kann gar nicht glauben, dass es funktioniert. Als ich auf die Nachrichtenanzeige schaue, trifft mich fast der Schlag. Über zweihundert Anrufe und Messages. Am liebsten würde ich das Teil sofort wieder ausschalten, aber ich muss Dad schreiben, dass es mir gutgeht, außerdem muss ich wissen, ob er die Polizei informiert hat.

Nervös klicke ich auf die letzte Nachricht von Dad. Es ist eine Sprachmemo.

»Kansas ... geht es dir gut? Was ist passiert, dass du nicht mehr nach Hause kommst?« Seine Stimme klingt schwer vor Kummer und so unendlich müde, als hätte er tagelang nicht geschlafen. Er holt tief Luft. *»Traust du dich nicht mehr, nach allem, was man ... was man so über dich erzählt? Bei wem bist du jetzt ... Chester meint, du würdest ihm täglich Nachrichten und Bilder schicken; Bilder, die ihn eifersüchtig machen sollen. Er sagt, du hättest sogar was mit seinem besten Freund gehabt ... Kans, ich weiß nicht, was ich noch tun kann.«* Ja, das weißt du nie, denke ich mit einem Anflug von Sarkasmus, aber trotzdem habe ich ein flaues Gefühl im Bauch, weil er so verzweifelt klingt und weil sich Chester offenbar immer noch irgendeine Story über mich zurechtspinnt.

Ich unterbreche die Memo. Andererseits ist das natürlich auch ein Riesenglück, denn solange Dad angebliche Lebenszeichen von mir bekommt, von jemandem, dem er vertraut, geht er nicht zur Polizei. Vielleicht ist genau das der Grund, warum Chester das tut: Damit die Polizei nicht in diese Angelegenheit mit hineingezogen wird, nur falls tatsächlich alles ans Licht käme – wieso auch immer. Für ein paar Sekunden stelle ich mir vor, wie es wäre, wenn all seine Lügen auffliegen würden. Könnte ich dann zurückgehen? Wäre ich sicher? Müsste er ins Gefängnis? Immerhin ist das, was er getan hat, Körperverletzung und sogar noch viel mehr. Es ist Erpressung. Um es auf den Punkt zu bringen, hat er mir damit gedroht, mich von einer ganzen Horde Jungs vergewaltigen zu lassen, wenn ich nicht mit ihm ins Bett gehe. Er würde ganz sicher angeklagt werden. Doch dann denke ich wieder an seinen Vater, an seinen Großvater, der Senator ist. Niemand würde mir meine Geschichte glauben, und all seine Freunde würden für ihn lügen. Ich habe keine Zeugen.

Trotzdem scheint Chester beunruhigt, denn sonst würde er meinen Dad ja nicht weiterhin mit falschen Infos versorgen.

Was kann Dad der Polizei denn schon sagen? Meine Tochter ist verschwunden, aber vermutlich steckt sie irgendwo bei irgendeinem Typen im Bett. Ha! Eher würde er sterben vor Scham.

Ich lasse die Memo weiterlaufen: »*Kansas, was auch immer es ist, weshalb du nicht mehr nach Hause kommst, melde dich! Wir können es ganz sicher klären ... oder steckst du bei ihr?*« Ich höre ihn schlucken. »*Bist du bei Mum, Kans? Weißt du ... ich habe sie angerufen, aber ... aber ihre Managerin wimmelt mich permanent ab. Bist du bei ihr? Oder bist du bei diesem Kerl auf dem Foto?*« Für ein paar Sekunden ist es still. »*Ich warte noch einen Tag. Wenn ich dann kein Lebenszeichen von dir bekomme, schalte ich die Polizei ein. James schläft nicht mehr. Ich schlafe nicht mehr. Arizona verlässt kaum noch das Haus ... sie weint viel ... es erinnert mich an die Zeit, als ... als Mum ... als deine Mutter gegangen ist.*« Er seufzt tief. »*Melde dich.*«

Mum. Er hat sie erwähnt – freiwillig. Mein Herz klopft hart in meiner Brust. Ich kann mir die drei immer noch nicht vorstellen. Arizona sitzt in meinem Zimmer und weint? James schläft nicht mehr? Dad schläft nicht?

Nie war mir meine Familie näher und zugleich so weit entfernt. Ich spüre nicht mal den Hauch von Genugtuung, dass es ihnen so schlecht geht, auch wenn ich mir insgeheim gewünscht habe, sie würden sich um mich sorgen.

Kurz schaue ich auf das Datum der Memo. Sie ist von gestern, also wird Dad heute zur Polizei gehen und mich offiziell als vermisst melden. Ich kann nicht fassen, dass er das wirklich tun würde, nach dem, was er aussagen müsste.

Aus einem unerfindlichen Grund höre ich die Memo noch mal ab. »*Kansas, was auch immer es ist, weshalb du nicht mehr nach Hause kommst, melde dich! Wir können es ganz sicher klären …*«

Ich weiß nicht wieso, aber ich muss an die Worte des Golden-Gate-Springers denken – daran, dass alles, was einem zuvor unreparierbar vorkam, plötzlich reparierbar erscheint.

Nachdenklich mache ich ein Foto von mir und lächele leicht in die Kamera. Das schicke ich meinem Dad und schreibe:

Es geht mir gut. Ich bin mit einem Jungen namens … ich unterbreche mich, denn mir fällt ein, dass ich nicht einmal jetzt Rivers richtigen Namen kenne, denn River heißt er ganz sicher nicht. *River unterwegs*, tippe ich dann aber doch. *Ich hatte mein Ladekabel verloren, mein Akku war leer, sonst hätte ich mich gemeldet. Ich wollte nicht, dass du dir Sorgen machst. Kansas.*

PS: Sag Arizona, dass ich sie liebhabe.

Den letzten Satz lösche ich wieder, weil er mir nicht ehrlich vorkommt. Ja, ich liebe meine Schwester. Ich liebe James und Dad, auch wenn das mit Dad und mir eine sehr merkwürdige sterile Liebe ist. Und vielleicht funktioniert es sogar irgendwann wieder, aber jetzt noch nicht.

Wie heißt du?, tippe ich danach in die Tastatur meines Handys und halte es River hin, nachdem er aus dem Bad gekommen ist.

River, schreibt er zurück und zieht mich in eine Umarmung.

* * *

Genau fünf Minuten nach meiner Nachricht schickt mir Dad eine Sprachmemo. Seine Stimme klingt rau und er behauptet, erkältet zu sein, doch ich glaube, er hat geweint. Er sagt, er sei unendlich froh, dass ich mich gemeldet habe, er hört sich nicht einmal wütend an. Vermutlich ist er einfach so erleichtert, etwas von mir zu hören, dass er seinen Zorn vergessen hat. »*Kans*«, sagt er am Ende der Memo. »*Komm zurück. Komm wieder nach Hause*«, er räuspert sich umständlich, »*auch, wenn du es mir vielleicht nicht glaubst: Wir finden eine Lösung. Bestimmt …*« Es folgt eine lange, lange Pause und dann: »*Ich liebe dich.*«

Für einen Moment ist es ganz still in meinem Herzen, als wären alle Gedanken davongeflogen. Ein paar Sekunden später wird es warm.

Ich gebe es ungern zu, aber seine Worte berühren mich, ohne dass ich es möchte. Ich versuche, mich dagegen zu verschließen, aber ein *Ich liebe dich* ist meinem Herzen schwer vorzuenthalten. Es hinterlässt eine Wunde in mir, die sich gut anfühlt, auch wenn das paradox erscheint. Ich frage mich allerdings, wieso ihm das erst jetzt einfällt, nachdem ich weggelaufen bin. Zu gerne würde ich ihn fragen, wo seine Liebe in all den Jahren und Monaten zuvor versteckt war und ob er jetzt bereit ist, mir zu glauben und notfalls für mich zu kämpfen – aber ich stecke das Handy einfach wieder ein.

* * *

River kauft an diesem Vormittag von Chesters Geld eine alte Yamaha, irgendetwas zwischen Moped und Motorrad, außerdem noch zwei Helme, sodass wir nicht länger auf das Rad angewiesen sind. Bevor wir das Motel verlassen, bleibt er an der Tür stehen und sieht mich ernst an: »Ich hasse meine Familie, Tucks«, sagt er unvermittelt. »In der Nacht, als ich den Spruch an die Wand geschrieben habe, bin ich für immer abgehauen. Meine Eltern wussten bis vor Kurzem nicht einmal, wo ich die ganze Zeit gewesen bin. Sie wissen nichts von mir ... Und Ches«, er seufzt, »er ist immer mehr wie mein Vater geworden. Er ist ... Ich will mir nicht einmal vorstellen, was er dir angetan hat ...« Er schluckt und nimmt meine Finger. »Solltest du jemals darüber reden wollen, bin ich da. Das ist alles, was ich dir anbieten kann.«

Ich nicke und drücke seine Hand. *Das ist mehr als genug,* denke ich und bin felsenfest davon überzeugt, dass er das auch aus meiner Berührung deuten kann.

* * *

Tage vergehen. Tage, in denen ich immer wieder meinem Dad schreibe. Ich schreibe ihm natürlich nicht, wo ich bin, aber ich schreibe ihm, wie weit die Prärie sich ausdehnt und dass die Sterne in der Natur viel heller erscheinen. Er antwortet stets, ich solle zurückkommen oder ihm sagen, wo ich bin, aber ich antworte ihm dann jedes Mal, ich käme erst zurück, wenn ich meine Sprache wiedergefunden hätte. Trotzdem sind diese Zeilen, die wir austauschen, die erste echte Kommunikation seit sehr langer Zeit.

Ich schreibe auch an Mr. Spock. *Sorry, es geht mir gut, aber ich hatte kein Ladekabel!* Ich erkläre ihm allerdings nur grob, was passiert ist. Den Vorfall mit Jack und John und alles über River lasse ich weg, auch wenn ich unbedingt mit jemandem darüber reden muss.

Ich habe gedacht, dir wäre etwas Schreckliches passiert, antwortet er prompt. *Es hätte ja sein können, dass du geschnappt worden bist und wieder auf deine Schule musst. Willst du mir nicht schreiben, was dort passiert? Manchmal ist es besser, die Dinge auszusprechen, egal in welchem Raumzeitkontinuum!* Auch er hat mir zahlreiche Nachrichten geschickt, jeden Tag mehrere. *Wo bist du? Geht es dir gut? Soll ich zu dir kommen?*

Die letzte Nachricht irritiert mich, weil ich dachte, er könnte seine Mum nicht allein lassen, aber offenbar sind die Attacken in seiner Schule schlimmer geworden. *Sie wollten mich aufhängen,* schreibt er. *Mr. X hatte schon den Strick um meinen Hals gelegt, da kam der Direx. Ich habe Angst.*

Ich überlege mir ernsthaft, ihm zu sagen, wo ich bin. Es kommt mir ungerecht vor, dass ich jetzt bei River so etwas wie eine Zuflucht habe und er immer noch ganz allein ist.

Spock, wenn du es nicht mehr aushältst, sag es mir!, schreibe ich. Vielleicht ist es das Beste. Ich könnte mit River sprechen, womöglich hat er eine Idee. Ich scrolle flüchtig durch die ganzen Nachrichten, die ich in den letzten Tagen bekommen habe, und finde auch welche von Chesters Freunden, die ich mir aber nicht anschaue. Von Chester selbst habe ich keine, was aber vermutlich daran liegt, dass sich seine Videos, wenn sie nicht angesehen werden, nach einer gewissen Zeit selbst zerstören.

River schweigt immer noch viel und ich begreife nichts mehr. Immer wieder ertappe ich ihn dabei, wie er mich beobachtet, wenn er denkt, ich würde es nicht merken. Und immer glänzen dann seine Augen, seltsam verträumt und seltsam verloren, und ich frage mich, wen er in mir sieht. Tucks oder Kansas, das Mädchen, das sein Bruder misshandelt hat? Oder vielleicht June? Ich weiß immer noch nicht, was mit ihm und ihr passiert ist. Was seinen Butterfly-Effekt ausgelöst hat.

Ich habe etwas Schlimmes getan.

Hat er sie verlassen und hat sie sich umgebracht?

Es sind merkwürdige Tage. Seit wir die Wahrheit kennen, sind wir uns näher und doch nicht nah. Wir finden uns nur noch in Berührungen. In einer Umarmung auf einer niedrig gespannten Slackline. In einem scheuen Kuss am Rand des staubigen Highways.

Ich habe ständig Herzklopfen.

»Innerhalb deines Privatgrundstücks ist es erlaubt, jemanden aufzuhängen, wenn er deinen Hund erschossen hat«, sagt River eines Abends, und es ist das Erste, das er seit dem Mittagessen in einem Burgerladen von sich gibt.

Ich muss lachen, so still wie immer. Wir sind in Nevada.

Die Wahrheit, die uns zuerst überwältigt hat, wird zu einem Verbündeten, der alles verändert. Sie lässt Tiefe zu, in einer anderen Weise, als ich sie kenne.

Ich spüre, wie sich alles, was ich über River weiß, in meinem Herzen verankert und ihn an mich bindet. Ich fühle, wie sich seine Küsse verändern.

Nachts, wenn wir nebeneinander im Bett liegen, streichele ich über seine weißen Narben und denke daran, wie alleine er als Kind war, ohne jemanden, der ihm zeigt, dass er geliebt wird. Er streichelt mein Gesicht und manchmal erfindet er ein schönes Wort für mich. Immer noch hält er sich zurück, er fasst mich nie auf eine Art an, die signalisiert, dass er mehr will, auch wenn ich anderes in seinem Blick entdecke. Dieses Aufglimmen von Verlangen, ein tiefblaues Funkeln, auch wenn er es zu verstecken versucht. Und ganz heimlich sehne ich mich nach unseren Stunden am blaugrünen Fluss, wo wir unbefangener noch viel mehr Nähe zugelassen haben. Ich sehne mich nach tieferen Küssen, nach Händen, die weiterwandern als nur bis zu meinem Bauchnabel. Ich sehne mich, River Haut an Haut auf mir zu spüren, ihn in mir zu spüren, so verdreht und konfus das auch ist.

Manchmal, wenn ich nachts aufwache, finde ich ihn in die Sterne schauend am Fenster oder auf dem Vorplatz unseres Motelzimmers. Keine Ahnung, was in diesen Momenten in ihm vorgeht, aber ich traue mich derzeit nicht, ihn zu fragen.

An diesem Morgen finde ich meinen Origami-Schwan mit den Big Five. Er hat ihn für mich aufgehoben, die ganze Zeit über. Mein Herz wird warm, so wie neulich, als er mir den Signalgeber geschenkt hat, den ich immer noch jeden Tag trage.

»Es fehlen noch drei Dinge«, sagt er. »Wir sollten uns besser beeilen, bevor uns die Zeit davonläuft, Kentucky-Michigan.«

Was sind deine Big Five?, schreibe ich in mein silbernes Büchlein und zeige es ihm.

Etwas später überreicht er mir einen Kranich und bedeutet mir mit einer Geste, ihn auseinanderzufalten.

Neugierig klappe ich die Falze um und glätte das Papier mit den Händen.

1. Für immer River McFarley sein.
2. Für immer River McFarley sein.
3. Für immer River McFarley sein.
4. Für immer River McFarley sein.
5. Für immer River McFarley sein.

Fassungslos und halb genervt schüttele ich den Kopf. Ich will ihm antworten, aber er hat das Motelzimmer bereits verlassen, sitzt auf der Yamaha und lässt den Motor laufen. Eilig stecke ich den Zettel in meine Hosentasche. Ich weiß nicht, ob ich es gruselig oder besorgniserregend finden soll.

Für einen Augenblick mustere ich ihn, wie er dasitzt, den Helm in den Händen. Seine blonden Haare glänzen wie Gold in einem tiefschwarzen Gewässer. Er lächelt. Er wartet auf mich und ich schultere nachdenklich den Rucksack, setze den Helm auf und hole mein Handy aus der Hosentasche. Das ungute Gefühl wird wieder stärker.

Dad, tippe ich mit fliegenden Fingern, während ich auf River zugehe, ihn in der Sicherheit wiege, alles wäre okay. *Wie heißt der ältere Bruder von Chester Davenport?*

KAPITEL ZWANZIG

An diesem Abend kommen wir nach Littlerock, einem 800-Seelen-Dorf inmitten eines Steppentals. Es gibt ein Motel, in dem wir einchecken, und drei Restaurants. Eines davon macht Urlaub, das andere hat wegen eines Trauerfalls geschlossen und im dritten, dem Knotty Oak, findet ein Karaoke-Wettbewerb statt.

Irgendwie scheint sich das halbe Dorf hier zu versammeln. Vor dem Haupteingang ist eine Warteschlange, trotzdem stellen wir uns an, da River sagt, er würde durchdrehen, wenn er nicht bald wieder ein Stück Fleisch zwischen die Zähne bekommt.

Ich werte seinen Appetit als gutes Zeichen, eine Art Zwischenphase zwischen Nicht-schlafen-und-kaum-Essen und Nur-Schlafen. Während wir warten, schaue ich nervös auf den Boden. Lauter schnatternde Fremde sind um uns herum und ich spüre die alte Furcht in den Adern, doch River greift meine Hand. Das Gefühl sinkt herab, so leicht wie ein vollgelaufenes Gefäß auf den Meeresgrund driftet. Er ist immer da. Er sieht immer, wenn ich Hilfe brauche. Und obwohl alles verdreht ist, dunkler wird und sich einem Ende entgegen neigt, das mir Angst macht, bin ich auf eine seltsame Weise glücklich. Jede Sekunde mit River fühlt sich an, als hätte sich mein Blut in flüssiges Gold verwandelt. In meinem Leben gab es in letzter Zeit nicht besonders viele schöne Momente, es war immer mehr ein Luftanhalten und Bangen, was als Nächstes passiert. River hat mich wiederbelebt, ich kann wieder atmen.

Für immer River McFarley sein.

Vorhin habe ich den Flugmodus kurz deaktiviert und mein Handy gecheckt. Mein Dad hat geschrieben, er müsste bei Clark Davenport nachhaken, weil ihm der Name des anderen Sohns partout nicht mehr einfallen wollte. Erst da ist mir klargeworden, was meine Frage für Schlussfolgerungen nach sich ziehen könnte. Wenn Dad erst Clark Davenport fragen muss, kommt ihnen vielleicht die Idee, dass wir zusammen unterwegs sind, ganz gleich, was Chester für Lügen erzählt. Und River will todsicher nicht, dass unsere Familien von unserer gemeinsamen Reise erfahren.

Die Frage hat sich erledigt, habe ich daher geantwortet, als River gerade an einer Wüstentankstelle ein paar Schokoriegel gekauft hat.

Nach fünf Minuten Wartezeit haben wir es bis zu dem Türsteher geschafft, der allerdings sowieso jeden hereinlässt. Das Knotty Oak ist ein uriges Lokal, in dem das gesamte Mobiliar aus rustikalem Eichenholz gefertigt ist. River und ich quetschen uns zu vier älteren Herrschaften an einen Ecktisch und ich spüre die neugierigen Blicke der Einheimischen auf uns ruhen.

»Fremde Gesichter in Littlerock.« Der bärtige Mann nickt uns zu. »Was verschlägt euch denn in so ein Nest im Nirgendwo?« Er sieht mich dabei an und ich lächele reflexhaft. Mein Herz schlägt schneller, trotzdem bekomme ich nicht die übliche Panik.

Über dem Tisch legt River seine Hand auf meine. »Meine Freundin spricht nicht«, sagt er und schaut mir direkt in die Augen, wie um sich zu versichern, ob das okay ist. Ich nicke verhalten. »Wir machen einen Trip Richtung Westen, National Parks und Las Vegas.«

Zum Lost Arrow Spire, flüstert es in meinem Kopf. Mit Zwischenstopp bei Mum.

Über Las Vegas hat jeder der vier etwas zu sagen, sodass meine Sprachlosigkeit erst einmal unerwähnt bleibt.

»Ein Bekannter meines Bruders hat dort Haus und Hof verzockt. Black Jack, ein Teufelsspiel!« Die ältere Dame mit knallpink geschminkten Lippen und den typischen 50er-Jahre Lockenwickler-Locken blickt River mahnend an.

»Wir werden nicht spielen, Ma'am, keine Sorge«, sagt er mit einem bezaubernden Lächeln und ich spüre, wie er die Damen des Tisches damit für sich einnimmt. Ich wette, er könnte jeden in seinen Bann ziehen, wenn er nur wollte. Obwohl er nur ein einfaches weißes T-Shirt und eine Jeans trägt, so wie die meisten hier im Outback Nevadas, sticht er aus der Masse hervor. Die Art, wie er lacht, so selbstbewusst und nonchalant, seine Bewegungen, selbst die

Art, wie er den Kopf dreht ... das alles wirkt so, als wüsste er um seine Ausstrahlung, ohne dabei arrogant zu sein. *Manchmal hasse ich mich wirklich,* höre ich ihn sagen und in seinen düsteren Momenten würde ich behaupten, es stimmt. Doch im Augenblick sehe ich nichts davon.

Und erst jetzt, da ich das denke, wird mir bewusst, dass ich River sehr selten im Umgang mit anderen erlebt habe. Gerade pustet er sich die weißblonde Strähne aus der Stirn und schenkt mir ein Lächeln, das hundert Feuer durch meine Adern jagt. Ich lächele zurück und spüre die Sehnsucht, ihn zu berühren, meine Hände in seine Haare zu graben und ihn zu küssen. Er zwinkert mir zu und wirkt fröhlich und ausgelassen. »Alles okay, Baby?«

Ich nicke und wünsche mir, er wäre immer so. So wie jetzt, ohne einen Gedanken an Highlines und Sternennachts-Ewigkeiten.

Nachdem wir die Speisekarte studiert haben, sieht River mich fragend an und ich deute auf das Filet Mignon.

Er bestellt zwei, dazu einen großen Salat, ein Bier und eine Cola, und ich spüre wieder die neugierigen Blicke der beiden Paare. River hat sich die ganze Zeit mit ihnen unterhalten und herausgefunden, dass dem Pärchen mit dem bärtigen Mann und der Lockenwickler-Locken-Dame der Supermarkt am Stadtrand gehört, während das grauhaarige Ehepaar eine Tankstelle betreibt. Es ist fast so, als redete er mit Bekannten, und ich bin erleichtert, dass er wieder gesprächiger ist. Es kommt mir vor, als löste das hier einen Bann: die freundlichen Menschen, die gesellige Atmosphäre. Wir sind nicht länger ganz allein mit uns selbst.

»Dürfen wir fragen, warum deine Begleitung nicht spricht? Hast du eine Verletzung, meine Liebe? Hatte sie vielleicht eine Operation?« Die grauhaarige Dame mit dem großmütterlichen Lächeln sieht mich interessiert an.

Ich schüttele den Kopf. Ich renne nicht weg, bekomme keine Panik.

»Vielleicht hat sie ja etwas Schlimmes erlebt. Einen Unfall möglicherweise?«

Hilfesuchend schaue ich zu River und er sieht mich abwartend an. Ich weiß, wenn ich nichts sage, wird er für mich antworten.

Die Menschen aus Littlerock sind jedenfalls nicht taktvoll, wenngleich ich ihnen trotzdem nicht böse bin. Ich schüttele wieder den Kopf, ziehe einen Stift aus meiner Tasche und schreibe auf die Serviette. *Es gab ein schlimmes Ereignis. Ich möchte mich nicht weiter dazu äußern.* Ich muss ihnen ja nicht die ganze komplizierte Geschichte aufschreiben. Selektiver Mutismus, kompletter Mutismus.

Die beiden Damen nicken mir halb wohlwollend und halb mitleidig zu, aber das ist in Ordnung. Wenigstens mustern sie mich nicht so, als wäre ich ein Alien.

Ich lehne mich zurück und beobachte das Geschehen, während River weiter mit den vieren spricht. Das Knotty Oak besteht aus zwei Bereichen, dem Restaurant und einem größeren Raum mit Bar, Stehtischen und einer Bühne. Ich entdecke sogar ein Klavier. Wie ich aus den Gesprächen der älteren Herren heraushöre, begleitet die Dorfband For Heaven's Sake die Sänger des heutigen Abends, noch dazu ist der Sohn des Bärtigen der Bassist.

Ich schaue von der Bühne zu River und ertappe ihn dabei, wie er während des Gesprächs immer wieder sehnsüchtig zu dem Podest schaut.

Natürlich, er macht ja auch Musik. In New Orleans hat er nach seiner Aussage die Nächte durchgespielt. Er summt den ganzen Tag oder singt beim Slacken leise vor sich hin. Er vermisst das bestimmt. Ich habe keine Ahnung, wann er das letzte Mal gespielt hat, genauso wenig weiß ich, warum er überhaupt noch einmal in Cottage Grove gewesen ist. Er hat zwar gesagt, er hat seine Familie lange nicht mehr gesehen, aber kurz bevor er mich auf dem Old Sheriff getroffen hat, muss er noch mal zuhause gewesen sein. Sein Vater wollte ihn ja immerhin für unzurechnungsfähig erklären lassen!

Nachdenklich schaue ich ihn an und sehe ihn, als befände er sich in einer traumartigen Blase. Wie er lacht, gestikuliert und spricht. Alle Geräusche und seine Worte verschwimmen miteinander. Ich bin vollkommen entspannt in diesem Moment, auch wenn ich unter Menschen bin und tausend Fragen habe.

Ich liebe dich, River McFarley, denke ich nur und mein Herz schlägt bei der Vorstellung, ich könnte ihn ganz und gar spüren, schneller. Vielleicht merkt er das. Vielleicht knistert es deshalb bei jedem verstohlenen und nicht verstohlenen Blick in der Luft, als würde sich die Magie selbst entzünden.

Nachdem sich später die ersten Sänger mit den For Heaven's Sake auf der Bühne versuchen, wechseln River und ich an einen Stehtisch. Vor uns, zwischen den Stehtischen und dem Podest, hat sich bereits die Dorfjugend versammelt, außerdem etliche Pärchen von zwanzig bis neunundneunzig. Dass hier jedes Alter zusammen feiert, gefällt mir richtig gut. Gerade versucht sich ein Mittdreißiger mit Heavy

Metal T-Shirt an *Livin' On A Prayer* von Bon Jovi. Die Menge grölt, obwohl er keinen einzigen Ton trifft.

Falls River seinen Gesang gruselig findet, lässt er sich nichts anmerken, ich sehe ihn nur hin und wieder die Luft anhalten oder bei einem falschen Ton zusammenzucken.

Bei *I Want To Know What Love Is* von Foreigner fangen auf einmal etliche Pärchen an zu tanzen, eng umschlungen wie Frischverliebte.

»Komm!« River wartet meine Geste gar nicht ab und führt mich zu den Tanzenden. Wie selbstverständlich legt er die Arme um meine Taille, zieht mich an sich und meine Hände wandern in seinen Nacken. Ich spüre die Wärme seiner Haut unter meinen Fingern, den feinen Schweißfilm, weil es hier so heiß ist. Seine blonden Haare kitzeln auf meinen Handrücken und lassen eine Gänsehaut über meine Arme krabbeln.

»Hey«, sagt er rau und beugt sich zu mir herab. Sein Gesicht ist ganz nahe an meinem. »Ist das okay hier drin?« Sein Atem bricht sich auf meinen Lippen und ich nicke wie paralysiert.

Wie könnte etwas nicht okay sein, wenn er bei mir ist? Die Sterne könnten vom Himmel fallen und alle Vulkane dieser Erde gleichzeitig Lava spucken, es wäre mir egal. Solange ich seinen Atem höre, sein raues *Hey* – solange ich seinen Geruch nach Leder, Wald und Kräutern rieche, bin ich immer am richtigen Ort. Ich schließe die Augen und spüre Fingerspitzen in meinem Genick, eine sanfte Hand, gewölbt und leicht. Eine Million Zauberwörter flattern durch meinen Geist, doch sie schwirren davon, als er mich küsst. Nicht so zart wie sonst, aber auch nicht so, dass es mir Angst machen könnte.

Und wieder falle ich. In süße summende Finsternis. In helles Licht. Vielleicht fliege ich und womöglich sterbe ich, alles ist bedeutungslos. Ich vergrabe meine Finger in Rivers seidigem blonden Haar; und in die Schwärze, in die ich mich sinken lasse, während ich schwebe, stürzen unendlich viele leuchtende Farben. Die Welt verschwimmt, alle Gegensätze lösen sich auf. Zeit und Raum. Oben, unten. Es gibt nur noch River und mich und dieses Summen in der Ferne. Wir sind in einem Vakuum, am Rand eines Universums, in dem es nur Dunkelheit, sanfte Berührungen und unseren Atem gibt. Hätte ich jetzt einen Wunsch frei, würde ich mir nicht meine Worte zurückwünschen, sondern dass dieser Moment ewig andauert und niemals vergeht.

Ich merke erst, dass die Realität zurückkommt, als River mich bereits losgelassen hat und ich die Stille um mich herum wahrnehme.

Der Song ist vorbei und das Publikum hält einen Andachtsmoment inne, bevor es anfängt zu klatschen. Der Beifall dringt nur leise in meine Vakuumblase, gedämpft durch den Rausch des Kusses. Und wie durch Watte sehe ich River das Gedränge mit den Händen teilen und auf die Bühne springen.

Er nimmt das Mikro von dem vorherigen Sänger entgegen, schaut in die Menge, aber er sieht nur mich an. Ein heißkalter Schauer rieselt durch meine Adern. Seine Haare leuchten im Scheinwerferlicht, seine Augen glänzen silberblau wie Spiegel.

»Hi Littlerock«, sagt er mit seiner Whisky-Stimme und bekommt allein dafür schon einige jubelnde Zurufe. Ein paar Mädchen vor mir stupsen sich mit den Ellbogen an und stecken die Köpfe zusammen. »Hammergeil!«, quietscht eine Blonde mit einem kunstvoll geflochtenen Zopf.

»Seid ihr bereit für einen neuen Song?«, höre ich ihn fragen.

Das auffordernde Kreischen der Mädchen ist Antwort genug. Er spricht kurz mit der Band und kommt wieder nach vorne zum Publikum.

Was um Himmels willen macht er da oben? Ich dachte, er spielt Gitarre! Will er etwa singen?

Asher Blackwell fällt mir ein, die Demons'n'Saints, aber River kann nicht Asher Blackwell sein, das ist absolut unmöglich. Wieso sollte der berühmte Rockstar ausgerechnet mit einem stummen Mädchen in der Gegend herumreisen und versuchen, ihre Big Five zu erfüllen? Ebenso wenig ist River Ben Adams oder Taylor Harden. Keiner von ihnen würde es riskieren, erkannt zu werden!

Und wenn doch?

Unsinn. River ist Chesters Bruder. Das weißt du doch jetzt.

Ich komme gar nicht mehr dazu, weiterzudenken, denn River setzt sich wie selbstverständlich ans Klavier. Für einen Augenblick scheint es, als hielte ganz Littlerock mit mir den Atem an. Und in dieser andächtigen Stille erklingen die ersten Töne des Klaviers wie ein fremder Zauber. Ein tiefer Zauber aus dunkelbunten Farben, fast wie unser Kuss an dem blaugrünen Wasser.

River sieht zu mir und ich kann nicht mehr atmen. Ich erkenne die schwermütige Melodie der ersten Nacht, die ich mit ihm am Sylvan Lake verbracht habe. Und in meinem Geist werden die Töne, die er spielt, zu Bildern, zu einer Geschichte, zu Silhouetten eines Mädchens und eines Jungen.

Als er dann anfängt zu singen, geht ein bittersüßes Raunen durch den Saal wie eine Welle.

> You Are My Truth Above The Moon
> Guess My Love, I'll See You Soon
> Little Lost Girl, I'm Not Afraid
> Arms Wide Out, Don't Hesitate

Eine Gänsehaut schauert über meinen Rücken. Rivers Stimme ist trotz der rauen Komponente erstaunlich klar. Angefüllt mit Sehnsucht und Wehmut, wunderschön und tausendmal kraftvoller als die von Asher Blackwell. Und sie weckt noch viel mehr Bilder in mir. Ich sehe einen Jungen und ein Mädchen auf einer Highline, die Arme weit ausgestreckt, als könnten sie fliegen. Ich sehe eine Vollmondnacht, schwarze fliegende Kraniche und die Sterne, die am Himmel sterben.

> Tonight Is Ours, Maybe We'll Fly
> Make Up Your Mind, Maybe We'll Die
> Kissing My Lost Girl, I'm Everywhere
> I'm Above The Moon, You'll Find Me There

Mein Blick verschwimmt, weil ich weiß, dass River über sich selbst singt. Über sich und June. Irgendwie weiß ich es plötzlich. Er sieht bei dem Zwischenspiel auf die Klaviertasten, als wollte er mich nicht anschauen, wirkt verloren in seiner Melodie.
Was ist mit June? Warum bist du so traurig?, brüllt alles in mir, wütend und völlig durcheinander. In einem Moment glaube ich, vieles zu wissen, im nächsten verstehe ich, dass ich absolut nichts von ihm weiß.
Den Rest des Songs höre ich kaum mehr. Nur die Melodie erreicht meinen Kopf, in dem die Bilder weiter vorbeiziehen. Als der letzte Ton verklungen ist, wird mir klar, dass er nicht nur mich verzaubert und in Trance versetzt hat, sondern alle hier Anwesenden. Für Sekunden ist es so still wie in einer Kirche vor der Predigt. Dem

bezopften Blondschopf vor mir steht der Mund weit offen, ihrer Freundin geht es genauso.

Verstohlen wische ich mir eine Träne aus dem Augenwinkel. *Kissing My Lost Girl, I'm Everywhere. I'm Above The Moon, You'll Find Me There.* Ich weiß nicht, warum, aber diese Zeilen hallen in mir nach. Immer wieder. Sie hallen durch meinen Geist, als das Publikum johlt, ausrastet und in einem rauschartigen Zustand Beifall klatscht. Sie hallen in mir nach, als ich wie benommen durch die Holztür ins Freie trete. Ich spüre die kalte Nachtluft der Wüste kaum und laufe mit immer schneller werdenden Schritten die breite Hauptstraße entlang, vorbei an Strommasten mit hängenden Leitungen, vorbei an Auffahrten und Holzhäusern.

Mir wird klar, warum ich für River die perfekte Reisebegleitung bin. Ich stelle keine Fragen. Zumindest nicht mit der Penetranz, die bei ihm notwendig wäre. Alles immer haarklein aufzuschreiben ist auf Dauer nervig und mühsam. Bei mir kann er der sein, der er will.

Aber ob das für ihn das Beste ist?

Ich will nicht, dass er springt. Ich will nicht mit ihm in den Yosemite National Park. Ich möchte ihm helfen. Doch ich kann ihm nicht helfen, solange ich schweige. Solange erlaube ich ihm nur, in einer Traumwelt zu leben, in der er vielleicht River McFarley sein kann. Für einen Moment denke ich an seine Big Five.

»Verdammt noch mal, bleib endlich stehen! Wo willst du denn hin?« Rivers Ruf peitscht hinter mir her wie ein schnell geworfenes Seil.

Ich drehe mich gar nicht erst um, um zu schauen, wo er ist. Gegen River werde ich in fünfzig Jahren kein Wettrennen gewinnen, wenn er überhaupt so lange lebt. Der letzte Gedanke trifft mich wie ein Faustschlag im Nacken. Ich stoppe, ohne mich umzuwenden.

»Hey!« Er hat mich bereits eingeholt, fasst meinen Oberarm und dreht mich zu sich herum. »Kannst du mir mal verraten, warum du wie eine Irre davonrennst?« Mit zornblitzenden Augen sieht er mich an, aber es ist der Zorn des Unverständnisses.

Weil ich dich nicht verstehe! Weil ich das, was du mir nicht sagst, nicht länger ertrage!, denke ich. Ich ziehe mein Handy aus der Tasche und tippe: *Du hast eine Megastimme.* Damit befreie ich mich aus seinem Griff und laufe weiter die Straße entlang.

»Das ist alles?«, ruft er mir wütend hinterher. »Mehr hast du nicht zu sagen?«

Ohne zurückzublicken, winke ich ab, obwohl ich verletzt bin.

Dabei frage ich mich, was mich von dem, was passiert ist, überhaupt kränkt. Bin ich eifersüchtig auf die Liebe, die er mit June hat – oder hatte? Bin ich wütend, weil er immer noch springen will? Weil die Art, wie er mich mag, nicht ausreicht, um es nicht zu tun? *I'm Above The Moon – You'll Find Me There.*

Sterbende Sterne ...

»Kansas!« Er ist offenbar stehengeblieben, denn der Ruf kommt aus einiger Entfernung. »Verflucht, hör endlich auf, wegzulaufen!« Er starrt in meinen Rücken. Ich fühle das Brennen im Nacken.

Dann sag mir endlich die Wahrheit! Was ist mit June? Wieso warst du in Cottage Grove? Wie heißt du?

»Ich liebe dich, verdammt noch mal!«

Für eine Sekunde glaube ich, die Welt um mich herum schwankt, aber ich bin nur gestrauchelt.

Was hat er gesagt?

Mein Herz pocht gegen meine Rippen, und das kommt nicht nur vom Rennen. Als ich mich umdrehe, flirren hundert Silberpünktchen durch meine Sinne. Ein Kribbeln, das direkt unter die Haut geht.

Er steht mitten auf der Straße, die Hände in den Hosentaschen vergraben. Seine Augen flimmern immer noch verärgert und verständnislos.

Er liebt mich.
Er liebt mich.
Verdammt noch mal!

Wie in Zeitlupe laufe ich auf ihn zu und bin froh, dass meine zitternden Knie nicht nachgeben. Meine Welt verwandelt sich in ein Universum aus strahlenden Sonnen und tausend Monden. Die Straßenlaterne hinter River lässt ihn in einem hellen Schatten aus Licht stehen, der aussieht wie ein Vollmond.

»Ich liebe dich, Tucks«, wiederholt er, als ich genau vor ihm stehe, die Stimme leise, aber immer noch zornig.

Ichliebedichauch.

Ich will es sagen, ich will es schreien, ich will aus diesem elenden, stillen Land herauskommen, aber ich schaffe es nicht. Die Worte tanzen in meinem Mund, ich kann sie schmecken und spüre, wie sie sich anfühlen, wenn meine Zunge gegen den Gaumen tippt, doch ich kann nur schlucken.

Ich habe einfach viel zu lange geschwiegen.

Ich liebe dich auch!, forme ich die Worte mit den Lippen.

River legt mir eine Hand auf die Wange. »Ich weiß nicht mehr, wohin ich gehöre, Tucks. In deine Welt oder in die oberhalb des Mondes. Zu dir oder zu June. Ich weiß überhaupt nichts mehr und das bringt mich um.«

Am liebsten würde ich jetzt mein Handy herausholen und tippen: *Welche Welt über dem Mond?* Es klingt, als wäre June gestorben. Ich möchte das nicht fragen und schon gar nicht via Smartphone. Das geht nicht und der Augenblick erlaubt es auch nicht.

Also fasse ich seine Hand, die immer noch auf meiner Wange liegt, und schmiege mich hinein, so, wie ich am liebsten unter seine Haut kriechen würde.

Er liebt mich. Die Worte fließen durch jede Faser meines Seins, als wir, ohne uns zu berühren, zu Jake's Motel zurücklaufen. Paradoxerweise erscheint der Graben zwischen uns größer, als wären wir Kontinentalplatten, die auseinanderdriften. Und obwohl er diese magischen Worte gesagt hat, wird die Furcht in mir größer. Es kommt mir vor, als schlitterten wir dadurch noch schneller auf einen Abgrund zu. Als hätte die Bewegung, die uns zusammenschweißt und trennt und die längst eine eigene Macht ist, durch die Worte noch mehr an Fahrt aufgenommen.

Immer mehr habe ich Angst, dass ich sie nicht mehr aufhalten kann.

* * *

In unserem Motel angekommen, knallt River die Tür ins Schloss und steht mit hängenden Armen davor. Er wirkt verloren und wütend.

»Wäre ich selbstlos, würde ich dir sagen, dass du mich verlassen sollst, bevor es richtig übel wird.«

Ich habe keine Ahnung, was er damit meint, trotzdem gehe ich auf ihn zu und fasse ihn an den Oberarmen. Es kommt mir vor, als wäre seine Haut Feuer und Eis zugleich. Er versteift sich unter der Berührung und ich lasse mutlos die Hände sinken.

Er sieht mich nicht an. »Schlaf ein bisschen, okay? Ich muss einfach an die frische Luft; den Kopf frei kriegen und so.«

Er wird gehen. Ich weiß es ganz sicher. Angst schießt in mir auf wie Wasser in einer geschüttelten Sprudelflasche. Heftig schüttele ich den Kopf. *Du kommst nicht zurück,* schreibe ich schnell. *Du lässt mich allein.*

Er zwingt ein Lächeln auf sein Gesicht, das so aussieht, als würde

es ihm Schmerzen zufügen. »Nein, das tue ich nicht«, flüstert er und streicht mir eine Strähne aus der Stirn. »Ich versprech's.«
Schwöre es!
»Ich schwöre.«
Fingerschwur.
»Na klar, Tucks.«

Wir haken die kleinen Finger umeinander, danach geht er und ich stehe mutterseelenallein in dem fremden Zimmer und fühle mich furchtbar; auch wenn er gesagt hat, dass er mich liebt. Mein Herz sollte sprudeln vor Glück und ich sollte tanzen wie ein Derwisch, Musik in den Ohren, als wäre ich der Star eines Musikvideos. Doch ich spüre nur die kalte Angst in meinen Knochen. Wie Gift sickert sie in mich hinein und lähmt mich. Sie lähmt mich so sehr, dass ich nicht schlafen kann. Wie eine Schlafwandlerin geistere ich durch das Zimmer. Irgendwann entdecke ich die Flasche Jack Daniel's auf Rivers Nachttisch und trinke ein paar Schlucke, versuche, mich zu entspannen, und trinke noch mehr, da es nicht klappt.

Ich checke mein Handy, aber Dad hat nicht geschrieben. Ich trinke noch einen Schluck. Nach einer Weile ist mir schwindelig und ich lege mich aufs Bett und schließe die Augen. Ich lausche in die Dunkelheit, auf das Geräusch der sich öffnenden Tür, aber es bleibt grabesstill.

* * *

Ich schrecke auf und sitze kerzengerade im Bett. Irgendetwas hat mich geweckt. Vielleicht habe ich ja wieder im Schlaf geschrien, aber ich habe nichts geträumt, oder doch?

Angespannt sehe ich mich in dem Zimmer um und erkenne den Lichtstreifen unter der Badezimmertür. Ich habe die Tür vorhin offen gelassen, River muss also in der Zwischenzeit zurückgekommen sein. *Gott sei Dank.* Ich spüre, wie die Anspannung ein wenig von mir abfällt. Wie konnte ich überhaupt einschlafen? Das lag sicher am Alkohol! Doch was hat mich geweckt?

Mein Blick fällt auf mein Handy auf dem Nachttisch. Der Sperrbildschirm leuchtet und zeigt eine Push-up-Benachrichtigung an. Von Dad! Mist, ich habe vergessen, den Flugmodus einzuschalten! Sicher hat mich der Piepton aufgeweckt. Aber wenn mich so ein winziger Ton aus dem Schlaf reißen kann, muss River sich unglaublich leise hereingeschlichen haben. Ich klicke auf die Push-up-Benachrichtigung und werde direkt zum Nachrichtenchat weitergeleitet. Es ist eine Videobotschaft.

Ich zögere. Will ich tatsächlich wissen, was Dad mir zu sagen hat?

Das, was ich erfahren könnte, würde den Traum mit River vielleicht für immer zerstören. Andererseits kann ich ihm wahrscheinlich nur helfen, wenn ich die Wahrheit kenne. Nervös schaue ich Richtung Badezimmertür und berühre den Bildschirm sanft mit der Fingerkuppe.

Dad schaut mit besorgniserregender Miene in die Kamera. Bei seinem Anblick steigt ein flaues Gefühl in mir auf. Er hat pflaumenfarbene Ringe unter den Augen und die feinen Linien in seinem Gesicht haben sich in Furchen verwandelt. So schrecklich sah er nur damals aus, als Mum uns verlassen hat. Für einen Augenblick schweigt er, dann sagt er mit bedenklich ernster Stimme: »*Kansas. Ich hoffe, du bist allein, wenn du das siehst.*« Unwillkürlich halte ich die Luft an und sehe wieder zu dem schmalen Lichtstreifen unterhalb der Badezimmertür. »*Ich habe gerade mit Clark Davenport telefoniert. Ich weiß zwar nicht, warum du tatsächlich nach Chesters Bruder gefragt hast, aber Clark hat mir erzählt, dass er vermisst wird. Nicht polizeilich vermisst ... aber von ihnen, von seiner Familie und seinen Freunden. Keiner weiß, wo er steckt.*« Dad sieht direkt in die Kamera, was beunruhigend wirkt, als würde er gleich etwas Schreckliches verkünden. »*Er ist der Junge auf dem Foto, nicht wahr? Ich habe es Clark geschickt. Ihr seid zusammen unterwegs ... ich habe Angst, Kansas. Clark sagte, sein Sohn wäre krank.*« Ja, unzurechnungsfähig. Irgendwie macht es mich wütend, dass Dad auf Clark Davenport hört. Dabei sieht er doch jetzt, dass ich nie bei Hunderten von Typen war und Chester lügt! »*Er sagt, über kurz oder lang würde er dir wehtun. Er verletzt alle Menschen, die ihm nahestehen, Kansas, verstehst du mich?*« Er atmet tief durch. »*Ich hole dich ab, wenn du willst. Ich bitte dich, trenn dich von diesem jungen Mann.*« Wieder schweigt er und schüttelt dabei den Kopf. »*Ich frage mich, wieso er dir seinen Namen nicht genannt hat. Vielleicht wollte er nicht, dass du weißt, wer er ist ...*« Er seufzt erschöpft. »*Tanner. Er heißt Tanner Davenport.*«

Tanner, wiederhole ich mehrmals und schaue zu der Badezimmertür, als könnte ich River dahinter sehen. *Tanner*. Der Name klingt so falsch wie die intime Berührung von zwei Fremden.

Ich klicke meinen Dad weg, schalte den Flugmodus ein und atme tief durch. Soll ich River mit dem, was ich erfahren habe, konfrontieren?

Ich schäle mich aus dem Bett und stelle meine Füße auf den

teppichverkleideten Boden. Der kalte Schweiß auf meinem Rücken lässt mich frösteln. Was soll ich machen? River ist schon ziemlich lange im Badezimmer und mit jeder weiteren Minute werde ich unruhiger.

Als erneut fünf Minuten vergangen sind, gehe ich zu der verschlossenen Tür und klopfe zaghaft.

»Nicht!«, sagt er scharf. Es klingt, als stände er irgendwo hinter der Tür. Man kann sie nicht abschließen, das habe ich vorhin bemerkt, als ich den Schlüssel drehen wollte. Verdammt, was mache ich denn jetzt?

Wäre ich selbstlos, würde ich dir sagen, dass du mich verlassen sollst, bevor es richtig übel wird.

Ich klopfe noch einmal, fest entschlossen, mich nicht abwimmeln zu lassen.

»Nein!«, brüllt er so laut, dass ich zusammenzucke. Plötzlich wird mir eiskalt. Etwas stimmt nicht. Immer wenn es ihm schlecht geht, schickt er mich fort. Womöglich ist es ja schon richtig übel.

Ohne auf seine Warnung zu achten, drücke ich die Klinke nach unten und sehe ihn mit dem Rücken zu mir am Waschbecken stehen.

»Verflucht, Tucks! Was ist an dem Wort *Nein* nicht zu verstehen? Soll ich es dir mit Lippenstift an den Spiegel schreiben?« Er dreht sich nicht um, sondern krempelt nur die Ärmel seines Shirts nach unten.

Zieht er sich gerade was rein?

Mit einem raschen Blick suche ich das Umfeld des Waschbeckens ab und entdecke ein paar bunte Pillen. Meine Kehle schnürt sich zusammen. Es ist etwas anderes, es zu vermuten, als es zu sehen, und irgendwie ist jetzt auch alles anders als zu Beginn. Da war er ein Fremder, der mir geholfen hat und der vielleicht ab und zu Drogen nimmt. Es war mir egal, solange er mich in seiner Nähe geduldet hat. Doch jetzt ...

Ich öffne den Mund, da wendet er sich um, das Gesicht bleich und elend, die Augen glasig. Er sieht so aus, als hätte er Millionen Leben nicht geschlafen. »Geh. Einfach. Raus.«

Widerstrebend schüttele ich den Kopf und ignoriere seinen warnenden Tonfall. Es tut weh, ihn so zu sehen. Ihn, der anfangs so ausgelassen gewesen ist, ihn, der Kraniche einhändig falten kann und alle Kuriositäten des Landes kennt. Ihn, der mich gerettet hat und den ich erst für unendlich stark gehalten habe. So stark, dass ihn die Stürme des Lebens nicht umhauen können.

Ich spüre, wie sich Tränen in meiner Kehle stauen, aber ich schlucke dagegen an.

»Ich meine das ernst, Kansas!«

Ich auch.

»Das alles hier geht dich nichts an. Dieser ganze Mist ...«

Doch, das tut es, verdammt! Die Worte bleiben in mir drin, auch wenn ich sie ihm am liebsten ins Gesicht schleudern würde.

Er blickt auf die weißen Bodenfliesen, seine Brust hebt und senkt sich in einem raschen Rhythmus. Irgendwann holt er tief Luft. »Geh einfach. Übermorgen gehen wir zu deiner Mum, damit du sie fragen kannst, warum sie gegangen ist, und alles wird gut.«

Alles wird gut für den, der warten kann. Aber ich warte schon viel zu lange. Und nichts ist gut geworden. River wird weiter in seiner Traumwelt leben und ich werde weiter schweigen. Nichts wird sich jemals ändern, solange man wartet. Herausfordernd hebe ich die Arme – eine Art *Was ist los?* – und er reagiert. Er sieht mich an, bevor er die Hände hinter den Rücken nimmt.

Da wird mir klar, dass es nicht nur die Tabletten sind, die ich nicht sehen soll.

Langsam gehe ich auf ihn zu.

Er presst die Lippen zusammen, verharrt jedoch vor dem Porzellanbecken. Als ich dicht genug vor ihm stehe, schließt er die Arme um mich. In dem Augenblick kommt es mir vor wie eine Erlösung. Ich lasse mich von ihm an seine Brust ziehen, während er an meinen Haaren schnuppert.

»Du riechst unglaublich«, flüstert er von oben auf mich herab und legt seine Stirn an meine. »Nach Karamellkaffeesahne. Deswegen habe ich mich so unsterblich in dich verliebt.«

Spielerisch knuffe ich ihn in die Seite. *Nur deswegen?*, soll das heißen und er lacht sein raues, seltsames Riverlachen.

Ich entspanne mich ein wenig, aber nicht genug, um seine düstere Aura und das Elend in seinem Blick zu vergessen.

Unsterblich, hallt das Wort, das er eben benutzt hat, in mir nach. Unsterblichkeitsewig.

»Übermorgen ist die Vernissage. Morgen fahren wir weiter Richtung Vegas ... zu deiner Mum«, sagt er leise und sein Atem kitzelt auf meinen Lippen. »Am besten gehst du wieder schlafen. Das wird sicher anstrengend.« Er klingt jetzt sehr ruhig. Zu ruhig.

Mit einem unguten Gefühl mache ich mich von ihm los, setze einen Schritt zurück und betrachte ihn von oben bis unten.

Er ist barfuß, trägt seine abgewetzte Jeans und ein schwarzes Langarmshirt, was ungewöhnlich ist. An seinen schlanken Fingern bleibt mein Blick hängen. Feine rote Tropfen rinnen unter dem Shirt hervor in seine Handfläche. In beide Handflächen! Und erst als River erschrocken auf mich zukommt, bemerke ich das Blut im Waschbecken.

Ich habe das Gefühl, die Welt dreht sich plötzlich doppelt so schnell. Er hat sich geschnitten, geritzt oder wie man das auch immer nennt.

Zum Runterkommen!

»Ich habe dir gesagt, komm nicht rein! Jetzt hast du gesehen, was du nicht sehen solltest!« Zorn und Frustration schwingen in seinen Worten mit.

Wie wild schüttele ich den Kopf und ziehe mit zitternden Fingern den rechten Ärmel seines Shirts hinauf. Er ist bereits feucht und River zuckt bei der Bewegung schmerzerfüllt zusammen, doch er hindert mich nicht daran.

Als ich die tiefen Schnitte sehe, ringe ich nach Atem. *Oh mein Gott!* Da ist so viel Blut. So viel. Wie kann er sich selbst nur so verletzen?

In blinder Panik rolle ich den anderen Ärmel auf – auch hier tiefe, stark blutende Schnitte.

Wieder und wieder schüttele ich den Kopf, während mir die Tränen in die Augen steigen. Er hat gesagt, das würde er nur machen, wenn das Chaos in seinem Kopf zu laut wird.

»Deshalb wollte ich nicht, dass du reinkommst«, sagt er jetzt und seine Stimme schwankt zwischen Erschöpfung und Zurückweisung. Er steht bloß da, mit einem gebrochenen Ausdruck in den Augen.

Ich verliere ihn. In diesem Moment wird es mir klar. Was immer ich tue, ich verliere ihn. An dieses Etwas, das ich nicht greifen kann.

In meiner Verzweiflung fasse ich seinen Arm und lege meine Wange auf seine frischen Schnitte. Immer mehr Tränen laufen mir über das Gesicht.

»Hey.« Mit einer Zärtlichkeit, die mich fast umbringt, streicht er mir über die Haare. »Das sind keine heilenden Phönixtränen, oder? Falls doch, wäre es ziemlich praktisch, dich immer in meiner Nähe zu haben.«

Ich könnte schreien, weil er schon wieder Witze reißt und dabei so behutsam und sanft ist. Ich werde ihn verlieren, er wird springen. Panik brandet durch meine Adern. Meine Kehle brennt so sehr. Nicht nur von den Tränen. Ich habe keine Ahnung, wie ich ihm helfen kann, aber ich fühle mich in meinem stillen Land so verloren wie nie zuvor.

Das ist alles falsch. Ich hebe den Kopf und schaue in diese unergründlichen, flussblauen Augen. Zwinkere. Ich muss jetzt springen, um ihm zu helfen, nicht erst am Ende des Sommers. Und nicht für mich, sondern für ihn. Weil ich ihn liebe, wie ich nie zuvor etwas geliebt habe. Weil ich ihn retten muss, damit er bei mir bleibt.

Ich zwinge ein Wort auf meine Zunge, ich muss es jetzt aussprechen. Ich muss es aussprechen, auch wenn alles in meinem Kopf dagegen anbrüllt. *Tu es nicht! Du kannst nie wieder zurück. Wenn du eines aussprichst, erwartet er das zweite und dritte.* Die Muskeln in meiner Kehle verkrampfen sich, Schweiß rinnt über meinen Rücken. Ich öffne den Mund.

Ich muss ihn mit irgendetwas erreichen.

Du kannst nicht mehr zurück! Nie wieder!

Ich stehe in dem stummen Land und die tiefe Furcht vor der Welt stürzt auf mich ein.

Ich kann nicht.

Ich kann nicht.

Ich bin nicht gut genug, nicht stark genug. Ich weiß nicht, wie man das macht, das Leben und alles, was dazugehört. Die Leute werden Forderungen stellen, die ich nicht erfüllen kann. Sie werden über mich lachen.

Ich forme ein W mit den Lippen.

Sprich es aus!

Mir wird kotzübel. Rote Sternchen tanzen vor meinen Augen. In der Kehle spüre ich meinen Herzschlag donnern.

»W-Wa-Warum?«, höre ich mich rau hervorpressen. Das Wort bleibt mir fast im Hals stecken und die Stille danach lässt mich erstarren.

KAPITEL EINUNDZWANZIG

RIVER IST EBENFALLS ERSTARRT, ABER ER SIEHT MICH AN, ALS WÄRE ICH ein Dschinn aus einer Wunderlampe. Seine Augen beginnen zu glänzen.

»Du sprichst«, flüstert er, sehr langsam, als weigerte sich sein Verstand, es zu glauben. Dann lauter. »Du hast gesprochen!«

Ich nicke wie paralysiert.

»Nein, nicht nicken, sag was!«

Er erwartet mehr Worte, ich habe es gewusst! *Ich kann nicht!* Meine Wangen färben sich hochrot. Meine Stimme hatte etwas Fremdes, an das ich mich nicht erinnere. Ich habe gestottert. Wie unter Schock setze ich einen Schritt zurück und presse die Finger auf meinen Mund. »Du b-blutest!«, würge ich hinter der Hand hervor, aber alles schreit in mir.

Ich will das nicht. Ich will nicht sprechen. Ich will nicht zurück in diese Welt, in der mich alle nur herumschubsen!

River sieht mich aus geweiteten Augen an, fasst meine Hände und senkt sie nach unten. »Das ist fantastisch, Tucks. Sprich weiter!«

Ich komme mir dumm vor. Bestimmt findet er mich idiotisch. Ich wollte ihm helfen und jetzt ist es schon wieder andersherum. Ich deute mit dem Kinn auf seine Arme. *Da ist überall Blut, du brauchst Hilfe!*, rufe ich verzweifelt im Geist. Ich kann es nicht sagen, doch das muss ich auch nicht, denn River zieht mich einfach zu sich und küsst mich so leidenschaftlich, dass ich am liebsten wieder weinen würde. Ich spüre seine Zunge tief in mir, als küsste er mich und meine Worte mit dazu. In mir sind Glück, Furcht und Kummer so stark miteinander verwoben, dass mir das Herz in der Brust schmerzt. Das Atmen tut weh, dabei sollte ich tanzen und schreien.

Unendlich verwirrt mache ich mich von ihm los. Ich kann kaum einen klaren Gedanken fassen.

»Sag noch etwas!«, fordert River mich auf.

Neue Tränen laufen über meine Wangen, während ich den Kopf schüttele. Er blutet immer noch.

»Ich habe gelesen, dass Menschen mit einer Sprechphobie flüstern sollen. Flüstern hilft. Kannst du flüstern?«

Nein! Zu viele Gefühle stürmen auf mich ein. Im Spiegel gegenüber entdecke ich, dass Rivers Blut in meinem Gesicht klebt, weil ich auf seinem Arm geweint habe. Überall ist Blut. Sogar in meinen blonden Haaren. Es rinnt von Rivers Unterarmen in seine Hände und von dort auf den Boden. Durch unseren Kuss verteilt es sich auch auf seinen Lippen und dem Kinn.

Schnell hole ich mein Handy aus dem Nachbarraum und River hält mich nicht auf. *Wir müssen die Blutung stoppen,* tippe ich. Oh Gott, das Schreiben ist so viel besser! Weiter entfernt, nicht so nahe.

Zum Glück liest er es kommentarlos ab. »Das regelt sich von allein – so tief sind die Schnitte nicht.« Seine Geste hätte nicht wegwerfender sein können.

Na klar! Er hat das ja früher schon öfter getan. Eher nachlässig wickelt er sich je ein Handtuch um einen Unterarm. Schließlich stehen wir voreinander und blicken uns an. Ich kann seinen Blick nicht deuten und weiß selbst nicht, was ich fühle.

Meine Worte haben irgendwie alles verändert. Es ist, als wäre ich nackt, ich fühle mich schutzlos, als könnte das, was River jetzt sagt, direkt in meine Seele dringen.

Warum?, tippe ich in mein Handy und sehe ihm in die Augen. Bitte, lass ihn nichts mehr über meine Worte sagen!

River liest erneut und schaut an mir vorbei. »Weil ich dich liebe. Weil es immer noch wehtut. Weil ich nicht vergessen kann.« Er greift sich mit einer Hand an den Kopf. »Das Chaos da drin – es war zu laut.«

»June?«, flüstere ich ohne Ton und er versteht.

Er lässt sich auf den Boden sinken und lehnt sich mit dem Rücken gegen die Badewanne. »Sie hat sich umgebracht, Tucks. Es war meine Schuld.«

Ich habe etwas Schlimmes getan, hat er gesagt. Für ein paar

Sekunden wird mir richtig schwindelig. Ich muss an so viele Dinge gleichzeitig denken. *Ich muss dich retten! Kein Mädchen!*

Was ist passiert?, tippe ich.

River sieht an die Decke, als wäre dort der Himmel. »Ich hätte für sie da sein müssen. Keine Ahnung, was bei ihr zu Hause los gewesen ist ... sie hat es mir nie erzählt. Diese Sache war ihre Büchse der Pandora. Streng geheim, fast wie bei dir ... und meinem Bruder.« Er blickt mich an und ich sehe, wie er versucht, alte Gefühle zurückzudrängen, denn sein Blick ist zu statuenhaft. »So viele Leute reden von der großen Liebe, Kansas. Aber das mit June und mir – das war einfach magisch. Es war, als wüsste keiner außer uns, was Liebe wirklich bedeutet. Sie verstand mich ohne Worte, wir mussten nicht reden. Manchmal haben wir nur beieinandergesessen, in den Himmel geschaut und die Sterne gezählt.«

Each Night the Moon kisses the Lover who counts the Stars. Ich halte ihm das Handy hin und er schenkt mir ein kummervolles Lächeln der Vergangenheit.

»June stand eher auf diesen modernen Quatsch. Weißt du, wir waren selten einer Meinung, was diese Dinge anging, aber es gab da diese Vertrautheit zwischen uns, als würden wir uns aus einem anderen Leben kennen. Es war völlig egal, dass sie kein Fleisch mochte und ich mehr oder weniger im Burgerladen gewohnt habe. Sie mochte Adele und ich liebe Punkrock.«

Demons'n'Saints?, tippe ich. Ich denke an das Fan-T-Shirt.

»Ertappt.« Er mustert mich, als überlegte er, wie viel er mir von June erzählen kann, ohne mich zu verletzen. Dabei bin ich im Augenblick nur froh, dass es nicht um mich und meine Worte geht, sondern um ihn. Ich bin so erleichtert, dass er endlich redet. Wirklich redet, meine ich.

Erzähl weiter!, schreibe ich.

»Das müsste ich dir sagen.« Er lacht rau und ich liebe dieses Lachen, was immer auch geschehen ist und noch geschehen wird. Er greift nach meiner Hand und zieht mich neben sich; und da sitzen wir dann, blutverschmiert und beide am Rande unseres eigenen Dramas. »June und ich ... wir waren nie perfekt. Wir waren weit davon entfernt, perfekt zu sein. Aber irgendwie habe ich früh angefangen, das Schöne in dem zu sehen, was viele fehlerhaft oder hässlich finden. Ich meine, das Schöne zu lieben, das ist einfach, oder?«

Ich frage mich, was er in mir sieht, was er an mir liebt. Mein Schweigen?

»Ich glaube, es liegt an meiner Familie. Alle sind makellos schön, alles war immer zu zweihundert Prozent perfekt. Die Dinnerpartys, die Inneneinrichtung, die Kunst an den Wänden, sogar der Fußabtreter sah aus wie von Dior ... und unser Mülleimer roch nach Veilchen. Das ist irgendwie krank.« Er lacht kurz auf, aber es klingt nicht fröhlich. »Ich habe mich nach etwas gesehnt, das anders war. Unperfekt.«

Ich nicke, obwohl ich weiß, wie krank diese Familie hinter dem blendenden Schein wirklich ist. Doch River weiß das ja auch, es ist unnötig, es zu erwähnen, und vielleicht hat er sich auch einfach nach etwas Wahrem gesehnt, nach etwas Echtem.

»Tucks?«

Ich schaue ihn an.

»Sag etwas«, flüstert River, als fürchtete er, ich könnte mich in Luft auflösen, wenn ich nicht rede.

Ich spüre, wie die Panik in mir aufsteigt. Jedes Wort eben war ein Kampf. *Ich kann nicht.*

Er nimmt mir das Handy aus der Hand. *Wovor hast du Angst?,* schreibt er.

Ich weiß es nicht.

Doch, du weißt es.

Vielleicht habe ich Angst vor dem Leben.

Vor welchem Teil des Lebens? Vor dem Küssen hast du jedenfalls keine Angst mehr, oder? Er lächelt mich mit einem Augenzwinkern an und ich knuffe ihm in die Rippen.

»Hast du Angst, verlassen zu werden, weil deine Mum gegangen ist?«, fragt er leise.

Ich vergesse manchmal, wie viel er weiß.

Ich habe ein Jahr lang auf dem Küchentisch geschlafen. Damit ich sie als Erstes sehe, wenn sie zurückkommt.

Ich spüre das Echo der Sehnsucht in mir aufwallen, diesen heißen brennenden Schmerz, den ich als Kind gefühlt habe. Ich fühle die grenzenlose Enttäuschung, wenn ich am Morgen kaltgefroren aufgewacht bin. Allein.

River legt den Arm um mich und drückt mich an sich. Die Berührung, diese Art der Nähe, sie tut so gut, dass mir schon wieder zum Weinen zumute ist. »Als ich June verloren habe, habe ich etwas Ähnliches getan – nur wusste ich, dass sie niemals zurückkommt ... Hey ... erzähl mir mehr über dein Nicht-Sprechen, okay.«

Ich sehe ihn an.

»Mit deinem Handy.« Er lacht und ich atme auf. Das alles hier ist verdreht. Er hat sich geritzt, das ist krank, aber ich habe dadurch drei Wörter gesagt, das ist unglaublich. So unglaublich, dass ich es immer noch nicht wirklich begreife und nicht weiß, was es tatsächlich bedeutet. Und jetzt sitzen wir hier und sind uns näher als je zuvor. Ich tippe:

Als Mum gegangen ist, habe ich aufgehört, mit anderen zu sprechen. Ich habe nur noch mit James, Arizona und Dad geredet. Mit Dad am wenigsten, weil er mir mit seiner ernsten Art oft Angst gemacht hat.

Und wann hast du aufgehört, mit deiner Familie zu sprechen?, schreibt River.

Es fing nach der Mingvasen-Geschichte bei deinen Eltern an.

Er zieht die Augenbrauen hoch. »Nach der Mingvasen-Geschichte bei meinen Eltern?«

Chester hat ... Tatsachen verdreht. Lügen erzählt. Arizona redet seitdem kein Wort mehr mit mir. Wahrscheinlich ist sie genau in dem Moment in seinen Flügel gekommen, als Chester mich in seinem Wohnzimmer gegen die Wand gepresst und geküsst hat. Zuerst war ich so gelähmt vor Schock und Entsetzen, dass es womöglich wirklich so ausgesehen hat, als küssten wir uns einvernehmlich. So reime ich es mir zumindest zusammen, denn ich habe Ari nicht gesehen. Und sie hat auch bis heute keinen Schimmer, was danach passiert ist. Wie Chester mich zu Boden geworfen und seine feuchten, gierigen Hände unter mein Shirt geschoben hat. Wie er auf mir lag und mir seine Zunge in den Mund stieß. Mir zuflüsterte, er würde dafür in der Kensington auf mich aufpassen.

Ich habe um mich geschlagen, getreten und dabei versehentlich einen Beistelltisch mit dieser Scheiß-Mingvase für 64.000 Dollar umgestoßen. Sekundenlang hat ihn das so schockiert, dass er erstarrte und ich flüchten konnte. Leider habe ich mich verlaufen und bin in dem Trakt von River gelandet. Dort hat er mich dann gefunden. Zitternd und durcheinander. Irgendjemand hat mich rennen sehen. Das war meine Rettung, zumindest irgendwie, obwohl ich mich danach oft gefragt habe, ob es nicht besser gewesen wäre, ich hätte es einfach über mich ergehen lassen. Chester zerrte mich unter dem Sekretär hervor und in der Tür stand plötzlich seine Mum mit riesigen empörten und erschrockenen Augen.

»Sie hat das getan«, höre ich Chester heute noch seinem Dad zuflüstern. »Verletzter Stolz, keine Ahnung, was sie sich gedacht hat. Was sie sich überhaupt dabei gedacht hat. Als könnte ich jemals auf sie stehen.« Er hat alles verdreht und jeder auf dem Barbecue, der es überhaupt mitbekommen hat, hat natürlich dem renommierten Chefarztsohn geglaubt und nicht der stummen, scheuen, seltsamen Kansas Montgomery.

Ich habe Ari damals verloren, tippe ich weiter. *Also hatte ich nur noch James und Dad. Eines Nachts, kurz nach dieser Geschichte, kam Dad in die Waschküche und hielt mich für Mum.* Ich berichte ihm kurz davon, auch von der Umarmung, die ich zu lange nicht unterbrochen habe und mich dadurch schuldig fühle. *Irgendwie konnte ich danach auch nicht mehr mit Dad reden. Und James ... ich hätte ihm von der Kensington erzählen müssen. Was sie mit mir gemacht haben ... es fing kurz nach diesem Barbecue bei deinen Eltern an. Ich hatte ...*

Ich zögere, schreibe aber weiter. *Ich hatte deinen Bruder abgewiesen. Er hat mich dafür bestraft.*

River sieht mich betroffen an.

Ich hätte James erzählen müssen, was los ist, aber ich habe mich geschämt. Für mich selbst. Weil ich so schwach war.

Welche Lügen hat Chester erzählt? Was hat er getan?

Natürlich fragt er jetzt wieder nach seinem Bruder, doch ich kann ihm nicht alles sagen. Er ist sein Bruder. Wie würde ich mich fühlen, wenn mir jemand so etwas über James erzählen würde?

Ich schüttele den Kopf.

»Okay.« Er schweigt kurz und fährt sich mit beiden Händen über das Gesicht, dann fragt er: »Du hast dich von deinem Dad und Arizona verlassen gefühlt, oder?«

Ich betrachte meine Finger. Ich müsste meine Nägel mal wieder schneiden, sie sind viel zu lang. »Ja«, flüstere ich mit klopfendem Herzen und so leise, dass ich es kaum höre. Ich habe mich danach fast gefühlt wie damals, als Mum gegangen ist. Einsam. Im Stich gelassen. Von Dad und von Arizona. Auch, weil sie mir nicht geglaubt haben. Es war, als hätte ich sie verloren.

River zieht den Arm, den er um mich gelegt hat, hervor und öffnet mit beiden Händen meine zusammengeballte Faust. »Das machst du gut, Tucks. Alles ist okay.«

Ja, bis auf deine zerschnittenen Arme geht es uns prima, denke ich mit einem ungewohnten Anflug von Sarkasmus.

»Meinst du, du könntest jeden Tag drei Sätze zu mir sagen? Meinst du, du schaffst das?«, fragt er plötzlich.

Ich schlucke und spüre schon wieder, wie mir allein bei der Vorstellung der Schweiß ausbricht.

»Ich habe gelesen, man überwindet diese Angst nur, indem man genau das tut, was man fürchtet. Sprechen. Je öfter du sprichst, desto mehr verlierst du deine Angst.«
Darf ich auch flüstern? Das Flüstern war eben wirklich nicht so schlimm.
»Na klar!« River wuschelt mir durch die Haare. Ich lehne mich an ihn und wir sitzen eine Zeitlang da und irgendwann schreibe ich:
Dieser Song heute – war er von dir? War er für June?
Ich höre ihn geräuschvoll schlucken. »Ja. Zweimal ja. Wobei ich den Text ein wenig verändert habe.« Etwas hält er zurück, ich sehe, dass er mit sich ringt, ob er es mir erzählen soll, bevor er anfügt: »Leopold Stokowski sagte: ›Ein Maler malt seine Bilder auf der Leinwand. Musiker malen ihre Bilder auf der Stille‹. Er war Dirigent.« Er sieht mich eindringlich an, als läge eine Botschaft in diesen Worten, und sein Blick jagt einen heißkalten Schauer über meinen Rücken. »Die Liebe ist wie die Musik. Oder die Musik ist wie die Liebe. Wir haben keine Ahnung, wo und wie die beiden wirklich entstehen, und doch berühren sie uns so sehr, dass wir uns ihretwegen die Klippe hinunterstürzen wollen und im nächsten Atemzug auf dem Tisch tanzen.«

* * *

Später, nachdem wir das Bad geputzt, uns gewaschen und umgezogen haben, tanzt er tatsächlich noch auf dem Tisch, eine Flasche Jack Daniel's und die obligatorische Zigarette in den Händen. Er strahlt wieder diese zerbrochene Schönheit aus, die ich schon auf der Eisenbahnbrücke wahrgenommen habe. Die Musik dröhnt aus dem Nachbarzimmer, ein Remix von Bonnie Tylers *Holding Out For A Hero*. Er lacht, springt auf den Boden und klettert wieder auf den Tisch.
Ich dagegen lehne an der Wand und sehe ihm nur still dabei zu. Das ungute Gefühl, das ich die letzten Tage über hatte, verwandelt sich in vorsichtige Zuversicht, verschwindet aber nicht ganz.
Das da oben, tanzend auf dem Tisch, ist Tanner Davenport. Ein Ausgestoßener seiner Familie, dessen Stimmungen schneller umschlagen als ein Segel im Sturm. Er ist intelligent, hochtalentiert, hochsensibel – und einsam. Ich werde ihm vermutlich niemals das zurückgeben können, was ich ihm verdanke.

Ich denke an das, was er gesagt hat: Ein Musiker malt sein Gemälde in die Stille.

Wieso hat er mich dabei so sonderbar angesehen? Was wollte er mir damit sagen?

* * *

Als ich am nächsten Morgen aufwache, sitzt River im Schneidersitz auf dem Boden und ist in sein Handy vertieft. Wahrscheinlich liest er wieder irgendwelche abgespeicherten Berichte, natürlich im Flugmodus, das macht er öfter.

Mein Gott, was war das gestern für ein verrückter Tag. Es ist so viel Schönes und Schreckliches passiert. Immer noch hängt eine Dunstglocke Zigarettenrauch im Zimmer, es ist richtig neblig. Ich weiß nicht einmal mehr, wie und wann ich eingeschlafen bin.

Müde reibe ich mir über die Augen.

»Hi.« River steht auf und bleibt vor meiner Seite des Bettes stehen. Seine Hälfte sieht unberührt aus, vielleicht gleitet er wieder in diese Ewig-Wach-Phase. Ich mustere ihn, dabei fällt mir auf, dass er ein Langarmshirt trägt.

Ich greife mein Handy. *Wie geht es deinen Verletzungen?*

Er zuckt nur mit den Schultern. »Sind okay.« Als hätte er sich nur den Ellbogen gestoßen. »Bist du bereit, deiner Mum gegenüberzutreten?«

Mum – das Wort hört sich ausgehöhlt an, als hätte ihm jemand die Bedeutung gestohlen. Vielleicht bekomme ich vor ihr keinen einzigen Ton heraus. Eine kleine Stimme in mir fragt, ob das überhaupt noch wichtig ist. Ist meine Mum, oder der Grund, wieso sie uns verlassen hat, noch wichtig für mein Leben?

»Stimmt etwas nicht?« River mustert mich mit schräg gelegtem Kopf.

Es ist alles okay, schreibe ich.

Irgendetwas irritiert mich, aber ich weiß nicht, was es ist. Nachdenklich stehe ich auf und verschwinde im Bad, die Tür lehne ich nur an.

Gedankenverloren schaue ich in den Spiegel und streiche meine blonden Haare zurück. Mittlerweile ist ein daumenbreiter dunkler Ansatz zu sehen. Das Mädchen starrt mich an. Es sieht ernst und besorgt aus, anders als ich mir den Morgen vorgestellt habe, nachdem ich wieder anfange zu sprechen.

»Hi!«, sage ich kaum hörbar, weil sie mir so fremd vorkommt, und zucke zusammen. Es funktioniert! Wenn ich alleine bin, fällt es mir nicht so schwer! Ich hebe die Hand und das Mädchen winkt mir zu. Das ist doch bizarr! Trotzdem klopft mein Herz aufgeregt in meiner Brust.

»Du siehst nicht aus, als wäre alles okay«, höre ich River urplötzlich sagen. Für einen Moment muss ich an unseren ersten Tag denken. Da stand er auch schlagartig in der Tür hinter mir, in der Toilette der Tankstelle, Minuten, nachdem ich das Video von Chester bekommen hatte. »Weißt du überhaupt, in welchem Hotel deine Mum in Vegas eingecheckt hat?« Durch den Spiegel schaue ich ihn an und schüttele den Kopf. Lässig lehnt er am Türrahmen. »Denkst du noch an deine drei Sätze?«

Ich hasse es, wenn jemand darauf wartet, dass ich spreche. Augenblicklich verkrampfe ich mich.

»Wowowo – das war nur eine Frage!«

Ich atme tief durch.

»Meinetwegen musst du nicht sprechen.« Er zwinkert mir zu. »Wieso überhaupt sprechen und nicht einfach nur küssen?«

Ich lächele scheu.

Er lächelt zurück. »Deine Mum ist übrigens im Venetian Resort Hotel gesehen worden. Das stand auf einer verrückten Fanseite im Netz.«

Wie kann er alles immer so schnell herausfinden?

»Ein Vorteil, wenn man wenig schläft. Man hat mehr Zeit. Der Motelbesitzer hat mir freundlicherweise sein Handy zum Surfen überlassen ... ich will den Flugmodus nur zum Telefonieren aufheben. Man weiß ja nie.« Er nickt zu meinem Telefon. »Hast du noch den Flugmodus an?«

Ich nicke. *Nur heute Nacht habe ich ihn mal vergessen, aber nur kurz,* schreibe ich.

»Okay. Wir fahren ja sowieso weiter.«

Wenn Dad tatsächlich mein Handy in irgendeiner Form überwachen lässt oder selbst überwacht, könnte er unsere Spur ohnehin verfolgen, nämlich immer dann, wenn ich es einschalte, um Nachrichten zu checken oder selbst zu schreiben. Allerdings sind wir nie lange am selben Ort und das GPS ist aus. Es wäre zwischen den wenigen Funkmasten hier ein Ratespiel. Außerdem müsste er quasi direkt vor Ort sein, um mich zu erwischen.

River sieht mich an. »Es ist vielleicht besser, wenn du deine Mum im Venetian Resort Hotel abpasst und nicht auf der Vernissage.«

»Mum«, wiederhole ich leise. Das Wort klingt so leer.

»Ein Ein-Wort-Satz. Den lasse ich gelten.« River zwinkert mir zu und lässt mich allein.

Plötzlich kommt mir alles unwirklich vor. Das Wort *Mum* kommt mir unwirklich vor.

Sag das fünfzehn Mal hintereinander und du bist dir sicher, es existiert gar nicht, höre ich Arizona flüstern. *Schreib es auf die Strange-Seite, Kans! Komm schon!*

Come on!, flüstert River.

Mum. Mum. Mum.

»Das gibt es doch alles nicht«, flüstere ich dem Mädchen im Spiegel verwirrt, aber tonlos zu und sie schüttelt – mit mir einer Meinung – den Kopf. »Bizarr!«, höre ich sie wispern.

Jetzt muss ich über meine eigene Albernheit kichern.

»Das habe ich gehört, Tucks«, ruft River von draußen.

Und das ist mir egal!, denke ich mit einem warmen Gefühl im Bauch.

KAPITEL ZWEIUNDZWANZIG

AN DIESEM TAG FAHREN WIR RICHTUNG LAS VEGAS, DOCH ALS DIE Yamaha mehrmals ausgeht, slacken wir an einem schmalen Grünstreifen am Rande der Steppe, irgendwo zwischen Littlerock und Ely.

»Bald bist du soweit«, sagt River leichthin, als ich über die Line balanciere. Er sitzt am anderen Ende, raucht und beobachtet mich mit Argusaugen.

Wofür? Ich springe ab und halte ihm mein Handy hin.

Er zieht die Augenbrauen hoch. »Für eine Highline, Baby.«

Keine Ahnung, ob das jetzt gut oder schlecht ist, dass ich so weit bin.

»Das Slacken hat dir geholfen, deine Mitte wiederzufinden. Du hast es vielleicht nicht bemerkt, aber mit jedem Tag und mit jeder Woche bist du auf der Line deinem Ziel entgegengelaufen.«

Du hast mir geholfen, meine Mitte wiederzufinden. Nicht diese Line!

River lächelt seltsam, als wüsste er viel mehr als ich.

Ich habe Dad nicht geschrieben, dass ich gesprochen habe. Dad nicht. James nicht. Und Arizona natürlich auch nicht. Heute Nacht habe ich von ihr geträumt. Im Grunde habe ich jede Nacht von ihr geträumt, glaube ich. Doch heute Nacht war es anders. In meinem Traum haben wir richtig miteinander geredet und es fühlte sich real und warm an, als könnte es tatsächlich passieren. Vielleicht wird es das ja auch eines Tages und womöglich finden wir wieder zueinander.

See You Later, Alligator.

After While, Crocodile.
Ich vermisse dich, Ari. Die Ari, die du früher einmal warst.
Wenn ich wieder Worte habe, viele, viele Worte, kann ich ihr alles besser erklären. Dann wird sie erkennen, dass ich nicht gelogen habe. Trotzdem: Noch sage ich meiner Familie nichts, denn es ist ja noch kein richtiges Sprechen. Ich habe ein paar Worte gestottert. Ich weiß, dass der Weg zurück ins Schweigen leichter ist als der ins Sprechen. Ich müsste mich nur fallen lassen, hinein in die Stille. Doch das ist ja nicht das, was ich jetzt will. Ich will sprechen, aber ich möchte auch die dämliche Angst davor loswerden. Ich will nicht bei jedem Wort Schweißausbrüche und Herzklopfen bekommen; das Gefühl von Panik in den Adern und taube Hände.

Natürlich ist mir auch klar, dass River recht hat. Je mehr ich rede, desto weniger Angst werde ich haben. So war es auch beim Essen und Trinken. So ist es mit allem. Vielleicht auch auf einer Line. Man muss die Dinge einfach machen.

Ich schalte den Flugmodus des Handys aus und schreibe Dad meine übliche Nachricht, dass es mir gut geht, ohne auf das, was er über Tanner Davenport gesagt hat, einzugehen. Danach schreibe ich eine Message an Mr. Spock:

Sternzeit: sternennachtsewig. System: Deltaquadrant, irgendwo in Nevada. Melde dich bitte! Wie geht es dir?

Gerade als ich den Flugmodus einschalten will, leuchtet eine Push-up-Message auf.

Reflexhaft klicke ich darauf und halte die Luft an, als ich Chester in dem Vorschaubild einer Videonachricht entdecke. Allein der Ausdruck in seinen wasserhellen Augen dreht mir den Magen um. Ich schiele zu River, der die Slack abbaut, und laufe ein paar Schritte über den trockenen Wüstensand. Bis auf die schmale Oase an dem fast ausgetrockneten Flusslauf sieht es hier überall gleich aus. Krautige Sagebrush-Sträucher, orangegelber Sand, ein paar Kakteen.

In der Nacht ein Himmel voller Sterne. Lebender oder toter.

Eine leichte Brise weht mir die Haare ins Gesicht und ich streife das Haargummi von meinem Handgelenk und binde mir einen Zopf, bevor ich auf *Abspielen* klicke.

Chesters Gesicht erwacht zum Leben und er wirkt so bitterböse wie ein gehörnter Ehemann. »*So, Montgomery! Dein Dad hat uns das Foto gezeigt. Du hängst also mit Tanner ab. Gut, das hätte ich mir ja denken können, als ihr beide plötzlich verschwunden wart! Die Mädchen stehen ja immer auf die kranken Loser.*« Er schnauft und ich muss kurz die Augen schließen, damit mir nicht von seinem Anblick übel wird. Ich halte das Handy ein Stück weiter von mir weg. »*Weißt du, ich habe es damals nur gut mit dir gemeint. Ich hätte in der Kensington auf dich aufgepasst. Ich habe es dir angeboten.*«

Na klar! Du hättest mich integriert und ich hätte mich dafür auf sehr spezielle Weise erkenntlich zeigen sollen! Immer nach der Schule. Scheißkerl!

Er sieht mich ernst, fast bekümmert an: »*Weißt du eigentlich, dass ich jeden Tag nach dir gesucht habe?*«

Eher wohl nach deinem Porsche. Und meinem Dad hast du einen Haufen Lügen erzählt!

Er seufzt und fährt sich durch die Haare. »*Du musst zurückkommen, Kansas. Tanner ist krank, er ist richtig gestört! Er wird dir wehtun! Er hat bisher allen wehgetan, die mehr mit ihm zu tun hatten.*«

Und du nicht?, würde ich am liebsten brüllen. Ich bin kurz davor, das Handy auf den Wüstenboden zu pfeffern, da redet er weiter.

»*Er war länger in der Klinik und seine Freunde sagen, er nimmt irgendwelche Tabletten. Er weiß gar nicht mehr, wie es sich anfühlt, nicht auf einem Trip zu sein. Weißt du, wieso er damals vom Internat geflogen ist? Weil er sich jede Nacht rausgeschlichen hat, um wilde Orgien zu feiern. Er hat sich zugedröhnt und hatte Sex mit Hunderten von Mädchen, vielleicht hat er sogar irgendeine ansteckende Krankheit ... Ich will dir keine Angst machen, aber seine Nähe bedeutet Gefahr. Komm zurück, Kansas, und wir fangen noch mal neu an.*« Er lächelt ohne Wärme. »*Wir beide. Dann lasse ich dich in der Schule in Ruhe, ich schwör's.*«

Ich kann mir das nicht länger anhören, ohne mich zu übergeben, aber offenbar hat er sowieso alles gesagt, denn auch dieses Video zerstört sich nach dem Abspielen von selbst. Schnell schalte ich den Flugmodus an.

»Hey!« River legt mir von hinten eine Hand auf die Schulter und ich zucke zusammen. Mist, ich habe ihn gar nicht kommen hören!

»Hey«, wispere ich total konfus, stecke das Handy ein und wende mich um. Seine blauen Augen leuchten in der Wüstensonne und der lauwarme Wind pustet seine blonden Haare aus dem Gesicht.

Er war länger in der Klinik und seine Freunde sagen, er nimmt irgendwelche Tabletten.

Oh, ich hasse es, dass ich Chesters Worte jetzt im Kopf habe! Doch ich weiß ja, wie gut er die Wahrheit verdrehen kann.

Komm zurück, Kansas, und wir fangen noch mal neu an!

»Du siehst aus, als hättest du einen Geist gesehen!« River nimmt meine Hände und legt sie auf seine Brust. »Gibt es schlechte Nachrichten?«

Ich spüre seine Herzschläge auf der Handfläche, diesen beruhigenden Rhythmus, und verneine kopfschüttelnd. Es ist mir egal, was die anderen sagen. Es ist mir egal, was ein Tanner Davenport einmal getan hat. Das hier ist River McFarley, vielleicht lügt Chester ja auch.

River hat mich gerettet und ich werde nur das glauben, was ich mit eigenen Augen sehe, und den Rest vergessen.

* * *

An diesem Abend gibt die Yamaha kurz vor Las Vegas den Geist auf und wir stehen ohne einen fahrbaren Untersatz inmitten der Wüstensteppe, rechts und links zwei einsame Gebirgszüge. Also schieben wir die Maschine zwei Stunden Richtung Lund und quartieren uns in einem verwaisten Motel am Stadtrand ein.

In dieser Nacht träume ich nach langer Zeit wieder von Chester. Im Traum drückt er mein Gesicht unter Wasser, und während ich versuche freizukommen und die Luftblasen um mich herum sprudeln, höre ich ihn immer wieder brüllen: »Wir fangen neu an. Wir beide!« Seine Stimme füllt meinen Kopf mit scharlachroter Farbe, die durch meine Kehle in die Lungen strömt. Seine schwitzige Hand schiebt sich unter mein Shirt.

Als ich aufschrecke, bin ich nassgeschwitzt und völlig außer Atem. Der Platz neben mir ist leer, Kopfkissen und Bettdecke sehen so jungfräulich aus wie gestern Abend.

»River?« Mein Ruf ist leise, als hätte ich Angst, Chester könnte in einer der dunklen Zimmerecken lauern. Erschöpft streiche ich mir die feuchten Haare aus dem Gesicht und blicke mich um.

River ist nicht da.

Ich nehme mein Handy und stecke es in die obere Tasche meines Schlafshirts, danach wickele ich mich in die Decke und laufe mit einem unguten Gefühl zum Bad.

Bitte lass ihn sich nicht wieder selbst verletzen!

Als mir die Leere des Bads entgegengähnt, atme ich erleichtert auf. Unschlüssig bleibe ich stehen und weiß nicht, was ich tun soll.

Das Frösteln des Albtraums liegt wie ein Eisfilm auf meiner Haut. Sollte ich jemals wieder nach Cottage Grove zurückmüssen, wird Chester mir das Leben erst recht zur Hölle machen – es sei denn, River wäre an meiner Seite.
Bestimmt ist er draußen und raucht.
In die warme Decke gepackt gehe ich zur Eingangstür und öffne sie zaghaft. Im ersten Augenblick scheint die Nacht still zu sein. Ich höre nur den Wind, der über die weite Landschaft zwischen den Gebirgszügen streicht. Ein sanftes gleichmäßiges Brausen, das ab und zu von einem schaurigen Knarzen des alten Gebälks des Motels begleitet wird.
Mir wird bewusst, dass River wieder einmal nicht schläft. Ungewollt denke ich an Chesters Worte, ebenso an die Warnung meines Dads. Womöglich ist dieses Nichtschlafen ein Krankheitszeichen. Oder das Zeichen einer kontinuierlichen Drogensucht – Amphetamine bewirken so etwas, Speed, diese Droge, mit der man tagelang wach bleiben kann, das habe ich ja schon einmal vermutet. Vielleicht ist es total naiv, keine Hilfe zu holen und Dad unseren Aufenthaltsort zu verschweigen. Was mache ich, wenn River sich irgendwann so tief ritzt, dass jede Hilfe zu spät kommt?
Nachdenklich wische ich mir mit einer Hand über die feuchte Stirn, trete auf die schmale Veranda vor den Zimmern und atme die kühle Luft ein. Unzählige Sterne überziehen das Firmament und das weiße Band der Milchstraße schwebt wie ein Schleier genau über mir. Ich schaue mich um. Unser Zimmer ist das vorletzte in der Reihe. Das Motel liegt wie eine Insel in dem Steppental, die kaputte Yamaha steht neben einem der Holzbalken, die die Veranda der Zimmer flankieren und das Vordach stützen. Okay, River ist also auch nicht hier draußen, um zu rauchen.
Wieder dringt das Knarzen des Gebälks in meine Ohren, gleichzeitig weht eine Stimme zu mir herüber. River. Er muss zum Telefonieren um die Ecke gegangen sein.
Wieso?
Auf Zehenspitzen schleiche ich die Veranda entlang, bis ich ihn besser verstehe.
»Aber ich habe ...«, höre ich ihn protestieren, anschließend schweigt er.
Ich gehe noch näher heran. Holz knarzt, als würde er auf und ab laufen. Wegen der Kälte presse ich die Daunendecke enger an mich und halte den Atem an.

»Ich habe euch immer – *immer* – Bescheid gegeben, wo ich bin ... selbst als es mir scheiße elend ging, habe ich euch vom Motel aus angerufen, auch wenn der versoffene Inhaber ein Vermögen dafür wollte.«

Er hat telefoniert, als er so viel geschlafen hat? Wann? Und wieso habe ich das nicht mitbekommen?

River unterbricht meine Gedanken, als er genervt schnaubt. »Natürlich habe ich das GPS dann ausgeschaltet ... Das war nicht gegen die Abmachung. Ihr seid mir hinterhergefahren, als bräuchte ich einen beschissenen Babysitter, Teufel nochmal! Was hätte ich machen sollen?« Seine Schritte werden schneller, als steigerte sich seine innere Unruhe. »Ich wollte nur ein paar Wochen ...«

Ich komme mir furchtbar vor, weil ich ihn belausche, andererseits brauche ich ein paar Infos, wenn ich ihm wirklich helfen will.

»Verflucht noch mal ...« – »Lass sie da raus! Was hat Chester ...«

Eine Weile ist es mucksmäuschenstill. Der Wind streicht mit rauer Hand über die dunkle Ebene und ich glaube schon, River hätte aufgelegt, als ich ihn scharf Luft einziehen höre.

»*Wagt es nicht!*« Es ist ein Knurren zwischen Entsetzen und blindem Zorn. »Wie könnt ihr auch nur ...« – »Stell mir kein verficktes Ultimatum, verstanden?«, brüllt er so laut, dass ich einen Schritt zurückgehe. Irgendetwas knallt, ich vermute, er hat gegen etwas getreten, das ich nicht sehen kann.

»Verdammt, Davidson! Hast du dir überlegt, was das bedeutet?« – »Ich habe es geschworen. Und ich habe June etwas versprochen. Wagt es nicht!« Jetzt klingt er so verzweifelt, dass es mir elend ums Herz wird.

Sein abgehackter Atem bricht sich in der Nachtluft. »Ihr geht es gut. Sammy. *Bitte!*« Das Letzte ist ein Flehen. »Sammy! Hör mir zu! Nein ... du hörst mir zu!« – »Was? Kansas soll ... wieso war sie verstört? Hat sie Chester geschrieben?« – »Das ist doch Bullshit!«

Hat Chester behauptet, er hätte öfter Kontakt zu mir? Angespannt halte ich den Atem an. Immer noch braust der Wind über die trockene Erde. Ein monotones *Kwsch*. Wieder und wieder.

»Es tut dir leid?«, höre ich River schließlich ungläubig fragen. Sein hartes Lachen schneidet sich durch die Wüstennacht. Er muss unmittelbar hinter der Ecke stehen, ich kann seine geballte Wut förmlich auf der Haut spüren. »Bist du noch dran?« Für mehrere Sekunden hängt eine unheilverkündende Stille in der Luft, dann gibt es Geräusche, als tippte er mit den Nägeln auf sein Display. »Geh ran! Geh ran, du Feigling!«

Offenbar tut sein Gesprächspartner es nicht. River wählt erneut, vielleicht eine andere Nummer, vielleicht dieselbe.

Ich sollte gehen. Ich habe zu viel gehört, und wenn er gleich um die Ecke kommt, erwischt er mich beim Lauschen.

Ich drehe mich gerade um, als ich ihn erbost schreien höre. »Du elender Feigling! Mir tut es auch leid! Und wie es mir leidtut!« Er schleudert einen Fluch über die karge Steppe mit ihren Kakteen und Sagebrush-Sträuchern, anschließend knarzt das alte Holz unter seinen Füßen.

Verdammt! Ganz vorsichtig tappe ich zurück. Hoffentlich hört er das Rascheln der Daunen nicht.

»*Kansas!*«

Seine Stimme sinkt in die Dunkelheit und um mich legt sich eine Stille, die so dicht ist, dass man sie in Scheiben schneiden könnte.

Wie in Zeitlupe drehe ich mich zu ihm um. Sein Gesicht ist kalkweiß, die blauen Augen so tief wie die unergründlichen Gräben der Meere.

»Du spionierst mir nach«, sagt er kalt.

Meine Kehle wird eng. *Ich hatte einen Albtraum und wollte zu dir ...* Ich bekomme es nicht heraus, kein einziges Wort, nicht, wenn er mich so böse ansieht.

Er kommt auf mich zu. »Was hast du gehört?«

Ich ziehe die Decke, die wie ein zu langes Kleid über den Boden schleift, fester um meinen Körper.

»Was hast du gehört? Rede mit mir, verdammt noch mal!«

Ich kann nicht. Bitte, ich kann nicht. Schritt für Schritt weiche ich zurück und offenbar bemerkt er, dass er mir Angst macht, denn er bleibt stehen.

Ich schüttele den Kopf. Immer wieder. Ich will endlich wissen, was wirklich los ist. Ich ertrage es nicht länger.

»T-Tan...«, stottere ich und hasse es. Meine Kehle will das Wort einfach zurückdrängen, doch ich kämpfe dagegen an. »Tan-Tanner.«

Falls es überhaupt noch möglich ist, wird sein Gesicht noch weißer.

Dumpf klopft das Herz in meiner Brust. »Al-Alle sagen, d-u bist kr-krank.« Mein Gaumen wird taub und fühlt sich an wie nach einer Betäubung beim Zahnarzt.

»Wer sagt das?« Mit zornfunkelnden Augen schaut er mich an. »Chester etwa? Mein Dad?« Er lacht emotionslos auf.

Am liebsten würde ich weinen, weil mir das Reden so schwerfällt und ich das zwischen uns nicht mehr ertrage.

»Natürlich sagen sie das. Aber sie wissen überhaupt nichts über mich. Sie kennen mich nicht mehr. Sie haben mich jahrelang nicht gesehen. Sie wissen nicht, was ich in den letzten Jahren getan habe.«

Mit zitternden Fingern angele ich mein Handy aus der Tasche des armeegrünen Shirts und lasse dabei aus Versehen die Decke fallen.

Was tut deinen Freunden leid? Was sollen sie nicht machen?, schreibe ich.

»Das geht dich nichts an. Du hättest es gar nicht hören sollen!«

Zur Polizei gehen? Für einen schrecklichen Augenblick denke ich, er könnte doch Ben Adams sein. Vielleicht heißt Ben Adams ja nicht wirklich so, vielleicht ist Ben Adams ja ein Fakename von Tanner Davenport. Womöglich sind sie dieselbe Person und seine Eltern haben keine Ahnung, weil sie Tanner schon seit Ewigkeiten nicht mehr gesehen haben. Hat Ben Adams nicht ein Mädchen entführt, um Geld für eine Operation von jemandem zu erpressen? Was, wenn June gar nicht tot ist? Wenn sie diejenige ist, die die Operation braucht?

Nein – kein Mädchen!

Aber dann hätte er sicher bereits Lösegeld gefordert.

Es sei denn, er hätte sich in dich verliebt. Nein, das kann doch gar nicht sein, das ist unmöglich!

Ich hebe die Decke wieder auf. Ich halte diese Geheimnisse zwischen uns nicht länger aus. *Bist du krank, Riv?*, schreibe ich.

»Nein!« Grimmig schiebt er das Kinn vor. »Ich bin nicht krank.«

Dein Bruder sagt, du wärst länger in der Klinik gewesen.

Herausfordernd schaut er mich an. »Wieso hast du Kontakt zu Ches? Ich dachte, du hasst ihn! Ich dachte, er erzählt Lügen über dich und du wärst seinetwegen zum Old Sheriff gegangen! Was läuft da?« Seine Stimme ist zu laut, sie drängt mich gegen die Holzwand. Sie fordert zu viel. Angespannt presse ich die Decke an mich und er schlägt mit beiden Fäusten gegen einen der Holzbalken, die sich am Steg entlangziehen. »Verdammt noch mal!«

Ich stehe komplett versteinert da und wage kaum noch zu atmen.

»Kansas«, flüstert er plötzlich erschrocken.

Ganz fest kralle ich die Finger in die Bettdecke.

»Was ist mit Chester? Wieso hattest du Kontakt zu ihm?«, fragt er jetzt leiser.

Meine Hände zittern, als ich tippe: *Er hat mir eine Videobotschaft geschickt, die sich irgendwie selbst zerstört hat. Ich habe überhaupt nicht mit ihm geschrieben. Er macht das oft, also mir solche Nachrichten schicken.*

»Okay.« River nickt mehrmals hintereinander, als müsste er sich der Wahrheit meiner Worte versichern. Er geht einen Schritt auf mich zu und streckt die Hand nach mir aus. »Hab keine Angst vor mir. Niemals vor mir«, sagt er rau. »Chester hat die Wahrheit gesagt, ich war länger in der Klinik – das müssen ihm meine Freunde erzählt haben, denn er kann es nicht wissen. Das war eine ganze Weile nach Junes Tod. Ich war neunzehn. In der Psychiatrie haben sie mich mit Medikamenten vollgepumpt und behauptet, ich wäre depressiv. Also ... generell, nicht nur als Reaktion auf die Sache mit June ...«

»De-depressiv ...«, flüstere ich bestürzt. Das war mein Dad auch – nachdem Mum ihn verlassen hat. Vielleicht ist er es sogar immer noch.

»Bei Depressionen kommt es zu gedrückter Stimmung und zu einer Störung des Antriebs.« River sieht mich an. »Man fühlt sich leer. Alles ist sinnlos.«

Und – stimmt das? Hast du das? Ich fühle mich furchtbar, als ich ihm die Worte hinhalte.

»Nein!«

Aber du hast so lange geschlafen und dann wieder gar nicht. Ist das keine Störung des Antriebs?

»Depressionen gibt es in allen möglichen Schweregraden, Kansas. Vielleicht hatte ich eine leichte Form, vielleicht auch nicht. Ich weiß nur, dass ich die Medikamente nicht mehr nehmen will. Nie wieder.«

Medikamente? Ich denke an die Pillen auf dem Waschbecken.

»Lithium und so. Ich hasse es. Ich kann nicht mehr denken mit diesem Kram.«

Sie machen einen Zombie aus mir, fallen mir seine Worte wieder ein.

»Sie vernebeln den Kopf, machen alles irgendwie zu. Es kommt mir so vor, als wären all meine Gefühle wie unter einer Schicht Schlacke begraben. Und ich muss fühlen, verstehst du? Ich bin Musiker, das ist alles, was ich bin. Ich. Muss. Etwas. Fühlen. Das hat schon Kurt Cobain gesagt: ›Danke für die Tragödie. Ich brauche sie für meine Kunst‹, kennst du das?«

Nein. Vielleicht hat River sich gefühlt, wie ich mich in den letzten Tagen auf der Kensington gefühlt habe. So als wäre alles unendlich weit entfernt und trotzdem so grausam.

Für einen Moment denke ich an Mrs. Elliott und ihre Aphorismen über den Sinn des Lebens. Da war auch ein Spruch von Kurt Cobain dabei, etwas über Punkrock. Ich tippe etwas und halte es ihm hin.

»Was ist der Sinn des Lebens?« River lacht auf, als er die Frage laut vorliest. »Ich habe keine Ahnung.« Er zündet sich eine Zigarette an und inhaliert den Rauch so tief, dass er in ihm verschwunden zu sein scheint. Als er spricht, atmet er ihn wieder aus. »Vielleicht gibt es den gar nicht und vielleicht ist Gott nur ein rappender Irrer, der den falschen Song singt.«

Im Ernst?

»Ich habe jemanden geliebt und verloren. Was glaubst du denn, was der Sinn des Lebens ist?«

Bis ich dich getroffen habe, war mein Sinn die Vermeidung von Schmerz.

Ganz zart berührt er meine Wange mit den Fingerspitzen. »Das tut mir leid, Baby.«

Für einen Augenblick genieße ich den heißkalten Schauer, den er mit dem *Baby* und seinen Fingern über meine Haut zaubert.

Er lässt mich los. »Und was ist es jetzt?«

Ich weiß es nicht. Du und küssen vielleicht?

»Ich und küssen. Soso.« Er lächelt, was seine Augen blitzen lässt. »Viele Menschen glauben, der Sinn des Lebens wäre die Liebe. Aber soll ich dir mal was verraten? Das Leben ist wie die Menschen. Es hasst dich, es verrät dich, es fickt dich und dann liebt es dich wieder. Vielleicht ist das Leben auch nur eine Party, auf der du zufällig gelandet bist. Der eine geht früher, der andere später, der eine trinkt und der andere ist stocknüchtern. Am Ende kommt es womöglich nur darauf an, wer den meisten Spaß hatte!«

Jetzt muss ich lächeln, auch wenn seine Worte mich nachdenklich machen. Eine Party – das sieht ihm ähnlich.

»Tucks, das Leben und sein Sinn sind so schwer zu durchschauen wie Psychopathen ... Ich und küssen, also?«

Bist du nun depressiv oder nicht?

»Ich und küssen?«

River!!!!!!

Sein neckendes Lächeln verblasst.

Nimmst du aktuell Medikamente? Waren das die Pillen auf dem Waschbecken?

»Ich nehme nichts. Ich hatte es mir gestern Nacht überlegt, ja. Es gibt ein Mittel, das sehr schnell gegen die Niedergeschlagenheit wirkt, aber ich habe es anders gelöst.«

Wir wissen beide, wie. Blutig. Mein Magen verkrampft sich, doch er lächelt mich an und dieses Lächeln wirbelt meine Sorge und meine Liebe völlig durcheinander.

»Tucks, ich habe das im Griff. Okay, manchmal bin ich zu nichts zu gebrauchen. Aber manchmal kann ich dafür nächtelang durcharbeiten und Songs schreiben, Gitarre spielen und sonst etwas tun. Ich liebe das. Das ist nicht krank, das ist genial.«

Bist du krank oder nicht?

»Nicht so krank, dass ich behandelt werden müsste. Ja, klar, alle scheinen das zu denken, aber schau mich an: Komme ich dir so vor, als gehörte ich in die Psychiatrie?« Er hebt beide Hände seitlich hoch und dreht sich einmal um sich selbst. Das selbstbewusste Lächeln auf seinen Lippen ist filmreif und zum Niederknien sexy. Er macht mich damit komplett verrückt und ich fürchte, er weiß es.

Nein. Ich schüttele den Kopf. *Oder hörst du Stimmen?*

»Das haben sie im Krankenhaus auch gefragt. Tucks, beantworte das niemals mit Ja. Wenn du da mit Ja antwortest, landest du mit der Diagnose Schizophrenie auf der Geschlossenen, und das für eine sehr lange Zeit.« Er sieht mich an und grinst schief. »Nein, ich höre keine Stimmen, nicht mal deine.«

Ich boxe ihm gegen die Schulter, doch er fängt meine Hand und küsst die Fingerknöchel. »Ich bin okay. Wir fahren jetzt nach Vegas und du gehst zu deiner Mum.«

Ich blicke an ihm vorbei. Ich will nicht zu meiner Mum, ich weiß ja nicht mal, ob ich vor ihr überhaupt einen Ton herausbekomme. Viel lieber will ich herausfinden, was mit River los ist und ob er die Wahrheit sagt. Ich will, dass er gesund ist. Ich will für immer mit ihm zusammen sein.

Hätten wir überhaupt eine Zukunft, wenn er krank wäre? Ich habe nie weitergedacht als bis zum Ende des Sommers.

»Hey, Tucks ... sieh mich an. Was ist los?«

»Riv.« Das Wort platzt fremd und rau über meine Lippen. Mehr kann ich nicht sagen, daher schlinge ich einfach meine Arme um ihn und vergrabe mein Gesicht in seinem Shirt, atme seinen wunderbaren Geruch nach Leder, Wald und Kräutern ein. Ich will mich nie wieder von ihm trennen, ganz egal, was das heißt und was es für die Zukunft bedeutet. Auch wenn ich mit ihm durch alle fünfzig Bundesstaaten fliehen muss, damit sein Vater, Chester und seine Freunde ihn nicht finden.

Nur widerstrebend mache ich mich von ihm los. Wie ein Kind zupfe ich an seinem Shirt. »Riv«, flüstere ich.

»Was denn?«, flüstert er zurück und sein Tonfall klingt plötzlich dunkel und verlockend.

War das jetzt alles oder gibt es sonst noch etwas, das du mir nicht erzählst?

Er nimmt mir das Handy ab. *Okay, eine Sache ist da noch. Ich habe dir erzählt, mein Dad wollte mich einweisen lassen.*

Ich nicke. Es ist beruhigend, wenn er schreibt.

Ich habe mich Ende Mai selbst eingewiesen. Nur wenn man sich selbst einweist, darf man jederzeit wieder gehen.

Das wusste ich nicht.

Das wissen die wenigsten.

Wir sehen uns an.

Und du bist wirklich okay?

Er nickt.

Sie hätten ihn ganz bestimmt nicht entlassen, wenn er eine Gefahr für sich oder andere gewesen wäre.

Wieso sagst du das nicht alles deinem Dad, so wie du es mir gesagt hast?

»Mein Vater hat Beziehungen und er ist mächtig. Er ist der ärztliche Direktor von Rose Garden. Ich fürchte, er kennt eine Menge Ärzte, die mich ihm zuliebe auch ohne triftigen Grund dort festhalten würden.«

Das ist grausam. Wie kann er so etwas tun?

»Clark Davenport kennt nur seinen guten Ruf, mehr nicht. Zufrieden jetzt?«

Ich nicke und er zieht mich in seine Arme.

»Ich und küssen?«, flüstert er an meinem Ohr und ich spüre seinen warmen Atem in der Kühle der Nacht. Eine Gänsehaut rieselt mir über den Rücken und als er mich küsst, mich hochhebt und in die Wärme trägt, bin ich das glücklichste Mädchen in ganz Nevada. Das hier ist River McFarley, er ist mein Retter; und wenn wir wollen, gehört uns die ganze Welt. Wir können statt Sterbensgefährten auch Lebensgefährten sein.

Das weiß ich einfach.

KAPITEL DREIUNDZWANZIG

AM NÄCHSTEN MORGEN SCHIEBT RIVER DIE YAMAHA ZU EINER Werkstatt und ein Mechaniker namens Eddy tauscht die Zündkerzen aus, bevor wir weiter Richtung Las Vegas fahren. Die Wüstentäler Nevadas verwandeln sich in eine weite Ebene, in der es nichts gibt außer vertrockneten Lehmböden und Beifuß-Sträuchern. Staub wirbelt um uns herum, setzt sich in unsere Haare und jedes Fältchen. Mein zerbrechliches Glücksgefühl hält an, auch wenn ich bemerke, dass River sich heute wieder häufiger umsieht. Ich schiebe das auf sein nächtliches Telefongespräch. Immerhin gab es ein Ultimatum und möglicherweise läuft es in diesen Stunden ab.

Obwohl er es mir nicht verraten hat, glaube ich, dass er sich irgendwo mit seinen Freunden treffen soll. So wie ich es jetzt verstanden habe, hatten sie ihn zuvor über sein Handy per GPS geortet. Er hatte sich eine entsprechende App heruntergeladen, damit er ein paar Wochen allein sein kann, sie aber trotzdem immer wissen, wo er ist. Doch dann muss er das GPS ausgestellt oder die App gelöscht haben. Und danach war sein Handy nass und die meiste Zeit komplett ausgeschaltet, sie konnten ihn also nie wirklich ausfindig machen. Aber wieso hat er es ihnen erst erlaubt und dann wollte er es auf einmal nicht mehr? Vielleicht sind sie ihm auf die Nerven gegangen oder er hat etwas getan, was er nicht hätte tun sollen – *kein Mädchen!*

Wieso kein Mädchen? Was macht er mit Mädchen? Ich versuche, mir die Worte seiner Freunde ins Gedächtnis zu rufen, als sie uns am

See nachgejagt sind, aber ich kann mich nicht mehr erinnern. Ich weiß nur, dass sie gesagt haben, ich würde mich in ihn verlieben – was passiert ist. Und dass er nur Scherben hinterlässt – was nicht passiert ist.

Ich frage mich, warum sein Vater ihn gerade jetzt so dringend finden will, wo es ihm Monate oder Jahre zuvor egal gewesen ist. Im Grunde meines Herzens weiß ich, dass da noch etwas sein muss. Eine letzte Wahrheit, die ich nicht kenne. Und vielleicht will ich sie gar nicht erfahren. Womöglich erzählt mir River aber auch alles, wenn er so weit ist.

Als wir an einer Tankstelle kurz vor Las Vegas anhalten, sieht er sich schon wieder um, doch der schnurgerade Highway liegt wie ausgestorben in der Mittagssonne. Immer noch auf der Yamaha sitzend, die Beine rechts und links auf dem Boden, setze ich den Helm ab und hänge ihn an meinen Unterarm.

Was machen wir eigentlich, wenn wir meine Mum gefunden haben und der Punkt der Liste abgehakt ist?, schreibe ich.

River zwinkert mir zu. »Dann musst du nur noch *Ich liebe dich* zu jemandem sagen. Danach spannen wir uns eine Highline im Yosemite.« Er sagt es so selbstverständlich, als wäre es etwas, das nicht infrage gestellt werden darf. Allerdings habe ich mit dem *Ich liebe dich* eine Trumpfkarte in der Hand, das wird mir jetzt klar. Solange ich es nicht ausspreche, ist die Liste nicht abgehakt.

»Hey – wir müssen ja nicht springen, Tucks.« Liebevoll wuschelt River mir durch die Haare. Das ist etwas, das zu ihm gehört. Und jedes Mal beruhigt es mich, als würde er damit sagen: *Alles in Ordnung, Baby, mach dir keine Sorgen.* Und überhaupt, wie er das sagt: Wir müssen ja nicht springen. Als ginge es lediglich darum, sich eine Eissorte auszusuchen. Du musst ja kein Walnusseis essen, du kannst auch Pistazie nehmen ...

Und wenn wir nicht springen, was machen wir dann?, tippe ich.

River zuckt mit den Schultern und setzt den Helm ab. »Das sehen wir, wenn es so weit ist. Vielleicht prügele ich erst mal die Wahrheit aus Ches heraus.«

Ich schüttele nur den Kopf. Er weiß nicht, was danach passiert, er hat überhaupt keinen Plan. Nachdenklich beobachte ich, wie er zum Bezahlen in dem Häuschen verschwindet, den Helm lässig in der rechten Hand. Ich reibe mir über die Schläfen. Die Nevadasonne brennt auf meinen Scheitel und ätzt mein Denkvermögen weg.

Wieso kein Mädchen?

Still alive for you, June.
Ich finde keine Antworten, nicht ohne River.

Schnell checke ich mein Handy, um zu schauen, ob Mr. Spock endlich zurückgeschrieben hat, doch offenbar gibt es hier keine Funkmasten. *Mist!* Ich wollte auch noch etwas zu Depressionen und Lithium googeln, allerdings kann ich das auch in einem Hotel von Las Vegas erledigen. Oder besser noch in einem Internet-Café.

Ich stecke das Handy ein und beobachte River, der sich erst an den Süßigkeiten herumtreibt und anschließend am Zeitungsständer vorbeischlendert. Wie im Knotty Oak hat ihn eine Gruppe Mädchen ins Visier genommen. Sie stecken die Köpfe zusammen und eine Blonde mit knallrotem Riesen-Lolli fuchtelt mit den Händen aufgeregt in der Luft herum, während sie auf ihre Freundinnen einredet.

Innerlich seufzend wende ich mich ab, betrachte die grünen altmodischen Zapfsäulen, den staubigen Boden und das Flimmern der Hitze am Horizont und überlege, mit mir selbst zu sprechen, als ich River plötzlich rufen höre.

»Lass den Motor an! Schnell!« Ich schaue in seine Richtung. Er hat gerade die Tür aufgestoßen, einen Ausdruck von wilder Panik im Gesicht. Hat er was geklaut?

Hinter ihm sehe ich die Mädchen. Einer steht der Mund offen wie einem Frosch beim Fliegenfangen, die andere wedelt mit dem Lolli in der Luft herum. Die dritte hat Wangen so knallrot wie der Lutscher. Dahinter tummeln sich ein paar Jungs.

»Tucks! Erster Gang, linker Fuß!«, brüllt River und seine Boots wirbeln hellen Staub auf. Augenblicklich denke ich an seinen Dad, an seine Freunde und rutsche nach vorne. Ich mache irgendwas mit meinem linken Fuß, drehe mit fliegenden Fingern den Schlüssel und drücke den Startknopf.

»Gas aufdrehen! Rechter Hebel!«

Ich tue, was er sagt, und der Motor heult auf, während die Maschine nach vorne ruckt. Eins der Mädchen ruft etwas, aber ich verstehe es nicht.

»Nochmal!« River ist fast bei mir. »Sofort! Sofort!«

Oh mein Gott!

Ich mache irgendetwas und die Yamaha schießt wieder nach vorne, in dem Moment springt River auf und wir verlieren fast das Gleichgewicht, da die Maschine zur Seite kippt. River kann sie gerade noch abfangen, indem er den Fuß gegen den Boden stemmt. Eine

Rauchwolke umhüllt uns und sekundenlang sticht mir das Abgas in der Nase. Wie eine Irre drehe ich am Gashebel.

»Warte doch!«, ruft eine Mädchenstimme. »Wir wollen doch nur ...«

Ich verstehe den Rest nicht mehr, weil die Yamaha ins Schlingern gerät, während wir gleichzeitig über die Bordsteinkante auf den Highway holpern.

»Pass auf!« River rutscht der Helm aus der Hand, in dem Augenblick rast ein Truck an uns vorbei und der heiße Fahrtwind brennt auf meinem Gesicht.

»Jetzt! Jetzt fahr!«

Ich bin noch nie so eine Maschine gefahren, aber ich schaffe es, das Ding in der Spur zu halten, auch wenn ich bestimmt den falschen Gang benutze.

Was sollte das?, will ich rufen, doch das geht ja nicht.

Also fahre ich eine Meile weiter, bis wir außerhalb der Ortschaft sind, dann bringe ich die Yamaha mit zitternden Händen zum Stehen.

Empört drehe ich mich zu River um.

Sein Gesicht ist rot und staubig, der Ausdruck darin eine Mischung aus Zorn und Ungläubigkeit.

Er sagt nichts. Er steigt einfach ab und läuft drei Schritte von mir weg, stützt die Hände auf die Oberschenkel, als wäre er einen Marathon gelaufen.

Was immer passiert ist, es muss ihn komplett aus der Bahn geworfen haben.

Vorsichtig stelle ich die Maschine ab und gehe auf ihn zu – mein Helm hängt immer noch an meinem Unterarm, da ich keine Zeit mehr hatte, ihn aufzuziehen.

»W-w-was ... ist?«, presse ich hervor und verachte mich, weil ich immer noch herumstottere und keinen vernünftigen Satz herausbekomme.

Ich höre, wie River tief durchatmet und offenbar versucht, sich zu beruhigen. Als er sich umdreht, klebt ein künstliches Lächeln auf seinem Gesicht. »Ich brauche einen neuen Helm«, sagt er nur.

Ich könnte schreien! Er kramt die Sonnenbrillen, die ich in dem kleinen Laden in Woods Crossing gekauft habe, aus dem Rucksack auf meinem Rücken und gibt mir meine. »Aufsetzen. Die Sonne ist total aggressiv.«

Widerwillig gehorche ich, obwohl ich es hasse, dass er jetzt auch noch so tut, als könnte ich nicht bis Drei zählen. Er weiß, dass ich weiß, dass etwas nicht stimmt. Er will nicht erkannt werden, so sieht's doch aus!

Vielleicht waren die Jungs in dem Laden ja seine Freunde, die irgendwie herausbekommen haben, wo wir sind.

Ich frage nicht via Handy nach und wir fahren weiter. Komisch, dass er nicht einfach zurückfährt, um seinen Helm wieder aufzusammeln, doch offenbar ist die Situation ernster, als er zugibt.

In Coyote Springs kauft er mit Sonnenbrille und zu einem Bandana umfunktionierten Halstuch bei einem Mietwagenhändler einen völlig überteuerten Helm, obwohl wir fast in Las Vegas sind.

Willst du nicht erkannt werden?, hake ich jetzt doch nach, als er mit langen Schritten zu der Maschine zurückeilt.

»Wolltest du nicht täglich drei Sätze sprechen?«, fragt er ruppig zurück und zieht den visierlosen Helm einfach über das Bandana.

Ich zupfe ihn am Ärmel und er bleibt stehen und wendet sich zu mir um. »Was ist?« Er klingt ungeduldig und das war er in all den Wochen nie oder sehr selten.

Wer bist du? Schon wieder ist da diese dumpfe Angst in mir, ich könnte ihn verlieren. Dass es etwas gibt, das so schlimm ist, dass wir es nicht überwinden können.

»River McFarley – Tanner Davenport: Such dir was aus!«

»Bitte«, kommt es mir unerwartet über die Lippen.

Durch die Sonnenbrille mustert er mich und sieht aus wie ein junger Pilot, kühl und distanziert. »Was willst du, Kentucky. Was? Wir haben es eilig, also zick nicht rum!«

Wütend atme ich tief durch. Ich soll nicht rumzicken? Das ist ja wohl der Oberhammer. Aber ... womöglich kippt seine Stimmung gerade wieder. In Gedanken versuche ich mir auszurechnen, wie lange er wach ist. Vielleicht gibt es einen festen Rhythmus bei diesen Perioden und sie sind zeitlich kalkulierbar. *Hast du eine schlechte Phase?*, tippe ich, da ich nicht so schnell nachrechnen kann und River so ungeduldig wirkt.

Unsanft schiebt er nach dem Ablesen meinen Arm mit dem Handy aus seiner Reichweite. »Siehst du: Deswegen wollte ich es dir nicht sagen. Weil du dann alles auf diese angebliche Krankheit schiebst, die ich nicht mal habe.« Er lässt mich stehen und marschiert zur Yamaha, während ich den Rucksack hole, den er einfach vor dem Geschäft stehen gelassen hat.

Rede mit mir, verdammt!, will ich ihn anschreien, aber wer bin ich, dass ausgerechnet ich das sagen darf.

»Hast du schon was dazu nachgegoogelt?«, fragt er, als ich ihn erreicht habe.

Ich schüttele den Kopf und schultere den Rucksack.

»Das solltest du auch nicht. Du solltest das Handy generell für ein paar Tage auslassen. Lies keine Zeitung, schau kein Fernsehen, nichts.«

Perplex sehe ich ihn an. »W-wieso?«

Er steigt auf die Yamaha, ohne mich eines weiteren Blickes zu würdigen. »Weil ich es nicht will. Weil ich nicht will, dass du etwas siehst, das du nicht sehen sollst! Noch nicht!«

Hallo? Ich fühle mich völlig vor den Kopf gestoßen. Was soll ich nicht sehen? Was – verdammt noch mal – hat er angestellt? Und wieso: Noch nicht?

»Komm jetzt! Wir haben keine Zeit!«

Ist er doch Ben Adams? Ich ziehe meinen Helm auf, setze mich hinter ihn und lege die Arme um seine Taille. Am liebsten würde ich sofort mein Handy herausholen und die neusten Nachrichten durchsehen, aber ich habe hier sowieso keinen Empfang. Und selbst wenn, würde ich es wahrscheinlich nicht tun. Da ist etwas in mir, eine Ahnung, dass etwas ganz anderes wahr sein könnte. Etwas, das so unvorstellbar ist, dass ich niemals wirklich ernsthaft daran gedacht habe:

Was, wenn er Asher Blackwell ist?

* * *

Es dämmert bereits, als wir mit der Yamaha den Las Vegas Strip entlangfahren. Immer noch ist es drückend heiß, als würde die Stadt die Hitze des Tages wie unter einer Glocke speichern. Erschöpft klammere ich mich an River. Die Stadt überfordert mich. Überall flackern hektische bunte Lichter, sodass ich den Kopf nicht frei kriege. Unzählige Menschen verschwimmen zu einer Parade aus undeutlichen Gesichtern, Gelächter und wehenden Gewändern. Dragqueens, Straßenkünstler auf Stelzen und Revue-Tänzerinnen stehen vor glitzernden Hotelbunkern, ab und zu liegt ein Betrunkener oder ein zugedröhnter Drogenjunkie am Straßenrand. Surreal. Skurril. Das alles ist eine gigantische Illusion. Der Gedanke, dass River Asher Blackwell ist, passt genau zu dieser Stimmung. Er ist zu grell, zu abgefahren, zu laut. Mehrmals schließe ich einfach die Augen, um die Welt da draußen auszublenden, um nachzudenken, doch in mir drin ist dasselbe rastlose Flimmern. Es kann einfach nicht sein.

Da wir nicht reserviert haben, sind die bekannten Hotels am Strip natürlich ausgebucht, River gibt jedenfalls nach dem vierten auf und biegt in eine ruhigere Seitenstraße ab, um dort weiterzusuchen. Mittlerweile bin ich felsenfest davon überzeugt, dass er gesucht wird, und die Uhr in meinem Kopf, die unsere Stunden zählt, tickt immer lauter. Waren das an der Tankstelle Groupies? Und falls ja: Wieso will er mir das nicht sagen? Ich muss mich wirklich zusammenreißen, um nicht total durchzudrehen.

Nach längerem Abklappern der kleineren, unbekannteren Hotels – River natürlich immer mit Sonnenbrille und Bandana – beziehen wir schließlich abseits des Strips ein wenig vertrauenerweckendes Hotelzimmer. Das Gebäude sah schon von außen so einsturzgefährdet aus, als wäre es früher eine Filmkulisse für eine Vegas-Show gewesen. Die Wände im Inneren scheinen aus Sperrholzplatten zu bestehen und die Feuerleiter, stelle ich nach einem Blick aus dem ersten Stock fest, könnte früher auch eine alte Requisite gewesen sein.

Mit einem unguten Gefühl im Bauch betrachte ich das Mobiliar. Ein schlichtes Doppelbett, aber wenigstens mit sauberem Bettzeug, ein durchgesessenes Sofa und ein niedriger Couchtisch. Keine Vasen, Bilder oder sonstiger Dekokram – was gut ist, nur für den Fall, dass River wieder etwas kaputtschlagen muss. *Wie ein Star!*

Aktuell wirkt er jedoch gefasst, zu gefasst für meinen Geschmack. Wir wissen beide, dass sein Geheimnis aufzufliegen droht, aber er übergeht es einfach. Klar, darin ist er ein Meister, immerhin hat er ja auch mein Schweigen übergangen.

Nachdem er eine Weile in dem Rucksack herumgekramt hat, legt er sich aufs Bett und verschränkt die Arme hinter dem Kopf.

Ich ziehe die Augenbrauen hoch. Sag endlich was!

Doch er sieht nur an die Decke, die Stirn gerunzelt, als würde er scharf nachdenken.

Ich muss mich bei Dad melden, schreibe ich und halte das Handy so dicht vor sein Gesicht, dass er nicht ausweichen kann.

Er nimmt mir das Handy ab. *Okay, wir gehen in die Lobby, da steht ein PC. Dann kannst du den Flugmodus aktiviert lassen*, schreibt er zurück.

In der Lobby lässt er sich locker in einen verschlissenen Ohrensessel neben dem Computer fallen, während ich mich an den uralten Gäste-Computer setze und mich in den Chat einlogge.

Dad schreibe ich nur kurz, dass alles okay ist, ohne seine Nachrichten anzuschauen, doch gerade, als ich mich ausloggen will, poppt eine Message von Mr. Spock auf.

Sternzeit: Gestern. Heute. Morgen. Bis hierher und nicht weiter! Keine halben Sachen mehr. Vielleicht sollte ich einfach Schluss machen!!!

Für Sekunden starre ich auf diese Worte und mein Herz klopft schneller. Ich schaue zu River, der immer noch betont cool in dem Ohrensessel sitzt, mich aber nicht aus den Augen lässt. Wahrscheinlich will er sich vergewissern, dass ich wirklich nur meine Message schreibe und nicht im Internet surfe. *Mist!* In der aktuellen Situation kann ich ihn unmöglich fragen, ob ich irgendjemandem sagen darf, wo wir sind. Aber genauso wenig kann ich Mr. Spock hängen lassen. Er war der Einzige, der im letzten Jahr für mich da gewesen ist. *Schluss machen löst dein Problem nicht!!! Deine Mum braucht dich! Ich bin in Vegas.* Hastig schaue ich zu River, der weit genug entfernt sitzt, um die Worte nicht lesen zu können, dann tippe ich den Namen des Hotels und komme mir River gegenüber vor wie eine Verräterin. Was denke ich mir nur? Was, wenn Mr. Spock hier auftaucht? Wie soll ich das erklären?

Als wir wieder zu unserem Zimmer gehen, fummelt River an meinem Handy herum, das er vorhin einfach eingesteckt hat. Als ich ihn überrascht ansehe, sagt er: »Ich schalte es aus, sicher ist sicher.« Er legt es auf die Kommode neben der Tür, lässt sich wieder aufs Bett fallen und starrt angestrengt an die Decke. Als er mich weiter ignoriert, gehe ich ins Bad, schließe die Tür hinter mir und stütze mich auf dem Waschbecken ab. Hoffentlich hat er das Handy wirklich ausgeschaltet und schaut nicht in meine persönlichen Nachrichten, denn dann könnte er sehen, was ich Mr. Spock geschrieben habe. Andererseits ist ihm das wegen des Trackens sicher zu riskant, immerhin wollen wir eine Nacht hierbleiben – mindestens.

Ich atme tief durch und versuche, die vielen Gedanken in meinem Kopf zu sortieren. Hoffentlich baut Mr. Spock keinen Mist. Manchmal schreibt oder sagt man ja Dinge, die man gar nicht so meint. Aber für den Fall, dass er es so gemeint hat, weiß er jetzt, wo er mich findet. Ich weiß nur nicht, wie ich es River erklären soll. Allerdings: Er müsste es doch am besten verstehen, er wollte mich ja auch unbedingt retten. Und zum Glück bleibt mir auch noch ein bisschen Zeit. Sollte Mr. Spock tatsächlich herkommen, braucht er von Portland aus sicher mehr als zwölf Stunden. Wenn er wirklich aus Portland ist. Müde wische ich mir über das Gesicht und schaue das Mädchen im Spiegel an.

»Hey«, flüstere ich ihr zu. Das Mädchen sieht scheu zurück, als wäre ich eine Fremde, aber jemand, dem sie anscheinend vertraut. »Was meinst du? Ist River Asher Blackwell?« Die Worte klingen heiser, dafür stottere ich nicht, weil ich allein bin.

Sie sieht nur angstvoll zurück und ich spüre mein Herz schneller klopfen. Es auszusprechen, macht es realer, rückt es, so verrückt es klingt, in den Bereich des Möglichen. Ich balle die Fäuste. Es darf nicht wahr sein!

Er hat gesagt, er liebt mich. *Verdammt noch mal!*

Und genau das ist der Fakt, der dagegen spricht: Warum zur Hölle sollte sich ein Asher Blackwell in eine Kansas Montgomery verlieben? Das wäre ... bizarr?

»Ich gehe kurz was zu essen besorgen, Tucky. Kommst du so lange klar?«, ruft River in dem Augenblick von draußen. »Falls ja, klopf dreimal gegen die Tür.«

Ich klopfe dreimal gegen das Holz. Seit wann nennt er mich Tucky?

»Okay. Und pass auf, dass du nicht niesen musst, sonst stürzen die Wände hier ein wie ein Kartenhaus.«

Er scherzt – wie immer, wenn etwas nicht stimmt. Ich kenne ihn besser, als er glaubt, und doch überhaupt nicht.

Ich höre die Tür ins Schloss fallen, während ich mich weiter im Spiegel anstarre. Die Stille, die zurückbleibt, kommt mir unerträglich laut vor. Wie ein Summen dröhnt sie in meinen Ohren. Vielleicht ist das aber auch die Klimaanlage. Das habe ich jedenfalls bei unserem Roadtrip durch Amerika gelernt. Fast jede Absteige besitzt eine klappernde Klimaanlage und einen Rauchmelder, der nicht vernünftig funktioniert, zumindest hat keiner bei Zigarettenrauch angeschlagen.

Ich stelle mich unter die Dusche und schrubbe die Hitze des Tages zusammen mit dem Wüstenstaub von meiner Haut.

Während das Wasser auf meinen Scheitel prasselt, versuche ich, all meine Befürchtungen fortzuspülen, aber das klappt nicht mehr. Immer wieder taucht das Mädchen mit dem roten Lolli vor meinen Augen auf, die Jungs im Hintergrund. Seine Fans? Seine Freunde?

Nachdem ich mich bis zur Schmerzgrenze trockengerubbelt habe, schlupfe ich in meine alte Jeans, an der immer noch der Signalgeber hängt. Für einen Augenblick schließe ich meine Hand darum und erinnere mich an das Glücksgefühl, als River ihn mir geschenkt hat.

Da du dich nicht selbst schützen kannst, muss das jemand anderes für dich übernehmen. Vor allem wenn ich ... schlafe. Das letzte Wort hat er nicht gesagt.

Ich wünschte, ich könnte die Zeit zurückdrehen und die Reise noch einmal von vorne beginnen. Ich wünschte, ich könnte vergessen, was an der Tankstelle passiert ist.

Nach einer Weile lasse ich den Signalgeber los und streife die verschwitzte Fledermausbluse über. Mein Aufzug ist sicher nicht die beste Wahl, um bei meiner Mum aufzukreuzen.

Mum. Heute Abend findet im Caesars Palace Hotel die Vernissage statt und das Gefühl, das ich für sie empfinde, könnte nicht befremdlicher sein. Komisch. Immer wollte ich sie fragen, wieso sie einfach verschwunden ist. Da war eine Lücke in meinem Herzen so groß wie eine Faust, aber diese Lücke hat sich in diesem Sommer geschlossen.

Was könnte mir Mum auch schon antworten: Das war alles ein ganz großes Missverständnis, Schätzchen?

Nachdenklich öffne ich den Rucksack und hole das Foto heraus, das ich in einer Reißverschlusstasche verstaut habe. Daneben lege ich die allererste Zeitung, die ich seit Wochen mit mir herumschleppe, als wäre sie ein Heiligtum.

Ich betrachte das Foto. Ihr Lächeln ist voller Wärme und sie wirkt kaum älter als ich. Sie war ja auch nicht viel älter, als sie gegangen ist, gerade mal Mitte zwanzig.

Sie sieht mir so ähnlich, dass es unheimlich ist. »Mum«, flüstere ich. »Warum?«

Warum, das war das erste Wort, das ich nach über einem Jahr ausgesprochen habe, und es ist das Wort, das mich über Jahre hinweg beschäftigt hat. Es ist so ein winziges Wort, aber es birgt so viel.

Warum hat Chester mich derart gequält?

Warum hat mir nie jemand geglaubt?

Warum sagt River mir nicht einfach, wer er ist?

Was erwarte ich mir eigentlich von Mums Antwort? Welche Erklärung würde ausreichen, um mich wirklich zufriedenzustellen?

Ich war todsterbenskrank und wollte nicht, dass ihr mich leiden seht?

Ich habe Stimmen gehört und hatte Angst, ich bringe euch im Schlaf um?

Natürlich war es so nicht, das weiß ich ja.

Ich war egoistisch und wollte mein eigenes Leben leben.
Vorsichtig blättere ich die zerknitterte Zeitung durch, um den Artikel darin zu suchen.

Ich glaube, es gibt auf dieses Warum keine Antwort, die mich glücklich macht oder die mir sagt, dass ich dennoch liebenswert genug bin. Trotzdem sollte ich sie fragen, denn der Kansas, die es am Anfang des Sommers auf die Liste gesetzt hat, war es wichtig. Ich sollte ihre Wünsche nicht einfach ignorieren.

Mitten im Blättern halte ich inne, auch wenn ich auf der nächsten Seite bereits das Bild von Mum entdecke.

Meredith Fox – das Porträt einer ungewöhnlichen Künstlerin

Und darunter:

Die Macht der Masken. Kunstausstellung der Malerin Meredith Fox im Forum des Caesars Palace

Aber wie schon damals in der Nacht im Zelt hat mich etwas beim Durchblättern der Zeitung irritiert, doch jetzt ist es hell und ein Teil meines Bewusstseins hat es abermals wahrgenommen. Ich blättere wieder zurück und da sehe ich es. Die gewaltige Schlagzeile im Mittelteil springt mir förmlich entgegen.

Ben Adams: Robin Hood, David Copperfield oder John Doe? Wer ist der Mann, der allen entkam?

Aber es ist nicht die Schlagzeile, die meinen Mund trocken werden lässt, sondern das Loch inmitten der Zeitung. Der Text scheint vollständig zu sein, das stelle ich beim hastigen Überfliegen der Abschnittsübergänge fest, also muss dort ein Foto von ihm gewesen sein.

Und jetzt fehlt es.

KAPITEL VIERUNDZWANZIG

Wie aus dem Nichts taucht ein Bild vor mir auf. Ich sehe River kerzengerade auf der wippenden Slack stehen, die Kippe zwischen Daumen und Zeigefinger. Er mustert mich aus zusammengekniffenen Augen durch den Zigarettenrauch. *Sind wir nicht alle vor etwas auf der Flucht?* Und dann höre ich ihn flüstern: *Für dich. Zum Fliegenlassen!*

Der Atem stockt in meiner Brust. Der erste Origami-Kranich war aus Zeitungspapier!

Wieso hat River ausgerechnet dieses Bild ausgeschnitten? Ist er doch Ben Adams?

Nein, das ist Bullshit! Arizona hätte ihn erkannt, sie hat den Artikel doch laut vorgelesen und offenbar auch ein Foto gesehen, kurz bevor River James ins Auto gelaufen ist.

Und wenn er da schon anders aussah? Womöglich hat er sich in seinem Elternhaus umgestylt! Ist er nicht aus einer Haftanstalt bei Minneapolis geflohen? Und hat Arizona nicht was von einem Hipsterbart gesagt?

Was, wenn alles, was er mir erzählt hat, überhaupt nicht stimmt? Womöglich ist er ein notorischer Lügner und seine Eltern sagen aus einem berechtigten Grund, er sei krank. Vielleicht will sein Vater ihn auch einweisen lassen, damit er nicht ins Gefängnis muss, sondern in der Psychiatrie untergebracht wird! Und womöglich braucht Ben Adams immer noch Geld. Geld für June und eine Operation oder sonst was. *Still alive for you, June.*

Er lebt möglicherweise nur noch, um sie zu retten.

Erpresst er Geld von seinem Vater, der es ihm verweigert hat? Droht er damit, mir ansonsten etwas anzutun?

Für einen Moment vergesse ich zu atmen, dann ringe ich nach Luft.

Aber was ist dann mit den Mädchen an der Tankstelle? Niemand flippt wegen eines Straftäters so aus!

Im Grunde habe ich nur noch eine Wahl. Ich brauche endlich Gewissheit, um nicht durchzudrehen, doch als ich zu der Kommode neben der Tür sehe, stelle ich fest, dass mein Handy verschwunden ist.

Suchend schaue ich auf die Nachttische, doch da liegt es nicht. Auch nicht auf dem Couchtisch. Hektisch durchwühle ich die Betten; ich schüttele sogar die Decken und Kissen aus, durchkrame den Rucksack, doch von meinem Handy fehlt jede Spur.

River muss es mitgenommen haben! Es gibt keine andere Erklärung. Mit pochendem Herzen stehe ich inmitten des Raums.

»Shit, verdammt«, flüstere ich mit enger Kehle, wische mir über die Stirn und schaue mich in dem Zimmer um. Es gibt in dieser Absteige auch keinen Fernseher und kein Radio. Aber ... in der Lobby steht dieser uralte PC! Natürlich!

Ich schlupfe gerade in meine Flip-Flops, da dreht sich der Schlüssel im Schloss.

»Was ist denn los?«

Erst erkenne ich den jungen Mann überhaupt nicht, der da in der Tür steht. Seine langen schwarzen Haare fallen über die Schultern und er trägt die Pilotenbrille, die ich River gekauft habe. »Hey – ich bin's!«

Es ist die Stimme, das *Hey*, das mir verrät, dass es nur River sein kann.

Er trägt Cowboystiefel, eine Lederhose und ein Fransenhemd und sieht aus wie ein Native American, der gerade auf Shoppingtour war, zumindest sehen die beiden gigantischen Einkaufstüten in seiner Hand danach aus.

Das ist nicht River McFarley, flüstert eine Stimme in mir. *Und es ist auch nicht nur Tanner Davenport!* Wortlos halte ich die Seite mit dem ausgeschnittenen Foto hoch und schlucke geräuschvoll.

»B-Ben A-A-dams?« Es tut mir körperlich weh, das auszusprechen. »O-oder Ash-Asher?« Ganz fest balle ich die Faust und grabe meine Nägel in die Handfläche. Ich möchte einfach nur noch zurückfallen. In mein Schweigen und die Welt aus Watte, Dämmung und

Schutz. Ich möchte, dass er lacht und mir sagt, wie blödsinnig beide Vermutungen sind.

Aber River starrt mich bloß an, sein Gesicht hat jede Farbe verloren. In einer nervenzerreißend langsamen Bewegung setzt er die Pilotenbrille ab und seine Augen leuchten grün, so wie meine.

»Das sind Kontaktlinsen«, sagt er leise, ohne auf meine Frage einzugehen. »Wir wollten doch einen Sommer lang nur River und Tucks sein, oder nicht?« Er kommt auf mich zu und mit einem Mal klopft mein Herz hart in meiner Brust.

Kontaktlinsen, natürlich!

Ich habe mal etwas Ähnliches getan ...

»S-Sag e-es!«

»Du weißt es doch längst.« Er versucht ein Lächeln, aber es misslingt. »Tucks, ich bin doch trotzdem immer noch derselbe. Lass es uns durchziehen! Wir haben doch einen Plan.« Er deutet auf die Tüten. »Ich habe auch eine Perücke für dich und was anderes zum Anziehen. Die Vernissage deiner Mum fängt gleich an. Sie ist nur für geladene Gäste, aber ich habe uns VIP-Pässe besorgt. Ich fürchte, wir können nicht warten, bis sie wieder in ihrem Hotel ist. Du hast ja gesehen, was los ist!« Wie aus dem Nichts baumeln zwei schwarze Karten an silbernen Schlüsselbändern an seinem Zeigefinger, den er in meine Richtung streckt. *Meredith Fox* – steht auf den Bändern.

Alles sinkt in mir herab. Vertrauen, Hoffnung, Mut. Es ist, als würde ich endlos in ein schwarzes Loch fallen und dabei ersticken. *Du weißt es doch längst.* Die Mädchen, die Tankstelle. Unnatürlich eisblaue Augen in einem schwarz-weiß geschminkten Gesicht. Ein Dämon und ein Heiliger. Und nur, weil er es nicht ausspricht, wird diese Wahrheit nicht weniger schmerzhaft. So wie alles, was man in sich einschließt, macht es das Ganze nur größer. Nur schwerer.

»Tucks«, flüstert River und seine Augen schimmern glasig. »Bitte verzeih mir!«

Etwas in meinem Kopf färbt sich blutrot. Jeder hat versucht, mich zu warnen, und doch kann ich den Zorn und die bittere Enttäuschung in mir nicht aufhalten. »N-nein!« Blind von meinen Gefühlen hebe ich die Hände, stoße ihn aus dem Weg und renne zum Ausgang. Ich weiß, wie schnell er sein kann, klar, er ist ja ein Meister im Davonlaufen, daher muss ich den Überraschungseffekt nutzen. Ich schlage die Tür zu, wobei der Schlüssel, der noch außen gesteckt hat, aus dem Schloss fällt. Instinktiv hebe ich ihn auf, überlege für den Bruchteil einer Sekunde, River einzuschließen, aber es würde mich zu viel Zeit kosten.

In Windeseile nehme ich die Stufen vom ersten Stock nach unten, schiebe den Schlüssel in meine Tasche, doch schon nach der Hälfte höre ich die Tür und seine schweren Schritte.

Ich wirbele um den Treppenabsatz, springe die letzten fünf Stufen hinab und lande auf dem muffigen grünen Teppich der Lobby.

»Tucks!«

Ich schaue zurück, während ich mich aufrappele. River ist auf der Treppe stehen geblieben und streckt seine Hand nach mir aus. »Lauf bitte nicht wieder weg!«

Ich will weinen, schreien und ihn küssen, alles zugleich. Ich will meine Arme um ihn schlingen, ihm zuflüstern, dass ich ihn liebe, und ihn nie wieder loslassen. Ich will, dass er nur mir gehört, aber dieser Wunsch zerbricht in diesen Sekunden in eine Million Scherben. Er gehört der ganzen Welt, der ganzen Nation und niemals, niemals, niemals einer Kansas Montgomery. Und genau das ist es, was mich weglaufen lässt, weil ich den Gedanken einfach nicht ertrage.

Ohne mich noch einmal nach ihm umzudrehen, dränge ich mich an ein paar Neuankömmlingen vorbei, stoße die schwere Glastür auf und hechte die schmale Gasse entlang, vorbei an stinkenden Müllcontainern und Obdachlosen, die ihre Habe in Einkaufswagen umherschieben.

»Verdammt noch mal, bleib endlich stehen!« Jetzt klingt er fuchsteufelswild. Ich erschrecke mich so sehr, dass ich fast auf die nächste Straßenkreuzung gestolpert wäre.

Blindlings hetze ich über die Ampel, die bereits rot ist, bevor River mich erwischen kann. Immer noch brüllt er meinen Namen und als ich mich diesmal umdrehe, erkenne ich ihn nicht sofort, weil er immer noch aussieht wie ein Native American.

Er hat mich beinahe eingeholt, steht auf der anderen Straßenseite, doch er kommt nicht rüber, weil die Autos wieder fahren und der Verkehr so dicht ist. Ich renne eine Kreuzung weiter und erreiche den Las Vegas Strip mit seinen bunten Hotels, Bars und stroboskopartigen Lichtern. Überall sind Lärm und Musik. Überall Illusionen. Lügen. Nach einem kurzen Zögern stürze ich mich ins Getümmel und werde von dem glitzernden Schlund verschluckt. Ich schiebe mich an einer Familie mit drei Kindern vorbei und durchbreche in meiner Hektik eine Reisegruppe, die sich lautstark beschwert.

»Blöde Kuh« ist das Netteste, das sie mir nachrufen, aber ich halte nicht an, laufe weiter und weiter und weiter.

Ich laufe einfach so lange weiter, bis sich die Wahrheit in Luft auflöst und verpufft.

Irgendwann bleibe ich völlig außer Atem an einem monumentalen Hotel stehen und stütze mich an der Balustrade ab. Es ist das Bellagio und vor mir tanzen die berühmten Wasserfontänen zu klassischer Musik. Die *Ahs* und *Ohs* der Touristen schallen über den künstlichen See.

Das alles ist nicht echt.

Nichts ist echt.

Ein mit Latzhose und Tauchermaske bebrillter Minion tippt mich an und will ein Foto schießen, aber ich habe sowieso kein Handy mehr. Ich könnte nicht einmal meinen Dad erreichen.

Als ich weiterlaufe, brennen Tränen in meinen Augen. Schützend schlinge ich die Arme um mich, friere, obwohl es durch die Menschenmassen und Lichter so warm ist. Ich weiß überhaupt nicht, was ich tun soll. Ich müsste in Ruhe über alles nachdenken, doch das kann ich nicht, solange River mir nachjagt. Und es ist schwer, ihn zu erkennen, da ich immer noch nach blonden Haaren suche. Nach River McFarley.

Mit einem schmerzhaften Ziehen in der Brust laufe ich weiter. Ich kenne hier nur eine einzige Person außer River und die habe ich seit Jahren nicht mehr gesehen.

Mum.

Ich muss zu ihr. Die Eröffnung der Kunstausstellung ist im Forum des Caesars Palace, dem angeschlossenen Einkaufszentrum des Hotels, gut, dass ich vorhin noch mal in die Zeitung geschaut habe.

Ich renne die letzten Meter, schiebe mich mit einem Strom Touristen durch die Drehtür und stehe in der Lobby des Hotels, einem gigantischen kreisrunden Saal mit goldenen Säulen, Marmorbrunnen und bunten Gemälden an Wänden und Decke. Wo ist die Vernissage? Ziellos irre ich umher, durch hallenartige Flure, so hoch und breit wie Kirchenschiffe. Rechts und links sind die Casinos. Überall blinken und rattern Spielautomaten. Sicherheitspersonal läuft auf und ab. Irgendwann, ohne genau zu wissen, wie, gelange ich ins Forum.

Ich bemerke ein silbernes Plakat mit schwarzer Schrift: *Meredith Fox und die Macht der Masken.* Dann ein zweites und drittes, allesamt mit richtungsweisenden Pfeilen versehen. Ich gehe ihnen nach, vorbei an weißgoldenen Statuen, zerbrochenen Säulen, die als Sitzbänke dienen, weiter durch ein Labyrinth aus Menschen, Marmor und antiken Häuserfassaden. Die römischen Brunnen und Wasserspiele leuchten in einem surrealen, violettpinken Licht. Dazwischen liegen die Restaurants und Luxusgeschäfte: Michael Kors, Chanel, Breitling. *Die teuerste Einkaufsmeile der USA*, flüstert Arizona in meinem Kopf. *Nirgendwo wird mehr Umsatz gemacht.*

Ich verdränge den Gedanken an meinen Zwilling, laufe weiter über den glänzenden Boden, der jetzt aussieht, als wäre ich mitten im alten Rom, über mir abwechselnd bunte Fresken wie in einer Kirche und dann wieder die Illusionen eines Abendhimmels.

Alles eine Täuschung. So wie River. So wie dieser ganze verflixte Sommer.

Nervös sehe ich mich um. Keine Spur von ihm, oder er versteckt sich gut.

Plötzlich stehe ich vor roten samtenen Absperrbändern. Dahinter ist sicher irgendwo die Ausstellung meiner Mum, doch es ist niemand zu sehen. Ich entdecke nur einen gigantischen kreisrunden Brunnen. Nein, eigentlich ist Brunnen der falsche Ausdruck, auch wenn es einer ist. Es ist ein Kunstwerk, so groß wie ein kleines Einfamilienhaus. In seiner Mitte ragt ein Felsen in die Höhe, darum liegt ein Wasserbecken, das von antiken Säulen und geflügelten Pferden in Lebensgröße eingefasst wird. Er befindet sich in der Mitte eines Platzes und von dort zweigen offenbar weitere Passagen ab.

»Hier können Sie im Moment nicht durch, Miss. Die Veranstaltung ist nur für geladene Gäste«, schnarrt mich ein Wachmann in Uniform an. »Dieser Bereich öffnet erst wieder in zwei Stunden.«

Ich starre ihm hypnotisierend ins Gesicht, als könnte ich ihn mit einer unsichtbaren Macht dazu zwingen, meine Ähnlichkeit mit Mum zu erkennen, doch seine Miene bleibt ausdruckslos. Da ich nicht antworte, wendet er sich ab.

Verdammt!

Erst stehe ich wie benommen da, bevor ich mit hängendem Kopf zurückgehe. Ich laufe davon – wie immer.

So wie Mum.

Ruckartig bleibe ich stehen.

Wage es nicht, einfach abzuziehen, Kansas Montgomery! Diesmal rennst du nicht davon! Du marschierst da jetzt durch und fragst deine Mum nach der Eröffnung, weshalb sie euch im Stich gelassen hat und ob sie dir jetzt helfen wird, wenigstens einmal in ihrem Leben. Mit River, mit Dad, mit Chester und all den Lügen aus Cottage Grove. Oder du fragst sie sofort!

Ja. Das muss ich tun. Es gibt keine andere Möglichkeit mehr.

Auf dem Absatz drehe ich mich um und nehme die beiden Wachmänner ins Visier. Die Ausstellung wird nur von ihnen abgeschirmt, einer kontrolliert gerade die Karte einer Dame in einem nachtblauen Abendkleid, das aussieht wie ein Kunstwerk aus Papier. Es erinnert mich an Origami und sofort tauchen Rivers dunkelblaue Augen vor mir auf. *Hey, Tucks.*

Nein!

Er wird mein Problem nicht für mich lösen.

Ich nehme Anlauf, imaginär, und überlege mir jeden Schritt. Ich weiß, ich werde auf normalem Wege niemals an den Wachmännern vorbeikommen. Die Einkaufspassage ist nur mit diesem Band abgesperrt, ich kann einfach darüber springen. Ich schaue noch mal auf das Plakat neben mir. Die Vernissage ist in der ehemaligen Tivoli Hall, die derzeit leer steht und im Herbst in einen Sushi-Tempel verwandelt werden soll. Okay. Ich muss es also nur hinter das Band schaffen und dann diese Tivoli Hall finden. Sie kann nicht so weit weg sein, denn die Absperrung der Geschäfte, selbst wenn es nur ein kleiner Bereich ist, kostet sicher ein Vermögen. Auch wenn Frank Fox, Mums dritter Ehemann, Mitglied von Caesars Entertainment ist.

Die Macht der Masken. Einlass 19 Uhr. Ich muss es nur bis zu Mum schaffen. Die Vernissage hat bereits begonnen, die Dame in dem Origamikleid war eine Nachzüglerin. Mum muss da sein!

Ich renne los, fest entschlossen, das Überraschungsmoment zu nutzen, denn die Wachmänner drehen mir wieder den Rücken zu.

Vielleicht bin ich sieben Schritte von ihnen entfernt, als sie mich überhaupt erst hören. Fünf, als sie sich umdrehen. Die Augen des Linken weiten sich, der andere, der mich zuvor abgewiesen hat, breitet die Arme aus, als wollte er mich auf diese Weise einfangen.

Ich weiche nach rechts aus und springe wie beim Hürdenlauf über das Band, komme strauchelnd auf und fange mich mit den Händen ab, sodass ich weiterrennen kann.

»Miss, kommen Sie zurück! Eintritt nur für geladene Gäste!«, brüllt mir einer von ihnen hinterher und ich höre, wie er mir nachkommt, doch ich habe einen Vorsprung.

Hektisch sprinte ich auf den kolossalen Brunnen zu, klettere über den Rand und tauche hinter einem Pegasus mit weit aufgespannten Flügeln ab. Gott sei Dank ist dieser Brunnen so riesig.

»Der Zutritt ist streng untersagt, Miss. Ich muss Sie in Gewahrsam nehmen, wenn Sie nicht sofort zurückkommen!«

Shit! Im kalten Wasser wate ich an den römischen Figuren vorbei, einem Meeresdrachen und einem Wassermann mit Dreizack.

Der Wachmann kann mich nicht mehr sehen. Vielleicht glaubt er, ich würde auf der anderen Seite hinausklettern und fliehen. Ich denke an Rivers Lektionen über das Entkommen. Lektion eins: Bleib in der Nähe, da vermuten sie dich nicht.

Jetzt weiß ich ja, warum er das so gut beherrscht. Schnell klicke ich den akustischen Signalgeber von meiner Jeans ab, klemme den Karabiner zwischen die Zähne und lege mich bäuchlings ins Wasser. Krampfhaft unterdrücke ich den Schauder der Kälte. Der Brunnen ist rund, in der Mitte thronen erhöht die Meeresgötter auf einer Felslandschaft, von dort aus rauscht das Wasser unermüdlich hinab in ein breites Auffangbecken, das am äußeren Rand von Sagengestalten bewacht wird. Wie ein Seehund robbe ich in diesem inneren Wasserring vorwärts, eine Dreiviertelumrundung, immer im Schutz der Sagengestalten.

Durch das Rauschen höre ich das Fluchen des Mannes. Er muss tatsächlich geglaubt haben, ich wäre nach der Hälfte hinausgeklettert.

Das ist meine Chance. Ich robbe zum Rand, klettere mit klitschnassen Klamotten aus dem Brunnen und stecke den Signalgeber automatisch in meine Hosentasche, während ich mir das Wasser aus den Augen blinzele. In der Einkaufspassage direkt vor mir, in einer der strahlenförmigen Abzweigungen des Platzes, ist ein großer Pulk Menschen vor einem Geschäft versammelt. Blitzlichter flammen auf – natürlich ist die Presse anwesend. Auf eine Vernissage wird immer nur die Crème de la Crème geladen. Kunstliebhaber, Politiker, Gönner des Künstlers, im Regelfall der Galerist, hier vielleicht der Bürgermeister und Mitglieder von Caesars Entertainment.

Bemüht, keine hektischen Bewegungen zu machen, laufe ich weiter und entdecke einige Gemälde, die auf Chromständern wie als Appetithäppchen die Passage säumen. Es sind Ölgemälde. Eins davon springt mir besonders ins Auge: Das Profil von einem winzigen Kopf mit einer überdimensionalen dunklen Maske, die diabolisch erscheint; und da fällt mir wieder ein, dass die Demons'n'-Saints hier ja hätten spielen sollen, hätte Asher Blackwell nicht alle Konzerte platzen lassen.

Oh, River …

Wie paralysiert gehe ich auf das Bild zu.

Alkohol und Drogen natürlich, was denn sonst, Jamesville! Das ist doch immer so bei den Rockstars, oder?

Für einen Moment muss ich die Augen schließen, weil die surrealen Gemälde um mich zu trudeln beginnen. Ich will es immer noch nicht glauben.

»Da ist sie!«, ruft jemand durch die Passage und die Worte brechen sich überlaut am Gewölbe der Decke. Ich sehe über die Schulter. Die beiden Wachmänner kommen auf mich zu und ich fühle mich wie in dem Discounter beim Yellowstone National Park.

Mum!, will ich schreien, so wie früher, wenn ich Hilfe gebraucht habe, aber die Worte sind in mir versiegelt. Reflexhaft reiße ich das Gemälde neben mir vom Ständer und halte es hoch wie eine Geisel.

Kommt nicht näher oder ich zerstöre es!, soll es heißen und offenbar versteht man diese Sprache in Las Vegas.

»Beruhigen Sie sich, Miss. Wir können über alles reden.«

Ich will verdammt noch mal nur mit meiner Mum sprechen! Ich will, dass River wieder River McFarley ist, und ich will zurück zu dem blaugrünen Fluss, zu den Geheimnissen, den Küssen, dem Durcheinander aus leidenschaftlicher Neugier, Glück und Schrecken, für das ich keine Worte gebraucht habe.

Mit dem Bild laufe ich die wenigen Meter auf die Menschenmenge zu, die sich rund um den Eingang der Hall verteilt. Es sind sicher über hundert geladene Gäste, die gerade einer großartigen Story über Mum lauschen. Wie wunderbar sie doch ist und wie perfekt sie hinter die Fassade der Menschen blickt.

Ich hasse es.

Ich hasse das alles.

Ich hasse sie! Weil sie gegangen ist und mich nicht vor der Welt beschützt hat.

»Miss!«, höre ich einen Wachmann rufen. »Bleiben Sie stehen, legen Sie das Gemälde auf den Boden und nehmen Sie die Hände hoch.«

Wie in Zeitlupe drehe ich mich um und starre ihn über das Bild hinweg an. Er ist jung. Noch sehr jung. Er hat seine Waffe auf mich gerichtet und denkt bestimmt, ich wäre eine Attentäterin.

»Bild runter! Hände so, dass ich sie sehe!«, schreit er und nähert sich mir, die Waffe im Anschlag. Angst flimmert in seinen Augen. Er hat Angst vor mir, vor dem Mädchen, das immer das Opfer ist.

Ich will doch nur zu meiner Mum! Wasser tropft aus jeder Faser meiner Klamotten und bildet eine Pfütze um mich herum. Sicher wirke ich wahnsinnig, aber ich kann das Gemälde einfach nicht loslassen; es ist, als klebte es an meinen Händen, als würde ich alles verlieren, wenn ich es weglege.

Ein Teil meines Bewusstseins bekommt mit, dass der Redner verstummt ist. Ein Raunen wogt durch die Menge, doch plötzlich ist es totenstill.

Bis auf die Schritte hinter mir.

»Nicht schießen, Sir! Bitte! Sie machen ihr Angst, hören Sie!«

Meine Knie wollen nachgeben. Unvermittelt steht er neben mir und nimmt mir das Gemälde aus den Händen. Ich lasse es zu, denn auch wenn ich es nicht will, beruhigt mich seine Nähe, so wie sie es einen Sommer lang getan hat. Ich rieche seinen Duft nach Wald und Kräutern, nach Leder, nach Wärme und Kühle zur selben Zeit. Er legt das Bild in Slow Motion auf den Boden und richtet sich wieder auf. Trotz meiner Verwirrung erkenne ich das silberne Schlüsselband mit dem VIP-Pass um seinen Hals.

Mein Kopf ist leer. Er trägt weder seine schwarzhaarige Perücke noch die Cowboystiefel oder die bescheuerte Lederhose. Er ist wieder blond und breitschultrig und wirkt wie der gefallene, zerbrochene, wunderschöne Engel, der er auf dem Old Sheriff für mich war.

»Alles gut, Tucks«, flüstert er. Und dem Wachmann ruft er zu, während er mir den anderen Pass umhängt: »Wir haben VIP-Pässe. Sie gehört zu mir. Sie hatte nur ihren Pass verloren und wollte hierher.«

Ein neuerliches Murmeln brandet durch die Mall.

Aber es bin nicht ich, der dieses Murmeln gilt.

Es bin nicht ich, die sie anstarren.

»Gleich bricht das Chaos aus, aber wir können es immer noch durchziehen. Denk an die Lektionen!« River sieht mich eindringlich an, aber ich kann nicht nicken.

Es ist vorbei. Es ist vorbei, aber er will es nicht begreifen.

KAPITEL FÜNFUNDZWANZIG

»Das ist Asher Blackwell!«

Der Satz schwirrt wie ein Bumerang durch die Luft und wirft mich um. Ich weiß nicht einmal, wer ihn gerufen hat. Und obwohl ich es gewusst habe, drehe ich mich um und schaue zurück, als stünde Asher Blackwell irgendwo hinter mir und nicht direkt an meiner Seite, erstarrt und mit so geweiteten Augen, dass alle Wasser der Ozeane darin versinken könnten.

Dem Wachmann hinter uns ist der Kiefer heruntergeklappt, die glänzende schwarze Pistole, die eben noch auf mich gerichtet war, hat er sinken lassen. Die anderen Sicherheitsbeamten, die mittlerweile eingetroffen sind, sind beinahe ehrfürchtig zurückgewichen. »Meine Tochter killt mich, wenn ich ohne ein Autogramm zurückkomme«, murmelt einer von ihnen, doch seine Stimme wird überlaut von den Nobelgeschäften zurückgeworfen wie ein Ping-Pong-Ball.

Killt mich – killt mich – killt mich.

Asher Blackwell.

Ich sehe von River zu der Menschenmenge, in der irgendwo meine Mum steckt, und wieder zurück. Bis ich begreife, dass die Menge uns einrahmt wie ein Gemälde und wir nicht länger von ihr getrennt sind. Stimmen prasseln auf River ein.

Junge Frauen drängen sich in den Vordergrund und halten ihm Stifte und Papier entgegen, eine Blonde in einem bodenlangen Abendkleid entblößt ihren Oberschenkel. »Schreib: Für Evelyn!«, kreischt sie neben mir.

»Asher! Asher! Asher!« Die frenetischen Rufe schwellen an und werden so laut, dass ich mir am liebsten die Ohren zuhalten würde, aber mein Körper hat verlernt, wie ich mich bewegen muss. Mir ist eiskalt und das Wasser tropft immer noch aus meinen Klamotten.

»Es tut mir leid!« Für einen Moment drückt River ganz fest meine Hand und als er mich ansieht, glänzen seine Augen, tief, dunkel und feucht. Wie ein Fluss. »Nichts verändert sich. Wir ziehen es trotzdem durch. Denk an die Lektionen im Supermarkt.«

Alles in mir ist wie taub. Ein Gewitter aus Blitzlichtern hagelt auf uns ein. Wir können nichts mehr durchziehen, das war's, denke ich mit einem glühenden Schmerz in der Brust, als mir eine erwachsene Frau beinahe ihren Kuli ins Auge rammt. Die Menge schließt sich wie eine Boa constrictor um uns und schnürt mir die Luft ab.

»Asher, ich will ein Kind von dir!«, ruft eine blonde Frau, von der ich hoffe, dass sie nicht meine Mum mit gefärbten Haaren ist.

Grob werde ich herumgestoßen, weggeboxt und verliere Rivers Finger. Ich komme mir vor wie in der Kensington. »Kansas!« River streckt seine Hand nach mir aus, aber er wird einfach weggerissen.

»Asher! Asher! Da vorne ist Asher Blackwell!«

Mit einem nicht realen Surren im Kopf bekomme ich mit, dass immer mehr Menschen in die Passage strömen.

»Die Kunstdrucke!«, schreit eine hysterische Frauenstimme. »Bringen Sie die Drucke in Sicherheit.«

Es kommt mir vor, als würden alle kreuz und quer durch die Gegend rennen.

Die wenigen Wachmänner sind vollkommen machtlos – die Nachricht, dass Asher Blackwell ohne seine Maske auf der Vernissage ist, muss sich wie eine Flutwelle im Forum verbreitet haben.

Für immer River McFarley sein.

Erst jetzt begreife ich, wie viel wirklich hinter diesen Worten steckt.

»Kansas!« Wieder ruft River meinen Namen. Sein Gesicht ist starr wie eine Maske, obwohl er dieses Mal nicht geschminkt ist. Er wirkt, als hätte er Angst vor diesen Menschen, seinen Fans, die ihn vergöttern.

Er hebt die Hand, als wollte er mir zeigen, wo er ist, doch ich werde an den Rand gespült wie Treibholz von der Flut.

Sie trennen uns. Das ist der Grund, warum ich es so furchtbar finde, dass er Asher Blackwell ist. Eine ganze Nation liebt ihn. Eine ganze Nation verehrt ihn und damit kann ich nicht konkurrieren, niemals. Was immer wir hatten, wo immer wir hinwollten, es ist in dieser Sekunde, in der sein Name gerufen wurde, gestorben. Asher Blackwell und Kansas Montgomery werden nie wieder River und Tucks sein.

Immer noch bin ich unfähig zu handeln, und selbst wenn ich wollte, käme ich jetzt niemals aus dem Gedränge heraus. Ich bin gefangen von seinen Anhängern und den Besuchern von Mums Vernissage, die offenbar ebenfalls Fans der Band sind.

Mum.

Ich sehe sie nicht.

Die Chromständer sind umgekippt, ein Angestellter verschwindet mit einem der Appetithäppchen-Bilder in der Tivoli Hall. Über Lautsprecher wird mehr Sicherheitspersonal angefordert, doch das alles geschieht weit entfernt von mir. Vor mir ereignet sich die Apokalypse und ich kann nur hoffen, nicht zu Tode getrampelt oder erdrückt zu werden. Ganz fest presse ich mich rücklings an den nach hinten versetzten Eingang einer Nobelboutique und entdecke Rivers blonden Schopf.

Erinnerungen flattern daumenkinoartig an mir vorbei. River McFarley am Old Sheriff, der Duft von Flusswasser und das blaugrüne Morgenlicht. Der aufflatternde Schwan und der Kuss inmitten der Kälte und die Wogen aus heißen Schauern auf meiner nackten Haut.

Vorbei. Das Bild vor mir verschwimmt zu einer nassen, bunten Tränenflut.

Ich weiß nicht, wie viel Zeit vergangen ist, als Rufe nach einem Song laut werden. Jemand hat ein Mikrofon in die Hand gedrückt bekommen.

»Beruhigt euch! Beruhigt euch! Calm down! Das alles ist verwirrend und unfassbar, ich weiß. Aber wir sind hier. Ohne Masken. Und wir gehören ganz euch.«

Ich erkenne diese tiefe Stimme. Ich habe sie schon mal an dem Fluss gehört. Es muss einer von Rivers Freunden sein. Nein, einer von seinen Bandkollegen, denke ich bitter. Wieso sind sie hier?

Er redet weiter und die Worte zerfließen in meinem Kopf. Er sagt etwas über Mum, die sie ursprünglich engagiert hatte und dann einen Ersatz besorgen musste, weil die Demons'n'Saints alle Gigs abgesagt haben. Ich höre etwas von einem Song, den sie spielen, bevor sie verschwinden, und alles in mir brennt vor Schmerz. Ich will schreien vor Frust und Zorn, Enttäuschung und meiner eigenen Blindheit. Ich will zurückfallen in das Land des Schweigens, wo niemand mich erreicht und mir niemand wehtut.

Es ist besser dort.

Stiller. Als hüllte ein Schleier mich ein.

Und obwohl ich sie nicht singen hören möchte, obwohl ich River nicht als Asher sehen will, weil es mich zusammenfaltet wie in der Hand zerknülltes Origami, ist es wie ein Zwang. Ich muss hinschauen und dann steht er plötzlich erhöht auf der römischen Einfassung des Cafés gegenüber, violettblaues Scheinwerferlicht auf der Haut, das Mikrofon in der Hand. Neben ihm steht ein junger Asiate mit kinnlangem Haar und einer E-Gitarre. Hektisch verlegt jemand ein Kabel.

»Come on, Las Vegas!«, sagt River und seine raue Whiskystimme jagt einen dunklen Schauer über meinen Rücken. »Ihr wollt einen Song, ihr bekommt einen Song.«

Die Menge tobt, Hände fliegen in die Luft.

»Wir haben nur eine Gitarre, die uns freundlicherweise Knox von den World without Truth geliehen hat. Knox, vielen Dank an dich!« Der Jubel ist so laut, dass River fast ins Mikro schreien muss. »Die World without Truth spielen heute Abend live für euch im Colosseum! Es gibt offenbar noch Karten an der Abendkasse ...«

»A-sher, A-sher!«, skandieren sie, ein wilder, ausgelassener Chor.

Er hebt die Hand und es wird augenblicklich ruhiger. »Wir spielen jetzt beinahe a cappella für euch, nur Xoxo und ich – das wird großartig, phänomenal!«

Er ist so selbstsicher, so anders. So stark.

Eine Gänsehaut krabbelt über meine Haut, eine Mischung aus Angst, Verwirrung und Sehnsucht. Das ist nicht mehr der Junge vom Fluss.

River sieht in die Menge, aber es kommt mir vor, als würde er nur mich ansehen. Und als er dann singt, verstehe ich die Worte nicht, auch wenn ich das Lied kenne. Es ist *All Your Glittering Pieces.*

Das Licht wird gedimmt und auf einmal leuchten Hunderte von Handylichtern in der Dunkelheit. Unvermittelt begreife ich, warum er das tut. Er will die Menge besänftigen, bis mehr Sicherheitspersonal da ist. Er will nicht, dass die Situation eskaliert, und das ist die einzige Möglichkeit, seine Fans im Zaum zu halten.

Wie in Trance lausche ich seiner Stimme, der Stimme, die ich kenne und liebe, die jedes Mal einen Schauder über meine Haut fliegen lässt wie einen Frühlingssturm aus Schmetterlingen.

»Xoxo meint, du warst den ganzen Sommer lang mit ihm unterwegs«, sagt plötzlich jemand neben mir.

Geistesabwesend schaue ich die brünette Frau mit den erhitzten Wangen an. Sie sieht abgekämpft aus, das paillettenbestickte Kleid wirft tausend schillernde Lichtpunkte um sie herum, als wäre sie die Sonne, um die alles kreist. Ein Fixstern. Ihr Make-up ist in der Hitze der vielen Menschen zerlaufen, der Kajal oder die Wimperntusche verteilt sich wie blaue Kriegsbemalung unter ihren Augen.

Mum, will ich sagen, aber das Wort steckt in meiner Kehle fest wie eine Gräte.

»Vielleicht könntest du ja später ein Interview geben. Ich kenne eine bekannte Reporterin, Shelly Gibson. Die Menschen hier sind ganz heiß auf jedes Detail – und ich schulde ihr noch einen Gefallen.«

Sie erkennt mich nicht. *Mum, ich bin's: Kansas!*

Fahrig wischt sie sich über die Stirn. »Was für ein Chaos, nicht wahr?«, plappert sie weiter und ich komme mir vor, als wären wir mitten auf einer Insel, abgeschnitten von all den anderen. »Zum Glück konnte das Personal die Drucke rechtzeitig in Sicherheit bringen und die Hall abschließen ... Meine Güte, ich muss meiner Tochter unbedingt etwas Persönliches von ihm besorgen, ein T-Shirt oder eine Kappe vielleicht. Etwas, das er getragen hat ... Seid ihr etwa ein Paar?«

Etwas in mir zerbricht. Vielleicht der Teil, der immer noch auf dem Küchentisch schläft und darauf wartet, dass sie nach Hause kommt und mein Leben wieder in Ordnung bringt.

Ich weiß nicht, was schlimmer ist. Dass sie ihre dritte Tochter erwähnt hat oder dass sie mich nicht erkennt.

Ich fasse sie am Arm und drücke zu. Und irgendwo aus der Tiefe meiner Seele presse ich das eine Wort hervor. »Mum!« Es klingt kratzig und rau und erbärmlich. So erbärmlich, wie ich mich am Anfang des Sommers gefühlt habe.

Ihre grünen Augen, die meine eigenen sein könnten, weiten sich. Für Sekunden wirkt sie vollkommen verwirrt. »Arizona?«, fragt sie unsicher.

Sie hätte mir ebenso gut die Faust in den Magen rammen können. Ich lasse die Hand sinken. Heiße Tränen schießen mir in die Augen. Natürlich bin ich blond wie Arizona, aber offenbar schaut sie nicht richtig hin. Vielleicht hat sie ja auch nie richtig hingesehen. Womöglich sind wir ihr auch einfach egal.

Auf einmal kommt sie mir vor wie eines ihrer Ölgemälde. Schrill, fremd und distanziert. Eine schrille Künstlerin, die sich nur um eine einzige Person sorgt: sich selbst.

»M-um, w-w-warum?« Es ist das Kind in mir, das diese Worte aus der Vergangenheit hervorquetscht.

Immer noch starrt sie mich an. Schüttelt den Kopf. Ein paar Mal wechselt ihre Mimik, von Fassungslosigkeit hin zu Unglauben, ein Funken Bedauern und Unnahbarkeit.

»Du hast immer noch Schwierigkeiten mit dem Sprechen.« Sie rührt sich nicht, nimmt mich nicht in den Arm. Sie mustert mich, als könnte sie nicht glauben, dass ich ihre Tochter bin, diese Versagerin, die immer noch Probleme hat.

Am liebsten würde ich ihr mitten ins Gesicht schlagen und ihr sagen, dass sie die beschissenste Mum aller Zeiten ist, doch ihr Blick drückt all meine Worte in die Kehle zurück.

Mechanisch ziehe ich das Band mit dem VIP-Pass über den Kopf, lasse es fallen und schiebe mich an ihr vorbei. Sie hält mich nicht auf. Sie versucht es noch nicht einmal. Alles in mir krampft sich zusammen, als ich mich durch die Menge kämpfe, die mir wie eine Mauer erscheint.

»Kansas!« Erst nach vielen Metern höre ich meine Mutter rufen, aber es ist mir egal. Das *Warum* ist mir egal. Alles, was sie zu sagen hätte.

Für einen Moment sehe ich zu dem Café und höre die sanfte, raue Stimme, die einen Sommer lang mir gehört hat. Es ist, als stürzte die ganze Welt über mir zusammen. Das Atmen tut weh.

Denk an die Lektionen, flüstert River in meinem Kopf. Das hat er vorhin betont und es bedeutet, er ist noch nicht fertig mit mir. Ich habe meine Mum nach dem Warum gefragt, doch ich habe noch nicht: *Ich liebe dich* gesagt.

Meine Liste ist nicht abgearbeitet und mir wird bewusst, dass River genau das vorhatte, bevor seine Maskerade auffliegt. Er wollte mir meine Wünsche erfüllen, aber er hat es nicht geschafft und will es immer noch.

Die Frage ist nur, wieso? Weshalb will ein gefeierter Rockstar, den alle Welt liebt, die Herzenswünsche eines stummen unscheinbaren Mädchens erfüllen? Eines verlorenen Mädchens?

Es kann nur eine Antwort geben. Eine Antwort, die er auf der Haut geschrieben mit sich herumträgt. In Dunkelblau. In der Farbe einer Sternennachtsewigkeit.

Still alive for you, June.

Ich erinnere mich an die Nacht, als ich ihm erzählt habe, dass ich ein Jahr lang auf dem Küchentisch geschlafen habe.
Als ich June verloren habe, habe ich etwas Ähnliches getan – nur wusste ich, dass sie niemals zurückkommt.

Das hat River gesagt und es war der erste konkrete Hinweis auf Asher, aber mein Unterbewusstsein hat ihn nicht zu mir durchdringen lassen.
Er schlief ein Jahr auf dem Grab seiner Freundin.

Neue Tränen brennen in meinen Augen. Weil er June so sehr geliebt hat; weil er sie verloren hat; weil ich niemals June sein werde und weil er mir unendlich leidtut. Ich habe heute die Liebe meines Lebens an die Welt verloren und irgendwie habe ich auch Mum verloren.

Reflexartig fasse ich in meine Hosentasche und hole den Signalgeber heraus. Ohne dass ich es bewusst gesteuert habe, bin ich zu dem Brunnen zurückgelaufen. Das Sicherheitspersonal, das mir entgegengekommen ist, hat mich nicht aufgehalten, wieso auch? Ich entferne mich ja freiwillig. Tranceartig lege ich den Signalgeber am Rand ab, klettere in den Brunnen und lasse mich benommen von den Ereignissen rücklings in das kalte Wasser sinken. Wie blind starre ich hinauf zum Meeresgott Oceanus und den rauschenden Wasserspielen. Ich fühle nichts. Meine Mum wird mit meinem Dad sprechen und wenn ich nicht weglaufe, werden sie mich nach Cottage Grove zurückschicken. Ich kann immer noch nicht richtig sprechen, alles wird wieder von vorne beginnen. Chester und seine Anhänger – seine beschissenen lächerlichen Fans – werden mich weiter quälen und niemand wird mir glauben.

Ich möchte mich auflösen und nicht mehr da sein. Wasser dringt in meine Ohrmuscheln und schwappt gegen meine Trommelfelle, da berührt jemand meine Hand und ich hebe den Kopf.

»Hey – wusstest du, dass jeder, der in Elko eine Straße entlanggeht, eine Maske tragen muss?«, höre ich eine Stimme, die durch das Wasser in meinen Ohren undeutlich klingt.

Ich schließe kurz die Augen. Ich möchte nicht mehr weinen. Nie wieder in meinem Leben. Und ich möchte nie wieder Angst haben. Vor nichts.

»Lektion eins: Bleib in der Nähe, da suchen sie dich nicht.« Jetzt drehe ich den Kopf. River liegt neben mir im Wasser, seine Arme und Beine treiben leicht wie ein Floß auf der Oberfläche. »Hast du deine Mum getroffen?«

Ich frage mich, wie er in diesem Augenblick noch an meine Mum denken kann! Trotzdem nicke ich und dränge die Tränen zurück. Es gelingt mir, aber der Kloß in meiner Kehle hindert alle Worte daran, hinauszukommen.

»Hast du sie gefragt, warum?«

Ich nicke erneut. *Es ist nicht mehr wichtig,* forme ich Buchstaben mit den Händen, was ziemlich lange dauert, vor allem, weil ich dabei fast untergehe, obwohl das Becken so flach ist.

River setzt sich hin und blickt von oben auf mich herab. Nein, Asher Blackwell sieht von oben auf mich herab – oder Tanner Davenport. Erst jetzt fällt mir auf, dass um den Brunnen herum die Menschenmassen nach draußen drängen. Sicherheitsbeamte rufen durcheinander.

»Hier findet uns keiner.« River nickt lächelnd zu den Figuren aus Stein. »Die Meeresgötter wachen über uns, Tucks.«

Nenn mich nicht so!, will ich schreien. *Nie wieder!*

»Lektion zwei: Handys aus. Das hat sich erübrigt. Ich habe sie irgendwo bei der Tivoli Hall in einem Blumenarrangement gebunkert. Deins und meins. Lektion drei: Gehe zum Ort des Geschehens zurück und stoße auf deinen Erfolg an ... damit warten wir noch, würde ich sagen.« Er beugt sich über mich und ist mir plötzlich so nahe. Ich rieche ihn, den beruhigenden Duft des Sommers, dazu das Wasser des Brunnens und es ist fast wie am blaugrünen Fluss.

Für Sekunden schweben seine Lippen über meinen, bevor er mich küsst. Seine Zunge ist kühl und so unglaublich sanft wie beim allerersten Mal auf der Slack. Verzweifelt schlinge ich meine Arme um seinen Nacken und wünsche mir mit jeder Faser meines Körpers, meines Herzens und meiner Seele, er wäre für immer River McFarley geblieben.

»Das fühlt sich zu gut an, Baby«, murmelt er rau, als wir uns voneinander lösen. Ich grabe die Hände in seine Haare und lege die Stirn an seine. Ich will nie wieder nach dort draußen in die Welt.

»Ich wünschte, wir könnten für immer hier drin bleiben«, flüstert er, als hätte er meine Gedanken gelesen. »Aber ewig ...«

Sag es nicht!

»Ewig können wir uns nicht verstecken.« Seine Worte platzen auf meinen Lippen. »Tucks. Es tut mir leid. Ich wollte nie, dass du erfährst, wer ich bin. Du wärst nicht mehr unbefangen gewesen. Ich hätte dich nicht ...«

Retten können?, denke ich seinen Satz zu Ende und lasse die Hände sinken. Ich muss ihn so vieles fragen.

»Du musst noch *Ich liebe dich* sagen.« Zärtlich streicht er mir eine Haarsträhne zurück, als wäre alles wieder wie früher. Als würden nicht um den Brunnen herum Horden von seinen Fans nach ihm Ausschau halten, als zählte das alles nicht.

Schon wieder will ich weinen, weil ich tief in meinem Inneren völlig verstört bin. Ich weiß, dass ich nicht einmal den Hauch einer Ahnung habe, was seine Identität, seine Popularität, wirklich bedeutet.

River kniet sich hin und späht hinter dem geflügelten Pferd vorbei in die Einkaufsgalerie. »Tucks, zwei Sicherheitsbeamte kommen zum Brunnen«, sagt er leise. »Lektion vier: Tauche in der Menge unter! Ich finde dich!« Er küsst mich auf die Stirn und ich bin nicht einmal aufgestanden, da ist er bereits weg, aber ich höre ihn noch mahnend »Vergiss den Alarmgeber nicht!« sagen.

Und dann ist er verschwunden zwischen all seinen Fans; erst, als ich ihn an seinen breiten Schultern und dem entschlossenen Gang erkenne, entdecke ich, dass er das Demons'n'Saints-Fan-T-Shirt trägt, ebenso die schwarzhaarige Perücke. Wo hat er die beiden Sachen nur so schnell wieder hergezaubert? Hatte er sie auf einer Sagengestalt deponiert?

Ich schüttele den Kopf, hole rasch den schwarzen Anhänger und klettere über den Brunnenrand, bevor mich das Sicherheitspersonal entdeckt. Die Menschen werden angewiesen, diesen Teil der Passage zu verlassen, aber ich dränge mich gegen den Strom Richtung Tivoli Hall, ohne dass mich jemand aufhält. Vielleicht bin ich ohne River ja unsichtbar.

In den Blumenkübeln bei den Läden suche ich zwischen den exotischen Rankpflanzen nach meinem Handy. Ich finde es im dritten in der Nähe des Cafés. River muss es vor dem Auftritt dort hineingeschmuggelt haben, seins finde ich jedoch nicht.

Mit zitternden Fingern deaktiviere ich den Flugmodus und tippe auf den Messenger, während ich mich flüchtig umsehe. Ein paar Besucher in Abendgarderobe stehen vor der Hall und sehen aus, als warteten sie auf etwas.

Ich habe keine neuen Nachrichten, auch keine von Mr. Spock. Seltsam. Nur ein paar alte, die ich noch nicht angeschaut habe.

Mechanisch schalte ich den Flugmodus wieder ein und lasse das Handy in meine Hosentasche gleiten. Durch die breite Glasfront der

Tivoli Hall erblicke ich meine Mum. Sie hat mich ebenfalls gesehen und schaut immer wieder alarmiert zu mir rüber, als hätte sie Angst, ich könnte zu ihr gehen und mich als ihre Tochter outen. Unbewusst schüttele ich den Kopf. Dad hatte recht. Wir bedeuten ihr nichts mehr und ich dachte immer, er würde lügen, um mir wehzutun oder um seinen Zorn irgendwo abzuladen.

Womöglich habe ich ihm Unrecht getan. All die Jahre habe ich nicht nur mich, sondern auch ihn dafür verantwortlich gemacht, dass sie gegangen ist. Weil er so ernst war, so unzugänglich, so kalt. Möglicherweise ist er nur so geworden, weil er so unglücklich gewesen ist. Vielleicht hat er sich ja auch gefragt, warum, und nie eine Antwort darauf gefunden.

Ohne mich noch einmal umzudrehen, laufe ich dem abebbenden Menschenstrom hinterher. River entdecke ich nirgendwo. Sicher steht er als Fan verkleidet irgendwo da draußen, vielleicht ist er mittlerweile so gut getarnt, dass selbst ich ihn nicht erkenne.

Mit einem Gefühl von Unwirklichkeit und Distanz laufe ich den Strip entlang. Frauen in High Heels stöckeln an mir vorbei, drei leichtbekleidete Tänzerinnen mit Federkopfschmuck tanzen vor einem Hoteleingang und machen Fotos mit Touristen. Der Name Asher Blackwell schwebt in den Straßen. Manchmal höre ich ihn wie einen Raben, der vorbeifliegt, dann ist er minutenlang wieder verschwunden und taucht an einer anderen Ecke auf.

Ist das alles heute wirklich passiert?

Träume ich?

Irgendwann bemerke ich, dass ich die Seitenstraße verpasst und mich verlaufen habe. Ich gehe zurück, aber ich finde die Straße, in die ich einbiegen muss, nicht wieder und irre planlos durch die Gegend. Mehrmals checke ich mein Handy, aber niemand schreibt mir. Weder Dad noch Mr. Spock oder River. Bestimmt hat River sein Handy noch nicht aus dem Blumenkübel geholt, aus Angst, erkannt zu werden.

Ich fühle mich so allein wie noch nie. Kopflos schalte ich den Flugmodus aus und gebe den Namen des Hotels in die Suche bei Google Maps ein. Als ich jedoch ewig keine Route angezeigt bekomme, fällt mir ein, dass ich ja das GPS ausgeschaltet habe. Ich klicke auf *Einstellungen*, doch entscheide mich dann dafür, das GPS auszulassen. Niemand soll mich jetzt finden können.

Flugmodus ein.

Es dauert sicher zwei Stunden, bis ich schließlich vor unserem schäbigen Hotel stehe. Zeit genug für River, hierher zurückzukommen, doch aus irgendeinem Grund weiß ich, dass er nicht da ist. Keine Ahnung, wieso. Vielleicht kommt er auch nie wieder zurück, doch kaum denke ich das, weiß ich, dass es nicht stimmt.

Du hast noch nicht »Ich liebe dich« gesagt.

Er wird nicht aufgeben.

June zuliebe – oder aus welchem Grund auch immer – wird er nicht aufgeben.

Als ich total erschöpft die Tür zur Lobby aufstoße, trifft mich der Anblick meines Dads völlig unvorbereitet.

Wie angewurzelt bleibe ich stehen.

KAPITEL SECHSUNDZWANZIG

Seine dunklen Augen sind gerötet, die Haut bleich und starr wie Gips, sodass die Falten wie Risse aussehen. Er trägt seinen karierten Boss-Pullover, den er auch an dem Morgen nach Mums Verschwinden getragen hat.

»Kansas!« Mein Name kommt erstickt über seine Lippen und als er auf mich zukommt, weiche ich nicht aus, sondern lasse es zu, dass er seine riesenhaften Arme um mich schlingt und mich an sich drückt – kurz und schnell, als verlangte es ein geheimes Vater-Tochter-Protokoll, in dem er nachgelesen hat, was in Fällen wie meinem zu tun ist. Er hat mich noch nie richtig umarmt, also länger, bis auf das eine Mal in unserem Waschkeller, und er tut es auch heute nicht.

Woher wusste er überhaupt, wo ich bin? Wie kommt er hierher? Konfus blinzele ich mehrmals.

»Kind – geht es dir gut?« Mit einem Stirnrunzeln mustert er mich von oben bis unten.

Bestimmt sehe ich aus wie ein räudiger Hund, nass und mitgenommen, außerdem prangt in meinem Gesicht noch der blaue Fleck von Jacks Fausthieb, auch wenn er bereits verblasst. Aber trotz all dem sieht Dad nicht böse aus. Wieso schreit er mich nicht an? Vielleicht liegt es an seinem fassungslosen, tief verwirrten Gesichtsausdruck, aber mein Herz ist plötzlich voller Worte.

Dad! Ich will ihm so vieles sagen! *Ich habe Mum gesehen! Und ich habe mich verliebt! Ich war so glücklich! Dad, hör mir zu! Nur dieses eine Mal, bitte!*

Aber es ist so schwer, wenn man nur stottert und kaum ein Wort herausbekommt.

Ich will gerade ansetzen, um wenigstens ein *Dad* hervorzuwürgen, um ihm zu zeigen, dass ich es mittlerweile kann und mein Fortlaufen zumindest einen Erfolg mit sich gebracht hat, da entdecke ich im hinteren Teil der Lobby James und Arizona. James trägt wie immer seine dunklen Kiffer-Klamotten und Arizona sieht noch verrückter aus als sonst. Mit kniehohen Stiefeln, für die sie einen Waffenschein bräuchte, einem hautengen Leopardenrock und einem Tanktop, unter dem ich durch den Netzstoff ihren schwarzen Spitzen-BH aufblitzen sehe, lehnt sie lässig an der Wand. Als sich unsere Blicke treffen, bläst sie eine gigantische Kaugummiblase vor sich auf, die mit einem lauten Peng zerplatzt.

Sie sagt nichts, sie mustert mich nur und ich kann diesen Ausdruck in ihren Augen nicht mehr deuten. Ich habe völlig verlernt, sie zu lesen. Ist das Eifersucht? Weiß sie schon von mir und Asher Blackwell?

Ich öffne den Mund für ein *Hi*. Ich will so gerne etwas sagen, irgendetwas, aber meine Kehle ist wie zugeschnürt.

Woher wusstet ihr, wo ich bin?, tippe ich daher in mein Handy und halte es Dad hin. »James.« Er nickt mit dem Kinn in die Richtung meines Bruders. »James wusste es.«

»Tut mir leid, Kans.« Mein Bruder fährt sich beinahe verlegen durch die wilden schwarzen Locken.

»Wir müssen über so vieles reden«, sagt Dad, doch ich achte nicht auf ihn.

Woher?, tippe ich. *Hast du mich geortet?* Mir fällt das eine Mal ein, als ich vergessen habe, den Flugmodus einzuschalten. Da war mein Handy sicher zwei Stunden online.

Er liest meine Worte ab. »Wir haben dein Handy von Paul Hudson überwachen lassen.«

Fragend sehe ich von ihm zu Dad und dabei fällt mir auf, wie groß ihre Ähnlichkeit ist. Sie ist noch viel stärker, als ich sie in Erinnerung hatte.

Dad blickt mich vorwurfsvoll an. »Paul Hudson ist ein alter Bekannter von mir, der früher im Polizeidienst tätig war. Mittlerweile ist er in Rente. Du hast nicht im Ernst geglaubt, wir würden nicht nach dir suchen lassen! Ich wollte nur nicht, dass es gleich jeder mitbekommt!«

Wegen der Gerüchte, klar!

Ich war nur mit einem Jungen zusammen, Dad! Und ich habe nicht mal mit ihm geschlafen!

Er liest es ab und nickt knapp, woraus nicht hervorgeht, ob er mir glaubt.

»Paul schuldete Dad noch einen Gefallen. Er war dicht an dir dran«, sagt James jetzt.

Wie bitte?

»Einmal hat er deinen Aufenthaltsort bis auf dreihundert Meter genau bestimmen können, aber als er dort ankam, warst du – wart ihr – weg. Danach war dein Handy über eine Woche lang offline.«

Dad räuspert sich. »Ich bin zu Paul nach Heise gefahren. Wir haben überall nach dir gesucht.«

Das war die Woche an dem blaugrünen Fluss. Mein Herz flattert bei der Erinnerung. Aber es flattert auch, weil Dad extra nach Idaho gefahren ist und nach mir gesucht hat. Als wäre ich ihm wichtig. Und offenbar hat er doch nicht alles, was Chester gesagt hat, für bare Münze genommen.

»Damals war ich kurz davor, die Polizei einzuschalten, aber da hast du dich wieder gemeldet. Es ist eine unendlich lange Geschichte, Kans ...«, sagt Dad jetzt matt.

Aber wieso seid ihr hier?, halte ich Dad hin. Mein Handy war fast die meiste Zeit in Las Vegas offline! Und die kurze Zeit, in der ich es im Forum eingeschaltet hatte, bis jetzt, hätte nicht ausgereicht, um hierherzukommen.

»Frag James.«

Plötzlich habe ich einen ganz schalen Geschmack im Mund. *Woher wusstest du es?* Ich strecke meinen Arm mit dem Handy in seine Richtung.

»Hat das nicht Zeit?«, fragt er, nachdem er meine Worte gelesen hat. »Wir müssen ganz andere Dinge klären, Kans. Tanner Davenport ...« Er stockt.

»Tanner Davenport ist ein sehr kranker junger Mann«, vervollständigt mein Dad seinen Satz.

Ich will das nicht hören! Wütend halte ich James mein Handy genau vor die Augen, sodass ihm das Wort *Woher* nicht entgehen kann. Ich bin es so leid, dass mich alle immer übergehen.

»Okay. Nimm bitte den Arm runter! Ich habe es kapiert.« James seufzt und ich lasse den Arm sinken, dabei fällt mir auf, dass er nicht mehr flucht. Langsam zieht er sein eigenes Handy aus der Hosentasche, tippt mehrmals auf den Screen und hält es mir unter die Nase.

Irritiert lese ich die Sätze ab, die dort stehen. Die ich selbst geschrieben habe:

Schluss machen löst dein Problem nicht!!! Deine Mum braucht dich! Ich bin in Vegas. Im Preston Hotel.

Wie kommt er an Mr. Spocks Handy? Wie versteinert blicke ich auf die Worte, bevor ich wirklich erfasse, was das bedeutet.

Für Sekunden wird mir schwindelig. Deswegen hat er ständig gefragt, was in meiner Schule passiert! Daher wollte er auch wissen, wo wir sind! Mehrmals schüttele ich den Kopf. Ich habe die ganze Zeit mit meinem Bruder geschrieben! Ich kann es nicht fassen. Alles, Mr. Spocks Geschichte, Mr. X – das war eine Lüge. Seine angeblich so kranke Mum, sein gebrochener Arm. Alles erfunden, damit ich ihm vertraue und ihm Details über mich erzähle. Und ich habe mir Sorgen gemacht und hatte ein schlechtes Gewissen!

Eine Woge heißen Zorns erfasst mich. Wieso glaubt eigentlich jeder, er könnte mit mir machen, was er will? Ich fühle mich wie ein Stein, der die Straße entlanggekickt wird.

Mit einem stummen Schrei balle ich die Fäuste und trommele sie auf seine Brust. *Wie! Konntest! Du! Nur!* Für einen Moment steht James da und lässt meinen Wutausbruch über sich ergehen. Dabei bin ich in Wirklichkeit nicht nur wütend auf ihn, sondern auch auf River, auf meine Mum und auf Arizona!

»Kansas!«, mahnt mein Dad, doch ich achte nicht auf ihn. Arizona sagt immer noch nichts und das kotzt mich noch viel mehr an. Ihr Schweigen, ihre Ablehnung! Nur weil sie immer noch glaubt, ich hätte diesen Arsch von Chester geküsst, nachdem sie mir erzählt hat, dass sie auf ihn steht. Dabei würde ich so etwas niemals tun! Niemals! Sie sollte mich kennen! Wir haben uns geschworen, uns nie zu verlassen! Wir waren immer füreinander da! Wir haben schöne und seltsame Worte gesammelt!

Als ich noch härter zuschlage, packt James meine Handgelenke und umklammert sie entschlossen. »Okay, jetzt ist es genug, Kans!« Er klingt ganz ruhig. Aber es ist nicht genug! Händeringend versuche ich, mich zu befreien, doch er lässt mich nicht los.

Irgendwann halte ich atemlos inne und wir sehen uns an. »Beruhige dich!« Seine dunkelbraunen Augen sind klar und ernst. Zum ersten Mal nach langer Zeit ist da wieder die alte Vertrautheit zwischen uns. Der Schmerz über Mums Verlust, der uns immer verbunden hat, ebenso unsere Verwirrung über die Welt. Unser Unverständnis, sie zu begreifen. »Was hätte ich tun sollen?«, fragt er leise und lässt mich los. »Du hast ja niemanden mehr an dich herangelassen! Immer, wenn ich mich dir nähern wollte, hast du die Mauern noch höher gezogen, als müsstest du ein Geheimnis bewahren.«

Und das habe ich ja auch! Aber das gibt ihm noch lange nicht das Recht, sich als ein anderer auszugeben, um mich auszuhorchen. Ich will ihn anschreien, ihn beschimpfen, aber ich kriege keinen Ton heraus. Klar.

»Dein Bruder hat es nur gut gemeint.«

Ich drehe mich zu Dad um und starre ihn an. Er wirkt so müde, dass meine Wut schlagartig verpufft. »Hast du vielleicht Hunger? Oder Durst?«

Verwirrt schüttele ich den Kopf.

»Arizona, hol deiner Schwester etwas aus dem Automaten.«

Warum ist er so nett?

Ich beobachte, wie er Arizona ein paar Münzen in die Hand drückt, doch ein Geräusch im Treppenhaus lenkt mich ab.

»Da ist sie ja!«

Mein Kopf ruckt herum. Reflexhaft, als würde mich jemand in einen Eimer Eiswasser tunken, halte ich den Atem an. Chester und sein Vater kommen geradewegs auf mich zu. Clark Davenport in einem noblen anthrazitfarbenen Anzug und Nadelstreifenkrawatte, Chester in den üblichen blau-weißen Golferklamotten.

Allein sein Anblick dreht mir den Magen um und ich fühle mich wie auf Knopfdruck erbärmlich und machtlos.

»Hat sie dir verraten, wo er ist, George?« Clark Davenport bleibt zwei Meter vor mir stehen und ich kralle die Nägel in meine Handfläche. Er sieht mich nicht an, aber irgendwie erleichtert mich das auch, selbst wenn es eine Herabwürdigung darstellt.

»Sie ist eben erst gekommen.«

Ich schaue zu Dad. Er wirkt auf einmal ganz klein, auch wenn er fast ein Meter neunzig ist. Unauffällig mustere ich Clark Davenport und mein Magen zieht sich zusammen. Er wirkt so autoritär und einschüchternd wie der Anwalt des Präsidenten. Ich hasse ihn. Seit dem Vorfall in der Davenport-Villa, als er und seine Frau sich auf die Seite ihres Sohns gestellt haben, obwohl sie es besser wussten. Obwohl sie die Wahrheit kannten. Jetzt fährt er sich durch den akkuraten Bart, der perfekt auf seinen Haarschnitt abgestimmt ist, und schaut von Dad zu James und dann wieder zu Dad. Er ignoriert mich tatsächlich absichtlich.

»Je schneller wir Tanner finden, desto besser. Am besten schreibt sie uns auf, wo sie ihn zum letzten Mal gesehen hat!« Er hat dieselben wasserhellen Augen wie Chester, kein Blau, kein Grau, eine Mischung aus allem, aber immer wässrig, als wäre er erkältet oder auf Drogen. Wie durch einen Nebel bekomme ich mit, dass er sich von dem Mann hinter der Rezeption Stift und Papier geben lässt und beides meinem Dad in die Hand drückt. Mein Dad überreicht mir das Schreibzeug, obwohl er weiß, dass ich mein Handy habe.

Für Sekunden stehe ich einfach nur da und weiß nicht, was ich tun soll.

»Kans, schreib uns auf, was du weißt.« Chester steht neben seinem Vater, die Hände tief in den Hosentaschen vergraben, und wirkt, als wäre er ernsthaft um seinen Bruder besorgt. Beim Klang seiner Stimme wird mir noch schlechter und für einen Moment muss ich daran denken, wie er gerochen hat, als er mich geküsst hat.

Ich schaue ihn an und breche den Bleistift in der Mitte durch. Von mir erfahren sie kein Sterbenswort.

Clark Davenport zieht hörbar Luft ein.

»Kansas«, tadelt mein Vater, doch er klingt milder als sonst, vielleicht, weil er mich nach so vielen Wochen unbeschadet wiederhat.

»Sag es deiner Tochter, George.«

»Tanner ist krank.«

Ich presse die Lippen zusammen. Natürlich, das musste ja kommen, aber ich werde ihnen kein Wort von diesen Lügen glauben.

»Er leidet an einer bipolaren affektiven Störung. Das ist eine schwere psychische Erkrankung, die durch manische und depressive Phasen charakterisiert ist. Hast du schon mal davon gehört?«

Mechanisch nicke ich. Mir wird kalt, doch das liegt nicht an den feuchten Klamotten, die wie eine zweite Haut an mir kleben. Natürlich habe ich von dieser Erkrankung gehört. Menschen mit einer bipolaren Störung tun in den manischen Phasen lauter verrückte Dinge. Sie verspielen ihre ganze Habe am Pokertisch oder laufen nackt durch die Straßen. Manche haben sogar Halluzinationen. Vincent van Gogh hat sich ein Ohr abgeschnitten und Farbe gegessen. Immer wieder hört man, dass wahre Genies in ihren manischen Phasen Superpower entwickeln und nächtelang malen oder komponieren können. Bei dem letzten Gedanken halte ich inne. Viele einzigartige Künstler sind bipolar. Und River ... ich grabe meine Nägel in meine Handfläche. Aber er hat doch gesagt, er wäre nicht krank. Hilfesuchend sehe ich Dad an.

»Tanner leidet unter einer sehr problematischen Form dieser Erkrankung.« Er führt mich zu einem grünen Sessel und drückt mich in die Kissen, als wäre ich sein Patient, dem er sagen muss, dass sein Herz bald aufhört zu schlagen. Ich bin wie besinnungslos. »In der Manie können diese Klienten euphorisch und extrem gut gelaunt sein. Sie riskieren zu viel, sind hyperaktiv und kaum zu bremsen. Manchmal sind sie leicht reizbar oder leiden unter Halluzinationen oder Verfolgungswahn. Das ist ganz unterschiedlich und sehr individuell. In der Depression kippt dann die Stimmung in Trauer, in das Gefühl der Leere und in Antriebslosigkeit.« Er kennt das ja.

Bilder dieses Sommers ziehen wie ein flatterndes Band durch meine Gedanken. River, der tagelang schläft und sich nur aus dem Bett quält, um sich ins Bad zu schleppen. River, der mit dem Porsche durch den dunklen Wald brettert, als gäbe es kein Morgen. In der Erinnerung spüre ich den Wind, den freien Fall, als wir über die Klippe gerast sind, die Sekunden, in denen wir fielen. Und ich denke an die Momente, als er ungesichert auf der Highline stand, in einer Hand die Zigarette und in der anderen den Jack Daniel's, als wäre er unbesiegbar – unsterblich. *Keine Angst, Tucks. Nicht davor. Niemals davor.* Wie betäubt sitze ich da und schmecke unseren ersten Kuss auf meinen Lippen, doch ein Räuspern holt mich wieder in die Realität zurück.

»Bei vielen Betroffenen halten die Phasen über Wochen an. Manchmal sogar über Monate bis hin zu einem Jahr. Bei Tanner sind es oft nur Tage, Stunden oder beide Phasen treten zusammen auf. Man nennt es Ultra Rapid Cycling.« Es ist Clark Davenport, der das sagt, und er spricht demonstrativ mit meinem Dad, doch ich weiß, dass diese Informationen vor allem für meine Ohren bestimmt sind.

Ob er River auch immer auf diese Weise ignoriert hat?

»Frag deine Tochter, wo mein Sohn ist.« Er steht keine zwei Meter von mir entfernt!

Frag sie selbst, das müsste mein Dad antworten, aber er sagt: »Wo ist Tanner, Kansas?«

Immer noch konfus nehme ich den Bleistiftstummel und schreibe auf das Papier, das ich wie einen Anker umklammere:

Clark Davenport will ihn für unzurechnungsfähig erklären und einweisen lassen! Aber River ist nicht unzurechnungsfähig. Er weiß, was er tut!!! Da ich auf meinem Oberschenkel geschrieben habe und meine Finger zittern, ist die Schrift kaum leserlich. Ich strecke meinem Dad das Blatt entgegen, und der überreicht es Clark Davenport.

Dieser liest die Worte ab und für einen Moment ist es still.

Angespannt sehe ich auf den grünen Teppich, auf das dunkle Brandloch neben den auf Hochglanz polierten Krokodillederschuhen von Clark Davenport. Ich spüre seinen Blick wie ein kaltes Stechen im Herzen.

»Tanner ist eine Bedrohung für sich und die Gesellschaft! Er muss sofort in eine Klinik und medikamentös eingestellt werden«, höre ich ihn dann unterkühlt sagen. Vorsichtig hebe ich den Kopf, um ihn anzuschauen. Seine Mimik spiegelt keine Emotion. Allein die wässrigen Augen glitzern kühl und distanziert. Jetzt sieht er wieder Dad an. »Wenn jemandem etwas passiert, macht sich deine Tochter mitschuldig.«

»Du musst uns sagen, was du weißt«, drängt Dad und James pflichtet irgendetwas bei. Auf einmal reden beide drauf los.

»Sicher wartet er an einem ausgemachten Treffpunkt auf sie.«

»Hat er geahnt, dass wir hier sind?«

»In welchem Hotel versteckt er sich?«

»Wieso ist sie ohne ihn hierhergekommen?« Das ist Arizona, die mich ebenso wie Clark Davenport immer noch links liegen lässt, doch ich bin zu durcheinander, als dass es im Augenblick eine Rolle spielt. Etwas anderes wird mir bewusst: Offenbar haben sie noch keine Nachrichten gehört und wissen nicht, was bei der Vernissage passiert ist, denn sonst wüssten sie ja, dass River dort gewesen ist.

Ich weiß nicht, wo er jetzt ist. Wirklich nicht, tippe ich in mein Handy, nachdem mich alle ungeduldig anschauen. Es ist nicht einmal gelogen.

Ich finde dich!

Dad liest ab, was ich geschrieben habe. »Sie sagt, sie weiß nicht, wo er ist«, gibt er zögernd an die anderen weiter. Seine Stimme verrät nicht, ob er mir das abnimmt oder nicht.

Clark Davenport schüttelt nur unwillig den Kopf. »Sie lügt, George. Sie lügt immer, sobald sie ...« *Den Mund aufmacht*, hat er sicher sagen wollen, aber er unterbricht sich rechtzeitig.

Es muss furchtbar für River gewesen sein, unter einem Dach mit diesem emotionslosen, kalten Mann aufzuwachsen.

Brettsteif stehe ich auf und presse die Nägel in meine Handfläche. Ich will nur noch hier weg und River suchen. Ich muss mit ihm reden. Allein. Doch wie soll ich das nur Dad erklären? Er wird mich nicht gehen lassen.

Vielleicht könnte ich über die Feuerleiter aus unserem Hotelzimmer klettern?

Ich muss mich umziehen, tippe ich in mein Handy und will es Dad hinhalten, aber in dem Augenblick versperrt mir Chester den Weg.

»Du willst allen Ernstes behaupten, du hast keine Ahnung, wo Tanner steckt? Nachdem du einen Sommer lang mit ihm unterwegs gewesen bist ...« Er steht direkt vor mir, sodass ich nicht an ihm vorbeikomme, sondern zwischen dem Sessel und ihm eingepfercht bin. »Kansas. Kans!« Er klingt so sanft und freundlich, dass ich kotzen könnte. »Tanner hat dir vielleicht erzählt, er wäre River McFarley, aber das macht er immer wieder in diesen Phasen. Vielleicht ist es auch ein Wahn. Du bist nämlich nicht das erste Mädchen, dem er das erzählt!«

Mein Herz setzt einen Schlag aus. Ich sehe an Chester vorbei zu Dad.

Dieser seufzt. »Ich fürchte, das stimmt.«

Ich schüttele nur den Kopf, als könnte ich seine Worte abwehren.

»Ich weiß, du wolltest mir mit Tanner eins auswischen«, sagt Chester jetzt und eine nicht ausgesprochene Drohung flackert in seinen Augen. »Zuerst waren es meine Freunde, mit denen du ... und dann ... sogar mein Bruder, Kansas.« Er gibt sich wirklich Mühe, betroffen zu klingen. Für Sekunden ist es wieder so still und ich wage nicht zu atmen. *Sag was, Dad! Verteidige mich!,* denke ich, doch er schweigt.

»Wir haben mit seinen Bandkollegen gesprochen. Du weißt es vielleicht nicht, aber mit neunzehn ist er in einer seiner schnell wechselnden Phasen von einer Brücke in den Fluss gesprungen. Er dachte, er könnte fliegen. Seither nennen sie ihn River.«

Er heißt also wirklich irgendwie River, auch wenn das *Warum* dahinter noch viel ernster ist, als ich geglaubt habe. F-L-I-E-G-E-N. Hat er sich nicht getraut, es auszusprechen, weil er Angst gehabt hat, dem Drang nicht widerstehen zu können?

»Immer in seinen Phasen bekommt er Schuldgefühle wegen dieses einen Mädchens.« Chester verdeckt mich jetzt komplett, sodass ich weder Dad noch James oder Clark Davenport sehen kann. »Jedes Mal versucht er dann, ein Mädchen zu retten, weil er seine Freundin damals im Stich gelassen hat. Das ist wie ein Wahn, eine fixe Idee.«

Ich will, dass er aufhört, mir diese Dinge zu erzählen, aber seinem triumphierenden Gesichtsausdruck nach fängt er gerade erst an.

Du lügst, forme ich mit den Lippen, sodass es nur er sehen kann.

Für einen Moment ruht sein Blick auf mir und er schüttelt den Kopf. »Xoxo hat's mir erzählt. Insgesamt waren es schon drei.«

Xoxo. Er kennt diesen Namen, also sagt er vielleicht sogar die Wahrheit. Ich schiebe mich an ihm vorbei, was er zulassen muss, weil die anderen dabei sind. *June,* tippe ich in mein Handy. *Seine Freundin hieß June und ich liebe River.*

Aus einem Meter Entfernung halte ich Chester diese Nachricht hin. Seine wasserhellen Augen werden zu dunklen Quellen, in denen etwas Böses sprudelt. Er sieht mich an, als würde er mich am liebsten am Genick packen und gegen die Wand drücken.

»Er hat sich ein Jahr lang aus dem Internat geschlichen, um auf dem Friedhof zu schlafen; auf ihrem Grab! Das ist krank!«

Das ist Liebe, denke ich. Und was immer River tut, das tut er leidenschaftlich und stark.

»So ein Narr! Und so jemanden bewundert die Nation!« Hart lacht er auf und auf einmal erkenne ich so etwas wie verletzten Stolz in seinen Augen. Verletzten Stolz, Zorn, aber auch Neid. Oh ja, er beneidet Tanner. Er macht einen Schritt auf mich zu und ich weiche zurück. »Nach dem Rauswurf ist er verschwunden, wir haben nie wieder etwas von ihm gehört!«

Dein Vater wollte ihn ja auch nicht mehr, denke ich. Schritt für Schritt gehe ich rückwärts, bis ich bei meinem Dad angekommen bin. Dieser fasst meinen Arm, eine Geste, die mich auf eine seltsame Weise beruhigt, weil er da ist und mir Halt gibt.

»Hat er das getan?«, fragt Chester plötzlich und deutet auf meinen Kiefer, wo der blaue Fleck verblasst.

Hastig schüttele ich den Kopf.

»Manche Patienten neigen in manischen Phasen zu Gewaltausbrüchen ...«

Hör auf! Am liebsten würde ich mir die Ohren zuhalten oder ihm mitten ins Gesicht schlagen.

»Mich hat er auch immer verprügelt.«

»Das reicht jetzt, Chester.« Clark Davenport mustert mich finster. »Sie hat genug gehört. Sie soll uns sagen, wo wir Tanner finden.«

Vielleicht ist River gar nicht bipolar, sondern nur von seiner Schuld zerfressen! Vielleicht ist ja seine Erziehung daran schuld – der Liebesentzug, mit dem sein Vater ihn bestraft hat. Ich glaube auch nicht, dass er Chester geschlagen hat. Und das mit den Mädchen hat Chester nur gesagt, weil es ihm Spaß macht, mir wehzutun.

River hat gesagt, er liebt mich. *Verdammt!*

In meiner Erinnerung sehe ich ihn im Schein der Straßenlaterne stehen wie in einer Mondblase. *Ich liebe dich, Tucks.* Er war so wütend. Er klang so ehrlich. Heiße Tränen schießen mir in die Augen, doch ich zwinkere sie weg.

Ich muss River unbedingt warnen, damit er nicht hierherkommt und seinem Vater direkt in die Arme läuft. Ich muss mit ihm reden, allein.

Nervös schaue ich mich um. Der Portier steht hinter der Rezeption und tippt etwas in seinen Computer. Rechts daneben ist die schwere gläserne Eingangstür, aber ich kann nicht einfach weglaufen, außerdem wäre jeder von ihnen schneller als ich.

Er kommt hierher, er wollte nachkommen, schreibe ich via Handy und füge noch drei Sätze über die Vernissage hinzu. Ich halte Dad meine Worte hin. Dieser zeigt sie Clark Davenport und Chester. Chester zückt sofort sein Handy und tippt etwas ein; ganz sicher googelt er sofort nach, ob ich die Wahrheit sage, während mich sein Vater aus kalten zusammengekniffenen Augen taxiert.

»Wenn du diesmal wieder lügst, dann gnade dir Gott.« Es ist der erste Satz, den er persönlich an mich richtet, und seine Stimme klingt gefährlich leise. Dad gibt mir das Handy zurück und sieht mich fast flehend an. Ich nicke nur. Mir wird ganz schlecht. Keine Ahnung, was passieren wird, wenn Clark Davenport herausfindet, dass ich tatsächlich lüge. Vielleicht lässt er Dad feuern oder sorgt dafür, dass ich ins Gefängnis komme. Aber ich habe keine Wahl, denn wenn er River findet, wird er ihn mithilfe seines Einflusses in eine Klinik stecken und mit Medikamenten vollpumpen lassen.

Andererseits ist River Asher Blackwell. Sein Wort hat ebenso Gewicht, wenn es darauf ankommt. Die ganze Nation liebt ihn! Niemand kann in Amerika jemanden einfach so einweisen lassen, auch kein Clark Davenport. Oder doch?

Und was, wenn es wirklich einen triftigen Grund für seine Bedenken gibt, also einen, der über Rivers Alkoholkonsum, seine riskanten Manöver und das Ritzen hinausgeht? Wenn er tatsächlich so krank ist?

Schnell schreibe ich: *Mir ist eiskalt, Dad. Ich muss mich umziehen.*

Wie auf Kommando klappern meine Zähne aufeinander. Zum Glück bin ich in dem Brunnen in Deckung gegangen, jetzt habe ich einen überzeugenden Anlass, in dem Hotelzimmer zu verschwinden.

Dad schaut auf mein Handy und sieht flüchtig zu Clark Davenport, der mit Chester spricht. »Beeil dich!«, sagt er gedämpft und drückt mir eine Cola und einen Schokoriegel in die Hand – die Sachen hat Arizona offenbar aus dem Automaten gezogen.

Dankbar nicke ich und bin unendlich froh, dass ich vorhin den Schlüssel eingesteckt habe. Rasch sprinte ich die Treppen hinauf und schließe mich in dem Hotelzimmer ein.

Das Wenige, das wir hier haben, ist durchgewühlt. Ob Chester und sein Vater in unserem Zimmer waren? Oder war das River auf der Suche nach Tarnklamotten?

Ich weiß es nicht und ich habe auch keine Zeit, darüber nachzudenken. Hoffentlich kommt River nicht tatsächlich hierher! Es war eine Notlüge und das Einzige, das mir in der Panik eingefallen ist, um die anderen zu beruhigen.

Mit klopfendem Herzen schlüpfe ich aus den feuchten Klamotten und streife mir eine trockene Jeans von River über, dazu seinen schwarzen Pullover. Tausend Gedanken trudeln durch meinen Kopf, während ich die Jeans hochkrempele, die Ärmel des Pullovers umschlage und einen Gürtel durch die Schlaufen der Hose fädele.

Ich muss wissen, wie schlecht es River wirklich geht. Ich will nicht glauben, dass er nur in seinem Wahn Mädchen rettet. Mit dem Unterarm wische ich mir ein paar Tränen ab, die einfach über meine Wangen laufen, ohne dass ich etwas dagegen tun kann. Danach stürze ich die Cola hinunter und will gerade aus dem Fenster klettern, als mir der Signalgeber einfällt, der noch in der Tasche meiner Jeans steckt. Hektisch ziehe ich ihn heraus, klicke ihn fest, bevor ich durchs Fenster auf die windschiefe Feuerleiter steige.

Die Stufen ächzen. Scharfes Metall bohrt sich in meine Fußsohlen und erst jetzt wird mir bewusst, dass ich die Flip-Flops verloren habe. *Mist!* Wahrscheinlich schwimmen sie irgendwo in dem römischen Brunnen herum oder liegen im Forum.

Nach der ersten Leiterhälfte schaue ich hinunter zur Straße. Der Hoteleingang liegt um die Ecke, aber vielleicht patrouilliert Chester ja um das Hotel. Als ich niemanden entdecke, klettere ich weiter, bis ich auf dem Gehweg stehe. Zögernd laufe ich los und fange nach ein paar Metern an zu rennen.

Ich habe keine Ahnung, wo ich River suchen soll.

Ich finde dich.

Er ist ein sehr kranker junger Mann.

Es tut mir leid, aber ich muss dich retten.

Ich verstehe das alles nicht, doch gerade bin ich zu sehr außer Atem und zu aufgeregt, um weiter zu weinen. Immer wieder schaue ich mich um, aber bis auf die Obdachlosen mit ihren Einkaufswagen ist die Straße verlassen.

Noch haben sie nicht gemerkt, dass ich abgehauen bin.

Ob ich wieder zum Forum zurückgehen soll? Wo könnte River mich finden?

Mein Handy vibriert. Vielleicht ist er es. Außer Atem ziehe ich es heraus und drossele das Tempo, um die Nachricht abzulesen.

Mädchen Nummer eins: Reese Mahony aus New Orleans, eine Freundin von Xoxo; ihr Selbstmordversuch: über hundert Diazepam und eine Flasche Schnaps; da war Tanner achtzehn.

Mädchen Nummer zwei: Suzanne Meyers, Tanner lernte sie in der Psychiatrie kennen, nach seinem Sprung in den Fluss; ihr Selbstmordversuch: Sie wollte vom Dach der Klinik springen; da war er neunzehn.

Mädchen Nummer drei: Betty Dawson; er hat sie in einem baufälligen Haus entdeckt. Sie wollte sich die Pulsadern aufschneiden.

Mädchen Nummer drei hat seine Rettungsmission nicht überlebt, Kansas!

Wo bist du? Du musst irre sein. Tanner ist durchgeknallt. Scheiß drauf, ob er Asher Blackwell, Jesus Christus oder der Satan ist – er ist ein Freak! Er ist kein Held!

Ich kriege weitere Nachrichten von James und Dad, doch ich lese sie nicht. Schwindlig von den ganzen neuen Infos stecke ich das Handy wieder ein. *Mädchen Nummer drei hat seine Rettungsmission nicht überlebt!*

Aber was weiß Chester schon von seinem Bruder? Nichts! Er hat ihn jahrelang nicht gesehen, er wusste nicht einmal, dass er Asher Blackwell ist. Das ist doch alles völlig verrückt!

Ich schaue mich um, mittlerweile bin ich am Strip angekommen, aber ich entdecke niemanden, der mich verfolgt.

Die Arme um mich geschlungen laufe ich weiter durch die Menschenmassen, die schillernden funkelnden Lichter, vorbei an Limousinen mit dröhnenden Bässen, während die Gedanken in meinem Kopf wie in einem Kaleidoskop ineinanderfallen. River könnte überall sein.

Mädchen Nummer drei hat seine Rettungsmission nicht überlebt!

KAPITEL SIEBENUNDZWANZIG

Ich habe keine Ahnung, wie lange ich schon den Strip auf und ab laufe. Meine Füße schmerzen bei jedem Schritt und meine Kehle ist staubtrocken. Müde ziehe ich mich ins Caesars Palace zurück, irre umher und komme in eine monumentale, mehrstöckige Halle, in der die Etagen ringförmig einen Innenhof einfassen. Vielleicht entdecke ich River von ganz oben. Ich fahre die geschwungenen Rolltreppen hinauf, vorbei an haushohen römischen Statuen, die die oberen Geschosse auf ihren Köpfen zu tragen scheinen. In der obersten Etage wandele ich wie im Traum an weiteren Geschäften entlang. An einem dunklen geschützten Ort lehne ich mich schließlich gegen die Balustrade und starre vier Stockwerke hinab.

Ich kann ihn nirgendwo sehen.

Vielleicht erkenne ich ihn auch nur nicht. Womöglich ist er aber auch schon weg. Vielleicht war mein letzter Punkt, das *Ich liebe dich*, nicht Grund genug zu bleiben.

Ich muss an die vielen Dinge denken, die die anderen über ihn erzählt haben.

Ob er allein zum Lost Arrow Spire gehen würde?

»Hey, Baby.« In der Dunkelheit schlingt sich ein Arm um meinen Nacken und ich erschaure bis in die letzte Faser meines Körpers. Einen Wimpernschlag lang fürchte ich, dass River uns beide über das Geländer stürzt, er es einfach beendet, alles, was war, dass wir fliegen und fallen, zusammen für die Ewigkeit. Und obwohl ich das denke, klammere ich mich ganz fest an seine Oberarme, so fest, als wollte ich ihn nie wieder loslassen.

»Ich sagte doch, ich finde dich«, flüstert er rau und diesmal ist der Schauer auf meinem Rücken eine Mischung aus Verwirrung, Angst und Verlangen. In der nächsten Sekunde küsst er mich so sehnsuchtsvoll, so leidenschaftlich, dass ich alles andere vergesse. Ich vergesse meine Familie, Mum, die Davenports und das Caesars Palace. Für diese Augenblicke schwebe ich in den Sternen, umschlossen von dem Licht tausender Monde, umgeben von all den schönen Wörtern, die er für mich erfunden hat. Ich spüre seine kühle Zunge, seine kühlen Lippen und die Hitze seiner Hände, mit denen er mich festhält.

Monddämmerungsblau. Engelsnachtgesang. Traumzauberkokon. Ich liebe dich. Ich liebe dich. Ich liebe dich. Selbst wenn ich könnte, würde ich es nicht sagen, denn dann wäre alles vorbei.

Als wir uns voneinander lösen, schaut er mir direkt in die Augen. Sie sind dunkelblau, etwas, das wahr ist an ihm. Echt. Es kommt mir vor, als wären diese Augen immer ehrlich zu mir gewesen, vielleicht nicht in dem, was er verschwiegen hat, aber doch in allem, was er gefühlt hat.

»Du warst im Hotel und sie waren dort«, stellt er fest und streicht mir die nassen Haare aus dem Gesicht. Ich zittere erbärmlich und weiß nicht, wieso. Ich will ansetzen, etwas hervorwürgen, aber er legt mir den Finger auf die Lippen. »Du musst nichts sagen. Du trägst meine Sachen – wenn niemand da gewesen wäre, von deiner oder meiner Familie, wärst du nicht durch Las Vegas geirrt, sondern hättest dort auf mich gewartet.«

Wie so oft hat er recht.

Ich ziehe mein Handy heraus – es hat Nachrichten gehagelt wie Kirschkerne beim Weitspucken.

Sie sagen, du bist krank. Sie sagen, du bist bipolar. Sie sagen, du rettest immer Mädchen, wenn du in einer deiner Phasen bist!

Er liest die Worte ab und ich sehe, wie sich Düsternis über seine Züge hängt wie Nebel, der sich nicht vertreiben lässt.

»Es ist nicht so, wie sie es darstellen, Baby!«, sagt er dunkel und beugt sich zu mir herunter. Ich spüre seinen warmen Atem in meinem Gesicht. Er riecht nach der Süße und Schwere von Jack Daniel's und bevor ich reagieren kann, küsst er mich erneut. Er küsst mich so verzehrend, als hinge sein Leben davon ab, und mir wird schwindelig von dem Verlangen, das ich dahinter spüre. Hart drängt er mich gegen die Balustrade und eine winzige ängstliche Stimme flüstert in meinem Kopf: Was, wenn er wirklich zu krank ist, um es selbst zu erkennen? Was, wenn er es gar nicht erkennen will?

»Warte hier«, murmelt er, als er meine Lippen freigibt. »Lauf nicht weg, egal, ob sie anrufen oder was immer sie dir schreiben. Gib mir eine Chance, alles zu erklären.« Mit dem Kinn nickt er zu den Menschen, die durch das Hotel pilgern, als wäre die Bundeslade hier ausgestellt. »Aber nicht hier. Wir besorgen uns ein Zimmer.«

Wie will er sich ein Zimmer besorgen, wenn ihn jeder enttarnen kann? Sein Foto kreist bestimmt in allen Medien, obwohl ich das immer noch nicht gecheckt habe. Er küsst mich auf die Stirn und geht zu einem Mülleimer, wo er eine Plastiktüte herauszieht, aus der er die Perücke und die Sonnenbrille hervorzaubert. Er hält mir eine Karte vors Gesicht. Einen Personalausweis. Tanner Davenport, daneben ist ein Bild von ihm mit dunklen Haaren.

Er ist also gar nicht blond! Seine Haare sind gefärbt. Keine Ahnung, warum mich das jetzt noch schockiert.

»Gut, dass ich meinen alten Pass immer behalten und erneuert habe. Tanner Davenport ist jedenfalls nicht Asher Blackwell. Zumindest *das* wissen die Presse und die Menschen noch nicht. Sie kennen nur mein Gesicht und den Künstlernamen.« Er zieht sich geschickt die Perücke auf, zupft sie zurecht und läuft zur Rolltreppe. »Warte hier! Ich bitte dich, Tucks! *Warte!*« Das Letzte klingt wie ein Flehen und ich nicke.

Natürlich warte ich. Natürlich laufe ich nicht weg. Ich mache doch immer, was er sagt.

* * *

Kurz darauf kommt er zurück und greift meine Finger, während er gleichzeitig mit der anderen Hand die Perücke von seinem Kopf zieht und die Sonnenbrille absetzt. »Meine Familie wird uns hier nicht finden; niemand wird uns ausgerechnet im Caesars Palace vermuten.« Er öffnet eine schwere Tür, die das hoteleigene Einkaufszentrum von den Hotelzimmern trennt, und wir laufen durch einen Gang mit gedimmtem Licht. Die Klimaanlage bläst eine Mischung aus Zimt und Eukalyptus in die Flure, eine Kombi, die mein Übelkeitsgefühl verstärkt. »Sam hat im Netz ein Foto von mir veröffentlicht, daher hat mich plötzlich jeder erkannt. Das Foto hat sich verbreitet wie die Beulenpest, Tucks. Meinen richtigen Namen hat er nicht genannt, aber Chester oder irgendwer muss dieses Foto entdeckt haben.«

Ich nicke. *Mein Bruder ist Mr. Spock*, schreibe ich via Handy. *Daher wussten sie, wo wir sind. Ich hatte es ihm geschrieben, weil er behauptet hat, er wollte Schluss machen. Tut mir leid.*

»Das sollte dir nicht leidtun. Überleg mal, Mr. Spock wäre nicht dein Bruder gewesen. Du hast genau richtig reagiert, auch wenn das für uns dumm gelaufen ist.« Flüchtig sieht er mich an und lächelt. Er wirkt so normal, er wirkt überhaupt nicht krank.

Gemeinsam studieren wir die Pfeile mit den Zimmernummern und laufen weiter Richtung vierhundertfünf.

»Dein Bruder wird Angst bekommen haben, als er von meiner Familie das mit den Mädchen erfahren hat«, sagt River düster. »Xoxo hat es Ches und meinem Vater erzählt ... also nachdem das Foto öffentlich war und mein Vater ihn angerufen hat.«

Ich bleibe stehen. *Ich verstehe das alles nicht!*

»Deswegen sind wir hier. Ich erklär es dir in Ruhe.« Er zieht mich weiter. »Sam und Xoxo wollten mich dazu bringen, in die Psychiatrie zu gehen. Mir ging's richtig übel. Die Gigs standen an, aber ihnen war damals schon klar, dass ich nicht würde singen können. Zu viele Drogen ... zu viel Alk. Brauch ich dann immer ...«

In den Phasen, ergänze ich still.

Vor dem Zimmer vierhundertfünf bleiben wir stehen und River hält die Schlüsselkarte gegen den Verriegelungsmechanismus. Ein grünes Licht leuchtet auf und die Tür öffnet sich.

»Komm!« Gentlemanlike weist er mich hinein.

Wenn man wochenlang in Motels übernachtet hat, kommt einem jedes Hotelzimmer vor wie die nobelste Luxussuite. Ich schalte das Licht ein und die Deckenstrahler beleuchten alles wie Bühnenscheinwerfer: das schwarze Kingsize-Bett, die nierenförmige schwarze Couch, den blitzenden Edelstahl.

Klick. Schlagartig ist es wieder finster, bis auf das bunte Licht der Stadt, das durchs Fenster fällt. »Love me like my demons do«, höre ich River sagen. »Akif Kichloo. Das kannst du in dein *Kansas' Strange & Beautiful Words. A Collection* schreiben, Tucks. Gefällt es dir?«

Ich nicke in der Schwärze und fühle mich plötzlich unendlich verwundbar. Mir fällt ein Spruch von Hemingway ein, den ich nie ganz verstanden habe. *The Things of the Night cannot be explained in the Day. Because they do not then exist.*

Ich schreibe es auf und River liest es ab. »Oh ja«, sagt er ernst. »Es wäre an der Zeit, einen guten Song daraus zu machen ... aber weißt du, mit dir sahen die Dinge immer gleich aus. Tag oder Nacht, hell oder dunkel, es machte keinen Unterschied mehr. Das ist vielleicht das Geheimnis der Liebe.«

Ich komme mir blind und taub vor, da ich so wenig von dem verstehe, was er fühlt. Außerdem spricht er bereits in der Vergangenheit, obwohl wir noch zusammen sind. *Erzähl mir alles,* tippe ich und halte es River hin. *Ich verstehe nichts. Gar nichts mehr.*

Er liest es ab. Für einen Augenblick mustert er mich eindringlich, als versuchte er, etwas einzuschätzen, und ich komme mir dumm und naiv vor. Das ist Asher Blackwell. Jedes Mädchen will mit ihm ins Bett und ich stehe hier allein mit ihm in einem Hotelzimmer und möchte nur eins: Wissen, wer er in Wirklichkeit ist und ob ich ihm etwas bedeute. Als könnte ich Asher Blackwell jemals etwas bedeutet haben!

Ohne etwas zu sagen, schlendert er zur Minibar und holt ein paar Flaschen heraus. Dann trinkt er zwei Shots hintereinander und wischt sich über das Gesicht. »Xoxo ist unser Gitarrist, Sam ist am Bass und Jasper spielt Schlagzeug. Sie sagten, es wäre so schlimm gewesen, dass sie meiner Familie Bescheid geben mussten. Sie hatten Angst, ich würde wieder ...« Er stockt. *Springen,* ergänze ich in Gedanken. Für einen Moment blickt er an mir vorbei, bevor er mich wieder ansieht. »Sie wussten, ich hasse, hasse, hasse meine Familie. *Okay.*« Heftig schlägt er die Tür des Minikühlschranks zu. »Ich bereue den Tag, an dem ich ihnen von meinen Eltern erzählt habe.«

Ich nicke und er trinkt einen dritten Shot, den er zuvor auf die Minibar gestellt hatte. Er ist wirklich krank, denke ich jetzt, auch wenn er manchmal so normal wirkt. Als ich auf ihn gewartet habe, habe ich gegoogelt und herausgefunden, dass Menschen mit einer bipolaren Störung oft ihre Manien und Depressionen mit Alkohol betäuben.

Zum Runterkommen!

»Schau nicht so, Tucks, ich hab das im Griff!«

Bist du deswegen vor drei Jahren in den Fluss gesprungen? Weil du es im Griff hattest?

Ungläubig starrt er mich an, dann schüttelt er langsam den Kopf. »Meine Familie wollte mich am Anfang des Sommers sofort in die Klinik einweisen lassen. Unmittelbar nachdem mich Xoxo, Sam und Jasper nach Cottage Grove gebracht haben. Ich war in einem so elenden Zustand, dass ich das nicht mal mitbekommen habe. Ich glaube, es waren die Drogen. Cut. Filmriss. Am nächsten Morgen bin ich in meinem alten Zimmer aufgewacht. Meine Eltern hatten mich

eingeschlossen, also bin ich wie ein Teenie am Rosenspalier heruntergeklettert und allein zur Klinik gelaufen. Wenn man sich selbst einweist, darf man jederzeit gehen. An dem Tag, als ich dich getroffen habe, hatte ich mich gerade entlassen. Dagegen kann niemand etwas tun, wenn man sich geschickt anstellt ... und darin bin ich ziemlich gut, Tucks, ziemlich gut.« Er kramt seine Zigaretten heraus und in der Dunkelheit des Zimmers flammt das Feuerzeug auf wie eine Wunderkerze. Zigarettenrauch füllt die Luft. Es hat etwas Vertrautes, etwas absolut Beruhigendes, trotzdem sind meine Hände immer noch eiskalt. Ich schaue ihn an und weiß nicht mehr, wer er ist. *The Things of the Night cannot be explained in the Day. Because they do not then exist.*
River McFarley. Tanner Davenport. Asher Blackwell.
Vielleicht ist er keiner von ihnen. Oder vielleicht sind sie im Herzen eins.

»Tucks, schau mich nicht so an, als wäre ich ein Fremder, bitte«, flüstert er plötzlich und schlingt den Arm um meinen Nacken. Er zieht mich an sich, will mich küssen, aber ich drehe den Kopf weg.

»Hey, Baby.« Er presst seine Wange an meine, ohne mich freizugeben. »Ich bin immer noch River. Immer noch derselbe. Wir können alles sein, was wir wollen.«

Stumm schüttele ich den Kopf, ohne ihn anzuschauen, obwohl ich nichts lieber tun würde, als ihn zu küssen.

River seufzt, lässt mich los und stellt sich ans Fenster. Ganz nach amerikanischer Vorschrift lässt es sich in diesem Stockwerk nur kippen. »Ich habe Xoxo und den anderen danach geschrieben, dass ich Zeit für mich allein brauche. Zeit, um über mich und mein Leben und die Demons'n'Saints nachzudenken. Vor allem wollte ich keine Pillen mehr schlucken. Die Pillen sind die Hölle ... sie machen ...« Er verstummt.

Einen Zombie aus dir?

Er nickt mehrmals hintereinander. »Man fühlt sich nicht mehr wie man selbst. Eher so, als hätte man ein Brett vorm Kopf oder als wandelte man durch Nebel. Sie machen alles dicht, ich kann es nicht gut erklären ... Xoxo und Sam haben mich angerufen und mich bedrängt zurückzukommen, aber ich habe ein Abkommen mit ihnen geschlossen. Wenn sie immer wüssten, wo ich bin, wäre das für ein paar Wochen okay. Sie wollten sich ab und zu mit mir treffen, um zu sehen, wie es mir geht.« Er inhaliert den Rauch und starrt zu dem künstlichen Vulkan vor dem Nachbarhotel, der unechte Lava in die Luft schleudert. »Tja, und da ich dich dabeihatte, musste ich das erste

Treffen platzen lassen – da haben sie es dann geahnt.« Lässig drückt er die Kippe in einer Dekovase aus.
Wieso haben sie das Foto veröffentlicht?
»Sie wollten wissen, wo ich bin, und die Öffentlichkeit um Mithilfe bitten. Erst dachte ich, sie wollten mir nur drohen, aber sie waren zu besorgt.«
Klar, du bist mit neunzehn gesprungen!
»Das war ein Versehen.« Er lacht verlegen.
Niemand springt aus Versehen, River-Tanner-Asher.
Für einen Moment wirkt er verletzt, vielleicht wegen der Namen.
»Ich dachte wirklich, ich könnte ...« Er sagt es nicht, spricht das Wort nicht aus, als würde es alte Geister heraufbeschwören.
Warum haben sie nicht einfach die Polizei eingeschaltet? Wieso haben deine Eltern nicht einfach die Polizei eingeschaltet?
»Mein Dad hatte einen Privatdetektiv engagiert. Das hat mir Sam heute gesteckt. Vielleicht war er es, der uns in dem schwarzen Camaro gefolgt ist.« Wieder sieht er hinab. »Alles Illusion hier, was, Tucks? Künstliche Lava, künstliche Menschen, künstlicher Spaß.«
Wieso hast du mir nicht gesagt, dass die Ärzte dich für bipolar halten?
Er starrt auf die unechte Lava, die wie eine rote Säule in den Himmel schießt. »Ich bin nicht bipolar. Ich bin nicht verrückt ... Und was meine Familie angeht: Mein Vater hätte nie gewollt, dass das Ganze an die Öffentlichkeit gezerrt wird. Und die Polizei darf nicht ohne konkreten Hinweis und Verdacht nach jemandem fahnden. Sonst könnte man ja jeden ganz einfach verleumden. Ich habe kein Verbrechen begangen ... ich bin nicht Ben Adams.« Er sieht mich an und lächelt sanft.

Für eine Sekunde kommt mir in den Sinn, dass er vielleicht wollte, dass ich das glaube. Ich sollte ihn eher für Ben Adams als für Asher Blackwell halten. Womöglich hat er deswegen das Foto ausgeschnitten. Andererseits hätte ich Ben Adams ja auch jederzeit googeln können, wobei River natürlich auch genau wusste, dass ich den Flugmodus nur ungern deaktiviert habe.

»Dein Dad wusste seit zwei oder drei Tagen, dass wir zusammen unterwegs sind. Er hat es mit meinem Vater besprochen und als dann das Bild von mir überall in den Medien war, hat mein Vater oder mein Bruder mit Xoxo geredet und von allem erfahren. Den Mädchen und so. Vorher hatten sie meiner Familie vieles verheimlicht, weil ich nie wollte, dass meine Eltern überhaupt was über mich erfahren. Dein Bruder hat sicher Angst bekommen. Wegen der Mädchensache.

Deshalb hat er das mit dem Schlussmachen geschrieben. Zumindest hat es mir Xoxo so erzählt.«

Du hast Xoxo und die anderen heute nochmal abgehängt.

»Ja. Ich hab ihnen gesagt, ich wollte ins Death Valley. Und ich habe ihnen einen guten Grund gegeben, mir zu glauben.« Jetzt grinst er schief und sieht wieder aus wie River McFarley auf dem Old Sheriff. Jung, selbstbewusst und auf eine magische wunderschöne Weise verletzlich, doch plötzlich wird er ernst.

»Tucks. Ich liebe dich. Ich habe das nicht nur so gesagt.« Seine Augen funkeln in der Dunkelheit des Zimmers, als glitzerten Hunderte von Feuerpünktchen in ihnen.

Mein Herz klopft schneller, weil ein winziger Teil in mir Hoffnung schöpft. *Was ist mit den Mädchen?* Mein Display wirft einen grünen Schimmer auf Rivers Gesicht.

»Ich muss ein Mädchen retten. Ich habe es mir selbst versprochen. Nein, eigentlich habe ich es June versprochen. Vor knapp vier Jahren, an den Craters of the Moon.«

Aber June ist tot, denke ich, schreibe es jedoch nicht. Doch wenigstens weiß ich nun, weswegen ihm dieser Ort so wichtig gewesen ist.

Still alive for you, June.

James sagte mal irgendwann, dass es Menschen mit Schuldgefühlen hilft, wenn sie etwas Gutes tun. Vielleicht ist es bei River ja auch so. *Meinst du, deine Schuld ist dann beglichen?*, tippe ich.

Zu meiner Überraschung nickt er sogar. »Ja«, sagt er ruhig. »Ich glaube schon. Ich weiß nicht, warum, aber es ist die einzige Möglichkeit.«

Vielleicht ist es doch eine Art Wahn. Ich atme tief durch. *Erzähl mir davon. Wieso fühlst du dich schuldig?*

Mit kummervoller Miene wendet er sich ab und starrt sekundenlang ins Leere, aber ich glaube, er sieht in eine andere Zeit.

Irgendwann geht er ruckartig zur Minibar, holt sich ein Bier heraus, das er öffnet und beinah auf Ex trinkt.

Ich setze mich auf die Armlehne der Couch und beobachte ihn. Etwas in mir sinkt herab; vielleicht die Hoffnung, dass das alles ein gutes Ende nimmt. Ich weiß nur, dass ich ihn liebe, ich weiß aber auch, dass es für uns keine Zukunft geben kann, solange er Asher Blackwell ist. Niemals. Und allein daran zu denken, fühlt sich an, als gäbe es auch für mich kein Morgen. Nichts aus diesem Sommer wird weiter existieren, es wird sein, als hätte es ihn nie gegeben. Der

Gedanke macht mir das Atmen schwer, als läge eine Tonne Eisen auf meiner Brust.

River setzt sich auf den Boden, winkelt die Knie an und umschlingt sie mit den Armen. Eine eigenwillige Schönheit liegt in seiner Trauer, in dieser Dunkelheit, die er seine Dämonen nennt. »Ich wollte June etwas beweisen, Tucks. Ich wollte diesen verdammten Song für sie schreiben. *Above the Moon.*«
You Are My Truth Above The Moon. Guess My Love, I'll See You Soon.
»Sie hat mich angerufen, das war gegen zwanzig Uhr. Sie klang übel, schlechter als sonst, und ich wusste, dass es ihr nicht gutging. Ich war ... ich war so ein verfluchter Egoist. Ich hatte einen Flow und wollte doch nur diesen beschissenen Song fertigbekommen. Nur diesen einen beschissenen Song. Ich wollte sie damit überraschen.« Für einen Moment hält er inne und fährt sich mit der Hand über das Gesicht. »Sie hat mich gefragt, ob ich zu ihr komme. Sie war nur Tagesschülerin im St. Benedict ... und ich habe ihr versprochen, ich würde mich rausschleichen. Aber ich habe weitergeschrieben, Gras geraucht und die Zeit vergessen. Gegen eins war ich durch und bin zu ihr, doch sie war nicht zuhause. Drei Stunden später habe ich sie gefunden ... Sie ist gesprungen, Tucks.«

Ein eiskalter Schauer kriecht mir über den Rücken.

»Vielleicht ist sie auch geflogen«, sagt er leise. Er schaut mich an und ich sinke neben ihn auf den Boden, um seine Hand zu greifen. Es muss schrecklich für ihn gewesen sein. Und sicher ist es das immer noch. Diese Last, diese Schuld. Jeden Tag. Ganz fest drücke ich seine Finger. *Das tut mir leid.* Das versteht er auch ohne Worte.

River sieht auf unsere verschränkten Hände. »Ich frage mich immer, ob ich sie hätte aufhalten können, wenn ich da gewesen wäre ... sie mit mir hätte reden können. Sie hatte Ärger zuhause, aber sie hat mir nie gesagt, worum es ging – Tucks, an dem Tag habe ich mir geschworen: Sollte ich jemals Erfolg mit der Musik haben, würde niemand davon erfahren. Erst konnte ich lange Zeit gar nicht mehr spielen; nicht mehr singen, aber es kam zurück, eines Tages, ich weiß nicht, wie.«

Du hast ein Jahr lang auf ihrem Grab geschlafen.

»Du hast ein Jahr auf dem Küchentisch geschlafen. Wir sind uns ähnlich.« Er versucht ein Lächeln, aber es zittert auf seinem Gesicht. »Als ich vom Internat geflogen bin, habe ich auf der Straße gelebt. Mein Vater wollte mich nicht mehr aufnehmen und ich wollte auch nicht zurück. Er hat mir nicht geglaubt, dass ich in diesem Jahr nicht irgendwo wilde Partys gefeiert habe. Irgendwann kam ich nach New Orleans und traf Xoxo. Er stellte mir Sam und Jasper vor und wir fingen an, Musik zu machen. Wir spielten zuerst in lokalen Kneipen und Bars ... damals hießen wir noch Freak-it-Out. Als wir immer erfolgreicher wurden, dachte ich an meinen Schwur.«

Daher die viele Schminke und die Verkleidung?

»Es war meine Bedingung. Und da ich die meisten Songs geschrieben habe, willigten die anderen ein. Freak-it-Out verschwand und die Demons'n'Saints erhoben sich aus ihrer Asche. Du wirst jemand anderes, wenn du maskiert bist – wie ein Indianer mit Kriegsbemalung. Mit der Schminke war ich nicht mehr der Junge, der seine Freundin im Stich gelassen hatte, ich konnte Asher Blackwell sein. Und Asher Blackwell ist der Star, der Dämon. Er leidet an Stimmungsschwankungen, aber er ist nicht schuldig. Nicht, solange er die Schminke trägt.«

Seine Worte machen mich nachdenklich. *Und wer ist River McFarley?*

»Den habe ich erfunden, als ich in der Psychiatrie das zweite Mädchen retten wollte. Suzanne Meyers. Meine Freunde nannten mich sowieso nur noch River und dann war da Caden McFarley. Er erhängte sich an dem Tag, als ich entlassen wurde. Ein netter Kerl. Sanftmütig und voller Güte. Leider bis über beide Ohren verschuldet. Ich habe mir seinen Nachnamen geliehen ... irgendwie passte er ja, denn ich hatte auch eine Schuld zu bezahlen.«

Er muss innerlich völlig zerrissen sein, wenn er so viele Identitäten braucht. Irgendwie ist er von allem ein bisschen und vielleicht weiß er selbst nicht mehr, wer er ist.

Du hättest June vielleicht nicht aufhalten können. Sie hätte es eines Tages womöglich so oder so getan, schreibe ich.

Noch während er diese Worte abliest, wird mir bewusst, dass es vielleicht sogar stimmt. Hätte ich am Old Sheriff tatsächlich springen wollen, hätte River mich auch nicht mit einem *Hey, du!* aufhalten können, oder doch?

Und wenn er springen will, kann ich ihn ebenfalls nicht wirklich davon abhalten? Was ist mit den Worten des Golden-Gate-Springers, dass alles reparierbar ist? Hat er recht oder gibt es in manchen Menschen eine so große Dunkelheit, dass sie am Ende alles verschlingt? Und wie lange kann man gegen diese Dunkelheit ankämpfen? Hätte River June in dieser Nacht gerettet, wäre er an einem anderen Tag womöglich doch zu spät gekommen.

Vielleicht kann man sich am Ende nur selbst retten. Vielleicht liegt darin der Schlüssel.

River sieht vor sich ins Nichts. »Ich habe mir geschworen, nie eine andere außer June zu lieben. Und dann kamst du ...«

Ich muss an die Mädchen denken. Hat er ihnen vielleicht dasselbe erzählt?

River schaut mich an und ein dunkler Abgrund liegt in seinen Augen. »Ich wollte es nicht wahrhaben. June und ich, das schien für die Ewigkeit zu sein, selbst nach ihrem Tod kam es mir oft so vor, als wäre sie noch da. Wenn ich etwas gesehen habe, über das sie gelacht hätte, habe ich mir eingebildet, sie kichern zu hören.« Tränen schimmern in seinen Augen. »Von allen Menschen auf diesem Planeten war sie die Erste, die mich so akzeptiert hat, wie ich bin, die mich so geliebt hat, wie ich bin. Irre und durchgeknallt.«

Ich liebe dich auch, wie du bist. Die ganze Welt liebt dich! Die ganze Welt ist verrückt nach dir.

Er presst die Lippen zusammen, als er das liest. »Ich wollte mich nicht in dich verlieben, Tucks. Es ist trotzdem passiert. Ich hasse es.«

Der letzte Satz trifft mich wie ein Schlag in den Magen.

»Versteh das nicht falsch. Du kannst ja nichts dafür.« Jetzt lächelt er mich wieder so zärtlich an, dass mein Herz flattert, während es gleichzeitig brechen will. Es ist grausam, wie sehr ich ihn liebe. Es ist so wunderschön, wie sehr ich ihn liebe. Vielleicht empfindet er ja genauso, und während er mich küsst, wird mir klar, dass das heute Nacht vielleicht unsere allerletzte Chance ist, zusammen zu sein. Als River und Tucks. Morgen wird uns die Realität einholen und alles mit ihren großen Händen zerquetschen. Aber heute Nacht können wir noch einmal sein, wer wir wollen. Lebensgefährten. Sterbensgefährten. Freunde. Geliebte.

Ohne, dass ich es mitbekommen habe, hat River mich während des Kusses nach oben gezogen. »Mein Gott, Kansas ...«, flüstert er auf meine Lippen und ich spüre diesen süßen, schweren Atem, rieche seinen Geruch nach Wald und Leder, fühle seine Aura aus Dunkelheit.

Plötzlich weiß ich, dass ich ihn will. Ich will ihn und ich will alles andere vergessen. Was war und was ist, und was morgen sein wird.

»Kans ...« River greift mit einer Hand in meine Haare und zieht mich sanft, aber nachdrücklich zu sich. »Ich. Liebe. Dich.«

Er will mich dazu bringen, es ebenfalls zu sagen, aber ich weiß nicht, was dann geschieht. Ich stelle mich auf die Zehenspitzen, um ihn zu küssen, doch er weicht zurück und hebt eine Augenbraue. Ich beiße mir auf die Lippe.

»Was muss ich tun, damit du es sagst?«, fragt er rau. »Was kann ich tun?«

»N-nichts.« Ich schüttele den Kopf, lege die Hand in seinen Nacken und ziehe ihn wieder zu mir. Vorsichtig lasse ich meine freie Hand unter sein feuchtes Shirt gleiten und male mit den Fingerspitzen Buchstaben auf seinen Rücken.

»Ich will dich!«, flüstert er das, was ich geschrieben habe, überrascht. Eindringlich blickt er mir in die Augen und ein Schauer rieselt durch meinen Körper.

»Du ... bist ... ein ... verdammtes Genie!« Er lacht auf. »Hast du verdammt oder verflucht geschrieben ... okay ... verdammt.«

Ein Teil der Leichtigkeit kommt zurück, wenn er lacht.

Ich liebe dich, schreibe ich in großen Lettern auf seinen Rücken.

»Oh Tucks.« Sein betroffener Tonfall bricht mir beinahe das Herz.

»Das gilt aber nicht.«

Egal. Ich schreibe es erst und sage es dann laut.

»Nicht egal.«

Vielleicht musst du mich lieben, damit ich es sage!

Sein angespannter Körper wird weicher. »Das war ein ziemlich langer Satz, kannst du ihn nochmal schreiben?«, flüstert er mit einem Lächeln in der Stimme.

Ich tue, was er sagt.

»Ich glaube, ich habe dich immer noch nicht richtig verstanden. Nochmal.«

Schuft!

Jetzt wird er wieder ernst. »Du weißt, das Ganze nimmt kein gutes Ende, und du willst es trotzdem?«, fragt er leise.

Ich muss an das dritte Mädchen denken, das seine Rettungsmission nicht überlebt hat, aber ich blende den Gedanken aus. Ich will es nicht wissen, nicht heute Nacht, auch wenn das womöglich ein Fehler ist. »Ja«, flüstere ich und drücke auffordernd meine Nägel in seine Haut. Im nächsten Moment zieht er mich so fest an sich, dass mir der Atem in der Brust stockt. »Du willst es wirklich, Baby?«

Statt einem zweiten Ja küsse ich ihn und er küsst mich, so tief und leidenschaftlich, dass mir schwindelig wird. Meine Knie wollen nachgeben und für Sekunden bin ich gefangen wie in einem süßen betörenden Rausch. Plötzlich bin ich mir sicher, dass er mich liebt, egal ob das mit den Mädchen wahr ist oder nicht.

Als er mich loslässt, sehen wir uns an. »Okay«, flüstert er. »Diesmal werde ich nicht aufhören.«

Mein Herz fängt an zu rasen. Ich kriege kaum mit, dass er mir den Pullover über den Kopf streift. Darunter trage ich nichts. Für ein paar Atemzüge hält er inne, betrachtet mich und seine Pupillen werden riesengroß und färben seine Augen schwarz.

Alles an mir zittert. Für einen Moment muss ich an Chester und die Toilette denken, doch da streckt River eine Hand nach mir aus und berührt mich mit den Fingerspitzen unterhalb des Schlüsselbeins. Er schreibt etwas auf meine Haut. Es kitzelt und jagt zehntausend Volt durch meine Adern.

Ich kann es nicht entziffern, daher sehe ich ihn fragend an. Er schreibt es noch mal und spricht die Worte mit. »Du ... bist ... wunderschön.« Seine Stimme klingt heiser und ich glaube, er ahnt nicht, wie heilsam diese Worte für mich sind. Seine Hände streichen an meinen Brüsten vorbei über meine Rippen und bleiben an meiner Taille liegen. »Lass dir niemals etwas anderes erzählen.« Für Sekunden stehen wir so da und mein Atem geht flach. »Keine Angst, Tucks.« Plötzlich lässt er mich los. »Ich weiß, du willst nicht darüber reden, aber ich muss etwas wissen ... also vorher, bevor wir ... hat Ches ... hat mein Bruder je ... hat er dich dazu gezwungen?«

Ich muss schlucken, während mir die Tränen in die Augen steigen. Langsam schüttele ich den Kopf. »N-nein.« *Er wollte, hat aber nicht ...* Ich schreibe es auf seine Haut. Das ist alles, was ich ihm verraten möchte.

Er nickt.

Sei jetzt nicht wütend. Bitte!

Das ist schwer, aber ich versuch's!

Schreib ein schönes Wort. Zum Runterkommen. Ich male einen Smiley dahinter.

Zornfunkelküsse.

Ohne Zorn!!!

Funkelküsse.

Akzeptiert.

Im nächsten Moment nimmt River mein Gesicht in seine Hände, küsst mich und ich spüre trotz des Zorns auf seinen Bruder die Erleichterung darin. Als er mich loslässt, sehen wir uns an und ich habe das Gefühl, ihm so nahe zu sein wie nie zuvor.

Und jetzt? Ich frage nur mit den Augen.

»Du könntest mir ja mal die Kleider vom Leib reißen, das hilft!« River zwinkert mir zu. Er ist einfach viel zu gut, um wahr zu sein. Nervös nicke ich. Ich bin viel ängstlicher, als ich mir eingestehen will. Ich sage, ich will ihn, dabei habe ich fürchterliche Angst davor. Mit zittrigen Händen streife ich ihm das Shirt über den Kopf, werfe es auf den Boden und lasse meine Finger über seine nackte Brust gleiten. Seine Haut ist noch feucht von dem nassen Stoff.

River holt tief Luft, dann hält er meine Hände vor seinem Herzen fest. Sein Blick ist so tief, dringt durch all meine Schichten hinein in mein ungeschütztes Herz. »Hab niemals Angst davor, wenn du es auch willst. Nicht davor.« Er drückt meine Finger. »Schließ die Augen.«

Ich tue, was er sagt, und spüre kurz danach seine Hände, die Buchstaben auf meine nackte Haut malen. Viele, viele schöne Wörter, als hätten wir die Ewigkeit in diesem Zimmer eingefangen wie in einer Blase, in der wir schweben.

Traumzauberkokon. Mondlichtküsse. Manche Wörter erkenne ich, manche werden für immer sein Geheimnis bleiben. Hundert Mal: Ich liebe dich. Er zieht mir die Jeans aus und schlüpft aus seiner Hose, schreibt Wörter auf meine Beine, den Po und die Fußsohlen. Wir kichern. Wir lachen. Er laut, ich still. Meine Angst löst sich auf. Ich schreibe meine Lieblingswörter auf seine Stirn, seine Oberarme, seine Beine. Wir küssen uns und ich fühle einen Schauer aus Sehnsucht nach etwas, das ich nicht kenne.

Ich spüre, das hier ist richtig, so richtig, egal ob es der Anfang oder das Ende ist. Es ist die Antwort auf eine Frage, die ich nie gestellt habe und die nur meine Seele kennt, und als River mich erneut küsst, weiß ich, dass ein Teil von mir ihn für immer lieben wird. Für diesen Sommer und für diesen Moment gehöre ich ihm und er gehört mir, nichts kann daran etwas ändern.

Was danach passiert, geht über alles hinaus, was ich mir je vorgestellt habe. Als ich ihn in mir spüre und er mich ansieht, ist es wie in einem Traum, in dem sich Bilder und Gefühle zu etwas Untrennbarem verbinden, in dem Zeit und Raum und Sehnen verschmelzen.

»Tucks«, flüstert er heiser. Seine Augen glänzen, als hätte er Fieber, sein Haar ist schweißfeucht. »Egal, was geschieht, eins musst du mir glauben: Ich liebe dich. Das ist die Wahrheit, die einzige Sache, an die du dich erinnern sollst.«

Für einen Augenblick kommt mir in den Sinn, wie es wohl mit

June für ihn war und mit wie vielen Mädchen er Sex hatte, doch als ahnte er das, küsst er meine Stirn, meine Augenbrauen, und meine Gedanken verfliegen.

»*Ich liebe dich* sind nur drei Wörter«, flüstert er.

Ich weiß. Aber sie sind auch ein Abschied. Ein Teil von mir hat Angst, dass es so ist. Ich kann sie nicht sagen.

Intensiv, so intensiv, wie ich ihn in mir fühle, mustert er mich und als er sich in mir bewegt, wir weitermachen, ist es ein bisschen wie sterben. Es ist, als wäre ich gesprungen und würde in die Tiefe stürzen. Die Welt rückt von mir weg, bis zu den Sekunden, in denen alles stillsteht, ein Moment des Nichtseins, des Schwebens, in dem er meinen Namen flüstert und ich meine Hände in sein Haar kralle, bevor der Sturm uns fliegen lässt und alle Gegensätze verschwimmen.

Ich bin noch nicht richtig bei mir, als mir bewusst wird, wie River in mir verharrt und mich betrachtet. Seine weißblonde Strähne hängt über seinem Gesicht und kitzelt mich, als er mich küsst: meine Stirn, meine Nasenspitze, meine Lippen. Ich muss lächeln und verschränke die Finger in seinem Nacken. In dieser Sekunde wird mir klar, dass ich nichts und niemand in meinem Leben je so sehr geliebt habe wie ihn. Mir wird bewusst, wie verletzlich mich diese Liebe macht, weil ich sie in jeder Stunde, Minute und Sekunde, in jedem Atemzug verlieren kann. Und wahrscheinlich sogar verlieren werde.

Das hier ist nicht der Anfang.

Ich weiß es.

Und trotzdem fühle ich mich frei. Ein Teil von mir hat etwas Wichtiges begriffen, was mir noch nicht vollkommen bewusst ist. Vielleicht, dass das Verletzt-werden und die Liebe immer untrennbar zusammengehören, so sehr zusammengehören wie Tag und Nacht. Vielleicht auch, dass in jeder Schönheit auch Dunkelheit ist und die Liebe niemals all ihre Geheimnisse preisgibt. Womöglich habe ich mich auch einfach auf das Leben eingelassen, indem ich mich auf River eingelassen habe. Auf die Liebe. Ich weiß es nicht. Ich weiß nur eines und das muss ich ihm sagen. Weil es die Wahrheit ist, weil es gesagt werden muss.

Ganz dicht ziehe ich River zu mir, bis meine Lippen seine Ohrmuschel berühren.

»Ich liebe dich«, flüstere ich und fühle die Worte in mir wie eine Melodie, von der ich nicht weiß, woher sie kommt. »Ich liebe dich. Ich liebe dich. Ich liebe dich.« Viermal sage ich es und viermal stottere ich nicht. Ich habe die Worte einfach ausgesprochen, ohne nachzudenken. River weicht ein Stück zurück und betrachtet mich fassungslos. »Sag ... sag noch etwas, Tucks. Irgendetwas Schönes«, flüstert er.

»Weil ich nicht schlafen kann, musiziere ich in der Nacht.« Ich stottere wieder nicht, meine Brust fühlt sich weit an, ich habe keine Angst mehr. Was immer mich blockiert hat, es ist fort. In diesem Moment ist es fort und so weit entfernt, dass es kaum mehr zu existieren scheint. »Ich ... ich kann wieder sprechen«, wispere ich und kann es immer noch nicht begreifen.

River schüttelt den Kopf. »Das konntest du vorher auch schon, du hast es nur nicht getan. Was ist jetzt anders?«

»Ich weiß es nicht. Das ist doch ... verrückt.«

»Ich liebe verrückte Dinge, das weißt du ja.« Rivers dunkelblaue Augen sehen auf mich herab, als wäre er eine mächtige Statue, und zum ersten Mal, seit er mir begegnet ist, liegt eine absolute Stille darin. Das ist auch verrückt. Meine Worte, diese freien losgelösten Worte, sind seine Stille!

Für ein paar Sekunden habe ich Angst, dass er aufsteht und geht, mich einfach allein lässt, aber er hält mich ganz fest.

Es gab so viele bedeutende Momente in meinem Leben, Momente, die sich so tief in meine Seele gesenkt haben, als wären sie mit Licht dort hineingeschrieben. Der Augenblick, als Grandma mir zum ersten Mal ein Gedicht vorgelesen hat, in dem ich mich in das Wort *Schattenzauber* verliebt habe und wusste, dass Wörter mich immer auf eine gewisse Weise trösten würden; oder der Moment, als Mum mit James, Arizona und mir zum ersten Mal Schlitten gefahren ist und ich dieses Kribbeln im Bauch hatte, als wir den Berg hinuntergerast sind, ich hinter Arizona sitzend. Der Moment, als ich mit Arizona auf dem Old Sheriff saß und sie mir sagte, dass ich einen Schatz in mir tragen würde.

Doch dieser Moment hier ist ganz anders. Noch nie in meinem Leben habe ich mich jemandem näher gefühlt, habe ich mich mehr geliebt gefühlt, als jetzt, wo River mich so sanft und zärtlich küsst, als wäre ich das wertvollste, wunderbarste Mädchen des Universums. Es ist, als hätte die Welt ihre Farben zurückbekommen und als könnte ich nicht nur atmen, sondern sie mit Haut und Haaren inhalieren.

KAPITEL ACHTUNDZWANZIG

ALS ICH AM NÄCHSTEN MORGEN AUFWACHE, WEIß ICH SOFORT, DASS etwas nicht stimmt. Es ist zu kalt. Die schützenden, warmen Arme, die mich gehalten haben, sind fort.
River ist fort.
In der Sekunde, in der ich es begreife, bin ich schon aus dem Bett gesprungen und laufe ins Bad.
»Riv?«, rufe ich viel zu laut und registriere wie nebenbei, dass ich sprechen kann, immer noch. Doch trotz dieser Erkenntnis steigt das ungute Gefühl in mir weiter empor. Das Badezimmer ist leer.
Er ist gegangen!
Er ist fort!
Nur in Unterhose renne ich zurück. Die Perücke und die Sonnenbrille liegen nicht mehr auf der Couch, wo River sie abgelegt hatte, da liegt nur noch die leere Hülle des Kondoms.
Ich wische mir über die Stirn. *Gestern. Diese Nacht. Ich liebe dich.* Plötzlich wird die böse Ahnung, die ich hatte, zur absoluten Gewissheit. Ich habe *Ich liebe dich* gesagt und damit war meine Liste erfüllt. River hat jeden meiner Wünsche wahr werden lassen, aber letztendlich war es nur diese tiefe Liebe, diese Nähe, die meine Worte zurückgebracht hat. Ich habe mich verletzlich gemacht, riskiert, verlassen zu werden, so wie von Mum, und jetzt ist genau das passiert. Er ist weg und womöglich für immer aus meinem Leben verschwunden.
Still alive for you, June.

Ich muss ein Mädchen retten, ich habe es mir selbst versprochen. Nein, ich habe es June versprochen.
Erinnerungen fallen wie durch eine Sanduhr. Alles verlangsamt sich.
Was passiert, wenn er seine Schuld beglichen hat?
Darf er dann sterben?
Plötzlich rast mein Herz, verdoppelt seine Schläge, pures Adrenalin spült durch meine Adern. *Oh nein!* Er will es alleine zu Ende bringen! Ohne mich. Vielleicht wollte er mich retten, weil er selbst unrettbar verloren ist. Und womöglich wusste er das von Anfang an. Vielleicht war ich nie wirklich ein Teil dieses Plans.

Panisch laufe ich in dem Hotelzimmer auf und ab. Ich finde ein paar Sachen, die mir gehören und die er nicht mitgenommen hat, stopfe sie in eine unbenutzte Mülltüte von dem Hotel und halte inne.

Wieso war es mir nicht klar, also nicht wirklich klar, dass er gehen würde? Ich meine, ich habe es befürchtet, aber letztendlich nicht zu hundert Prozent daran geglaubt. Er ist Asher Blackwell, er kann nicht so ohne Weiteres davonlaufen.

Aber genau das hat er doch einen Sommer lang getan!

Fahrig streife ich mir Rivers Klamotten von gestern über. Die zu große Jeans mit dem festgeklickten Alarmgeber, danach den schwarzen Pullover. Da ist etwas, das mich die ganze Zeit irritiert, so wie die Lücke in dem Zeitungspapier, wo vorher das Foto von Ben Adams gewesen ist. Mit klopfendem Herzen schaue ich mich um und zwinge mich gewaltsam zur Ruhe.

»Konzentrier dich!« Meine eigene Stimme erwischt mich immer noch unvorbereitet. Ich warte, bis sie aus meinen Ohren verklungen ist, dann kneife ich die Augen zusammen, als wollte ich meine Sehschärfe bündeln. Nach einem weiteren Blick durch das Zimmer entdecke ich den weißen Origami-Schwan, der auf der Kommode neben dem Kingsize-Bett sitzt.

Er ist von Hand beschrieben, das sehe ich sofort, also falte ich ihn auseinander. Es ist ein Blatt, etwa DIN-A4-Größe, und Rivers nach links geneigte Handschrift füllt das ganze Papier:

Soziale Phobie:

- *Angst vor negativer Beurteilung anderer Menschen, beruht auf* negativer Selbstwahrnehmung. *Das führt zu einer verzerrten Wahrnehmung des Ichs.*

<u>Denkmuster bei sozialer Phobie:</u>

- *Wenn ich Gefühle und Körperreaktionen zeige, gibt das den anderen Macht über mich.*
- *Ich muss körperliche Reaktionen unterdrücken, auch normale, denn sonst sehen die anderen, dass mit mir etwas nicht stimmt.*
- *Ich darf keine Gefühle zulassen, denn sie schwächen mich und machen mich verletzlich.*

<u>Was tun bei sozialer Phobie:</u>

- *Konfrontation! Soziale Auffälligkeit heraufbeschwören und aushalten! Ablehnung bewältigen!*

So verhalten, dass man auffällt, zum Beispiel:

- *Bewusst in einem Lokal Sauerei machen.*
- *An der Kasse jemanden bitten, einen vorzulassen, auch mit vollem Einkaufswagen.*
- *Mit einem Regenschirm durch die Gegend laufen, auch wenn die Sonne scheint.*

Ich lasse das Blatt für einen Moment sinken und spüre, wie mir die Tränen in die Augen steigen. *In einem Supermarkt Verwirrung stiften*, vervollständige ich seine Liste und finde den Punkt tatsächlich darunter.

Mit bebenden Händen lese ich weiter:

· · ·

Gefühle zulassen, erkennen, wer man ist! Lieben lernen, wer man ist!

Mutismus:

- *Selektiv mutistische Kinder sprechen mit vertrauten Personen und/oder in vertrauter Umgebung oft normal.*
- *Bei Fremden und Personen außerhalb des häuslichen Umfeldes verstummen sie dagegen anhaltend und hartnäckig. Häufig stellen sie auch die Mimik/Gestik ein.*

Auslöser von Mutismus/selektivem Mutismus:

- Verlust eines Elternteils
- Traumatische Erfahrung
- Krise innerhalb des familiären Umfeldes
- Erkrankung eines Familienmitglieds
- Erkrankung des Patienten selbst
- Nicht zu klassifizieren

Drei Punkte hat er unterstrichen. Ich zittere am ganzen Körper, weil ich nicht weiß, was das alles bedeutet. War ich nur ein Projekt? Okay, er hat ja mal gesagt, er hätte etwas zu Mutismus nachgelesen, aber es ist ein Unterschied, ob man etwas nachliest oder sich akribisch Notizen macht.

Andererseits zeigt es doch auch, dass er meine Probleme ernst genommen hat, während ich seine ignoriert habe. Ich wollte nur weiter in meiner Traumwelt wandeln und die Welt ausschließen.

Ungeduldig wische ich mir über die Augen und lese weiter:

Mutismus/selektiver Mutismus:

Merke: Das Sprechen ist für einen Mutisten oder einen sprechängstlichen

Menschen mehr als nur den Mund aufmachen und reden – es ist ein Stück Loslassen seiner schweigenden Identität, eine Eigenschaft, die tief mit dem Charakter verwurzelt ist. Sie bildet sogar einen Teil der Identität, daher ist das Aufgeben des Schweigens so schwer.

Der Grundkonflikt muss behoben werden. Schweigen ist immer ein Lösungsverhalten. Jeder Nachteil hat auch einen Vorteil. Welche Vorteile bringt das Schweigen?

<u>*Wenn ich nicht rede, bin ich kein Teil dieser Welt. Wenn ich kein Teil dieser Welt bin, werde ich nicht so sehr verletzt!*</u> *(Gilt für Kansas!)*

Eine äußere Brücke hin zum Redenkönnen schaffen: pusten, essen, mit der Zunge schnalzen.

Ich erinnere mich an den Abend am Fluss, als River mich aufgefordert hat, über seine Haut zu pusten. Mir wird klar, dass er in diesem Sommer alles dafür getan hat, um mir meine Worte zurückzugeben. Vielleicht waren es niemals die Big Five, die er abarbeiten wollte. Von Anfang an ging es ihm darum, mich zurück ins Leben zu holen, mich zum Sprechen zu bringen oder vielmehr den Grundkonflikt zu lösen – denn das war der Schlüssel für meine Befreiung.

Für einen Moment stehe ich benommen da, dann besinne ich mich. Vielleicht kann ich ihn noch einholen, vielleicht ist er noch nicht lange fort.

Hastig falte ich das Papier zusammen, greife die Tüte und renne, da ich immer noch keine Schuhe habe, barfuß zu den ringförmig angelegten Etagen zurück. Unruhig lehne ich mich über die Brüstung, doch ich entdecke nirgendwo jemanden von Rivers Statur. Niemanden, der die Rolltreppe hinabrennt. *Die Band mit dem Aschenputtelsyndrom.* Wenn er es nicht will, werde ich ihn niemals finden. Er könnte blond, schwarzhaarig oder rothaarig sein. Er könnte aussehen wie ein Trucker oder ein Rockstar oder ein Geschäftsmann. Ich presse mir die Hand vor den Mund, während ich die Rolltreppe hinabhetze und dabei jede Menge Touristen anrempele. So viele Dinge werden mir plötzlich bewusst.

Ich springe am Ende des Sommers vom Lost Arrow Spire, zumindest wahrscheinlich.

Zumindest wahrscheinlich, weil er sich sicher war, mich retten zu können! Aber wieso wollte er mich retten, wieso hat er alles für mich getan, wenn er mir danach das Herz bricht?

Plötzlich habe ich einen furchtbaren Gedanken. Vielleicht liebt er mich gar nicht, sondern hat mir seine Gefühle nur vorgespielt? Wie vor den Kopf gestoßen, bleibe ich stehen. War die Erfüllung meiner Wünsche sein großes Ziel, auf das er hingearbeitet hat und für das er alles getan hätte? Hat er mich getäuscht, damit ich mit ihm schlafe? Wusste er, wie er mich dazu bekommt, *Ich liebe dich* zu sagen? Natürlich weiß ein Asher Blackwell, wie er ein Mädchen dazu bringen kann.

Mein Herz sticht so sehr. Es fühlt sich an, als würde es in tausend Teile gesprengt; jeder hat mich davor gewarnt. Jeder hat es mir prophezeit, selbst River hat es am Fluss gesagt: *Verlieb dich nicht in mich, Tucks, das ist keine gute Idee.* Meine Freunde haben recht. Ich hinterlasse immer nur Scherben.

Ich laufe weiter, erreiche den Strip und schiebe mich durch die Touristenströme. Ich weiß nicht einmal, wie spät es ist.

Schnell ziehe ich mein Handy aus der Tasche und schalte es an. Vielleicht hat River mir ja auch eine Nachricht geschickt – das ist mir vor Aufregung gar nicht eingefallen.

Es ist neun Uhr morgens, aber es gibt nur Nachrichten von Dad und James. Keine Message von River. Kein Lebenszeichen!

Shit! Tränen schießen mir in die Augen.

»Ich liebe dich, verdammt noch mal!«, flüstere ich zwischen all den Fremden und es ist mir egal, ob mir dabei die Tränen über die Wangen fließen oder mich jemand hört. Das alles ist mir egal. Rivers Worte flattern durch meinen Geist: *Schweigen ist immer ein Lösungsverhalten. Wenn ich nicht rede, bin ich kein Teil dieser Welt. Wenn ich kein Teil dieser Welt bin, werde ich nicht so sehr verletzt!*

Aber gerade jetzt werde ich unendlich verletzt! Aber noch viel schlimmer ist meine Furcht. Ich bete, bete, bete, dass ich ihn finde, bevor er sich etwas antut.

Kopfschüttelnd starre ich auf mein Handy, dessen Akku gleich schlappmacht.

Wieso fällt mir erst jetzt ein, dass ich ihm schreiben kann? Ich rufe unseren Chat auf, den wir uns für den Notfall eingerichtet haben. Ich kann ihm nicht nur schreiben, ich kann ihm sogar eine Sprachmemo schicken. Mein Herz klopft bis zum Hals. Ich kann ihn anrufen! *Natürlich!*

Schnell wähle ich seine Nummer und es tutet mehrmals, doch dann ertönt die automatische Ansage, dass er nicht erreichbar ist, es folgt ein Piepton für das Hinterlassen einer Nachricht.

»Wo bist du?«, rufe ich und kann nicht verhindern, dass ich dabei weine. Ich weine so sehr, dass es richtig wehtut und ich keine Luft mehr bekomme. »Du hast gesagt, du würdest mich retten, und das hast du auch. Aber du hast mir auch das Herz gebrochen. Bitte, sag mir, wo du bist! Gehst du ohne mich zum Lost Arrow Spire? Wir hatten doch einen Deal!« Es ist seltsam, mich so lange am Stück reden zu hören. Ganz sicher klinge ich unbeholfen, aber nie hat es mir weniger ausgemacht. Noch einmal schluchze ich auf. »Ich liebe dich. Komm zurück!«

Das Schweigen am anderen Ende der Leitung ist erdrückend. Irgendwann werde ich aus der Leitung geworfen.

Es ist still um mich herum, ich höre selbst die lärmenden Menschen nicht mehr.

Plötzlich fühle ich es, als wäre es bereits Gewissheit.

Natürlich ist er alleine zum Yosemite National Park aufgebrochen. Ich wollte nur nicht wahrhaben, dass er wirklich so krank ist. *Sternennachtsewig.* Er hatte nie vor, länger zu leben, er wollte nur ein Mädchen retten. Mich retten.

Mein Herz sinkt zu Boden, alles sinkt zu Boden und stürzt in sich zusammen.

Ich muss zum Yosemite National Park. *Sofort!* Und ich brauche Hilfe. Als ich Dads Nummer wähle, komme ich mir vor wie eine Verräterin. Ich tue etwas Unverzeihliches, ich liefere den Jungen, den ich liebe, seinen schlimmsten Albträumen aus. Den Pillen, den Ärzten, der Klinik. Aber ich habe keine andere Wahl. Er hat mich gerettet, jetzt muss ich ihn retten. Doch alleine schaffe ich es nicht. Er ist tatsächlich zu krank, um zu erkennen, dass er Hilfe braucht. Während das Freizeichen ertönt, wehen Rivers Worte von heute Nacht wie ein Flüstern von Blättern durch meine Gedanken.

Egal, was geschieht, eines musst du mir glauben: Ich liebe dich. Das ist die Wahrheit, die einzige Sache, an die du dich erinnern sollst.

Und da weiß ich etwas Zweites mit absoluter Gewissheit: Seine Liebe war nicht gespielt. Er wollte sie nur nie. Er wollte sie nicht, weil seine Schuldgefühle dadurch noch stärker geworden sind. Und jetzt will er springen, bevor er länger darüber nachdenken muss, bevor seine Liebe ihn davon abhält, seinen Schwur zu brechen. *Still alive for you, June.*

Ich weine immer noch, als mein Dad abnimmt. Ich weine so bitterlich, dass ich fast nicht mehr sprechen kann.

»Kansas?«, fragt mein Dad verwirrt. »Kansas – bist du das?«

»Dad!«, würge ich hervor. »Dad, bitte hilf mir!«

»Oh mein Gott! Kans ...« Ich höre den Schock in seiner Stimme, seine Fassungslosigkeit über meine Worte. »Wo bist du, um Gottes willen, wir haben überall nach dir und Tanner gesucht.« Im Hintergrund höre ich James und Arizona auf Dad einreden.

»Strip«, würge ich hervor und schaue mich um. »Auf dem Strip vor dem Mandalay Bay.«

»Spricht sie, Dad?« James schreit fast in den Hörer. Dad sagt etwas und hält dabei offenbar das Mikrofon zu, denn ich verstehe ein paar Sekunden nichts mehr. »Liebes, was ... was ist passiert?«, fragt er dann.

»River braucht Hilfe«, weine ich, während mich sämtliche Leute anstarren. »Ich glaube, er will sich umbringen. Ihr hattet recht. Er ist krank.«

Dad sagt nichts. Ich will ihn bitten, nicht die Davenports zu benachrichtigen, weil River sie hasst, aber es ist seine Familie und sie haben das Recht, es zu erfahren, also sage ich nichts.

»Dad, ich muss zu ihm. Ich glaube, ich bin die Einzige, die ihm vielleicht helfen kann!«

»Weißt du, wo er hinwollte, Sweetheart?«

Er nennt mich Sweetheart, so wie Arizona. Ich weine noch mehr und irgendwie kommt es mir vor, als streifte ich eine alte Haut ab wie eine Schlange, als könnte ich nach langer Zeit endlich wieder die sein, die ich früher einmal gewesen bin. »Ich muss zu ihm. Versprich mir erst, dass du mich zu ihm bringst!«

»Ich verspreche es dir, Kansas!«

»Fingerschwur, Dad!«

»Im Geiste, ja.« Er lacht kurz. Mein Dad lacht, ich kann es nicht fassen.

»Wir holen dich jetzt mit dem Wagen ab. James, Arizona und ich, und dann erzählst du uns, was los ist.«

»Xoxo«, sage ich zusammenhangslos. »Wir brauchen seine Nummer.«

»Die kann ich herausfinden.«

Ich drücke das Gespräch weg und kann nicht glauben, was da

gerade passiert ist. Ich habe mit Dad gesprochen und er hat mich Sweetheart genannt. Er hat mir zugehört und mich wahrgenommen. Als wäre ich ihm tatsächlich wichtig. Genauso wichtig wie Arizona.

* * *

Dad hat sich gestern Nacht noch einen Mietwagen geliehen, um dich besser suchen zu können, schreibt mir James.

Sie alle seien nämlich mit einem Privatjet der Davenports nach Las Vegas geflogen, weswegen sie auch so schnell vor Ort gewesen sind.

Als ich in den quietschgelben Dodge steige, komme ich mir total seltsam vor. Das ist meine Familie und doch kommt sie mir ganz fremd vor, jetzt da ich spreche. Als hätten auch sie sich verändert, was natürlich absolut blödsinnig ist.

»Hi«, sage ich beklommen, als ich einsteige. James sitzt am Steuer, Arizona auf dem Beifahrersitz, sodass ich mich hinten zu Dad auf den Rücksitz quetsche.

Kaum habe ich die Tür zugeschlagen, fährt James los.

Dad sieht mich verunsichert an, als wüsste er nicht, wie er mit mir umgehen soll. »Kans ... was ist passiert? Wo ist Tanner?«, fragt er vorsichtig, als könnte ein falsches Wort sofort eine neue Schweige-Episode auslösen.

Ich schnalle mich an. »Er ist Richtung Yosemite National Park unterwegs, zumindest glaube ich das.« Meine Stimme zittert, nicht weil ich gehemmt bin, sondern weil ich Angst habe. Mit jeder Sekunde wird mir kälter. »Dad, River hat den ganzen Sommer vom Highlining gesprochen. Also vom Slacklinen in großer Höhe. Er wird sich von einer Highline am Lost Arrow Spire in den Tod stürzen.« Durch die Scheibe blicke ich nach draußen, aber selbst wenn er dort wäre, würde ich ihn nicht erkennen.

»Um Gottes willen, Kansas, bist du dir sicher?« Mein Dad hört sich vollkommen entsetzt an.

Für einen Moment starre ich mein Spiegelbild im Fensterglas an. Mein Gesicht ist vom vielen Weinen ganz aufgequollen und meine Haare fallen wirr und zerzaust herab. Ich bin mir so fremd. Ich habe so große Angst. Ich wende mich um. »Dad. Du hast versprochen, dass du mich zu ihm bringst.«

»Zum Yosemite sind es sieben Stunden Autofahrt.« Dad runzelt die Stirn. »Außerdem muss ich Clark Bescheid geben.«

Mit einem elenden Gefühl in der Magengegend sehe ich erneut

aus dem Fenster, immer in der Hoffnung, River irgendwo zwischen den Touristen zu entdecken. Ich hasse den Gedanken, dass die Davenports eingeweiht werden, aber ich weiß auch, dass es unumgänglich ist. Aber: Wenn wir uns beeilen, sind wir vielleicht sogar vor River im Yosemite National Park und können ihn abpassen. Wir haben immerhin ein Auto, er muss mit dem Bus fahren oder per Anhalter. Und wenn die Ranger Bescheid wissen, können sie bestimmt gezielt nach ihm Ausschau halten. So viele Wege zum Lost Arrow Spire wird es kaum geben.

Erschöpft lasse ich den Kopf gegen die Scheibe sinken, höre zu, wie Dad mit Clark Davenport telefoniert, während die Bilder und Gefühle der letzten Nacht in mir aufsteigen. Ein zartes *Ich liebe dich* auf der nackten Haut. Verschlungene Körper, fast wie miteinander verwachsen, geflüsterte Worte, die tiefen Küsse. Rivers kühle Hände auf meiner erhitzten Haut, sein schneller Atem und das Gefühl, untrennbar mit ihm verbunden zu sein und ihn trotzdem nicht festhalten zu können. Ihn zu lieben und zu verlieren. Ich bete, dass ich vor ihm am Felsen bin und ihn aufhalten kann!

* * *

Ich schweige die meiste Zeit und auch James, Dad und Arizona reden nicht viel, auch wenn ihre tausend Fragen in dem Dodge herumgeistern. *Wieso bist du weggelaufen? Wann hast du River getroffen? Wusstest du von Anfang an, wer er ist? Seit wann sprichst du wieder?*

Ich bin froh, dass sie mich in Ruhe lassen. Arizona wirkt immer noch abweisend, sie sieht mich kaum an, aber seltsamerweise ist es mir egal. Vielleicht weil ich begriffen habe, dass meine Welt und mein Universum viel größer sind, als ich gedacht habe. Es gibt derzeit so viel Wichtigeres und wenn sie glaubt, ich hätte sie absichtlich verletzen wollen, ist das jetzt ihr Problem.

Irgendwann hält James bei McDonalds an, um für alle Burger und eine Wagenladung Pommes zu holen, selbst für Dad. Obwohl mein Magen rebelliert, stopfe ich mechanisch zwei Cheeseburger und eine Portion Gitter-Pommes mit Mayo und Ketchup in mich hinein. Ich habe den Lost Arrow Spire gegoogelt.

Zum Glück passt James' Ladekabel an mein Handy und nachdem es wieder lief, habe ich Xoxos Nummer eingespeichert und ihm geschrieben, er solle sich bei mir melden. Außerdem habe ich mir die Wanderrouten zu dem bekannten Kletterfelsen angeschaut. Ich werde alle Reserven brauchen, denn er liegt bei den Upper Falls auf etwa zweitausend Meter Höhe. Vier Stunden braucht man im Schnitt, allerdings mit vernünftigen Wanderschuhen, daher bitte ich Dad und James, unterwegs an einem Sportgeschäft anzuhalten. Dad kauft mir nicht nur Wanderschuhe mit Profilsohlen, sondern auch eine Trinkflasche, einen Rucksack und dicke Socken, auch für James, denn er soll mich begleiten. Kommentarlos zahlt Dad alles – ich glaube, er ist einfach nur froh, dass ich wieder da bin.

Arizona dagegen ignoriert mich weiterhin und tut so, als wäre das alles, die Fahrt und die Rettungsmission, stinklangweilig. Als ginge es nicht um Asher Blackwell, den sie ein Jahr und einen Sommer lang angehimmelt hat; als ginge es nicht mal um irgendein Menschenleben.

Wir fahren weiter. Immer wieder wähle ich Rivers Nummer, aber er geht nicht ans Handy. Da der Ruf jedoch abgeht, ist es weder im Flugmodus noch abgeschaltet, denn dann würde nur die Mailbox rangehen. Ich schicke Nachrichten.

Ich liebe dich!
Melde dich!
Komm zurück!

Nichts passiert. Sie werden nicht abgehakt, dass sie angekommen sind. Ich bekomme kein Lebenszeichen und manchmal packt mich die Angst, er könnte sich direkt in Las Vegas von einem der Nobelhotels gestürzt haben, was allerdings nicht unentdeckt geblieben wäre.

Da wir außer dem Stopp bei Sporty Eleven und bei McDonalds keine Pausen gemacht haben, kommen wir gegen achtzehn Uhr an der Mautstelle des Yosemite National Parks an. Mein Magen verknotet sich. Die Sonne geht spät unter, aber bereits jetzt zeigen sich die ersten orangefarbenen Schlieren am blauen Sommerhimmel. Ich kann unmöglich heute Abend noch zum Lost Arrow Spire aufbrechen. Dad würde einen Anfall bekommen.

Telefonisch reserviert er mehrere Zimmer im Majestic Yosemite, ein Hotel, von dem eine der Touren zu den Upper Falls beginnt, leider gibt er auch den Davenports Bescheid.

Immer mehr komme ich mir vor wie ein Verräter, aber meine Angst ist stärker als das schlechte Gewissen. River ist krank, das wird mir immer deutlicher bewusst. Er ist nicht nur ein bisschen depressiv, sondern komplett durcheinander, todtraurig und tief verzweifelt. Wahrscheinlich ist er wirklich bipolar. Ich habe nachgelesen, dass bei einer genetischen Veranlagung belastende Ereignisse ein Auslöser sein können. In dem Bericht stand auch, dass viele kreative Menschen an einer bipolaren Erkrankung leiden.

Danke für die Tragik. Ich brauche sie für meine Kunst.

Bei dem Spruch von Kurt Cobain muss ich an Mrs. Elliot denken. An ihre Aphorismen über den Sinn des Lebens.

Ich und Küssen also?

Wir fahren durch das berühmte Yosemite Valley. Angstvoll betrachte ich die hohen Granitwände rechts und links, die das sattgrüne Tal wie Mauern einschließen. Sie erscheinen mir bedrohlich und todbringend, nicht faszinierend oder atemberaubend, wie es immer in der Werbung angepriesen wird. Vor meinem inneren Auge und wie durch dunkle Farben sehe ich River auf der Slackline stehen und höre ihn flüstern: *Slacken ist Freiheit, Tucks. Auf einer Highline verliert alles an Bedeutung. Es ist mehr, als du dir je vorstellen kannst. Herzklopfen. Wind und Furcht. Schweißnasse Hände. Wenn du einmal dort oben warst ... du kommst dir vor, als hättest du bis dahin nur geschlafen und wärst in diesem Augenblick aufgewacht.*

Vielleicht will er das ja. Aufwachen. Vielleicht glaubt er, immer noch zu schlafen. Vielleicht fühlt er sich dort oben zwischen Wind und Wolken endlich frei von seiner angeblichen Schuld.

* * *

Das Majestic Yosemite ist ein Hotel für die High Society; für Professoren, Ärzte und Anwälte; ein Steinpalast, in den sich nahtlos Holzelemente einfügen. Das Inventar der Lobby besticht durch glitzernde Kronleuchter, barocke Samtsessel, antike Holztische und einen gigantischen Kamin, in dem ein knisterndes Feuer brennt. Natürlich lässt Dad mich nicht mehr weg, doch das hatte ich ja erwartet. Mittlerweile ist es auch schon beinah dunkel.

Weil ich es nicht mit Arizona in einem Zimmer aushalte, tigere ich wie eine Geistesgestörte durch die Empfangshalle, den hoteleigenen Süßwarenladen und die Bar, gefolgt von Dad oder James, die mich keine Sekunde aus den Augen lassen. In einem Rhythmus von zehn Minuten schicke ich River Nachrichten, aber er antwortet nicht. Alle Nachrichten bleiben ungelesen. Vielleicht liegt sein Telefon auch noch in dem Blumenkübel.

Irgendwann setze ich mich vor den Kamin und schaue in die Flammen, ohne sie wirklich zu sehen. James, der gerade auf Kansas-Patrouille war, lässt sich neben mich auf das Samtsofa sinken.

»Es tut mir leid, Kans«, sagt er leise.

Ich weiß nicht, was er meint. Tut es ihm leid, dass er mich mit Mr. Spock verarscht hat oder dass ich die Liebe meines Lebens verloren habe?

»Es tut mir leid, dass ich dir nicht besser habe helfen können«, sagt er jetzt und sieht in das knisternde Feuer. Es strahlt eine wohlige Wärme ab, aber sie erreicht mich nicht. Meine Knochen fühlen sich kalt an, als säße in meinem Knochenmark eine Schicht Polareis. »Ich war verletzt, weil du mich einfach aus deinem Leben ausgeschlossen hast. Ich war wütend auf dich, Kans. Sehr sogar.«

»Hast du deswegen angefangen, mich entweder zu ignorieren oder anzuschreien?«, frage ich bitter.

Er schluckt und aus den Augenwinkeln sehe ich, wie er mit den Händen über seine Oberschenkel reibt, was er nur tut, wenn er sich unwohl fühlt. »Vielleicht.«

»Hast du dich jemals gefragt, warum ich nicht mehr geredet habe?«

»Deswegen habe ich Mr. Spock erfunden. Ich dachte, wenn du nicht mehr mit mir sprichst, dann erzählst du es vielleicht ihm – einem Fremden, der nichts über dich weiß und nichts mit dieser Familie zu tun hat. Aber du hast selbst ihm nie viel preisgegeben.« Er sieht mich aus seinen warmen dunkelbraunen Augen an und erst jetzt wird mir klar, wie sehr ich ihn im letzten Jahr vermisst habe. Wie sehr wir uns voneinander entfernt haben und dass das zum Teil auch meine Schuld gewesen ist.

»Wie schlimm war es, Kans«, fragt er leise.

»Schlimm«, antworte ich tonlos und spüre, wie sich meine Kehle bei der Erinnerung an die Kensington zuzieht. Es scheint so weit weg und doch ist allein der Gedanke dran mit Schmerz und körperlicher Anspannung verbunden. Ich sehe mich aus der Vogelperspektive, ein Mädchen, das als Punchingball herumgestoßen, in Wassereimer getaucht und festgehalten wird. In alter Gewohnheit presse ich die Nägel in meine Handfläche, aber ich stoppe diese Geste bewusst und umschließe stattdessen den Signalgeber. »Sie haben mich gestoßen, geprügelt ... mich in Abstellkammern mit dem Kopf in volle Wassereimer gedrückt ...«, zwinge ich mich zu sagen und höre mich emotionslos an, als wäre das nicht mir passiert, sondern einer anderen. »Ich hatte am ganzen Oberkörper blaue Flecken ...«

James wird aschfahl. Ich vermute, ihm wird gerade der Zusammenhang zwischen der Wahl meiner Klamotten und den Quälereien deutlich. »Ich habe ihnen nichts getan ... sie haben mich trotzdem nie in Ruhe gelassen ...« Wegen Chester. Weil er etwas von mir wollte, das ich ihm nicht gegeben habe. Wenigstens dafür war ich stark genug.

James' Augen glänzen feucht. Wieder und wieder schüttelt er den Kopf, bevor er meine Hand nimmt, doch ich ziehe sie zurück. Das ist mir irgendwie doch noch zu viel.

Betroffen schaut er mich an. »Wieso hast du uns das nicht gesagt? Wir hätten dir doch helfen können.«

Wie sagt man jemandem, dass man sich geschämt hat? Dass es einem peinlich war, immer das Opfer zu sein, schwach zu sein und sich nicht wehren zu können? Außerdem hatte ich ja immer Angst, sie würden mir nicht glauben.

Ich sehe ins Feuer. »Ich wollte springen, weißt du ...« Ich nestele an Rivers viel zu großem schwarzen Pullover herum. Er riecht noch nach ihm, fühlt sich nach ihm an, eine zarte Berührung auf meiner Haut. »Ich wollte es tun, am Old Sheriff, aber River hat mich daran gehindert ...«

»Oh, Kans.«

»Ich habe es nicht mehr ausgehalten. Sie haben, also ...« Ich stocke. Nein, ich kann es ihm nicht erzählen.

»Kans, sag es mir, bitte! Was haben sie noch getan? Was ist passiert?« Die Stimme meines Bruders schwillt an, zornig, als hätte er eine Vorahnung.

Ich schlucke, schüttele den Kopf. Nein, das sage ich ihm nicht. Ich kann einfach nicht.

Das Feuer knistert und auf einmal werden Stimmen am Hoteleingang laut. James und ich wenden uns gleichzeitig um und ich entdecke die Davenports, zumindest Chester, seinen Vater und einen älteren Mann. Vielleicht Chesters Großvater, der Senator aus Minneapolis, mit dem er immer so angegeben hat.

Augenblicklich stehe ich auf. Chester ist der letzte Mensch, den ich jetzt sehen will, außerdem komme ich so um den unangenehmen Teil des Gesprächs herum.

James erhebt sich ebenfalls und genau in dem Moment winkt ihn Clark Davenport von der Rezeption aus zu sich. »Warte hier, geh nicht weg, ich will diese Unterhaltung noch weiterführen.«

Ich nicht. Ich nicke trotzdem und bete, dass Chester nicht zu mir rüberkommt. Ich spüre seinen Blick zäh wie Sirup an mir kleben, werde aber vom Vibrieren meines Handys abgelenkt.

River! Mit pochendem Herzen ziehe ich das Handy aus der Jeanstasche, schaue aufs Display und die Enttäuschung bohrt sich in meine Brust wie ein Felssplitter. Es ist keine Nachricht von River, sondern eine von Xoxo.

Meine Finger zittern. Vielleicht kann er mir ja sagen, was mit Mädchen Nummer drei passiert ist. Und mit viel Glück hat River sich bei ihm gemeldet. Womöglich weiß er etwas.

Mit tausend Gedanken im Kopf folge ich dem Schild *Damentoilette* und verlasse das pompöse Foyer. Am Ende eines holzverkleideten Gangs gelange ich zu den Toiletten und verschwinde darin. Es ist eine Nobelausführung, bei der die Kabinenwände ausnahmsweise vom Boden bis zur Decke reichen. Der Vorraum ist grün-gold gefliest und alles funkelt wie auf Hochglanz poliert. Hastig sehe ich mich um. Alle Kabinentüren stehen sperrangelweit auf, niemand ist hier, ich kann also in Ruhe telefonieren. Ich will gerade auf die eingespeicherte Nummer tippen, als die schwere Tür mit einem Ruck aufgestoßen wird.

Es ist Chester.

Vor Schreck rutscht mir das Handy aus der Hand und landet mit einem Scheppern auf dem Fliesenboden.

»Eine Nachricht von deinem neuen Lover? Mr. Asher Blackwell?« Mit einem Blick checkt er die Lage und zieht die Tür hinter sich zu. »Weißt du, ich habe keine Ahnung, wer von euch beiden durchgeknallter ist.« Mit dem vertrauten Glimmen in den Augen kommt er auf mich zu. Schritt für Schritt, und all meine Worte sind weg, als hätte sie jemand aus mir herausgesaugt. »Du solltest uns besser alles sagen, was du weißt. Mein Dad ist kein besonders geduldiger Mann und du hast ihn angelogen.«

Ich will an ihm vorbeirennen, aber die alte Furcht in mir lähmt meine Beine.

»Nichts von all dem, was in der Kensington passiert ist, hätte passieren müssen. Es war deine Schuld. Ich hätte dich beschützt, aber du wolltest ja nicht.« Er lacht auf, als würde ihn das wirklich amüsieren. »Die wunderbare Kansas Montgomery … Ein Sack Reis in China ist interessanter als du.« Grob stößt er mich in die Kabine, sodass ich stolpere und gegen die Wand knalle. Ein Stechen fährt in meine Schulter. Ich will reagieren, aber er ist schneller. Er packt mich am Hals und presst mich voller Zorn gegen die kalten Fliesen. »Keine Ahnung, warum ich dich wollte.« Mit dem Fuß tritt er die Tür zu und schließt mit der freien Hand ab, ohne den Griff um meine Kehle zu lockern. »Keine Ahnung, was Tanner von dir will. Oder du von ihm!«

Von oben beugt er sich zu mir herab, bis sein Gesicht ganz nah vor meinem ist. Es kommt mir aufgeblasen und riesig vor, wie ein schwebender Heliumballon.

Ich will schreien, mich wehren, aber es ist, als steckte ich in der Vergangenheit fest. Ich bin wie gelähmt.

Ohne zu blinzeln, sieht er mich an. »Weißt du, was mich an dieser ganzen Sache am meisten ankotzt? Am meisten kotzt mich an, dass du diesen Freak mir vorgezogen hast. Diesen Freak, der sich nur in seiner bescheuerten Dämonenmaskerade auf die Bühne traut wie ein beschissener Feigling. Ja, er ist Asher Blackwell, aber er ist auch ein krankes Arschloch! Der Loser, den eine Nation fälschlicherweise bejubelt. Ein rücksichtsloser Egomane, der nur sich selbst liebt und sonst niemanden. Er hat dich benutzt! Du hast dich von ihm benutzen lassen!« Er schüttelt fassungslos den Kopf und seine Finger schließen sich fester um meinen Hals. Panisch zerre ich an seinem Arm.

»Nimm die Hände runter«, sagt er gefährlich leise und drückt noch härter zu.

Ich tue, was er sagt. Ich bekomme kaum noch Luft. Meine Kehle brennt wie tausend Feuer.

»Mädchen Nummer drei, diese Betty Dawson – die war genauso eine dämliche Kuh wie du. Er hatte sie beinahe so weit. Fast wäre es ihr wieder gutgegangen, aber sie hat einfach alle Hoffnung in ihn gesetzt ... tja ... Sie hat an ihm geklebt wie ausgelutschtes Kaugummi. Als er ihr gesteckt hat, dass er nur ihr Freund sein will und es immer nur ein Mädchen für ihn geben würde, ist sie ausgetickt und hat sich eine Überdosis Schlaftabletten eingeworfen. Vierhundert Valium. Das war kein Hilferuf.«

Mir wird schwindelig von seinen Worten.

»Sie ist tot, Kansas. Und das war seine Schuld.« Sein Gesicht ist immer noch dicht vor meinem. Ich will den Kopf zur Seite drehen, aber sein Griff ist zu fest. Ich rieche seinen nach sauren Gurken stinkenden Essigatem und mir wird kotzübel. »Ich würde zu gerne wissen, was er dir alles erzählt hat. Was er dir alles versprochen hat.« Er presst mich mit seinem Körper gegen die Wand. Es ist wie früher. Ich komme nicht weg und er macht einfach, was er will. »Hast du gedacht, er könnte dich retten? Retten wovor? Deinem armseligen bedauernswerten Leben in Cottage Grove? Wolltest du uns allen davonlaufen?«

Ich versuche zu schlucken, aber ich kann nicht. *Hör auf! Lass mich los!* Ich will es schreien oder flüstern.

Chesters Augen glimmen und werden dunkler. Sie sind so nah vor meinen, dass sie mein Gesichtsfeld ausfüllen. Eine schwarze Flut, die mich unter Wasser drückt, mich erstickt und begräbt. »Du wirst das bereuen, Kans«, flüstert er. »Das alles. Diesen ganzen Sommer. Schon heute und auch auf der Kensington.«

In diesem Augenblick wird mir klar, dass er noch nicht weiß, dass ich wieder sprechen kann. James hat es ihm nicht gesagt und mein Dad auch nicht.

Tue es! Schrei! Du kannst es!

Ich öffne den Mund, doch im nächsten Moment schleudert er mich herum, packt mich im Genick und hämmert meine Stirn frontal gegen die Steinwand. »Halt still!« Tränen schießen in meine Augen.

Bäuchlings presst er mich mit der Hand im Nacken gegen die Kabine und ich höre das klirrende Geräusch, das entsteht, wenn man einen Gürtel öffnet.

Schrei!

Aber meine Kehle ist wie zugeschnürt. Ich bekomme kaum mit, was geschieht, ich spüre nur Chesters brutalen Griff, seinen Körper dicht hinter mir, die rote Panik, die den Augenblick in Sequenzen teilt.

Ich bin wieder hilflos und für eine Sekunde will ich mich zurückfallen lassen in die Stille, in der alles weniger wehtut, doch dann spüre ich etwas an meinem Bein, an meinem Oberschenkel. Es drückt, weil Chester mich so fest an die gefliesste Wand presst.

Oh Gott!

Mein Herz rast, Chester zerrt an meiner Hose und meine Finger tasten fahrig nach dem schwarzen Anhänger, den ich immer bei mir trage, seit River ihn mir geschenkt hat. Mit einem kräftigen Ruck ziehe ich den Metallstift aus dem Signalgeber und ein ohrenbetäubendes Schrillen erfüllt die Kabine, so laut, dass Chester mich ruckartig loslässt.

»Hilfe!«, schreie ich, weil durch den Lärm die Lähmung von mir abfällt. »Hilfe! Feuer! Hilfe!«

Chesters Augen weiten sich, als er versteht. Augenblicklich packt er mich und hält mir den Mund zu.

»Stell das Ding aus, sofort!«, knurrt er, sieht sich nach dem Stift um und ist abgelenkt. Das ist meine Chance! So fest ich kann, trete ich ihm mit dem ultraschweren Wanderschuh gegen das Schienbein und stoße ihn zur Seite. Schließe die Tür auf, reiße am Griff ...

Und sehe genau in das Gesicht meines Bruders.

KAPITEL NEUNUNDZWANZIG

Ich musste James nie viel erklären. Als wir noch miteinander geredet haben, reichten oft wenige Worte, ich habe ja noch nie viel gesprochen.

Heute reicht ein Blick und er weiß, was los ist.

»Hey, es ist nicht das, wonach es aussieht«, protestiert Chester so laut, dass man es über den Alarm hinweg hören kann. Hastig schließt er seinen Gürtel.

James starrt ihn an. Er ist bleich und seine dunklen Augen lodern wie schwarzes Feuer. »Geh zur Seite, Kans!«, sagt er ohne jegliches Gefühl in der Stimme. Für Sekunden bekomme ich schreckliche Angst. James ist nie ein Schläger gewesen, im Gegenteil. Er regelt Streitigkeiten mit Argumenten. Jetzt sieht er allerdings so erbost aus, als könnte ihn kein Argument der Welt davon abhalten, Chester zu verprügeln.

»James, nicht«, flüstere ich, weil ich weiß, wie viel Ärger das geben wird.

»Geh zur Seite!« Seine Stimme klingt so furchteinflößend, dass ich an ihm vorbei in den Vorraum stolpere, da schlägt er schon zu. Ich kreisele herum.

Chester taumelt gegen die Kabinenwand, stöhnt auf, während ihm ein Strahl Blut aus der Nase schießt.

Fassungslos starrt er meinen Bruder an. »Du bist verrückt! Sie hat sich an *mich* herangeschmissen und ich habe *sie* weggestoßen.«

James packt ihn am Kragen seines vollgebluteten Polohemds und drängt ihn zurück, sodass er gegen die Toilette stolpert und fast das Gleichgewicht verliert. »Ich habe gesehen, wie du sie in der Lobby angestarrt hast. Wie du ihr nachgelaufen bist«, presst er hervor.

»Sie wollte es, Mann!« Chester versucht, James mit beiden Händen wegzurücken, doch James lässt ihn nicht los. Er bebt vor Zorn, selbst seine wilden Locken sehen aus, als stünden sie unter Strom.

»James«, sage ich noch einmal, aber ich glaube, er hört mich nicht. Der grelle Ton des Alarmgebers hallt immer noch von den Wänden und füllt den gesamten Raum aus. Mit klopfendem Herzen schaue ich mich um und entdecke den Sicherungsstift zu James' Füßen. Schnell hebe ich ihn auf und stecke ihn in den Signalgeber an meinem Hosenbund.

Die einsetzende Stille ist ohrenbetäubend laut. Erst jetzt merke ich, wie sehr meine Knie zittern. Wie sehr alles an mir zittert. *Oh mein Gott!*

Mit einer Hand stütze ich mich an der Wand ab und höre James' abgehackten Atem.

»Hat er das auch auf deiner Schule getan, Kans? War er einer von denen, die dich immer gequält haben?«

Ich weiß nicht, warum mir jetzt Tränen in die Augen schießen. Vielleicht weil endlich jemand die ganze Wahrheit erkennt. Vielleicht weil das Kämpfen ein Ende hat.

Keine Ahnung, ob ich genickt habe oder mein verstörter Gesichtsausdruck James Antwort genug ist. Er flucht und schlägt noch einmal zu, es gibt ein hässliches Krachen, gleichzeitig fliegt die Tür auf.

Erschrocken fahre ich herum. Es ist ein Mann vom Sicherheitspersonal. Ordentlich in dunkelblauer Uniform und Schirmmütze. Hinter ihm drängen sich die blonde Rezeptionistin und ein weiterer Angestellter durch die Tür.

»Was ist hier los? Miss – sind Sie in Ordnung?«, fragt der Beamte mit starkem Südstaatenakzent.

Ich starre ihn nur an.

»Miss?«

Ich will nicht, dass das hier zu einem hotelinternen Problem ausartet. Ich will überhaupt nicht, dass es jemand erfährt. Ich will nur River helfen und sonst nichts. »Es hat sich geklärt«, sage ich schwach.

In dem Moment schiebt Chester James aus der Kabine und geht dem Beamten entgegen. »Ich wurde angegriffen«, höre ich ihn wie durch eine Dunstglocke sagen. Er sieht mitgenommen aus, seine

akkurat nach oben geföhnten Haare sind wirr und auf seinem blau-
weißen Poloshirt prangt ein schmetterlingsförmiger Blutfleck.

»Haben Sie den Alarm ausgelöst?« Der Officer sieht Chester ungläubig an.

»Es hat sich geklärt. Lassen Sie mich vorbei, Officer«, verlangt Chester jetzt mit hocherhobenem Kopf. »In der Lobby wartet mein Vater auf mich. Prof. Dr. Clark Davenport. Außerdem Senator ...«

»Selbst wenn der heilige Petrus auf dich warten würde, wäre es mir egal.« Der Sicherheitsbeamte, ein Schwarzer mit breiten Schultern und wachen Augen, mustert uns nacheinander. Als sein Blick auf mir hängen bleibt, wird sein strenger Gesichtsausdruck milder. »Ich nehme an, du hast den Alarm ausgelöst«, sagt er und deutet auf den Signalgeber an meinem Hosenbund. An Rivers Hosenbund.

»Er hat sich meiner Schwester aufgedrängt«, platzt James wutentbrannt heraus, noch ehe ich nicken kann.

Unwillkürlich presse ich meine Nägel in die Handfläche und sehe auf den Boden. Meine Wangen brennen.

»Es war ein Missverständnis. Er hat die Situation völlig falsch gedeutet«, höre ich Chester erklären. »Und sie hat mir falsche Signale gesendet!«

In dem Moment möchte ich ihn schlagen – nein, ich will ihm meine Fäuste ins Gesicht hämmern. Ruckartig hebe ich den Kopf. »Ich habe überhaupt keine Signale gesendet«, sage ich leise, aber bestimmt. »Und es war auch kein Missverständnis!«

Chester schaut mich entgeistert an, als könnte er immer noch nicht fassen, dass so viele Worte aus meinem Mund kommen.

»Sir, ich fürchte, das wird ein Nachspiel haben!«, sagt der Officer jetzt an Chester gewandt. »Wenn die junge Dame aussagt ...«

»Er hat mich grundlos angegriffen!« Chesters Gesicht ist tomatenrot und er wirkt so empört, als würde ihm wahrhaftig Unrecht getan. »Hier ist überhaupt nichts passiert! Das war ein Missverständnis. Was ist mit ihm? Bekommt er keine Anzeige wegen Körperverletzung?« Er deutet auf sein Gesicht, in dem sich rund um das blutunterlaufene Auge bereits eine Schwellung gebildet hat.

»Wir werden sehen.«

Demonstrativ tränkt Chester mehrere Papiertücher mit Wasser und presst sie auf die geschwollene Stelle unterhalb seines Auges. Er sieht zu James. »Deine Schwester ist eine Schlampe. Sie hat mit der halben Schule gevögelt. Jeder weiß das! Montgomery kriegt den Mund nicht auf, macht aber für jeden die Beine breit. Sie hat mich in der Lobby angesehen und Richtung Toilettenschild genickt. Was sollte sie wollen? Das, was sie sonst auch immer will!«

Stille folgt seinen Worten.

Alle starren mich an. James starrt mich an. Seine Hände sind zu Fäusten geballt.

Chester betrachtet sich im Spiegel und tupft mit dem Papier über seine Augenbraue. »Ich kann nichts dafür, dass sie es sich auf einmal anders überlegt hat ... Ich verlange, dass mein Vater gerufen wird. Sofort! Und ich sage kein Wort mehr ohne meinen Anwalt.«

»Er lügt!«, flüstere ich erstickt und klammere mich am Waschbecken fest, damit ich nicht umfalle. *Bitte, James, glaub ihm nicht!*

»Miss, Sie sind verletzt«, höre ich plötzlich eine Frau sagen.

Ich stehe da und alles rauscht an mir vorbei. Irgendjemand geht meinen Dad suchen.

Ich bekomme mit, dass sie meine Wunde an der Stirn begutachten – sie muss entstanden sein, als Chester mich im Genick gepackt und meinen Kopf gegen den Stein gehämmert hat. Eine junge Angestellte mit schwarzer Hose und weißer Bluse drückt mir einen Eis-Pack in die Hand und mustert mich mitleidig. Sie wollen wissen, ob Chester das getan hat und was James gesehen hat. So viele Fragen prasseln auf mich ein, aber in diesem einen Moment denke ich schlagartig nur noch an River. Ich umklammere den Signalgeber, während mir Tränen in die Augen steigen.

Da du dich nicht selbst schützen kannst, muss das jemand anderes für dich übernehmen. Vor allem wenn ich ...

Wenn du schläfst.

Wo bist du?

Ich zittere am ganzen Körper, vielleicht legt mir deshalb jemand eine Decke über die Schultern, so wie man das bei Leuten macht, die einen Schock haben. Ich bekomme mit, dass wir alle eine Aussage zu Protokoll geben müssen – der Hotelmanager, ein kräftiger rothaariger Hüne, hat die Polizei gerufen, die offenbar auf dem Weg ist.

Wegen nichts. Zumindest fühlt es sich so an, weil ja kaum etwas geschehen ist. Ich verstehe das nicht. Das heute war nichts im Vergleich zum letzten Jahr, in dem ich ständig geprügelt, eingeschlossen, unter Wasser getunkt und zum Schluss auch angefasst wurde.

Irgendwie wird mir mit einem Mal alles zu viel. Die auf mich einredende adrette Empfangsdame mit der hohen Stimme, der Officer, der es nur gut meint, Dad, der – seit er bei mir ist – fortlaufend Fragen stellt: »Stimmt es, was James sagt? War es nicht das erste Mal?

Hat Chester dich schon länger belästigt? Wieso hast du nie etwas gesagt?« Das Letzte klingt anklagend, als wäre ich schuld daran. Außerdem habe ich es ihnen ja gesagt, zumindest habe ich ihnen von dem Vorfall in der Davenport-Villa erzählt, aber sie haben mir nicht geglaubt. Weil Arizona etwas gesehen und es falsch interpretiert hat. Weil sie sich besser artikulieren kann. Weil es allen so unwahrscheinlich schien, dass Chester so etwas tun würde. Und ja, als die Übergriffe in der Schule begonnen haben, hätte ich mich viel früher jemandem anvertrauen sollen, aber das habe ich einfach nicht geschafft. Und obwohl ich nie wollte, dass meine Familie davon erfährt und es mir immer noch peinlich ist, bin ich jetzt doch irgendwie erleichtert. Jetzt gibt es kein dunkles Geheimnis mehr, das mich von ihnen trennt. Sie kennen die Wahrheit.

Trotzdem, oder genau deswegen, beschließe ich zu verschwinden, vor allem, als ich Clark Davenports tiefen Bass durch den Flur dröhnen höre. Mit der Decke um die Schultern löse ich mich von dem Pulk an Menschen, mit der Ausrede, allein frische Luft schnappen zu wollen, und natürlich hält mich niemand auf. Jeder gesteht mir das Recht auf Alleinsein zu.

Ungeduldig wische ich mir mit dem Handrücken ein paar Tränen aus den Augenwinkeln. Vielleicht war es ja auch nicht *nichts*. Vielleicht ist das auch nur meine Sicht, weil ich im letzten Jahr so viel Mist erlebt habe.

Kurz bevor ich das Hotel verlasse, schaue ich noch schnell auf mein Handy, da mir die Nachricht von Xoxo wieder einfällt. Wegen dieser Nachricht habe ich mich ja überhaupt erst auf die Toilette zurückgezogen. Vielleicht hat River sich ja bei ihm gemeldet! In dem ganzen Durcheinander hätte ich das fast vergessen.

Kansas, Mädchen, das mit River einen Sommer lang zusammen war, schreibt Xoxo. Wir haben Rivers Handy gefunden. An einer Kreuzung Richtung Death Valley. Von ihm fehlt jedoch jede Spur. Sein GPS war plötzlich wieder angeschaltet. Ich vermute, er wollte, dass wir es finden. Oder es war ihm egal. Weißt du, wo er steckt?

Jetzt begreife ich, was er damit gemeint hat. *Ich hab ihnen gesagt, ich wollte ins Death Valley. Und ich habe ihnen einen guten Grund gegeben, mir zu glauben.*

Okay. Ich kann also aufhören, wie eine Irre Nachrichten zu verschicken. Er hat das Handy dazu benutzt, um seine Freunde auf eine falsche Fährte zu locken. Bestimmt hat er das Telefon in der Zeit, als ich in dem Hotel war, dorthin gebracht und anschließend das GPS aktiviert.

Ich weiß überhaupt nicht, was das bedeutet. Weiß einer seiner Freunde, dass er im Yosemite eine Highline spannen will? Hat er mit ihnen irgendwann mal darüber geredet?

Ich versuche mehrmals, Xoxo anzurufen, aber er geht nicht ran, daher mache ich eine Sprachmemo und sage ihm alles, was ich weiß.

Was ist mit dem letzten Mädchen passiert?, tippe ich, als ich die erste Nachricht bereits abgeschickt habe. Ich will es einfach von ihnen hören. Ich bin mir ganz sicher, dass Chester es verdreht darstellt. Danach stecke ich das Handy wieder ein und die lauten Stimmen im Hintergrund durchdringen mein Bewusstsein.

Ich gehe nach draußen, wo es einen Freiluftgang gibt, der mit Holz überdacht ist. Ich laufe so lange, bis die Geräusche aus dem Hotel abebben und es ruhig ist.

Das hat etwas Vertrautes. Es dauert ein paar Sekunden, bis ich erkenne, dass es natürlich nicht völlig still ist. Irgendwo in den Bergen ringsum rauschen die gewaltigen Wasserfälle des Yosemite in der Nacht.

Tief hole ich Luft und atme den Geruch nach Nadeln, kühler Sommernacht und Frische ein. Am schlimmsten ist, dass mich der Vorfall von River ablenkt.

Ich bete, dass er noch nicht dort draußen ist.

Mach, dass die Busse ausgefallen sind! Lass ihn beim Trampen kein Glück gehabt haben! Lass ihn am Leben sein! Lass ihn zu mir zurückkommen!

Ich schlinge die Arme um meine Taille, weil ich mich ohne ihn so einsam fühle, so kalt und nicht vollständig. Ich will ihn spüren, ihn küssen, ihn lachen hören, so unbeschwert wie damals, als wir im Einkaufszentrum für Chaos gesorgt haben. Als er noch River McFarley war.

Was war überhaupt echt an ihm?

Ich schaue in die Dunkelheit. Was von diesem Jungen war wirklich echt? Wieso hat er diese Listen über meine Phobien geführt? War mein Redenkönnen tatsächlich sein einziges Ziel? Und wenn ja – muss ich ihm dann nicht trotzdem dankbar sein? Weil er mich tatsächlich gerettet hat?

In der Sommernachtskälte spüre ich auf einmal, dass jemand hinter mir steht, obwohl ich niemanden habe kommen hören. Ich weiß sofort, wer es ist.

»Kansas?«

Es ist Arizona. Ich fühle die Hitze, die ihr Körper abstrahlt. Es ist komisch, aber daran könnte ich sie blind aus Hunderten von Menschen erkennen; sie hat sich schon immer wärmer angefühlt als jeder andere. Manchmal glaube ich, sie besitzt eine zusätzliche innere Quelle an Lebensenergie, die sie speist. Ich rieche ihren eigenen Geruch, nach Milch und Erdbeer-Shampoo, und den Wassermelonen-Kaugummi.

Schlagartig tauchen Bilder unseres Lebens wie im Zeitraffer vor mir auf. Arizona und ich, wie wir in unseren daunengefütterten blauen Overalls Schneeengel auf unserem Rasen vor dem Haus machen. Arizona und ich, wie wir einen genervten Blick tauschen, weil James uns mal wieder eine Predigt über unerlaubtes Lauschen hält. Arizona, die zu mir ins Bett kriecht, weil sie nach Halloween Angst vor Ghostface hatte. »Er wird kommen und mich holen«, hat sie geflüstert, die Augen vor Angst groß und weit. »Vielleicht holt er ja auch mich«, habe ich zurückgewispert, mehr um sie zu beruhigen. Unter der Decke schüttelte sie den Kopf. »Nein«, hat sie ganz leise gesagt. »Sie holen immer nur die hübschen Mädchen.« Ich war ihr nicht böse; wir waren erst fünf und schon damals sagte jeder, sie sähe aus wie ein Engel von Botticelli. Nicht, dass wir den Maler damals gekannt hätten.

Völlig unerwartet spüre ich einen tiefen Stich des Vermissens im Herzen, obwohl ich immer noch so wütend auf sie bin.

»Kans? Redest du noch mit mir?«

In Anbetracht meines langen Schweigens klingt das seltsam, aber in Anbetracht ihres langen Schweigens mir gegenüber klingt es okay.

Ich nicke.

»Sag was, bitte.«

»Was soll ich denn sagen?«, frage ich rau und fühle mich fremd und fehl am Platz.

»Keine Ahnung. Schrei mich an! Sag mir, du hättest es mir ja schon die ganze Zeit über gesagt ... sag, ich hätte dir Unrecht getan und dass ich eine ganz miese Schwester bin. So was in der Art!«

»Das Einzige, was mich derzeit wirklich interessiert, ist River.« Ich muss schlucken. *Mach, dass er lebt! Mach, dass ich ihn rechtzeitig finde!*

»Du meinst Tanner alias Asher Blackwell?«

Ich starre zu den hohen Nadelbäumen, die das Hotel wie einen Saum umgeben.

»Tut mir leid, Kansas. Ich wollte nicht sarkastisch sein.«

»Nichts Neues bei dir.«

»Du bist also doch sauer! Aber das ist dein gutes Recht! Oh Mann, ich fasse es immer noch nicht! Wir reden miteinander! Das ist so ... unwirklich, so bizarr.« Seltsam, dass sie gerade dieses Wort benutzt, aber vielleicht hat sie das schon öfter, doch bislang hatte es nie eine Bedeutung. Sie holt tief Luft. »Ich wusste schon gar nicht mehr, wie deine Stimme klingt. Ich habe mir manchmal sogar alte Videoaufnahmen angeschaut ... die vom Kirschkern-Weitspucken, weißt du noch, als wir mit James ...« Für ein paar Sekunden ist sie still, offenbar merkt sie selbst, dass sie dabei ist, einen Monolog zu halten. »Kansas, ich ... kannst du dich bitte mal zu mir umdrehen?«

Ich weiß, dass ich weinen muss, wenn ich sie ansehe, und das möchte ich auf keinen Fall. Also schüttele ich nur den Kopf.

»Ist das alles wahr, was James sagt? Das mit der Schule, den Hills ... und ...«

Ich nicke und die Träne, die an meinem Augenwinkel hängt, rinnt langsam die Wange hinunter. Ich habe das Gefühl, mein Herz ist für diese Mischung aus tiefer Furcht, Erleichterung, Verzeihen und Liebe nicht gemacht. Es pocht hart und wund in meiner Brust und wenn Arizona mich jetzt umarmt, wird es vermutlich stehen bleiben oder entzweibrechen.

»Es tut mir so leid«, flüstert sie hinter mir. »Hätte ich dir geglaubt ... hätte ich doch nur mit dir geredet ... du hättest mir vielleicht alles erzählt. Dann hätte Dad dich von der Schule genommen und ...« Ihre Stimme erstickt in Tränen und jetzt wende ich mich doch zu ihr um, einfach, weil sie mir leidtut. Weil ich spüre, dass sie es ernst meint und ich sie davor beschützen will, sich schuldig zu fühlen. Weil ich sie liebe.

»Hätte Dad mich von der Schule genommen, hätte es an einem anderen Ort vielleicht wieder angefangen. Ich hätte River nicht kennengelernt und er hätte es nie geschafft, mir meine Worte wiederzugeben und mir zu zeigen, was ich wert bin.«

Und er hätte in diesem Sommer kein Mädchen gerettet und würde jetzt nicht springen wollen, ergänze ich in Gedanken. Vielleicht hätte er aber auch ein anderes Mädchen gerettet.

»Kans ... du warst schon immer alles wert! Du bist liebevoll, gütig und großherzig. Wie kommst du nur darauf, dass du nichts wert bist?«

Ich sehe meine Zwillingsschwester an, ihre babyblauen Unschuldsaugen, die rosafarbenen Lippen, die immer zu schimmern scheinen, ihre perfekte Stupsnase mit der Handvoll Sommersprossen. Das blonde Haar ... sie hat es schneiden lassen, das fällt mir eben erst auf. Es reicht nur noch bis auf die Schlüsselbeine. »Vielleicht weil Mum gegangen ist«, sage ich. »Welche Mum verlässt schon einfach so ihre Kinder? Vielleicht hat sie mich nicht genug geliebt oder ich war zu anstrengend?« Ich muss an Dads Worte denken. *Wenn dieses Kind doch nur nicht so krankhaft schüchtern wäre ... Jess ... Mery wäre noch hier. Ganz sicher!*

»Mum ist eine blöde Kuh«, flüstert Arizona, als wären wir wieder klein und als wäre es ein Geheimnis, das sie nur mir anvertraut. »Ich denke immer, ich müsste überall hervorstechen. Nur dann wäre ich etwas wert. Wenn andere mich bewundern.« Sie lächelt verloren und hebt ratlos die Schultern – in diesem Moment weiß ich, dass sie immer dasselbe gefühlt hat wie ich, nur hat sie eine andere Lösung für das Problem gefunden. Während ich mich versteckt habe, hat sie stets versucht, noch heller zu glänzen. Ihr auffälliges Gehabe, ihre Schminke, ihre sexy Klamotten – all das ist nur Fassade und dahinter steckt ein kleines Mädchen, das einfach nur geliebt und wertgeschätzt werden will.

Sie streckt die Hand in meine Richtung. »Verzeihst du mir, Little A?«

Ich lege meine Handfläche auf ihre, spüre, wie mich die Wärme, die sie ausstrahlt, mit Energie füllt, so wie früher, als sie mal einen Monat lang behauptet hat, sie hätte eine Batterie verschluckt und nun würde Wärme aus ihren Händen fließen.

»Natürlich verzeihe ich dir, Big C«, sage ich jetzt leise, »was wäre ich sonst für eine Schwester?«

Sie schnappt mich so plötzlich und entschlossen wie eine Gottesanbeterin ihr Frühstück, und ich quieke, sie lacht und dann weinen wir beide, während ich meine Arme um sie schlinge. »Im letzten Jahr ... Ich habe dich vermisst, Kansas, so sehr vermisst. Manchmal wusste ich schon nicht mehr, wie ich atmen soll.« Sie löst sich von mir und ihre Augen leuchten auf eine Art, die mir sagt, dass sie etwas ausgeheckt hat. »Was hältst du davon, wenn wir sofort aufbrechen, um Asher Blackwell zu suchen?«

Ich starre sie an und unterdrücke die Frage, ob sie ihn nur suchen will, weil er der berühmte Sänger der Demons'n'Saints ist. »Dad und James werden uns niemals vor der Morgendämmerung gehen lassen.«

»Sie müssen es ja nicht erfahren.«

»Das würdest du tun ...«

»Obwohl ich ihn hammermäßig heiß finde und du ihn dir geangelt hast? Ja!«

Es muss sie sehr viel kosten, das zu sagen. Ich weiß, wie eifersüchtig sie sein kann, und River ist der zweite Junge, der mich ihr vorgezogen hat, wobei ich auf Chesters Art des Vorziehens lieber verzichtet hätte. »Sagen wir Dad und James, wir bräuchten Zeit für uns«, schlage ich vor. »Wir packen ein paar Sachen und machen uns auf den Weg.«

Arizona nimmt meine Hand und wir laufen zurück zum Hotel.

»Kansas?«

»Hm?«

»Findest du mich hübsch?«

Jetzt ist sie durchgeknallt. »Du bist das schönste Mädchen, das ich kenne.«

»Aber wieso wollen die Typen mich dann nie?«

»Alle Typen wollen dich!«

»Chester, Asher und Jacob wollten mich nicht. Dan auch nicht.«

»Gut, dann liegt die Statistik bei 96:4.«

»Ich meine es ernst.«

»Chester, Jacob und Dan sind arrogante, fiese Idioten.« Es hat so viele nette Jungs gegeben, die hinter ihr her gewesen sind, aber seltsamerweise hat sie sich immer unsterblich in die verliebt, die sie ignoriert haben. »Vielleicht ist es ein Muster. Vielleicht wiederholst du die Ablehnung von Mum?« Ich denke an River, als ich das sage, sehe sie an, doch sie blickt weg. Wir werden eine Weile brauchen, um die Zeit, in der wir nicht miteinander gesprochen haben, zu überbrücken. »Und Chester wollte mich nie wirklich«, sage ich noch, nicht nur um sie zu trösten, sondern weil ich das tatsächlich glaube. »Es ging ihm nur um Macht, sonst um gar nichts. Du warst einfach zu stark für ihn.«

Von der Seite sieht sie mich an und eine Welle aus Wärme und Zuneigung geht von ihr aus. *Danke,* sagt ihr Blick. Ich weiß nicht einmal wofür, doch ich verstehe erst jetzt wirklich, wie verunsichert sie selbst ist. Vielleicht musste sie auch nach außen hin immer so stark sein, da ich so schwach war. Womöglich wäre sie auch gerne mal diejenige gewesen, die von ihren Geschwistern beschützt wird, so wie damals an Halloween.

* * *

Wir finden Dad und James in der Lobby, wo sie immer noch mit ein paar Angestellten und einem Officer sprechen. Beide sehen so aufgewühlt aus, wie ich mich fühle. Nervös blicke ich mich um, aber die Davenports haben sich offenbar zurückgezogen oder sind in einem separaten Büro. Ich habe keine Ahnung, wie die Konsequenzen für Chester aussehen, immerhin ist meine Aussage der einzige Beweis; James hat ja nicht direkt gesehen, was geschehen ist.

Ich schaffe es, bei einer jungen Beamtin eine Aussage zu Protokoll zu geben, abgeschirmt von all den anderen, nur Arizona habe ich mitgenommen.

Danach sage ich Dad, dass wir schlafen gehen, weil wir morgen frühzeitig aufbrechen wollen, und habe ein schlechtes Gewissen, weil ich ihn anlüge. Er nickt nur müde. Er sieht angegriffen aus, doch der Ausdruck in seinen Augen, als er mich ansieht, ist trotzdem ein anderer als früher. Ich erkenne Verwirrung, Reue, Schuld, aber auch Liebe. Eine Liebe, die mir gilt, nur mir, und nicht Mum, die er in mir sieht. Vielleicht, denke ich, liegt es auch an meiner neuen Haarfarbe, denn so sehe ich ihr nicht mehr so ähnlich.

»Wir müssen darüber reden«, sagt er zu mir, kurz bevor wir die Lobby verlassen. James sitzt auf einem Samtsessel und reibt sich über das Kinn. Mittlerweile sind wir allein, die Angestellten sind wieder auf ihren Plätzen.

»Bekommt James Ärger?«, frage ich vorsichtig.

»Nicht, wenn sie dir glauben.«

»Und wenn nicht?«

»Das wird sich zeigen. Senator Davenport ist ein mächtiger Mann.«

»Dad!«, ruft Arizona empört. »Dieser Arsch von Chester darf nicht ungeschoren davonkommen, oder Kans?« Ich nicke, aber im Grunde will ich nur noch, dass es vorbei ist. Die Vorkommnisse in der Schule werde ich sowieso nie beweisen können.

Dad steht mit hängenden Schultern vor uns und da begreife ich, was das Ganze für ihn bedeutet. »Dad, was ist mit dem Krankenhaus? Verlierst du deinen Job?«

»Ich will nicht umziehen«, sagt Arizona eine Spur zu schrill und kassiert einen tadelnden Blick von James.

Dad seufzt so tief und schwer, dass mir elend ums Herz wird. Ich weiß, wie sehr er an seiner Arbeit hängt. »Vielleicht mache ich eine eigene Praxis auf.« Sein Lächeln ist echt, aber erschöpft. »Ich spiele schon länger mit dem Gedanken. Und«, er sieht mich an, »das teure Schulgeld entfällt ja im nächsten Jahr. Ich könnte das, was ich dafür gespart habe, in eine neue Praxis investieren. Ich könnte ebenfalls neu anfangen, Sweetheart.«

Das blöde Sweetheart bringt mich fast wieder zum Heulen. Trotzdem habe ich auf einmal das Gefühl, dass alles gut werden kann. Ich werde mit Arizona auf die Jackson High gehen, neue Freunde finden und einen Kurs im kreativen Schreiben belegen. Ich werde viele weitere schöne und seltsame Wörter sammeln und vielleicht eines Tages eigene Geschichten schreiben. Jetzt muss ich nur noch River davon abhalten, ungesichert auf eine Highline zu gehen, und alles wird gut.

Ich habe so lange gewartet und jetzt wird endlich alles gut.

In diesem einen Punkt hatte Mum recht.

Oder Tolstoi, wenn man es genau nimmt.

KAPITEL DREISSIG

NORMALERWEISE BRAUCHT MAN VIER STUNDEN FÜR DEN AUFSTIEG ZUM Lost Arrow Spire, aber es ist dunkel und der Weg erweist sich als steiler und gefährlicher, als ich dachte. Mit den Taschenlampen unserer Handys leuchten wir abwechselnd den Weg vor uns aus. Wir steigen unfassbar viele in den Felsen gehauene Stufen nach oben, hin und wieder schraubt sich der Trail serpentinenförmig durch eine Landschaft aus niedrigen Kiefern und Felsformationen. Arizona sagt etwas von Bären und dass wir Krach machen müssen, also rufen wir abwechselnd »See You Later, Alligator« – »After While, Crocodile«. Es ist unheimlich, wie laut und weit unsere Stimmen durch die Nacht hallen, aber vielleicht hört River sie ja.

Seit den Lower Falls bin ich trotz der Kälte klatschnass geschwitzt. Neben mir höre ich meine Schwester keuchen. Durch die Anstrengung ist sie verstummt, dafür malt ihr Atem weiß-glitzernde Nebelblumen in die Luft. Es ist richtig kalt, das Klima und die Vegetation hochalpin. Immer wieder müssen wir pausieren oder den Weg genauer ausleuchten, damit wir nicht aus Versehen an einem unerwarteten Abhang in die Tiefe stürzen. Ich glaube, Arizona denkt dasselbe wie ich: Dass es eine Schnapsidee war, bei Dunkelheit aufzubrechen, ohne Bescheid zu geben. Wir schütten eisiges, nach dem Metall der Trinkflasche schmeckendes Wasser in uns hinein, und schwören jedes Mal, dass uns dabei die Speiseröhre vom Magen aufwärts zufriert. Doch trotz des schweißtreibenden Aufstiegs und der Ablenkung durch Arizona denke ich nur noch an River.

Wo ist er? Wie krank ist er? Schläft er oder schläft er nicht? Bei wem sind seine Gedanken? Bei June oder bei mir? Denkt er überhaupt an eine von uns oder ist er irgendwo in seinen Schuldgefühlen gefangen, zu taub und zu gelähmt, um etwas von der Welt mitzubekommen?
Wieso hast du mich allein gelassen, wir wollten doch zusammen hierherkommen?
Das verletzt mich, trotz meiner Furcht, am meisten. Er ist allein aufgebrochen, auch wenn er mich unter dem Sternenhimmel in Idaho gefragt hat, ob ich es bis zum Ende durchziehe.
Sternennachtsewig. Ich blicke für einen Moment zum Himmel, entdecke den Schwan, der seine Flügel weit aufspannt. *Bist du bereit zu fliegen, Tucks?*, flüstert River in meinen Geist. Die Frage macht mir Angst und ich laufe noch schneller.

* * *

Ich weiß nicht, wie lange wir unterwegs sind, als die Dämmerung hereinbricht. Der Wald und die Wasserfälle werden auf einmal wie von innen heraus erleuchtet. Das Licht ist eine Mischung aus Mattgold und Kupferrot, schimmert wie Nebel zwischen den Kiefern und Felsen. An Stellen, die einen Blick ins Tal gewähren, sehen wir, wie sich die Strahlen der Morgensonne in sämtlichen Goldschattierungen an den grauen Schluchten brechen. Die Gischt des Merced River, der sich durch das Tal schlängelt, funkelt wie ein Regen aus Sternen.
Ich kann kaum noch einen Fuß vor den anderen setzen, aber wir müssen es bald geschafft haben. Ich frage mich, wie man so kaputt vom Aufstieg überhaupt noch eine Line laufen kann. Wir finden das nächste Schild zu den Upper Falls und als wir sie erreicht haben, lässt Arizona sich matt auf einen grauen Granitfelsen sinken. Es gibt wenig Geländer. Wenn jemand todesmutig genug ist, kann er im gesamten Areal entlang der Klippen balancieren.»Ich schwöre, ich kann keinen Meter mehr weitergehen.« Arizona zieht ihre Chucks aus und untersucht ihre Zehen, an denen sich pralle rote Blasen gebildet haben. Dann wirft sie die Haare zurück und schießt ein Selfie.
Ich sehe mich um. Die Upper Falls führen wegen des heißen Sommers nur spärlich Wasser, trotzdem ist die Dämmerung erfüllt von ihrem Rauschen, das zusammen mit dem Morgennebel die Luft tränkt. Hätte ich nicht solche Angst, könnte ich es genießen. Irgend-

wann entdecke ich das, was ich gesucht habe. Das Schild zum Lost Arrow Spire. Es ist nur noch eine knappe Meile.

Immer noch außer Atem wische ich mir den Schweiß von der Stirn, spüre aber gleichzeitig die Kühle auf der Haut. Arizonas weiße Jeans klebt an meinen Beinen, den Reißverschluss ihrer schwarzen Jacke habe ich schon lange aufgezogen, darunter pappt ihr weißes Lieblingssweatshirt an meiner Haut.

»Ich brauche eine Pause«, sagt Arizona jetzt matt. »Ich kann mich keinen Zentimeter mehr bewegen. Nur zehn Minuten.«

Ich will sie nicht drängen, doch die Angst und die Ungeduld treiben mich an wie Rückenwind. Wieder lasse ich den Blick schweifen. »Ich gehe weiter«, schlage ich vor. »Es ist nur noch ein kurzes Stück. Du könntest Dad schreiben, wo wir sind, falls du Empfang hast.«

»Hab ich schon. Er hat sich furchtbar aufgeregt. Er schreibt, die Davenports hätten vor zwei Stunden der Polizei Bescheid gegeben. Sie wollten vielleicht das Thema auf etwas abwälzen, das noch mehr Aufmerksamkeit erregt, keine Ahnung. Jedenfalls hat die Polizei die Bergwacht alarmiert. Ich fürchte, sie sind bereits auf dem Weg.«

Ich habe keine Ahnung, ob das gut oder schlecht ist. Wenn es hier vor Rangern oder Hubschraubern nur so wimmelt, sucht River sich vielleicht einen anderen Ort. Das drängende Gefühl in mir wird immer stärker. »Ich gehe vor. Pass auf dich auf.«

»See You Later, Little A!«

Ich laufe weiter. Der Trail auf dem Bergrücken ist sandig, umgeben von Felsen und Kiefern. Manchmal bilden die Bäume winzige Wäldchen, manchmal weichen sie zurück, sodass ich durch eine steinerne Felsenwüste komme. Ein sanfter Wind steigt aus dem Tal auf und streicht mir über die Wangen. Meine Beine schmerzen, jeder Muskel tut weh. Plötzlich piepst mein Handy. Ich habe fast keinen Akku mehr. *Mist!*

Xoxo hat geantwortet.

Danke für die Infos. Was immer du über River oder Asher zu wissen glaubst, es ist nur die Spitze des Eisbergs. Du hast nach Mädchen Nummer drei gefragt. Er konnte nichts dafür. Er hat sie aufgefangen, wollte ihr Freund sein; er wollte ihr den Schmerz ihrer Kindheit nehmen, aber sie hat sich in ihn verliebt. Sie war labil. Sie hätte es eines Tages so oder so getan, da bin ich mir sicher. Sie hatte es zuvor schon so oft versucht. Und River mag vieles

sein: ein musikalisches Genie, hochintelligent, erschreckend empathisch – doch er ist kein Psychotherapeut. Hinterher war er am Boden zerstört, doch er konnte trotzdem nicht damit aufhören, ein Mädchen retten zu wollen. Das ist ein Teil seiner Krankheit, vielleicht ist es seine Krankheit. Keine Ahnung. Sam, Jasper und ich kommen noch heute zum Yosemite. Ich kenne den Lost Arrow Spire. Ich bete, dass er nicht dort ist. Wenn du ihn findest, pass auf ihn auf! Wenn er wirklich glaubt, er hätte dich gerettet ...
Xoxo

Ich bin stehen geblieben, um die Nachricht zu lesen. Der unvollendete Satz tickt wie eine Zeitbombe in meinem Kopf. »Ich bin schon oben«, antworte ich via Sprachnachricht. »Ich bin fast da.« Dieses Gefühl, dem Ziel so nahe zu sein, steigert meine Furcht. Ich habe mir noch nicht überlegt, was ich zu ihm sage.

Lass uns fliegen, flüstert River in meinem Geist und lächelt sein verführerisches Siegerlächeln. *Komm schon, Kentucky! Come on!*

Als ich das Handy wieder einstecke, überfällt mich ein eigenartiges Kribbeln. Es ist, als würde ich ihn und seine Aura auf einmal spüren. Es fühlt sich an, als wäre er hier oben.

»Riv – bist du da?«, rufe ich, so laut ich kann, aber das Gelände ist weitläufig und gebirgig, sodass die Worte einfach davonwehen.

Hastig laufe ich weiter und da entdecke ich etwas, das an einem niedrigen Strauch baumelt. Es sieht aus wie ein schwarzer Tennisball und schwingt hin und her, als wäre es aus Papier. Mein Herz setzt einen Schlag aus. *Er ist hier! Er ist schon da!*

Als ich näherkomme, erkenne ich den filigranen Kranich aus Origami, den er wahrscheinlich nebenbei mit einer Hand gefaltet hat, um sein inneres Gleichgewicht wiederzufinden.

Zum Runterkommen.

Mein Herz hämmert gegen die Rippen und ich renne los. Wenn er den Kranich hiergelassen hat, dann hat er nichts, was er hinunterwerfen kann. *Jedes Mal, wenn man nicht springt ...*

Ist das ein Zeichen dafür, dass es zu spät ist? Eilig löse ich die Schlaufe und hänge mir den Kranich an das Handgelenk, da entdecke ich einige Meter weiter einen majestätischen weißen Papierschwan an einem Ast.

Was hat das zu bedeuten? Will er gefunden werden? Immerhin hat er beide Tiere mit einem Band versehen und sie so drapiert, dass jemand – ich – sie finden muss. Mit zitternden Fingern hänge ich das weiße Papiertierchen an mein anderes Handgelenk. Wieso lässt er den Schwan, der für ihn das Symbol für mich ist, ebenfalls zurück? Rechnet er damit, dass ich herkomme? Hofft er, dass ich mit ihm springe? Das Herz zittert in meiner Brust. Ich renne. Ich renne so schnell wie noch nie zuvor. River ist hier! Er hat mir Zeichen hinterlassen, er will, dass ich ihn finde! Vielleicht ahnt er nicht einmal, dass ich ihn verraten habe. Er glaubt vermutlich, ich wäre die Einzige, die ihn hier findet, weil er es nur mir gesagt hat.

Ich komme auf ein monumentales Plateau aus Granitfelsen, das sicher so groß ist wie ein Footballplatz, und erreiche nach kurzer Zeit den höchsten Punkt. Hier liegen dicke Schlafsäcke und Kissen herum, ein Campingkocher und jede Menge Rucksäcke, Seile, Gurte, Schrauben, Ösen und noch viel mehr Kram, der bestimmt von anderen Slacklinern stammt. Klar, hier ist ja wahrscheinlich den ganzen Sommer über Betrieb – daran habe ich gar nicht gedacht. Und vielleicht musste River sich gar keine eigene Line spannen, sondern benutzt eine fremde.

Aber warum ist keiner da? Mir wird elend ums Herz. Vor mir fällt das Plateau leicht ab, hier endet dieser Berg. Davor, keine Ahnung wie weit entfernt, ragt der Lost Arrow Spire aus dem Nebel empor. Er ist dem Bergkegel vorgelagert wie ein einzelner Finger.

Mit weichen Knien gehe ich ein Stück weiter und schlagartig sehe ich sie. Eine Highline, die über dem lichten Morgennebel zu schweben scheint wie der fliegende Tisch eines Magiers. Und auf der Line balanciert eine dunkle Gestalt.

Ungesichert.

Mir stockt der Atem.

An der Art, wie sie sich bewegt, so kontrolliert, kraftvoll und auch voller Anmut, erkenne ich, dass es nur River sein kann. Von hier sieht er winzig und unwirklich aus, als würde er sich gleich in Luft auflösen. Eine Figur aus einer magischen Welt, wie Peter Pan.

»Riv!«, schreie ich, aber natürlich hört er mich nicht. Ich renne zurück, schnappe mir einen Klettergurt und bete, dass jemand bereits einen Stahlring samt Leash in das System eingebunden hat.

Wie blind laufe ich über das abschüssige Felsplateau, doch dann komme ich an einen Punkt, an dem der Fels steil abfällt. Hier muss man sich an dem vorhandenen Hilfeseil zwei Meter herunterlassen, um auf einen Vorsprung zu gelangen, an dem die Line im Felsen verankert ist. Ich könnte an dem Seil hinunterklettern, aber es ist gefährlich, weil sich davor direkt der Abgrund öffnet. Für einen Moment halte ich inne. Im Grunde habe ich keine Wahl. Ich muss an den Anfangspunkt der Line.

Vorsichtig, um den Kranich und den Schwan nicht kaputtzumachen, schlüpfe ich aus der Jacke und streife danach den Sicherheitsgurt über, weil auf dem Vorsprung unterhalb von mir zu wenig Platz ist, ihn anzulegen.

Als ich an dem Seil in die Tiefe steige, hämmert mein Herz bis in die Trommelfelle und hinterher weiß ich nicht mehr, wie ich es nach unten geschafft habe. Doch da stehe ich, mit schweißnassen Händen, unter mir der Abgrund. Und mein Gott ... es ist tief. So tief! Die Tannen im Tal sind so klein wie im Miniaturwunderland. Mir wird sofort schwindelig.

Instinktiv weiche ich dicht an die Felswand hinter mir. Ich will River rufen, aber was, wenn er sich dann erschreckt und fällt? Immer noch balanciert er auf den Lost Arrow Spire zu, gleicht mit ausladenden Bewegungen seine Schritte aus. Jeden Moment könnte er fallen und vor meinen Augen wie eine Puppe ins Tal stürzen. Allein die Vorstellung ist so entsetzlich, dass ich kaum atmen kann.

Zittrig betrachte ich den Ankerpunkt der Slack, ein Wirrwarr an Seilen, bunten Bändern und Flaschenzügen. Ich erkenne überhaupt nicht, welches Band oder welches Seil welche Funktion hat. Ich weiß nur, dass alle der Sicherheit dienen. Vorsichtig gehe ich in die Knie, begutachte die Konstruktion genauer und entdecke zwei Stahlringe, an denen je eine Leash hängt. Mein Herz klopft schneller, aber ich bin zu aufgeregt, um mich richtig darüber zu freuen. Die Tiefe vor mir ist magnetisch, als würde sie alles hinabziehen. Mein Körper fühlt sich schwer an, schwer wie Blei.

Bewusst blinzele ich ein paar Mal, versuche, die Panik wegzuschieben und mich zu konzentrieren. Der hintere Stahlring ist unerreichbar, aber das Ende seiner Leash ist mit einem einfachen Knoten am Ankerpunkt festgeknotet. Schnell löse ich das Sicherungsseil und binde mit ungeschickten Fingern einen Achter, bevor ich die Leash durch den Gurt fädele und die Acht verdopple.

Für einen Moment höre ich die Slackline im Wind flattern wie ein übergroßes Laken, die Ösen klirren gegen den Felsen. Der Wind macht mir Angst, aber man spürt ihn in dieser Höhe immer, hört ihn immer. Sagt River.

Ich sehe zu ihm. Unbeirrt balanciert er voran und mir wird eins in aller Deutlichkeit bewusst: Solange er auf der Line ist, darf ich sie nicht betreten. Ich habe keine Ahnung, wie eine Slack in dieser Höhe auf eine zweite Person reagiert, wie sehr sie sich neigt oder anfängt zu schwanken. Ganz tief atme ich durch und versuche, der Panik in mir Herr zu werden. Ich muss warten, bis River den Felsen erreicht. Ich muss dafür beten, dass er die Line auf der anderen Seite verlässt, um auf den Lost Arrow Spire zu gelangen, erst dann kann ich loslaufen.

Am Rand des Bergs streife ich die Schuhe und Socken ab und beobachte River, wie er balanciert, die Arme in der Waagrechten. Ab und zu bleibt er kurz stehen, läuft wieder weiter, bleibt stehen.

Als er das Ende der Slack erreicht, zögert er und mein Herz setzt einen Schlag aus, doch er lässt sich nicht fallen, wie ich es für eine Sekunde befürchte, sondern springt mit einem Satz auf das flache Plateau des Lost Arrow Spire.

Oh, Gott sei Dank! Das ist meine Chance. »River!« Ganz laut rufe ich seinen Namen, aber der Wind aus dem Tal reißt ihn mir von den Lippen und trägt ihn davon. Er hört mich nicht. Mein Puls rast. Ich muss zu ihm, jetzt sofort, bevor er springt oder wieder zurück auf die Slack geht.

Im Sitzen rutsche ich über die vielen Bänder auf die Line. Ich schaue nicht hinab, trotzdem klopft mein Herz so schnell, dass ich Angst bekomme, es würde stehen bleiben.

Herzklopfen. Wind und Furcht. Schweißnasse Hände, höre ich River flüstern.

Todesangst.

Ich schaffe das nicht! Ich zittere so sehr, dass ich nie im Leben auf dieser Slack aufstehen kann. Und natürlich blicke ich jetzt doch in das Tal und wie auf Knopfdruck wird mein Körper stocksteif, während die Furcht in mir alles durcheinanderwirbelt.

Dunkle Bilder von schattigen Felsen, tanzendem Wind und Tannen, die an mir vorbeiziehen, als würde ich fallen.

Beruhig dich!

Ich kann nicht.

Denk an River.

Wenn du einmal dort oben warst ... du kommst dir vor, als hättest du bis dahin nur geschlafen und wärst in diesem Augenblick aufgewacht.

Worte. Ja. Worte sind gut. Seine Worte.

Ich schaue zum Lost Arrow Spire und sehe, wie er die Arme ausbreitet wie ein Vogel. Er steht nur einen halben Meter vor dem Abgrund!

Nein, verdammt!

Ich rufe ihn abermals, aber meine Stimme ist zu leise für die Landschaft und den Wind. River sieht nicht zu mir rüber.

Schlagartig habe ich furchtbare Angst, dass er springt, bevor ich mit ihm reden kann. Er muss völlig verzweifelt sein. Er braucht mich und ich schulde ihm alles. Er hat mich gerettet, er hat mir alles wiedergegeben, was ich verloren hatte! Nicht nur meine Worte, sondern irgendwie auch Dad, James und Arizona. Meine Zukunft, mein Lachen und Weinen, mein ganzes Leben. In diesem Moment liebe ich ihn mit so einer Dankbarkeit, dass ich schon wieder losheulen könnte.

Ich muss es tun.

Langsam ziehe ich meine herabbaumelnden Beine nach oben und stelle die nackten Füße auf die Slack. Zentimeter für Zentimeter richte ich mich auf, drücke die Knie durch, während mein Herz mit mir davongaloppiert.

Und dann stehe ich auf der Line, vielleicht tausend Meter über dem Boden und mein Leben hängt an einer Leash, die mir jetzt dünn und brüchig vorkommt. Ich sterbe. Ganz bestimmt sterbe ich heute. Auf diese Art von Todesangst hat River mich nicht vorbereitet.

Er steht immer noch am Abgrund, es wirkt, als würde er nur auf den richtigen Wind warten, um loszufliegen.

F-L-I-E-G-E-N.

Ich mache einen Schritt. Die Panik packt mich erneut.

Atme. Finde deine Mitte. Hab keine Angst, aber Respekt, Sweet Alabama.

Unter mir klafft der Abgrund wie die grüne Seele des Bergs, die alles in sich aufnimmt und nicht wieder freigibt. Mein Instinkt und mein Geist schreien mich an, nicht weiterzugehen. Was, wenn die Öse abgenutzt ist? Oder der Gurt?

Ich atme tief durch und konzentriere mich auf das Gefühl der Slack unter meinen Sohlen, auf die Kälte an meinen Armen, die ich ausstrecke. Ich spüre die Luft unter mir, die Luft, die mich streift und die Line vibrieren lässt wie eine Gitarrensaite.

Nur laufen, nicht denken.

Ich spüre, wie sich mein Bewusstsein verändert. Alles wird klar, geschliffen scharf und ist trotzdem weit weg. Ich setze einen Fuß vor den anderen, bin so sehr ich selbst, als wäre ich zugleich die Kühle an meinen Füßen, das straffe Seil und der Wind.

Adrenalin flutet durch alle Fasern meines Körpers. Ich bin hellwach. Jetzt. Hier. Die Panik läuft wie ein Schatten hinter mir, aber ich darf sie nicht in mich hineinlassen.

Oh Gott, es ist so hoch!

Such dir einen Fixpunkt!

Ich hefte den Blick auf die dunkle Gestalt mit den hochgekrempelten Hosenbeinen, da dreht River sich um.

Sieht mich!

Der Augenblick ist so intensiv wie der erste Schrei eines Neugeborenen, bei dem es gleichzeitig Atem holt. Er bringt mich fast zu Fall.

River starrt mich an.

Sein Gesicht leuchtet hell im Morgenlicht, ebenso seine nackten Unterarme und die Waden. »Tucks! Bist du verrückt geworden? Geh sofort zurück!« Seine Worte werden vom Wind zu mir getragen. Zorn schwingt in ihnen mit, aber auch Furcht.

Ich schüttele zaghaft den Kopf, jede Bewegung zu viel kann mich ins Straucheln bringen. Und dann macht River etwas absolut Irrsinniges. Er kommt zur Line zurück, geht in die Hocke und rutscht über die Bänder und Halterungen.

Tu das nicht! Aber der Schrei bleibt in meinem Kopf.

Behände richtet er sich auf und streckt die Arme zur Seite, balanciert sich aus. »Geh! Zurück! Sofort!« Aus dunklen Augen funkelt er mich an.

Am liebsten würde ich anfangen zu heulen, aber ich habe viel zu große Angst. Was, wenn ich strauchele und er dadurch fällt? *Bleib weg! Geh zurück!*

Mein ganzer Körper verkrampft sich und das ist fatal, wenn man weich und flexibel bleiben soll.

»Du hättest niemals herkommen sollen«, ruft er mir zu. Er ist ein guter Läufer, selbst ohne Gurt bewegt er sich nicht anders als mit. Die Line senkt sich talwärts, weil er näherkommt, aber dann, urplötzlich, bleibt er stehen. Seine Augen weiten sich. Er sieht aus, als hätte er einen Geist gesehen und in einer Schrecksekunde fürchte ich, dass er halluziniert und mich für June hält.

»Was ist?«, flüstere ich, aber er kann es natürlich nicht hören. Vielleicht steht ja auch sein Dad oder ein Ranger-Team auf dem Felsplateau.

Für Sekunden ist er wie paralysiert, dann schüttelt er langsam den Kopf und setzt einen Fuß zurück.

»Erinnerst du dich an die Nacht auf der Line, bevor wir vor

meinen Freunden geflohen sind? Wie du zu mir gelaufen bist?«, ruft er.

Ich nicke. Etwas stimmt nicht. Vielleicht ist ja wirklich jemand auf dem Plateau.

»Komm!« Er winkt mich zu sich, steht so ruhig und doch so kreidebleich auf der Line, dass ich kaum noch atmen kann.

»Komm schon, Tucks, come on. Alles ist okay.«

Wieso redet er so mit mir, als wäre ich ein verletztes Wildtier? Zaghaft mache ich einen kleinen Schritt und dann noch einen. Er lächelt, aber seine Augen sind voller Furcht. Erst jetzt erkenne ich, dass er sehr weit am Rand steht. Ist er rückwärts gelaufen?

»Weißt du noch, wie man die Line fängt, wenn man fällt?«

»Ja«, flüstere ich tonlos, deute ein Nicken an.

»Gut!« Er balanciert uns beide aus, hält die Line ruhig. Meine Knie sind weich wie Butter. Ich sterbe. Ich falle. Ich kann mich nicht halten. Panik steigt in mir auf und alles verschwimmt.

»Was ist los?«, flüstere ich.

»Tucks, atme! Bitte! Bitte konzentrier dich!«

Aber ich schaffe es nicht. Für Sekunden vergesse ich, wo oben und unten ist, links und rechts.

»Bleib nicht stehen! Lauf weiter! Nicht stehen bleiben!«

Ich weiß nicht mal mehr, ob ich laufe. Ich spüre nur noch den rasenden Pulsschlag in meinen Ohren, das Klopfen meines Herzens in der Brust. Scharlachrote Panik flattert vor meinen Augen wie Wind.

»Komm schon. Ja. So ist es gut.«

Und dann, irgendwie, irgendwo, spüre ich eine Hand, die meine nimmt. Wir stehen beinahe am Ende der Slackline, nahe am Rand vor dem Lost Arrow Spire.

»Tucks, ich bin bei dir. Alles ist gut.«

Ich hole so tief Luft, als hätte ich ein Jahrzehnt lang nicht geatmet. Erst jetzt sehe ich, dass River auf dem Geflecht aus Bändern steht. Er hat viel mehr Halt als ich.

»Du bist verrückt. Vollkommen verrückt!« Die Angst in seinen Augen verwandelt sich in Zorn. Trotzdem beugt er sich vor und küsst mich. Ich möchte weinen, so vertraut ist diese Berührung, so sehr habe ich mich nach ihr gesehnt. In dem Moment ist er trotz seines Zorns wieder River, mein River, der mir beigebracht hat, wie ich eine Brücke aus meiner Stummheit hinaus in die Welt baue, niemand sonst. Ich liebe ihn so sehr, dass es richtig wehtut, so sehr, dass ich sterben will, wenn er es tut.

»Deine Leash ... du hast die Knoten schon wieder nicht richtig gesetzt. Sie hätte dich nicht gehalten«, sagt er jetzt.

Wie betäubt starre ich auf meine Sicherungsleine und lasse zu, dass River den ersten Achter aufknotet.

»Du hättest nicht kommen dürfen.« Seine raue Stimme bebt. Der Kranich und der Schwan tanzen an meinen Handgelenken. Zittere ich so sehr oder ist das der Wind? Für einen Moment starrt er nach unten. »Es tut mir leid, Kentucky, aber ich muss das hier allein durchziehen.« Auf einmal sieht er so unendlich verloren aus, so verloren, wie ich mich am Anfang des Sommers gefühlt habe.

»Du musst überhaupt nichts durchziehen«, sage ich mit fester Stimme, auch wenn die Tiefe unter mir immer noch so bedrohlich ist.

»Du hast mir versprochen, dass ich mich auf dich verlassen kann, wenn es so weit ist!« Er schluckt und hält für einen Augenblick inne.

»Dabei meinte ich nie, dass du mit mir springen sollst, sondern nur, dass du mich nicht aufhältst, wenn es so weit ist. Obwohl es zusammen reizvoller wäre.« Bedeutungsvoll sieht er mich an. »Weißt du noch, was ich dir über Tolstoi gesagt habe?«

Gemeinsam stirbt es sich leichter. Ich nicke kaum merklich.

»Es tut mir so leid, Tucks«, murmelt River. Er zieht die Leash aus meinem Sicherungsgurt, sodass ich plötzlich komplett ungesichert bin. Eine neue schreckliche Angst erfasst mich. Eine Angst, die ich nicht einmal zu Ende denken will. »Was tust du?«, wispere ich entsetzt. Der Wind ist plötzlich so kalt. An meinen Beinen, an den Armen, überall.

»Atme in den Bauch. Wir tun jetzt etwas, das es dir leichter macht.«

Was leichter macht?

Er beugt sich zu mir und küsst mich zärtlich und so voller unterdrücktem Verlangen, wie er mich am Ufer geküsst hat, als ich noch stumm war. Ich kann mich nicht mehr bewegen. Wenn er wollte, könnte er mich jetzt mit sich nehmen, ich könnte mich nicht halten. Verschwommene Bilder des Sturzes wirbeln durch meinen Kopf. Wie paralysiert warte ich auf den Moment, in dem er mich zur Seite reißt und wir aneinandergeklammert nach unten stürzen, doch nichts passiert.

Außer diesem Kuss.

Und mit dem Kuss erwacht eine Sehnsucht, die wie Feuer aus

meinem Inneren steigt, eine Sehnsucht nach so viel mehr. Nach River, unserer Liebe. Nach Mondnächten am blaugrünen Fluss, weißem Schwanengeflatter, schwarzer Asche auf den Craters of the Moon; Chaos im Supermarkt, Brownies backen mit Arizona und grünen Pipelinelichtern mit James. Nach einer echten Umarmung von Dad. Nach dem Leben.

Wir sind nicht gesichert. Wir könnten sterben. Hier und jetzt. In dieser Sekunde. Aber wir küssen uns. Und hier oben, ungesichert auf einer Highline in tausend Metern Höhe, begreife ich zum ersten Mal, was es wirklich bedeutet: das Leben. Und wie wenig Dinge es tatsächlich gibt, vor denen ich mich fürchten muss, außer zu sterben. Außer jemanden zu verlieren, den ich liebe.

Nichts hat mehr eine Bedeutung. Er hatte recht.

Und als ich es begreife, exakt in dem Moment, weicht er zurück und beendet den Kuss. »Jetzt bist du sicher«, flüstert er. »Ich habe es hinbekommen.«

Das meinte er mit *leichter machen!* Er hat mich gesichert und ich habe es nicht bemerkt. Wie schon einmal.

»Nach Betty warst du meine letzte Chance«, sagt er jetzt leise und weicht ein Stück zurück.

Das Endgültige in seiner Stimme alarmiert mich. »Riv, komm mit mir zurück zur anderen Seite!«

Verhalten schüttelt er den Kopf. »Du musst mich nicht retten. Du hast es längst getan.«

»Riv ...« Ich setze einen Schritt nach vorne, auf das Bändergeflecht, er geht einen zurück und steht plötzlich wieder auf dem schmalen Plateau des Lost Arrow Spires.

»Du verstehst das nicht, Tucks. Du kennst mich ja nicht einmal wirklich.«

Ich springe auf den Fels und habe endlich wieder festen Boden unter den Füßen. »Doch, ich kenn dich!«

Er lächelt so zärtlich, dass es mich fast umbringt. »Ach Tucks ... Seit ich Musik mache, wollte ich, dass die Welt mich liebt. Das ist in mir drin, dieses Gen ... keine Ahnung wieso ... Dann geschah diese Sache mit June. Ich habe mir verboten, mein Gesicht zu zeigen. Niemand sollte mich erkennen, niemand sollte mich lieben. Ich wollte auch das viele Geld nicht, ich wollte nur Musik machen. Ich war immer auf der Flucht und hatte Angst, dass mich jemand erkennt. Und in diesem Sommer ... wir wollten zwanzig Konzerte spielen, wir haben geprobt wie Wahnsinnige. In der Nacht musiziert.« Er lacht hart und sanft, und ein leichter Wind zerzaust sein Haar.«Aber dann erfuhr ich, was Betty getan hat. Das Mädchen, das ich retten wollte. In ihrem Abschiedsbrief schrieb sie, ich sei der Grund, weswegen sie nicht mehr leben wollte. Ich fiel in ein Loch. Da war nichts mehr. Ich wollte nur sterben.« Er sieht so kummervoll aus, dass sich mein Herz zusammenkrampft.

»Du kannst nur Menschen retten, die gerettet werden wollen, River«, sage ich leise. Ich muss ihn weiter zum Reden ermuntern, denn solange er redet, wird er nicht springen. So wie der Bösewicht im Film, der nicht schießt, solange er dem Helden seinen perfiden Plan erklärt. Vielleicht ist ja auch bald Hilfe da, keine Ahnung.

»Ich habe mich betrunken, gekokst und Pillen eingeworfen. Es wurde so schlimm, dass meine Freunde mich zu meinen Eltern gebracht haben.« Er steht ein ganzes Stück hinter der Verankerung der Slackline.

Ich nicke. »Ich weiß. Du bist in die Psychiatrie und hast dich selbst eingewiesen.«

»Ich bin schon einmal gesprungen und ich wusste, ich würde es wieder tun. Doch dann habe ich dich dort getroffen, Tucks. Du sahst so einsam aus, so verzweifelt.« Er schließt kurz die Augen, als erinnerte er sich an diesen Moment. »Du warst meine letzte Chance, mein Versprechen June gegenüber zu erfüllen. Du warst die letzte Sache in meinem Leben, die ich richtig machen wollte. Gut machen wollte.« Er sieht mich an. »Ich wollte springen, Tucks, schon an diesem Tag. Du hast mich gerettet.«

Tränen schießen mir in die Augen. Meine Kehle ist wie zugeschnürt. »June hätte nie gewollt, dass du dieses Versprechen erfüllst.«

Er presst die Lippen zusammen. »Weißt du, manchmal glaube ich wirklich, dass sie über dem Mond bei den Sternen auf mich wartet. Als wartete sie und wartete sie, bis ich eines Tages dieses Versprechen erfüllt habe und bei ihr sein kann.«

Jetzt fließen die Tränen ungehindert über meine Wangen. Ich mache einen Schritt nach vorne und schließe die Arme um seine Taille, ein verzweifelter Versuch, ihn bei mir zu halten. »Du hast mir mal gesagt, es gäbe nichts im Leben, was nicht reparierbar ist.«

»Vielleicht war das gelogen, weil ich dich retten wollte«, flüstert er.

»Vielleicht ist mein Herz unreparierbar, wenn du springst ...«, sage ich weinend. »Und dann hast du mich nicht gerettet!«

River sieht über meine Schulter hinab ins Tal. »Lass mich los, Baby.« Er sagt es sanft, aber nachdrücklich.

Die Angst sitzt kalt in meinen Knochen. »Nein.« Ich darf ihn nicht verlieren, nicht heute, niemals.

Ganz zart streicht er mir über den Hinterkopf. »Du hast dich an den Rand der Brücke gestellt und die Arme ausgebreitet. Du wolltest doch auch fliegen, Kentucky.« Ein Lächeln liegt in seiner Stimme. »Don't cry a river for me«, flüstert er und löst mit sanfter Gewalt meine Arme, die um seine Taille liegen. Ich begreife es zu spät, will wieder einen Schritt in seine Richtung machen, aber die Leash stoppt mich. Sie ist mit der Slack verbunden, ich komme nicht weiter.

»River, nein!«, flüstere ich, als ich es begreife.

Er geht einen weiteren Schritt zurück. Für Sekunden stehen wir uns gegenüber, er ganz in Schwarz, ich ganz in Weiß. Kranich und Schwan.

Panik umflattert mich, mein Herz brennt dunkel. Wie blind reiße ich an dem Achterknoten, aber er löst sich nicht, sondern zieht sich fester zu. Da erkenne ich, dass es gar kein Achter ist, sondern ein komplexes Knäuel, das ich nicht auf die Schnelle aufbekomme. Er hat das Seil sogar durch den Bund meiner Jeans gefädelt – es würde nichts bringen, den Gurt auszuziehen.

»Riv«, würge ich hervor.

»Es tut mir leid.« Elend flackert in seinen Augen. »Ich will nur nicht, dass du mich aufhältst.«

Ich will auf die Knie sinken. »Riv, du musst sie loslassen. Du musst June gehen lassen«, sage ich erstickt.

Er sieht mich wie gebannt an.

Sekunden zwischen Leben und Tod.

»Vielleicht ist sie wirklich dort oben zwischen den Sternen und vielleicht fühlst du sie deswegen ... aber sie ... sie ist nur noch dort, weil du sie nicht loslässt. Du musst sie gehen lassen, River ... aber dafür musst du nicht springen.«

Immer noch sieht er mich an.

»Tu das nicht ...« Ich habe so große Angst wie noch nie zuvor in meinem Leben. Ich kann ihn nicht erreichen, nicht festhalten. Ich kann überhaupt nichts tun.

Nur eins. Ungeschickt pfriemele ich den Kranich von meinem Handgelenk, aber es dauert so lange, weil ich viel zu sehr zittere. »Wirf ihn runter, okay ...«

Er sieht den schwarzen Vogel an, als sähe er ihn zum ersten Mal.

»Du hast ihn zurückgelassen, weil du wolltest, dass ich ihn finde. Du wolltest, dass ich dich suche.« Ich schlucke hart. »Du wolltest, dass ich komme und dich rette.«

»Manche Dinge sind unrettbar verloren.«

»Du kannst mich nicht einfach allein zurücklassen. Du kannst mir nicht alles über das Leben beibringen und dann springen, als bedeutete es gar nichts.«

Er lacht, auf seine heitere und traurige Art, die so viele Sehnsüchte in mir weckt. »Du weißt längst noch nicht alles über das Leben, Kentucky. Gib nicht so an!«

Selbst jetzt versucht er noch, lustig zu sein, es ist zum Verrücktwerden.

»Ich liebe dich, River!«

»Ich hasse mich. Ich hasse dieses Leben.« Ein plötzlicher Funken Zorn lodert in seinen Augen.

Ich schüttele den Kopf. »Und morgen liebst du es wieder. Du kennst dich doch. Um sieben Uhr morgens willst du sterben, um acht Uhr tanzt du auf dem Tisch, um zehn willst du springen. Danach trinkst du einen Whisky, gehst auf die Slack und kommst runter.«

River mustert mich verblüfft, doch dann sagt er nur: »Diesmal nicht. Ich bin fertig mit allem.«

Vor lauter Tränen kann ich ihn kaum noch erkennen. »Und was ist mit mir? Bist du mit mir auch fertig?«, flüstere ich.

Er sieht mich nur an. »Ich liebe dich, Tucks. Aber ich wäre nicht gut für dich.«

Ich rucke an der Leash, aber ich komme keinen Millimeter weiter. Immer noch halte ich den Kranich an dem Band in seine Richtung. »Lass ihn fliegen. Lass ihn fliegen und wir gehen zurück, bitte ...« Meine Zähne schlagen aufeinander. »Gib uns eine Chance ...«

Er schluckt und greift nach dem kleinen Origamivogel und für Sekunden streifen sich unsere Fingerspitzen, ohne dass ich ihn festhalten kann. »Glaubst du, sie ist wirklich dort oben zwischen den Sternen?«

Ich nicke, auch wenn ich nicht weiß, was er mit der Frage bezweckt.

Blass sieht River auf den Papiervogel. Seine blonden Haare wehen um sein Gesicht und da reißt ihm ein plötzlicher Windstoß das Origami aus der Hand und der Kranich wird vom aufsteigenden Talwind in den Himmel gehoben.

Für den Bruchteil einer Sekunde denke ich, er springt hinterher, und ich schwöre, er glaubt es selbst auch, doch dann lacht er. »June – above the Moon«, schreit er so laut, dass es sicher bis zu den Upper Falls zu hören ist. »Der ist für dich! Hörst du? Der ist für dich ... dieser ... dieser verdammte lächerliche Papiervogel ...« Und jetzt laufen Tränen aus seinen Augen. So viele. Ich strecke vorsichtig meine Hand aus und er kommt auf mich zu und greift nach ihr.

Oh, Gott sei Dank hält er mich fest!

Ich habe ihn wütend gesehen, high, lachend, albern wie ein Kind, vor Verzweiflung bebend, aber niemals weinend. Es bricht mir das Herz, das alles hier.

»Bitte ... komm mit mir zurück ...«

Stumm, als hätte er jetzt keine Worte mehr, sieht er mich an.

»Ich liebe dich, River McFarley«, sage ich leise. »Über und unter dem Mond und auch sonst überall.«

Plötzlich schleicht sich ein Glanz in seine Augen, ein Glanz, der sagt: *Hey, ich bin zerbrochen, meine Seele liegt in Scherben, aber lass uns trotzdem die Welt erobern, was kann schon passieren? Sterben können wir auch morgen!*

»Oh ja, Baby.« Er lächelt. »Wir sind River und Tucks und nichts kann uns aufhalten.«

»Gar nichts«, lüge ich und mein Herz schlägt rau und hart in meiner Brust. Ich bin eine Verräterin.

Er schweigt, während er mir hilft, die Knoten zu entwirren und die beiden Achter setzt. Wir laufen nicht zurück, sondern schieben uns im Sitzen zur anderen Seite und als ich am Ende aufstehe und auf den Felsen springe, weiß ich nicht, was in ihm vor sich geht.

Glaubt er, dass ich auf diesen Beinahe-Sprung nicht reagiere? Was, wenn der Wind ihm nicht zufällig den Vogel aus der Hand gerissen hätte?

Wäre er dann gesprungen?

Als ich bereits auf dem Vorsprung stehe und River noch auf der Slack ist, halte ich den Atem an. Für ein paar Sekunden sieht er hinab.

»Hey«, flüstere ich. »Ich bin hier.«

Er blinzelt. »Ja, ich weiß.« Mit einem langen Schritt springt er zu mir herüber.

Er ist in Sicherheit. Mir wird schwindelig vor Glück. Für einen winzigen Augenblick erlaube ich mir, aufzuatmen. Ich habe es geschafft, ihn von der Highline zu holen. Nichts ist passiert. Er lebt.

Als er zuerst mithilfe des Seils auf das Plateau klettert, halte ich den Atem an. Was, wenn dort oben schon seine Familie auf ihn wartet? Oder die Polizei? Von unserem jetzigen Standpunkt aus können wir es nicht sehen. Doch er verhält sich normal, streckt mir die Hand entgegen und zieht mich hinauf.

Alarmiert schaue ich mich um, doch bis auf die Ausrüstung der Slacker ist die Ebene immer noch verwaist, nicht einmal Arizona ist hier. Seltsam. Ich greife mechanisch nach ihrer Jacke. Für einen Moment weiß ich nicht, was ich tun soll, aber dann entschließe ich mich dazu, zurückzugehen. Hier am Abgrund ist eine Konfrontation mit den anderen vielleicht auch zu gefährlich. Vielleicht warten sie deswegen.

Schnell schlüpfe ich aus dem Gurt und lege ihn zurück auf seinen Platz.

Als wir den Trail zurücklaufen, greift River nach meiner Hand. Seine Finger sind kühl, aber schwitzig, trotzdem hat der Augenblick etwas von dem Beginn unserer Reise, und ich frage mich, ob sich das Ende immer so anfühlt wie der Anfang.

»Woran denkst du?«, will ich wissen und spähe in die Landschaft aus Felsen und Kiefern. Die Morgensonne taucht alle Gebirgskuppen in ein orangerotes Flammenmeer, ansonsten ist es still und friedlich.

»Dass es schön ist, deine Stimme zu hören.«

Ich muss lächeln. »Nur das?«

River zuckt vage die Schultern. »Ich weiß es nicht. Ich fühle mich surreal. Vielleicht sind wir gesprungen und wissen es nur nicht.« Immer noch liegt dieser Glanz in seinen Augen. Er hinterlässt ein ungutes Gefühl in meinem Magen.

»Geht es dir gut?«

»Du bist bei mir, Tucks. Wie könnte es mir schlecht gehen?«

Ich drücke seine Finger. Womöglich ist das, was ich getan habe, ein Fehler. Vielleicht musste er June einfach nur loslassen und ist jetzt gesund. Immer noch entdecke ich weder Ranger noch meine Schwester noch irgendjemanden sonst.

Wir laufen weiter und nach kurzer Zeit kommen uns ein paar junge Männer mit nassen Haaren und Sportklamotten entgegen. Vielleicht sind es die Slacker, die auf dem Berg gecampt haben. Sie tragen je zwei Wassergallonen rechts und links, und mir wird klar, dass sie bestimmt nur zum Baden und Wasserholen bei den Upper Falls gewesen sind – oder an sonst einer geheimen Wasserstelle. Rinnsale und Wasserbecken gibt es hier schließlich genug.

»Wusstest du, dass es hier oben eine Line gibt?«, frage ich River, als sie außer Hörweite sind. Irgendwie kommt mir alles, was ich sage, wie ein Verrat vor, doch River nickt nur arglos.

»Es gibt hier immer ein paar Slacker. Außerdem habe ich in einem Forum gelesen, dass hier bald ein großes Event stattfindet.« Plötzlich bleibt er stehen und schüttelt den Kopf. »Hey ...«

Wir sehen uns an. Die Luft vibriert und winzige Staubpartikel leuchten in der Sonne wie Glühwürmchen. Ganz zart nimmt er dann mein Gesicht in seine Hände und beugt sich zu mir herab. Ich spüre seinen Atem auf meinen Lippen, sehe das tiefe, warme Funkeln in seinen Augen. Blau, so unendlich blau wie ein freier Fall. So nah.

»Tucks ... ich habe dir gesagt, dass ich dich liebe. Aber bis eben habe ich nicht begriffen, wie sehr ...« Seine Augen schimmern und ich möchte ihn einfach nur festhalten, damit ihn mir niemand wegreißen kann. »Als ich dich mit diesem seltsamen Achterknoten da oben gesehen habe ... kein Mensch macht solche üblen Knoten, Tucks! Was hast du dir dabei gedacht?«

Jetzt muss ich kichern, weil er beinahe wieder der Alte ist, der River, den ich kenne, und gleichzeitig will mir genau das das Herz brechen.

Auf einmal wird er ernster als je zuvor. »Ich liebe dein Lächeln und die Art, wie du den Blick senkst, wenn du verlegen bist. Ich liebe es, wie du ohne Worte alles sagen kannst. Ich liebe dich, weil du stark bist, ohne es zu wissen, schön bist, ohne es zu sehen, gut bist, ohne es zu erkennen.«

Tränen steigen in meine Augen und ich halte mich an seinen Oberarmen fest, während er noch mein Gesicht in seinen Händen hält.

»Ich liebe es, wie du isst und trinkst, ich liebe deine Liebe zu schönen Wörtern, deine Küsse und all deine Worte, auch die getippten auf deinem Handy.«

Es hilft nichts, die Tränen kullern haltlos über mein Gesicht. Ich verrate ihn und er sagt mir, wie sehr er mich liebt.

»Ich liebe es, wie du lachst und weinst. Still oder laut, ganz egal.«

Ich gebe ein seltsames Geräusch von mir, das eine Mischung aus Lachen und Schluchzen ist. »Okay, das genügt.«

»Das genügt nicht«, flüstert River. »Es genügt niemals, auch wenn du gerade verlegen bist und deinen Blick senkst. Ich liebe dich, weil du du bist und weil ich bei dir für einen ganzen Sommer River McFarley sein konnte.«

»Konnte?«, hake ich nach.

Mein Handy summt. Wir lassen uns los und ich ziehe das Handy aus der Tasche.

»Mr. Spock alias dein Bruder?«

»Hm.« Ich lüge. Die Nachricht ist von Arizona. *Lauft den Weg zurück. Sie haben alles von einem Trail unterhalb beobachtet. Zugriff zu riskant – er könnte flüchten und springen.*

Mein Magen zieht sich zusammen.

»Habt ihr schon alles zwischen euch klären können?«

Ich nicke.

»Was ist denn?« Er lächelt und greift meine Hand.

Ich sehe ihn an und alles tut mir weh. Für Sekunden überlege ich mir, ihm die Wahrheit zu sagen und mit ihm abzuhauen, aber dann denke ich daran, dass ich ihn das nächste Mal vielleicht nicht werde aufhalten können, wenn er sich etwas antun will.

»Danke«, flüstere ich und drücke ganz fest seine Finger.

Mehr brauche ich nicht zu sagen. Es ist das wichtigste Wort von allen. Dass ich ihn liebe, weiß er sowieso.

Wir laufen weiter und ich habe das Gefühl, mich gleich übergeben zu müssen. Ich verrate ihn also wirklich. Ich verrate den Jungen, den ich liebe, der mich gerettet hat, der mir alles bedeutet. Ganz tief atme ich den Geruch der Kiefern ein, doch mir ist total übel. Ich hoffe, sie stehen nicht mit mehreren Polizeiautos und Krankenwagen am Ende des Wanderwegs. Bei der Vorstellung, wie sie ihn vielleicht gewaltsam in Gewahrsam nehmen müssen, dreht sich mir der Magen um. Er wird mich dafür hassen, ganz sicher. Vorsichtig schiele ich zu ihm hinüber, doch er scheint gedanklich weit weg. Umso überraschter bin ich, als er auf einmal mitten auf dem Trail stehen bleibt und mich dadurch ebenfalls stoppt.

»Hey, Tucks, warte mal kurz!« Auf einmal wirkt er unruhig.

Wir sind noch nicht mal bei den Upper Falls angekommen. »Was ist denn?« Eine diffuse Angst flattert in mir auf.

Ganz plötzlich schlingt er die Arme um mich, drückt mich an sich, als wollte er mich nie wieder gehen lassen, als wüsste er, dass wir uns trennen müssen. »Tucks«, flüstert er an meinem Ohr. »Schließ die Augen, okay.«

»Okay.« Ich lache nervös, aber natürlich tue ich, was er sagt. Der Geruch der frischen Wasserfälle liegt in der Luft, das Harz der Kiefern. Dann schmecke ich seinen sanften Kuss auf den Lippen und ein süßes Ziehen durchflutet meinen Bauch.

»Versprichst du mir was?«, fragt er leise.

»Natürlich.«

»Fingerschwur?«

»Na klar!«

Weil meine Augen geschlossen sind, angelt er sich meinen kleinen Finger mit seinem. Die Berührung ist so zart und leicht wie Wind, so vertraut. Ich spüre seinen Blick auf meinem Gesicht, wie damals, als er gesagt hat, er wolle mich retten.

Ich blinzele.

Seine Augen schimmern verdächtig, leuchten orangeblau in der Morgensonne. »Weine nicht, Tucks. Okay ... weine nicht ...« Er lässt mich los und weicht Schritt für Schritt zurück.

»River, was soll das?«

»Ich könnte es nicht ertragen, dich jemals zu verlieren.«

»Das wirst du auch nicht.« Ich gehe auf ihn zu. Schwarze Panik läuft in mich hinein.

»Und ich könnte es niemals ertragen, dich zu verletzen ... und das würde ich eines Tages ... vielleicht nicht River McFarley, aber Asher Blackwell oder Tanner Davenport.«

»River!« Ich weiß nicht, ob es ein Schrei oder ein Wispern ist. Entsetzen zieht meine Kehle zusammen, als ich es begreife.

»Komm mir nicht hinterher. Das musst du mir versprechen, verstanden?«

Und dann dreht er sich um und rennt einfach los.

KAPITEL EINUNDDREISSIG

Zwei Monate sind seit diesem Tag im Yosemite vergangen, doch es kommt mir vor wie ein ganzes Leben. Ich bin wieder zuhause in Cottage Grove. Beinahe kann ich es selbst kaum glauben.

Wenn ich überhaupt einschlafe, wache ich gegen vier Uhr nachts auf, wandele durch das Haus, getrieben von einer Unruhe, die mein Herz flattern lässt.

Auch heute Nacht sitze ich nach mehreren Runden durch Wohnzimmer, Flur und Treppenhaus wieder auf dem Küchentisch und starre durch das gekippte Fenster nach draußen, doch ich sehe nur mich. Mein Haar ist wieder hellbraun, Arizona hat es mir gefärbt, leider schimmert es im Tageslicht ein bisschen grün, doch ich wollte nicht länger blond sein – June ist blond gewesen. Sie hatte blonde Locken, das hat mir Xoxo geschrieben und ein Bild angehängt, das er in Rivers Sachen gefunden hat. Auf dem Foto trägt sie sogar eine Fledermausbluse.

Irgendwie hat mich das Bild irritiert. Ich hatte mir June immer elfenhaft und ätherisch schön vorgestellt. Wie eine Göttin. Einfach, weil River sie so geliebt hat. Aber die June auf dem Foto sieht aus wie ein normales Mädchen; bis auf die Narbe, die sich von der Schläfe hin bis zu ihrem Kinn zieht. Diese Narbe gibt ihrem Gesicht etwas Eigenwilliges, etwas Bizarres. Und das hat River ja immer geliebt. Das Schöne im Gewöhnlichen.

Meine Augen werden feucht. Ich kann nicht an River denken,

ohne zu weinen. Ich kann nicht mal an der Garderobe vorbeilaufen, ohne zu weinen, weil ich dann James' Lederjacke rieche.

Manchmal, wenn schlimme Dinge passieren, verschwimmen die Ereignisse, sodass sie einem hinterher traumartig erscheinen und Bruchteile davon immer wieder aufflackern können. Das kommt daher, weil das menschliche Gehirn bei der Verarbeitung überfordert ist und keine richtige Abspeicherung erfolgt. So hat James es mir zumindest erklärt. Unser Thalamus filtert alle Sinneseindrücke, danach werden in der Amygdala Gefühle und Ereignisse verknüpft. Im Hippocampus geschieht die geografische und zeitliche Zuordnung und das Ganze geht als feste Erinnerung in den Langzeitspeicher der Großhirnrinde.

Bei schlimmen Ereignissen wird jedoch die Zuordnung der Geschehnisse im Hinblick auf die Realität im Hippocampus gestört. Es fehlen letztendlich reale Erinnerungen oder es gibt Lücken in der Erinnerung. Und diese unvollständigen, nicht abgespeicherten Erinnerungen treiben wie emotionale Seifenblasen im Gehirn herum und sobald etwas an die Situation von damals erinnert, platzen sie auf und schreien laut: Hier!

Vielleicht erlebe ich deswegen manchmal immer noch die Ereignisse von jenem Tag, als geschähen sie jetzt. Vielleicht reicht deshalb oft der Geruch von James' schwarzer Lederjacke und ich befinde mich wieder im Yosemite National Park. Womöglich breche ich deswegen manchmal scheinbar grundlos in Tränen aus, wenn ich länger zum Himmel sehe, in dieses unendliche Blau, das so tief scheint wie Rivers Augen, so tief und weit wie ein freier Fall.

Immer wieder frage ich mich, ob River geahnt hat, dass ich ihn verraten wollte.

Heute weiß ich, wie feinfühlig Menschen mit einer bipolaren Störung sein können, vor allem in der Manie. Dass sie Antennen besitzen und Schwingungen erfassen, die anderen entgehen. Womöglich hat er deswegen auch immer das Richtige zur rechten Zeit gesagt oder getan. Keine Ahnung. Ich werde niemals erfahren, ob er tatsächlich bipolar gewesen ist, denn diese Diagnose lässt sich erst nach einigen Jahren anhand des Krankheitsverlaufs stellen, egal was Clark Davenport darüber zu wissen glaubt. Vielleicht war River auch einfach nur ein verlorener Junge mit einem Herzen aus Gold. Aber, woran immer er auch gelitten hat, ich glaube ganz fest daran, dass die Vernachlässigung in seiner Kindheit und der emotionale Mangel eine Mitschuld daran tragen. Ich glaube, sie waren der Grund dafür, dass

er so unbedingt von der Welt geliebt werden wollte und dass keine Liebe der Welt je ausgereicht hätte, um diesen Mangel zu füllen.
Nicht einmal meine.
Nicht einmal meine.
Ich muss schlucken. Noch heute kann ich den Geruch der frischen Wasserfälle und Kiefern riechen, noch heute schmecke ich seinen sanften Kuss auf meinen Lippen. Diesen süßen, bitteren Hauch des Abschieds, von dem ich in diesen Sekunden nichts ahnte.
Worte, Gefühle und Bilder ziehen durch meine Gedanken, unsortiert und nicht in der richtigen Reihenfolge. Seine raue Stimme weht wie aus weiter Entfernung zu mir herein.
»Hey, Tucks, warte mal kurz.«
Ich blinzele, starre nach draußen in die Nacht.
»Tucks. Schließ die Augen, okay.«
Ich tue es, damals wie heute. Unsere kleinen Finger ineinandergehakt. Die letzte Berührung. Seine geflüsterten Worte an meinem Ohr: »Versprichst du mir was?« Die schwarze Panik in meinem Kopf, als ich verstanden habe, was er vorhatte. Das Entsetzen in meiner Kehle.

Er sagte etwas von *nicht hinterherkommen* und *du hättest es mit nichts auf der Welt verhindern können.* Dabei läuft er rückwärts oder vielleicht rennt er auch wieder. Ich erinnere mich an das Salz in meinem Gesicht. Tränen, die einfach immer weiterlaufen und weiterlaufen. An die kratzigen Kiefernäste, als ich ihm querfeldein hinterherrenne, an den steinigen Untergrund. An das Stolpern und Wiederaufstehen. An den Gedanken, dass es hier zu wenig Geländer gibt.

Er ruft, *ich solle verdammt-noch-mal stehen bleiben* und er ist so schnell. Er ist wie immer viel zu schnell für mich. Ich kann ihn nicht einholen.

Ich erinnere mich an Hubschrauber und Suchtrupps, als es vorbei war.

Wir wollten doch für immer River und Tucks bleiben.

Ein kalter Wind streicht durch das gekippte Fenster über meine Wangen. Draußen sind es bereits null Grad.

»Ich liebe dich«, flüstere ich, obwohl er mich nicht hören kann. Mein blasses Gesicht schaut mir aus der Scheibe entgegen.

Stumm wische ich mir die Tränen ab.

»Kansas?«

Erschrocken schaue ich mich um und entdecke Dad, der in der Küchentür steht. Er trägt seinen dunkelblauen Pyjama, den er auch in der Nacht trug, als er mich mit Mum verwechselt hat. Tiefe Ringe hängen wie zerknitterte nasse Teebeutel unter seinen Augen. »Es ist eiskalt. Du hast mal wieder das Fenster geöffnet.«

Vorsichtig kommt er um den Küchentisch herum und schließt es, wobei er sich über den Tisch beugt und meinen Arm streift. Er riecht nach seinem herben Aftershave, nach Mann und nach Dad.

»Das hast du auch gemacht, als Mum gegangen ist, weißt du noch?«

Erstaunt sehe ich ihn an. »Ich dachte, du hättest davon nichts mitbekommen.«

Er lacht kurz auf und sieht dabei wirklich aus wie Christian Bale in Batman Teil drei. So, als lastete die Verantwortung der ganzen Welt auf seinen Schultern. »Ich habe dich zugedeckt. Nacht für Nacht habe ich das Fenster geschlossen und es morgens gegen sechs wieder aufgemacht, damit du nicht merkst, dass ich da gewesen bin.«

In meinem weißen Nachthemd rutsche ich vom Küchentisch. »Wieso? Wieso sollte ich das denn nicht merken?« Verwirrt schüttele ich den Kopf und wische den Rest der Tränen mit meinen Handrücken ab.

»Du warst wütend auf mich. Du dachtest, es wäre meine Schuld.« Er schweigt. »Du hast es nie gesagt, aber ich habe es in deinem Blick gesehen.«

»Dad, ich dachte, du wärst böse auf *mich*. Ich dachte, du denkst, Mum wäre gegangen, weil ich so ein schwieriges Kind gewesen bin. Am Telefon hast du Tante Jessie gesagt, wenn ich nicht so krankhaft schüchtern gewesen wäre, wäre Mum noch da ...«

»Oh, Kansas.« Jetzt sieht er aus, als würde er mich am liebsten in den Arm nehmen. »Du warst doch nicht wirklich schwierig. Du warst schüchtern, ja. Ich wusste manchmal nicht, wie ich mit dir umgehen soll.« Er gräbt die Hände in die Taschen seiner Pyjamahose. »Deine Mum hat William Sparks im Wartezimmer deiner Therapeutin kennengelernt. Er war mit seiner Nichte dort, als Vertretung sozusagen, weil seine Schwester keine Zeit hatte. Er war von der Westküste bei ihr zu Besuch.«

»Mum hat ...« Mir klappt der Unterkiefer herunter. »Wieso hast du mir das nie gesagt?«

Er streicht sich seine vom Schlaf zerknautschten Locken aus der Stirn. »Ich wollte nicht, dass du dir die Schuld gibst. Ich konnte ja nicht wissen, dass du das am Telefon mitgehört hast! Ihr solltet ja eigentlich nicht lauschen, nicht wahr?«

Ich lächele wehmütig, als er mir zuzwinkert. Ja, ich kann wieder lächeln, aber es tut immer noch weh. Ein bisschen fühlt es sich an, als trüge ich eine harte Gipsmaske, gegen die meine Muskeln ankämpfen müssen.

»Ich mochte die blonden Haare«, gesteht Dad jetzt und tritt von einem Fuß auf den anderen. »Sah weniger nach ihr aus.«

»Du vermisst sie immer noch.« Wieder einmal denke ich an River, woraufhin meine Kehle eng und heiß wird, als hätte ich eine frisch geröstete Marone verschluckt. »Dad, sie hat uns verlassen und sich nie wieder gemeldet. So jemanden solltest du nicht vermissen. Sie hat uns alle im Stich gelassen.« River dagegen ...

»Ich weiß. Aber Verstand und Herz sind manchmal anderer Meinung.« Er nimmt die Hände aus den Taschen. »Eine heiße Schokolade mit Extrasahne?«, fragt er und öffnet den Küchenschrank.

Ich fühle mich elend und furchtbar einsam. Ich esse kaum etwas, aber ich möchte seine neuerliche Fürsorge nicht bremsen, weil es die einzige Art ist, mit der er mir zeigen kann, was ich ihm bedeute.

»Unbedingt!«, sage ich daher und nicke eifrig, auch wenn alles in mir drin wund und hohl ist.

Dad setzt Wasser im Wasserkocher auf.

Ich drehe mich noch einmal zum Küchenfenster um und fast meine ich, River hinter der Scheibe in der kalten Nacht stehen zu sehen, wie er die Stirn gegen das Glas legt und mir zuzwinkert, aber das ist unmöglich.

Schon wieder stehen Tränen in meinen Augen.

Vorgestern habe ich mit Arizona sämtliche Mitschnitte von den Livekonzerten der Demons'n'Saints angeschaut. Ich wollte River in Bewegung sehen, nicht nur auf einem der Fotos auf meinem Handy, die ich fast auswendig kenne. Die meisten von ihnen habe ich in der Zeit aufgenommen, als ich bereits wusste, dass er Chesters Bruder ist. Ab und zu habe ich auch eins von uns beiden gemacht.

Doch River hat auf allen Fotos nichts mit Asher Blackwell gemeinsam. Asher Blackwell ist mir fremd, selbst seine Stimme klang bei den Live-Konzerten viel weniger nach River, als ich gehofft habe. Nur ab und zu, in einer flüchtigen Geste, wie er sich durch die Haare streicht, oder in einem Lächeln, habe ich River hinter all seiner Schminke erkannt. Und diese Momente, diese Blitze der Liebe in meinem Herzen, waren tausendmal schlimmer als die Augenblicke, in denen er mir fremd war. Mittlerweile läuft ihr aktuelles Album überall in den Charts, all die Songs, die sie auf den Konzerten hätten spielen sollen. Eine ganze Nation trauert.

Dad gießt das heiße Wasser in die beiden Becher mit den herzförmigen Griffen, die James Arizona und mir zum zwölften Geburtstag geschenkt hat. Akribisch verrührt er das Schokoladenpulver und gibt anschließend einen gewaltigen Klecks Sprühsahne auf den Kakao.

»Trink!«, sagt er und drückt mir einen Becher in die Hand. Er meidet meinen Blick. Ich glaube, er kann mich nicht weinen sehen, ohne dass es ihm körperlich wehtut. »Das tut gut nach so einer kalten Nacht«, fügt er noch hinzu. »Ich verstehe zwar nicht, worin da der Sinn liegt, aber du wirst es schon wissen.«

»Hier unten schlafen?«, frage ich und schnuppere an dem dampfenden Getränk, doch mir dreht sich der Magen um. Nahrung und ich – wir kommen immer noch nicht wirklich zusammen. Wenn ich esse, dann nur weil ich weiß, dass ich Kraft brauche. Wieder schaue ich aus dem Fenster in die Dunkelheit. River ist nicht dort draußen, das weiß ich, trotzdem kann ich nicht damit aufhören, auf ihn zu warten. Das ist völlig, völlig verrückt.

Die ersten Schneeflocken schweben vorbei, dicke Flocken wie Wattebäusche oder glitzernde weiße Sterne. Schneesternengestöber. Nachtlichtflocken. Himmelstränenkristalle.

Mein Herz zieht sich zusammen. »Ich denke, wenn ich lange genug hier sitze, kommt er vielleicht zurück«, sage ich leise und eine tiefe Welle der Traurigkeit erfasst mich. »Dann bin ich die Erste, die ihn sieht ...«

Dad macht ein betroffenes Gesicht. »Oh Kans ...«

»Wusstest du, dass River ein Jahr lang auf Junes Grab geschlafen hat?«

»Nein.« Mein Dad lockert seine Schultern, indem er sie einmal kreisen lässt. »Wieso denn das?«

»Er konnte sie nicht loslassen. Er sagte, es wäre seine Schuld, dass sie sich umgebracht hat.«

»An so etwas hat niemand allein Schuld. Ich hoffe, das weißt du.«

Ja, mittlerweile habe ich es begriffen. Rivers Worte haben mir geholfen: *Du hättest es mit nichts auf der Welt verhindern können.* Er wollte nicht, dass ich ihn festhalte, deswegen muss ich ihn jetzt loslassen, jeden Tag ein bisschen mehr.

Dad sieht mich an und auf einmal passiert etwas Merkwürdiges mit seinen Augen. Sie glitzern feucht in dem trüben Küchenlicht. »Es muss so schlimm für dich gewesen sein. Kansas, wir haben immer noch nicht darüber gesprochen, was an dem Tag passiert ist, als ...«

»Ich habe mit Arizona geredet, das ist okay«, weiche ich aus. Das alles hat River für mich getan. Er hat mir meine Schwester wiedergegeben. Und James. Letztes Wochenende sind wir auf unseren alten Fahrrädern zur Ölraffinerie rausgefahren und haben bis zur Morgendämmerung den grünen Schein der Stahltürme und Pipelines bestaunt. Wir sind auch auf dem angrenzenden stillgelegten Gelände herumgeklettert und balanciert. Es war beinahe wie früher. Wenn nur nicht immer dieser reißende Schmerz in meiner Brust wäre. Wenn ich nicht bei allem an River denken müsste. An sein schiefes Lächeln und seine rauchige Stimme, an das zärtliche *Hey* und sein unwiderstehliches *Baby*. Manchmal stelle ich mir vor, er wäre bei mir, würde die Arme um mich schließen und mir hundert schöne Wörter ins Ohr flüstern. Dann rieche ich seinen Atem, diese Mischung aus karamellsüßem Jack Daniel's und Frische, die wie Freiheit schmeckt. In diesen Momenten, in denen ich ihn so sehr vermisse, habe ich das Gefühl, ein kleines bisschen zu sterben. Ich sehne mich nach dem Gefühl der Slack unter meinen nackten Füßen und dem Wind im Gesicht. Ich will wieder mit ihm Lines zwischen den Tannen laufen, durch blaugrüne Flüsse fliehen und das Gefühl der Liebe entdecken. Ich will mich in Gefahr bringen und wieder sicher sein, einfach nur, um die Intensität des Lebens zu spüren. Ich will mit ihm Liebe machen, ihn so tief fühlen wie damals in Las Vegas.

Verdammt, ich will ihn einfach wiederhaben.

Das Paradoxe daran ist, dass er ja nie existiert hat. Ich habe jemanden geliebt, den es nicht gibt. Als hätte ich mich in ein Phantom verliebt oder in eine Figur aus einem Märchen. River McFarley war nur eine Projektion von Rivers eigenen Wünschen. So wäre er gern gewesen. Der ewige Retter, der immer gut drauf ist. Wagemutig und verwegen. Er wollte die Schuld von Tanner Davenport tilgen, aber in seinen dunklen Stunden war Tanner doch immer bei ihm.

Schon wieder laufen Tränen über meine Wangen und tropfen in den Sahneklecks des Kakaos. »Ich vermisse ihn, Dad«, sage ich erstickt und muss die Tasse abstellen, weil der Kakao überschwappt. »Ich vermisse ihn so sehr, dass mir alles wehtut. Manchmal habe ich das Gefühl, ich kann kaum noch atmen vor lauter Vermissen ...«

Dad stellt seinen Becher ab und kommt zu mir zum Küchentisch. Und nach so vielen Jahren nimmt er mich ganz fest in seine Arme und drückt mich an seine Brust. Ich komme mir plötzlich wieder klein vor, wie das Kind, das ich einmal gewesen bin, damals, als ich seinen Trost gebraucht hätte und er nicht für mich da sein konnte.

»Ich weiß, wie schlimm das Vermissen und die Sehnsucht sein können, Sweetheart«, sagt er leise und lässt mich nicht los. Er hält mich so fest, wie er nur kann, und das ist noch etwas, das River für mich getan hat.

Ich weine in den Armen meines Dads und fühle, wie sehr uns das alles verbindet.

Das Vermissen. Die Sehnsucht. Die Liebe.

Das ist wirklich bizarr.

Es hätte River gefallen.

EPILOG

DER DIESJÄHRIGE WINTER KNACKT AUF DER MINUSSKALA DIE Rekordmarke. Die Medien berichten von Minnesota als der *Ice Box* der Nation. Angeblich ist der Jetstream für die eisige Polarluft aus Kanada verantwortlich und angeblich sei es nicht unnormal. Trotzdem hört man hier und da etwas von Klimawandel und Eiszeit. Es herrscht eine richtige Endzeitstimmung.

Arizona und ich packen auf dem Speicher unsere dicksten Mützen, Handschuhe und Stiefel aus und finden dabei unsere alten Nikolausmützen. Wir essen einen Schokokuss mit auf den Rücken verschränkten Händen, schießen direkt im Anschluss ein Selfie, die Köpfe dicht beieinander, wie damals, als wir fünf waren, und schicken es James. Er schickt einen Augenroller zurück, weil er inzwischen beinahe eifersüchtig auf unsere Zweisamkeit ist.

Alles hat sich verändert.

Ich gehe mittlerweile auf die Jackson High. Ich muss sehr viel Stoff nachholen und habe mehr Kurse als alle anderen. Wenigstens lenkt mich das von River ab. Der ganze Trubel, der um meine Person gemacht wird, sowieso. Ich bin hier ein Fixstern, aber die meisten Mädchen wollen im Grunde nur mit mir befreundet sein, weil ich Asher Blackwell geküsst habe, und mehr. Die Jungs dagegen trauen sich kaum mit mir zu reden, weil sie sich nicht gerne mit einer Ikone messen. Aber wie es auch ist, es ist besser, als mittags in einem Schrank im Keller zu sitzen oder sich in einer stinkenden Toilette zu verstecken, besser als Schläge und Wassereimer. Die meiste Zeit hänge ich ohnehin mit Arizona und ihren Freundinnen ab. Nach der Schule gehen wir oft ins Dan Applebee's Burger & Grill, den ehemaligen In-Treff der Kensington-Hills, der mittlerweile in der Hand der Jackson ist.

Ich weiß, dass ich, trotz der ganzen Aufmerksamkeit, im Herzen immer ein Trabant sein werde, ein Mond, aber das ist nicht schlimm. Es gibt Menschen wie Dad und mich, die einfach ernster und stiller sind. Die nicht ständig glänzen müssen und sich im Hintergrund halten. Und es gibt Menschen, die viel reden und dabei trotzdem nichts sagen. Das hat ja damals schon dieser Tom in Woods Crossing gesagt, der Hippietyp, der mir die Karten gelegt hat. Jetzt, einige Monate später, weiß ich, dass er nicht wirklich Tom hieß, sondern Ben. Ben Adams. Das erklärt natürlich auch die Pistole. Ich habe tatsächlich bei der Polizei angerufen und ihnen den Vorfall im Motel geschildert. Ich habe ihnen gesagt, dass Ben Adams mir geholfen hat. Natürlich habe ich nicht nur seinetwegen angerufen, sondern auch, weil ich wollte, dass Jack und John aktenkundig werden, auch wenn es nur die Aussage von mir und Ben Adams gibt.

Das alles kommt mir immer noch surreal vor. Irgendwie war dieser ganze verrückte, schreckliche und schöne Sommer geprägt von *Der Macht der Masken*. Kaum einer war der, der er wirklich war. Nicht einmal ich selbst. Und trotzdem habe ich mich ganz am Ende wiedergefunden. Irgendwo inmitten des Schweigens und der Worte, der Trauer und dem Glück. Vielleicht aber auch auf der Highline, zwischen Himmel und Erde, über dem Abgrund, als ich mir so nahe war wie nie zuvor.

* * *

Heute gehe ich nicht mit den anderen ins Dan Applebee's, sondern lasse mich von Arizona am Stadtrand absetzen. »Ich muss noch was erledigen«, sage ich, als ich am Parkplatz unterhalb des Old Sheriffs aussteige.

»Kann ich nicht mitkommen?«, drängelt Arizona.

»Nein, ich muss das allein tun.«

»Ist es wegen ihm?« Sie sieht mich vom Fahrersitz aus an, der Motor läuft noch.

Ich nicke.

»Kans. Du machst doch keine Dummheiten da oben, oder?« Für einen Moment sammeln sich Tränen in ihren Augen – diese Sentimentalität ist neu, auch ihre permanente Sorge um mich. Seltsamerweise tut es mir gut.

Ich lächele sie an und schüttele den Kopf. »Natürlich nicht.«

»Ich könnte hier auf dich warten.«

»Nein, ich brauche Zeit. Ich laufe nach Hause. Ich ... ich muss mich einfach richtig verabschieden, weißt du. So zeremoniell und so.«

»Okay.« Das sagt sie auch oft. Alles, was ich tue, ist plötzlich okay. Sie lächelt. »See You Later, Alligator.« Auf einmal wirkt sie fast überschwänglich.

Ich hebe die Hand. »After While, Crocodile.« Abschiedsworte, ich hasse sie wirklich.

»Vergiss nicht, dass James heute den Christbaum holt.« Arizona zieht ihre Mütze über die Ohren und dreht die Autoheizung höher. »Wir schmücken ihn dann alle zusammen – also den Baum, nicht James.« Sie grinst. »Ich habe sogar einen Elch für die Spitze gebastelt. Und wehe, du sagst was gegen ihn! Kein Wort darüber, dass Mum immer auf einen Stern bestanden hat!«

Mum. Diese Frau ist so weit entfernt von meinem Leben, als hätte sie nie eine Rolle gespielt. Eine Weile habe ich überlegt, ihr Foto im Klo hinunterzuspülen, aber letzten Endes habe ich es Dad zurückgegeben. Er wirkte nicht sonderlich überrascht, als hätte er gewusst, dass ich es habe. So wie er auch das mit dem Küchentisch gewusst hat. Ich weiß nicht, wie viel einfacher alles gewesen wäre, wenn wir schon früher miteinander geredet hätten.

»Kansas Montgomery!«

Ich zwinkere. »Was ist?«

»Du hörst mir gar nicht zu!«

»Tut mir leid, Ari. Was ist denn?«

»Ich habe dir erzählt, dass James und ich den Elch Mr. Specks getauft haben.«

»Mr. Specks ... na, von mir aus.«

»Kans!« Arizona sieht mich vom Fahrersitz aus leicht gekränkt an. »Du könntest wenigstens lächeln.«

Und das mache ich, ihr zuliebe. Weil sie sich so große Mühe gibt, lauter verrückte und lustige Dinge zu tun, da sie weiß, dass ich das an River so mochte.

»Ein selbstgebastelter Elch namens Mr. Specks auf unserem Christbaum. Das kommt definitiv auf die Strange-Seite, Ari.«

»Definitiv!«

Mittlerweile sammeln wir nicht nur Wörter und Sprüche, sondern auch Situationen.

Ich schlage die Tür zu und winke flüchtig. Langsam stapfe ich in meinen dicken Schneestiefeln über den Parkplatz, direkt an der Stelle vorbei, wo River den Porsche geparkt hatte. Unweigerlich denke ich an Chester. Natürlich wurden die Ermittlungen gegen ihn eingestellt, nachdem Senator Davenport Druck bei den entsprechenden Behörden gemacht hat. Allerdings wurde auch gegen James keine Anklage erhoben. Ich weiß nicht, ob ich erleichtert sein soll. Einerseits verdient Chester seine gerechte Strafe, andererseits wäre vielleicht alles von der Presse hochgekocht worden und die Davenports sind gestraft genug.

Mein Dad hat seinen Job vor sechs Wochen jedenfalls wirklich geschmissen, wenn man das bei einem Kardiologen so sagen kann. Es ging zum Glück ohne große Probleme und im kommenden Frühjahr will er eine eigene Praxis in einem Nachbarort eröffnen. Er vermutet, dass Clark Davenport mittlerweile die ganze Wahrheit kennt, also das, was in der Kensington tatsächlich passiert ist. Er glaubt, Clark Davenport hat Bilder von den Quälereien auf Chesters Handy gefunden, aber Dad war sich nicht sicher, ob er Clark Davenports Andeutung richtig verstanden hat. Ich habe zumindest gehört, dass Chester jetzt das St. Benedict besucht, in dem auch River gewesen ist. Das Internat für Schüler mit psychischen Auffälligkeiten.

Wenigstens das.

Ich wickele den Schal enger um meinen Hals, weil der Wind so kalt in den Kragen meiner Jacke pfeift. Mit jedem Meter, den ich bergauf steige, verbanne ich Cottage Grove, meine Familie und die Kensington weiter aus meinen Gedanken.

Das hier betrifft nur mich. River und mich. Einen Teil meines Lebens, den ich loslassen muss, aber niemals vergessen werde.

* * *

Es ist das letzte Mal, dass ich zur Eisenbahnbrücke gehe.

Es ist Abschied und Neubeginn. Und jetzt, da ich die Kuppe erreiche, kommt es mir plötzlich so vor, als hätten all die bedeutenden Momente meines Lebens in schwindelerregenden Höhen stattgefunden.

Während ich die letzten Meter Richtung Brücke gehe, ist es, als wäre seit Anfang Juni gar keine Zeit vergangen.

Für einen Moment bleibe ich stehen und finde dich in meiner

Erinnerung. Deine dunkelblauen Augen, dein Lachen, die weißblonde Haarsträhne.

River.

Ich erinnere mich noch so gut an den Tag, als ich dich hier oben getroffen habe. Fast spüre ich wieder den warmen Frühlingswind auf meiner Haut, obwohl es heute so kalt ist.

Ich komme von der Ostseite, wie damals. Und wie damals lasse ich meine Tasche am Rand der Brücke zurück und stiefele einsam in der Mitte der Gleise voran. Das morsche Holz ist mit frisch gefallenem Schnee bestäubt, der aussieht wie Puderzucker. Ich höre das Knirschen meiner Schritte, atme die feuchtkalte Luft in mich hinein.

Der Willow Creek rauscht unter mir. Noch trotzt seine Strömung den Minusgraden, aber es ist nur eine Frage der Zeit, bis die Kälte das Wasser zufriert.

Ich gehe weiter und stehe auf einmal genau an der Stelle, an der ich mich vor Monaten hinunterstürzen wollte.

F-L-I-E-G-E-N.

Das hast du getan, denke ich. *Du bist geflogen.* Und plötzlich finde ich in dem Tosen weit unter mir einen Teil meiner Wut.

Oh ja, ich bin wütend auf dich, River. Unendlich wütend. Weil ich es immer noch nicht verstehe und es auch niemals verstehen werde. Vielleicht kann man das aber auch gar nicht. Und natürlich bin ich nicht nur wütend. Ein Teil von mir ist auch voller Liebe. Voller Dankbarkeit.

Ich ziehe mir das Band mit dem schwarzen Kranich vom Handgelenk und atme tief ein.

Don't cry a river for me, Baby – würdest du jetzt zu mir sagen und ich würde lächeln. Weil es – wie alles, was du gesagt hast – mehrere Bedeutungen haben kann. Mein Herz ist so schwer. Doch es ist auch ganz leicht. *Gegensätze, Baby, yeah.*

Ging es dir auch oft so, als du June verloren hattest? Gab es Tage, die sich anfühlten, als wären die Minuten aus Blei gegossen, und solche, die wie Luft waren? Schwerelos, weil du an all das Schöne gedacht hast?

Am Zeigefinger lasse ich den Origamivogel über dem Abgrund baumeln. Origami, das wird wohl nie meins sein, aber du hast gesagt, man solle immer etwas symbolisch fliegen lassen, jedes Mal, wenn man nicht springt. Deshalb habe ich mir extra rabenschwarzes Papier in Mrs. Wilsons Bastelladen gekauft und den Kranich gefaltet. Okay, er ist jämmerlich, aber du siehst es ja nicht. Weißt du, neulich habe ich gedacht, das Leben ist wie Origami. Wenn du Dinge auseinanderfaltest, wird es kompliziert. Man kriegt sie nie genau so wieder hin.

Wärst du damals nicht gekommen, wäre ich gesprungen. Ich bin mir ganz sicher. Du hast mich also tatsächlich gerettet, auch wenn du sagst, es sei umgekehrt gewesen.

Für einen Moment blicke ich in den Abgrund. Der Fluss klingt jetzt sanfter. Fast so, als flüsterte er mit jedem Aufsprudeln seiner Schaumkronen unablässig deinen Namen.

Ri-ver. Ri-ver. Ri-ver.

Das Band rutscht sacht von meinem Finger, dann trudelt der Kranich endlos-endlos-endlos hinab, und da er in dieser gewaltigen Naturkulisse so winzig ist, sehe ich nicht, wie er von den dunkelblauen Fluten verschluckt wird.

Er ist einfach fort.

So wie du.

Das war's. Und natürlich weine ich jetzt doch, auch wenn ich dir versprochen hatte, es nicht zu tun.

Wieder blitzt eine der unsortierten Erinnerungen in mir auf wie ein Sternenregen.

»Weine nicht, Tucks, versprich mir das! Lass mich los, wie ich June losgelassen habe, mit einem Schrei weit über dem Boden, direkt in den Himmel.« Er steht am Abgrund und mein brennendes Herz setzt einfach aus. »Willst du mir das versprechen?«, flüstert er zitternd in meinem Geist und natürlich nicke ich. Ich hätte ihm alles versprochen.

Für einen Moment muss ich die Augen schließen. Ganz zart taste ich nach dem weißen Schwan an meinem anderen Handgelenk und spüre das weiche Papier wie ein Streicheln.

Ich vermisse dich, Riv.

Ich vermisse dich so sehr. Ich sage allen, es geht mir gut, aber das ist gelogen. Ich benehme mich normal und tue normale Dinge. Doch du bist immer bei mir. In jedem Gedanken, in jedem Atemzug. In jedem Moment Leben, das du mir geschenkt hast. Wie kann ich dieses Leben nur ohne dich weiterführen?

Für Sekunden stehe ich einfach nur da und breite die Arme aus. Ich werde nicht springen, aber ich brauche dieses Gefühl der Freiheit. Dass ich fliegen und abheben kann, wann immer ich will, wenn der Schmerz zu groß wird. Ich schließe die Augen.

Falle.

Träume.

Und in meinem Traum bist du plötzlich bei mir, schlingst von hinten die Arme um mich und hältst mich so fest wie damals, bevor du einfach losgerannt bist. So fest, als würdest du mich nie wieder freigeben.

»Das würde ich nicht tun«, höre ich dich mit rauer Stimme sagen, direkt an meinem Ohr. »Du kannst es nämlich nie wieder rückgängig machen.«

Fast spüre ich dich wirklich. Und in dieser anderen Wirklichkeit winde ich mich aus deinen Armen und da stehst du. Groß und breitschultrig wie damals. Die Haare kinnlang, blond und zerzaust – die Augen so tiefblau wie ein Sommerhimmel. Du siehst unendlich vertraut aus. Selbst das Glitzern in deinen Augen ... ich kann es immer noch sehen. Es ist ein Lebensfunke, ein Lachen, und gerade das ist es, was ich bis heute nicht verstehe. Weil du so intensiv gelebt hast, als würdest du es lieben.

»Warum?«, flüstere ich das eine Wort, die eine Frage, die mich seit Ende des Sommers nicht loslässt. »Wieso? Ich verstehe es nicht. Erst gestehst du mir deine Liebe und dann springst du einfach in den Tod. Das ist doch ...«

»Bizarr?«

Ich spüre, wie mir die Tränen über die Wangen laufen.

»Oh Kansas.« Betroffen siehst du mich an. »Ich wollte es für dich leichter machen, nicht schwerer. Ich wollte, dass du weißt, wie sehr ich dich liebe. Du solltest einfach nur wissen, dass du nie ein Projekt warst, und es lag auch nicht an June.«

»Und warum bist du dann nicht schon vom Lost Arrow Spire gesprungen ... als du mich mit der Leash festgebunden hattest?«, stoße ich schluchzend hervor. »Warum lässt du mich in dem Glauben, ich hätte dich gerettet, und springst dann doch? Das war grausam!« Ich hebe die Arme und will dir mit meinen weichen Fäustlingen auf die Brust trommeln, doch du fängst meine Hände und hältst sie fest. Küsst den Stoff meiner Handschuhe und meine Finger werden ganz warm.

»Was glaubst du denn, Tucks?«

»Ich weiß es nicht!« Ich will dich anschreien, dass ich dich deshalb hasse, aber natürlich wäre es gelogen.

»Ich wollte nicht, dass du es sehen musst. Weil ich dich so sehr geliebt habe ...«

Der Traum flackert. *Geliebt habe.* Vergangenheit.

»Riv, ich werde das niemals verstehen. Niemals.«

»Vielleicht erschien es mir einfacher, in das Nichts zu fliegen, als in das schwarze Loch zu fallen, das sich immer vor mir auftat. Und vielleicht hattest du einfach recht: Man kann nur Menschen retten, die gerettet werden wollen.«

Deine Worte hallen in mir nach, schweben in mir. »Wieso wolltest du nicht gerettet werden?«, wispere ich.

»Ich weiß es nicht. Vielleicht war ich ja wirklich krank ... da war plötzlich dieser Drang, loszulaufen und zu springen.« Du siehst mich so offen und ehrlich an, dass mein Herz fast entzweibricht. Es will einfach immer wieder an dieser einen Frage zerbrechen oder vielmehr daran, dass meine Liebe nicht ausgereicht hat, um dich zu retten.

Ich sehe dich an und du lässt meine Hände los, wuschelst mir zärtlich durchs Haar, eine Berührung, die ich so unendlich vermisse. »Du musst mich jetzt loslassen, Tucks, verstehst du?«

»Ich weiß.« Ich weine. Weine so sehr. Ich brauche diese Erklärung so sehr. Dieses Warum. Wieder flackert das Bild vor meinen Augen wie eine kaputte Neonröhre. Der Traum verblasst.

»Hey ... Nicht weinen, Baby, du hast es doch versprochen.« Am Kragen meiner Daunenjacke ziehst du mich ganz nahe zu dir. »Weißt du, ich halte es nicht aus, wenn du so weinst. Tucks, ich will, dass du lachst. Deswegen haben wir doch diese ganze Reise überhaupt erst gemacht. Es ging nie um mich. Ich war nie wichtig.« Ganz zart spüre ich deinen Atem auf meinem Gesicht und ich möchte flüstern: *Doch, für mich warst du wichtig, für mich warst du alles,* aber du redest schon weiter: »Vielleicht kann man auch einfach nicht jedes Warum in seinem Leben beantworten ... ich habe keine Ahnung. Ich weiß nur eins: Du sollst glücklich sein. Das ist alles, was ich mir wünsche ... Tucks ... versprich mir das.« Du hältst inne und siehst mich an. »Weißt du, in meinem Leben ... ich habe so vieles falsch gemacht ...«

Ich lächele unter Tränen. »Und so vieles richtig«, vollende ich deinen Satz, denn nur ich bin noch hier. Und jede Frage, die in mir ist, muss ich mir selbst beantworten, jeden Tag.

So oft frage ich mich, was du bei deinem letzten Flug gefühlt hast. Was du gedacht hast. Ob es etwas gab, von dem du dachtest, du hättest es reparieren können. Ich wünsche es mir nicht. Für dich wünsche ich es mir nicht. Ich hoffe so sehr, dass du dich frei gefühlt hast. So frei, wie du immer sein wolltest.

Ganz tief atme ich durch. Ich stehe immer noch da, mit ausgebreiteten Armen, während mir die Tränen über die Wangen laufen.

Für einen Moment möchte ich springen und dich in der Unendlichkeit berühren, in dem tiefblauen Traum der ewigen Nacht. Ich glaube ganz fest daran, dass du dort bist und mit den Sternen musizierst. Und ich glaube an das, was du mir mal gesagt hast. Dass ein Musiker sein Gemälde in die Stille malt. Und wenn das so ist, spielt in mir dein ehrlichstes Lied. Du hast es in mein Schweigen geschrieben. Das Lied vom Leben: von Schuld, von Verzeihen, von der Liebe, dem Verlassen, dem Verlassenwerden. Dem Zusammenbrechen und Wiederaufstehen.

Ich lehne mich ein Stück nach vorn, doch in diesem Augenblick spüre ich nur in Gedanken deine Hände auf meinen Schultern und höre dich flüstern: *Hey, Tucks! Das ist nicht dein Weg.*

Ich weiche zurück, atme tief die frische kalte Luft in meine Lungen.

Braves Mädchen. Und jetzt geh!

Es kostet mich unendliche Überwindung, doch dann laufe ich zurück, in der Mitte des Old Sheriffs, wo ich dich zum ersten Mal in meinem Leben wirklich gesehen habe, die Haare zerzaust, den Blick wie ein gefallener Engel. Und in meinem Rücken spüre ich dein Lächeln. Dein Lächeln, das mich gerettet hat.

So ist es gut, Tucks. So ist es gut.

Ich blinzele durch meine Tränen und entdecke Arizona am anderen Ende der Brücke. Sie steht einfach da und wartet.

Mein Herz wird ganz warm.

Ich fange an zu rennen, dabei löse ich den Schwan von meinem Handgelenk und werfe ihn mit einem lauten Schrei in die Luft.

Kranich und Schwan. River und Tucks.

River.

Ich werde langsamer.

Ein letztes Mal blicke ich zurück und für einen winzigen Moment sehe ich dich im Licht der Erinnerung dort am Gleis sitzen.

Ich weiß, was immer auch geschieht, ein Teil meines Herzens wird immer dir gehören, River McFarley, dem Jungen auf der Brücke.

Und so geht auch dein Wunsch in Erfüllung, denn für mich wirst du immer der Junge vom Fluss bleiben.

In jeder Sternennacht, in jedem Atemzug.

Für mich wirst du immer River McFarley sein.

ENDE

NACHWORT

Whisper I Love You behandelt einige ernste Themen und sie alle hier auszuloten, würde wohl den Rahmen des Nachwortes sprengen, daher fasse ich mich kurz. Vielleicht fragst du dich nach dem Lesen, wieso ich kein Happy End für River und Kansas geschrieben habe, obwohl es ja möglich gewesen wäre, denn: Nicht jeder Mensch, der bipolar ist, entscheidet sich dafür, seinem Leben ein Ende zu setzen. Trotzdem ist es so, dass die meisten Suizide, fast 90 Prozent, auf psychische Erkrankungen zurückzuführen sind. Psychische Erkrankung bedeutet in diesem Fall: Depression, bipolare Störung oder Schizophrenie. Womöglich beschäftige ich mich mit diesen Themen, weil ich selbst im nahen Umfeld davon betroffen bin. Wenn man naher Angehöriger eines psychisch kranken Menschen ist, erlebt man die Höhen und Tiefen dieser Erkrankung hautnah mit, ebenso lebt man sehr oft mit Angst.

Alle 47 Minuten nimmt sich ein Mensch in Deutschland das Leben, alle 40 Sekunden weltweit. Bei Jugendlichen ist der Suizid die zweithäufigste Todesursache. Was viele aber nicht wissen, ist die Tatsache, dass ganz viele Menschen vorher über ihre Selbstmordgedanken sprechen. Die vorherrschende Meinung *Jemand, der darüber spricht, tut es nicht* stimmt laut der Ärzte nicht. Es hat sich weiterhin gezeigt, dass vielen Menschen mit Suizidgedanken durch therapeutische Gespräche geholfen werden kann. Die eigenen Probleme und der

Gedanke an den Selbstmord müssen thematisiert werden. Leider geschehen einige Suizide bei bipolaren Erkrankungen jedoch spontan (ob mit oder ohne Vorankündigung). *Heute ist ein guter Tag, um von einer Brücke zu springen.* Gedanken wie diese tauchen plötzlich auf. Aus heiterem Himmel. An einem sonnigen Tag. So hat es mir jedenfalls jemand mit dieser Krankheit erklärt, der den Sprung überlebt hat. Jemand, der ebenfalls an dem Phänomen der rasch wechselnden Zyklen leidet. Und so schließt sich der Kreis zu River und Kansas. River gehört zu jenen Menschen, die einem Impuls nachgegeben haben, die davon geredet haben, aber denen letztendlich nicht geholfen werden konnte. Er springt und lässt Kansas zurück mit einem großen *Warum?* Und in ihrem Traum am Ende sagt er ihr, dass wir nicht für jedes Warum in unserem Leben eine Antwort finden. Vielleicht fragst du dich auch, warum er so entschieden hat. Womöglich war der Gedanke des Fliegens einfach ein Teil seiner Krankheit. Jeder Mensch mit dieser Diagnose hat seine individuelle Problematik und einen eigenen Krankheitsverlauf, trotz gewisser, immer gleichbleibender Gemeinsamkeiten.

Eine wirkliche Antwort auf dieses Warum gibt es also nicht. Und wir alle müssen in unserem Leben immer wieder lernen, mit all den unbeantworteten Warums umzugehen.

Unter dem nächsten Punkt findest du *Hilfestellen*. Wenn du jemanden kennst, der Hilfe braucht, oder wenn du selbst Hilfe brauchst, dann hole sie dir! Vertraue dich deinen Freunden oder deiner Familie an. Mach es nicht wie Kansas, die viel zu lange gewartet hat, weil sie sich für schwach und erbärmlich hielt. Weil es ihr peinlich war. Wenn du niemanden hast oder gemobbt wirst, wenn du glaubst, die ganze Welt ist gegen dich, dann rufe eine der Nummern unten an. Du bist nicht allein. Es gibt Seelsorger, die sich mit allen erdenklichen Problemen beschäftigen. Ich bin leider keine ausgebildete Fachkraft, es gibt viele Menschen, die dir sehr viel besser helfen können als ich.

Vor allem: Such die Schuld nicht bei dir! Kein Mensch verdient es, ausgegrenzt und gemobbt zu werden. Kein Mensch kann etwas dafür, wenn er psychisch krank wird. Wir alle wollen glücklich und gesund sein, wir wollen Menschen um uns haben, die wir lieben und die uns lieben. Niemand wird absichtlich depressiv, bipolar oder schizophren. Niemand wird gerne gemobbt.

Daher bitte ich dich: Hole dir fachmännische Hilfe, wenn du sie brauchst! Du bist nicht schuld und du bist auch nicht allein!

HILFESTELLEN

Mobbing und/oder sexuelle Gewalt

Weißer Ring
Wir helfen Kriminalitätsopfern
Hilfe bei Cybermobbing
Hilfe bei sexueller Gewalt gegen Frauen
Tel.: 116006 (kostenfrei, anonym)

Mobbing Help Desk
Tel.: 07123/381613
Mo-Fr: 18:00-20:00 Uhr (20 min. kostenlos)

Telefonseelsorge
Gefördert durch das Bundesministerium
für Familie, Senioren, Frauen und Jugend
Tel.: 0800/111 0 111 oder 0800/111 0 222

Das Hilfetelefon
(Gewalt gegen Frauen)
Bundesamt für Familie
und zivilgesellschaftliche Aufgaben
Tel.: 08000/116 016
(kostenfrei, anonym, mehrsprachig)

Infos über Mobbing allgemein
Was ist Mobbing, Ursachen und Möglichkeiten
http://www.schueler-gegen-mobbing.de/mobbing-in-der-schule

* * *

Hilfe bei Depression

Deutsche Depressionshilfe
Info-Telefon Depression: 0800/33 44 533

* * *

Suizidprävention

Deutsche Gesellschaft für Suizidprävention
https://www.suizidprophylaxe.de
Tel.: 0800/111 0 111 oder 0800/111 0 222

* * *

Hilfe bei bipolarer Störung

Telefonseelsorge bei Notfällen
0800/111 0 111 oder 0800/111 0 222

Infos unter: https://dgbs.de

Forum für Menschen mit bipolarer Störung
http://www.bipolar-forum.de

* * *

Hilfe für Angehörige psychisch kranker Menschen

Familien-Selbsthilfe Psychiatrie
Bundesverband der Angehörigen psychisch
erkrankter Menschen e. V.
Tel.: 0228/71 00 2424 (SeeleFon)
Tel.: 0228/71 00 2425 (englisch, arabisch, französisch)

* * *

Soziale Phobie und Mutismus

Bundesverband der Selbsthilfe *Soziale Phobie*
http://www.vssp.de

Forum für Menschen mit sozialer Phobie
https://www.sozcafe.de

Infos und Therapeutensuche
https://www.selektiver-mutismus.de

ZITATE

Theodor Fontane

Ein guter Aphorismus ist die Weisheit eines ganzen Buches in einem einzigen Satz.

* * *

Friedrich Nietzsche

Es gibt keine schöne Fläche
ohne eine schreckliche Tiefe.
(There are no beautiful Surfaces
without a terrible Depth.)

* * *

Leo Tolstoi

Gemeinsam stirbt es sich leichter.

Alles nimmt ein gutes Ende für den, der warten kann / Alles wird gut für den, der warten kann.

* * *

Oscar Wilde

Eine Maske erzählt uns mehr als ein Gesicht.

Ziel des Lebens ist Selbstentwicklung. Das eigene Wesen völlig zur Entfaltung zu bringen, das ist unsere Bestimmung.

* * *

Dschalāl ad-Dīn Muhammad ar-Rūmī

Auszüge aus Gedichten:

Because I cannot sleep I play
Music at Night.
(Weil ich nicht schlafen kann,
musiziere ich in der Nacht.)

Each Night the Moon kisses secretly
the Lover who counts the Stars.
(Der Mond küsst jede Nacht jene,
die die Sterne zählen.)

Wenn ich bei dir bin,
bleiben wir die ganze Nacht auf,
wenn ich nicht bei dir bin,
kann ich nicht schlafen.
Gelobt sei Gott
für diese beiden Arten der Schlaflosigkeit
und den Unterschied zwischen ihnen.

Doch bin ich frei wie der Wind.

Ich habe meinen Verstand in der Welt der Liebenden verloren.

* * *

Ernest Hemingway

The Things of the Night

cannot be explained in the Day.
Because they do not then exist.

(Ernest Hemingway: A Farewell to Arms)

* * *

Ernst Ferstl

Der Sinn des Lebens liegt nicht darin,
dass wir ihn einmal finden, sondern darin,
dass wir ihn immer wieder suchen.

* * *

Kurt Cobain

Punkrock ist musikalische Freiheit.
Es ist Sagen, Tun und Spielen, was du willst.
Laut Wörterbuch bedeutet *NIRVANA* Freiheit von Schmerz,
Leid und der äußeren Welt,
und das ist meiner Definition von
Punkrock ziemlich ähnlich.

Danke für die Tragödie.
Ich brauche sie für meine Kunst.

* * *

Albert Hofmann

Ich glaube, der Sinn unseres Lebens ist, glücklich zu sein.

* * *

Leopold Stokowski

Ein Maler malt seine Bilder auf der Leinwand.
Musiker malen ihre Bilder auf der Stille.

(Ein Maler malt seine Bilder auf der Leinwand.
Musiker malen ihre Bilder auf der Stille.
Wir sorgen für die Musik, und ihr sorgt für die Stille.)

* * *

<u>Akif Kichloo</u>

Love me like my demons do
(Zeile eines Gedichts)

(Akif Kichloo: Poems That Lose)

* * *

<u>Rainbirds</u>

Don't Cry A River For Me
(Song von den Rainbirds)

* * *

<u>Buddha</u>

Eine Faust verschwindet, wenn man die Hand aufmacht.

* * *

<u>Verfasser unbekannt</u>

Schweigen ist manchmal der lauteste Schrei.

* * *

<u>Star Trek</u>

Lebe lange und in Frieden.

QUELLEN

Neben meinem eigenen Wissen, das ich als Ergotherapeutin habe (und von dem ich heute unmöglich noch sagen kann, aus welchen Quellen es stammt), habe ich folgende Hilfsmittel verwendet:

Bücher

Morschitzky, H. & Sator, S.: Die zehn Gesichter der Angst. Ein Selbsthilfe-Programm in 7 Schritten. Düsseldorf, Walter-Verlag, 2002

Samuel Volery, Tobias Rodenkirch: Slacklinen: Praxiswissen vom Profi zu Ausrüstung, Technik und Sicherheit (Outdoor Praxis), Verlag Bruckmann, 1. Januar 2012

Elisabeth Höwler: Kinder- und Jugendpsychiatrie für Gesundheitsberufe, Erzieher und Pädagogen, Verlag Springer, 4. April 2016

Akif Kichloo: Poems That Lose, Read Out Loud Publishing LLP, 26. September 2017

Jalal Ad-Din Rumi, John Moyne & Coleman Barks: Unseen rain, Quatrains of Rumi, Threshold Books, 13. März 2011

John Moyne & Coleman Barks: Open Secret, Versions of Rumi, Verlag Shambhala, September 1999

Ernest Hemingway: A Farewell to Arms, Verlag Arrow, 18. August 1994

* * *

Internet

https://www.reisewut.com/kuriose-und-lustige-gesetze-in-den-usa (Stand 19.02.2019)

https://www.philognosie.net/spiele-fun/amerika-usa-witzige-gesetze-von-pennsylvania-bis-wyoming (Stand 19.02.2019)

https://www.translator.eu/deutsch/klingonisch/ubersetzung (Stand 19.02.2019)

https://www.newyorker.com/magazine/2003/10/13/jumpers (Jumpers by Tad Friend, 13. Oktober 2003) (Stand 19.02.2019)

https://www.youtube.com/watch?v=xV-vQyVuLJA (Eric Steel: The Bridge, Dokumentarfilm 2006) (Stand 19.02.2019)

https://www.mutismus.net

https://www.tinaoppermann-mutismus.de/selektiver-mutismus

https://www.selektiver-mutismus.de

https://www.sueddeutsche.de/gesundheit/bericht-der-who-alle-sekunden-ein-suizid-1.2116323

https://www.sueddeutsche.de/panorama/suizid-in-deutschland-alle-minuten-ein-selbstmord-1.850885

* * *

Film

Sebastian Runschke: Elements, Ein Slackline Abenteuer, Atelier Busche Media

DANKSAGUNG

Ich lese immer wieder seitenlange Dankesworte von Autoren und gerate dabei jedes Mal ins Staunen, wie viele Personen an der Entstehung eines Buchs beteiligt sein können. Für mich ist das Schreiben immer ein sehr einsamer Prozess, ich rede nicht mit anderen über den Plot und bevor einer von meinen Romanen das Licht der Welt erblickt, haben ihn meist nur drei Leute gelesen.

Daher gilt mein Dank:

Anne Paulsen, der besten Lektorin der Welt,

Ann Christine Larsen, meiner wunderbaren und kritischen Erstleserin,

und natürlich meiner Cousine mit ihrem Radarblick für unentdeckte Dass-und-Das-Patzer.

Ich bin unendlich froh, euch zu haben!

Und natürlich danke ich auch dir, lieber Leser und liebe Leserin, dass du Kansas und River auf ihrer Reise begleitet hast. Ich hoffe, dir hat die Geschichte trotz des Endes gefallen. Wie immer würde ich mich über eine Bewertung bei Amazon freuen, weil sie für uns Selfpublisher einfach unglaublich wichtig ist.

Zum Abschluss, weil es nicht so recht ins Nachwort passte, ein bisschen Insiderwissen: Die Idee für diesen Roman habe ich seit vier Jahren mit mir herumgetragen, mindestens vier Anfänge habe ich geschrieben, einmal sogar ein 150-Seiten-Manuskript verworfen. Nur vier Komponenten waren bei den Entwürfen immer gleich: der bipolare Rockstar (und das, obwohl Rockstar Romance damals noch nicht wirklich populär war), das stumme Mädchen, die Slackline und der Name des Jungen. River. Ein bisschen von ihm findet man sicher in allen Künstlern, ebenso wie ein Funken von Kansas' Unsicherheit auch in den selbstbewusstesten Menschen steckt.

ÜBER DIE AUTORIN

Geboren in den 70er-Jahren ist Mila Olsen ein Kind der Krisen, Veränderungen und Umbrüche. Holzclogs, Punk und Anti-Atomkraft-Bewegung gehörten dazu wie Disco-Welle, New Age und »Wir Kinder vom Bahnhof Zoo«. Mit 12 Jahren wollte sie Schriftstellerin werden, doch realisiert hat sich dieser Traum erst sehr viel später.

Heute schreibt sie Geschichten über die Liebe und das Leben. Aufgrund ihrer Ausbildung und ihrem Interesse an psychologischen Phänomenen drehen sich ihre Romane oft um Grenzerfahrungen.

Weitere Bücher der Autorin:

Die Entführt-Reihe

Entführt – Bis du mich liebst

Nichts hasst Louisa mehr, als das Leben in dem winzigen Kaff Ash Springs, mitten in der Wüste Nevadas. Sie sehnt sich nach Spaß und Abenteuer. Als sie in den Ferien mit ihren vier Brüdern zum Campen in den Sequoia Nationalpark muss, trifft sie auf den geheimnisvollen Brendan. Ihr Schicksal nimmt eine dramatische Wende, denn Brendan ist keinesfalls zufällig am selben Ort. Akribisch hat er jeden Schritt von Louisas Entführung geplant.

Er verschleppt sie in die Einsamkeit Kanadas, an einen Ort, an dem es nur Fichten, blauen Himmel, Wölfe und Hermeline gibt. Er sagt, sie wäre sein Licht in der Dunkelheit. Für Louisa beginnt eine Zeit voller Angst und Verzweiflung, in der sie immer mehr mit Brendans traumatischer Vergangenheit konfrontiert wird.

Schon bald ist er für sie viel mehr als nur ihr Entführer. Mitgefühl, Zuneigung und Abhängigkeit vermischen sich und stürzen Louisa in ein tiefes Gefühlschaos. Vor allem zwei Fragen gewinnen immer mehr an Bedeutung: Darf man seinen Entführer lieben? Und wie gefährlich ist Brendan wirklich?

* * *

Entführt – Bis in die dunkelste Nacht

Von seiner Vergangenheit tief traumatisiert lebt Brendan zurückgezogen in der Einsamkeit des Yukon. Nichts in seinem Leben macht Sinn, gar nichts! Bis er eines Tages dieses fröhliche, blonde Mädchen im Internet entdeckt. Louisa. Für sie erscheint alles so leicht.

Ab diesem Zeitpunkt wird sie sein Lebensinhalt, wie besessen verfolgt er ihre Posts auf Facebook, sammelt Fotos und Informationen. Doch eines Tages ist sie plötzlich aus dem Netz verschwunden und Brendans scheinbares Glück zerbricht binnen Sekunden. In seiner Verzweiflung kommt ihm ein irrsinniger Gedanke: Lou entführen, um sie für immer bei sich zu haben …

Doch kann aus Besessenheit tatsächlich Liebe werden? Und was, wenn mit Lou nichts so leicht ist, wie er sich das vorgestellt hat?

* * *

Entführt – Zwischen Himmel und Wind

Genau ein Jahr, nachdem Bren Lou in den Yukon entführt hat, treffen sie sich auf dem Campingplatz des Nationalparks wieder. Ein Sommer voller Sonne und Freiheit liegt vor ihnen, doch nichts ist so leicht, wie Lou es sich vorgestellt hat. Die Schatten der Vergangenheit sind allgegenwärtig, denn Bren ist immer noch nicht gesund, und auch Lous Brüder stellen sich ihnen mit aller Macht in den Weg. Ethan ist fest entschlossen, die beiden zu trennen.

Als Lou bedingungslos zu Bren hält, beschwört sie eine Katastrophe herauf. Schon bald wird aus dem Sommer voller Träume eine wilde Hetzjagd und ein Kampf auf Leben und Tod …

* * *

Entführt – Wohin die Träume uns tragen

Bren ist fort und für Lou ist nichts mehr, wie es einmal war. Sie ist öffentliches Eigentum und steht im Fokus der Medien. Nur mühsam gelingt es ihr, die Scherben des letzten Sommers zusammenzusetzen. Was war wirklich echt an ihrer Liebe zu Bren?

Gerade als sie anfängt, ihn endlich loszulassen, geschieht etwas, das ihre Welt erneut auf den Kopf stellt. Sie muss Bren endlich erzählen, was sie über seine Vergangenheit weiß, doch damit setzt sie eine fürchterliche Kettenreaktion in Gang.

Plötzlich wird sie selbst Teil seiner Geschichte, doch diesmal scheint es kein Entkommen zu geben ...

* * *

Die Coco Lavie-Reihe

Coco Lavie – Spiegelblut

Ein Mädchen in der Welt der Vampire, zwei Brüder, die sich lieben und hassen! Der eine will sie schützen, der andere töten.

Nichts in Cocos Leben verläuft normal. Sie kauft ihre Klamotten nur online und kann sich nicht schminken – denn Coco fürchtet sich vor Spiegeln. An ihrem 18. Geburtstag will sie sich jedoch ein für alle Mal ihrer Phobie stellen – doch es kommt anders.

Sie wird entführt und landet in dem Castle von Damontez, dem Anführer eines mächtigen Vampirclans. Er sagt, ihr Blut sei eine magische Waffe in einem uralten Krieg und ihre Gefangenschaft bei ihm ein Schutz. Doch die Regeln dieser fremden Welt sind eisern und Damontez behandelt sie mit unnötiger Härte. Coco hasst ihn mit jedem Tag mehr, bis genau das eintrifft, was er ihr prophezeit hat.

Andere Vampire werden auf sie aufmerksam, jeder will sie für sich, allen voran Damontez' Seelenbruder Remo. Mehr als einmal muss Damontez Leben und Seele riskieren, um Coco zu schützen. Schon bald fragt sie sich, was der wahre Grund seiner eisernen Fassade ist ...

»Kennst du den Gesang von Farben? Den Geschmack von Zorn und Kummer? Weißt du, wie der Himmel schmeckt?« Damontez und Coco, der Vampir und das Mädchen, die Geschichte einer gefährlichen Liebe in einer magischen Welt ...

* * *

Coco Lavie – Nachtschattenherz

Coco liebt Damontez, doch seine Liebe ist für sie die tödlichste Gefahr. Denn alles, was er fühlt, spürt auch sein Seelenbruder Remo. Und der will das Seelenband der Brüder mit aller Macht brechen. Kann Damontez Remos Grausamkeit standhalten, bis Coco den Fluch der beiden brechen kann?
Und welche Rolle spielt Pontus, der engelhafte Vampir, der dazu verdammt ist, ewig zu leben? Ist er bereit, den Preis für seine Sterblichkeit zu zahlen und Coco zu töten – das Mädchen, das er über alles liebt?
»*Kennst du den Gesang von Farben? Den Geschmack von Zorn und Kummer? Weißt du, wie der Himmel schmeckt?*« *Damontez und Coco, der Vampir und das Mädchen, die Geschichte einer gefährlichen Liebe in einer magischen Welt ...*

öffentliches Eigentum und steht im Fokus der Medien. Nur mühsam gelingt es ihr, die Scherben des letzten Sommers zusammenzusetzen. Was war wirklich echt an ihrer Liebe zu Bren?

Gerade als sie anfängt, ihn endlich loszulassen, geschieht etwas, das ihre Welt erneut auf den Kopf stellt. Sie muss Bren endlich erzählen, was sie über seine Vergangenheit weiß, doch damit setzt sie eine fürchterliche Kettenreaktion in Gang.

Plötzlich wird sie selbst Teil seiner Geschichte, doch diesmal scheint es kein Entkommen zu geben ...

* * *

Die Coco Lavie-Reihe

Coco Lavie – Spiegelblut

Ein Mädchen in der Welt der Vampire, zwei Brüder, die sich lieben und hassen! Der eine will sie schützen, der andere töten.

Nichts in Cocos Leben verläuft normal. Sie kauft ihre Klamotten nur online und kann sich nicht schminken – denn Coco fürchtet sich vor Spiegeln. An ihrem 18. Geburtstag will sie sich jedoch ein für alle Mal ihrer Phobie stellen – doch es kommt anders.

Sie wird entführt und landet in dem Castle von Damontez, dem Anführer eines mächtigen Vampirclans. Er sagt, ihr Blut sei eine magische Waffe in einem uralten Krieg und ihre Gefangenschaft bei ihm ein Schutz. Doch die Regeln dieser fremden Welt sind eisern und Damontez behandelt sie mit unnötiger Härte. Coco hasst ihn mit jedem Tag mehr, bis genau das eintrifft, was er ihr prophezeit hat.

Andere Vampire werden auf sie aufmerksam, jeder will sie für sich, allen voran Damontez' Seelenbruder Remo. Mehr als einmal muss Damontez Leben und Seele riskieren, um Coco zu schützen. Schon bald fragt sie sich, was der wahre Grund seiner eisernen Fassade ist ...

»Kennst du den Gesang von Farben? Den Geschmack von Zorn und Kummer? Weißt du, wie der Himmel schmeckt?« *Damontez und Coco, der Vampir und das Mädchen, die Geschichte einer gefährlichen Liebe in einer magischen Welt ...*

* * *

Coco Lavie – Nachtschattenherz

Coco liebt Damontez, doch seine Liebe ist für sie die tödlichste Gefahr. Denn alles, was er fühlt, spürt auch sein Seelenbruder Remo. Und der will das Seelenband der Brüder mit aller Macht brechen. Kann Damontez Remos Grausamkeit standhalten, bis Coco den Fluch der beiden brechen kann?

Und welche Rolle spielt Pontus, der engelhafte Vampir, der dazu verdammt ist, ewig zu leben? Ist er bereit, den Preis für seine Sterblichkeit zu zahlen und Coco zu töten – das Mädchen, das er über alles liebt?

»Kennst du den Gesang von Farben? Den Geschmack von Zorn und Kummer? Weißt du, wie der Himmel schmeckt?« Damontez und Coco, der Vampir und das Mädchen, die Geschichte einer gefährlichen Liebe in einer magischen Welt ...